厦门大学国学研究院资助出版丛书 ◎ 之四十五

海外幾社诗史研究：
以陈、夏及海外幾社三子抗清完节为主轴

郭秋显 著

厦门大学出版社
XIAMEN UNIVERSITY PRESS
国家一级出版社
全国百佳图书出版单位

内容简介

　　"海外幾社"乃云间幾社后续衍生在海外之社局,其创立出于"幾社六子"之一徐孚远之手。南明弘光朝覆灭之际,幾社在松江起义失败后,徐孚远继续从事抗清复明志业,乃自松江投奔福建隆武帝;隆武灭后,又之舟山鲁王,与张煌言等酬酢唱和。永历五年(1651)清军陷舟山,诸人随侍鲁王依厦门郑成功。永历六年郑鲁抗清文士,正式结社于厦门,至此社事全盛。南京之役失败后,郑成功取台湾,社人随军入台,故海外幾社文学被视为台湾汉人文学之开端。

　　清乾隆年间全祖望(1705—1755)所辑《续甬上耆旧诗》与连横《台湾诗乘》将徐孚远、张煌言、卢若腾、沈佺期、曹从龙、陈士京称"海外幾社六子",本书则顺此思路,以海外幾社中今存有诗文集之徐孚远、卢若腾、张煌言三子抗清完节诗史为研究对象,而有关沈佺期、陈士京、曹从龙三家之生平事迹亦加以考索。厘清"海外幾社"属性,其组成中心分子首先属鲁王之臣;在舟山沦陷鲁王势衰后,又为郑成功之宾。明社既屋,士之憔悴悲愤,高蹈而能文者,相率结为诗社,以抒发其故土旧国之感,海外幾社成员积极投入抗清战斗行列,抗清失败之后,绝不为降臣,宁作海外遗民,完发以终。

目　　录

第一章

绪　论

明清易代之际天崩地裂,遭遇亡国离乱之悲的诗人,壮怀激烈,慷慨悲歌,其志节大抵可归纳为两大类型:其一是抗清复国、成仁取义之志士,如陈子龙、夏完淳、瞿式耜、张煌言等,义贯千古,诚为可歌可泣。其二是缅怀故国、坚守气节之遗民,如徐孚远、钱澄之、屈大均、顾炎武、黄宗羲等①,其完发以终之心史,令人热泪悲悼。而海外幾社成员又兼具二者之特色,其流离海外,境遇之艰难可知。诚若赵翼所谓"国家不幸诗家幸,赋到沧桑句便工"②,诗人面临民族存亡浩劫,身历破家蹈海之沧桑,读其诗文岂不令人椎心挥泪。

"海外幾社"创于"幾社六子"之一徐孚远之手,是云间幾社后衍在海外之社局。"海外幾社"文学中又有"海外幾社六子"之说法,首

---

① 据卓尔堪《遗民诗》辑录,清初的遗民诗人有四百余人,诗近三千首。其相关议题讨论可参阅潘承玉著《清初诗坛:卓尔堪与遗民诗研究》一书(北京:中华书局,2004 年 7 月 1 版)。按:本书注释中页码使用准据为:现代出版书籍或影印古籍如《近代中国史料丛刊》、影印文渊阁《四库全书》、《续修四库全书》等有新编页码者以新编页码为据,注明为"章节或卷,页";若影印古籍中有四面缩为一页者,注分上下栏为"页 1 上"、"页 1 下"。而古籍刻本或如"百部丛书集成"等按原书影印无新编页码者,因古书之卷数、页数都刻在书口,页数是两面共享一页,故用"卷,页 1A"、"卷,页 1B"区分之。

② 清·赵翼:《瓯北集》(上海:上海古籍出版社,1997 年 4 月 1 版,李学颖校等校点本),卷 33《题元遗山集》,页 772。

见于清初全祖望所辑《续甬上耆旧诗》，发扬于连横《台湾诗乘》，乃指徐孚远、张煌言、卢若腾、沈佺期、曹从龙、陈士京六人[①]，此专称广为研究台湾汉文学之学者所沿用。本书则顺此思路，以徐孚远、卢若腾、张煌言三子抗清完节之爱国诗史为研究重心，盖今日文献所限，仅此三子诗文集存世，足供学术研究；其余者诗人之诗文资料或亡佚、或藏于后人、或尚未发现，故有待于他日之寻访也。本文为溯其爱国思潮源流，并论及幾社陈子龙与夏完淳殉国诗歌。无论溯源探流或者共时比论，乃归纳得之海外幾社诸子抗清完节之诗歌中表现出强烈的忠君色彩与夷夏之防，其爱国诗歌与反抗侵略、救亡图存之思想紧密相连。缘此，诗人的忧患之思、报国之志是其抗清完节文学之主旋律。

第一节 "海外幾社"之名称

"海外幾社"乃云间幾社后续衍生在海外之社局，其创立亦出于"幾社六子"之一徐孚远之手。南明弘光朝覆灭之后，幾社在松江起义，其中之重要成员，如夏允彝、陈子龙、钱旃、夏完淳皆先后死难，而徐孚远继续从事抗清复明志业，乃自松江投奔福建隆武帝；不久隆武被灭，又从闽之舟山鲁王；清军陷舟山，随侍鲁王依厦门郑成功，至此社事才正式开展。

一、"海外幾社"之由来

检视南明、清代史料及诗文集提及"海外幾社"者并不多。兹将目前所知者，列举讨论如下。

清初全祖望（1705—1755）《陈光禄传》云：

公（陈士京）喜为诗，下笔清挺，不寄王、孟虎下。及在岛上，

---

① 连横：《台湾诗乘》（台北：台湾银行经济研究室，1960 年 1 月 1 版，《台湾文献丛刊》第 64 种），卷 1，页 11。

徐公孚远有海外幾社之集,公豫焉。虽心情蕉萃,而时作鹏骞海怒之句,以抒其方寸之芒角。徐公尝曰:"此真反商变征之音也!"①

另全祖望在《张尚书集序》中,亦言及徐孚远与张煌言海外结社之事,其云:

尚书(张煌言)诗古文词,皆自丁亥以后,才笔横溢,藻采缤纷,大略出华亭一派。明人自公安、竟陵狃主齐名,王、李之坛,幾于扼塞。华亭陈公人中子龙,出而振之,顾其于王、李之绪言,稍参以神韵,盖以王、李失之廓落也。人中为节推于浙东,行其教,尚书之薪传出于此。及在海上,徐都御史闇公故与人中同主社事,而尚书壬午齐年也,是以尚书之诗古文词,无不与之合。虽然尚书之集,日星河岳所钟,三百年元气所萃也。而予以艺苑之卮言,屑屑考其源流之自,陋矣!②

再者,全祖望《徐都御史传》又云:

公一子,郑氏内附,扶柩南还。未几,其子饿死,故公《海外集》佚不传。呜呼! 明季海外诸公,流离穷岛,不食周粟以死,盖又古来殉难之一变局也。幾社殉难者四:夏、陈、何三公也死于二十年之前,公死于二十年之后,九原相见,不害其为白首同归也。③

乾、嘉年间鄞县黄定文《书鲒埼亭集徐闇公墓志后》云:

右见姜孺山《松江诗钞》(按:通行本《松江诗钞》无闇公事迹),与谢山先生所作《闇公志》多不合。孺山称其海外诗有《钓璜堂集》。闽中林霍序又有《海外幾社集》,鄞陈士东(引者按:应

---

① 清·全祖望撰、朱铸禹校注《全祖望集汇校集注·鲒埼亭内集》(上海:上海古籍出版社,2000 年 12 月 1 版),卷 27《陈光禄传》,页 498。

② 《全祖望集汇校集注·鲒埼亭集外编》卷 25《张尚书集序》,页 1210。另见明·张煌言撰、张寿镛编《张苍水集·序》(台北:新文丰出版公司,1988 年 4 月 1 版,《四明丛书》,第 5 册),页 164。

③ 《全祖望集汇校集注·鲒埼亭集外编》卷 12《徐都御史传》,页 963。

是陈士京)与焉。其流离海外以至转死潮州，皆见于诗。而其过安南，则有《交行集》，又有《与安南西定王书》，言我朝使至贵国皆宾主礼，某忝居九列，恭承王命，不得行拜礼，惟贵国商定，使某不获罪朝廷，贻讥天下。是尤公硁硁大节，而志未及，且称其卒于台湾，似未见閭公诸集也。①

晚清杨钟羲《雪桥诗话·续集》云：

> 徐閭公在幾社中，唐欧治、谈公叙、章宗李辈皆奉以为师，诗文略见《壬申文选》中。海外所著，又有《海外幾社集》，鄞陈士东(引者按：应是陈士京)与焉。②

《雪桥诗话》明显因袭《书鮎埼亭集徐閭公墓志后》之文。而民国十五年(1926年)刊印《钓璜堂存稿》的南社著名诗人姚光，于民国十四年(1925年)时有《与连雅堂书》即讨论"海外幾社"事，此书函全文为：

> 近于舍母舅高吹万先生处，获读尊辑《台湾诗荟》，不胜钦佩！非赏其文词而已。于大作《明季寓贤列传》一篇，回环捧读，审知阁下固今日之逸民，高蹈淑慎以守先待后者也。兹有所请者，光自幼竺志网罗明季文献，近方校刻乡先哲徐孚远之《钓璜堂存稿》，并拟撰辑閭公年谱。惟閭公佐延平郡王幕府，居贵地有年，而其事迹以代远路遥，颇多模糊影响之谈。并知閭公在台有海外幾社之结，且有社集刊行，乃亦求之不得。今何幸而遇阁下！阁下既生长其地，又以表彰节义为事，尚祈力为搜访。凡关于閭公以及其交游之事迹、著述，尽以见示。其所欣感，宁有极

---

① 清·黄定文：《东井诗文钞》(台北：新文丰出版公司，1988年4月1版，《四明丛书》，第1集，总第3册)，卷1《书鮎埼亭集徐閭公墓志后》，页475～476。又参见陈乃乾、陈洙纂辑《徐閭公先生年谱》(台北：台湾银行经济研究室，1961年10月1版，《台湾文献丛刊》第123种)《书鮎埼亭集徐閭公传后》，页70。按：黄定文字仲友，别号东井老人，鄞县人。学于卢镐、蒋学镛。乾隆四十二年举于乡，在官松江知府。卒年八十一，有《东井诗文钞》二卷。

② 杨钟羲：《雪桥诗话·续集》(沈阳：辽沈书社，1991年6月1版)，卷1，页460上。

乎!《诗荟》有全份可得否? 至《台湾通史》一书,必宏著巨制,不少关系:均乞检存! 一俟复到,当再备价购取,一一拜读也。引领天南,欲言不尽。敬叩道安! 鹄候德音。姚光顿首。

中华民国十四年六月二十一日。①

清人文献中徐孚远《海外几社集》是否即《钓璜堂存稿》,或如其《交行摘稿》为另一诗集,实不可得而知之,然就《钓璜堂存稿》诗内容判断,皆为海外之诗也,与姜孺山《松江诗钞》称其"海外诗有《钓璜堂集》"者合,《钓璜堂集》为《钓璜堂存稿》之简称。而姚光《钓璜堂存稿跋》则云:"至全祖望熟于明季掌故,而撰先生传,竟谓闇公殁后,其子亦饿死,故《海外集》不传。盖皆未见全稿也。此袁然巨帙,首尾完具,当系先生次子永贞侍母戴夫人扶枢返里时箧衍所携归,而世代珍守者。乃二百六十余年后,一旦发见。且自此帙并先生之遗像归之于余后,徐氏即遭回禄之灾,其他法物荡然,而此帙、此像独以不留于家而获免,不可不谓有默相之者矣。"②则全祖望《徐都御史传》中所指之《海外集》,应是今日《钓璜堂存稿》无疑。盖姚光所得两部《钓璜堂存稿》为徐孚远孙怀瀚等所录,世代珍守之,难怪全祖望未能寓目,而以为已佚,此不足苛责谢山。但姚光《与连雅堂书》中隐约透露企图寻找《海外几社集》之意,当时是否有此集存在,又是疑云难解。

二、何谓"海外几社六子"

"海外几社"既是几社海外后局,又仿"几社六子"之称,故有"海外几社六子"之美称出现,此一文献首见于乾隆十年(1745 年)全祖望(1705—1755)选编《续甬上耆旧诗》卷十三《海外几社六子之一张

---

① 姚光撰、姚昆群等编《姚光集》(北京:社会科学文献出版社,2000 年 6 月 1 版),第 3 卷《书牍偶存》,页 313~314。

② 姚光《钓璜堂存稿跋》,明·徐孚远:《钓璜堂存稿·目录》(民国十五年金山姚光怀旧楼刻本),页 2~4。另见《姚光集》,第 1 卷《文集·第二编复庐文稿续编》,页 130。

尚书煌言》绪论中：

> 徐都御史闇公，故幾社长老也，从亡海外，复为幾社之集，曰尚书卢公若腾、曰都御史沈公佺期，皆闽同安人；曰尚书张公煌言、曰光禄卿陈公士京，俱浙鄞人；曰都御史曹公从龙，则为云间人，别称为海外幾社六子。①

故二百年后连横《台湾诗乘》据此乃云：

> 闇公寓居海上，曾与张尚书煌言、卢尚书若腾、沈都御史佺期、曹都御史从龙、陈光禄士京为诗社，互相唱和，时称海外幾社六子，而闇公为之领袖。余读其集，如赠张苍水、沈复斋、辜在公、王愧两、纪石青、黄臣以、陈复甫、李正青诸公，皆明季忠义之士而居台湾者；事载《通史》。为录一二。②

审此资料，考镜源流：首先，明显可见撰于 1921 年、刊行于 1944 年之《台湾诗乘》沿引《续甬上耆旧诗》"海外幾社六子"之说法。再者，由于南明抗清阵营不断转进，自上海、浙东、福建等内地到舟山、金厦等海岛，最终生根台湾，明季忠义之士亦随军入台，故连横将"海外幾社"文学视为台湾汉人文学史之开端。连氏此一观点影响后世最巨，普遍被研究台湾文学史者所接受，至今已成定论。

三、何谓"海外"

明末清初人所谓"海外"其指为何？本文试从传统文献来厘清当

---

① 清·全祖望选辑《续甬上耆旧诗》(杭州：杭州出版社，2003 年 10 月 1 版，沈善洪等点校本)，卷 13《海外幾社六子之一张尚书煌言》，上册，页 322。按：据全祖望入门弟子董秉纯编《全谢山年谱》云："乾隆九年甲子，先生四十岁。有意《耆旧诗》之续。十年乙丑，先生四十一岁。续选《甬上耆旧诗集》。"见《全祖望集汇校集注·鲒埼亭集内编》，卷首，页 18～19。全祖望所辑《续甬上耆旧诗》有多种版本，其中以清咸丰年间灵芬馆谢骏德藏本最为精详，民国八年由梁秉年假他本为校补，请张美翊审定、冯贞群编次，由四明文献社出版，是目前最佳之刊本，故 2003 年杭州出版社由沈善洪审定之点校本即据此加工而成。

② 《台湾诗乘》卷 1，页 11。

时人之地理空间。元人吴鉴《岛夷志略序》云："中国之外，四海维之，海外夷国以万计。唯北海以风恶不可入，东西南数千万里，皆得梯航以达其道路，象胥以译其语言。惟有圣人在乎位，则相率而效朝贡市；虽天际穷发不毛之地，无不可通之理焉。"①此为广泛指中国之外之海外夷国。若以当时南明抗清时期而言，狭义"海外"约指中国内地大陆之外东南沿海岛屿，以闽海金厦、浙东舟山群岛为主。广义"海外"，乃再扩大范围可涵盖韩国、日本、台湾以至中南半岛之地区。下文引证"海外"除指闽海金厦外，当时最通用者尚可指如下之地：

（一）意指浙东舟山群岛

海外一词指浙东舟山群岛者，如道光、咸丰之际之徐鼒《小腆纪年》云：

> 舟山四面皆海，昔越王句践欲居夫差于甬东，即其地也。元为昌国州；明并入宁波之定海县，设参将一员以镇之。崇祯间，黄斌卿为其地参将。……南都亡，遁归。闻闽中立，附表劝进；并言"舟山为海外巨镇，番舶往来，饶鱼盐之利；西连越郡，北绕长江；进取之地也。"王善之，封为肃虏伯；赐剑印，屯舟山，得便宜行事。②

光绪年间王之春《沿海形势略》云：

> 两浙形胜，大半负海。……沿海之中，可避四面飓风之处，凡二十三；可避两面飓风之处，凡一十八。其余下等按屿，可避一面飓风之处，不可胜数。然定海为宁、绍之筦钥，舟山又海外之藩篱，澳凡八十有三；昌国卫四面环海，到处可以登泊。盖江南控制在崇明；浙东扼险在舟山，天生此二处屹峙汪洋，以障蔽

---

①　元·吴鉴《岛夷志略序》，元·汪大渊著、苏继顾校释《岛夷志略校释》（北京：中华书局，1981年5月1版），页5。

②　清·徐鼒：《小腆纪年》（台北：台湾银行经济研究室，1962年11月1版，《台湾文献丛刊》第134种），卷11《自七月至十二月》，页562。

浙直门户，洵江南、浙东第一重镇也（两浙）。①

（二）指江苏崇明沙岛

海外一词指江苏崇明沙岛者，如顺治三年（1646 年）八月初十日《吴淞总兵李成栋残揭帖》云：

> 职因思仰赖天威，节守重地，从前克战获寇诸绩，如杀败郑兵，招安贺豹，生擒黄、吴二逆帅，攻克嘉定、上海、青浦、金山以至宝山、刘河及崇明海外一邑，擒斩叛官侯承祖等，又都司李元胤擒获吴江杀官贼首龚敬湾，阵擒湖贼张仙、路受封、小三王、伪兵部陈素嫡弟陈存、伪将刘炳、伪总兵张廷选并伪唐王差来伪总兵罗腾蛟及伪将张文、周子敬、伪兵部员外俞廷回，又擒故明安昌王弟朱恭枭弟兄子侄，蒙抚臣、内院历纪功次，而按臣又有剿抚业获全局一疏，叙职之功开山第一。②

又如清江南提督残题本（题报搜查江南沙岛）》云：

> 三月二十四日，臣自松江启行，前赴吴淞。于二十八日驰赴福山，会晤总督臣麻勒吉，面商出洋搜剿机宜。适接苏松水师总兵官臣张大治咨文，为重地难以卧□、□请简贤接任、以免贻误事内开：本镇以□□□告，奉旨准以原品休致回旗。崇明海外地方最重，机务最繁，本镇形体支离，止可卧息调养。③

（三）指澎湖与台湾

海外一词指澎湖与台湾，尤其台湾归清版图后使用最为普遍，但

① 清·王之春：《清朝柔远记选录》（台北：台湾银行经济研究室，1961 年9 月 1 版，《台湾文献丛刊》第 126 种），《沿海形势略》，页 62。

② 《南明史料》（台北：台湾银行经济研究室，1963 年 5 月 1 版，《台湾文献丛刊》第 169 种），卷 1《吴淞总兵李成栋残揭帖》（顺治三年八月初十日到），页 37。

③ 《郑氏史料三编》（台北：台湾银行经济研究室，1963 年 5 月 1 版，《台湾文献丛刊》第 175 种），卷 2《二九、江南提督残题本（题报搜查江南沙岛）》，页 147。

晚明已有如此用法:如明万历年间屠隆《赠士弘沈君侯亲丈海上奏捷》云:

> 东援三韩曾请缨,南来闽峤播英名。千金立为穷交尽,七尺长因知己轻。适在营中方奏乐,忽传海外已扬兵。诸君相顾皆惊诧,绝岛须臾奏凯声。①

明遗老随郑经入台之王忠孝《东宁友人贻丹荔枝十颗有怀》云:

> 海外何从得异果,于今不见已更年。色香疑自云中落,苞叶宛然旧国迁。好友寄椷嫌少许,老人开箧喜亦缘。余甘分啖惊新候,遥忆上林红杏天。②

然而清代文献概以海外称澎湖与台湾,似已为习惯性用法,如康熙十年(1671 年)计六奇《明季南略·台湾复启》云:

> 况今东宁远在海外,非属版图之中;东连日本、南蹙吕宋,人民辐辏,商贾交通,王侯之贵,故吾所自有。③

康熙四十七年(1708 年)彭一楷《台湾外志序》云:

> 元闻手一书,其标目曰《台湾外志》,纪我朝新辟台湾,海外从来未有之土地也,识明季海上郑氏事最详。笔力古劲,雅有龙门班掾风。④

康熙三十六年(1697 年)来台之郁永河《裨海纪游》云:

> 余既来海外,又穷幽极远,身历无人之域;其于全台山川夷险、形势扼塞、番俗民情,不啻户至而足履焉。可不为一言,俾留

---

① 明·沈有容:《闽海赠言》(台北:台湾银行经济研究室,1961 年 9 月 1 版,《台湾文献丛刊》第 126 种),卷 5《七言律诗》,页 95。
② 明·王忠孝:《惠安王忠孝公全集》(南投市:台湾省文献委员会,1993 年 12 月 1 版),卷 11《东宁友人贻丹荔枝十颗有怀》页 251。
③ 清·计六奇:《明季南略》(北京:中华书局,1984 年 12 月 1 版,任道斌、魏得良点校本),卷 16《台湾复启》,页 506。
④ 清·彭一楷《台湾外志序》,清·江日升:《台湾外记》(台北:台湾银行经济研究室,1960 年 5 月 1 版,《台湾文献丛刊》第 60 种),页 8。

意斯世斯民者知之？①

乾隆之后如朱景英《海东札记》云：

> 台湾绵亘千余里，号称沃野。顾平沙漠漠，弥望无际。每风
> 起堀堁飞扬，如度龙堆雁塞，几忘此境在东南海外也。②

光绪时何澄《台阳杂咏》云：

> 海外东南片土开，万山罗列水环回。鲲身让地倭谋拙，鹿耳
> 乘潮郑业恢；二百年来归版籍，一千里路辟蒿莱。重臣更廓鸿图
> 计，郡县新增出圣裁。③

审此，"海外"之义应可廓然大清，则"海外幾社"之结，乃南明弘
光朝覆灭之后，抗清势力以鲁王及郑成功为主的政治集团集结海上，
幾社在松江起义后，其中之重要成员，如夏允彝、陈子龙、钱旃、夏完
淳皆先后死难，而幾社六子之一之徐孚远乃自松江适闽，又从闽之舟
山，清军陷舟山，其随侍鲁王依厦门郑成功，至此社事才正式开展。
故全祖望所谓"明季海外诸公，流离穷岛"④，盖指浙东舟山群岛与闽
海金门、厦门、台湾等地而言。

第二节　研究动机与议题定位

"海外幾社"发轫于舟山，成立于厦门，唱扬于金厦，延续于台湾，
本书乃以海外幾社三子抗清完节之诗史为主轴，阐扬其忠义精神。
然为明辨其文学根源，并论及幾社陈子龙、夏完淳二人志节与文学，
作为海外幾社三子抗清完节之爱国诗潮典范。

---

① 清·郁永河：《裨海纪游·海上纪略》（台北：台湾银行经济研究室，
1959 年 4 月 1 版，《台湾文献丛刊》第 44 种），卷下，页 29。

② 清·朱景英：《海东札记》（台北：台湾银行经济研究室，1958 年 5 月 1
版，《台湾文献丛刊》第 19 种）卷 1《记方隅》，页 4。

③ 《台湾杂咏合刻·台阳杂咏》（台北：台湾银行经济研究室，1958 年 10
月 1 版，《台湾文献丛刊》第 28 种），页 63。

④ 《全祖望集汇校集注·鲒埼亭集外编》卷 12《徐都御史传》，页 963。

爱国诗歌自先秦以降,历代皆有不同风貌①,有《诗经》"修我戈矛,与子同仇"的敌忾之气②,也有《楚辞》中"鸟飞反故乡兮,狐死必首丘"之恋国情节③。有杜甫"国破山河在,城春草木深"④,为战乱生民恸哭之诗史;更有陆游"一身报国有万死"⑤、辛弃疾"平戎万里"⑥,恢复故土之慷慨壮志。有宋末抗元烈士誓守民族气节之浩歌,更有清初明遗民海外抗清完节之忠义典范。在历史悠久的爱国诗歌长河之中,本书属南明抗清悲吟诗史,本研究主题之诗人,一方面哀恸明朝之覆没,另一方面痛愤满族入侵,而坚持民族大义,积极抗清。故海外几社诸子诗风慷慨悲壮。徐孚远诗"大都眷怀君国,独抱忠贞,虽在流离颠沛之时,仍寓温柔敦厚之意"⑦。张煌言文采与气节最

① 有关爱国文学发展请参阅徐培均主编《中华爱国文学史》(上海:上海社会科学出版社,2006 年 5 月 1 版)。

② 《诗经·秦风·无衣》,清·陈奂疏《诗毛氏传疏》(台北:学生书局,1978 年 9 月 1 版 5 刷,影道光二十七年鸿章书局本),页 317。

③ 屈原《哀郢》,南宋·洪兴祖《楚辞补注》(北京:中华书局,1983 年 3 月 1 版,2002 年 10 月 1 版 4 刷,白化文等点校本),页 136。

④ 唐·杜甫著、清·仇兆鳌注《杜诗详注》(北京:中华书局,1979 年 10 月 1 版),卷 4《春望》,页 329。

⑤ 南宋·陆游著、钱仲联校注《剑南诗稿校注》(上海:上海古籍出版社,1985 年 9 月 1 版),卷 3《夜泊水村》,页 1136。陆游早年已有"平生万里心,执戈王前驱。战死士所有,耻复守妻孥"之宏愿,直至暮年还是"一闻战鼓意气生,犹能为国平赵燕",爱国赤诚始终不渝。分见《剑南诗稿校注》卷 1《夜读兵书》,页18。《剑南诗稿校注》卷 7《老马行》,页 3818。

⑥ 南宋·辛弃疾撰,邓广铭笺注《稼轩词编年笺注》(上海:上海古籍出版社,1993 年 10 月增订 1 版),卷 2《水龙吟》(甲辰岁寿韩南涧尚书),页 145。另其《破阵子》云:"醉里挑灯看剑,梦回吹角连营。八百里分麾下炙,五十弦翻塞外声。沙场秋点兵。马作的卢飞快,弓如霹雳弦惊。了却君王天下事,赢得生前身后名。可怜白发生!"其爱国之情更是沉郁悲恸。见《稼轩词编年笺注》卷 2《破阵子》,页 242。

⑦ 连横:《台湾诗乘》(台北:台湾银行经济研究室,1960 年 1 月 1 版,《台湾文献丛刊》第 64 种),卷 1,页 12。

高，堪称国史之完人。卢若腾诗文观风问俗，考见得失。陈士京忧时悯世，悲宕激壮，"其诗崛崿奇伟，尤擅长歌"①。曹从龙诗则"节苦而神悲"②。审此，本书研究动机与议题定位，可由下列三点特色来彰显之。

一、区域文学之研究

本书特性之一，为区域文学之研究。③ "区域"是一个空间的概念，法国 20 世纪新史学年鉴学派代表学者费尔南·布罗代尔在《法兰西的特性》一书中指出："每座城市、每个区域，每个省份更各有其鲜明的特征：不仅是别具一格的自然风光，不仅是人打下的烙印，而且也是一种文化习俗，一种生活方式，以及确定基本人际关系的一套

---

① 清·周凯：《厦门志》（台北：台湾银行经济研究室，1961 年 1 月 1 版，《台湾文献丛刊》第 95 种），卷 13《列传下·寓贤》，页 547。

② 张煌言《曹云霖诗集序》，明·张煌言撰、张寿镛编《张苍水集》（台北：新文丰出版公司，1988 年 4 月 1 版，《四明丛书》第 5 册），卷 5《冰槎集》，页 253下。

③ 何谓"区域"，《周礼·地官司徒》："廛人"注："廛，民居区域之称。"汉·郑玄注、唐·贾公彦疏《周礼注疏》（台北：台湾古籍出版公司，2001 年 1 月 1 版，李学勤主编《十三经注疏》整理本），卷 9《地官司徒》，页 272。《文选》西晋潘岳《为贾谧作赠陆机》诗云："芒芒九有，区域以分。"南朝梁·萧统编、唐·李善注《文选》（上海：上海古籍出版社，1986 年 6 月 1 版），卷 24《诗丙·赠答》，页 1152。此二者，乃指土地之界划，对区域实质内容与条件并无说明与界定。何谓"区域"，据赖丽娟定义：1974 年公布《区域计划法》第三条"区域计划定义"指出"本法所称区域计划系指基于地理、人口、资源、经济等相互依赖及其共同利益关系，而制定之区域发展计划。"见林纪东等编《新编六法全书》（台北：五南图书公司，2000 年 9 月修订版），页 1864。故界别"区域"或构成"区域"要件，至少有地理、人口、资源、经济活动等因素。换言之，认定区域之范围应依据历史行政区划、自然环境、自然资源、人口分布、都市体系、产业结构与分布及其他必要条件等划分之。见赖丽娟《刘家谋及其写实诗研究》，2006 年 7 月，中山大学中国文学系博士论文，《绪论》，页 1，注一。

准则。"①诚如维达尔·得·拉布拉什所说:"一国的历史不可同国人
居住的地域相脱离","地域像是一个储能库,自然界在这里蓄积了能
源,但如何使用则取决于人"②,可见不同区域其文学发展必有其不
同特性。区域文学的发展取决于区域内部的资源、技术、人才、制度
等动力;亦受区域外部的更大系统的制度政策等的影响。基于前文
对海外幾社中"海外"之义的说明与界定,海外幾社三子文学创作于
大陆之外的海外地区。换言之,海外幾社为晚明幾社之延伸,其接响
忠义抗清精神,飘零海上,百折而不悔,实有别于"内陆"遗民文学。
总之,海外幾社借由海上岛屿走向海洋文学,其从浙江舟山群岛,到
福建厦门、金门,或最后转进台湾,开启台湾汉民族文学先河,成为台
湾古典文学之前沿先行者。

综观文学史发展,以严格定义来处理区域文学产生,据龚鹏程
《区域特色与文学传统》一文论述,以地域作为政见、学术、文学分类
之一种指标,应至唐代末年才开始出现,各个地区地方性知识分子大
量出现与成长,进而类聚结社,普及于乡里,形成区域文学特色。③
到明清时代,一个最大特征就是区域文学特别发达而兴盛,对区域文
学传统之意识也清晰地凸显出来。④ 各个地域普遍出现结诗社、文

① 〔法〕费尔南·布罗代尔著,顾良等译:《法兰西的特性》(北京:商务印
书馆,1994 年 10 月 1 版),第一篇《空间和历史》,第一章《法兰西以多样性命
名》,页 17。

② 《法兰西的特性》,第一篇《空间和历史》,第三章《地理是否创造了法兰
西》,页 215。

③ 龚鹏程:《区域特色与文学传统》,见中国古典文学研究会主编《古典文
学》第 12 集(台北:台湾学生书局,1992 年 10 月 1 版),页 1～26。

④ 参考蒋寅主编《中国古代文学通论·清代卷》(沈阳:辽宁人民出版社,
2005 年 5 月 1 版),第五章《清代文学与地区文化》,页 290～313。并可参阅戴
伟华《地域文化与唐代诗歌》(北京:中华书局,2006 年 2 月 1 版),第一章《导
论》,页 1～25。陈庆元:《文学:地域的观照》(上海:上海三联出版社,2003 年 4
月 1 版),自序《地域文学与区域文学史建构问题》《地域区域文学研究摭谈》,
页 1～22。

社，乃是形成区域文学重要指针之一。

二、明代遗民海洋文学之研究

本书特性之二，为明代遗民海洋文学之研究。隐逸为士人之仕与隐出处行藏之自由选择，而遗民则指前朝所遗不仕异代之人。简言之，隐逸不仕于当朝，遗民效忠前朝而不仕于异代，两者虽都"不仕"，但其个人志节与政治倾向是有明显不同之表现。

在中国古代文化中，士人之仕与隐、出处行藏，构成知识分子心理矛盾的一个永恒情结。考镜我国隐逸思想源流，最主要乃根源于先秦儒家及道家之人生观与政治哲学。隐逸之风自古有之，就社会原因而言，每当乱世，隐逸之风则盛，此所谓"邦有道则仕"，"邦无道则隐"。就个人而言，每当仕途不顺，则容易产生隐退思想，此乃"用之则行，舍之则藏"；"达则兼济天下，穷则独善其身"是也。① 纵观中国文化史，这似乎成为士大夫知识分子在仕途上的一条规律。在隐逸文化中，其主体性人物则称之"隐士"。隐士在中国起源甚早，最初大抵带有不满现实而避世之性质，隐逸以"无为有国者所羁"为依据，追求"游戏自快"之生存自由与精神自由，②真切实践"宁生而曳尾涂中"之人生哲学。③

本文所谓"遗民"乃指易代之后，因坚持对故国之忠诚，而拒绝与新朝合作者。合于此义，较早文献记录如《左传》云：

> 卫之遗民男女七百有三十人，益之以共、滕之民为五千人，

---

① 分见《论语·述而》，《论语正义》卷 8，页 261。《孟子·尽心上》，清·焦循：《孟子正义》（北京：中华书局，1987 年 10 月 1 版，沈文倬点校本），卷 26，页 891。

② 汉·司马迁撰、〔日〕泷川龟太郎考证《史记会注考证》（台北：洪氏出版社，1983 年 10 月 2 版），卷 63《老子韩非列传》，页 855～856。

③ 《庄子·秋水》，清·郭庆藩：《庄子集释》（北京：中华书局，1961 年 7 月 1 版，1993 年 3 月 6 刷，李孝鱼点校本），卷 6 下《秋水》，页 604。

立戴公以庐于曹。(《左传·闵公二年》)①

士蔑请诸赵孟,赵孟曰:"晋国未宁,安能恶于楚?必速与之!"士蔑乃致九州之戎,将裂田与蛮子而城之(杜预注:以诈蛮子),蛮子听卜,遂执之与五大夫,以畀楚师于三户。司马致邑立宗焉。以诱其遗民(杜预注:楚复诈为蛮子作邑,立其宗主。)而尽俘以归。(《左传·哀公四年》)②

此引"遗民",清楚可见其意指亡国或离乱之后所留下来之子民。

然而被后代引为遗民之代表人物者,当属伯夷、叔齐,《史记·伯夷列传》载其不食周粟,宁可饿死首阳山云:

伯夷、叔齐,孤竹君之二子也。父欲立叔齐,及父卒,叔齐让伯夷。伯夷曰:"父命也。"遂逃去。叔齐亦不肯立而逃之。国人立其中子。于是伯夷、叔齐闻西伯昌善养老,盍往归焉。及至,西伯卒,武王载木主,号为文王,东伐纣。伯夷、叔齐叩马而谏曰:"父死不葬,爰及干戈,可谓孝乎?以臣弑君,可谓仁乎?"左右欲兵之。太公曰:"此义人也。"扶而去之。武王已平殷乱,天下宗周,而伯夷、叔齐耻之,义不食周粟,隐于首阳山,采薇而食之。及饿且死,作歌。其辞曰:"登彼西山兮,采其薇矣。以暴易暴兮,不知其非矣。神农、虞、夏忽焉没兮,我安适归矣?于嗟徂兮,命之衰矣!"遂饿死于首阳山。③

审此,凡江山易主、朝代更替,便有眷怀故国之遗民。伯夷、叔齐饿死于首阳山可以理解为"出于政治与道德立场而不食周粟者",其"扣马而谏"、"采薇而歌"成为后代遗民观念中之要素。缘此,后世也往往以夷、齐为"易代不仕者"之代称,如谢枋得诗云:"雪中松柏愈青青,扶植纲常在此行。天下久无龚胜洁,人间何独伯夷清。义高便觉

① 杨伯峻编著《春秋左传注·闵公二年》(北京:中华书局,1990 年 5 月 2 版,修订本),页 266~267。
② 《春秋左传注·哀公四年》,页 1627~1628。
③ 《史记会注考证》卷 61《伯夷列传》,页 847。

生堪舍，礼重方知死甚轻。南八男儿终不屈，皇天上帝眼分明。"①顾炎武亦云："惟愿师伯夷，宁隘毋不恭。嗟此衰世意，往往缠心胸。回首视秋山，肃矣霜露浓。"②谢枋得与顾炎武均以不仕新朝的遗民自处，他们对伯夷的追慕，显然是出于身份的认同。

自三代以降，中国历史上出现最大规模的遗民群体，当以宋元之际的宋遗民为第一个高潮。邵廷采《宋遗民所知传》云："是人也，不求名而名不可磨灭焉，所恃者人心，非必其天道也。两汉而下，忠义之士，至南宋之季盛矣。"③第二个高潮则以明遗民最具代表，明遗民之数量大大超过前代，迄今可考者，单是各种《遗民录》中所留下之传记资料就有二千余人。④ 所谓"明遗民"，乃指明思宗崇祯十七年（1644 年）明朝灭亡起，至清康熙二十二年（1683 年）明郑灭亡，台湾划入清朝版图止，当时不愿与清朝政权合作的士绅。而清康熙二十二年（1683 年）之后抗清势力已然瓦解⑤，此时遗民已无力反抗清朝

---

①　南宋·谢枋得：《迭山集》（上海：上海书店，1985 年 3 月 1 版，据商务印书馆 1934 年版《四部丛刊续编》影明刊本），卷 2《魏参政执拘投北，行有期，死有日，诗别妻子良友良朋》，页 5A。

②　清·顾炎武著、王蘧常辑注《顾亭林诗集汇注》（上海：上海古籍出版社，1983 年 11 月 1 版），卷 5《孙征君以孟冬葬于夏峰，时侨寓太原，不获执绋，适吴中有传示同社名氏者，感触之意遂见乎辞》，页 1113。明·顾炎武：《顾亭林诗文集·诗集》（北京：中华书局，1959 年 8 月 1 版，1983 年 5 月 1 版 2 刷，华忱之点校本），卷 5《孙征君以孟冬葬于夏峰，时侨寓太原，不获执绋，适吴中有传示同社名氏者，感触之意遂见乎辞》，页 400。

③　清·邵廷采：《思复堂文集》（台北：华世出版社，1977 年 6 月 1 版，影光绪十九年会稽徐友兰铸学斋刊本），卷 3《宋遗民所知传》，页 398。

④　据谢正光、范金民编《明遗民录汇辑》（南京：南京大学出版社，1995 年 7 月 1 版）。《明遗民录》之编撰与流传，可参考谢正光《清初所见"遗民录"之编撰与流传》一文，见谢正光《明遗民传记数据索引》（台北：新文丰出版公司，1990 年 12 月 1 版），《代自序》，页 1～29。又见谢正光：《清初诗文与士人交游考》（南京：南京大学出版社，2001 年 9 月 1 版），页 1～31。

⑤　此问题可参考李瑄《清初五十年间明遗民群体之嬗变》，《汉学研究》第 23 卷第 1 期，2005 年 6 月，页 291～324。

统治,只是在心态上不认同清朝政权,企求全发以终、心无所愧以面对地下列祖列宗而已。

何谓"遗民",明末清初归庄序其友朱九初所编《历代遗民录》云:

> 凡怀道抱德不用于世者,皆谓之逸民;而遗民则惟在废兴之际,以为此前朝之所遗也。……故遗民之称,视其一时之去就,而不系乎终身之显晦。所以与孔子之表逸民,皇甫谧之传高士,微有不同者也。①

逸民乃有德而不用于世者,而不论朝代盛衰;遗民则惟在兴废之际,自认为前朝之所遗,抗节不仕新朝,而心怀匡复之志者,一旦旧朝光复,则出仕泽民,而非终身隐于岩穴之间。故邵廷采《宋遗民所知传》辨"逸民"与"遗民"之不同云:"于乎!以翺(谢翺)等之情才操行,不得与严光、高凤同为盛世之逸民,而乃以遗民,岂其志也夫?然亦岂其犹幸也夫?"②而王夫之亦云:

> 被征不屈,名为征士,名均也,而实有辨。守君臣之义,远篡逆之党,非无当世之心,而洁己以自靖者,管宁、陶潜是也。矫厉亢爽,耻为物下,道非可隐,而自旌其志,严光、周党是也。闲适自安,萧清自喜,知不足以经世,而怡然委顺,林逋、魏野之类是也。处有余之地,可以优游,全身保名而得其所便,则韦夐、种放是也。考其行,论其世,察其志,辨其方,则高下可得而睹矣。③

王夫之将管宁、陶潜视为遗民,其非无用世之心,只是心向前朝,不耻以身事奉新贵,故洁己以自靖。而严光、周党、林逋、魏野、韦夐、种放等为隐逸之逸民,其隐居以求志,遁世而无闷,"得丧不婴其虑,

---

① 清·归庄:《归庄集》(上海:上海古籍出版社,1984年6月新1版),卷3《历代遗民录序》,页170。

② 《思复堂文集》卷3《宋遗民所知传》,页400。

③ 清·王夫之:《读通鉴论》(北京:中华书局,1975年7月1版,2002年6月5刷,舒士彦点校本),卷18《陈高祖》,页520。

悔吝靡集其躬"①，无关乎当时政治清浊。又如清浙东史学大家全祖望《移明史馆帖子五》云：

> 惟是《隐逸》一传，历代未有能言其失者，少读《世说》所载向长、禽庆之语，爱其高洁，以为是冥飞之孤凤也。及考其轶事，则皆不仕新室而逃者，然后知所谓"富不如贫，贵不如贱"，盖皆有所托以长往，而非遗世者之流也。范史不知其旨，遂与逄萌俱归逸民，于是后之作史者，凡遇陶潜、周续之、宗炳之徒，皆依其例，不知其判若两途。向使诸君子遭逢盛世，固不甘以土室绳床终老，而苍海扬尘，新王改步，独以麻衣苴履，章皇草泽之间，则西台之血，何必不与苌弘同碧；《晞发》、《白石》之吟，何必不与《采薇》同哀？使一死一生，遂歧其人而二之，是论世者之无见也。且士之报国，原自各有分限，未尝概以一死期之。东涧汤氏谓渊明不事异代之节，与子房五世相韩之义同，既不为狙击震动之举，又时无汉祖者可托以行其志，故每寄情于首山、易水之间，可以深悲其遇，斯真善言渊明之心者。倘谓非杀身不可以言忠，则是伯夷、商容亦尚有惭德也。盖不知其人，当听其言。抗节不仕之徒，虽其忧谗畏讥，噤噤不敢自尽，而郁结凄楚之思，有不能自已者。至若一丘一壑，寄托于蛊之上九，其神本怡，则其辞自旷也，是不过山泽之臞，而岂可同年而语哉？②

本帖乃针对正史"忠义传"体例提出质疑，其云："《宋史·忠义传序》有云：'世变沦胥，晦迹冥遁，能以贞厉保厥初心，抑又其次，以类附从。'斯真发前人未发之蒙，然而列传十卷，仍祇及死绥仗节诸君，未尝载谢翱、郑思肖只字，如靖康时之褚承亮誓不仕金，而祇列之《隐

---

① 北宋·王钦若等编《册府元龟》（北京：中华书局，1960 年 6 月 1 版，1988 年 8 月 3 刷），卷 809《总录部·隐逸·序略》，页 9614。

② 清·全祖望撰、朱铸禹校注《全祖望集汇校集注·鲒埼亭集外集》（上海：上海古籍出版社，2000 年 12 月 1 版），卷 42《移明史馆帖子五》，页 1650~1651。

逸》。"①此偏见不可不谓为深。故全氏慷慨言之:"则西台之血,何必不与苌弘同碧;《晞发》、《白石》之吟,何必不与《采薇》同哀? 使一死一生,遂歧其人而二之,是论世者之无见也。""倘谓非杀身不可以言忠,则是伯夷、商容亦尚有惭德也。"据此论述乃有意识地将逸民隐士与遗民加以区隔,强调遗民之政治趋向与节操;缘此,可见明末清初之人对遗民真实认知与实践。

遗民产生于国破家亡之际,表征人间正义,正如黄宗羲谓其"能确守儒轨,以忠孝之气贯其始终"②,故"遗民者,天地之元气也"③。明遗民所体认之群体价值,正在当汉民族受到异族统治之下,文化命脉面临危机之时,如何"存道",一如王夫之所云:

> 儒者之统与帝王之统并行于天下,而互为兴替。其合也,天下以道而治,道以天子而明;及其衰,而帝王之统绝,儒者犹保其道以孤行而无所待,以人存道,而道可不亡。④

是故儒者之统,孤行而无待者,明遗民之生活时代,天下自无统,道存乎人,以人存道,故自有统,道可不亡。王夫之又在《宋论》中明白指出遗民任重道远之生存意义,首要在于保存故国文献,乃云"士生于礼崩乐坏之世,而处僻远之乡,珍重遗文以须求旧之代,不于其身,必于其徒,非有爽也"⑤。因此之故,顾炎武《广宋遗民录序》认为张扬遗民,其目的在于"以存人类于天下","冀人道之犹未绝也"。⑥

---

① 《全祖望集汇校集注·鲒埼亭集外集》卷42《移明史馆帖子五》,页1651。

② 黄宗羲《杨士衡先生墓志铭》,清·黄宗羲撰、沈善洪主编《黄宗羲全集》(杭州:浙江古籍出版社,1993年10月1版),第10册《南雷诗文集·碑志类》上册,页468。

③ 黄宗羲《谢时符先生墓志铭》,《黄宗羲全集》第10册《南雷诗文集·碑志类》上册,页411。

④ 《读通鉴论》卷15《文帝》,页429。

⑤ 清·王夫之《宋论》(北京:中华书局,1964年4月1版,舒士彦点校本),卷2《太宗》,页38。

⑥ 《顾亭林诗文集·文集》卷2《广宋遗民录序》,页34。

换言之，民族文化之命脉乃靠遗民努力保存，继而发扬光大。

广东著名遗民诗人屈大均对遗民之诗歌创作予以高度肯定，其《见堂诗草序》云："今天下善为诗者多隐居之士，盖隐居之士能自有其性情，而不使性情为人所有。故读其诗者，非自有其性情不能得其性情之所至。"①自是强调"真性情"为遗民文学之价值所在，换言之，"真性情"乃指遗民之民族气节而言。审视海外幾社成员积极投入抗清战斗行列，以图恢复明室，终其一生抗战到底，绝不投降，成为流离海外之遗民。诚如全祖望《徐都御史传》所云："明季海外诸公，流离穷岛，不食周粟以死，盖又古来殉难之一变局也。"②然而"明社既屋，士之憔悴失职，高蹈而能文者，相率结为诗社，以舒写其旧国旧君之感，大江以南，无地无之"③。

海外幾社即是以抗清遗民所组成之文社，而且结于海上，乱离东南岛屿之间，可谓明末清初极为特殊之文社。海外遗民之多，仅就远渡台湾者言，如病骥老人序孙静庵《明遗民录》云："弘光、永历间，明之宗室遗臣，渡鹿耳依延平者，凡八百余人。"④此说虽难考实，但由海外幾社诸子流寓台湾，亦可备此说之一端。

"海洋"一词是相对于"陆地"、"内陆"、"大陆"而言。所谓"海洋文化"实指濒临海洋的地区或海岛在一定的条件下，所形成异于"内陆"（或称"大陆"）型文化的海洋型文化。海洋文化之特质是流动性的、开放性的、多元性的、包涵性的，但它必须是以吸收外来文化加以

---

① 清·屈大均撰、欧初等编《屈大均全集·翁山文外》（北京：人民文学出版社，1996 年 12 月 1 版，第 3 册），卷 2《见堂诗草序》，页 79。

② 《全祖望集汇校集注·鲒埼亭集外编》卷 12《徐都御史传》，页 963。

③ 清·杨凤苞：《秋室集》（上海：上海古籍出版社，2002 年 3 月 1 版，《续修四库全书》影清光绪十一年陆心源刻本，第 1476 册），卷 1《书南山草堂遗集后》，页 10。

④ 病骥老人《孙静庵〈明遗民录〉序》，见谢正光、范金民编《明遗民录汇辑·附录》（南京：南京大学出版社，1995 年 7 月 1 版），页 1371。

发展为前提的。① 故海洋文化具体意义之呈现至少包含：海权思想、国际贸易、自由经济、民主政治与多元文化等。总之，海洋型文化异质性高，在大异中求同；属于海权社会，横渡重洋追求冒险。大陆型文化同构型高，在大同中存异，属于农业社会，安土重迁追求稳定。

海洋文学为海洋文化之中重要组成部分，也是文学的一种类型，其体裁包括神话、传说、小说、寓言、诗词、歌赋、戏曲、散文、笔记、碑文等。严谨的定义"海洋文学"应先有此认知：就是无论任何题材之海洋文学作品以反应海洋精神、海洋生活、海洋生态、海洋器物为主，再次者亦须与海洋有关的人类活动为描写对象而具有海洋诗情者。故海洋文学为海洋文化最直接的体现，是再现人类内心情感和一定时期人类海洋活动的一种文化现象。明朝覆灭，清兵南下，东南沿海成为南明抗清之基地，海外幾社诸子为反清复国大业，追随鲁王于舟山、投靠郑成功于金、厦，最终转进于台湾。无论舟山或金、厦、台湾皆海岛，四周为海洋所包，尤其明郑政权特富海洋性格，其军舰船队纵横于东南沿海，更远及于东亚诸国，故其集团充满强烈海洋性。而此抗清集团诗人生活、战斗于海峤穷岛之中，如徐孚远、卢若腾、张煌言今存诗文十之八九皆创作于海上，此不可不谓之海洋文学也。

总之，海外幾社诸子诗歌创作于明末抗清救亡图存之际，诸公流离海上，遍历旷古未曾有之局。其重大意义在于由安土重迁之大陆性格走向冒险犯难之海洋性格；诗歌反映社会，其风格亦自大陆文学一变而为海洋文学，一洗明诗卑弱习气。

三、以诗史为研究重心

本书特性之三，以徐孚远、卢若腾、张煌言三子诗史为研究重心，并溯及陈子龙、夏完淳爱国诗歌。"诗史"之说，由唐人提出，宋人认

---

① 此定义参引庄万寿《台湾文化论：主体性之建构》（台北：玉山社出版公司，2003 年 11 月 1 版），第二章《台湾文化之理论与特色》，贰、《台湾海洋文化》，页 67。

同，经明代复古派批判否定，到明末清初成为诗学讨论之重要议题。明清之际重新建构"诗史"之动机，实与从事复明运动诗人群体之诗学观念息息相关。

杜甫具有仁圣胸怀，其诗作呈现忠君爱国，关怀民生，感时忧民之生命情怀，故被推尊为"诗史"，唐人认为其特征在于"以时事入诗"，如晚唐孟棨《本事诗·高逸》云：

> 杜逢禄山之乱，流离陇蜀，毕陈于诗，推见至隐，殆无遗事，故当时号为"诗史"。①

杜甫之诗歌能真实反映安史之乱前后之社会现实，以切身之体验，记录当时民生史实，成为一代诗史。而欧阳修等修《新唐书·杜甫传》基本上乃继承《本事诗》之说，认为善陈时事乃杜甫诗史之价值，故赞曰：

> 甫又善陈时事，律切精深，至千言不少衰，世号"诗史"。②

宋人对"诗史"认识比唐人更进步，哲宗时胡宗愈《成都新刻草堂先生碑序》中说，杜诗所以被当时学士大夫称为"诗史"，乃在其"凡出

---

① 唐·孟棨：《本事诗》卷3《高逸》，见丁福保辑《历代诗话续编》（北京：中华书局，1983年8月1版，华文实点校本），页15。有关"诗史"之说检讨，请参考龚鹏程《诗史本色与妙悟》（台北：台湾学生书局，1986年4月1版，1993年2月增订1版），第二章《论诗史》，页19～91。杜甫被誉为"诗史"之唐宋人讨论可参考简恩定《清初杜诗学研究》（台北：文史哲出版社，1986年8月1版），第三章《杜甫为诗史观念之演变与发展》，页107～122。陈文华《杜甫传记唐宋资料考辨》（台北：文史哲出版社，1987年11月1版），第四篇《思想之厘定》，一、《围绕在儒家诗教观下的批评内容》，三、《诗史》，页241～259。而明人讨论杜甫"诗史"议题可参考陈文新：《明代诗学》（长沙：湖南人民出版社，2000年11月1版），第一章《诗贵情思而轻事实》，一、"诗史"之说的辨证，页40～55。孙微：《清代杜诗学史》（济南：齐鲁书社，2004年10月1版），第二章《清初的杜诗学研究》，第二节清初杜诗学兴盛原因分析（二），二、对"诗史"说的反思，页86～98。

② 北宋·欧阳修等撰《新唐书》（台北：鼎文书局，1992年1月7版，影北京：中华书局校点本），卷201《文艺上·杜甫传》，页5738。

处去就,动息劳佚,悲欢忧乐,忠愤感激,好贤恶恶,一见于诗,读之,可以知其世。"①宋末文天祥《集杜诗自序》云:"昔人评杜诗为'诗史',盖其以咏歌之辞寓纪载之实,而抑扬褒贬之意,灿然于其中,虽谓之史可也。予所集杜诗,自余颠沛以来,世变人事,概见于此矣!是非有意于为诗者也。后之良史,尚庶几有考焉。"②文天祥《集杜诗》所取是杜诗忧国忧民之心和忠君爱国之情及其悲愤之气,故后人推许《集杜诗》为一部优秀"诗史"③。蒙元灭宋,士人身历鼎革,目击艰辛,触景伤情,皆起兴亡之感,身世之悲,黄溍《方先生诗集序》说方风于宋末本为处士,宋亡"稍出游浙东、西州,遇遗民故老于残山剩水间,往往握手歔欷,低徊而不忍去。缘情托物,发为声歌,凡日用动息,居游合散,耳之所属,靡不有寓其意。而物理之盈虚,人事之通塞,至于得失废兴之迹,皆可概见。"④要之唐、宋各家对于"诗史"之诠释,各有不同角度,宋人着重作者之人格、思想与作品高度之和谐,故尊崇杜甫为诗圣。

明末清初遗民处于易代之际,有鉴于民族文化存亡关键,强烈忧患意识,故特别强调以诗歌补史之功能。钱谦益(1582—1664)诗为清初第一大家,其在崇祯四年(1631年)《跋汪水云》就对宋遗民文学之表现特别关注,称汪元量《湖州歌》、《越州歌》、《醉歌》"记

---

① 北宋·胡宗愈《成都新刻草堂先生碑序》,见清·仇兆鳌:《杜诗详注·附编》(北京:中华书局,1979年10月1版),页2242。

② 南宋·文天祥:《文山先生全集》(台北:台湾商务印书馆,1979年11月1版,《四部丛刊正编》影明万历胡应皋邵武刻本),卷14《集杜诗自序》,页330上。

③ 《四库全书总目提要·文信公集杜诗提要》云:"每篇之首,悉有标目次第,而题下叙次时事,于国家沦亡丧之由,生平阅历之境,及忠臣义士之周旋患难者,一一详志其实,颠末粲然,不愧诗史之目。"清·纪昀:《四库全书总目提要》(台北:艺文印书馆,1979年12月5版),卷164《文信公集杜诗提要》,页3241上。

④ 元·黄溍《方先生诗集序》,南宋·方风撰、方勇辑校《方风集·诸本序跋》(杭州:浙江古籍出版社,1993年12月1版),页183。

国亡北徙之事，周详恻怆，可谓诗史"。① 明亡之后，其《投笔集》诸诗模拟杜甫《秋兴》意境，可谓入其堂奥，陈寅恪说："此集牧斋诸诗中颇多军国之关键，为其所身预者，与少陵之诗仅为得诸远道传闻及追忆故国平居者有异。故就此点而论，《投笔》一集实为明清之诗史，较少陵尤胜一筹，乃三百年来之绝大著作也。"②察考钱谦益编选《列朝诗集》自称受元好问编《中州集》借诗以存史之启发，其《与周安期》云："鼎革之后，恐明朝一代之诗，遂致淹没，欲仿元遗山《中州集》之例，选定为一集，使一代诗人精魂，留得纸上，亦晚年一乐事也。"③另《列朝诗集》自序引其友程嘉燧（1565—1643）说："元诗之集也，以诗系人，以人系传，《中州》之诗，亦金源之史也。吾将仿而为之。吾以采诗，子以庀史，不亦可乎？"④众所周知钱谦益又是清代第一个注杜大家，开创"以诗证史"之注杜方法，自诩"凿开鸿蒙，手洗日月"⑤，丰富"诗史"之内涵，其"诗史"新说见于《胡致果诗序》：

> 《春秋》未作以前之诗，皆国史也。人知夫子之删《诗》，不知其为定史。人知夫子之作《春秋》，不知其为续《诗》。《诗》也、《书》也、《春秋》也，首尾为一书，离而三之者也。三代以降，史自史，诗自诗，而诗之义不能不本之于史。曹之《赠白马》，阮之《咏怀》，刘之《扶风》，张之《七哀》，千古之兴亡升降，感叹悲愤，皆于

---

① 清·钱谦益撰、钱曾笺注《牧斋初学集》（上海：上海古籍出版社，1985年9月1版，钱仲联标校本），卷84《跋汪水云》，页1764。

② 陈寅恪：《陈寅恪集·柳如是别传》（北京：三联书店，2001年1月1版），第5章《复明运动》，页1193。

③ 清·钱谦益：《钱牧斋全集》（上海：上海古籍出版社，2003年8月1版，钱仲联标校本），第7册《钱牧斋先生尺牍》卷1《与周安期》，页236。

④ 钱谦益《列朝诗集自序》，清·钱谦益撰集《列朝诗集·序》（北京：中华书局，2007年9月1版，许逸民等点校本），页1。

⑤ 清·钱谦益撰、钱曾笺注《牧斋有学集》（上海：上海古籍出版社，1996年9月1版，钱仲联标校本），卷15《草堂诗笺元本序》，页702。

诗发之。驯至于少陵，而诗中之史大备，天下称之曰诗史。唐之诗，入宋而衰。宋之亡也，其诗称盛。皋羽之恸西台，玉泉之悲竺国，水云之苕歌，《谷音》之越吟，如穷冬冱寒，风高气粟，悲噎怒号，万籁杂作，古今之诗莫变于此时，亦莫盛于此时。至今新史盛行，空坑、厓山之故事，与遗民旧老，灰飞烟灭。考诸当日之诗，则其人犹存，其事犹在，残篇啮翰，与金匮石室之书，并悬日月。谓诗之不足以续史，不亦诬乎？[①]

　　钱谦益首先从诗史同源立论，说明诗之义本于史；推尊孔子删《诗》即在定史。再者，诗中可见千古之兴亡升降，杜诗集大成，故"诗史"称焉。其三，宋亡之诗与史书并悬日月，空坑、厓山之故事，与遗民旧老，其事其人因其诗可考，堪称诗本于史之一盛局。故诗可以续史，补史之不足。综观全篇意旨，实道出明清之际，天崩地裂，民族危难远甚于杜甫所处之安史之乱，而南明诸王抗清亦甚于宋末厓山之悲，因此以诗传史、诗备史义有其时代之特殊意义。审此，钱谦益从学理、诗歌史、宋遗民诗来论述"诗史"之合理性及时代性。余英时综合钱谦益编选《列朝诗集》之用意与《胡致果诗序》议论，指出钱谦益"诗史"更深一层含义乃在：遗山《中州集》止于"癸"，故其所保存金源一代之"诗"已成一往不返之"史"，故其"诗史"之意义亦止于保存记忆，相当于"国可灭，史不可灭"而已。牧斋《列朝诗集》作为"诗史"而言，则有进于此者。彼盖以金镜虽遂而仍可复起，《列朝诗集》仅止于"丁"，不仅可供"殷顽"起"故国之思"，且将能激励年少而不忘故国者（如胡静夫之流）为复明大业继起奋斗也。此始是牧斋"诗史"观念之最后归宿处。[②] 此说精辟，发幽抉微。

　　另外吴伟业（1609—1671）对诗与史之辩证关系有独特之定位，

---

① 《牧斋又学集》卷18《胡致果诗序》，页800～801。

② 余英时《评关于钱谦益的"诗史"研究》，见《余英时文集》卷9《历史人物考辨》（桂林：广西师范大学出版社，2006年4月1版），页53。

认为诗史是"史外传心之史"，其《且朴斋诗稿序》云：

> 古者诗与史通，故天子采诗，其有关于世运升降、时政得失者，虽野夫游女之诗，必宣付史馆，不必其为士大夫之诗也。太史陈诗，其有关于世运升降、时政得失者，虽野夫游女之诗，必入贡天子，不必其为朝廷邦国之史也。……观其遗余诗曰："荍芦十载卧蘧蘧，风雨为君叹索居。"出处相商，兄弟之情，宛焉如昨。又曰："山中已着还初服，阙下犹悬次九书。"则又谅余前此浮沉史局，掌故之责，未能脱然，嗟乎！以此类推之，映薇之诗，可以史矣！可以谓之史外传心之史矣！①

吴伟业"史外传心之史"诗史观，强调歌不只是用客观写实之笔法记录社会现实中发生之具体事件和经历，以弥补正统历史著作所带来之阙漏，成为后人修史时可资考据之史料；它也不是以史之附庸方式而存在。就"史"之意义而言，诗歌所传之"史"，是通过作者心灵真实感受、体验反映出的一代兴亡盛衰之历史。它不是社会史、政治史，而是心灵史、情志史。② 其实吴伟业"史外传心之史"与其诗歌创作论息息相关，赵翼（1727—1814）《瓯北诗话》曾指出：

> 梅村身阅鼎革，其所咏多有关于时事之大者。如《临江参军》、《南厢园叟》、《永和宫词》、《雒阳行》、《殿上行》、《萧史青门曲》、《松山哀》、《雁门尚书行》、《临淮老妓行》、《楚两生行》、《圆圆曲》、《思陵长公主挽词》等作，皆极有关系。事本易传，则诗亦易传。梅村一眼觑定，遂用全力结撰此数十篇，为不朽计，此诗

---

① 清·吴伟业：《吴梅村全集》（上海：上海古籍出版社，1990 年 12 月 1 版，李学颖集评标校本），卷 60《且朴斋诗稿序》，页 1205～1206。

② 本段诠解主要参考李世英、陈水云：《清代诗学》（长沙：湖南人民出版社，2000 年 11 月 1 版），第一章《诗为"史外传心之史"》，第三节《诗为"史外传心之史"》，页 26。

人慧眼,善于取题处。①

　　吴伟业在清初所创作诗篇最富时代特色,尤其以歌行体叙事诗之方式,大量描写社会动乱与易代历史过程,展现出明清之际风云变幻,明末诗人钱、吴并称,程穆衡(1702—1794)《鞶帨卮谈》认为吴伟业诗独绝处,在"征词传事,篇无虚咏,诗史之目,殆其庶几"②。故陈文述(1771—1843)《读吴梅村诗集,因题长句》赞其"千秋哀怨托骚人,一代兴亡入诗史"③。

　　"诗史"之说至黄宗羲(1610—1695)又开展新义,梨州认为"诗之与史,相为表里者也"④,故序其挚友万泰诗集时特标举出"以诗补史之阙"的特质,其《万履安先生诗序》云:

　　　　今之称杜诗者以为诗史,亦信然矣。然注杜者,但见以史证诗,未闻以诗补史之阙,虽曰诗史,史固无藉乎诗也。逮夫流极之运,东观兰台但记事功,而天地之所以不毁、名教之所以仅存者,多在亡国之人物。血心流注,朝露同晞,史于是而亡矣。犹幸野制遥传,苦语难销,此耿耿者明灭于烂纸昏墨之余,九原可

---

　　① 清·赵翼:《瓯北诗话》卷9《吴梅村诗》条,见郭绍虞编选《清诗话续编》(上海:上海古籍出版社,1983年12月1版,富寿荪校点本),页1283。另朱庭珍《筱园诗话》亦指出吴梅村"身际鼎革,所见闻者,大半关系兴衰之故,遂挟全力,择有关存亡,可资观感之事,制题数十,赖以不朽。"清·朱庭珍:《筱园诗话》卷3,见《清诗话续编》,页2389。

　　② 程穆衡《鞶帨卮谈》,见《吴梅村全集·附录四》,页1505。程穆衡《吴梅村诗集笺注》为第一家笺注吴梅村者,初稿成于乾隆三年(1738),至乾隆三十年复取原本分散各类,依年排序,为十二卷,益以诗话为十三卷。通行版本有:清·程穆衡原笺、清·杨学沆补注《吴梅村诗集笺注》(上海:上海古籍出版社,1983年12月1版,影保蕴楼钞本)。

　　③ 清·陈文述:《颐到堂诗选》(上海:上海古籍出版社,2002年3月1版,《续修四库全书》影清嘉庆二十二年刻本道光增修本),卷1《读吴梅村诗集,因题长句》,页512下。

　　④ 黄宗羲《姚江逸诗序》,《黄宗羲全集》第10册《南雷诗文集·序类》上,页10。

作，地起泥香，庸讵知史亡而后诗作乎？……明室之亡，分国鲛人，纪年鬼窟，较之前代干戈，久无条序；其从亡之士，章皇草泽之民，不无危苦之词。以余所见者，石斋、次野、介子、霞舟、希声、苍水、密之十余家，无关受命之笔，然故国之铿尔，不可不谓之史也。①

黄宗羲肯定杜诗为"诗史"之历史地位，以注杜为例，皆知以史证诗，但黄宗羲认为"诗史"之核心在于"以诗补史之阙"这项特质。在丧乱亡国之际，史家虽血心洒注，但往往朝露同晞而销亡；史之不备载，诗人关怀社稷民生，亦血心洒注，苦语难销，发愤为诗，故"史亡而后诗作"，故凡可补史料之不及者皆是"诗史"。②

"以诗补史之阙"是明遗民诗歌创作之主旋律，如钱澄之《生还集自序》云：

---

① 黄宗羲《万履安先生诗序》，《黄宗羲全集》第 10 册《南雷诗文集·序类》上，页 47。文中举证讨论不论是宋亡以后，文天祥、汪元量、谢翱、郑思肖等人之作品，抑是元亡之后，戴良、杨维桢、丁鹤年、王逢之诗作，甚至明亡以后，张煌言等人之危苦之诗，都可以弥补历史记载之缺漏。因文长附注于下："是故景炎、祥兴，《宋史》且不为之立本纪，非《指南》、《集杜》，何由知闽、广之兴废？非水云之诗，何由知亡国之惨？非白石、晞发，何由知竺国之双经？陈宜中之契阔，《心史》亮其苦心；黄东发之野死，宝幢志其处所，可不谓之诗史乎？元之亡也，渡海乞援之事，见于九灵之诗，而铁崖之乐府，鹤年席帽之痛哭，犹然金版之出地也，皆非史之所能尽矣。"

② 简恩定在讨论这段文字时，特别强调"黄宗羲所谓史亡而后诗作的原意并非诗可代史或者诗即是史，而是经由他推论所得的结语。亡国人物由于朝露同晞，最后连血心流注所残存之史一并销亡。所幸野制犹存，得以保存一些有关当时苦难情形的作品流传于后代。因此史亡而后诗作的正确解释即是诗可补史之阙"。见简恩定：《清初杜诗学研究》（台北：文史哲出版社，1986 年8 月 1 版），第三章《杜甫为诗史观念之演变与发展》，第二节《以诗补史观念的提出》，页 117。简氏又说"其实梨州此论仍是特重在以诗补史之阙，而非直谓诸人之诗是史。也就是梨州所谓诗史乃为凡可补史料之不及者皆是。"简恩定：《清初杜诗学研究》，第三章《杜甫为诗史观念之演变与发展》，附注二，页122。

间道度岭，悉索敝篋，断自弘光元年（乙酉）、迄永历二年（戊子）冬止，约计四载，共得诗若干篇，为六卷；付诸剞劂，目曰《生还集》，志幸也。其间遭遇之坎壈，行役之崎岖，以至山川之胜概，风俗之殊态、天时人事之变移，一览可见。披斯集者，以作予年谱可也。诗史云乎哉！①

钱澄之以诗作年谱，以诗记录自己抗清心声，亦记录南明抗清之诗史。故《所知录凡例》又云：

某平生好吟，每有感触，辄托诸篇章。闽中舟车之暇，亦间为之。粤则闲曹无事，莫可发摅，每有记事，必系以诗。或无记而但有诗，或记不能详而诗转详者，故诗不得不存也。删者甚多，亦存其记事之大者而已。②

钱澄之"每有记事，必系以诗。或无记而但有诗，或记不能详而诗转详者"，可见南明"以诗补史之阙"意识鲜明。而屈大均《二史草堂记》则云：

予也少遭变乱，屏绝宦情，盖隐于山中者十年，游于天下者二十余年，所见所闻，思以诗文一一传之。诗法少陵，文法所南，以寓其褒贬予夺之意，而于所居草堂名曰"二史"。盖谓少陵以诗为史，所南以心为史云。③

审此，遗民以心为史，用诗歌表现明清之际的民族气节。

另张煌言《奇零草序》亦云：

年来叹天步之未夷，虑河清之难俟。思借声诗，以代年谱，遂索友朋所录、宾从所钞次第之。而余性颇强记，又忆其可忆者，载诸楮端，共得若干首，不过如全鼎一脔耳。独从前乐府歌

① 清·钱澄之：《藏山阁集·藏山阁文存》（合肥：黄山书社，2004 年 12 月 1 版），卷 3《生还集自序》，页 400。

② 钱澄之《所知录凡例》，清·钱澄之：《所知录》（合肥：黄山书社，2006 年 12 月 1 版，诸伟奇校点本），页 11～12。

③ 《屈大均全集·翁山文钞》卷 2《二史草堂记》，页 320。

行不可复考，故所订幾若《广陵散》。嗟乎！国破家亡，余谬膺节钺，既不能讨贼复仇，岂欲以有韵之词求知于后世哉！但少陵当天宝之乱，流离蜀道，不废《风》《骚》，后世至名为诗史；陶靖节躬丁晋乱，解组归来，著书必题义熙；宋室既亡，郑所南尚以铁匣投史智井中，至三百年而后出。夫亦其志可哀、其精诚可念也已！然则何以名《奇零草》？是帙零落凋亡，已非全豹；譬犹兵家握奇之余，亦云余行间之作也。①

所谓"思借声诗，以代年谱"，乃煌言在国破家亡之际，流离海上，仍自许为杜陵诗史，更效渊明诗题甲子，表达义不降清之心；煌言《奇零草》之作，无法藏诸名山，或可传之民间，三百年后亦能如郑所南《铁函心史》，复出土于世间，以为不朽。缘此，全祖望称张煌言"尚书之集，翁洲、鹭门之史事所征也"②。而徐孚远《题心史》："宋亡孤臣郑所南，萧然无室亦无男。欲传万古伤心恨，遗史成时铁作函。"③故连横评徐孚远诗曾言："余读《钓璜堂集》，既录其诗，复采其关系郑氏军事者而载之，亦可以为诗史也。"④缘此，可见海外幾社诸子乃藉诗歌心声，以心为史，传万古伤心之恨也。

综合上述三大面向，乃为本书主题定位，基于主题聚焦，本议题探讨乃以张苍水、卢若腾、徐孚远现存诗文集为主要文本，再参以南明史料、清人文史专集及官方文书纪录来进行研究。缘此用心所在，本书研究目的有三：

第一在深化南明遗民抗清文学研究：搜罗同时代相关数据与其成员全部诗文集，分析、比较、互证及归纳，以对其生平及诗文作全面之探讨与研究，唯有如此方可见树又见林。借由海外幾社群体诗人

---

① 张煌言《奇零草序》，《张苍水集》卷5《冰槎集》，页254～255。

② 全祖望《张尚书集序》，《全祖望集汇校集注·鲒埼亭集外编》卷25，页1210。

③ 明·徐孚远：《钓璜堂存稿》（民国十五年金山姚光怀旧楼刻本），卷18《题心史》，页14。

④ 《台湾诗乘》卷1，页12。

之总体研究,可从群体诗人间彼此酬唱、感怀、记事,印证史实,考释出海外幾社诗人们活动踪迹与作品系年,此一宏观视野对徐孚远《钓璜堂存稿》诗系年与诠解,绝对是必要之方法,唯有如此才不致因袭前人之说而误入歧途。

第二为表彰民族气节而作:对于天崩地裂明清鼎革之际,海外幾社文人从事救亡图存,期待恢复、创造出遗民文学高峰。其反清复明志业终不免因军事势力消长而瓦解,徒留悲剧,然而其百折不悔、避居海外、完发全身之民族气节,永留青史。三百余年后,明清两代早已成过眼烟云,随风而逝,但最后海外幾社三子因文章而不朽,更能藉文化薪火相传,保存民族生机。

第三企图辨章台湾文学史实、考镜其源流:明郑台湾汉民族古典文学,是横的移植大陆文学,而非纵的本土性继承。在汉人强大文化笼罩下,台湾之汉民族诚如丘逢甲《台湾竹枝词》所云:"唐山流寓话巢痕,潮惠漳泉齿最繁。二百年来繁衍后,寄生小草已深根。"[①]台湾文学发展当以汉族文学为最大宗,此乃历史之偶然性创造出台湾文学之新发展,小传统在台湾创造新典范,形成大传统。今日论述台湾古典文学史,莫不自海外幾社始,但至今学界对海外幾社既缺乏深入之研究,自雅堂《台湾诗乘》以降又存在许多错误之成说,此不得不考证人物活动、辨章其文学史实,此实本书亟欲用力廓清之处。

第三节　文献探讨

本文献探讨,仅以与本书架构有关之研究范围为主,并探讨近代对此议题之学术研究史。本书至少包含三大领域:一、明末党社运动及其文学思潮;二、南明史及南明文学之研究,其中以围绕鲁王及明郑之文人团体为主轴;三、海外幾社成员及其文学研究。故下文分项探讨之:

---

①　《丘逢甲集·上编·青少年时期的诗作》(长沙:岳麓书社,2001 年 12 月 1 版),《台湾竹枝词》其一,页 13。

一、明末党社运动

（一）党社运动

东林、复社及幾社在明末清初皆有专书出现，东林者如吴应箕《东林本末》①、蒋平阶《东林始末》②等。复社者如陆世仪《复社纪略》③、吴伟业《复社纪事》④等。幾社者如杜登春《社事始末》⑤。

近代研究明末党社运动肇端于朱偰，朱偰乃朱希祖之女公子，朱希祖任教北京大学史学系，一生秉其师章太炎之志，专注于南明史，故家藏丰富。朱偰首先研究东林党社问题，之后在北京大学《国学季刊》发表《明季杭州读书社考》⑥、《明季南应社考》⑦等文，并于1945年结集成《明季党社研究》一书⑧，此书于坊间极难觅及，遍查国内图书馆藏书，亦未见此书，殊为可惜。

---

① 明·吴应箕：《东林本末》（台北：艺文印书馆，1971年3月，《百部丛书集成》影《贵池先哲遗书》）。

② 清·蒋平阶：《东林始末》（扬州：江苏广陵刻古籍印社，1994年8月1版，影清道光十一年六安晁氏《学海类编》，第3册）。

③ 清·陆世仪：《复社纪略》，见《东林与复社》（台北：台湾银行经济研究室，1968年12月1版，《台湾文献丛刊》第259种）。

④ 清·吴伟业：《吴梅村全集》（上海：上海古籍出版社，1990年12月1版李学颖集评标校本），卷24《复社纪事》，页599～608。

⑤ 清·杜登春：《社事始末》（台北：艺文印书馆，1968年1版，《百部丛书集成》影清吴省兰辑《艺海珠尘》）。

⑥ 朱偰《明季杭州读书社考》，北京大学《国学季刊》，第2卷第2号（1929年），页261～285。朱偰之前所考明末清初社事者如李元庚《望社姓名考》，《国粹学报》第六年第71期（1910年9月20日），页1～10。

⑦ 朱偰《明季南应社考》，北京大学《国学季刊》，第2卷第3号（1930年），页541～588。

⑧ 朱偰：《明季党社研究》（上海：上海商务印书馆，1945年8月1版）。

1934 年谢国桢《明清之际党社运动考》①一书,是研究明清之际党社运动里程碑,谢国桢(1901—1982)认为明末东林党争、复社、幾社等集会结社之活动,与当时社会、政治关系至为密切,作者从明清之际大量之正史、诗文集、野史笔记中披沙拣金,取精用宏,勾勒出明万历至清康熙间士大夫党争与历史发展之相互关系脉络,诚是钩索文籍,用力甚勤之宏著,故为此领域经典之作。谢国桢其他著作如《增订晚明史籍考》②、《明末清初的学风》③等皆涉及此主题。钱杭、承载合著《十七世纪江南社会生活》一书④,其第一章《江南的文人社团》,介绍 17 世纪江南的复社、幾社等社团组织与活动,颇为详尽。

单篇文章有 1936 年胡怀琛《西湖八社与广东诗社》⑤,同年胡怀琛又有《中国文社的性质》一短文,将中国文社的性质分为三类:一个是治世(或盛世)的文社,一个是乱世(或衰世)的文社,一个是亡国遗民的文社。⑥ 1936 年陈豪楚《浙中结社考》⑦、1947 年郭绍虞《明代文

---

① 谢国桢:《明清之际党社运动考》(台北:台湾商务印书馆,1967 年 1 月 1 版,影上海商务印书馆 1934 年版)。又谢国桢:《明清之际党社运动考》(上海:上海书店,1990 年 12 月 1 版,《民国丛书》第 2 编第 25 册,影上海商务印书馆 1934 年版)。此二版皆上海商务印书馆 1934 年版。而 1981 年谢国桢又有增编版,以简体字发行,谢国桢:《明清之际党社运动考》(上海:上海书店出版社,2004 年 1 月 1 版),增编附录三《清初东南沿海补考》及附录四《记清初通海案》二文。

② 谢国桢:《增订晚明史籍考》(上海:上海古籍出版社,1981 年 2 月新 1 版),《自序》,页 14。

③ 谢国桢:《明末清初的学风》(上海:上海书店出版社,2004 年 1 月 1 版)。

④ 钱杭、承载著《十七世纪江南社会生活》(台北:南天书局,1998 年 6 月 1 版),第一章《江南的文人社团》,页 39～98。

⑤ 胡怀琛:《西湖八社与广东诗社》,《越风》14 期(1936 年 5 月 30 日),页 8～9。

⑥ 胡怀琛:《中国文社的性质》,《越风》22、23、24 期合刊(1936 年 12 月 25 日),页 7～9。

⑦ 陈豪楚《浙中结社考》(一)(二)(三)(四),《越风》16 期(1936 年 6 月 30 日),页 12～13。17 期(1936 年 7 月 30 日),页 12～17。18 期(1936 年 8 月 30 日),页 25～27。19 期(1936 年 9 月 15 日),页 23～27。

人结社年表》①及 1948 年《明代的文人集团》②，尤其《明代的文人集团》一长文整理论述明代的文社、诗社达 176 个之多，至今仍然是研究者主要参考依据。近年来有李圣华《晚明文人结社简表》③等。

专著有日人小野合子《明季党社考》④，以考东林党为主轴，并论及南明复社，是一本享誉极高之学术专著。台湾有林丽月《明末东林运动新探》⑤，为 1984 年台湾师范大学历史研究所博士论文。该论文透过探讨东林人物的思想与政治活动以了解明末的政治文化，并就东林运动之本质及其在明末政治与思想史上的地位给予适当之评价。该论文数据源除了《明实录》、《明史》、《明通鉴》等基本史料之外，并包括许多东林人士的奏疏函牍、明清之际有关明末党争与东林人物事迹的著作，以及《万历邸钞》、《万历疏钞》、《神庙留中奏疏汇要》等较为罕用的资料。此外，并参考大陆地区、日本、美国、欧洲学者有关东林运动的中、外文著作多种，全文共分七章。1985 年刘莞莞《复社与晚明学风》硕士论文⑥，本文第一部分针对复社成立与崇

---

① 郭绍虞《明代文人结社年表》一文，见郭绍虞：《照隅室古典文学论集·上编》（上海：上海古籍出版社，1983 年 9 月 1 版），页 498～512。发表于 1947 年《东南日报·文史》第 55、56 期。

② 郭绍虞《明代的文人集团》一文，见《照隅室古典文学论集·上编》，页 518～610。发表于 1948 年《文艺复兴·中国文学研究号（上）》。

③ 李圣华：《晚明诗歌研究》（北京：人民文学出版社，2002 年 10 月 1 版），附录《晚明文人结社简表》，页 349～394。

④ 〔日〕小野合子：《明季党社考》（京都：同朋社，1996 年 2 月 1 版）。中译本有〔日〕小野合子著、李庆、张荣湄译《明季党社考》（上海：上海古籍出版社，2006 年 1 月 1 版）。小野合子此领域专论中译有《东林党考》，刘俊文主编、栾成显译《日本学者研究中国史论文选译》（北京：中华书局，1993 年 9 月 1 版），第六卷明清，页 266～303。

⑤ 林丽月：《明末东林运动新探》，国立台湾师范大学历史研究所博士论文，1984 年 7 月，李国祁教授指导，全书分七章，计 434 页。

⑥ 刘莞莞：《复社与晚明学风》，国立政治大学中国文学研究所硕士论文，1985 年 6 月，李威熊教授指导，全书分六章，附录二，计 198 页。

祯弘光朝党争做说明。第二部分针对复社学术与晚明学风加以论述。第三部分分析明亡之际复社人物出处。1986年许淑玲《幾社及其经世思想》硕士论文①，对幾社之研究，主要分为两个方面：第一针对幾社组织、社员、结社活动之分析；第二以幾社诸子所编《皇明经世文编》一书为主，分析幾社经世思想。类似之作尚有王坤地《陈子龙及其经世思想》②等。

大陆地区则有何宗美之《明末清初文人结社研究》③及《明末清初文人结社研究续编》④二部专书。前者首先针对明代文人结社作概括绪论，并对晚明文人结社做宏观讨论。是书重心在复社思想、学术与文学个案研究，并论及清初明遗民结社与清初东北流人结社。为一部研究明末清初党社与文人运动关系并结合文学流派与文学思潮之专著。而《续编》则介绍文人结社之渊源及明末清初诗文社个案之研究，此二书在此领域里堪称是扎实创新之作。

至于古代文人集团整体性研究，有郭英德《中国古代文人集团与文学风貌》⑤、陈宝良《中国的社与会》⑥、欧阳光《宋元诗社研究丛稿》⑦等，可收扩大视野、明辨源流之效。

---

① 许淑玲：《幾社及其经世思想》，国立台湾师范大学历史研究所硕士论文，1986年6月，李国祁教授指导，全书分五章，计235页。

② 王坤地：《陈子龙及其经世思想》，东海大学中国文学研究所硕士论文，1993年6月。

③ 何宗美：《明末清初文人结社研究》（天津：南开大学出版社，2003年1月1版）。何宗美另有《公安派结社考论》一书，涉及晚明公安派结社研究。何宗美：《公安派结社考论》（重庆：重庆出版社，2005年4月1版）。

④ 何宗美：《明末清初文人结社研究续编》（北京：中华书局，2006年12月1版）。

⑤ 郭英德：《中国古代文人集团与文学风貌》（北京：北京师范大学出版社，1998年11月1版）。

⑥ 陈宝良：《中国的社与会》（台北：南天书局，1998年10月1版）。

⑦ 欧阳光：《宋元诗社研究丛稿》（广州：广东高等教育出版社，1996年9月1版）。

（二）幾社文学

幾社文学在文学史上定位为云间派，至少包括云间诗派与云间词派，近年来已渐成学术研究焦点，故研究成果极为丰硕，限于主题所归，本文只针对研究陈子龙与夏完淳诗歌之重要文献列举之。

朱东润《陈子龙及其时代》①一书为陈子龙传记文学，作者以文学史家独到之笔触，勾勒出一幅 17 世纪中国的波澜壮阔之历史画卷，试图在历史发展过程中，寻找斗士陈子龙的时代。长年任教于美国之孙康宜《陈子龙与柳如是诗词情缘》②似有继志焉，而由文学切入历史，专题探讨陈、柳交往情缘之诗词，以阐明诗人寄托的黍离之悲。

有关陈子龙诗与诗学之研究，国内学位论文有蔡胜德《陈子龙诗学研究》③，大陆有姚蓉《明末云间三子研究》④，此专著分上下两篇：上篇《云间三子生平思想研究》、下篇《云间三子文学研究》，是广泛考察云间三子文学的得力之作。刘勇刚《云间文学研究》⑤首先以云间人文与松江地区望族为本文时代背景，注意到到松江区域文学与宗族社会之关系⑥；其次论幾社经世思想。主轴以云间诗派与云间词

---

① 朱东润：《陈子龙及其时代》（上海：上海古籍出版社，1984 年 1 月 1版）。

② 孙康宜著、李奭学译《陈子龙与柳如是诗词情缘》（台北：允晨文化公司，1992 年 2 月 1版）。

③ 蔡胜德《陈子龙诗学研究》，东吴大学中国文学研究所硕士论文，1981年 6 月。

④ 姚蓉：《明末云间三子研究》（广州：广东高等教育出版社，2004 年 9月 1版）。本书为其（广州）中山大学中文系博士论文修订本，黄天骥教授指导。

⑤ 刘勇刚：《云间文学研究》（北京：中华书局，2008 年 2 月 1版）。本书为其《云间派研究》（南京师范大学古代文学系博士论文，2002 年，陈书录教授指导）扩增而成。除前言、结语外，本文计九章，全书 408 页，有 35 万字之多。

⑥ 松江区域文学与宗族社会之关系，近年已有不少学者关注，其研究成果如朱丽霞：《清代松江府望族与文学研究》（上海：上海古籍出版社，2006 年 10月 1版）。

派分路并进,后三章专文分论陈子龙、柳如是、夏完淳。本书整体特色在既注重云间作为流派之考察,又加强诗人作品个案研究。谢明阳《云间诗派的形成——以文学社群为考察脉络》[①],将云间诗派分成"幾社"、"云龙唱和"、"云间三子"三个阶段,归纳出这三个阶段各有不同的诗学重点。本文擅长于原始资料之厘订,为考证翔实之作。其他单篇期刊论文则不赘。

云间词派或明遗民词,看似明词的辉煌终结,其实是清词辉煌开场。张仲谋《明词史》第七章《明词的辉煌终结》,其中第一节讨论陈子龙词,以洗尽铅华、独标清丽来概括其风格;第二节讨论其他抗清英烈词人,以夏完淳、张煌言为主。[②] 云间词派与近三百年来词风演变有密不可分之关系,后代研究清代词史者必然溯源于此。严迪昌《清词史》一书为此类研究之开山之作,是书在论述清初词坛与词风时首重云间词派。[③] 孙克强《清代词学》第六章《云间派词学》指出云间派强调风骚之旨,崇南唐北宋词,尚婉丽当行、倡含蓄蕴藉、戒浅率尘俗。[④] 陈水云《清代前中期词学思想》第一章《云间派的词学思想》论陈子龙词学思想为:一、反思明词,接续词统;二、重视言情,追求自然;三、标榜寄托,寓示世变。[⑤] 姚蓉《明清词派史论》第二章《云间词

① 谢明阳《云间诗派的形成——以文学社群为考察脉络》,《台大文史哲学报》,第66期,(2007年5月),页17~51。

② 张仲谋:《明词史》(北京:人民文学出版社,2002年2月1版),第七章《明词的辉煌终结》,页285~316。

③ 严迪昌:《清词史》(杭州:浙江古籍出版社,1990年1月1版),第一篇《清初词坛与词风的多元嬗变》,第一章《云间词派及其余韵流响》,第一节《云间词派概述》,页7~18。

④ 孙克强《清代词学》(北京:中国社会科学出版社,2004年7月1版),第六章《云间派词学》,页108~127。本书为作者1992年6月复旦大学中国文学系博士论文《清代词学理论研究》之增补修订本。

⑤ 陈水云:《清代前中期词学思想》(武汉:武汉大学出版社,1999年10月1版)第一章《云间派的词学思想》,页22~39。

派》，论述云间词派之词学思想、词作风格、并论及其旁支余响。① 国内学位论文有涂茂龄《陈大樽词的研究》②、邹秀容《云间词派研究》③、詹千慧《云间词人与云间词派研究》④等。总之，无论大陆及台湾两地专书或论文，各有其精彩之考论，取得崭新之研究成果。

近代对夏完淳研究与国民革命及抗日有密切关系，反满复汉时期南社诗人柳亚子研究南明史，开始注意南明抗清殉节诗人，1940年作有《夏允彝完淳父子合传》、另郭沫若有《夏完淳》、《少年爱国诗人夏完淳》⑤等影响较广。学位论文有白芝莲《夏完淳诗词研究》⑥由于本书篇幅并不多，仅处理夏完淳作品分类，归纳其特色，故仍属基本资料整理性质，尚未能讨论到夏完淳文学精髓。

二、南明史中鲁王及明郑抗清

（一）南明史研究

南明史研究，肇始于 20 世纪初年之江南地区，如柳无忌指出："当时含有政治意义，以南明史实为革命斗争的宣传工具，激起反满复汉的思想情绪。南社创始人陈去病与先父（柳亚子）都是这门新兴

---

① 姚蓉：《明清词派史论》（桂林：广西师范大学出版社，2007 年 7 月 1 版），第二章《云间词派》，页 12～85。

② 涂茂龄：《陈大樽词的研究》，高雄师范大学国文学系硕士论文，1992 年 6 月，张子良教授指导。

③ 邹秀容：《云间词派研究》，中兴大学中国文学研究所硕士论文，1998 年 6 月，徐照华教授指导。

④ 詹千慧：《云间词人与云间词派研究》，辅仁大学中国文学研究所硕士论文，2005 年 6 月，包根弟、林玫仪教授指导。

⑤ 以上具见白坚笺校《夏完淳集笺校》（上海：上海古籍出版社，1991 年 7 月 1 版），《附录二·夏允彝完淳父子传记事略辑存》，页 558～610。

⑥ 白芝莲：《夏完淳诗词研究》，东海大学中国文学研究所硕士论文，1995 年 4 月，汪中教授指导。计 137 页。

学问的早期提倡者。"①至中日战争时基于抗日宣传,南明史研究之范围又从历史扩大到文学。

朱希祖《编纂南明史计划》认为"南明时代,指弘光、隆武、永历三朝而言。自崇祯十七年五月起至永历三十七年八月止(清顺治元年至康熙二十二年,1644—1683 年),约四十年。其间若鲁王监国,郑延平王等事,亦包括在内。"②而"南明"一词据顾颉刚讲法创用于清朝中叶之钱绮:

> 明清之际,流传野史极多,但经清政府的禁毁,加以文字狱大兴,留存者极少。嘉、道以后,文禁不如以往的严密,但时间既相隔较远,材料的搜集颇难,故成书极少。惟徐鼒有《小腆纪传》六十五卷、《补遗》五卷。复有《小腆纪年》二十卷,用纲目体,搜集史料略备。又钱绮《南明书》三十六卷,未刊行,傅以礼曾见之;"南明"一词即为钱绮所首创。戴望对南明史亦曾用力,欲《续明史》,惜仅存传数篇。③

所谓"南明",一般是指明亡之后南京之福王弘光、绍兴之监国鲁王、福州之唐王隆武、肇庆之桂王永历诸政权,永历十六年(1662 年)四月吴三桂杀桂王父子于昆明,台湾郑氏犹奉永历年号,五月郑成功病逝于台湾,十一月鲁王崩于金门,此象征抗清势力之结束,之后张煌言不得不散军隐于南田悬岙。直至永历三十七年(1683 年)八月,清兵攻取台湾,郑克塽降清,明朔始亡,故南明应有四十年历史,换言之桂王虽亡,然其"永历"年号仍在南明的海外基地——台湾岛上,堂堂正正继续沿用了二十年,故黄宗羲赞之曰:

> 郑氏不出台湾,徒经营自为立国之计,张司马作诗诮之……

---

① 柳无忌《大哀赋注释序》,明・夏完淳著、王学曾注释《大哀赋注释・序》(上海:上海古籍出版社,1997 年 5 月 1 版),页 2。

② 朱希祖《编纂南明史计划》,朱希祖著、周文玖选编《朱希祖文存》(上海:上海古籍出版社,2006 年 12 月 1 版),页 338。

③ 顾颉刚:《当代中国史学》(上海:上海古籍出版社,2002 年 4 月 1 版),上篇《近百年中国史学的前期》,页 4~5。

即有贤郑氏者,亦不过侪(引者按:"侪"通"齐")之田横、徐市之间。某以为不然。自缅甸蒙尘以后,中原之统绝矣。而郑氏以一旅存故国衣冠于海岛,称其正朔。在昔有之,周厉王失国,宣王未立,召公、周公二相行政,号曰"共和";共和十四年,上不系于厉王、下不系于宣王,后之君子未尝谓周之统绝也。以此为例,郑氏不可谓徒然。①

就种族上言,南明乃是一个汉人政权与满人政权相对抗的大时代,汉人政权直至永历三十七年(1683年)方被真正摧毁。但清人修《明史》及民初修《清史稿》却并未给予南明这段历史应有之地位,甚且反加割裂、隐讳、歪曲,更借文字狱横施威吓,迫使士大夫噤口不敢谈史,遂使南明史被轻忽埋没。流弊所及,乃有人对南明应否自成段落,进而独立成史,颇致怀疑。

南明史何以"书永历年号之事,明末史家之意,以清顺治时,闽粤一带,尚非清廷所有,统纪明之历数,自洪武元年戊申至永历十六年壬寅(1368—1662年),凡享国二百九十六年,而后以康熙元年(1662年)继之,如薛氏《宋元通鉴》,以庚辰之岁(1280年)为宋,而元继之之例,明代遗民,皆宗此说"②,就是主张在康熙元年以前,历史之正统应在明而非在清。海外幾社可以归类为明代遗民之属,其积极从事复兴运动,最后虽功败垂成,但吾人岂可只知胜利者立场,而不顾明遗民观点?

一般人之印象,多认为南明诸帝除福王外,余皆"遁迹闽滇,苟延残喘,不复成其为国,正与宋末昰、昺二王之流离海岛者相类"③此亦

① 黄宗羲:《行朝录》卷11《赐姓始末》,清·黄宗羲撰、沈善洪主编《黄宗羲全集》(杭州:浙江古籍出版社,1986年5月1版),第2册,页199～200。

② 谢国桢:《增订晚明史籍考》(上海:上海古籍出版社,1981年2月新1版),《自序》,页14。又见谢国桢:《晚明史籍考》(台北:艺文印书馆,1967年4月1版,影1933年版),《自序》,页30。

③ 清·李瑶恭:《南疆绎史》(台北:台湾银行经济研究室,1962年8月1版,《台湾文献丛刊》第132种),《圣谕》第二通,页2。

不合史实之论,南明尚得三次机会,大有匡复长江流域之趋势,兹简引谢国桢《南明史略》所述:其一,永历二、三年(清顺治五、六年,1648—1649),明叛将金声桓、李成栋、姜瓖等反正,斯时桂王拥有两广、湖、湘、江西、川东、云、贵等七、八省的地方。[①] 其二,永历六年(清顺治九年、1652),流寇孙可望、李定国等反正,分兵三路,进攻清军,其中尤以李定国一路,"转战于湖湘一带,歼灭了清朝数十万军队,杀死了清朝两个有名的王爵—孔有德和尼堪,使清朝十分震惧,……由于李定国将军的英勇善战,用闪电式的战术大败清军,收复西南的失地,建立破敌的奇功。明末大儒黄宗羲评论这次的成绩,他说道:'逮夫李定国桂林、衡州之战,两蹶名王,天下震动;此万历以来全盛之天下所不能有。'[②]这种说法,是有事实的根据,并不是夸大其辞的。"[③]其三,张煌言以自己的智谋策略,和坚忍不拔的精神,配合各方义军,而与郑成功并肩作战。从永历元年(1647年)起到永历十三年(1659年)年止,这十三年中间,张煌言发动出师长江北伐战争,共有八次,尤其是永历十三年张煌言、郑成功两人合军北伐,成为清廷在南方统治最大的威胁,尤其永历十三年最后这次北伐,明军一路势如破竹,直抵南京城下,兵威之盛,"不独大江南北为之震动,就是远在北京的清朝政府,听到这个惊人的消息,也为之动摇,甚至要东还了"[④]。而亦如《靖海志》所载:

> 海师之入长江也,大江南北,无不争先献册上印,南及徽宁,西及九江,俱遥通款。禁中闻风思动,两浙人心摇摇,将吏坐观向背,满兵望风退缩,不敢争锋。江南巡抚弃句容走,丹阳筑堰

---

① 谢国桢:《南明史略》(上海:上海人民出版社,1957年12月1版,1988年3月2刷),第八章《西南建立的永历王朝(上)》,页157。
② 黄宗羲:《行朝录》卷5《永历纪年》,《黄宗羲全集》第2册,页168。
③ 《南明史略》,第九章《西南建立的永历王朝(下)》,页181。
④ 《南明史略》,第十章《郑成功、张煌言所领导的义师,及郑成功攻克台湾》,页202。

自守。报至北京，举朝震骇。诸王固山议出师，逡巡莫敢任。①

由上所述，即可明白南明存在对清朝欲统天下之威胁，若把南明诸帝拟于宋末之帝昰、帝昺，未免贬抑太甚，拟于不伦。

吾人对史实之价值之审定，与夫取舍的标准，端视其对后世的影响程度如何，影响后世愈大的史实，愈值得吾人重视，汉民族在台湾之开拓发展，实肇基于明郑时代。周宪文编辑《台湾文献丛刊》时即深刻注意此特殊历史时空，故说："本丛刊原严格以台湾为范围，后来因为台湾的历史与南明不可分割，所以逐渐扩及南明史料"②。缘此，《台湾文献丛刊》所收南明史料甚为丰富。故本文参考资料基本上以此《丛刊》为主，参及近年来新整理之诗文集与丛书，如《黄宗羲全集》、《四库禁毁书丛刊》、《续修四库全书》等丛书所收有关典籍资料。审之鲁王及明郑史料，当以谢国桢《增订晚明史籍考》卷十二《鲁监国》③、卷十三《郑氏始末》④所著录典籍为主要基本史料。

近百年来对南明断代史之研究，以下就重要者罗列简介之：

柳亚子《南明史纲·史料》⑤，南社社长柳亚子，国民革命时期爱国诗人也。清末革命志士皆深受南明抗清精神所感召，故章太炎、黄节刊校《张苍水集》、南社姚光整理出版《钓璜堂存稿》，皆有志一同，表彰忠义，弘扬民族精神。该书第一部分为《南明史纲初稿》（八编），第二部分为《南明人物志》，第三部分为《南明史料研究》，并附录五篇。

---

① 清·彭孙贻：《靖海志》（台北：台湾银行经济研究室，1959 年 1 月 1 版，《台湾文献丛刊》第 35 种），卷 3《顺至十六年·四月二十三日》，页 51。

② 周宪文等编《台湾文献丛刊序跋汇录》（台北：台湾中华书局，1971 年 11 月 1 版），《序》，页 2。

③ 《增订晚明史籍考》卷 12《鲁监国》，页 580～604。

④ 《增订晚明史籍考》卷 13《郑氏始末》，页 605～651。

⑤ 柳亚子撰、柳无忌编《南明史纲·史料》（上海：上海人民出版社，1994 年 6 月 1 版）。

钱海岳《南明史》①,钱海岳(1901—1968)江苏无锡人,民国初年随其父钱麟书入清史馆协修《清史》,乃有志于南明史,后得北大史学大师朱希祖之助,眼界始大,朱希祖秉其师章太炎之命,拟撰《南明史》②,惜卢沟桥事起,未竟其志而卒。1944 年钱海岳完成一百卷《南明史》,1950 年柳亚子曾借《南明史》稿本,回京抄录一份(现赠中华书局收藏),之后又经二十余年不断修订,《南明史》增至一百二十卷。1968 年,钱海岳以研究南明史,表彰郑成功,被拉至明孝陵,后跌死。1971 年 4 月顾颉刚主持"二十四史"整理工作,即曾提议寻求此书,以次于《明史》之后,《清史稿》之前。③ 该书数据详赡,体例完整,所列传主近两万人,可谓宏富,由于时代悲剧,迟至 2006 年才由北京中华书局出版,计十四册,都五千余页,堪谓极具重分量史书。

其他如出版于 1957 年谢国桢《南明史略》④。近年来如司徒琳《南明史》⑤、南炳文《南明史》⑥、顾诚《南明史》⑦,后出转精。

(二)鲁王及明郑研究

鲁王及明郑研究之单篇论文与专书甚多,以下仅就专书讨论之。

---

① 钱海岳:《南明史》(北京:中华书局,2006 年 5 月 1 版)。
② 朱希祖 1931 年发表于《中央研究院院务月报》第 2 卷第 7 期之《编纂南明史计划》认为清廷大兴史狱,摧毁私史,故万历、天启、崇祯三朝之史,既失其真,而弘光、隆武、永历三朝之史,更十不存一。重修《明史》,固属急要,南明之史更不容缓图。故二十年来搜访南明史料约二百数十种,南明诗文集约百五六种,笔记杂著约数十种,其间颇有旧抄珍本,海内稀有者。朱希祖著、周文玖选编《朱希祖文存》(上海:上海古籍出版社,2006 年 12 月 1 版),页338〜341。
③ 钱海岳:《南明史·出版说明》(北京:中华书局,2006 年 5 月 1 版),页11〜12。
④ 谢国桢:《南明史略》,第八章《西南建立的永历王朝(上)》,页 157。
⑤ 〔美〕司徒琳:《南明史》(上海:上海古籍出版社,1992 年 7 月 1 版)。
⑥ 南炳文:《南明史》(天津:南开大学出版社,1992 年 11 月 1 版)。
⑦ 顾诚:《南明史》(北京:中国青年出版社,1997 年 5 月 1 版)。

　　载录鲁王史料，在南明当时有黄宗羲《行朝录》（中之卷三、四《鲁王监国》及卷七《舟山兴废》）①及《海外恸哭记》②、王忠孝《大明鲁王履历》③。另查继佐《鲁春秋》④、徐芳烈《浙东纪略》⑤、清道光年间李聿求《鲁之春秋》⑥等皆为鲁王专史。

　　鲁王长期在金门，亦逝于金门，1959 年 8 月 22 日 16 时，当时金门驻军刘占炎中校奉命率部负责在旧金城东炸山采石，发现鲁王古墓真冢，出土宁靖王朱术桂所撰"皇明监国鲁王圹志"古碑一座⑦，当时待命处理，未向外吐露，不意为中华日报记者探悉，撰稿登于 10 月 29 日第三版，引起中外学者广大兴趣与注意。一时引发对鲁王事迹的热烈讨论，胡适首开起端，写下《跋金门新发现〈皇明监国鲁王圹志〉》⑧，继起撰文探讨者竟达十余篇之多。于是台湾风物杂志社遂于 1960 年 1 月之《台湾风物》第 10 卷第 1 期汇刊"明监国鲁王文献

---

　　①　黄宗羲：《行朝录》卷 3、卷 4《鲁王监国》，《黄宗羲全集》第 2 册，页 126～141。《行朝录》卷 7《舟山兴废》，《黄宗羲全集》第 2 册，页 175～179。

　　②　黄宗羲：《海外恸哭记》，《黄宗羲全集》第 2 册，页 209～242。

　　③　见明·王忠孝：《惠安王忠孝公全集》（南投市：台湾省文献委员会，1993 年 12 月 1 版），页 77～79。

　　④　清·查继佐：《鲁春秋》（台北：台湾银行经济研究室，1961 年 11 月 1 版，《台湾文献丛刊》第 118 种）。

　　⑤　清·徐芳烈：《浙东纪略》（台北：台湾银行经济研究室，1968 年 3 月 1 版，《台湾文献丛刊》第 264 种），页 99～100。

　　⑥　清·李聿求：《鲁之春秋》（上海：上海古籍出版社，2002 年 3 月 1 版，《续修四库全书》影清咸丰刻本，第 444 册）。

　　⑦　见《台湾文献》第 11 卷第 1 期（1960 年 3 月），页 119～121、照片第十一帧。又见《鲁春秋·附录二》（台北：台湾银行经济研究室，1961 年 11 月 1 版，《台湾文献丛刊》第 118 种），页 99～100。按：《皇明监国鲁王圹志》现藏于历史博物馆。

　　⑧　胡适《跋金门新发现〈皇明监国鲁王圹志〉》刊于《中华日报》，1959 年 11 月 2 日。

汇辑”①。台湾省文献会亦于《台湾文献》第 11 卷第 1 期为“明监国鲁王特辑”，刊载鲁王墓出土之情况与出土文物，并有廖汉臣《鲁王抗清与二张之武功》等八篇专文。② 近年来研究鲁王者皆与金门文献会有关：如金门军管时期金门文献委员会编《金门先贤录》③、1963 年起任“中央社”金门特派员之郭尧龄（1919—2001）《鲁王与金门》④等著作。

　　载录明郑史料，在南明当时有黄宗羲《行朝录》卷十一《赐姓始末》⑤、夏琳《闽海纪要》⑥、杨英《从征实录》⑦、阮旻锡《海上见闻

　　① 《台湾风物》第 10 卷 1 期“明监国鲁王文献汇辑”（1960 年 1 月），该辑目录如下：(1)刘占炎《明监国鲁王墓发现经过》，页 31～33。(2)许如中《鲁王墓记》，页 34。(3)絮生《鲁王真冢的发现》，页 35。(4)陈汉光《“皇明监国鲁王圹志”》，页 36～37。(5)胡适《跋金门新发现〈皇明监国鲁王圹志〉》，页 38～41。(6)毛一波《读鲁王圹志》，页 42～46。(7)毛一波《郑成功与鲁王之死》，页 47～49。(8)台南市文献会《鲁王圹志发现后台南市文献会意见七点》，页 50～54。

　　② 《台湾文献》第 11 卷第 1 期“明监国鲁王特辑”（1960 年 3 月）。本期计216 页，附照片二十二帧。该辑目录如下：庄金德《明监国鲁王以海纪事年表》，页 1～59。(2)毛一波《鲁王抗清与明郑之关系》，页 60～74。(3)毛一波《浙闽公案与南澳公案》，页 75～80。(4)廖汉臣《鲁王抗清与二张之武功》，页 81～105。(5)陈汉光《鲁唐交恶与鲁王之死》，页 106～114 页。(6)陈汉光、廖汉臣《鲁王事迹考察》，页 115～125。(7)黄玉斋《明监国鲁王与诸郑及台澎的关系》，页 126～165。(8)黄玉斋《明监国鲁王与隆武帝及郑成功》，页 166～216。

　　③ 金门文献委员会编《金门先贤录》（金门：金门县文献委员会，1969 年 9月 1 版）。

　　④ 郭尧龄《鲁王与金门》（金门：金门县文献委员会，1971 年 1 月 1 版）。

　　⑤ 黄宗羲：《行朝录》卷 11《赐姓始末》，《黄宗羲全集》第 2 册，页 194～200。

　　⑥ 清·夏琳：《闽海纪要》（台北：台湾银行经济研究室，1958 年 4 月 1 版，《台湾文献丛刊》第 11 种）。

　　⑦ 明·杨英：《从征实录》（台北：台湾银行经济研究室，1958 年 11 月 1版，《台湾文献丛刊》第 32 种）。

录》①等。明郑史料选辑重要者如《台湾文献丛刊》中《郑氏史料初编》②、《郑氏史料二编》③、《郑氏史料三编》④、《郑氏关系文书》⑤；《郑成功满文档案史料选译》⑥等。

　　近年来研究明郑史专著专书，在台湾有：台湾省文献会出版《文献专刊》第 1 卷第 3 期为"郑成功诞辰纪念特辑"，计有文七篇及郑成功研究参考书目录等。⑦ 又台湾省文献会出版《台湾文献》第 12 卷第 1 期为"郑成功复台三百年纪念特辑"，计有文八篇、郑成功复台三百周年座谈会、明郑研究论文目录等，其中如陈汉光《郑氏复台与其开垦》一文以卢若腾《东都行》、《海东屯卒歌》佐证郑成功开台之初缺粮之困与开垦之艰。⑧ 毛一波《南明史谈》⑨、黄玉斋有《郑成功与台湾》⑩、《明延平三世》⑪、《明郑与南明》⑫等三本专著、黄典权《郑成功

　　① 清·阮旻锡：《海上见闻录》（台北：台湾银行经济研究室，1958 年 8 月 1 版，《台湾文献丛刊》第 24 种）。

　　② 《郑氏史料初编》（台北：台湾银行经济研究室，1962 年 9 月 1 版，《台湾文献丛刊》第 157 种）。

　　③ 《郑氏史料续编》（台北：台湾银行经济研究室，1963 年 9 月 1 版，《台湾文献丛刊》第 168 种）。

　　④ 《郑氏史料三编》（台北：台湾银行经济研究室，1963 年 5 月 1 版，《台湾文献丛刊》第 175 种）。

　　⑤ 《郑氏关系文书》（台北：台湾银行经济研究室，1960 年 2 月 1 版，《台湾文献丛刊》第 69 种）。

　　⑥ 厦门大学台湾研究所、中国第一历史档案馆满文部主编《郑成功满文档案史料选译》（福州：福建人民出版社，1987 年 9 月 1 版）。

　　⑦ 《文献专刊》第 1 卷第 3 期"郑成功诞辰纪念特辑"，1951 年 8 月。

　　⑧ 陈汉光《郑氏复台与其开垦》，《台湾文献》第 12 卷第 1 期"郑成功复台三百年纪念特辑"，1961 年 3 月，页 39～54。

　　⑨ 毛一波：《南明史谈》（台北：台湾商务印书馆，1970 年 3 月 1 版）。

　　⑩ 黄玉斋：《郑成功与台湾》（台北：海峡学术出版社，2004 年 10 月 1 版）。黄玉斋（1903—1975）。

　　⑪ 黄玉斋：《明延平三世》（台北：海峡学术出版社，2004 年 12 月 1 版）。

　　⑫ 黄玉斋：《明郑与南明》（台北：海峡学术出版社，2004 年 12 月 1 版）。

史实研究》①、郭尧龄《郑成功与金门》②、陈泽编《细说明郑》③、杨云萍《南明研究与台湾文化》④等。

在大陆地区有：《郑成功收复台湾史料选编》⑤、《郑成功史料选编》⑥、《郑成功研究国际学术会议论文集》⑦、《郑成功研究论文选续集》⑧、杨友庭《明郑四世兴衰史》⑨、许在全编《郑成功研究》论文集⑩、陈碧笙（1908—1998）《郑成功历史研究》⑪、《长共海涛论延平——纪念郑成功驱荷复台 340 周年学术研讨会论文集》⑫等。其中以陈碧笙《郑成功历史研究》成果最高。

① 黄典权：《郑成功史实研究》(台北：台湾商务印书馆，1974 年 6 月 1 版，1996 年 9 月 2 版)。

② 郭尧龄：《郑成功与金门》(金门：金门县文献委员会，1969 年 9 月 1 版)。

③ 陈泽编《细说明郑》(台中：台湾省文献委员会，1978 年 6 月 1 版)。

④ 杨云萍：《南明研究与台湾文化》(台北：台湾风物杂志社，1993 年 10 月 1 版)。

⑤ 厦门大学郑成功历史调查研究组编《郑成功收复台湾史料选编》(福州：福建人民出版社，1982 年 1 版)。

⑥ 福建师大郑成功史料编辑组《郑成功史料选编》(福州：福建教育出版社，1982 年 1 版)。

⑦ 厦门大学台湾研究所历史研究室编《郑成功研究国际学术会议论文集》(南昌：江西人民出版社，1989 年 8 月 1 版)。

⑧ 郑成功研究学术讨论会学术组《郑成功研究论文选续集》(福州：福建人民出版社，1984 年 10 月 1 版)。

⑨ 杨友庭：《明郑四世兴衰史》(南昌：江西人民出版社，1991 年 5 月 1 版)。

⑩ 许在全主编《郑成功研究》(北京：中国社会科学出版社，1999 年 5 月 1 版)。

⑪ 陈碧笙：《郑成功历史研究》(北京：九州出版社，2000 年 8 月 1 版)。

⑫ 杨国桢主编《长共海涛论延平——纪念郑成功驱荷复台 340 周年学术研讨会论文集》(上海：上海古籍出版社，2003 年 7 月 1 版)。

三、海外幾社三子

（一）海外幾社总论

黄得时《台湾文学史》第一章《明郑时期》，三、徐孚远、张煌言、卢若腾。[①] 将此三子作"海外幾社六子"之代表并简介之。

赖子清《古今台湾诗文社》（一），追溯台湾诗社之源，介绍台湾第一个诗社"海外幾社"与"海外幾社六子"生平，其云："永历十五年郑成功克台之岁，江苏徐中丞孚远，随成功入东都，与同时渡台之张尚书煌言、卢司马若腾、沈御史佺期、曹御史从龙、陈光禄寺卿士京等六子，设海外幾社，为明代台湾唯一诗社，亦为台湾诗社鼻祖。"[②]其所述海外幾社成立时间与地点、六子东渡时间皆与事实不符，可能误解连横《台湾诗乘》之意[③]，其错误处之辨证，请参考本书《海外幾社考索》，兹不赘。然推许海外幾社为台湾诗社鼻祖是符合事实之说。

盛成于台湾省文献第八次学术座谈会《复社与幾社对台湾文化

---

① 黄得时《台湾文学史》中译本，见叶石涛译《台湾文学集二》（高雄市：春晖出版社，1999 年 2 月 1 版），页 33～38。按黄得时《台湾文学史》第一章《明郑时期》发表于日据昭和 18 年（1934）12 月《台湾文艺》第 4 卷第 1 号（春季特辑号）。

② 赖子清《古今台湾诗文社》（一），《台湾文献》第 10 卷第 3 期，1959 年 9 月，页 79～112。引文见页 79。该文又云："明郑时代，祇有海外幾社一社而已，其组织乃于永历十五年（1661 年）郑成功克台之岁，江苏徐中丞孚远，随成功入东都，与同时渡台诸遗老，计六人，称海外幾社六子。"见页 82。

③ 连横：《台湾诗乘》（台北：台湾银行经济研究室，1960 年 1 月 1 版，《台湾文献丛刊》第 64 种），卷 1，页 11。"闇公寓居海上，曾与张尚书煌言、卢尚书若腾、沈都御史佺期、曹都御史从龙、陈光禄士京为诗社，互相唱和，时称海外幾社六子，而闇公为之领袖。余读其集，如赠张苍水、沈复斋、辜在公、王愧两、纪石青、黄臣以、陈复甫、李正青诸公，皆明季忠义之士而居台湾者；事载《通史》。为录一二。"

的影响》①中考证论述海外幾社六子生平事迹与对台湾之关系,诚为目前学界最翔实之大作。

王文颜《台湾诗社之研究》,第一章《明末复社幾社与台湾之关系》,第二节《海外幾社六子与台湾诗社之渊源》②,对海外幾社六子生平据南明史料有清楚且正确论述,可正赖子清《古今台湾诗文社》一文之误。对海外幾社成立何年推论云:"郑成功于永历五年得厦门,开府于此,并置储贤馆,礼待朝士,遗老多往附之,海外幾社当成立于此时,其为永历五年或六年乎?"③据笔者研究海外幾社正式结社厦门当在永历六年(1652 年),其详请参阅本书《海外幾社考索》章。

廖一瑾《台湾诗史》第三章《明郑及其以前之诗》,第三节《明郑时期之诗》,三《海外幾社诸君子与明遗民之诗》。④ 首引连横《台湾诗乘》"海外幾社六子"之说后,各举诗若干首述论徐孚远、王忠孝、卢若腾及张煌言之诗歌风格。

廖可斌《复古派与明代文学思潮》于第十五章《复古运动第三次高潮的历史条件及发展过程》论述东林学派、蕺山学派、复社、幾社之士大夫学风与心态。第十六章《复古运动第三次高潮的文学理论与

---

① 《复社与幾社对台湾文化的影响》(盛成、毛一波、黄得时等座谈会),《台湾文献》第 13 卷第 3 期,1962 年 9 月,页 197～222。

② 王文颜:《台湾诗社之研究》(政治大学中国文学研究所硕士论文,1979 年 6 月),第一章《明末复社幾社与台湾之关系》,第二节《海外幾社六子与台湾诗社之渊源》,页 4～12。

③ 《台湾诗社之研究》,第一章《明末复社幾社与台湾之关系》,第二节《海外幾社六子与台湾诗社之渊源》,页 12。

④ 廖一瑾:《台湾诗史》(台北:文史哲出版社,1999 年 3 月 1 版),第三章《明郑及其以前之诗》,第三节《明郑时期之诗》,三《海外幾社诸君子与明遗民之诗》,页 87～99。按《台湾诗史》为廖一瑾教授 1983 年中国文化大学中文研究所博士论文。

诗文创作》论述陈子龙、夏完淳、徐孚远、张煌言文学理论与诗文创作。① 并提出"复社、幾社的文学复古运动，受到东林学派和蕺山学派的影响，后者强调以理约情、关心世事，是复古运动第三次高潮的思想基础。"②本书虽未针对海外幾社议题从事探讨，却以明代文学复古运动为主轴，将本书中海外幾社主要作成员创作归为明代文学复古运动第三次高潮代表诗人。

　　刘登翰等编、包恒新撰《台湾文学史》上卷，第一编《古代文学》，第二章《明郑的台湾文学》，第三节《卢若腾的创作及其他反殖民爱国作品》及第四节《其他明末遗民的创作》③论述"海外幾社六子"说徐孚远从鲁王退守福建厦门，受郑成功的礼遇。其间，他与张煌言、卢若腾、沈佺期、曹从龙、陈士京等重结幾社，号为"幾社六君子"。④ 第三节中详论卢若腾作品，第四节略述徐孚远在台诗作。

　　朱双一撰《闽台文学的文化亲缘》第二章《海洋意识和遗民忠义传统》，第三节《东林后劲，乡愁文学源头》，一、《海外幾社与经世思想

---

　　① 廖可斌：《复古派与明代文学思潮》（台北：文津出版社，1994 年 2 月 1版），第十五章《复古运动第三次高潮的历史条件及发展过程》、第十六章《复古运动第三次高潮的文学理论与诗文创作》，页 602～675。此书为其 1989 年杭州大学博士论文。另见廖可斌博士论文简版《明代文学复古运动研究》（上海：上海古籍出版社，1994 年 12 月 1 版），第九章《复古运动第三次高潮的历史条件及发展过程》、第十章《复古运动第三次高潮的文学理论与诗文创作》，页 341～416。

　　② 《复古派与明代文学思潮》，第十五章《复古运动第三次高潮的历史条件及发展过程》，页 607。

　　③ 刘登翰等编、包恒新撰《台湾文学史》上卷（福州：福建教育出版社，1997 年 11 月 1 版），第一编《古代文学》，第二章《明郑的台湾文学》，第三节《卢若腾的创作及其他反殖民爱国作品》及第四节《其他明末遗民的创作》，页 111～129。

　　④ 刘登翰等编、包恒新撰《台湾文学史》上卷，第一编《古代文学》，第二章《明郑的台湾文学》，第四节《其他明末遗民的创作》，页 122。

的经闽入台》一小节①，主要依据前台湾大学盛成教授《复社与幾社对台湾文化的影响》引申之，观点独到。其二《乡土文学：卢若腾对民生苦难和闽台文化的反映》一小节②，提出卢若腾关注百姓生活，对民众的苦难充满同情，能够写出百姓苦难的"地方特色"，使这些作品更具"乡土味"，植下了闽台"乡土文学"之根苗。

杨若萍《台湾与大陆文学关系简史：1652—1949》第一章《明郑时期的文学活动及其与大陆文坛之关系》，第二节《明郑时期来台之大陆文人及其文学活动》③中简介徐孚远与卢若腾。其说明不出包恒新撰《台湾文学史》范围。

（二）徐孚远

1. 期刊论文

近代对徐孚远研究不多，最主要原因乃徐孚远《钓璜堂存稿》直至1926年才由南社著名诗人姚光刊行。④ 其中所附陈乃乾、陈洙纂辑《徐闇公先生年谱》⑤，至今仍为研究徐孚远生平最重要之参考资料。《钓璜堂存稿》一书，台湾仅"中央"图书馆台湾分馆存一部，1961

---

① 朱双一：《闽台文学的文化亲缘》（福州：福建人民出版社，2003年7月1版），第二章《海洋意识和遗民忠义传统》，第三节《东林后劲，乡愁文学源头》，一、《海外幾社与经世思想的经闽入台》，页49～58。

② 朱双一：《闽台文学的文化亲缘》，第二章《海洋意识和遗民忠义传统》，第三节《东林后劲，乡愁文学源头》，二、《乡土文学：卢若腾对民生苦难和闽台文化的反映》，页58～61。

③ 杨若萍：《台湾与大陆文学关系简史：1652—1949》（上海：上海文艺出版社，2004年3月1版），第一章《明郑时期的文学活动及其与大陆文坛之关系》，第二节《明郑时期来台之大陆文人及其文学活动》，页9～17。本书为其2003年中国文化大学中文研究所博士论文。

④ 明·徐孚远撰、姚光编《钓璜堂存稿》（民国十五年金山姚光怀旧楼刻本）。

⑤ 陈乃乾、陈洙纂辑《徐闇公先生年谱》，明·徐孚远撰、姚光编《钓璜堂存稿·年谱》（民国十五年金山姚光怀旧楼刻本）。

年周宪文编《台湾文献丛刊》曾据以标点排印《徐闇公先生年谱》及附《交行摘稿》①，然而全书自 20 世纪 90 年代台湾文学逐渐兴起之际，却遍寻不着，至本世纪初才又寻出，因此之故吾人只得自大陆地区图书馆影印。目前徐孚远研究只限于人物传记研究，如光绪三十三年（1907 年）黄节《徐孚远传》②、1984 年叶英《徐孚远行传》③等。

2. 专书论文

李圣华《晚明诗歌研究》第九章《东林、复社、幾社》，第二节《复社与幾社"复兴绝学"的结社活动及诗歌理论》及第四节《幾社诗人陈子龙、夏允彝、徐孚远、夏完淳》④中论及幾社诗歌理论与徐孚远诗。

龚显宗《台南县文学史》上编第二章《明郑文学（1661—1683）》，第二节《两脚书厨徐孚远》⑤，首先讨论徐孚远与台湾关系，明郑时有否入台之争议，并介绍其诗歌。认为徐孚远其人忠义自誓，慷慨悲歌，但在台所咏，则多清啸闲咏者。又论徐孚远虽未如沈光文终老于台，但作品兼具乡土、隐逸、移民的特色，是遗老派的代表。

审此研究成果甚为稀少，相对于徐孚远大量诗作及其在明末幾社与南明抗清之影响力，简直不成比例，一则《钓璜堂存稿》家藏至 1926 年方刊行，二则南明文史长期被忽视，故晦而不明，三者明郑台湾文学少人涉足，笔者以为徐孚远诗文及文学理论则仍有待开发。

---

① 陈乃乾、陈洙纂辑《徐闇公先生年谱》（台北：台湾银行经济研究室，1961 年 10 月 1 版，《台湾文献丛刊》第 123 种）。

② 黄节《徐孚远传》，《国粹学报》第三年第 8 期（1907 年 8 月 20 日），页 7～10。

③ 叶英《徐孚远行传》，《台南文化》新 17 期，1984 年 6 月，页 1～50。

④ 李圣华：《晚明诗歌研究》（北京：人民文学出版社，2002 年 10 月 1 版），第九章《东林、复社、幾社》，页 298～320。

⑤ 龚显宗：《台南县文学史》上编（新营市：台南县政府，2006 年 12 月 1 版），第二章《明郑文学（1661—1683）》，第二节《两脚书厨徐孚远》，页 32～36。

（三）卢若腾

1. 期刊论文

卢若腾诗文研究并非显学,台湾有专文研究发表者,除陈陛章、陈汉光《卢若腾之诗文》[①];陈汉光《卢若腾诗辑注》[②];一波《卢若腾的南澳诗》[③];吴言《卢若腾的澎湖诗》[④]等数篇外,余并不多见,近期林俊宏《南明卢若腾诗歌风格研析》[⑤]一文则属现代学术性对卢若腾诗歌之研究。大陆方面有邓孔昭《从卢若腾诗文看有关郑成功史事》[⑥]举出《丙申三月初六大风覆虏》为 1656 年清军攻打厦门遭风败绩之时间新证、《南洋贼》诗记郑成功与粤海许龙之矛盾、《石尤风》诗解答 1661 年七、八月金厦运粮船未能及时接济郑成功台湾围荷之问题,属新说创见之作。总此,研究卢若腾诗歌,仍以台湾文献丛刊于 1968 年刊印之《岛噫诗》[⑦]及金门文献委员会于 1969 年编之《留庵诗文集》[⑧]文本为主。

---

①　陈陛章、陈汉光《卢若腾之诗文》,《台湾文献》第 10 卷第 3 期,1959 年 9 月,页 65~69。

②　陈汉光《卢若腾诗辑注》,《台湾文献》第 11 卷第 3 期,1960 年 9 月,页 53~73。

③　一波《卢若腾的南澳诗》,《"中央"日报》,1970 年 10 月 23 日第 9 版。

④　吴言《卢若腾的澎湖诗》,《"中央"日报》,1970 年 10 月 29 日第 9 版。

⑤　林俊宏《南明卢若腾诗歌风格研析》,《台湾文献》第 54 卷第 3 期,2003 年 9 月,页 250~273。

⑥　邓孔昭《从卢若腾诗文看有关郑成功史事》,《台湾研究集刊》,1996 年第 1 期,页 93~96。

⑦　明·卢若腾:《岛噫诗》(台北:台湾银行经济研究室,1968 年 5 月 1 版,《台湾文献丛刊》第 245 种)计收诗 104 首,后附录有《留庵文选》24 篇,系选辑自《留庵文集》。

⑧　明·卢若腾、李怡来编《留庵诗文集》(金门:金门县文献委员会,1969 年 9 月 1 版)。《留庵诗文集》一书计收诗 147 首,文 46 篇。

2. 专书论文

龚显宗《正直菩萨卢若腾》一文，收在《台湾文学家列传》中①，介绍其生平及其诗作，本书特色在于普及化，深入浅出介绍卢若腾等台湾古典文学家，实以精简之笔，论述传主诗歌与诗学于篇章之中。

许维民《卢若腾的历史研究》为其《卢若腾故宅及墓园之研究》计划之总结报告专书之一章。②

陈庆元《福建文学发展史》，第五章《明代福建文学的复古时期》，第四节《南明文学与明遗民文学》③中论述卢若腾《岛噫诗》及其他诗歌，特别注重其社会写实诗，提纲挈领，论述甚为深刻精到。

（四）张煌言

张煌言为民族英雄，凡讲民族气节者，无不景仰，故其生平传记流传最广，而文学研究尚显不足，以下分类检讨之。

1. 生平传记

专著以介绍煌言生平事迹为主，有金家瑞《张煌言》④及李振华《张苍水传》⑤。金家瑞《张煌言》一书未分章节，有投笔从戎、辞乡航海、平冈结寨、保卫舟山、两入长江、奔走闽浙、光复名城三十座、潜行穷山二千里、最后的奋斗、垂节义于千龄、结语等十一单元。

---

① 见龚显宗：《台湾文学家列传》（台北：五南文化事业公司，2000 年 3 月 1 版），《正直菩萨卢若腾》，页 1～19。按《正直菩萨卢若腾》一文最早以单篇形式发表。

② 许维民主持《卢若腾故宅及墓园之研究》（金门文史工作室，1996 年 4 月 1 版）。

③ 陈庆元：《福建文学发展史》（福州：福建教育出版社，1996 年 12 月 1 版），第五章《明代福建文学的复古时期》，第四节《南明文学与明遗民文学》，页 381～386。按此文曾以《南明金门诗人卢若腾》发表于《中国典籍与文化》，1996 年 4 期，页 37～41。

④ 金家瑞：《张煌言》（上海：学习生活出版社，1955 年 9 月 1 版）。

⑤ 李振华：《张苍水传》（台北：正中书局，1967 年 10 月 1 版）。

而李振华《张苍水传》一书，在台湾文史界影响层面较为广泛，由鄞县城中一少年、浙东起义、海沸山奔的大时代、三入长江、北征记、徘徊闽浙、濡羽救火的鹦鹉、从入山到就义等八章组成。另汪卫兴《名将张苍水》①，乃以张苍水抗清为主的长篇历史小说，在此存而不论。

2. **报刊**

散见各种报刊文章的单篇文章，有介绍性质之文章，此类大部分属纪念先贤性质，但早期学术刊物不发达时代，报刊也登载考证类别文章。

介绍性质的文字可分为两类：第一类以叙述生平事迹为主，1949年以前，有董贞柯《张苍水抗清始末》②、王蘧常《张苍水先生事状（上）（下）》③、唐弢《谈张苍水》④。1949年以后，台湾方面如毛一波《郑成功与张苍水》⑤只罗列张煌言《上监国鲁王启》、《答闽南缙绅公书》《贺延平王启》、《答延平王世子经书》、《祭延平王文》等诗文，说明张郑二人之关系。黄玉斋《明郑成功北伐三百周年纪念》⑥，详研郑成功与张煌言北征之史事。之后张煌言研究最明显特色多属浙江宁波同乡纪念先贤之纪念文，如方延豪《张苍水先生三百周年祭》⑦、陈

① 汪卫兴：《名将张苍水》（宁波：宁波出版社，2001年1版）。
② 董贞柯《张苍水抗清始末》，《越风》第13期（1936年5月15日），页41～43。
③ 王蘧常《张苍水先生事状（上）（下）》，《大众》2月号、3月号（1943年2月1日、3月1日），页24～27、31～36。
④ 唐弢《谈张苍水》，《民主周刊》第31期（1946年5月18日），页784。
⑤ 毛一波《郑成功与张苍水》，《台湾风物》第4卷4期（1954年4月），页4～10。
⑥ 黄玉斋《明郑成功北伐三百周年纪念》己亥篇，《台湾文献》第10卷第1期，1959年3月，页1～66。
⑦ 方延豪《张苍水先生三百周年祭》，《联合报》，1964年11月11日，第7版。

慎之《民族英雄张苍水先生》①、君灵《张煌言其人其事》②、张行周《两浙先贤中的忠烈人物张苍水碧血千秋》③、陈如一《明山苍苍，浙水泱泱——为张苍水公殉国三百十九周年纪念而作》④、于凤园遗作《张侍郎煌言小传》⑤，其他如收入张行周编《张苍水先生专集·纪念文》中之文章⑥，兹列举如次：何志浩《怀念乡贤张苍水》、侯中一《明末张司马尽忠就义》、张行周《张苍水碧血千秋》、王文颜《张煌言—飘零海上抗清的孤臣》、王京良《张煌言的故事》、恒老《张煌言流芳千古》、晚香《民族诗人——张苍水》、张凤翔《张煌言海上抗清十九年》、王善卿《张苍水与台湾》、张希为《张苍水先生遗墨在台湾》、黄炳麟《张煌言先生二三事》。其中较值得注意而有新观点者为高阳《张苍水与郑成功》一文⑦，考证钱谦益于南京之役运作得失。大陆方面如：周冠明《张煌言传略》⑧、金家瑞《垂节义于千龄：抗清英雄张煌言事略》⑨。

　　第二类则结合张煌言生平与诗作进行讨论，如刘蔼如《民族诗人

---

①　陈慎之《民族英雄张苍水先生》，《宁波同乡》第 44 期（1969 年 10 月 31 日），页 8～9。

②　君灵《张煌言其人其事》，《今日中国》第 26 期（1973 年 6 月 1 日），页 88～93。

③　张行周《两浙先贤中的忠烈人物张苍水碧血千秋》，《浙江月刊》第 14 卷第 12 期（1982 年 12 月 6 日），页 9～12。

④　陈如一《明山苍苍，浙水泱泱——为张苍水公殉国三百十九周年纪念而作》，《宁波同乡》第 184 期（1983 年 11 月 1 日），页 12～13。

⑤　于凤园遗作《张侍郎煌言小传》，《宁波同乡》第 191 期（1984 年 6 月 1 日），页 19。

⑥　张行周编《张苍水先生专集·纪念文》（台北：台北宁波同乡月刊社，1984 年 11 月 1 版），页 427～496。

⑦　《张苍水先生专集·特载》，页 497～510。

⑧　周冠明《张煌言传略》，《鄞县史志》1989 年第 1 期（1989 年 1 月），页 19～22。

⑨　金家瑞《垂节义于千龄：抗清英雄张煌言事略》，《文史知识》1982 年第 8 期（1982 年 8 月 13 日），页 94～99。

张苍水》①、吴蕖《张煌言之忠节及其诗文》②。考证性的文章,台湾方面如:李振华《明末海师三征长江事考》③认为张煌言、张名振三入长江的时间分别在丁亥年(1647 年,清顺治四年)四月、癸巳年(1653年,清顺治十年)三月、甲午年(1654 年,清顺治十一年)正月;李学智《重考李振华先生“明末海师三征长江事考”》④反驳李振华的说法,指出二张三入长江分别在癸巳年(1653 年,清顺治十年)九月、甲午年(1654 年,清顺治十一年)正月、甲午年(1654 年,清顺治十一年)四月。近年来顾诚《南明史》对此问题有专章讨论。⑤ 日人石原道博《张煌言之江南江北经略》⑥,考证张名振与张煌言长江、郑成功南京攻略、张煌言江南江北经略、郑成功台湾攻略与张煌言末路,论证翔实。董郁奎《张煌言与浙江人文传统》⑦,说明张煌言立身行事受浙江人文传统濡染深远,其事功与大节又为浙江人文精神增添绚烂之

---

① 刘蔼如《民族诗人张苍水》,《人生》第 7 卷第 10 期(1954 年 4 月 11日),页 12～13 转 22。

② 吴蕖《张煌言之忠节及其诗文》,分载于《畅流》第 37 卷第 11、12 期,第38 卷第 1、2、3 期(1968 年 7 月 16 日、8 月 1、16 日,9 月 1、16 日),页 6～8、11～13、12～15、19～22、14～18。

③ 李振华《明末海师三征长江事考(上)(下)》,《大陆杂志》第 6 卷第 9、10期(1953 年 5 月 15、31 日),页 1～5、18～22。

④ 李学智《重考李振华先生“明末海师三征长江事考”(上)(下)》,《大陆杂志》第 7 卷第 11、12 期(1953 年 12 月 15、31 日),页 7～8、21～27。

⑤ 张名振军三入长江之时间悬案,请参考顾诚:《南明史》(北京:中国青年出版社,1997 年 5 月 1 版),第二十六章《1654 年会师长江的战略设想》,页812～840。

⑥ 〔日〕石原道博《张煌言之江南江北经略》,《台湾风物》第 5 卷 11、12 期合刊(1955 年 12 月),页 7～53。石原道博,文学博士,曾任日本茨城大学教授,著有《郑成功》(东京:三省堂,1942 年 1 版,《东洋文化丛刊》)等,为日本研究明郑史权威学者。

⑦ 董郁奎《张煌言与浙江人文传统》,《浙江学刊》,1997 年第 6 期(总第107 期,1997 年 11 月)。

光彩与丰富内容。余安元《诗史之风，忠烈之情——张煌言诗歌分析》[1]论张煌言诗歌为其艰辛抗清诗史纪录，亦是其坚韧不拔、不屈不挠忠烈精神之写照。

中国大陆近年新兴起张煌言蒙难事地论争，此则与争先贤文化遗产有关，至今象山南田花岙岛与舟山六横悬山岛两处旅游胜地，仍争取宣传本地为张苍水蒙难之地作为号召。有关此一段学术公案之论文起于1989年宁波之两位老学者桂心仪、周冠明《张煌言蒙难事考》一文[2]，其根据《康熙实录》及有关典籍、舆图，考证张煌言于甲辰年七月二十日被捕于定海的悬山岛（今舟山市普陀区悬山岛），动摇了三百年定论"舟山说"，引起舟山普陀区当地政府高度关切，于1998年5月在悬山岛建"遗迹碑"予以纪念[3]，之后有方牧《东海何处吊苍水——张煌言在舟山遗迹考》[4]，论张煌言在舟山之诗作、思想进行评价。由于舟山悬山岛立"遗迹碑"引发张煌言被执蒙难地点论争：1997年9月，当"张苍水蒙难悬山岛"报道见诸媒体后，象山掀起轩然大波，有关人士纷纷撰文辩驳。首先江边鸟《论张煌言蒙难南

---

① 余安元《诗史之风，忠烈之情——张煌言诗歌分析》《宁波职业技术学院学报》第10卷第4期（2006年8月），页79～82。

②③ 桂心仪、周冠明《张煌言蒙难事考》，《宁波大学学报》第2卷第1期（1989年6月），页30～37。按：因此文发表在《学报》影响有限，未引起太大反响，但八年之后，曾在大陆和台湾出版《中国帝陵》一书的作者王重光，身为张公同乡，曾为保护张苍水故居四处呼吁。1997年初，他无意中发现"舟山说"，出于对英雄的崇拜，踏上悬山岛寻访遗迹。在他热心奔波下，同年八月下旬，宁波文化研究会暨文化界部分学人，会同舟山历史学会的有关学者，对悬山岛进行了实地考察论证，确认张苍水蒙难地在今普陀悬山岛一说，最符合史实。浙江内外媒体连篇累牍地报道了这次考察成果，宣称"三百年疑案今朝解"。原本对张苍水十分陌生的悬山岛居民，一夜之间妇孺皆知。而"遗迹碑"一面镌刻张煌言《入定关》诗，另一面刻有倪竹青书、浙江海洋学院中文系教授方牧撰《张煌言悬山蒙难处碑记》。

④ 方牧《东海何处吊苍水——张煌言在舟山遗迹考》，《浙江海洋学院学报》第16卷第3期（1999年9月），页13～20。

田花岙岛——兼与桂心仪、周冠明两先生商榷》①。张利民《关于张苍水蒙难地点之我见——兼对"张煌言蒙难事迹考"一文质疑》②则根据史料及实地调查，得到张煌言在象山南田悬岙被执的结论，推翻桂、周二人的说法。其他如江边鸟《再论张苍水蒙难地》③、徐定宝《张苍水被补于象山南田考论》④、徐水、徐良骥《张苍水被执南田悬岙新证》⑤等。

此外，尚有论述层面比较广泛之文章，如：冉欲达《评爱国诗人张苍水》⑥讨论张煌言的生活道路、政治思想以及诗歌创作。徐和雍《关于张煌言的评价》⑦从时代局势、抗清活动以及张煌言对外来侵略的态度进行考察。陈永明《论近代学者对张煌言的研究》⑧评论大陆爱国主义下与台湾民族英雄式对张煌言之评价。陈永明《张煌言

---

① 江边鸟《论张煌言蒙难南田花岙岛——兼与桂心仪、周冠明两先生商榷》，《宁波大学学报》（人文科学版）第 12 卷第 2 期（1999 年 6 月），页 106～111。按：2002 秋天，王重光等携带百本《张苍水全集》上岛凭吊，竟受象山南田花岙岛岛民责难。浙江省象山县的历史文化研究会在宁波举行"张苍水被执地点学术咨询会"，另又收集各种史料，编辑《张煌言被执地点学术研讨参考数据》一书。

② 张利民《关于张苍水蒙难地点之我见——兼对〈张煌言蒙难事迹考〉一文质疑》，《宁波教育学院学报》第 3 卷第 3 期（2001 年 9 月），页 48～51。

③ 江边鸟《再论张苍水蒙难地》，《宁波大学学报》（人文科学版）第 15 卷第 4 期（2002 年 12 月），页 104～113。

④ 徐定宝《张苍水被补于象山南田考论》，《宁波大学学报》（人文科学版）第 16 卷第 1 期（2003 年 3 月），页 139～141。

⑤ 徐水、徐良骥《张苍水被执南田悬岙新证》，《浙江海洋学报》（人文科学版）第 21 卷第 3 期（2004 年 9 月），页 39～42。

⑥ 冉欲达《评爱国诗人张苍水》，《辽宁大学学报》1978 年第 5 期（1978 年），页 104～113。

⑦ 徐和雍：《关于张煌言的评价》，《杭州大学学报》第 13 卷第 4 期（1983 年 12 月），页 109～116。

⑧ 陈永明：《论近代学者对张煌言的研究》，《中国文化研究所学报》新第 1 期，1992 年，页 55～67。

遗作的流传及其史学价值》①此文乃考察张煌言遗作的流传实况。此外，吴盈静发表《南明遗民流亡情境考察——以张苍水其人其文为例》②，是近年来少数研究张苍水文学学术论文之一，该文先作人物评论，再就"流亡"、"有待"、"孤绝"等三要点考察张煌言的遗民情境，不仅论述层面广泛，观点也比较多元。然偏重张煌言生平事迹之介绍及考证，而对南明史原始史料与张苍水作品论析，尚嫌不足。祝求是《张苍水海上春秋编年辑笺》③自弘光朝覆灭（顺治二年，1645 年）浙东起义拥护鲁王监国起，至永历十八年（康熙三年，1664 年）被执为止，张苍水之海上编年史事辑证。

3. 专书论文

许淑敏《南明遗民诗集叙录》之四十七乃以《四明丛书》本《张苍水集》为叙录，简要介绍张煌言生平、著作、诗作特色。④ 仅作一般性著录说明，未能深入考察张煌言诗文集版本传播过程。

时志明《山魂水魄——明末清初节烈诗人山水诗论》，第一章《残阳暮鼓长歌当哭》，第一节《社稷帆影乾坤一剑》⑤，中论张煌言山水诗特征为：（1）随形转景，借景言事；（2）抚今追昔，伤逝悼亡；（3）托物寄兴，趣味深长。全书中对明末清初节烈诗人或慷慨悲歌、或沉郁厚重、或凄婉悲愁之诗歌特质有整体性论述。

---

① 陈永明：《张煌言遗作的流传及其史学价值》，《中国文化研究所学报》，新第 2 期 1993 年，页 29～37。

② 吴盈静：《南明遗民流亡情境考察——以张苍水其人其文为例》，南华大学中文系编《文学新钥》第 2 期（2004 年 7 月），页 1～19。

③ 祝求是：《张苍水海上春秋编年辑笺》（一）（二）（三），《宁波广播电视大学学报》第 3 卷 3 期（2005 年 9 月）、第 3 卷 4 期（2005 年 12 月）、第 4 卷 1 期（2006 年 3 月）

④ 许淑敏：《南明遗民诗集叙录》（成功大学历史语言研究所硕士论文，1988 年 5 月，黄永武教授指导），页 143～145。

⑤ 时志明：《山魂水魄—明末清初节烈诗人山水诗论》（南京：凤凰出版社，2006 年 7 月 1 版），第一章《残阳暮鼓长歌当哭》，第一节《社稷帆影乾坤一剑》，页 22～30。

　　南炳文《黄斌卿遣史赴日乞师时间考》一文中论及张煌言三种《奇零草》钞本。① 其间以新搜集到郑勋"二砚窝"钞本最为珍贵。

4. 学位论文

　　香港学者陈永明于 1990 年 7 月完成硕士论文《张煌言之反清思想及活动》②，全书共分为六章，首章探讨以往对张煌言的研究，二、三章交代张煌言所处的时代背景及生平经历，第四章介绍张煌言的著作与思想，第五章讨论张煌言在南明抗清运动上扮演的角色，末章为结语。其重点放在张煌言的抗清活动与思想上，对诗歌创作着墨较少。

　　2005 年宋孔弘《张煌言诗"乱离书写"义蕴之研究》③，为台湾师范大学国文学系硕士论文。该论文从"乱离书写"的角度探讨张煌言诗歌特色。第一章绪论，说明论文架构与文献探讨。第二章"乱离书写"形成背景，乃掌握张煌言所处的时代局势以及生平梗概。第三章"乱离书写"中的政治现实之陈述，包括鲁王政权的衰亡与郑氏势力的盛衰。鲁王政权的衰亡，主要表现在朝臣凋零以及鲁王漂流两方面；郑氏势力的盛衰透过北征长江与东渡台湾两大事件呈现。第四章"乱离书写"中的家国情怀之抒发，包括亡国之悲情、复国之雄心、思乡之愁绪。亡国之悲情主要建立在张煌言的"夷夏之防"观念上，具体表现为追忆甲申之变及抒发黍离之思；复国之雄心强调中兴明室的坚决意志；思乡之愁绪是对家乡的怀想与亲人的思念。第五章"乱离书写"中的自我认同之建立，说明张煌言在对出处生死作出正确抉择，并借由历史人物典范的追求，找出立身处世的标准，进一步

---

　　① 南炳文：《黄斌卿遣史赴日乞师时间考》，《文史》2003 年第 2 期，中华书局 2003 年 5 月出版，后收入南炳文：《明史新探》(北京：中华书局，2007 年 4 月 1 版)，页 467～494。

　　② 陈永明：《张煌言之反清思想及活动》(香港：香港大学中文系哲学硕士论文，1990 年 7 月)。

　　③ 宋孔弘：《张煌言诗"乱离书写"义蕴之研究》(台湾师范大学国文学系硕士论文，2005 年 6 月，陈文华教授指导)，计 106 页。

确立自我的定位。第六章"乱离书写"的特色，讨论张煌言诗"乱离书写"的特色，包括文山气象的展现以及诗史观念的延续。第七章则为结语。

第四节　研究方法

陈寅恪云："一时代之学术，必有其新材料与新问题。取用此材料，以研求问题，则为此时代学术之新潮流。治学之士，得预此潮流者，谓之预流。其未得预者，谓之未入流也。"①如徐孚远《钓璜堂存稿》一书，至今学界尚未有研究成果出现，运用新材料将可开展新的学术领域，从而启迪新的问题意识，并提出新的学术研究议题。新方法则如王德威针对 20 世纪 80 年代以来"后学"兴盛，"后现代"（Post-modernism）、"后结构"（Post-structuralism）、"后殖民"（Post-colonialism）陆续成为学术界和文化界之研究方法后，提出"后遗民"写作，以突破遗民国族想象。② 可得一新视野，若以"后学"理论解构传统遗民文学，可将海外幾社遗民群体抗清志节，视为时间与记忆的忠君思想。

一、文献研究法

古人云："巧妇难为无米之炊。"若无研究主题之文本与其研究对象之相关数据，任何研究宛如画饼充饥，皆流于空谈。陈寅恪认为研究能创新与进步，不外有新资料发现与新方法之运用。本文既是开创性起始研究，首重文本、文献之取得。本文所谓"文献研究方法"并非仅局限于资料之收集而已，而是一种数据收集与数据

---

① 陈寅恪《陈垣敦煌劫余录序》，《陈寅恪集·金明馆丛稿二编》（北京：三联书店，2001 年 7 月 1 版），页 266。

② 王德威：《后遗民写作·序》（台北：麦田出版社，2007 年 11 月 1 版），页 5～14。

第一章　绪　论

分析之研究方法。而所谓文献,乃指涵盖吾人所欲研究之现象之所有讯息形式。根据文献之具体来源不同,又可将文献资料分为个人文献及官方文献两大类。此外,在文献方法学上更将其区分为原始文献(或称第一手文献)及第二手文献(文献学上称二次文献)两大类。

海外幾社原始文献可约略归纳为以下几类:

(一)为海外幾社社中人物或友朋诗文集,此为研究其文学最主要文本,如徐孚远《钓璜堂存稿》、卢若腾《岛噫诗》及《留庵诗文集》、张煌言《张苍水集》等。其他如陈子龙《陈子龙文集》[1]与《陈子龙诗集》[2]、夏完淳《夏完淳集》[3]、王忠孝《惠安王忠孝公全集》、钱澄之《藏山阁集》[4]、朱之瑜《朱舜水集》[5]、屈大均《屈大均全集》[6]、钱谦益《钱牧斋全集》[7]、清乾隆年间全祖望选辑《续甬上耆旧诗》[8]等资料。

(二)专门记载晚明社事之史料,吴应箕《东林本末》、蒋平阶《东

① 明·陈子龙:《陈子龙文集》(上海:华东师范大学出版社,1988 年 11 月 1 版)。

② 明·陈子龙:《陈子龙诗集》(上海:上海古籍出版社,1983 年 7 月 1 版)。

③ 明·夏完淳撰、白坚笺校《夏完淳集笺校》(上海:上海古籍出版社,1991 年 7 月 1 版)。

④ 清·钱澄之:《藏山阁集》(合肥:黄山书社,2004 年 12 月 1 版)。

⑤ 明·朱之瑜:《朱舜水集》(北京:中华书局,1981 年 8 月 1 版,朱谦之整理本)。

⑥ 清·屈大均撰、欧初等编《屈大均全集》(北京:人民文学出版社,1996 年 12 月 1 版)。

⑦ 清·钱谦益:《钱牧斋全集》(上海:上海古籍出版社,2003 年 8 月 1 版,钱仲联标校本),第 8 册《牧斋杂著·附录》,页 932。

⑧ 《续甬上耆旧诗》一百二十卷,收浙江甬上诗家近七百人,人为之传,选辑古今体诗一万五千九百余首,短文百余篇。其价值如沈善洪所指出:"《续甬上耆旧诗》保存最多的是浙东抗清史事。"清·全祖望选辑《续甬上耆旧诗》(杭州:杭州出版社,2003 年 10 月 1 版,沈善洪等点校本),沈善洪《序》,页 3。

林始末》、陆世仪《复社纪略》、吴伟业《复社纪事》、杜登春《社事始末》、吴山嘉《复社姓氏传略》①等，这些书之作者皆为与社事有关之成员或其后代，对社局有真切之了解，故史料价值较高，为研究晚明社事不可或缺之第一手文献。

（三）官方文献：清政府官修之史与本书关切最密者如《顺治实录》②、《康熙实录》③、清初所修《明史》④等，又如自《明清史料》中选出有关明末清初之《南明史料》及《郑氏史料》等。另外为方志资料，如松江、浙江、福建、台湾方志中有关海外幾社社中人物记录，或有关其诗文背景历史之文献，今存之《松江府志》、《福建通志》、《台湾府志》、《台湾县志》、《厦门志》、《金门志》、《澎湖纪略》等实为必要之参考史料。

（四）明末、清代私家史学著作：明末以降私家史学著作如黄宗羲《思旧录》、《弘光实录钞》、《行朝录》、《海外恸哭记》、查继佐《鲁春秋》、《罪惟录》⑤、徐芳烈《浙东纪略》、夏琳《闽海纪要》、杨英《从征实录》、阮旻锡《海上见闻录》、郑达《野史无文》、计六奇《明季南略》、邵廷采《东南纪事》、全祖望《鲒埼亭集》、彭孙贻《靖海志》、李瑶恭《南疆绎史》，甚至道光年间徐鼒《小腆纪年》、《小腆纪传》或民国连横《台湾通史》等。

兹以新发现清初朱溶《忠义录》为例，以明文献研究之功，北京图

---

① 清·吴山嘉：《复社姓氏传略》（台北：明文书局，1991 年 1 月 1 版，《明人传纪丛编》）。

② 清·巴泰等修《大清世祖章皇帝（顺治）实录》（台北：华文书局，1964 年 9 月 1 版）。

③ 清·马齐、张廷玉等修《大清圣祖仁皇帝（康熙）实录》（台北：华文书局，1964 年 9 月 1 版）。

④ 清·张廷玉等修《明史》（台北：鼎文书局，1991 年 5 月 5 版）。

⑤ 清·查继佐：《罪惟录》（杭州：浙江古籍出版社，1986 年 5 月 1 版，方福仁等校点本）。

书馆出版社新整理出版《明清遗书五种》①收有朱溶《忠义录》,此书曾为清修《明史》时采择,惜未刊印传世。清季刘世珩把它列入了《明季征访遗书目》;近人谢国桢《增订晚明史籍考》中,也仅见残钞本《忠义录》卷一、卷四和《隐逸录》一卷。本精抄八卷足本,为已故明清史学家李光璧教授原藏,后售归天津师大历史系资料室。因为是书系作者朱溶长期求访长老及难死者子孙与故吏退卒而成;他既博于正史,又博于杂史,故书中不仅采辑大量口碑、家乘,更保存有不少几已亡佚的原始文献。朱溶字若始,先世原居苏州,为三吴望族之一,后徙居松江华亭。父朱岳,字子固,金山卫学生;好书,性倜傥,有知略。明清之际,遭世丧乱,目击诸公死义者多,恐久而湮没无闻,欲作传以表彰之;会病不果,将殁,以命朱溶。朱溶好读书,习举子业,应试有司,补县学生。已而学稍进,遂弃去,承父志,"著书载难死诸公",裹装出游,遍历郡邑,凡遇遗老及故家子孙,辄问轶事,载之于书,久而成帙,名之曰:《忠义录》。全书凡八卷,前六卷悉记明季死节之士,包括殉寇难诸公和殉清兵难者;卷七为《表忠录》记毛文龙生平与轶事甚详;卷八《隐逸录》记"洁身高尚,始卒不变"之明季遗民。全书有文332篇,所记大小人物2000人,皆"事必考据,言无不根";毛奇龄《忠义录序》称之"挥洒所至,能使衣裳髭发奕奕若睹",有"近龙门之为文"②。此外,还有许多明末殉节之士在生前所作之绝命诗、词,如张肯堂将死,为诗曰:"虚名廿载着人寰,晚岁空余学圃闲。难赋归来如靖节,聊歌正气续文山。君恩未报徒赍志,臣道无亏在克艰。寄语千

---

① 明·姜垓等撰、高洪钧编《明清遗书五种》(北京:北京图书馆出版社,2006 年 11 月 1 版)。

② 清·毛奇龄《忠义录叙》,见《明清遗书五种·忠义录》,页 387。

秋青史笔，衣冠二字莫轻删。"①查继佐《鲁春秋》仅载绝命诗四首中，有"传与后来青史看，衣冠二字莫轻删"之句。② 其价值可见一斑。故掇拾起来，也可补《全明诗》或《明遗民诗》之不足，因此，它不仅具有史料价值，同时也很有文学价值。

（五）笔记、诗文评：如清初李延昰《南吴旧话录》③。李延昰，松江上海人，师事徐孚远，尝追随入海，康熙后隐于医，居平湖佑圣观中为道士，其卒也以书籍二千五百卷赠朱彝尊。故《南吴旧话录》载幾社事最多且最真确。另朱彝尊《静志居诗话》④、杨钟羲《雪桥诗话》⑤等，对明末清初诗社与文学皆有珍贵数据之记录。

---

① 清·朱溶：《忠义录》卷5《张肯堂传》，见《明清遗书五种·忠义录》，页689。至雍正四年（1726）全祖望（1705—1755）游普陀时作《明太傅吏部尚书文渊阁大学士华亭张公神道碑铭》乃曰："先一夕，少保礼部尚书吴公稚山至，作永诀词：'虚名廿载误尘寰，每节空愁学圃闲。难赋归来如靖节，聊歌正气续文山。君恩未报徒长恨，臣道无亏在克艰。留与千秋青史笔，衣冠二字莫轻删'。……而制府闻公有绝命词手迹，悬偿募之。一老兵得以献，制府偿之，其人不受，曰：'以慰公昭忠之意耳，非羡公金也'！闻者贤之。"清·全祖望撰、朱铸禹校注《全祖望集汇校集注·鲒埼亭内集》（上海：上海古籍出版社，2000年12月1版），卷10《明太傅吏部尚书文渊阁大学士华亭张公神道碑铭》，页208～209。道光三十年（1850）刊行《小腆纪年》附考曰："肯堂词云：'虚名廿载误尘寰，晚节空余学圃间；难赋"归来"如靖节，聊歌"正气"续文山。君恩未报徒长恨，臣道无亏在克艰。寄语千秋青史笔，"衣冠"二字莫轻删'！后制府以二十金购此手迹，一老兵得之以献，赏之不受；曰：'我志在表扬忠义，岂为金邪'？附志之。"清·徐鼒：《小腆纪年》（台北：台湾银行经济研究室，1962年11月1版，《台湾文献丛刊》第134种），卷17《自庚寅年至辛卯年》，页834。

② 清·查继佐：《鲁春秋》（台北：台湾银行经济研究室，1961年10月1版，《台湾文献丛刊》第118种），《永历五年、监国六年》9月1日，页65。

③ 清·李延昰：《南吴旧话录》（台北：广文书局，1971年8月1版），卷2《忠义》，页144。

④ 清·朱彝尊著、姚祖恩编《静志居诗话》（北京：人民文学出版社，1990年10月1版，黄君坦校点本）。

⑤ 杨钟羲：《雪桥诗话》（沈阳：辽沈书社，1991年6月1版）。

以上五类资料皆属于第一手文献。而第二手文献则利用上述原始文献编写或产生新的文献资料，如上文"文献探讨"中之论文或专书等，兹不再赘录。

二、历史、传记、社会之研究法

对于作者一生学术思想、精神思潮及文学创作心态上之变化，最明显有效之研究法，无不从历史、传记、社会着手。文学是社会性之实践，其藉语言这一社会创造物作为媒介，故美国著名文艺理论家韦勒克（1903—1995）于《文学理论》一书中指出："文学无论如何都脱离不了下面三方面的问题：作家的社会学、作品本身的社会内容以及文学对社会的影响。"①美国浪漫主义批评大师Ｍ·Ｈ·艾布拉姆斯于《镜与灯》中亦明白指出每一件艺术品皆需涉及四个要点，即"作品、艺术家、世界及欣赏者"②；作品、艺术家与欣赏者三者形成三角关系，而在三者之上，另有一个世界将其涵括在内。而这个世界即属于历史、传记及社会范畴。缘此，文学研究方法之第一步乃要知人论世，故《孟子·万章下》曰：

> 孟子谓万章曰："下一乡之善士斯友一乡之善士，一国之善士斯友一国之善士，天下之善士斯友天下之善士。以友天下之善士为未足，又尚论古之人，颂（通'诵'）其诗，读其书，不知其人可乎？是以论其世也。是尚友也。"③

孟子指出唯有诵其诗，读其书，而论其世，乃可以今世而知古人之善也。此说形成后世"知人论世"之理论命题，而知人论世批评方

---

① 〔美〕韦勒克、华伦著、刘象愚等译：《文学理论》（南京：江苏教育出版社，2005年8月1版），第九章《文学与社会》，页102。

② 〔美〕Ｍ·Ｈ·艾布拉姆斯著、郦稚牛等译《镜与灯》（北京：北京大学出版社，1989年12月1版），第一章《导论：批评理论的总趋向》，第一节《艺术批评的诸坐标》，页5～6。

③ 《孟子·万章下》，清·焦循：《孟子正义》（北京：中华书局，1987年10月1版，沈文倬点校本），卷21，页725～726。

法最具典范性之示范，如司马迁《史记》中之《屈原贾生列传》、《司马相如列传》等篇，以作家之政治活动为背景，交代其代表作之产生过程，勾勒其创作活动轨迹，凸显其复杂之创作心态，诚是开展作家传记、社会、历史批评研究之里程碑。

历史、传记、社会之分析与批评，乃自社会历史发展角度予以观察、分析、评价文学现象，故重视研究文学作品与社会生活之关系。此外，亦注重作家之思想倾向与文学作品之社会作用。此种方法将文学作品视为作者生活与时代环境之表白，或其人物生活与时代背景之反映。因任何作者不能脱离自身所处之时代与生活，"作家不仅受社会的影响，他也要影响社会。艺术不仅重现生活，而且也造就生活"①。进而言之，文学离不开作者所处之社会历史发展，文学本质为人类社会生活之再现，更是社会性实践。文学家为社会之一员，拥有特定之社会地位，某种程度内必受时代社会规范、制约，文学家是创作文学作品之主体，其所呈现或再现之文学内容，皆是社会性直接或间接之剖露。所以德国大文豪歌德（1749—1832）说："我的全部诗都是应景即兴的诗，来自现实生活，从现实生活中获得坚实的基础。"②所以"处理文学与社会的关切的最常见办法是把文学作品当作社会文献，当作社会现实的写照来研究"③。

综观一时代之人有一时代之风气与精神，一代有一代之文章，一代有一代之学术。因之如刘勰所云："时运交移，质文代变"，故"文变染乎世情，兴废系乎时序"④。准此而论，以作者传记、社会、历史为基础，以论作者创作心态与作品价值。

从另一角度思考，历史批评亦是一种社会批评，可视为过去时空

---

① 《文学理论》，第九章《文学与社会》，页110。

② 〔德〕爱克曼辑录、朱光潜译《歌德谈话录》（北京：人民文学出版社，1978年9月1版），页6。

③ 《文学理论》，第九章《文学与社会》，页111。

④ 《文心雕龙·时序》，南朝梁·刘勰撰，范文澜注《文心雕龙注》（台北：宏业书局，1975年2月1版），卷9《时序》，页671、页675。

架构内之社会批评。故"一部作品的成功、生存和再流传的变化情况,或有关一个作家的名望和声誉的变化情况,主要是一种社会现象,当然有一部分也属于文学的'历史现象',因为,声誉和名望是以一个作家对别的作家的实际影响,以及他所具有的扭转和改变文学传统的力量来衡量的"①。

综合以上所论,本书以人与事为主轴,以诗歌为诗史,期望能达到下列三项目标:

甲、对海外幾社作品社会历史内容之具体阐释,此必须疏证文本,系年记事,方能做出正确诠释。

乙、联系海外幾社作品之社会历史内容说明其艺术形式,证明其创造海洋文学高潮与开创台湾古典文学之先河。

丙、考察海外幾社之社会历史内容与作家之关系,旨在表彰民族正气之所在。

诚如《毛诗序》所云:"至于王道衰,礼义废,政教失,国异政,家殊俗,而变风、变雅作矣!"②此说明文学作品与社会历史内容之具体关系,深入了解南明从事反清复明大业,海上战斗不屈之史实,方能理解海外幾社三子所处之境及情感心态,"依年编次,方可见其平生履历,与夫人情之聚散,世事之兴衰"③。自古所谓"文章憎命达"④,而文学又是苦闷之象征,海外幾社三子后半生皆寓居海外,漂泊各海岛之间,其本质是为文人,或总军戎、或赞军机,无非不是为复兴明朝,不为亡国之奴而战斗。虽然历史潮流终究淹没南明抗清之火,但其全发以终,宁死不屈之伟大精神与光风霁月之人格,不但能激励人心、更可彰显气节,诚为后代忠义之典范也。

---

① 《文学理论》,第九章《文学与社会》,页 108。

② 《毛诗序》,清·陈奂:《诗毛氏传疏》(台北:学生书局,1978 年 9 月 1 版 5 刷,影道光二十七年鸿章书局本),卷 1,页 12。

③ 清·仇兆鳌:《杜诗详注·凡例》(北京:中华书局,1979 年 10 月 1 版),页 22。

④ 杜甫《天末怀李白》,《杜诗详注》卷 7,页 590。

　　基于上述论点，本书关心明末清初即南明海外幾社成员在舟山、金厦及台湾之抗清诗史。故本书章节设计：第一章《绪论》在说明"海外幾社"之义及成员历史定位、研究目的、本选题特性与研究方法、探讨海外幾社三子研究文献实况。第二章分析晚明党社运动与清议，以为海外幾社之时代背景。第三章就南明抗清历史，考索海外幾社之形成及发展。第四章探讨幾社陈子龙、夏完淳爱国诗潮，作为海外幾社文学所继承之典型。第五章以徐孚远《钓璜堂存稿》为主，研究徐孚远海外诗之百折不回抗清心史及崇高民族气节。第六章以卢若腾《岛噫诗》及《留庵诗文集》为主，反映明郑时代兵戎不断之金门社会实况。第七章以张煌言《奇零草》、《冰槎集》、《采薇吟》诗文为主，以见张煌言海上抗清十九年，孤海忠烈，舍身就义之伟大诗格。第八章结论，总结三子抗清完节诗歌：一、以诗存史，关怀社稷；二、反对侵略，坚定抗清；三、海洋文学，哀悯苍生。

结　语

　　赵翼《瓯北诗话》云："明代诗，至末造而精华始发越。"[①]其号为大家者如陈子龙、钱谦益、吴梅村、张煌言；名家者如明遗民诗人群体。海外幾社成员乃属遗民诗人群体之一，其文武相兼、抗节海外，开海外遗民文学之一新局。综观海外幾社诸子诗史，一方面经历明室覆亡之离乱，另一方面眼见清朝侵逼之悲痛；自其参与义旅奋起抗清后，流离山寨、飘零海上，兵戈之声以及遗民心态双重交织，编织成一页旷古绝今之惨烈史诗。诗人丧乱悯忧，慷慨壮烈，诗格气势随着战斗人生而增强，心境与海界共开阔，为清初文学与台湾文学带来新气象与新境界。故清末胡薇元《梦痕馆诗话》明白指出"清

---

　　① 　清·赵翼：《瓯北诗话》卷9《吴梅村诗》条，见郭绍虞编选《清诗话续编》（上海：上海古籍出版社，1983年12月1版，富寿荪校点本），页1282。

初人才,半为前明遗老"①,洵是确论。明虽亡,然遗民以汉民族气节自励,视文章为不朽之盛事,借由文化与文学之薪火相传,以开启民族生机。

---

① 　清·胡薇元:《梦痕馆诗话》(台北:艺文印书馆,1971 年 3 月 1 版,《百部丛书集成》影 1915 年《玉津阁丛书甲集》),卷 4,页 1。

第二章

晚明党社运动

　　儒家讲究内圣外王之学，故士人均抱得志泽加于民，不得志修身见于世之理想。晚明东林党既是一政治宗派，亦为理学宗派，其起于江苏无锡，领袖人物是顾宪成、高攀龙等人。东林党人是晚明经世思想之力倡者，讲求实学，注重有用于世，关心社会现实。由于东林党人怀抱救世济民之理念，故讽议朝政，抨击阉宦，对当时之腥风血雨，皆视死如归，无所畏惧。

　　东林清议影响江南士风，带动实学风潮，复社号为东林之宗子，以兴复古学为宗旨，可惜崇祯十四年（1641 年）复社领袖张溥去世后，便成群龙无首局面。然同时幾社活动在陈子龙等人领导下却日渐兴盛，形成明末文学主流。复社与幾社之文学复古运动，受到东林学派和蕺山学派之影响，东林学派和蕺山学派在思想上调和程朱与王学，在文学上修正公安派、竟陵派浪漫文学思潮，强调以理约情、关心世事，是晚明复古运动之思想基础。

　　本章晚明党社运动，旨在说明晚明东林清议及复社与幾社之兴。

第一节　东林书院与东林党议

　　晚明东林书院始于宋杨时东林书院，学继程朱，道脉孔孟，转移学风，旨在拯时救世。东林党人提倡经世思想，对于当时王学末流"恁是天崩地陷,他也不管,只管讲学快活过日"之学风深恶痛绝[1],认为虚玄的心性之学是"以学术杀天下万世"[2]。高攀龙指出救治"虚病"要"反之于实","一一着实做去,方有所就"[3],故不贵空谈,而贵实行。然当时处于激烈党争,反而忽视其经世实学,政敌始终围绕在"其讲习之余,往往讽议朝政、裁量人物"[4]之不当,大做文章,借机打击东林党人。显而易见,在野东林党议,月旦时政是非,最终为执政者所不容,虽东林书院讲学议政而得民心,此乃东林获幸之所在,亦其招祸之所由。

一、杨时与东林书院

东林书院在江苏无锡,北宋徽宗政和元年(1111 年),理学家杨时[5](1053—1135 年)创建于城东,杨时是二程子的高足,在中国思想史上,以南传其师说而著称。杨时学成南归,首先到常州、无锡讲学,主要原因,是与当时常州邹浩[6](1060—1111)及长期生活在无锡的

---

① 明·高攀龙:《高子遗书》(台北:台湾商务印书馆,1986 年 3 月 1 版,影印文渊阁《四库全书》,第 1292 册),卷 11《顾季时行状》,页 689 下。其全文为:"(顾允成)一日喟然发叹,泾阳先生(顾宪成)曰:'弟何叹也?'曰:'吾叹夫今人之讲学者。'先生曰:'何也?'曰:'恁是天崩地陷,他也不管,只管讲学快活过日。'先生曰:'然则所讲何事?'曰:'在缙绅只明哲保身一句,在布衣只传食诸侯一句。'先生为俛其首。"

② 明·顾宪成:《小心斋札记》(台北:广文书局,1975 年 4 月 1 版,影光绪 3 年重刊《顾端文公遗书》本),卷 8,页 422。

③ 明·高攀龙:《高子遗书》卷 4《讲义·知及之章》,页 680 下。

④ 清·张廷玉等撰《明史》(台北:鼎文书局,1991 年 5 月 5 版,影北京中华书局点校本),卷 231《顾宪成传》,页 6032。

⑤ 杨时,字中立,世称龟山先生,南剑将乐(今属福建尤溪县)人,神宗熙宁中进士。仕徽宗、高宗朝,累官至右谏议大夫兼国子祭酒、工部侍郎。杨时从学二程,与游酢、吕大临、谢良佐号为"程门四先生",又与罗从彦、李侗并称"南剑三先生",以信道最笃见称。著有《龟山集》等书。

⑥ 邹浩,字志完,宋常州晋陵(今江苏常州)人。神宗元丰进士,历官太常博士、右正言、左司谏,进中书舍人,官至兵部侍郎,以谏立后事贬,与杨时极为友善。今存有《道乡先生邹忠公文集》等书。

名相李纲①（1083—1140）有直接关系。高攀龙《南京光禄寺少卿泾阳顾先生行状》云：

> 锡故有东林书院，宋龟山杨先生所居，杨先生令萧山归来，依邹忠公志完于毗陵（常州）。忠公寻卒，依李忠定公伯纪于梁溪（无锡），凡十八年。往来毗陵、梁溪间，栖止东林，阐伊洛之学。②

可见东林书院就是杨时弘扬师说、传播理学的重要基地。而东林书院名称之由，与杨时游江西庐山东林寺有关，据《严氏旧志》云：

> 杨龟山先生《东林道上闲步》诗"寂寞莲塘七百秋"之句，盖咏庐山东林也。先生或爱庐山东林之胜，而移以名吾邑讲学处，亦未可知。③

杨时《杨龟山先生全集》今存有《东林道上闲步》三首：

> 寂寞莲塘七百秋，溪云庭月两悠悠。我来欲问林间道，万叠松声自唱和。百年陈迹水溶溶，尚忆高人寄此中。晋代衣冠谁复在，虎溪长有白莲风。碧眼庞眉老比丘，云根高卧语难酬。萧然丈室无人问，一炷炉峰顶上浮。④

应是杨时爱庐山东林寺之胜，故名其无锡讲学之处为"东林书院"。

---

① 李纲，字伯纪，徽宗政和二年（1112年）进士。其先乃福建绍武人，自其祖始居无锡，靖康初为兵部侍郎，力主抗金，被谪。高宗召为相，志图恢复，被黄潜善所沮，七十余日而罢，卒谥忠定。李纲以敢言著称，为南北宋抗金派代表人物，因无锡有梁溪，故自号"梁溪漫叟"，著有《梁溪先生文集》。

② 《高子遗书》卷11《南京光禄寺少卿泾阳顾先生行状》，页680下。康熙年间著名词人顾贞观（1637—1714年），为其曾祖顾宪成所补辑《顾端文公年谱》亦引此。见清·顾贞观：《顾端文公年谱》（上海：上海古籍出版社，2002年3月1版，《续修四库全书》影清刻本，第553册），卷下，页391。

③ 高廷珍等辑《东林书院志》（北京：中华书局，2004年10月1版，《东林书院志》整理委员会点校本），卷21《轶事一》，页789。

④ 宋·杨时：《杨龟山先生全集》（北京：线装书局，2004年6月1版，《宋集珍本丛刊》影明万历十九年林熙春刻本，第29册），卷42《东林道上闲步》，页603下。

在宋代常州、无锡等江南地区,物饶民丰,人文兴盛,不少人钦慕二程之学,自"政和元年(1111 年),杨龟山先生五十九岁,三月四日初寓毗陵之龟巢巷。四年十一月,遂徙居毗陵。至建炎三年(1129年),先生七十六岁,乃自毗陵还南剑之将乐。前后共留十有八载。有讲舍在锡邑城东偶弓河之上,地名东林"①。在此十八年期间,杨时居院阐扬师说,讲学约有十四年之久②,成就众多人才。南宋初期,金兵南掠,杨时去世后东林书院逐渐荒毁。南宋中期,程朱理学大盛,无锡士人建祠祀杨时,并称龟山书院。元至正十年(1350 年),僧人改为东林庵;自此遂为佛教传道之所者二百余年。

二、明代东林书院

元代至明中叶,东林书院废为僧舍,至明成化年间(1465—1486年),邵宝欲兴杨时书院未果,在城南伯渎河畔另建一处东林书院,王守仁《东林书院记》记之甚详,邵宝以举人之身,"聚徒讲诵于其间,先生既仕而其址复荒,属于邑之华氏。华氏,先生之门人也,以先生之故,仍让其地为书院,以昭先生之迹,而复龟山之旧"③。故邵宝有《忆东林精舍寄示华生云》云:

> 东林寺里旧书堂,三十年来野草荒。百啭未忘初鸟韵,一枝犹剩晚柑香。山怀龙阜神俱远,水问梅村脉故长。寄语云生为

---

① 《东林书院志》卷 21《轶事一》引《龟山年谱》,页 793。

② 杨时居无锡东林书院讲学,宋元明清以来,无锡地方学者和官修志书,一般都明文指出为十八年。今据朱文杰编著《东林书院与东林党》一书之三《杨时讲学东林书院时间》考证,准确言之杨时在无锡东林书院讲学时间约有十四年。见朱文杰:《东林书院与东林党》(北京:中央编译出版社,1996 年 1 月 1版),页 5～7。

③ 明·王守仁撰、吴光等编《王阳明全集》(上海:上海古籍出版社,1992年 12 月 1 版),卷 23《外集·东林书院记》,页 898。按:此文为王守仁应邵宝之请而作,时正德八年(1513)。又见《东林书院志》卷 15《文翰一·记》,页 596～597,题为《城南东林书院记》。

磨石，客中新记已成章。①

从此无锡有两个东林书院，一在城东偶弓河之上（即东林本），一在城南伯渎河之上（即东林支），其详可参考严谷《两东林辨》②。

嘉靖、隆庆、万历三朝，王学大盛，嘉靖十三年（1534 年）督学闻人诠，隆庆元年（1567 年）督学耿定向、万历元年（1573 年）督学谢廷杰，皆曾应当地王门后学之请，议准修复东林书院。③ 尤其盛𬤇致力最深，其中原委鲜为世人所知，其子盛淳《东林书院成追忆先子》诗并序云：

> 先子孰玄门下士，追称文玄子。好古博学，文章行谊卓然于时，为四方名公所器重。会耿宗师倡明斯道，先子黾勉以从。因念吾锡东林杨龟山先生讲学处，遂图修复，于隆庆丁卯、万历癸酉两具呈学、院，蒙批允行。将会同志鸠工聚材，蕲竣厥业，不幸于戊寅之三月先子即世，修复雅意竟成虚愿，能无竣后之君子乎。垂三十年，甲辰顾泾阳、高景逸诸缙绅先生。乃缘未就之绪，经纪其成。左复道南祠，又建堂，群贤时至，远近交集，而龟山讲学之风复振，一如先子所志焉。九原有知，良足慰已，聊次东字韵，以叙今昔废兴之感云。

> 道南遗泽在兹东，先子殷勤觅往踪。远控江门盟主定，近邀朋辈众心同。

> 文坛尚尔疑残雪，讲席依然振古风。莫谓数奇功未就，倡之必和在群公。④

---

① 明·邵宝《忆东林精舍寄示华生云》，见《东林书院志》卷 18《文翰四》，页 705。

② 明·严谷《两东林辨》，见《东林书院志》卷 17《文翰三》，页 698～699。

③ 《东林书院志·轶事》载："隆庆元年（1567 年）督学耿公定向，万历元年（1573 年）督学谢公廷杰，曾允孰玄盛公𬤇之请，累议修复，不果。前此嘉靖十三年（1534 年），督学闻公人诠已有光复故址之议。"《东林书院志》卷 21《轶事一·东林轶事》，页 790。

④ 明·盛淳《东林书院成追忆先子》，见《东林书院志》卷 18《文翰四》，页 708。

可知盛鏊曾于隆庆元年(1567 年)及万历元年(1573 年)两次具呈请求修复书院,并得到批准,可惜直至万历七年(1579 年),盛氏逝世,其修复雅意,仍是虚愿。虽然书院修复未果,但"江门慰藉天台语,千载斯文感兴同"①,这十余年之努力,足见王门后学对东林书院之重视。

晚明东林书院之成与东林书院被目为东林党,实与顾宪成有密切相关。② 宪成,字叔时,无锡人,其姿性绝人,幼即有志圣学。万历四年举乡试第一,八年成进士,授户部主事。万历二十二年(1594 年)五月吏部验封司员外郎顾宪成,因议论"三王并封"及会推阁员,

---

① 明·盛鏊《东林书院占得东字》,见《东林书院志》卷 18《文翰四》,页 706。

② 《明史·顾宪成传》云:"宪成姿性绝人,幼即有志圣学。暨削籍里居,益覃精研究,力辟王守仁'无善无恶,心之体'之说。邑故有东林书院,宋杨时讲道处也;宪成与弟允成倡修之,常州知府欧阳东凤与无锡知县林宰为之营构落成;偕同志高攀龙、钱一本、薛敷教、史孟麟、于孔兼辈讲学其中,学者称'泾阳先生'。当是时,士大夫抱道忤时者,率退处林野;闻风向附,学舍至不能容。宪成尝曰:'官辇毂,志不在君父;官封疆,志不在民生;居水边林下,志不在世道;君子无取焉。'故其讲习之余,往往讽议朝政、裁量人物;朝士慕其风者,多遥相应和。由是东林名大著,而忌者亦多。既而淮抚李三才被论,宪成贻书叶向高、孙丕扬为延誉,御史吴亮刻之邸抄中;攻三才者大哗。而其时于玉立、黄正宾辈附丽其间,颇有轻浮好事名;徐兆魁之徒遂以东林为口实。兆魁腾疏攻宪成,恣意诬诋,谓浒墅有小河,东林专其税为书院费;关使至,东林辄以书招之;即不赴,亦必致厚馈。讲学所至,仆从如云;县令馆谷供亿,非二百金不办。会时,必谈时政。郡邑行事偶相左,必令改图。及受黄正宾贿,其言绝无左验。光禄丞吴炯上言,为一致辨;因言'宪成贻书救三才,诚为出位,臣尝咎之,宪成亦自悔。今宪成被诬,天下将以讲学为戒,绝口不谈孔、孟之道,国家正气从此而损,非细事也'。疏入,不报。嗣后,攻击者不绝。比宪成殁,攻者犹未止。凡救三才者、争辛亥京察者、卫国本者、发韩敬科场弊者、请行勘熊廷弼者、抗论张差梃击者、最后争移宫红丸者、忤魏忠贤者,率指目为东林,抨击无虚日;借魏忠贤毒焰,一网尽去之。杀戮禁锢,善类为一空。崇祯立,始渐收用,而朋党势已成,小人卒大炽;祸中于国,迄明亡而后已。"清·张廷玉等撰《明史》(台北:鼎文书局,1991 年 5 月 5 版,影北京中华书局点校本),卷 231《顾宪成传》,页 6032~6033。

与内阁大僚意见不合，被革职为民，回到家乡无锡；其弟顾允成、朋友高攀龙亦脱离官场回到无锡。万历二十五年（1597 年）仰慕顾、高等人道德学问的士人纷纷前来听他们讲学，"丁酉家居，弟子云集，邻居梵宇僦寓都遍，至无所容。先生商之仲季，各就溪旁近舍构书室数十楹居之，省其勤瘁，资其乏绝，萃四方学者课之同人堂"①。此即顾氏兄弟在其"小心斋"读书处东旁另构"同人堂"，提供书室场所给予士子们讲习学问之起因。《明史·顾宪成传》评说"当是时，士大夫抱道忤时者，率退处林野；闻风向附，学舍至不能容。……故其讲习之余，往往讽议朝政、裁量人物；朝士慕其风者，多遥相应和。由是东林名大著，而忌者亦多。"②顾宪成希望有一理想的场所，有意兴复杨时书院，其经常与高攀龙言："日月逝矣，百工居肆以成事，吾曹可无讲习之所乎？"并多次凭吊杨时书院旧址，慨然说："其在斯乎？"③万历三十二年（1604 年）顾宪成得到常州知府欧阳东凤、无锡知县林宰同意，在城东偶弓河之上修缮杨龟山先生祠，而志同道合者募捐出资，相与构精舍居焉，此即晚明"东林书院"之始成也。东林书院落成，大会四方之士，顾宪成成为会主，实为东南领袖。

晚明对东林书院发展作出贡献者甚多，著名者有所谓"东林八君子"，乃指顾宪成、顾允成、高攀龙、安希范、刘元珍、叶茂才，钱一本，薛敷教，其中前六人皆是无锡人，故又有"无锡六君子"之称。但就讲学而言，真正主盟东林者，当以顾宪成、高攀龙为主。东林学风主要在辟王崇朱，将陆王心学扭转为程朱理学，故高攀龙在为刘元珍《东林志》作序时，特别强调东林书院继承学脉上之使命："道者人之神也，迹者神之着也。故东林在而龟山先生在，龟山先生在而闽洛夫子在，闽洛夫子在而先圣在，神一也，一着而无不着在。"④高攀龙之学

---

① 《东林书院志》卷 22《轶事二·诸贤轶事·顾泾阳先生》，页 823。
② 《明史》卷 231《顾宪成传》，页 6032。
③ 《高子遗书》卷 11《南京光禄寺少卿泾阳顾先生行状》，页 680 下。
④ 《高子遗书》卷 9 上《东林志序》，页 559 上。

"一本程朱,故以格物为要"①;顾宪成对王学也十分不满,对王守仁"无善无恶心之体"一语辩难不遗余力,"以为坏天下之法,自斯言始。"②

东林书院在万历、天启年间讲学特色,在关心天下大事,拯时救世。顾宪成尝言"官辇毂,念头不在君父上;官封疆,念头不在百姓上;至于山间林下,三三两两,相与讲求性命,切磨德义,念头不在世道上,即有他美,君子不齿也。"③故顾宪成自认:"士之号为有志者,未有不亟亟于救世者也。夫苟亟亟于救世,则其所为必与世殊,是故世之所有余,骄之以不足,世之所不足,骄之以有余。"④此方为真正仁人志士。

三、东林党争

晚明东林书院创建于万历三十二年(1604 年)禁毁于天启五年(1625 年),虽只存在短短二十一年,却在当时社会政治激起巨大反响,成为晚明历史关注焦点,当时朝野上下纷纷扰扰,推崇者誉之为清议,诋毁者斥之为结党。对此纷扰与诋毁,吴应箕在《东林本末·会推阁员》中所论最能切中史实,其云:

> 自顾泾阳削归而朝空林,始东林门户始成。夫东林,故杨龟山讲学地。泾阳公请之当道,创书院其上,而因以名之者。时梁溪、毗林、金沙、云间诸公相与道德切劇,而江汉北直相唱和,于

---

① 黄宗羲:《明儒学案》卷 58《东林学案一·忠宪高景逸先生攀龙》,清·黄宗羲撰、沈善洪主编《黄宗羲全集》(杭州:浙江古籍出版社,1992 年 8 月 1 版),第 8 册《明儒学案》下,页 1402。

② 《明儒学案》卷 58《东林学案一·端文顾泾阳先生宪成》,《黄宗羲全集》第 8 册《明儒学案》下,页 1379。

③ 《明儒学案》卷 58《东林学案一·端文顾泾阳先生宪成》,《黄宗羲全集》第 8 册《明儒学案》下,页 1377。

④ 明·顾宪成:《泾皋藏稿》(台北:台湾商务印书馆,1986 年 3 月 1 版,影印文渊阁《四库全书》,第 1292 册),卷 8《赠冯云杨君令峡江序》,页 102。

是人品理学擅千百年未有之盛。然是时之朝廷何如哉？夫使贤人不得志而相与明道于下，此东林不愿有此也。即后之贤人君子者亦何尝标榜曰吾东林哉！朝廷之上见一出声吐气，乡党之闲有一砥行好修，率举而纳之曰：此东林也。浸淫二、三十年者，壮者衰，老者死；迫辽难作，而势不可复支，至不得已求人于此中，而又以门户挠其成而利其败。①

吴应箕此言"贤人君子者亦何尝标榜曰吾东林哉！"实切中问题症结，其于《别邪正》曾说"小人指君子为朋党，君子亦自以为党而不辞。"而小人标榜自己无党，是以"无党而扫除有党之人，则正人必先蒙其害"②故黄宗羲云："东林岂真有名目哉？亦小人者加之名目而已矣，论者以东林为清议所宗，祸之招也。"③在当时小人闻东林党而恶之，"庙堂之上，行一正事，发一正论，俱目之为东林党"④。顾宪成等并不自称为"东林党"，而"东林党"一词必是政敌对东林书院之诬称⑤，乃在政治斗争中负面攻击之语汇。正如西晋郄诜所说："动则争竞，争竞则朋党，朋党则诬谰，诬谰则臧否失实，真伪相冒，主听用

---

① 明·吴应箕：《东林本末》（台北：艺文印书馆，1971 年 3 月 1 版，《百部丛书集成》影《贵池先哲遗书》），卷下《会推阁员》，页 3。

② 明·吴应箕：《楼山集》（上海：上海古籍出版社，2002 年 3 月 1 版，《续修四库全书》影清刻本，第 1388 册），卷 9《策·别邪正》，页 490～491。其中亦分析在门户党争中君子必退，小人必得势之道理："殆贪争门户而君子常易衰弱，非易衰弱也，君子难进而易退，荣而易辱，于是小人揣得其情，攻之以必忌，持之以难久。"

③ 《明儒学案》卷 58《东林学案一》，《黄宗羲全集》第 8 册《明儒学案》下，页 1375。

④ 《明儒学案》卷 58《东林学案一·忠宪高景逸先生攀龙》，《黄宗羲全集》第 8 册《明儒学案》下，页 1399。

⑤ 参见樊树志：《晚明史》（上海：复旦大学出版社，2003 年 10 月 1 版），第六章《东林书院与"东林党"》，第三节《"东林党"论质疑》及第四节《东林书院如何被诬为"党"》，页 597～627。此一说法可纠正东林党激偏之论，但如以为东林非党则不十分正确，东林人士虽不自诬为"党"，却习惯于自称为"党"。

惑,奸之所会也。"①后人观此晚明党争,终致亡国,不胜感慨,实国家民族之不幸也。

东林党争乃自浙江沈一贯入阁始,如蒋平阶《东林始末》云:

> 先是,国本论起,言者皆以早建元良为请。政府惟王家屏与言者合,力请不允,放归。申时行、王锡爵皆婉转调护,而心亦以言者为多事。锡爵尝语宪成曰:"当今所最怪者,庙堂之是非,天下必反之。"宪成曰:"吾见天下之是非,庙堂必欲反之耳!"遂不合。然时行性宽平,所斥必旋加拔擢,一贯既入相,以才自许,不为人下。宪成既谪归,讲学于东林,故杨时书院也。孙丕扬、邹元标、赵南星之流,寒谔自负,与政府每相持。附一贯者,科道亦有人。而宪成讲学,天下趋之。一贯持权求胜,受黜者身去而名益高。此东林、浙党所自始也。其后更相倾轧,垂五十年。②

而夏允彝《幸存录》更云:

> 国朝自万历以前,未有党名。及四明沈一贯为相,以才自许,不为人下。而一时贤者如顾宪成、孙丕扬、邹元标、赵南星之流,寒谔自负,与政府每相持。附一贯者,言路亦有人。而宪成讲学于东林,名流咸乐趋之,此东林、浙党之所自始也。③

沈一贯自万历二十二年(1596年)五月进入内阁,到万历三十四年(1606年)致仕,其中任内阁首辅五年,劣迹昭彰,《明史·沈一贯传》云:"自一贯入阁,朝政已大非,数年之间,矿税使四出为民害。其所诬劾逮系者,悉滞狱中,吏部疏请起用建言废黜诸臣,并

---

① 唐·房玄龄等编《晋书》(台北:鼎文书局,1991年11月7版,影北京:中华书局校点本),卷52《郤诜传》,页1441。

② 清·蒋平阶:《东林始末·万历二十二年》(扬州:江苏广陵刻古籍印社,1994年8月1版,影清道光十一年六安晁氏《学海类编》,第3册),页571~572。

③ 明·夏允彝:《幸存录》(台北:台湾银行经济研究室,1970年9月1版,《台湾文献丛刊》第235种),卷上《门户大略》,页10。

考选科道官，久抑不下，……上下否隔甚，一贯虽小有救正，大率依违其间，物望渐衰。"①因之引起朝野大肆抨击。由是东林、非东林党交攻不休，以至明亡。

综观明末东林党之政治运动，若以天启末年魏忠贤设局捕治"党人"为下限，可分为下列四个阶段②：

（一）万历二十一年至二十九年（1593—1601 年）：此时朝中门户之局初步形成。引发廷臣争议形成党局的焦点有二：一是内阁首辅王锡爵为明神宗拟"三王并封"谕旨，命礼部择日举行并封典礼，这使万历十四年开始的建储问题之争议更为激烈，也使内阁与外廷关系更恶化。二是因六年举行一次之京察③，主持考核之吏部官员被指为专权结党，然而吏部官员则认为这次考核秉公黜陟，并无不当，攻击矛头并且直指首辅王锡爵。在这一连串之阁部冲突中，顾宪成、赵南星、孙鑨、于孔兼、钱一本、高攀龙、顾允成、史虚麟、薛敷教等人相继斥逐归里，成为望重士林、名满天下之"清流"。所以此时朝野虽然尚无"东林党"之名目，而东林运动实已发轫，正式走向晚明

---

①　《明史》卷 218《沈一贯传》，页 5756～5757。

②　此分期参引林丽月《"道"与"势"——明末东林党的政治抗争》，见《国文天地》第 4 卷 10 期（1989 年 3 月），页 26～30。

③　明代对官吏的考核制度有"京察"和"外察"两种，"京察"考察京官，六年一次，以地支逢巳、亥之年举行；"外察"考核地方官吏，三年一次，每逢丑、辰、未、戌之年趁外官赴京师朝觐之机加以考察。在京察中，根据官员政绩、品行分别给予升任或罢官降调等奖惩。凡是在京察中被罢官者，终身不复起用。由于考核的结果决定官员之升迁，故朝野上下特别瞩目。查慎行《人海记》云："六年一京察，乃成化（1465—1487 年）以后定例，至于考察科道，则或以辅臣去住而及党者，惟嘉靖丙辰（三十五年，1556 年）因星变，命辅臣李本（即吕本）掌部，悉去六部九卿，自尚书至尚宝丞及六科十三道分别去留之，盖分宜借此伸其恩怨也。隆庆四年有旨命吏部高拱考察科道官，高请与都察院同事，大者削，小者谪，其后高虽败，而斥者不复用。"清·查慎行《人海记》（上海：上海古籍出版社，2002 年 3 月 1 版，《续修四库全书》影清咸丰元年小嫏嬛山馆刻本，第 1177 册），卷下《京察》条，页 241 下。

政治舞台。

（二）万历三十年至三十九年（1602—1611 年）：这段期间顾宪成等人在无锡重建东林书院，几乎网罗前一阶段斥逐下野之江南士大夫在此讲学，而东林清议也开始成为朝野瞩目之焦点，在社会上形成影响力。万历三十二年（1604 年）顾宪成建东林书院，三十八年（1610 年）顾宪成上书执政，为李三才辩护，引起言官交章攻击，"东林党"之名，从此正式卷入京中政治争斗之漩涡中。如《明史·孙丕扬传》云：

> 先是，南北言官群击李三才、王元翰，连及里居顾宪成，谓之东林党。而祭酒汤宾尹、谕德顾天埈各收召朋徒，干预时政，谓之宣党、昆党，以宾尹宣城人，天俊昆山人人也。御史徐兆魁、乔应甲、刘国缙、郑继芳、刘光复、房壮丽，给事中王绍徽、朱一桂、姚宗文、徐绍吉、周永春辈，则力排东林，与宾尹、天俊声势相倚，大臣多畏避之。[1]

可知此时与东林党对立的有所谓"浙党"、"宣党"、"昆党"，分别以内阁首辅沈一贯、祭酒汤宾尹、谕德顾天竣为首脑。此一阶段历经三十三年（1605 年）与三十九年（1611 年）之两次京官考核，主察的吏部尚书分别为杨时乔与孙丕扬，皆为东林党的中坚人物。京察之黜陟是影响朋党势力盛衰之关键，所以此时朝中之东林党势力颇盛。

若以抗争的对象来说，万历年间之东林运动集中于攻击内阁，东林党一方面从法理地位力争吏部之人事自主权，一方面抨击内阁首辅迎合帝旨、淆乱是非，所以东林与内阁的抗争既有政府制度之争，也有政治道德之争。

（三）万历四十年至泰昌元年（1612—1620 年）：顾宪成于万历四十年卒，此期反东林党阵营完成重组，分为齐、楚、浙三党，而多年来素由东林党主掌的吏部势力，亦从这一年渐入三党之手。至万历四十五年之京察，由三党之人主察，东林党官员被黜殆尽，东

---

① 《明史》卷 224《孙丕扬传》，页 5903。

林不论在吏部或内阁都告失势，所以这是齐、楚、浙三党势力最盛之阶段。

（四）天启元年至七年（1621—1627 年）：熹宗即位后，东林党势复盛，万历一朝被黜之"清流"纷纷复官，东林之人满布要津，取得执政大权。三党失势，朝中言官争"红丸"、"移宫"等案，纷争更甚，东林党与三党益如水火。后来宦官魏忠贤渐专朝政，三党之人依附魏珰以抗东林。加以魏忠贤掌权用事，藉东林名目，倾陷诸贤，党局转成阉党与东林党的对立。如《明史·顾宪成传》云："比宪成殁，攻者犹未止。凡救三才者、争辛亥京察者、卫国本者、发韩敬科场弊者、请行勘熊廷弼者、抗论张差梃击者、最后争移宫红丸者、忤魏忠贤者，率指目为东林，抨击无虚日；借魏忠贤毒焰，一网尽去之。杀戮禁锢，善类为一空。"①此阶段东林党抗争对象乃转而针对魏忠贤阉党势力为主，也是东林盛极而衰之关键时期。

总结东林党议与晚明政治运动，如林丽月教授《明末东林运动新探》一书之研究结论，东林运动有些不同于以往认知，其中值得注意者如促成东林士大夫联结的最大因素是彼此在政治与思想上之共识。东林的严于君子、小人之辨，不免流于绳人过刻、意气矫激，导致

---

① 《明史》卷 231《顾宪成传》，页 6033。

小人穷而思逞,东林实亦不能辞其咎。① 然而晚明东林党争,如夏允彝《幸存录·门户大略》中所论:

---

①　林丽月《明末东林运动新探》对晚明东林运动总结为:(1)同乡关系、师友关系与书院所在的地缘关系,对早期东林领袖的结合有重要的影响。但是就绝大多数的东林党人而言,籍贯、科第、个人关系只能说是影响东林党人结合的次要因素,促成东林士大夫联结的最大因素是彼此在政治与思想上的共识。(2)东林领袖最重视政治道德,其思想全为解决当世政治社会问题而出发。东林诸儒以救世为职志,不喜作空谈性命之学,其强调“性善”,主张善恶之不可含混,一方面固在救正王学末流猖狂无忌之弊,一方面亦在提倡社会政治道德,以为挽救世道人心之根本。此种思想不仅在学术上是东林对抗王学末流的异帜,而且是现实政治中东林人士强调政治理想,但他们一方面强调人臣应有匡正“君心之非”的作为,一方面重视超越君权的“公是公非”,并由此衍生“国法”的观念,其真正目的在用以限制专制君权。(3)东林运动唯一比较明显的政治目标是进君子,退小人,务期“众正盈朝”,以实现其改善政治之理想。他们认为君子小人的消长关系着天下的治乱,非常重视正人君子的互相吸引,因此在实际政治活动上,东林领袖荐贤用才,不遗余力。其基本目标是从官僚内部做“质”的改变,以为推动改善政治的力量,这正是明清两代温和的“尚实主义”(realism)的主要精神所在。(4)明末的政治环境,使东林的道德理想主义屡遭挫折,此种挫折尤其表现在东林的反对内阁首辅与反抗宦官权势上面。东林不论基于制度或道德的理由抨击内阁,实际上都无法突破明代君主专制体制下君权的限制,这也是儒家道德理想主义者的共同困境。(5)在东林的反抗宦官权势方面,万历年间东林的反宦官运动主要表现在反对矿监税使上,内廷的司礼太监并非此时东林抨击的重心,直到天启一朝魏忠贤擅权专政,内廷的权珰才成为朝廷正士的抨击焦点。东林中人亦深囿于明末宦官权爵不易打倒的事实,因此并不排斥与正直的内珰合作的做法。万历、泰昌之际,东林与司礼太监王安的合作,即为东林士大夫在当时政局下的因应与权变。天启年间,东林与魏忠贤的对抗,表面上是明末重视气节的士大夫与弄权祸国的权珰之对立,实际上是万历中叶以来东,林与反东林两派士大夫集团的权力斗争,两者合而为一,最后阉党以东林党狱布一网打尽之局。反东林士大夫的倚附魏忠贤,固然象征明末知识分子道德的沦丧与东林道德理想主义的挫败,但东林的严于君子、小人之辨,不免流于绳人以刻、意气矫激,导致小人穷而思逞,东林实亦不能辞其咎。林丽月:《明末东林运动新探》,台湾师范大学历史研究所博士论文,1984 年 7 月,李国祁教授指导,计七章,434 页。

　　自三代而下，代有朋党。汉之党人，皆君子也。唐之党人，小人为多，然亦多能者。宋之党人，君子为多。然朋党之论一起，必与国运相终始，迄于败亡者。以聪明伟杰之士为世所推，必以党目之。于是，精神智术俱用之相顾相防，而国事坐误，不暇顾也。且指人为党者，亦必有此。此党衰，彼党兴，后出者愈不如前。祸延宗社，固其所也。①

　　党争沦为非理性、非政策之争，务仇敌者痛惩而后快，此时求国家正常发展，政治清明已不可得，终究步入亡国之路，实国家民族之大不幸也。

　　儒家讲究内圣外王之学，故士人均抱得志泽加于民；不得志修身见于世之理想。东林党人是晚明经世思想之力倡者，从"风声、雨声、读书声，声声入耳；家事、国事、天下事，事事关心"②这幅东林书院名联，知东林党人怀抱救世济民之理念，故敢于大胆讽议朝政，极力抨击阉宦，对当时之腥风血雨，视死如归，均抱持"一堂师友，吟风热血，洗涤乾坤"③之高风亮节。面对无端攻击，东林讲学诸君子，以"赤金在烈焰中借火之力，得真色见于世"相勉，仍然讲

---

　　①　《幸存录》卷上《门户大略》，页 10。

　　②　"风声、雨声、读书声，声声入耳；家事、国事、天下事，事事关心"为东林书院流传已久名联，此三声三事，并非全由顾宪成所作，上联由陈以忠所出，下联由顾宪成所对，此联体现东林先达之思想与政治抱负，今人书之立于依庸堂柱之上。另东林书院依庸堂左右联曰"坐间谈论人，可圣可贤；日用寻常事，即性即天。"该联为邹元标贺东林书院落成题赠，后由复社成员昆山归庄手书。同样反映出志于世道，崇尚实学之精神，与"三声三事"联有异曲同工之妙。见《东林书院志》卷 1《建置》，页 3、页 5。

　　③　《明儒学案》卷 58《东林学案一》，《黄宗羲全集》第 8 册《明儒学案》下，页 1375。

学自持,挺立于世,成为正义之象征。① 更有复社、幾社接踵其后,入清更有黄宗羲、顾炎武继而强调匡世救民,顾炎武更明确倡导经世致用之学,主张明道救世,以期拨乱反正,充分反映出知识分子崇高道德理想与对社会民生之关怀。可见自东林之后"数十年来,勇者燔妻子,弱者埋土室,忠义之盛,度越前代,犹是东林之流风余韵也"②。

第二节　复社与幾社

明末文社之盛,与科举读书、社会政治腐败、士气高涨、朝廷党争激烈,以及城市经济的繁荣等诸种因素有关。故文社日多,规模也日盛,著名文社几乎或多或少卷入政治斗争之中。明末之文社并不是皆属于纯粹文学团体,但是各社各有其一定的文学主张,用以为文,用以应付科考,用以指导立身行事,因为当时诸文社声气之广,几乎遍及全国,凡读书士子,无不受其影响,故诸文社中主要人物之文学观点,事实上左右当时文坛,主导明末近二十年文学方向。刘明今《明代文学批评史》指出,晚明文学批评大致可分为三派:一是以艾南英为代表的江西诸文社,主张为文应由唐宋入秦汉,尤其是由欧阳修入史迁,基本上继承了王慎中、唐顺之的观点,可称为豫章派。其二是以陈子龙等幾社六子为一派。他们以古文辞为尚,重视文学与社会现实的关系,发展了前七子文论中积极入世的倾向。其三是以张

---

① 《高子遗书》卷11《南京光禄寺少卿泾阳顾先生行状》,页681下。据陈鼎《东林列传·高攀龙传》云:"由是深山穷谷,虽黄童、白叟、妇人、女子,皆知东林为贤。贩夫竖子或相诮让,辄曰'汝东林贤者耶?何其清白如此耶?'至今农夫野老相传以为口实,犹谍谍不休焉。"东林贤者清白如此深入人心,可见社会自有公道。清·陈鼎编著《东林列传》(台北:新文丰出版公司,1975年11月1版),卷2《高攀龙传》,页22B。

② 《明儒学案》卷58《东林学案一》,《黄宗羲全集》第8册《明儒学案》下,页1375。

溥、张采、吴应箕为代表的应社、复社一派。这一派以通经学古为宗，重视人品学问的修养，重视事功，故政治色彩也最浓，而文学观点则不甚鲜明，持论往往介于豫章派与幾社二者之间。① 值得再仔细辨明者，云间派与前、后七子虽同样主张复古文学，但二者在具体取法途径上，还是有所不同。

　　明末清初党社运动最为发达，文社之兴，本在以文会友、以友辅仁之义。② 然诗社与文社在政治上的倾向并不同，诗社多不问政治，文社则多干预政治。陆世仪《复社纪略》云："令甲以科目取人，而制义始重。士既重于其事，咸思厚自濯磨，以求副功令。因共尊师友，互相砥砺，多者数十人、少者数人，谓之文社，即此以文会友、以友辅仁之遗则也。好修之士，以是为学问之地；驰骛之徒，亦以是为功名之门，所从来旧矣。"③可知文社之立，与诗社以诗酒唱和为好者不同；其目的主要在以文会友，揣摩时文，以应科考，士子为猎取功名，多相与入社，以为进身之阶。但在晚明乱世之际，社局亦复关心国家时政者为多。

　　胡怀琛根据时代之不同，将中国文社的性质分为三类：一个是治世（或盛世）的文社，一个是乱世（或衰世）的文社，一个是亡国遗民的文社。④ 从政治上之影响力与文学上成就言，应以乱世之文社最高。

---

　　① 刘明今《明代文学批评史》认为幾社诸子共同文学主张为"一、腾踔文彩，震动胸腹。二、躬历山川，干预风化。"陈子龙诗歌主张在"忧时托志，故虽颂皆刺；以非圣为刺；深切著明，无所隐忌。"刘明今：《明代文学批评史》（上海：上海古籍出版社，1991 年 9 月 1 版），第 9 章《晚明的诗文批评（下）》，第四节《明末文社诸子》，页 567。

　　② 如杜登春《社事始末》云："杨维斗先生设帐于沧浪亭内，为子焯择友会文。"清·杜登春：《社事始末》（台北：艺文印书馆，1968 年 1 版，《百部丛书集成》影清吴省兰辑《艺海珠尘》），页 7B。

　　③ 清·陆世仪：《复社纪略》卷 1，见《东林与复社》（台北：台湾银行经济研究室，1968 年 12 月 1 版，《台湾文献丛刊》第 259 种），页 45。

　　④ 胡怀琛《中国文社的性质》，《越风》22、23、24 期合刊（1936 年 12 月 25 日），页 7。

此所谓朝政不纲，所谓小人专权误国，于是产生在野者之清议，他们是以讲学为名，以提倡气节相号召，议论时事，批评人物，其文章专门指奸谪佞，声色俱厉，为民喉舌。执政者乃欲置之于死地而后快，但基于现实政治考虑之下，又不能不容忍在野势力之必然存在。民间力量愈聚愈多，而声势也愈来愈壮大，明末复社、幾社即是此类之代表。此情况如据黄宗羲云：

> 制科盛而人才绌，于是当世之君子，立讲会以通其变，其兴起人才，学校反有所不逮。如朱子之竹林，陆子之象山，五峰之岳麓，东莱之明招，白云之仙华，继以小坡、江门、西樵、龙瑞，逮阳明之徒，讲会且遍天下，其衰也，犹吴有东林，越有证人，古今人才，大略多出于是。然士子之为经义者，亦依仿之而立社，余自涉事至今，目之所睹，其最著者，云间之幾社……武林之读书社……娄东之复社。①

制科笼络士人入朝廷彀中，故真正人才短绌，如明太祖一统江山，实行集权统治，立"卧碑"，即不许生员干政，故"天下利病，诸人皆许直言，惟生员不许。……若纠众扛帮，骂詈署长，为首者问遣，余尽革为民。"②清俞正燮亦云："我朝顺治九年，礼部颁天下学校卧碑，第八条云：'禁立盟结社。'十七年正月，又以给事中杨雍言，禁妄立社名，及投刺同社、同盟，则以八股牟利假借社名也。十六年例，则士习不端，结社订盟者，黜革。"③审此，可见明清两代对士人结社钳制之

---

① 黄宗羲《陈夔献墓志铭》，明·黄宗羲撰、沈善洪主编《黄宗羲全集》（杭州：浙江古籍出版社，1993 年 10 月 1 版），第 10 册《南雷诗文集·碑志类》上，页 439～440。

② 不著撰者之《松下杂录》（台北：台湾商务印书馆，1916 年 8 月 1 版，1967 年 11 月 1 版，《涵芬楼秘笈》，第 9 册），卷下《卧碑》，页 15B。

③ 清·俞正燮：《癸巳存稿》卷 8《释社》，见《俞正燮全集》（合肥：黄山出版社，2005 年 9 月 1 版，于石等校点本），第 3 册，页 331。按顺治九年（1652）礼部奉钦依条约八款，颁刻学宫，谓之新卧碑，不许生员纠党多人，立盟结社，及不许将所作文字，妄行刊刻，大致至康熙初年，其例尚宽。

严，其补弊起废有待民间书院及文社这股讲学清流。

晚明复社与幾社受东林运动影响最巨，尤其是复社，又有"小东林"之称，以张溥为代表之复社名士，接武东林，致力于实学研究，"凡经函子部，迄历代掌故家言，君子小人所以进退，夷狄盗贼所以盛衰，兵刑钱谷之数，典礼制作之大，无不博极群书，涉口成诵"。① 当清兵入关，再破南都，幾社陈子龙、夏允彝、徐孚远等幾社巨子领导江南百姓奋勇抗清，虽牺牲殆尽，亦能为中流之砥柱。

复社是一庞大而复杂之文社组织，计东《上太仓吴祭酒书》云："应社之本于拂水山房，浙中读书社之本于小筑，各二十余年矣。"② 复、幾两社皆应社之广，而拂水山房社又为应社之前驱，故先交代其重要源流如下。

一、应 社

应社之本于拂水山房社，拂水山房又称拂水山庄，在苏州府常熟县虞山拂水岩下③，初为瞿纯仁读书会文之所，钱谦益《瞿元初墓志铭》云："虞山之西麓，有精舍数楹，直拂水岩之下，予友瞿元初君之别墅也。君讳纯仁，字曰元初。祖曰南庄翁，布衣节侠，奇君之才，以能大其门，买田筑室，庀薪水膏火，以资士之与君游处者。君所居北山，面湖有竹树水石之胜，而其所取友曰瞿汝说星卿、邵濂茂齐、顾云鸿

---

① 明·周钟《七录斋集序》，明·张溥：《七录斋诗文合集·序》(上海：上海古籍出版社，2002 年 3 月 1 版，《续修四库全书》影明崇祯九年刻本，第 1387 册)，页 252 下。

② 清·计东：《改亭文集》(上海：上海古籍出版社，2002 年 3 月 1 版，《续修四库全书》影清乾隆十三年刻本，第 1408 册)，卷 10《上太仓吴祭酒书一》，页 196 下。

③ (康熙)《常熟县志·虞山》载："拂水岩者，下临山阿，崖壁峭立，悬瀑两石间，南风激而倒溅，若喷珠、如飞练，故名。"清·杨振藻等修、钱陆灿等纂《常熟县志》(南京：江苏古籍出版社，1991 年 6 月 1 版，《中国地方志集成·江苏府县志辑》影康熙二十六年刻本)，卷 2《山·虞山》，页 20 下。

朗仲,皆一时能士秀民。……故拂水之文社,遂秀出于吴下。"①(康熙)《常熟县志·瞿纯仁传》乃依钱牧斋文,作曰:"(纯仁)其大父依京,钱宗伯谦益表其墓,所称瞿太公者也。太公布衣节侠,奇纯仁才,构精舍数楹,直拂水岩下,资以薪水膏火,俾纯仁读书。取友如瞿汝说、顾云鸿、钱谦益、邵濂辈,皆乐与纯仁游处,拂水文社遂甲吴下。"②瞿式耜为其父汝说作行状云:"岁甲申(万历十二年,1584年),补博士弟子员,……当是时,吴下相沿为沓拖,腐烂之文,府君与执友邵君濂、顾君云鸿、瞿君纯仁,结社拂水,创为一家言,以清言名理相矜尚,而府君尤以精深雅则为一世所宗。"③此为前拂水文社,瞿汝说于万历二十五年(1597年)举应天乡试,故拂水文社盖在万历十二年(1584年)至二十五年(1597年)间事。

拂水山庄后为钱谦益所得,据金鹤冲《钱牧翁先生年谱》云:"乙巳(万历三十三年,1605年),二十四岁。瞿式耜从先生读书拂水山庄,式耜年十六。"④万历四十五年(1617年)夏,钱谦益因"幽忧之疾,负疴拂水山居",崇祯三年(1630年)建耦耕堂于拂水岩下。⑤

瞿汝说等人拂水文社之后,又有范文若等五人结拂水山房社。范文若,字更生,初名景文,万历三十四年(1606年)举于乡,四十七年(1619年)成进士,李延昰《南吴旧话录》云:

> 范更生美姿容,以风流自命,与尝(常)熟许士柔、孙朝肃、华亭冯明玠、昆山王焕如五人为拂水山房社。而跳踉文坛,必推更

---

① 清·钱谦益:《牧斋初学集》(上海:上海古籍出版社,1985年9月1版,钱仲联标校本),卷55《瞿元初墓志铭》,页1374。

② (康熙)《常熟县志》卷20《文苑·瞿纯仁传》,页494下。

③ 清·瞿式耜:《瞿式耜集》(上海:上海古籍出版社,1981年11月1版,余行迈等整理本),卷4《显考江西布政使司右参达观瞿府君行状》,页286。

④ 金鹤冲《钱牧翁先生年谱》,清·钱谦益:《钱牧斋全集》(上海:上海古籍出版社,2003年8月1版,钱仲联标校本),第8册《牧斋杂著·附录》,页932。

⑤ 《牧斋初学集》卷45《耦耕堂记》,页1127~1128。钱谦益与陈夫人及柳如是卒后,皆殡于拂水山庄丙社之东轩。

生为最。一日东南风大起，拂水岩如万斛珍珠，从空抛撒，更生把酒揖之曰，始觉吾辈诗文负于此。①

拂水山房社倡于瞿纯仁，其同社皆常熟人，继之者许士柔、孙朝肃亦常熟人，承其遗风，仍与上海范文若、华亭冯明玠、昆山王焕如沿用旧址，相结为社。此前后两社，盖同在常熟拂水岩，而时代亦相衔接，即计东所谓应社之起拂水山房社，已有二十余年。

朱彝尊《静志居诗话》云："杨彝，字子常，常熟儒学生。"附录则云：

> 张受先（采）云：甲子冬，与天如（张溥）同过唐市问子常庐，麟士（顾梦麟）馆焉，遂定"应社"约，叙年子常居长。计甫草云："子常、麟士经营社事最先。"②

杨彝、顾梦麟同居常熟唐市，盖亦曾入拂水文社，惜不见于记载，据查慎行《人海记》云：

> 常熟杨子常，家富于财，初无文采，而好交结文士，与太仓顾麟士、娄东二张（溥、采）友善，以此有名诸生间，初与同志数人为应社，其后二张名骤盛，交益广，乃改名为复社，宏奖风流，几于奔走天下，而与杨顾交始终不渝，前辈之厚道如此。③

可见杨彝家富，好交结文士，尤其与顾梦麟、张溥、张采相友善，遂与数人共定应社约，故计东称"子常、麟士，经营社事最深"④。

应社自二张之名极盛后，广交各社，乃改名为广应社。据《静志居诗话》云：

---

① 清·李延昰：《南吴旧话录》（台北：广文书局，1971 年 8 月 1 版），卷 23《名社》，页 993。

② 清·朱彝尊著、姚祖恩编《静志居诗话》（北京：人民文学出版社，1990年 10 月 1 版，黄君坦校点本），卷 21《杨彝》条，页 625。

③ 清·查慎行：《人海记》（上海：上海古籍出版社，2002 年 3 月 1 版，《续修四库全书》影清咸丰元年小娜嬛山馆刻本，第 1177 册），卷下《杨顾二张交情》条，页 234 下。

④ 《改亭文集》卷 10《上太仓吴祭酒书一》，页 196 上。

诗流结社,自宋、元以来,代有之。迨明庆、历间,白门再会,称极盛矣。至于文社,始天启甲子(四年,1624),合吴郡全沙橋李仅十有一人,张溥天如、张采来章、杨廷枢维斗、杨彝子常、顾梦麟麟士、朱隗云子、王启荣惠常、周铨简臣、周钟介生、吴昌时来之、钱旃彦林,分主五经文字之选;而效奔走以襄厥事者,嘉兴府学生孙淳孟朴也,是曰"应社"。当其始取友尚隘,而来之、彦林谋推大之,讫于四海。于是有"广应社",贵池刘城伯宗、吴应箕次尾、泾县万应隆道吉、芜湖沈士柱昆铜、宣城沈寿民眉生,咸来会,声气之孚,先自"应社"始也。①

此即所谓五经应社,张溥言其分主各经情况云:"五经之选,义各有托,子常、麟士主《诗》,维斗、来之、彦林主《书》,简臣、介生主《春秋》,受先、惠常主《礼》,溥与云子则主《易》。"②则是应社初起亦重在操持选政。应社之人数虽少,然严选入社资格,社员孜孜研经,论文讲道,声誉日隆,名遍天下。后来吴昌时与钱旃谋推大之,讫于四海,于是有广应社③。换言之,应社因匡社与南社等加入,声势壮大不少,故改称为广应社。匡社为当时江北名社,创始人为吴应箕与徐鸣时;南社之领袖为万应隆。大抵应社之广,以得南社之力为多。故计东《上太仓吴祭酒书》云:"大江以南主应社者,张受先、西铭、介生、维斗;大江以北主应社者,万道吉、刘伯宗、沈眉生。"④社中人物,自广应社后,始网罗各方才杰,除上举各人外,长洲有徐九一(沂),丹阳有荆石兄(艮),吴江有吴茂申(有涯),松江有夏彝仲(允彝)、陈卧子(子龙),江西有罗文止(万藻)、黎友岩(元宽),福建有陈道掌(元纶)、蒋八公(德璟)。⑤ 所以《静志居诗话》文中才说"声气之孚,先自应社始也"。

---

① 《静志居诗话》卷21《孙淳》条,页649。
② 《七录斋诗文合集·存稿》卷3《五经征文序》,页473上。
③ 见《七录斋诗文合集·存稿》卷3《广应社序》,页472。
④ 清·计东:《改亭文集》(上海:上海古籍出版社,2002年3月1版,《续修四库全书》影清乾隆十三年刻本,第1408册),卷10《上太仓吴祭酒书一》,页196上。
⑤ 参见《复社纪略》卷1,见《东林与复社》,页48。

二、读书社

读书社之前身为小筑社，小筑社盖起于万历三十七年（1609年）左右，朱倓《明季杭州读书社考》云："小筑社之名起于严氏之小筑山居。"①据（嘉庆）《余杭县志·严武顺传》载："兄弟自相师，为文力追正始，择都人士，订业小筑山居，武林社事之盛，实自此始。"②小筑社之创立者乃为三严兄弟（调御、武顺、敕）无疑。至天启末，始改为读书社。

读书社倡于闻启祥，朱彝尊《静志居诗话》云："杭州先有读书社，倡自闻孝廉子将、张文学天生、冯公子千秋、余杭三严，后乃入于复社，而登楼社又继之，文必六朝，诗必三唐，彬彬盛矣！"③据黄宗羲

---

① 朱倓《明季杭州读书社考》，北京大学《国学季刊》，第2卷第2号（1929年），页261。

② 清·张吉安修、朱文藻纂《余杭县志》（上海：上海书店，1993年6月1版，《中国地方志集成·浙江府县志辑》影嘉庆十三年刻本），卷26《孝友·严武顺传》，页948。按：三严兄弟为严调御字印持、严武顺字切公、严敕字无敕，其父为太常卿严大纪，生平俱见《嘉庆余杭县志》卷26《孝友传》，页947～949。

③ 《静志居诗话》卷21《闻启祥》条，页662～663。按：钱谦益《闻子将墓志铭》云："子将，姓闻氏，讳启祥，杭州之钱塘人也。子将生而神姿高秀，所至能隐数人，工应举之业，挥洒落笔，云烟月露，生动行墨间。冯祭酒开之，方提学孟旋以经义为一世师，子将皆入其室，于是子将之名藉甚。武林东南一都会，江、广闽越之士，蹑屩负笈，胥挟其行卷，是正于子将，子将鉴裁敏，品题精，丹铅甲乙，纸落如飞，士之侧古振奇，隐鳞戢羽者，得子将一言，其声价不胫而走，游武林者，得一幸子将，如登龙门之陂。而子将亦倾身延纳，庀舟车，洁酒食，请谢客宾，如置驿然。虽后门寒士，落魄无闻者，人人以子将为亲己也。子将性故淡荡，厌弃浊秽，思出世间法，云栖标净土法门，子将笃信之，外服儒风，内修禅律，酬应少闲，然灯丈室，趺坐经行，佛声浩浩，俨然退院老僧也。卜筑龙泓、清平之间，将诛茅以老焉。买舠西湖，仿掘头五泻之制，为文以要同志，风流婉约，为时所传。为诸生祭酒二十年，始举于南京，偕李长蘅上公交车，及国门，兴尽而返，余遣人要止之，两人掉头弗顾也。卒时年五十有八。"清·钱谦益：《牧斋初学集》（上海：上海古籍出版社，1985年9月1版，钱仲联标校本），卷54《闻子将墓志铭》，页1364。

《思旧录》道:"闻启祥,字子将。余每至杭,舍馆未定,子将已见过矣。子将风流蕴藉,领袖读书社。"①又云:"严调御,字印持;领袖读书社。"①黄宗羲《郑玄子先生述》云:"崇祯间,武林有读书社,以文章风节相期许,如张秀初(歧然)之力学,江道闇(浩)之洁净,虞大赤(宗玫)、仲䎖(宗瑶)之孝友,冯俨公(俟)之深沉,郑玄子之卓荦;而前此小筑社之闻子将(启祥)、严印持(调御)亦合并其间。是时社事最盛,然其人物,固未之或先也。"②审此,小筑社创于严氏小筑山居,必非以闻氏为首领,闻氏虽名列小筑社,然为有别于同志,特创读书社,扩而大之,三严所以心服而亦加入读书社也。

陈子龙有《赠闻子将诗》,序云:"闻子将结庐吴山之上,壬申(崇祯五年,1632年)秋,予与周勒卣、顾伟南、徐闇公共登兹宇,见修竹交密,下带城堞万雉,远江虚无,婵媛其间,风帆落照,冲瀜天际,真幽旷之兼趣也。予赏其疏异,许为赋诗,忽忽未究,今年冬,晤子将于湖上,心念幽栖,卒未及登眺,以续旧游,竟责前诺,追赋一章,亦有今昔之感矣。"其诗云:

高人托孤峰,渺然市朝上。白云寄萧条,茅茨自清畅。已欢适境幽,颇觉凭势壮。晡晚横芳林,楼台落青嶂。袅袅丛篁际,长江动摇漾。平沙见千里,云物开万状。时逢湖海人,常使神气王。摇巾绿树阴,把酒牙红唱。翘首望会稽,山川供俯仰。抱景带江云,余晖明越榜。且复消雄心,于焉征雅尚。旧游三载前,后会多惆怅。吾辈方失策,怜君复相向。何时期鹿门,携手共闲放。③

而闻启祥《陈卧子先自云间寄余诗兼示著作,今来湖上,口占二章,答之》云:

陈子具正骨,文采复纷披。譬如华岳尊,烟云缭绕之。我但

---

① 黄宗羲《思旧录·闻启祥》,清·黄宗羲撰、沈善洪主编《黄宗羲全集》(杭州:浙江古籍出版社,1985年11月1版),第1册,页376。

② 黄宗羲《郑玄子先生述》,《黄宗羲全集》第10册《南雷诗文集·传状类》上,页566～567。

③ 明·陈子龙:《陈子龙诗集》(上海:上海古籍出版社,1983年7月1版,施蛰存等标校本),卷5,页137～138。

党妩媚，世自惊欹崎。鸠鹏不同量，咄哉付一嗤。

　　文章非一途，胡独尊汉魏？为怜世趣卑，如毒中肠胃。所以洒濯之，醍醐只一味。读书鉴苦心，毋徒哗纸贵。①

闻氏盛推陈子龙如华岳之尊，即可以知钦仰之笃。闻子将自言文章独尊汉魏，正不独如朱彝尊所谓文必六朝，诗必三唐已也。此辈为怜世趣卑，唯以读书一味，濯洒其肠胃之毒，此读书社命名之义，昭然若揭矣。

杭州读书社受东林影响，亦尚气节。自其社约可见读书社所标榜准的，丁奇遇《读书社约》云："社曷不以文命名而以读书命，子舆氏所称文会，正读书也。今人止以操觚为会，是犹猎社田而忘简赋，食社饭而忘粢盛，本之不治，其能兴乎？吾党二三子既有社以示众矣，苟美赋不兴，将于吾党问焉！"故其约："一定读书之志，二严读书之功，三征读书之言，四治读书之心。"而其大端曰养节气，审心地。②缘此，可见读书社立社之宗旨也。

至于杭州读书社的文学风格，如萧士玮《读书社文序》所云："余至武陵，闻子将出读书社诸君子文，与余视之，脱口落墨，不堕毫楮，独留一种天然秀逸之韵，倏忽往来，扑人眉端，如山岚水波，风烟出入。年来文章一道，蕉鹿之争，纷纷未已，为士师者，良亦独难。子将以一世沉浊，不可以庄语，遗物离人，而游于独，前有高岸，后有深谷，泠泠然如此既立而已矣，子将固善移诸君之情矣。"③郭绍虞认为读书社受公安影响，加以武林胜地，环境宜人，所以虽主复古，而自有韵致。④缘此，亦见读书社风流婉约之文风。

---

①　见《陈子龙诗集》卷5《赠闻子将》附录，页138。

②　明·丁奇遇《读书社约》（台北：台联国风出版社，1967年5月1版，《武林掌故丛编》第5册），页2841。

③　明·萧士玮：《春浮园集》（北京：北京出版社，2000年1月1版，《四库禁毁书丛刊》影清光绪刻本，集部第108册），卷上《读书社文序》，页489。

④　郭绍虞《明代的文人集团》一文，见《照隅室古典文学论集·上编》（上海：上海古籍出版社，1983年9月1版），页599。

综上二种关系,读书社中人,虽合于复社而并不激烈。至读书社之并入复社,当以严调御之长子严渡之力为最,计东《上太仓吴祭酒书》云:"迨戊辰(崇祯元年,1628 年)西铭先生(张溥)至京师,始与严子岸(渡)定交最谨,子岸归,始大合两浙同社于吴门。"①严渡为文凌厉自纵,不假旁岸,是继三严后而起之秀,陈子龙《集严子岸同沈昆铜闻子将彭燕又》诗称其"主宾东南秀,历落湖海名。顾盼生光曜,不言人已惊"②,可见一斑。崇祯二年(1629 年)之后读书社,一方面加入复社,一方面仍保持其独立姿态。崇祯十年(1637 年),闻启祥、严调御卒,社事由严渡主持,崇祯十五年(1642 年)又改名登楼社,亦合于复社。

三、复　社

吕留良《东皋遗选序》记述明末社事云:"自万历中,卿大夫以门户声气为事,天下化之,士争为社,而以复社为东林之宗子,咸以其社属焉。自江、淮讫于浙,一大渊薮也。"③复社以继承东林自许,社名取"复",乃在兴复绝学,如杜登春《社事始末》云:"天如、介生有《复社国表》之刻。复社,兴复绝学之意也。"④杨凤苞《吴孝靖纪略》亦云:"曾羽与同志孙淳等四人创为复社,义取剥穷而复也。太仓张溥举应社以合之。"⑤审此,复社以兴复古学为宗旨。

---

①　《改亭文集》卷 10《上太仓吴祭酒书一》,页 196 下。严渡生平见《嘉庆余杭县志·严渡传》,本传称其"识拔者皆负人伦之鉴,故渡之名誉藉甚一时,而渡益博综书史,务通晓大意,为文凌厉自纵,不假旁岸,海内俊彦无不知,太常公之后,继三严而起者,复有子岸。"《嘉庆余杭县志》卷 26《孝友·严渡传》,页 949。

②　《陈子龙诗集》卷 5《集严子岸同沈昆铜闻子将彭燕又》,页 139。

③　清·吕留良:《吕晚村先生文集》(上海:上海古籍出版社,2002 年 3 月 1 版,《续修四库全书》影清雍正三年天盖楼刻本,第 1411 册),卷 5《东皋遗选序》,页 150 下。

④　《社事始末》,页 4A。

⑤　清·杨凤苞:《秋室集》(上海:上海古籍出版社,2002 年 3 月 1 版,《续修四库全书》影清光绪十一年陆心源刻本,第 1476 册),卷 5《吴孝靖纪略》,页 69。

复社正式成立之过程如何，据朱彝尊《静志居诗话》云：

> 崇祯之初，嘉鱼熊开元宰吴江，进诸生而讲艺。于时，孟朴里居，结吴曾羽扶九、吴允夏去盈、沈应瑞圣符等肇举"复社"。于时云间有"幾社"，浙西有"闻社"，江北有"南社"，江西有"则社"。又有历亭"席社"，昆阳"云簪社"，而吴门别有"羽朋社"、"匡社"，武林有"读书社"，山左有"大社"，金会于吴，统合于复社。复社始于戊辰（崇祯元年，1628年）成于己巳（崇祯二年，1629年）。①

就复社本身言，实为经历一番蜕变之综合体，最初之复社为吴曾羽诸人所发起，据《静志居诗话》又载："扶九居吴江之荻塘，藉祖父之赀，会文结客，与孙孟朴最厚，倡为'复社'。既而思合天下英才之文甄综之，孟朴请行，出白金二十镒，家谷二百斛，以资孟朴。阅岁，群彦胥来，大会于吴郡，举凡应社、匡社、幾社、闻社、南社、则社、席社，尽合于复社。"②因知复社最初组织者为吴曾羽诸人，待张溥举应社以合之其声势始壮。

应社之起在先，复社之起在后。据计东《上太仓吴祭酒书》云："始庚午之冬，因鱼山熊先生自崇明调宰吾邑，最喜社事，孙孟朴乃与我妇翁（即吴曾羽）及吕石香辈数人，始创复社，颇为吴门杨维斗先生所不快。孟朴尝怀刺谒杨先生，再往不得见，呵之曰：'我社中未尝见此人。'我社者，应社也。盖应社之兴久矣。时天下但知应社耳。"③按杨廷枢不应不识孙淳，而呵之为："我社中未尝见此人"，是必因吴、孙诸人另立组织，才造成彼此感情之不相投。

复社结合各大社，成为当时天下名社，主要关键人物当为张溥，据陆世仪《复社纪略》载张溥出身与崛起云：

> 张溥字天如，号西铭，太仓人。父太学生翊之，翊之兄辅之，

---

① 《静志居诗话》卷21《孙淳》条，页649。
② 《静志居诗话》卷21《吴曾羽》条，页651。
③ 《改亭文集》卷10《上太仓吴祭酒书一》，页196上。

以进士由兵垣历官大司空，翊之子十人，溥以婢出，不为宗党所重，辅之家人遇之尤无礼。尝造事倾陷于翊之，溥洒血书壁曰："不报仇奴，非人子也。"奴闻而笑曰："塌蒲屦儿何能为！"溥饮泣，乃刻苦读书，无分昼夜，尝雪夜已就寝复兴，露顶坐而晓，因病鼻血，时三吴文社，人人自炫，溥一不之省，独与张采订交。采字受先，号南郭，以善戴氏学，有声黉序。溥延为馆宾，读书七录斋。时娄文卑靡，两人有志振起之。溥矫枉过正，取法樊宗，师刘知几，岁试乃踬。闻周介生倡教金沙，负笈造谒之，三人一见，相得甚欢，辩难亘五昼夜，订盟乃别。溥归，尽弃所学，更尚经史，试乃冠军。溥矜重名，采尚节概，言论丰采，目光射人，相砥濯自砺。时魏珰败，鹿城顾秉谦致仕家居，方秉锋于娄中。溥与采率诸士驱之，檄文炙人口。郡中五十余人敛赀为志镌石，由是天下咸重天如、受先两人矣。[①]

审此，复社的重要人物是太仓二张（张溥、张采），而其重心则在苏州。时熊开元为吴江知县，提倡文章经术，慕二张之名，招之至吴江，馆于吴氏、沈氏，二姓弟子俱从两张游学，又得孙淳从中联合各方面文社，于是复社之声势就极其浩盛。此事如吴伟业《复社纪事》云：

> 初，先生（张溥）起里中，诸老先生颇共非笑其业以为怪。一时同志，苏州曰杨维斗廷枢、曰徐九一汧，松江曰夏彝仲允彝、曰陈卧子子龙；而同里最亲善曰张受先采，读书先生七录斋，海内所目为娄东两张者也。……楚熊鱼山先生开元，用能治剧换知吴江县事，以文章饰吏治，知人下士，喜从先生游。吴江大姓吴氏、沈氏洁馆舍，庀饮食于其郊，以待四方之造请者。推先生高第弟子吕石香云孚为都讲。石香好作古文奇字，浙东西多闻其声。而湖州有孙孟朴淳锐身为往来绍介。于是臭味翕习，远自楚之蕲、黄，豫之梁、宋，上江之宣城、宁国，浙东之山阴、四明，轮

---

① 《复社纪略》卷1，见《东林与复社》，页47~48。

蹄日至；秦、晋、闽、广间，多有以其文邮致者。先生丹铅上下，人人各尽其意，高举隆洽，沾溉远近矣。①

张溥从京归来后，以应社盟主资格，又加与吴、沈诸人之关系调剂其间，遂合而为一，因此家喻户晓。因此往往使人误以为复社为张氏所创，实则复社之兴，必藉吴氏之赀力与张氏之组织，且又有孙氏奔走其间，于是有复社大会，其次数共有三次。

第一次是崇祯二年（1629 年）尹山大会。这次在江苏吴江召开之大会与熊开元有关，据陆世仪《复社纪略》云：

> 吴江令楚人熊鱼山开元，以文章经术为治，知人下士，慕天如名，迎至邑馆，巨室吴氏、沈氏诸弟子，俱从之游学。于是，是为尹山大会。苕、霅之间，名彦毕至。未几，臭味翕集，远自楚之蕲、黄，豫之梁、宋，上江之宣城、宁国，浙东之山阴、四明，轮蹄日至。比年而后，秦、晋、闽、广多有以文邮致者。②

尹山大会之举，苕、霅之间，名彦毕至，实现了应社与复社之联合。此时张溥等人影响力更大，从学者更多，以致轮蹄日至。

尹山大会中还特别揭举复社成立之宗旨，据《复社纪略》载：

> 是时江北匡社、中洲端社、松江幾社、莱阳邑社、浙东超社、浙西庄社、黄州质社与江南应社各分坛站，天如乃合诸社为一，而为之立规条、定课程曰："自世教衰，士子不通经术。但剿耳绘目，几幸弋获于有司；登明堂不能致君，长郡邑不知泽民：人才日下、吏治日偷，皆由于此。溥不度德、不量力，期与四方多士共兴复古学，将使异日者务为有用，因名曰复社"。③

张溥联合诸社为复社，不但为之立规条，并申盟书曰："学不殖将落，毋蹈匪彝，毋读非圣书，毋违老成人，毋矜厥长，毋以辩言乱政，毋

---

① 清·吴伟业：《吴梅村全集》（上海：上海古籍出版社，1990 年 12 月 1 版，李学颖集评标校本），卷 24《复社纪事》，页 599～600。
② 《复社纪略》卷 1，见《东林与复社》，页 54。
③ 《复社纪略》卷 1，见《东林与复社》，页 54。

干进丧乃身,嗣今以往,犯者小用谏,大则摈。"①强调重读书、重人伦、从政立德之品格。其组织严谨,另有相关配套办法,约束社员,"于各郡邑中推择一人为长,司纠弹、要约、往来传置"之事宜。② 可见复社承袭应社严于拣选社员之传统,加以组织健全,社约能够有力约束成员,故复社人物多志行磊落之人。

尹山大会后之成果,乃《国表》之刊行,张溥集合十五省之文共二千五百余首,加以诠次之,由张采作序冠于弁首。《国表》最特别之处,在"集中详列姓氏,以示门墙之峻;分注郡邑,以见声气之广云"③。

第二次是崇祯三年(1630 年)金陵大会。这次起因于崇祯三年江南乡试,诸人皆集,张溥又为金陵大会,据《复社纪略》载:

> 崇祯庚午乡试,诸宾兴者咸集,天如又为金陵大会。是科主裁为江右姜居之曰广;榜发,解元为杨廷枢,而张溥、吴伟业皆魁选,陈子龙、吴昌时俱入彀,其他省社中列荐者复数十余人。④

金陵大会之主题可能与这届江南乡试有关,会中可能拟定一份供有关人士参考之推荐名单。及榜发,复社诸子中举者多,其他省社中列荐者复数十余人,实绩斐然,树立张溥和复社之威望。

第三次为崇祯六年(1633 年)三月虎丘大会。崇祯四年(1631

① 《静志居诗话》卷 21《孙淳》条,页 649～650。《复社纪略》作"毋从匪彝,毋非圣书,毋违老成人;毋矜己长,毋形彼短;毋巧言乱政,毋干进辱身。嗣今以往,犯者小用谏,大则摈。既布天下,皆遵而守之。"《复社纪略》卷 1,见《东林与复社》,页 54。
② 《复社纪略》卷 1,见《东林与复社》,页 54。
③ 《复社纪略》卷 1,见《东林与复社》,页 54。
④ 《复社纪略》卷 2,见《东林与复社》,页 65。

年)春试，吴伟业中会试第一，殿试第二，授翰林编修①；张溥成进士，授翰林院庶吉士。② 吴伟业以溥门人联捷会元、榜眼，钦赐归娶，天下荣之，远近士子谓出于张溥之门者必易中选，于是争称弟子。但张溥人尚在京师，不及亲炙，等到崇祯五年冬张溥请假归里葬父，途中舟过之处，挟策造请者无虚日，及抵故里太仓，从学者益众，故于虎丘开复社大会③，刊《国表社集》行世。据《复社纪略》云：

> 癸酉(崇祯六年，1633 年)春，溥约社长为虎邱大会。先期
> 传单四出，至日，山左、江右、晋、楚、闽、浙以舟车至者，数千余

① 吴梅村殿试第二，得人之助者多，诚有幸运之处。《复社纪略》"盖延儒诸生时游学四方，曾过娄东，与伟业之父禹玉相善；而伟业本房师乃南星李明睿，李昔年亦游吴馆于邑绅大司马王在晋家，曾与禹玉相善。是科延儒欲收罗名宿，密嘱诸分房于呈卷前，取中式封号窃相窥视，明睿头卷即伟业也；延儒喜其为禹玉之子，遂欲中式。明睿亦知为旧交之子，大喜悦，取卷怀之，填榜时至末而后出以压卷。伟业由此得冠多士，为乌程之党薛国观泄其事于朝。御史袁鲸将具疏参论，延儒因以会元卷进呈御览，烈皇帝亲阅之，首书'正大博雅，足式诡靡'八字，而后人言始息。"《复社纪略》卷 2，见《东林与复社》，页 65。故陈文述(1771—1843)《读吴梅村诗集，因题长句》云："复社声华熟最贤，南宫甲第快蝉联。"清·陈文述：《颐到堂诗选》(上海：上海古籍出版社，2002 年 3 月 1 版，《续修四库全书》影清嘉庆二十二年刻本道光增修本)，卷 1《读吴梅村诗集，因题长句》，页 512 下。

② 《复社纪略》云："张溥与夏曰瑚又联第，江西杨以任、武进马世奇、盛德、长洲管正传、闽中周之夔、粤东刘士斗并中式；主试为周延儒首相也。"《复社纪略》卷 2，见《东林与复社》，页 65。

③ 杜登春：《社事始末》云："自辛未(崇祯四年，1631)至辛巳(崇祯十四年，1641)，娄东之局，几比尼山，举天下文武将吏，及朝列士夫雍庠子弟，称门下士从之游者几万余人，其姓名俱载金孺人会吊门籍。……四方会吊毕，退而大集虎邱，为复社最盛事。"《社事始末》，页 7。《复社姓名录·后二》云："张溥妻金之丧(笔者按：金孺人为张溥之生母，非张溥妻。)，会吊者不下万人。"引自蒋逸雪：《张溥年谱》(上海：商务印书馆，1946 年 8 月 1 版)，页 43。按：张溥生母金，配王氏，侧室董氏，均后于张溥殁。考察杜登春所言，实为崇祯十五年(1642)春郑元勋、李雯主盟之虎丘第三次大会之成因，而非崇祯六年(1633)三月虎丘第一次大会。

人。大雄宝殿不能容,生公台、千人石鳞次布席皆满,往来丝织。游于市者争以复社会命名,刻之碑额。观者甚众,无不诧叹;以为三百年来,从未一有此也!①

第三次集会最重要成果乃验证复社联盟之惊人实力及号召力。从此,复社之名动朝野,复社声气遍天下,"主司无非社友,道府多是社朋"②。可惜崇祯十四年(1641 年)五月初八丑时张溥暴病逝世,得年止四十③,复社遂失一领袖。虽然崇祯十五年(1642 年)春复社又大会于虎丘,扬州郑元勋、松江李雯为主盟,方以智、龚鼎孳、陈名夏、宋之绳、严沆、查继佐、彭孙贻、余怀、冒襄等皆与会,但此后复社不再举行大会,真正之盛况以上述三次大会为主。缘此,复社雄盛之基础,自第一次的尹山大会即已奠定,能具有如此实力之复社,不复为地方性之复社,而是全国性的复社。

崇祯十七年(1644 年)燕京沦陷后,福王即位南京,东林被难诸公遗孤,眼见阮大铖挟怨报复,欲针对他们展开政治迫害,于是大会同难兄弟于南京桃叶渡,抨击奸党,乃有《南都防乱揭》之事件,全祖望《梨洲先生神道碑铭》云:

> 而踰时中官复用事,于是逆案中人,弹冠共冀然灰,在廷诸臣或荐霍维华,或荐吕纯如,或请复涿州(冯铨)冠带,阳羡(周延儒)出山,已特起马士英为凤督,以为援阮大铖之渐。卽东林中人如常熟(钱谦益)亦以退闲日久,思相附和。独南中太学诸生,居然以东都清议自持,出而厄之。乃以大铖观望南中,作《南都

---

① 《复社纪略》卷 2,见《东林与复社》,页 66～67。

② 《复社纪略》卷 4 引徐怀丹《复社十大罪檄》,见《东林与复社》,页 111～112。

③ 陈子龙《哭张天如先生》二十四首之二十二首自注云:"天如临没,尚讲《易》,问侍者曰:'月甚明,我将行矣。'遂逝。"《陈子龙诗集》卷 17,页 592。《明史·文苑·张溥传》云:"溥诗文敏捷,四方征索者,不起草,对客挥毫,俄顷立就,以故名高一时。卒时,年止四十。"清·张廷玉等撰《明史》(台北:鼎文书局,1991 年 5 月 5 版,影北京中华书局点校本),卷 288《文苑四·张溥传》,页 7405。

防乱揭》。宜兴陈公子贞慧，宁国沈征君寿民，贵池吴秀才应箕，芜湖沈上舍士柱共议，以东林子弟推无锡顾端文公之孙杲居首。天启被难诸家推公居首，其余以次列名，大铖恨之刺骨，戊寅秋七月事也。荐绅则金坛周仪部镳实主之。说者谓庄烈帝十七年中善政，莫大于坚持逆案之定力，而太学清议，亦足以寒奸人之胆。使人主闻之，其防闲愈固，则是揭之功不为不巨。①

草《南都防乱揭》者为吴应箕，而列名首唱者顾杲，杲为顾宪成之孙，本是东林子弟，故称复社为小东林。当南国诸生百四十人，具《南都防乱揭》，顾杲有云："杲等读圣人之书，明讨贼之义，事出公论，言与愤俱，但知为国除奸，不惜以身贾祸。"②阮大铖饮恨入骨，欲除之而后快。

东林遗孤与复社何以能在此时有《南都防乱揭》之举，此与国门广社有密切关系，盖南京故都每年秋试，则十四郡科举士子及诸蕃省隶国学者，皆聚于此。据吴应箕《国门广业序》所载：崇祯三年（1630年），吴应箕与刘伯宗、许德光、沈昆铜举国门广业之社。六年，吴应箕与方以智、杨龙友再举之。九年，吴应箕与姚北若三举于此，社事最盛。③

崇祯十二年（1639年），复社同志与东林诸孤，又集合于此，复举国门广业之社，据黄宗羲《陈定生先生墓志铭》云：

> 崇祯己卯（十二年，1639年）金陵解试，先生、次尾举国门广业之社，大略揭中人也，昆山张尔公，归德侯朝宗，宛上梅朗三，芜湖沈昆铜，如皋冒辟疆及余数人，无日不连舆接席，酒酣耳热，

---

① 清·全祖望撰、朱铸禹校注《全祖望集汇校集注·鲒埼亭集》（上海：上海古籍出版社，2000年12月1版），卷11《梨洲先生神道碑铭》，页215～216。

② 《静志居诗话》卷21《顾杲》条，页657。

③ 明·吴应箕：《楼山集》（上海：上海古籍出版社，2002年3月1版，《续修四库全书》影清刻本，第1388册），卷17《国门广业序》，页588上。姚瀞字北若，秀水人，为尚书善长之孙。其事迹下文详之。

多咀嚼大铖以为笑乐。①

此时国门广业之社,由陈贞慧与吴应箕主之。国门广业社集,自崇祯三年(1630 年)以降,一直到弘光初立,还在金陵运作。据《静志居诗话·姚澣》云:

> 北若为尚书善长之孙,英年乐于取友,尽收质库所有私钱,载酒征歌,大会复社同人于秦淮河上,几二千人,聚其文为国门广业。时阮集之填《燕子笺传奇》,盛行于白门,是日勾队未有演此者。北若《秦淮即事》诗云:"柳岸花溪澹泞天,恣携红袖放灯船。梨园子弟觇人意,队队停歌《燕子笺》"是也。②

但随着马士英与阮大铖掌大权,思修报复,"意在尽杀复社之主盟者"③,遂广揭社中姓名以造《蝗蝻录》④,设一网尽杀之,如陈贞慧被下狱;顾杲、黄宗羲等在金陵被补,得脱;侯方域、吴应箕、沈寿民、沈士

---

① 黄宗羲《陈定生先生墓志铭》,《黄宗羲全集》第 10 册《南雷诗文集·碑志类》上,页 385～386。黄宗羲《思旧录·陈贞慧》亦云:"国门广业之社,定生与次尾主之,周旋数月。"《黄宗羲全集》第 1 册,页 365。

② 《静志居诗话》卷 21《姚澣》条,页 661。此事亦见载于吴翌凤《逊志堂杂钞》,其转载云:"又南都初立时,有秀水姚澣北若者,英年乐于取友,尽收质库所有私钱,载酒征歌,大会复社同人于秦淮河上,几几千人,聚其文为国门广业。时阮集之填《传奇》盛行于白门,是日勾队未有演者,故北若诗云:'柳岸花溪澹月天,恣携红袖放灯船。梨园子弟觇人意,队队停歌《燕子笺》。'"清·吴翌凤:《逊志堂杂钞·甲集》(北京:中华书局,2006 年 12 月 1 版,吴格点校本),页 21。按:吴翌凤,生于清乾隆七年,卒于嘉庆二十四年(1742—1819 年),字伊仲,号梅庵,又号漫士,江苏长洲人,是清代吴中著名藏书家与学者。中华书局吴格点校本吴翌凤生年作 1714 年,误也。

③ 《静志居诗话》卷 21《孙淳》条,页 650。

④ 阮大铖造《蝗蝻录》,以东林党蝗,东林党子弟参加复社者为蝻。又将东林党、复社周遭之人称为蝇蚋,据《东林列传·周镳传》云:"大铖素恶东林诸贤,作正续《蝗蝻录》,有十八罗汉、五十三参善财童子、七十二贤圣菩萨。又《蝇蚋录》,有八十八活佛,三百六十五天王,五百尊阿罗汉,共千余人,皆海内贤良,欲尽杀之以空天下。"清·陈鼎编著《东林列传》(台北:新文丰出版公司,1975 年 11 月 1 版),卷 10《周镳传》,页 17B。

柱等纷出走避难。自此复社元气乃大伤，加以清兵陷南京，社局消散。

总之，复社之盛极一时，诚如陆世仪《复社纪略》所云："社事以文章气谊为重，尤以奖进后学为务。其于先达所崇为宗主者，皆宇内名宿。……诸公职任在外，则代之谋方面；在内，则为之谋爰立；皆阴为之地而不使之知。事后彼人自悟，乃心感之。不假结纳，而四海盟心；门墙之所以日广、呼应之所以日灵，皆由乎此。"①

四、幾　社

幾社为晚明松江地区最具代表性之文社，而其云间派文学成为明清松江文学之典型。明代松江府领有华亭、上海、青浦三县和金山卫，现在是上海市辖区。松江跃上历史舞台，诚如何良俊《四友斋丛说》所云："吾松文物之盛亦有自也。盖由苏州为张士诚所据，浙西诸郡皆为战场，而吾松稍僻，峰泖之间以及海上皆可避兵，故四方名流汇萃于此，熏陶渐染之功为多。"②洪武年间"松江一时文风之盛，不下邹鲁"③，故自明清时代以至今日，上海仍然是中国首善之区。松江在文化受苏州影响较大，但到明中后期，已成超越苏州之势，何良俊《四友斋丛说》又云："吾松不但文物之盛可与苏州并称，虽富繁亦不减于苏。胜国时，在青龙则有任水监家，小贞有曹云西家，下沙有瞿霆发

---

①　《复社纪略》卷2，见《东林与复社》，页74～75。其名宿诸公指："南直则文震孟、姚希孟、顾锡畴、钱谦益、郑三俊、瞿式耜、侯峒曾、金举、陈仁锡、吴甡等，两浙则刘宗周、钱士升、徐石麟、倪元璐、祁彪佳等；河南则侯恂、侯恪、乔充升、吕维祺等，江西则姜曰广、李邦华、熊明遇、李日宣等，湖广则梅之焕、刘弘化、沈维炳、李应魁等，山东则范景文、张凤翔、高弘图、宋玫等，陕西则李遇知、惠世扬等，福建则黄道周、黄景昉、蒋德璟、刘长等，广东则陈子壮、黄公辅。"

②　明·何良俊：《四友斋丛说》（北京：中华书局，1959年4月1版，1997年11月3刷），卷16，页136。

③　清·钱谦益：《列朝诗集》（上海：上海古籍出版社，2002年3月1版，《续修四库全书》影清顺治九年毛氏汲古阁刻本，第1622册），甲集前编卷11《丘郎中民》，页461下。

家,张堰有杨竹西家,陶宅有陶与权家,吕巷有吕璜溪家,详泽有张家,乾巷又有一侯家。"①此等均属雄霸一方,江南知名大姓家族。

幾社为夏允彝诸人所组织。其初,应社之广,夏氏与陈子龙本亦列名其中,而夏与张溥又一同参加燕台社②,所以幾社与复社之关系最密。但是幾社虽参加复社,其作风与复社并不同,且又保持其独特的性质。故郭绍虞认为"假使说复社是政治性的,则幾社是文艺性的;假使说复社是文艺性的,则幾社又可说是学术性的。"③杜登春《社事始末》云:"丁戊之际(天启七年至崇祯元年,1627—1628 年),杨维斗以太学生上言魏忠贤配享文庙一事,几堕不测。戊辰(崇祯元年,1628 年)会试,惟受先(指张采)、勿斋(指徐汧)两先生得隽,先君子(指杜麟征)仅中副车,与诸下第南还,相订分任社事,昌明泾阳之学,振起东林之绪,以上副崇祯帝崇文重道,去邪崇正之至意。天如、介生有《复社国表》之刻。复社,兴复绝学之意也。先君子与彝仲有《幾社六子会义》之刻。"④可知二社皆以昌明救世实学为主。

再者,由幾社之命义,可知幾社立社之宗旨为何?幾社之"幾"乃出自《易·系辞上》:

①　《四友斋丛说》卷 16,页 136。
②　燕台社亦称燕台十子社,是张溥赴京时所组织。杜登春《社事始末》云:"自熹宗之朝,阉人焰炽,君子道消,朝列诸贤,悉罹惨酷,老成故旧,放弃人间,时有锡山马素修先生奇者,新举孝廉,有心世道,痛东林旧学久闭讲堂,奋志选文,寄是非邪正于澹宁居一集。是时娄东张天如先生溥,金沙周介先生钟,并以明经贡入国学,而先君子(杜麟征)登辛酉贤书,夏彝仲先生允彝亦以戊午乡荐偕游燕市,获缔兰交,目击丑类猖狂,正绪衰息,慨然结纳,计立坛坫,于是先君子与都门王敬哉先生崇简,倡燕台十子之盟,稍稍至二十余人。□□(宛平)米吉士先生寿都、闽中陈昌箕先生肇曾、吴门杨维斗先生廷枢、徐勿斋先生汧、江右罗文止先生万藻、艾千子先生南英、章大力先生世纯、朱子逊先生建、朱子美先生徽、娄东张受先先生采,即天如之弟(按此误也,张采非张溥之弟)、吾松宋尚木先生楠,后改名征璧者,皆与焉。"《社事始末》,页 3。
③　郭绍虞《明代的文人集团》一文,见《照隅室古典文学论集·上编》,页 593。
④　《社事始末》,页 3～4。

夫《易》，圣人之所以即深而研幾也，唯深也，故能通天下之志。唯幾也，故能成天下之务。①

幾乃适动微之会，孔颖达《正义》疏之曰："幾者离无入有，是有初之微。以能知有初之微，则能兴行其事，故能成天下之事务也。"②幾社之"幾"又近取顾宪成《东林会约》中"审幾"之训：

审幾云何？幾者，动之微，诚伪之所由分也。本诸心，心征诸身；本诸身，必征诸人，莫或爽也。凡我同会，愿反而观之，果以人生世间，不应饱食暖衣，枉费岁月，欲相与商求立身第一义乎？抑亦树标帜、张门面已乎？果以独学悠悠，易作易辍，欲相交修互儆，永无退转乎？抑亦慕虚名、应故事而已乎？由前则一切精神用事也，由后则一切声色用事也。精神用事，人亦以精神赴之，相熏相染，相率而入于诚矣，所以长养此方之善根，厥惟今日。声色用事，人亦以声色赴之，相熏相染而相率而入于伪矣，所以斫削此方之善根，亦惟今日。《中庸》曰："知远之近，知风之自，知微之显。"其斯之谓与，故君子审幾之为要。③

杜登春《社事始末》则云：

幾者，绝学有再兴之幾，而得知幾其神之义也。④

此所指之"绝学"即是复社所谓"古学"，而兴复古学真正之意义，并不仅仅在兴复古代学术，更重要者在于重建儒家正统之价值系统。审此，幾社之"幾"乃实学救国之幾。

幾社是内取型文社，取友甚严，如黄宗羲所云"陈卧子为幾社，郡

---

①　魏·王弼等注、唐·孔颖达等正义《周易正义》（台北：台湾古籍出版公司，2001 年 1 月 1 版，李学勤主编《十三经注疏》整理本），卷 7《系辞上》，页 335 下。

②　孔颖达疏，见《周易正义》卷 7《系辞上》，页 336 上。

③　顾宪成《东林会约》中四要，一曰知本、二曰立志、三曰尊经、四曰审幾。见高廷珍等辑《东林书院志》（北京：中华书局，2004 年 10 月 1 版，《东林书院志》整理委员会点校本），卷 2《院规·顾泾阳先生东林会约》，页 22～23。

④　《社事始末》，页 4。

中之士,非高才不入"①。故李延昰《南吴旧话录》曾载此理念为时论
所指责:

> 幾社非师生不同社,或指为朋党之渐,苟出而士宦,必覆人
> 家国,陈卧子闻而怒。夏考功曰:"吾辈以师生有水乳之合,将来
> 立身必能各见渊源;然其人所言,譬如挟一良方,虽极苦,何得不
> 虚怀乐受。"卧子曰:"兄言是。"乃邀为上客。②

这可见幾社取友甚严,非师生子弟不准入社,此与复社之大开门
户,有所不同。在崇祯初年,幾社虽然与复社合作,但是复社对外,幾
社对内。复社开了三次大会,而幾社同志,却闭户埋首读书。如杜登
春《社事始末》所云:"幾社六子,自三六九会艺诗酒倡酬之外,一切境
外交游,澹若忘者,至于是朝政得失、门户是非,谓非草茅书生所当与
闻,而以中原坛坫,悉付娄东、金沙两君子,吾辈偷闲息影于东海之一
隅,读书讲义,图尺寸进取已尔。"③杜登春此言过于含蓄,幾社人士
当时亦是积极参与反对阉党之政治斗争,只是复社与幾社在现实政
治斗争中,幾社成员不像复社人士那样意气用事,强调"执经守正,不
宜轻托于巽行达节,徒损于道,无益于事,而党同伐异,以私乱公"④。

然而张溥去世后,复社就逐渐嗣响终绝,而幾社之文会却繁盛起
来,如杨钟羲《雪桥诗话》云:

> 云间幾社,李舒章(雯)与陈卧子,承复社而起,要以复王李
> 之学,共七十三人,王玠石为首,青浦邵景悦梅芬继之,与张处
> 中、徐桓鉴、王胜受业于卧子,时称四子。少受知于知府方岳,贡
> 岁科累试第一,弟子问业者甚众,同时入学至十七人。王却非司

---

① 黄宗羲《杨士衡先生墓志铭》,《黄宗羲全集》第 10 册《南雷诗文集·碑
志类》上,页 468。

② 清·李延昰:《南吴旧话录》(台北:广文书局,1971 年 8 月 1 版),卷 23
《名社》,页 995～996。

③ 《社事始末》,页 5～6。

④ 明·陈子龙:《陈子龙文集·陈忠裕公全集》(上海:华东师范大学出版
社,1988 年 11 月 1 版),卷 26《徐詹事殉节书卷序》,页 409。

空日藻，张蓼匪布政安茂，皆出其门，与方密之、陆讲山、陆鲲庭，皆订文字交。当陈夏《壬申文选》后，幾社日扩，多至百人。①

诚如澄社巨子吕留良（1629—1683 年）《东皋遗选序》所言"凡社必选刻文字，以为囮媒。自周钟、张溥、吴应箕、杨廷枢、钱禧、周立勋、陈子龙、徐孚远之属，皆以选文行天下，选与社例相为表里。"②此时幾社同志，日渐众多，所选制艺，除《幾社壬申文选》之外，还有《幾社会义初集》。其《幾社壬申文选》是仿昭明文选体汇，刻幾社六子之文，每人六十首，凡三百六十首。而《幾社会义初集》则"扩至百人"③，并共推徐孚远为操选政之领袖，幾社会义一直刻到五集，仍由孚远操持选政。

任何事物由极盛则转为分化，幾社亦然，内部社员需求取向不同，就分成求社、景风两派，据《社事始末》载：

> 甲戌乙亥陈夏下第，专事出文词，文会各自为伍，汇于阇公先生案前，听其月旦，至丙子刻二集，戊寅刻三集，己卯刻四集，人才辈出，非游于周、陈、夏之门，不得与焉。……至庚辰辛巳间刻五集，犹是阇公先生主之，而求社景风，两路分驰，似有不能归一之势，然社刻总于一部内，幾社朝夕课艺者，惟余长兄辈十余人，另为一集。阇公先生所云正统是也。壬午，阇公上北雍，以六集之刻，委于子服操之。于是谈公叙、张子固、唐欧冶兄弟、钱

---

① 杨钟羲：《雪桥诗话·续集》（沈阳：辽沈书社，1991 年 6 月 1 版），卷 1，页 459 下。

② 《吕晚村先生文集》卷 5《东皋遗选序》，页 150 下。吕留良之子吕葆中所作《行略》云："先君生而神异，颖悟绝人，读书三遍辄不忘。八岁善属文，造语奇伟，迥出天表，时同邑孙子度先生为里中社，择交甚严，偶过书塾，见所为文，大惊曰：'此吾老友也，岂论年哉。'即拉与同游，先君垂髫据坐，下笔千言立就，芒彩四射，诸名宿皆咋舌，避其锋。癸巳（顺治十年，1653，年二十五）始出就试，为邑诸生，每试辄冠军，声誉籍甚。时同里陆雯若先生方修社事，操选政，每过先君，虚左请与共事，先君一为之提唱，名流辐辏，玳筵珠履，会者常数千人，女阳百里间，遂为人伦奥区，诗简文卷，流布寓内，人谓自复社以后，未有其盛，亦拟之如金沙（周钟）、娄东（张溥），而先君意不自得也。"见《吕晚村先生文集·附录·行略》，页 56 上。

③ 《社事始末》，页 11A。

荀一,有求社会义之刻,以王玠石、名世二公评选之。李原焕、赵人孩、张子美、汤公瑾,有幾社景风初集之刻,仍托闿公名评选,幾社数子之文,悉登于景风。①

当徐孚远获隽北上,不预幾社操选政之事,幾社内部派别更形分立,当时景风最具势力,而求社人物,比较用功,获隽甚多,因此大家都推重求社。

然而弘光元年(顺治二年,1645年)闰六月,幾社陈子龙、夏允彝、徐孚远等松江起义后,不久失败,夏、陈诸子相继殉难,徐孚远漂泊海外,从事抗清,又在金厦组织海外幾社,继续发扬幾社精神,参加海外幾社诗人基本成员有舟山鲁王旧臣与金厦郑成功宾幕为主,其身份地位为明末举人、进士功名,在南明抗清朝廷显宦名将者。其后郑成功经营台湾,徐孚远与部分社员亦随军入台,海外幾社又成为台湾文学史上第一个移入之诗社。换言之,海外幾社诸子将江南文风引进闽南,进而传播至台湾。本书即以此为开展,下文详论之,在此不赘。

总之,复社与幾社乃继东林而起之名社,如近人邓实《复社纪略跋》云:"复社者为明末东南之大社,上继东林而下开幾社;其社集之盛、声气之广,殊于当时社会大有关系。及至明亡而死国殉难之士,见于"姓氏录"者,乃至不可胜数;然其埋没不彰,甘心湛冥以自隐者,亦复何限!"②足见复社与幾社诸君子在明亡之后,以民族气节自励者多。

结　语

东林学派兴起于无锡,清议呼声遍及全国,成为明朝最后四十年中党争之焦点,对明末士风影响极大。幾社与复社是明代未年两大文人团体,其宗旨皆在"昌明泾阳之学,振起东林之绪"③。在天启年

---

① 《社事始末》,页12~13。
② 邓实《复社纪略跋》,见《东林与复社》,页115。
③ 《社事始末》,页4。

间，魏忠贤揽权，政治腐败，民气颓丧，云间陈子龙、夏允彝，娄东二张等同时创立幾、复两社，慨然以倡气节，振作颓气为职志，后来幾社合并入复社，未几明亡。幾、复两社中人，多起而抗清，或殉节，或栖隐，或皈禅，莫不以气节自负，至死不屈，其间又以幾社领袖为尤著①，其

---

① 复社、幾社中人以气节自持，多起而抗清，或殉节，或栖隐，或皈禅，至死不屈者，如杜登春《社事始末》所云："乙酉、丙戌、丁亥三年之内，诸君子之各以其身为故君死者，忠节凛然，皆复社、幾社之领袖也。侯豫瞻先生峒曾率其子元演、元洁，黄蕴生淳耀先生率其弟金耀守练川死；史道邻先生可法守淮上死。祁彪佳先生守邨沟死；张玉笥先生国维守京口死；大司马沈云升先生犹龙偕李存我先生待问、章次公先生简守松郡死；徐勿斋先生汧、杨维斗先生廷枢于吴门破日，夏瑗公先生于吾松破日，周简臣、周仲驭于金沙破日，陆鲲廷先生于杭州破日，均以不受降投镮死。黄石斋先生道周起兵死徽州；陈元倩先生未临起兵死六和塔；冯留仙先生元飙起兵死宁波，陈大樽、张子服两先生以吴胜兆案坐死；夏元初先生以匿大樽自缢明伦堂；侯公岐曾、顾公咸建暨其侄大鸿一门，亦以匿大樽死；华公允诚死梁溪；左公懋第以讲好不屈死；刘公公旦曙与夏子存古完淳以奉表唐藩死；杨伯祥先生廷麟、杨维节先生以任均以举义死；吴日升先生易建义旗于泖淀死；徐子世威死于黄茧之兵变；施公公召征死粤东；吕子石香死太仓；吾松张公肯堂、朱公永佑皆入海死于兵；一时诸君子慷慨就义，视死如归，就复社、幾社中追数之，已若干人。此外，孤忠殉义，死而不传者，不知凡几。使非平生文章道义互相切劘，安得大节盟心，不约而同者此哉。他如徐闇公先生以舟为家不仕郑氏；张公名振、张公煌言拥兵入犯，屡屈于我师，皆终身蹈海者也；熊鱼山先生开元、许霞城先生誉卿、倪伯屏先生长圩、方密之先生以智、张带三先生若羲、余母舅张冷石先生昂之、梁公先生盼之以及林公垄、林公之蕃、王公镐、祁公岁佳，皆终身披缁者也；而侯子智含以家难付拂灵隐，年止二十，死于禅关，是余之所最痛心者；豫章先生之似续，竟绝于此。更若陆丽京之卖药、蒋驭闳之黄冠；归元恭、张洮侯之酒狂；黄心甫、朱云子之诗癖；王玠石、名世兄弟之躬耕海上；侯柜园、侯研德伯仲之混迹阛中；葛端五、陈言夏、华乾龙字天御、陈济生字皇士、魏允枏字交让、钱枏字彦林、钱肃润字础日、张子退、吴日千、计子山、叶圣野、金道宾、穆苑先、张来宗、唐服西、王周臣、彭仲谋、林平子、白孟调、范树鍥、徐昭法、马端午、许九日、沈东生、许在公、陈子威、余师陆亮中、余叔徕西先生、皆终身高隐，不恋功名。言念诸君子，于余或为姻娅，或为交游，或为前辈之典型，或为齐年之朋好，由今思之，贵贱异等，死生异路，而名节自持，百身一致，岂不难哉。"《社事始末》，页16B～18B。

发起人六人之中：周立勋早死；陈、夏以抗清殉难；徐孚远佐鲁王于舟山，事败，走台湾，漂泊他乡以终，故俞正燮赞誉"幾社多奇士伟人"①。黄节《徐孚远传》指出："方明之季，社事最盛于江右，文采风流往往而见，或亦主持清议，以臧否为事；而松江幾社独经济讲大略。时寇祸亟，社中颇求健儿侠客，联络部署，为勤王之备。主其事者，夏允彝、陈子龙、何刚与孚远也。"②缘此之故，后人将东林、复社、幾社命脉一以贯之，形成社会清流之指标。

① 《癸巳存稿》卷 8《释社》，见《俞正燮全集》，第 3 册，页 331。
② 黄节《徐孚远传》，《国粹学报》第三年第 8 期（1907 年 8 月 20 日），页 7。

第三章

海外幾社考索

　　明之末叶，酷旱饥荒，民不聊生，流寇蜂起，天下大乱，崇祯十七年（1644 年），闯王李自成陷燕都，三月十九日崇祯自缢北京煤山，是谓甲申之变。不久吴三桂开山海关，引清兵入关，寇旋败于清，清兵长驱河朔，南部诸臣分拥明之宗室，以续国脉，计有福王朱由崧、鲁王朱以海、唐王朱聿键、桂王朱由榔，史称"南明四王"。

　　1644 年五月史可法等拥福王由崧，即位于南京，明年（1645 年）改元弘光。四月，清军破扬州，史可法殉城战死，福王逃出南京，嗣至芜湖被执，死于北方。

　　1645 年（弘光元年、顺治二年）五月，浙东张国维等迎鲁王于绍兴，即监国位。闰六月，福建方面黄道周、郑芝龙、郑鸿逵及郑彩之闽南军拥立唐王聿键，即位于福州，建元隆武。此时福州隆武与在台州之鲁王监国不合，相互争名，并互杀使者，标榜抗清之南明二王，在闽浙之间势如水火，忘却反清复明大业，致清军轻易渡过钱塘江，造成唐王奔长汀，被执死；鲁王流亡入海之命运。1647 年（顺治四年），唐王既败，瞿式耜等奉桂王由榔于广东肇庆，建元永历，后兵败奔南宁，走云南，入缅甸，缅人执以送清军，为吴三桂所杀。此为形成海外幾社大时代背景也。

　　本书以海外幾社中今存有诗文集之徐孚远、卢若腾、张煌言为研究对象，此三子下文将设有专章予以个别探讨，故本章仅作重点叙述，而有关沈佺期、陈士京、曹从龙三子之生平事迹亦将加以考索、厘清。本章论述海外诗社成立之时代背景,再以鲁王之臣、成功之宾为主轴,详加考索海外幾社诸子活动实况。

第一节　海外幾社时代背景

清兵入关后,明朝宗室和遗臣在南京拥立福王朱由崧成立新政府,力谋匡复,此诚乃汉民族危急存亡之秋,然福王昏庸,不思振作,加以马、阮等小人当道,坐失中兴契机,使得东南半壁江山亦尽蒙胡尘,忠贞志淳之士,如史可法只能死守扬州,与城俱亡,此诚可悲。

一、明朝覆亡

明末流民起事,天下大乱,清朝趁机入主中原,汉民族再一次亡国。然审明朝败亡,已在万历年间显露征兆,其端倪甚至可上溯到嘉靖后期,故赵翼《廿二史札记》云:"论者谓明之亡,不亡于崇祯,而亡于万历。"[①]明朝灭亡之因,除了满洲后金之兴起外,究其致亡主源在政治腐败与官绅结党恶斗,导致民生经济之崩溃,百姓无以为生,人民沦为盗贼。

晚明政治腐败,经济破产,流民四起,国岂有不亡之理,实如《明史·流贼传论》所云:

> 盗贼之祸,历代恒有,至明末李自成、张献忠极矣。……庄烈帝承神、熹之后,神宗怠荒弃政,熹宗昵近阉人,元气尽澌,国脉垂绝。向使熹宗御宇复延数载,则天下之亡不再传矣。……庄烈之继统也,臣僚之党局已成,草野之物力已耗,国家之法令已坏,边疆之抢攘已甚。……加以天灾流行,饥馑洊臻,政繁赋重,外讧内叛。譬一人之身,元气羸然,痼毒并发,厥症固已甚危,而医则良否错进、剂则寒热互投,病入膏肓,而无可救,不亡

---

① 　清·赵翼撰、王树民校证《廿二史札记校证》(北京:中华书局,1984 年 1 月 1 版,2005 年 1 月 3 刷,订补本),卷 35《万历中矿税之害》,页 797。

何待哉。是故明之亡，亡于流贼；而其致亡之本，不在于流贼也。①

审此，明室之覆亡，表面亡于满洲兴起与流贼动乱；但致亡之本，却不在于流贼、满洲，而在于政治腐败，民不聊生。

万历以降，积弊已深，民生凋敝；思宗救济无方，终致亡国。正如朱之瑜《中原阳九述略·致虏之由》论云：

> 中国之有逆虏之难，贻羞万世，固逆虏之负恩，亦中国士大夫之自取之也。……崇祯末年，搢绅罪恶贯盈，百姓痛入骨髓，莫不有"时日曷丧，及汝偕亡"之心。故流贼至而内外响应，逆虏入而迎刃破竹，惑其邪说流言，竟有前途倒戈之势，一旦土崩瓦解，不可收拾耳。②

人民生活困苦，官员贪婪，皇帝德荒政圮，引爆流民四起。而晚明民生凋敝之史实，如江南鱼米之乡无锡之灾荒，"自天启四年至七年（1624—1627年），无锡二年大水，一年赤旱，又一年蝗蝻至，旧年八月初旬，迄中秋以后，突有异虫丛生田间，非爪非牙，潜钻潜啮，从禾根、禾节以入禾心，触之必毙，由一方、一境以遍一邑，靡有孑留。于其时，或夫妇临田大哭，携手溺河；或哭罢归，闭门自缢；或闻邻家自尽，相与效尤。至于今或饥妇攒布，易米放梭身陨；或父子磨薪，作饼食噎而亡；或啖树皮吞石粉，枕籍（按："籍"通"藉"）以死。痛心惨目，难以尽陈"③。曾樱入觐，三日一哭于户部，必欲求改拆以苏民困，而总督仓场郭允厚、户部尚书王家祯，坚执不从。又如顾炎武《日知录》云："吴中之民，有田者什一，为人佃作者十九。其亩甚窄，而凡沟渠道路，皆并其税于田之中，岁仅秋禾一熟，一亩之收不能至三石，

---

① 清·张廷玉等撰《明史》（台北：鼎文书局，1991年5月5版，影北京中华书局点校本），卷309《流贼传论》，页7947～7948。

② 明·朱之瑜：《朱舜水集》（北京：中华书局，1981年8月1版，朱谦之整理本），卷1《中原阳九述略·致虏之由》，页1。

③ 清·计六奇：《明季北略》（北京：中华书局，1984年6月1版，魏得良、任道斌点校本），卷5《无锡灾荒疏略》，页105。

少者不过一石有余。而私租之重者至一石二、三斗,少亦八、九斗。佃人竭一岁之力,粪壅工作,一亩之费一缗,而收成之日,所得不过数斗,至有今日完租而明日乞贷者。"①更甚者,政治纷争、吏治败坏,造成国家整体经济崩溃,国家之税赋一而再,再而三之加派,负担全落在广大农民身上,百姓无以为生,逼上梁山,形成流贼。崇祯二年(1629年),礼部行人马懋才在一份奏疏中备陈人民遭受旱灾之害,大饥之惨状云:

> 臣乡延安府,自去岁一年无雨,草木枯焦。八、九月间,民争采山间蓬草而食,其粒类糠皮,其味苦而涩,食之仅可延以不死。至十月以后,而蓬尽矣,则剥树皮而食,诸树惟榆皮差善,杂他树皮以为食,亦可稍缓其死。迨年终而树皮又尽矣,则又掘其山中石块而食,石性冷而味腥,少食辄饱,不数日则腹胀下坠而死。

政治败坏,人谋不臧,加以天灾流行,造成民不聊生。百姓哀鸿遍野,基于人类求生本能,饥民只有铤而走险:

> 民有不甘于食石而死者,始相聚为盗,而一二稍有积贮之民遂为所劫,而抢掠无遗矣,有司亦不能禁治。间有获者,亦恬不知怪,曰:"死于饥,与死于盗等耳,与其坐而饥死,何不为盗而死,犹得为饱死鬼也。"

最后马懋才又举出惨绝人寰之情景:

> 最可悯者,如安塞城西有粪城之处,每日必弃一二婴儿于其中,有号泣者,有呼其父母者,有食其粪土者。至次晨,所弃之子已无一生,而又有弃之者矣。更可异者,童稚辈及独行者,一出城外,便无踪迹,后见门外之人,炊人骨以为薪,煮人肉以为食,始知前之人,皆为其所食。而食人之人亦不免,数日后面目赤肿,内发燥热而死矣。于是死者枕藉,臭气熏天,县城外掘数坑,每坑可容数百人,用以掩其遗骸。臣来之时已满三坑有余,而数

---

① 清·顾炎武著、黄汝成集释《日知录集释》(上海:上海古籍出版社,2006年12月1版,奕保群等校点本),卷10《苏松二府田赋之重》,页606～607。

里以外不及掩者，又不知其几许矣。小县如此，大县可知。一处如此，他处可知。①

炊人骨以为薪，煮人肉以为食，简直是人间炼狱，饥民四处流窜，转相为盗贼。晚明政治之荒废，造成社会经济大崩溃；生民涂炭，则民心思变，最后必然反噬无能统治者。此天理循环，岂可谓天降奇荒，所以资闯贼乎！

综观晚明统治者多庸君、昏君，思宗虽奋发自振，锐意更始，治核名实，"而人才之贤否，议论之是非，政事之得失，军机之成败，未能灼见于中，不摇于外也。且性多疑而任察，好刚而尚气。任察则苛刻寡恩，尚气则急遽失措。当夫群盗满山，四方鼎沸，而委政柄者非庸即佞，剿抚两端，茫无成算。内外大臣救过不给，人怀规利自全之心。言语戆直，切中事弊者，率皆摧折以去。其所任为阃帅者，事权中制，功过莫偿。败一方即戮一将，隳一城即杀一吏，赏罚太明，而至于不能罚，制驭过严而至于不能制。"②故其治术亦存在严重缺失，除了独断多疑、刚愎自用、求治躁进外，更缺乏知人善任之才能。思宗非亡国之君，然处于神宗怠荒弃政，熹宗昵近阉人之后，国家元气丧亡殆尽，国脉垂绝，复因天灾流行，饥馑不断，又政繁赋重，外讧内叛，已然是亡国之运。崇祯朝国事蜩螗，外者防边，内则御寇，无饷无兵，将士不用命，士大夫袖手高谈，多立门户，故徒见思宗焦劳瞀乱，孑立于上十七年，朝政未见起色，终致宗社倾覆，自缢煤山，实为可悲。

再者，有明一代朋党之党争，造成数十年间政局不安、社会动荡，也是造成明代灭亡的原因之一。《明史·吕大器等传赞》称：

> 明自神宗而后，浸微浸灭，不可复振。揆厥所由，国是纷呶，朝端水火，宁坐视社稷之沦胥，而不能破除门户之角立。故自桂林播越，旦夕不支，而吴、楚之树党相倾，犹仍南都翻案之故态

---

① 《明季北略》卷5《马懋才备陈大饥》，页105～106。
② 《明史》卷309《流贼传论》，页7948。

也,颠覆之端,有自来矣,于当时任事诸臣何责哉。①

"朋党"的祸国,可谓烈矣!先是神宗自张居正罢相之后,继任之大臣并不具治国宏才,加以神宗极端怠荒,是非不明,诸臣各树党援,互相抨击,位居言路者,也各集同党而排斥异党。《明史·夏嘉遇传》云:"帝(神宗)久倦勤,方从哲独柄国。碌碌充位,中外章奏悉留中,惟言路一攻,则其人自去,不待诏旨。台谏之势积重不返,有齐、楚、浙三方鼎峙之名。"②齐、楚、浙三党乃兀诗教领袖之"齐党",官应震为领袖之"楚党",姚宗文为领袖之"浙党"。三党之外还有不是台谏,却收朋党来干预朝政者,如汤宾尹为领袖之"宣党",顾天埈为领袖之"昆党"及顾宪成为领袖之"东林",彼此以攻排异己为事。其间尤以"东林"势力最大,后渐成为"东林"与"非东林"之争。"东林"之后,又有"复社"、"幾社"等。而党争政治冲突焦点却集中于三大案。三大案发生之后,"梃击案","东林"主严办,"非东林"则否之。"红丸案","东林"主严办,"非东林"则否之。"移宫案","东林"主移宫,"非东林"则谓否然。所以神宗末年,齐、楚、浙党得势,"东林"被斥逐殆尽。

光宗、熹宗之际,"非东林"得势,"东林"尽被斥逐。"三案"之争,表面上是"东林"胜利。可是在魏忠贤专权之后,以前"三案"时失败之群臣都来依附魏忠贤。文臣如崔呈秀等所谓"五虎";武臣如田尔耕等,所谓"五彪";尚书周应秋等所谓"十狗";此外,群小的"十孩儿"、"四十孙",直是无耻之极!③ 魏忠贤乃一目不识丁之宦官,竟然能造成党羽布满天下之恐怖政治。赵翼《廿二史札记》中对于朋党说得极沈痛:

> 万历末年,帝怠于政事,章奏一概不省,廷臣益务为危言激论,以自标异。于是部党角立,另成一门户攻击之局。高攀龙、顾宪成讲学东林书院,士大夫多附之,既而梃击、红丸、移宫三

---

① 《明史》卷279《吕大器等传赞》,页7169。
② 《明史》卷236《夏嘉遇传》,页6161。
③ 《廿二史札记校证》卷35《明代宦官》,页808~809。

案，纷如聚讼。与东林忤者，众共指为邪党。天启初，赵南星等柄政，废斥殆尽。及魏忠贤势盛，被斥者咸欲倚之倾东林，于是如蛾赴火，如蚁集膻，而科道转为其鹰犬。周宗建谓：汪直、刘瑾时，言路清明，故不久即败。今则权珰反藉言官为报复，言官又借权珰为声势，此言路之又一变而风斯下矣。崇祯帝登极，阉党虽尽除，而各立门户，互攻争胜之习，则已牢不可破，是非蜂起，叫呶蹲沓，以至于亡。①

足见党争与阉害如影随形而加剧，民心思变，终致亡国。

二、福王荒唐

崇祯十七年（1644 年）夏五月，福王监国于南京。福王朱由崧，为神宗皇帝之孙，其父常洵，国于雒阳，十六年正月为流贼所害。北都之变，诸王皆南徙避乱，朱由崧亦在其中。然福王荒淫无品，据黄宗羲《弘光实录钞》载，福王有七不可立之因："谓贪、淫、酗酒、不孝、虐下、不读书、干预有司也。"②故当时有立亲与立贤之争，然马士英捷足先登，得拥立之功，黄宗羲《弘光实录钞》载云：

> 时晋都诸臣议所以立者，兵部尚书史可法，谓："太子、永定二王既陷贼中，以序则在神宗之后，而瑞、桂、惠地远。福王则七不可，唯潞王讳常涝，素有贤名。虽穆宗之后，然昭穆亦不远也。"是其议者，兵部侍郎吕大器、武德道雷演祚。未定，而逆案阮大铖久住南都，线索在手，遂走诚意伯刘孔昭、凤阳总督马士英幕中密之。必欲使事出于己而后可以为功。乃使其私人杨文骢，持空头笺，命其不问何王，遇先至者，即填写迎之。文骢至淮上，有破舟河下，中有一人，或曰，福王也。杨文骢入见，启以士英援立之意，方出私钱买酒食共饮，而风色正顺，遂开船。两

---

① 《廿二史札记校证》卷 35《明言路习气先后不同》，页 805～805。

② 《弘光实录钞》卷 1，清·黄宗羲撰、沈善洪主编《黄宗羲全集》（杭州：浙江古籍出版社，1986 年 5 月 1 版），第 2 册，页 3。

昼夜而达仪真。可法犹集文武会议，已传各镇奉驾至矣。①

马士英藉拥立之功而自大，以七不可之书用凤督印之成案，于是史可法事事受制。

福王监国南京之时，内有闯贼为祸全国，外有清军入关，压境江南，然而福王不思振作，无视国破家亡，只知满足一身享乐。弘光朝政浊乱昏淫，据当时计六奇《明季南略》云：

> 时上深居禁中，惟渔幼女、饮火酒、杂伶官演戏为乐。修兴宁宫、建慈禧殿，大工繁费，宴赏皆不以节，国用匮乏。因佃练湖，放洋船，瓜、仪制盐，芦州升课，甚至沽酒之家每斤定税钱一文，利之所在，搜括殆尽。盖马士英当国，与刘孔昭比，浊乱国是。内则韩、卢、张、田，外则张、李、杨、阮，一唱群和。兼有东平、兴平遥制内权，忻城、抚宁侵挠吏事。边警日逼而主不知，小人乘时射利，识者已知不堪旦夕矣。②

审此行为实集历代亡国之君荒谬之渊薮，下文略举弘光朝荒诞昏淫之史实如下。

首先，如八月修兴宁宫慈禧殿事，据《通鉴辑览》云：

> 先是，洛阳之陷，福王母妃与王相失，居于河南人郭守义家；王既立，始遣总兵王之纲奉迎。及是，至南京；命于三日内搜括万金，以充赏赐。又谕工部，以行宫湫隘，亟修兴宁宫慈禧殿，克期告成，以居母妃。寻又封母妃弟邹存义为大兴伯。（时土木并兴，赐予无节。御用监内官请给工料银，置龙凤几榻诸器物，及宫殿陈设金玉诸宝，计赏数十万，工部侍郎高倬奏请裁省；光禄

---

① 《弘光实录钞》卷1，《黄宗羲全集》第2册，页3。

② 清·计六奇：《明季南略》（北京：中华书局，1984年12月1版，任道斌、魏得良点校本），卷2《朝政浊乱》，页104。按："内则韩、卢、张、田，外则张、李、杨、阮"乃指韩赞周、卢九德、张执中、田成、张捷、李沾、杨维垣、阮大铖、刘泽清、高杰、赵之龙、朱国弼。

寺办御用器，至万五千七百有奇，倬又以为言，皆不纳。）①

南宋高宗绍兴年间立庙社，议者且讥其不以恢复为念，然犹不专为宫室求安计。福王新立偏安江左，政局尚未稳固，民心士气尚不能同仇敌忾。当清兵日逼江南之际，福王却汲汲以修缮宫殿与搜购宝器为务，实不知中兴振奋之义！何况此时府库不充，靖难之际，尤须军事支出，动辄需搜括民间私藏，故南都经济更见困窘，实不免剜肉医疮。又福王日夜作乐，与小人沉湛一气，在其左右者，若非拥立冒功之辈，即逢迎求仕之徒。宫廷日用浪费无度，平常赏赐任意浮滥，国用焉能不匮矣！

其二，如选淑女事，时以母妃命选淑女，群阉借端肆扰，隐匿者至邻里连坐。八月初二日，兵科给事中陈子龙奏曰：

> 有中使四出搜巷，凡有女之家，黄纸贴额，持之而去；闾井骚然。明旨未经有司，中使私自搜采，殊非法纪。又前见收选内员，虑市井无籍自宫希进；昨闻果有父子同阉者。先朝若瑾、若贤，皆壮而自宫者也。②

御史朱国昌亦以为言：

> 有北城士民呈称：历选宫嫔，必巡司州县限名定年，地方开报。今未见官示，忽有棍徒哨凶，擅入人家，不拘长幼，概云抬去，但云大者选侍宫帏，小者教习戏曲。街坊缄口，不敢一诘。③

乃命禁讹传诳惑者，寻复使太监李国辅等分诣苏、杭采访，《明季南略·诏选淑女》载云：

> 二月二十三日，命礼部广选淑女。一日士英云："选妃内臣田成有本来报，杭州选淑女程氏。"上见一人，大不乐，已而批旨云："选婚大典，地方官漫不经心，且以丑恶充数，殊为有罪。责

---

① 清高宗敕撰《御批历代通鉴辑览》（台北：新兴书局，1959 年 10 月 1 版，影同文版），卷 116《明福王·甲申》，页 3795。

② 《明季南略》卷 2《诏选淑女》，页 92。

③ 《明季南略》卷 2《诏选淑女》，页 92。

成抚按道官于嘉兴府加意遴选,务要端淑。如仍前玩忽,一并治罪。"阮大铖曰:"定额三名不可少。"浙江巡抚张秉贞、内官田成得旨出示嘉兴,合城大惧,昼夜嫁娶,贫富、良贱、妍丑、老少俱错。合城若狂,行路挤塞。苏州闻之亦然;错配不可胜纪,民间编为笑歌。①

由此可见民间百姓惧怕子女被选上淑女,一夕之间,举城若狂,仓促婚配,婚娶一空。此时湖广顾景星(1621—1687)作《花鸟使》刺福王渔色无度,以示顾锡畴、张采;诗中有:"当时使者势绝伦,墨诏满怀求丽嫔。穿闺入屋匿不得,翁啼姬号那敢嗔。……可怜昔时花鸟使,红颜销尽成悲风"之句。②

其三,福王性好渔色,如《明季南略》载:

> 马士英听阮大铖曰将童男女诱上。正月十二丙申,传旨天财库,召内竖五十三人进宫演戏饮酒。上醉后淫死童女二人;乃旧院雏妓马、阮选进者。抬出北安门,付鸨儿葬之。嗣后屡有此事。由是曲中少女几尽,久亦不复抬出;而马、阮搜觅六院,亦无遗矣。二十日甲辰,复召内竖进宫演戏。③

计六奇更记其表弟胡鸿仪时在屯田署中,亲所闻见之事:"宫中有大变,门夜半鸣钟。一夕大内钟鸣,外廷闻之大骇,谓有非常。须臾,内竖启门而出,素鬼面头子数十,欲演戏耳。可笑如此,安得不亡。"④福王花费无度,耽酒渔色;阉人田成等擅宠,士英辈亦因之窃权固位,政以贿成:识者皆知其不堪旦夕。又如阮大铖尝以乌丝阑写己所作《燕子笺》杂剧进之,以投所好。时岁将暮,"除夕,上在兴宁宫,色忽不怡。韩赞周言:'新宫宜欢'。上曰:'梨园殊少佳者。'赞周

---

① 《明季南略》卷3《声色》,页156。

② 清·顾景星:《白茅堂集》(台南县:庄严文化事业公司,1997年6月1版,《四库全书存目丛书》影清康熙刻本,集部第205册),卷5《花鸟使拟元稹体上家礼部尚书张受先员外》,页607上。

③ 《明季南略》卷3《声色》,页156。

④ 《明季南略》卷3《声色》,页156~157。

泣曰：'臣以陛下令节，或思皇考，或念先帝，乃作此想耶。'[①]韩赞周泣对，实有汲黯、魏征之风。反观弘光此状，酷似东昏侯、陈后主一辈。

其四，奸人当道，马士英独握国柄，一听阮大铖计，阮既得志，专务报复，党祸再起，既排去刘宗周、又下左光先狱等。此时朝政浊乱，贿赂公行。据谈迁《国榷》载：

> 庚戌，立开纳着工事例，武英殿中书舍人九百金，文华殿中书舍人一千五百金，内阁中书二千金，翰林待诏三千金，拔贡一千金，推官知县衔一千金，监纪职方司价不一致，前纳置之，仍再纳。时谣曰："中书随地有，翰林满街走，监纪多如羊，职方贱如狗，荫起千年尘，拔贡一呈首，操尽江南钱，填塞马家口。"[②]

时上崇饮好内，权在群阉，田成为最，大臣皆因之固宠，政以贿成。时语曰："金刀莫试割，长弓早上弦；求田方得录，买马即为官。"[③]福王不思振作，大权尽落马士英之手，连校点阅军队之国家大事，竟让马士英越俎代庖。国事昏乱如此，弘光元年（顺治二年，1645 年）三月，乃有宁南侯左良玉以清君侧为名而挥师东下。左良玉虽针对马士英等乱国佞臣来，然当其进驻武昌时，竟败于闯贼，致人马既多损失，部曲亦因而多背叛之。四月初二日，兵至九江，袁继咸过见于舟中，俄见袁兵烧营，自破其城，左良玉呕血数升，郁郁而卒。

四月二十四日清兵破扬州，大学士史可法、知府任民育、诸生高孝缵、王士秀死之，清兵遂屠其城，并积极进逼南京。五月初十夜，福王从内臣以千余骑出通济门，逃亡安徽芜湖，清军多铎部遂占领南京。

---

①　《明季南略》卷 2《韩赞周泣对》，页 117。

②　清·谈迁：《国榷》（北京：中华书局，1958 年 12 月 1 版，2005 年 8 月 3 刷，张宗祥校点本），卷 104《思宗崇祯十七年》，页 6150。

③　《明季南略》卷 2《时语》，页 112。

观弘光朝廷在南京当国不满一年,时正处内忧外患日益加深之际,其君臣上下可有作为却不为,朝野人士不因北都之覆亡而振作,反而腐败、内讧、争权、夺利,可谓更甚于崇祯时期。难怪谈迁《国榷》评曰:

> 江东非弱小也,水犀矇幢之众,长淮大江之阻,六代暂安,分王三百余年。安有即兴即废,曾不满岁如今日者,则井蛙之见,坐凭天堑,谓当十万之甲,漫无远算。巩其亡于苞桑,鉴不远于夏后,思宗皇帝尚难生虑表,矧以愀淫之德,又败类之贪人以佐之,欲延喘一日,不可得也。①

福王是极昏淫无道,造成南明无法偏安江左,再丧半壁江山。

清朝不断挥军南下,六月至杭州,监国潞王率群臣以降。左都御史刘宗周、苏松巡抚右佥都御史祁彪佳、诸生王毓蓍、潘集、周卜年等死节于浙东。

在弘光朝灭亡之际,江南各方义旅纷纷起义抗清,唐王聿键,称帝于福建,改元隆武,黄道周、郑芝龙拥之,是为闽中之师。鲁王以海,监国于绍兴,张国维、朱大典、熊汝霖、孙嘉绩、钱肃乐、张煌言、张名振、郑遵谦等佐之,是谓浙东之师。其时清廷薙发令急,更激士民愤恨,苏皖一带,所在反抗,是为上下江义旅。隆武二年(顺治三年,1646年)秋,郑芝龙降清;八月,清军取建宁后,唐王自延平出奔汀州,被俘,执至福州而死。十月,瞿式耜、何腾蛟等奉由榔监国于肇庆,改元永历,湖南两粤滇蜀各省响应,是谓西南之师。南明无法偏安江左,更何徨收复燕京,其主因乃不能杜阋墙之内嫌,以和衷协力,御外敌于战场,卒人谋不臧,先后归于倾灭。然一时忠贞之壮烈之气,充塞苍冥,各方义旅百计求死之得所,或志决身歼,或希踪夷齐,纷纷转进海外,依附舟山鲁王及厦门郑成功。缘此,海外幾社成员随之慢慢集结于浙东、福建海外,故海外幾社乃集合各方义旅擅长文学之忠义俊杰而成。

---

① 《国榷》卷104《弘光元年》,页6209。

第二节　鲁王之臣集结浙海

弘光朝之覆灭诚如郑经《三月八日，宴群公于东阁，道及崇、弘两朝事，不胜痛恨温、周、马、阮败坏天下，以致今日胡祸滔天而莫能遏也；爰制数章，志乱离之由云尔》诗中第二章感慨云："钟山巍巍兮长江洋洋。圣安监国兮旋正位于南京。内有史阁部之忠恳兮，外有黄靖国之守危疆。苟用人尽当其职兮，岂徒继东晋、南宋之遗芳！胡乃置贤奸于不辨兮，罢硕辅而宵小用张；付万机于马、阮兮，致宁南之猖狂；任四镇之争夺相杀兮，不闻不问而刑赏无章。妙选之使四出兮，既酗酒而后作色荒。慨半壁之江南兮，已日虑于危亡。元首何昏昏兮股肱弗良，庶事之丛脞兮安得黎庶之安康。陈、马使北而无成兮，竟延胡寇以撤防；谋国有如是之乖剌兮，俾腥膻泛澜于四方。致黄唐之胄裔兮，尽彳亍而彷徨。"①然而北都及南都相继覆亡之后，身处浙东、福建之明室遗臣仍积极抗清，力谋匡复，不幸内地皆不守，竟漂流海上，其中忠义死节之士，不胜枚举，以下仅就影响海外幾社之结者加以介绍之。

一、蕺山死节

刘宗周（1578—1645），初名宪章，字启东，号蕺山，浙江山阴人，以绍兴证人书院为讲学中心，成才者多，学者称为念台先生。又因迁居山阴县城北蕺山下，并讲学于蕺山，自称蕺山山长，弟子尊称山阴先生、蕺山夫子，后之学者尊称为蕺山刘子、子刘子。刘宗周始受业于许孚远，已入东林书院与高攀龙辈讲习，又与冯从吾首善书院之会，"博取精研，归于自得，专用慎独，从严毅清厉中发为光霁，粹然集

---

① 《延平二王遗集》，见《郑成功传·附录一》（台北：台湾银行经济研究室，1960 年 1 月 1 版，《台湾文献丛刊》第 67 种），页 130～131。郑经《三月八日，宴群公于东阁，道及崇、弘两朝事，不胜痛恨温、周、马、阮败坏天下，以致今日胡祸滔天而莫能遏也；爰制数章，志乱离之由云尔》

宋明理学诸儒之成,天下仰其人如泰山北斗"①。故章学诚《文史通义》论"浙东学术"尊之曰:"蕺山得之为节义"。②

　弘光元年(顺治二年,1645年)六月,刘宗周"闻潞王降,方进食,即命撤之。越城降,朝于祠堂,出避郭外。诸生秦祖轼上书,以袁闳、文谢故事解之。答曰:'北都之变,可以死,可以无死,以身在削籍也。而事则尚有望于中兴。南都之变,主上自弃其社稷而逃,仆在悬车,尚曰可以死,可以无死,以俟继起者有主也。监国降矣,普天无君臣之义矣,犹曰吾越为一城一旅乎?而吾越又复降矣!区区老臣尚何之乎?若曰身不在位,不当与城为存亡,独不当与土为存亡乎?故相江万里之所为死也。若少需时日,以待有迭山之征聘而后死,迭山封疆之吏,非大臣比,然安仁之败而不死,终有遗憾。宋亡矣,犹然不死,尚有九十三岁老母在堂,恋恋不决耳。我又何恋乎?今谓可以不死,可以有待而死,随地出脱,终成一贪生畏死之徒而已'。系之辞曰:'信国不可为,偷生岂能久?止水与迭山,只争死先后。若云袁夏甫,时地皆非偶。得正而毙焉,庶几全所受'。宗周不食久,渴甚,饮茶一杯,精神顿生;曰:'此后勺水不入口矣'。宗周谓门人曰:'吾今日自处无错否?'门人曰:'虽圣贤处此,不过如是!'宗周曰:'吾岂敢望圣贤哉?求不为乱臣贼子而已矣!'或传金华建义,先生宜不死。宗周曰:'吾学问千辛万苦,做得一字,汝辈又要我做两字'。闰六月初八日卒。前后绝食者四旬,勺水不入口者十有三日。"③

　宋明理学殿军刘宗周之绝食而死,给浙东士民产生极大冲击,实

---

　①　清·邵廷采:《思复堂文集》(台北:华世出版社,1977年6月1版),影光绪十九年会稽徐友兰铸学斋刊本),卷1《明儒刘子蕺山先生传》,页78。

　②　章学诚《文史通义·浙东学术》云:"浙东之学,虽源流不异,而所遇不同。故其见于世者,阳明得之为事功,蕺山得之为节义,梨州得之为隐逸,万氏兄弟得之为经术史裁。"清·章学诚著、叶瑛校注《文史通义校注》(北京:中华书局,1985年5月1版),卷5《内篇五·浙东学术》,页524。

　③　《弘光实录钞》卷4,清·黄宗羲撰、沈善洪主编《黄宗羲全集》(杭州:浙江古籍出版社,1986年5月1版),第2册,页94～95。

开启浙东抗清运动。其一，临死之前影响浙东拥立鲁王①，开展南明浙东抗清之史页。其二，宗周学生黄宗羲积极投入抗清活动，日后成为浙东史学大家，影响民族文化命脉甚巨。其三，如海外幾社六子之一鄞县张煌言之抗清死节，飘零海上十九年，终不屈成仁，诚为民族英雄。

二、幾社义旅

弘光元年（顺治二年，1645 年）闰六月三日，幾社陈子龙、夏允彝、徐孚远等松江起义，监军荆本彻起于郭店②，时曹从龙随荆本彻参加义旅③。黄宗羲云：

> 兵部侍郎沈犹龙、兵科给事中陈子龙、下江监军道荆本彻、中书舍人李待问、举人章简、徐孚远、总兵黄蜚、吴志葵，建义松江。④

而幾社后劲夏允彝之子夏完淳亦与其岳父钱旃起于太湖，如《鲁春秋》载：

> 于嘉善，乡荐钱旃与婿诸生夏完淳及倪人抚起太湖。⑤

《鲁春秋》又载：

> 吴志葵与官舍常寿宁、指挥侯承祖以故较疾起，复松江；令寿宁守府，承祖守金□。于是子龙等共推犹龙为盟主，而子龙监

---

① 黄宗羲《子刘子行状》卷下云："丁亥，祁中丞彪佳投水死，王毓芝以告。先生已不能言，张口举目者再，指几上笔砚，至则书一'鲁'字，毓芝曰：'先生问鲁王监国事乎?'颔之。"清·黄宗羲撰、沈善洪主编《黄宗羲全集》(杭州：浙江古籍出版社，1985 年 11 月 1 版)，第 1 册，页 249。

② 清·查继佐：《鲁春秋》(台北：台湾银行经济研究室，1961 年 10 月 1 版，《台湾文献丛刊》第 118 种)，《弘光元年》，页 7。

③ 据张煌言《曹云霖诗集序》云："盖云霖先从本彻荆先生倡义来海上。"明·张煌言撰、张寿镛编《张苍水集》(台北：新文丰出版公司，1988 年 4 月 1 版，《四明丛书》，第 5 册)，卷 5《冰槎集》，页 252。

④ 《弘光实录钞》卷 4，《黄宗羲全集》第 2 册，页 99。

⑤ 《鲁春秋》，《弘光元年》，页 8。

其军;向中署兵巡道、史启明署华亭知县。适故帅黄蜚统水师来会,军声益振。①

初四日,吴志葵以吴淞总兵官自海入江,塞泖中,过淀湖,攻入苏州。而浏河参将鲁之玙,为其前锋,围北兵于白塔寺,塞门焚之。清兵突围死战,之玙以步抵骑,不敌而死。志葵复还泖,会本彻、蜚,从无锡进太湖,拥船千艘,亦至泖中。沈犹龙等招募义兵千人,各为战守之备。城守近百日。至八月,乡绅潜通于北,为其后自免之地,人心遂离,初三日,降将李成栋破松江,沈犹龙死之。初六日,败吴志葵军于黄浦,夏允彝赴水死;徐孚远奔太湖,入吴易军。初,吴易起兵太湖,号白腰党,兵势甚盛。二十五日,吴易军于长白荡为吴胜兆所败,孚远长子世威殉难死,是为震泽之难。

弘光元年秋,徐孚远航海逃亡入闽,道信州,晋谒黄道周。道周一见如旧识,又为疏荐于唐王朝。时福州改为天兴,命徐孚远为天兴司李,次年以张肯堂之荐,擢兵科给事中。

三、唐鲁之争

鲁王以海,天资粹朗,性慈易,能书,谙歌律。为太祖十世孙,父寿镛,以崇祯十五年(1642年)清兵破兖州,死焉。十七年(1644年)二月,王嗣位。寻京师陷,南奔。弘光元年(顺治二年,1645年)四月,命移江广,暂驻台州。及郑遵谦等起兵,议推戴,而入浙。六月鄞士董志宁、王家勤、张梦锡、华夏、陆宇火鼎、毛聚奎与刑部郎钱肃乐会乡老合兵,沈宸荃、冯元扬亦起慈溪。十八日,奉笺迎鲁王监国。以张煌言先至,钱肃乐即遣煌言迎于天台,监国授煌言行人,至会稽,赐进士,加翰林院编修,兼官如故,入典制诰,出筹军旅。七月,鲁王视师江干,犒赏有差,封郑遵谦义兴将军,钱肃乐、孙嘉绩、熊汝霖,俱都察院佥都御史,统兵马钱粮。时唐王聿键已于七月称尊于福州,改元隆武。八月,至绍兴,即监国位,鲁王不奉唐朔,以明年为监国元

---

① 《鲁春秋》,《弘光元年》,页10。

年。

时浙东画钱塘江而守，时防江之师，自金、衢迤东以迄定海，不下二十万，各自为义；不糜公帑，不相统属。然号令所行，不出八郡。乃议列屯，以朱大典镇上游金华，方国安当七条沙，王之仁当西兴，郑遵谦当小蘷，孙嘉绩、熊汝霖、钱肃乐当瓜里。此时熊公汝霖荐陈士京，授职方郎。士京与三衢总兵陈谦善，谦请陈士京监其军。① 自此之后陈谦与陈士京关系紧密，故监国元年五月鲁王遣陈谦出使闽中，陈士京乃偕行至福州。

弘光元年（顺治二年，1645 年）八月，参将姜国臣复入守海宁，故总兵汪硕德集兵双林来告，使移札塘栖。会唐主即位福州诏至，众议开读，熊汝霖持不可，廷臣竞为拒闽之议，唯钱肃乐、孙嘉绩、郑遵谦等主议当奉表遵年号。王意不怿，下令返台州，人情惶惑。张国维星驰入郡，上疏福州，言逢国大变，凡高皇帝子孙民吏，当共同心力，事成入关者王。监国退居藩服，礼谊昭然。今遂南拜正朔，事势远不相及，唇亡齿寒，悔弗可追！臣老矣，岂若朝秦暮楚之客哉！疏出，议始定。闽使废然返。据《浙东纪略》云：

> 先是唐蕃即位于闽，改元隆武。江东起义，监国不相闻问也。于时闽臣刘中藻奉诏书至。又卢若腾、郭贞一，奉隆武抚按浙江，而温、处两府置官据守，取饷三十余万去。朝中江上，大率与者半，不与者半；与者以为圣子神孙，总为祖宗疆土。今隆武既正大统，自难改易。若我监国，犹可降心相从；而不与者以为彼去北远，幸得偷安旦夕，而猛臣我谋将，血战疆场，以守此浙东一块土，似难一旦拱手而授之。所以诸臣坚拒者，有"凭江数十万众，何难回戈相向"之语。不与者为张国维、陈盟、熊汝霖、王之仁等；与者为方国安、于颍、孙嘉绩、姚志卓等。朝议命使通

---

① 参考全祖望《陈光禄传》，清·全祖望撰、朱铸禹校注《全祖望集汇校集注·鲒埼亭内集》（上海：上海古籍出版社，2000 年 12 月 1 版），卷 27《陈光禄传》，页 497。

问，遣科臣曹维才，职方郎柯夏卿往，不用疏奏，止叙家人叔侄礼。①

因是时江楚、西蜀、两粤、滇黔，皆受唐王诏朔，独浙东以监国在先，义旗分竖，不宜降屈，天下多不直鲁王。

卢若腾（1600—1664），崇祯九年（1636年）举人，十三年（1640年）成进士。为"海外幾社"中仕宦辈分最高者，崇祯时中外多警，上雅意边才，授兵部主事，誉望大起。黄道周、沈佺期、范方引为同志，以气节相许。"会阁臣杨嗣昌督师湖广，请刊布《法华经》祈福；若腾疏参嗣昌不能讨贼，只图佞佛。帝以新进小臣妄诋元辅，严旨切责；时论壮之。升本部郎中，兼总京卫武学。三上疏，劾定西侯蒋惟禄；有恶其太直者。外迁浙江布政使司左参议，分司宁绍巡海兵备道。途次，疏纠权珰田国兴揽带货船、滥用人夫，辱州县、阻闸口；有旨召国兴回，论如法。居官洁己惠民，剔奸弊、抑势豪，峻绝馈遗、轻省赎锾，风裁凛凛。值山贼胡乘龙窃发，平之。"②甲申之变前，在浙江任上四年，洁身自爱，兴利除弊，士民建祠以奉，有"卢菩萨"之称。福王立于南京（崇祯十七年，顺治元年，1644）十一月二十三日，以张凤翔为兵部尚书兼都察院右副都御史，巡抚苏、松；卢若腾为都察院右佥都御史，督理江北屯田，巡抚庐、凤。不久南都又亡，乃至闽投靠唐王，唐王授以都察院右副都御史，巡抚温、处、宁、台。时已命孙嘉绩于颍矣，又命若腾，因事权不专，疏辞；不许。将赴任，请以总兵贺君尧统靖海营水师，以其弟游击卢若骥扼守盘山关要害。而绍兴诸臣奉鲁王监国，诚意伯刘孔昭、总督杨文骢分据台、宁、处州；若腾所抚，惟温州一府而已。又闻闽事坏，痛愤赴水；同官救起，郑鸿逵招回闽。寻潜入舟山，图起兵，道出宁波，父老迎谒，垂涕遣之。见事不可为，

---

① 清·徐芳烈：《浙东纪略》（台北：台湾银行经济研究室，1968年3月1版，《台湾文献丛刊》第268种），《弘光元年》，页12～13。

② 清·林焜熿纂《金门志》（台北：台湾银行经济研究室，1960年10月1版，《台湾文献丛刊》第80种），卷10《人物·宦绩·卢若腾传》，页262。

仍回闽之曷山，与郭大河、傅象晋辈举义；屯兵望山，欲乘间图武安近寨，之后亦为鲁王之臣。

荆本彻吴淞兵败后，屯舟山小沙呑，为黄斌卿计杀，并并本彻之众，势稍振。据黄宗羲《海外恸哭记·荆本彻》云：

> 荆本彻，字大彻，丹阳人也。由漅阘来朝，奉命西征，移师出舟山，泊芦花呑。斌卿畏其强，所以周旋之者唯恐后。越月而本彻破崇明，虏会师击之，本彻大败，收其残卒还舟山。斌卿视其兵力既弱，礼之浸衰。本彻无所取饷，渔夺居民。居民既怨之，斌卿之营将顾乃德，与斌卿有隙，本彻乃结驩乃德，潜以珍宝易其火器，事颇泄，斌卿下教各呑团练，次日故遣部下取民斗粟，团练杀之，勿问。本彻知其意在己也，遂移兵攻之，三日而城不下，师溃。本彻至芦花呑，为团练所杀。斌卿设祭，斩团练一人以谢。①

时曹从龙本在荆本彻军中，本彻死，从龙遂还吴。②

十月，方国安及大清兵战于江。张国维引步军继进，追，北至草桥门，大风雨，火炮弓矢不得发，乃收兵。清兵营木城沿江，以拒南师。徽州陷，上江告急。是月，遣使招杭州义旅，陈万良、姚志卓复余、杭。十一月，王出郡城，临江劳军。晋方国安荆国公、王之仁宁国公，赏倡义者。特封郑遵谦义兴伯，刘穆威北伯，熊汝霖、孙嘉绩晋兵部右侍郎，诸营皆受国安节制。十二月，还郡城，颁明年鲁元年大统历，铸大明通宝。

监国元年（顺治三年，1646 年）春正月朔，鲁王御殿受朝。遣兵部尚书柯夏卿如福州聘，唐王深自抑损，手书报王，言：朕无子，王为太侄，和衷协力，共拜孝陵。朕有天下，终致于王。取东浙职官均列朝籍，转饷十万犒师。而唐、鲁方争颁诏事，五月鲁王遣都督陈谦使

---

① 《海外恸哭记》，《黄宗羲全集》第 2 册，页 213。
② 据张煌言《曹云霖诗集序》云："荆先生死于兵，云霖遂还吴。"《张苍水集》卷 5《冰槎集》，页 253。

闽中,以陈士京偕行,据《靖海志》云:

> (鲁王)遣都督陈谦奉书至闽,久住衢州,持两端,云鲁王已封芝龙靖卤侯,欲以此邀封于唐王。唐王敕芝龙取其侯印为验,谦赍印,唐王即召入关,启函称"皇叔父",不称"陛下",隆武大怒。御史钱邦芑劾其久住三衢,徘徊闽、浙之界,自以举足左右,足为重轻,因欲要取封侯,以闽要浙,以浙要闽,祇恃构鬭之谋,敢行挟制之术。又历数其在衢奸淫不法状。遂下之狱。谦,武进人,乙酉春赍宏光诏封芝龙南安伯,比读券,误书安南,谦谓芝龙曰:"南安仅一邑,安南则兼两广,请留券易诏",厚赠而别。及半途,而南京变,谦遂留闽。芝龙德之,故力为申救,行贿五千金于邦芑,请免谦死。邦芑惧以闻于唐王。遂决意杀之,即命邦芑监刑。芝龙闻之,过市,命且停刑,亟入朝见唐王,请以官赎谦死。唐王密斥行刑,故与芝龙久语慰劳之,过期,芝龙出,而谦已斩矣。芝龙伏尸哭极哀,以千金厚殓之。从此益怀异志。[①]

唐王大怒,斩陈谦、囚使者裴兆锦、林必达,浙闽竟成水火。陈士京遁之海上,郑芝龙因与陈谦故交,乃闻士京名,令与其子成功游。芝龙有异志,卒以闽降。成功不肯从,异军苍头特起,陈士京实赞之。[②]

是年正月,徐孚远上隆武帝《水师合战之议》,从大学士张肯堂由海道募舟师北征;惜为郑芝龙所沮,不成行。徐孚远有《送张宫师北伐》一诗慨叹之[③]。

---

① 清·彭孙贻:《靖海志》(台北:台湾银行经济研究室,1959年1月1版,《台湾文献丛刊》第35种),卷1,页10~11。

② 参考全祖望《陈光禄传》,《全祖望集汇校集注·鲒埼亭内集》卷27,页497。

③ 明·徐孚远:《钓璜堂存稿》(民国十五年金山姚光怀旧楼刻本),卷16《送张宫师北伐》,页8。其诗云:"上宰挥金钺,还兵树赤旗。留闽纡胜略,入越会雄师。制阵龙蛇绕,应天雷雨垂。一戎扶日月,群帅奉盘匜。冒顿残方甚,淳维种欲衰。周时今大至,汉祚不中夷。赐剑深鼋跃,星精候指麾。两都须奠鼎,十乱待非罴。烟阁图形伟,殷廷作楫迟。独伤留滞客,落魄未能随。"

纵观唐鲁之争，互杀使者，闽浙之间如同水火，如鲁王之臣钱肃图《尊攘略》论曰：

江东义师之盛，唐宋以来所未有也，而卒无成者，何欤？盖朝廷则唐鲁闽浙之议纷，蕃镇则官兵义民之见起。徒知拒闽，几不知寇在门庭；志在专权，几不念同仇敌忾，以至争兵夺饷，日无暇时，甚而彼进此退，参差不一，安在戮力同心，先国家之急乎？又甚者，以百姓为鱼肉，以宁绍为财薮，搜索富户，十室九空，百姓重足累息，莫必性命，诠衡为蕃镇之奴隶甚于羊胃灶养之饥，城中犹复饮酒唱戏，书帕拜客，不知民间之怨呼为何状，江干之暴露为何等。首义诸公，□存挽回则动多睚眦，调停闽浙则目为闽官，犄角横生，引兵相向，亦付之无可奈何而已。独是诸君子一时盛举，不能重扶坠鼎，祇取湛身覆宗之祸，鸣呼惜哉。①

又论曰：

拒闽之说，非欤，曰不然，夫闽之所以能晏然者，江东义师之力也。为闽计者，正宜秣马厉兵，并力向房，乃仅遣郑鸿逵、贺君尧率数千之旅，逍遥温衢之界，天下之望王师，不啻引领跂踵，曾无一旅向钱塘者，且囊括金衢温处之粮，卒使江东仅有宁绍台三郡，兵多于饷，饷不足以养兵，以致坐困，是谁之咎欤。设使割金衢温处以浙饷浙，以闽饷闽，江东再为持久之计，未可知也。②

审此，唐鲁二王与诸义师忘却抗清扶鼎大业，致清军轻易渡过钱塘江，造成败亡，日后竟成鲁、郑入海之局。

监国元年三月朔，郑遵谦、王之仁退大清兵于江中。张国维督诸军渡江，南军稍振。五月，方国安叛，劫王南奔。清兵遂渡江，兵部尚书余煌、宁国公王之仁、兵部侍郎陈函辉、太仆少卿陈潜夫皆死之。

① 清·钱肃图：《尊攘略》（北京：九州出版社，2004年12月1版，《台湾文献汇刊》，第1辑，第9册），页178。按：《台湾文献汇刊》为九州出版社与厦门大学出版社联合出版。
② 《尊攘略》，页180。

江上诸军闻报俱溃,孙嘉绩、熊汝霖、郑遵谦、钱肃乐、刘穆各引所部兵入海。越三日,清兵始渡江。余煌开郡城九门纵军民出,自正衣冠赴水死。前后死节者甚众。六月二日,清兵入绍兴。

据张煌言《曹云霖诗集序》云:“余自丙戌(监国元年,顺治三年,1646)夏,浮海抵昌国;未几,曹子云霖从云间来,葛衣芒屩,不问而知其为晋处士、宋逋臣也。……荆先生死于兵,云霖遂还吴;及由吴复入越,黄侯虎痴以国士遇之,遂尽护诸军。”①则监国元年夏,张煌言与曹从龙俱入舟山。

清兵续攻克金华、衢州,朱大典、张鹏翼死之。是时,黄斌卿在舟山,兵食殷足;石浦守将张名振奉王载投之而不纳,鲁王舟泊外洋。

八月,清兵破仙霞关,连下建宁、延平等府,隆武殉国汀州。永胜伯郑彩亡入海,以舟师迎王。十月丁酉发舟山,如厦门。郑芝龙使彩执王献贝勒,彩以南夷貌类者服王冠服居舟中,谓其人曰:事急,则缢死以示之。会芝龙去乃已。郑成功兵起,仍奉隆武年号,大会厦门。

四、社事雏形

监国元年十一月,郑彩奉监国次鹭门。徐孚远自闽之浙,止于嘉兴吴佩远家;清提督冯原淮缉之,孚远乃浮海入浙,钱肃乐方自浙奔闽,二人相见于永嘉,肃乐复拉孚远同行。此时海外幾社诸子,除陈士京使闽与郑成功游、沈佺期隐居故里南安外,在浙四人及沈光文皆入浙海,据《航海遗闻》云:

> 鲁王至舟山,威远侯黄斌卿(虎痴)拒而不纳。次普陀,惟督师阁部熊汝霖、孙嘉绩、钱肃乐、沈宸佺、冯元扬、卢若腾、翰林兼兵科给事中徐孚远、太常寺寺丞任文正(南陆)、御史袁嘉彪、大司马冯京第、熊督师、监军职方郎中马星、任颖眉、员外沈光文、御史王翔、主事梁隆吉、王浚、义兴伯郑遵谦、挂印总兵陈文达、沈时嘉、朱岱瞻、王仪凤、金浚、刘穆、侍讲兼左给事中张煌言、推

---

① 《曹云霖诗集序》,《张苍水集》卷5《冰槎集》,页252～253。

官黄云官、都佥事方端士从焉。①

鲁王改次长垣，以明年为监国二年。海上遂有二朔。其冬，桂王即位肇庆，寻奔广西。

监国二年（顺治四年，1647年）正月，鲁王在山盘。以熊汝霖为相，晋郑彩建国公、郑遵谦义兴侯、张名振定西侯、杨耿同安伯、郑联定远伯、周崔芝平北伯、阮进荡北伯。崔芝复海口镇东。二月朔壬申，克海澄。明日，攻漳平失利。又明日，清兵救海澄，南师退入于海。

夏四月，海口陷，林学舞、赵牧死之，据黄宗羲《海外恸哭记》云："总制尚书张肯堂、兵科给事中徐孚远、平海监军朱永佑。……三人皆依周鹤芝于海口，海口既陷，故北至舟山依黄斌卿。"②徐孚远有《初至舟山》诗云：

> 北来昌国晚，此地尚车书。耕凿惊魂后，衣冠入眼初。相逢得数老，岁晏正愁余。自顾无长物，萧萧鬓发疏。③

自注："张、朱二公重晤于此。"张、朱二公乃张肯堂、朱永佑，昌国即舟山也。又据黄宗羲《海外恸哭记·序》云：

> 往濒在海上，与诸臣无所事事，则相征逐而为诗。诸臣唯吴钟峦、张肯堂故以诗名，其他虽未尝为诗者，愁苦之极，景物相触，信笔成什。李向中之悲壮，朱养时、林瑛之淡远，刘沂春感时之篇，沈宸荃思亲之作，上闻亦时一和之。④

审此，鲁王之臣中舟山诗人群体已正式聚集。当是时诸臣不惟寄命舟楫波涛之悲愁；更甚者，乃俯首而听武人之恣睢跋扈，默默无所用力。故单字只句，刻琢风骚，不胜其愁苦之状。

---

① 明末清初·汪光复：《航海遗闻》，见《明季三朝野史》（台北：台湾银行经济研究室，1961年4月1版，《台湾文献丛刊》第106种），页58。

② 《海外恸哭记》，《黄宗羲全集》第2册，页219。

③ 《钓璜堂存稿》卷8《初至舟山》，页20。

④ 《海外恸哭记》，《黄宗羲全集》第2册，页209。

此时吴淞提督吴胜兆欲反正,以腊书来求援,送款于舟山,黄斌卿犹豫不敢应之,沈廷扬曰:"事机之来,间不容发,奈何坐而失之。"①廷扬及都御史张煌言、给事中徐孚远、御史冯京第劝张名振就其约②,名振遂率舟师北上,邀沈廷扬为导,统水船二百余号直抵崇明。如《航海遗闻》云:

> 镇守吴淞提督吴胜兆谋叛清,以血书通名振,结为声援。时鲁王在温澥中之玉果山。名振奏请敕印二百道,命张煌言监其军,任文正副之。徐孚远,赐一品服,充行人司。使联二千余号、兵将五百有余,舟次黄连港;以港名不美,令移白米沙。传令洗炮。龙惊浪鼓,飓风大作,全军尽覆。清兵擒其弟名远,斩之。徐、任以殿兵免。③

张名振至崇明而食尽,乃趋寿生洲打粮。泊舟鹿苑,五更,飓风大作,舟自相击,军士溺死者过半。清兵逆之岸上,大呼"薙发者不死",张名振弟名远登陆而战,不胜,被执死;沈廷扬部被解至江宁,廷扬及亲兵六百人斩于娄门,无一降者,时以比田横之士焉。④ 而张名振、张煌言、冯京第皆杂降卒中逸去,以民服间归。徐孚远因殿兵之

---

① 《全祖望集汇校集注·鲒埼亭集外编》卷4《明户部右侍郎都察院右佥都御史赠户部尚书崇明沈公神道碑铭》,页803。

② 清·翁洲老民:《海东逸史》(台北:台湾银行经济研究室,1961年4月1版,《台湾文献丛刊》第99种),卷8《沈廷扬传》,页45。

③ 《航海遗闻》,见《明季三朝野史》,页59。

④ 《全祖望集汇校集注·鲒埼亭集外编》卷4《明户部右侍郎都察院右佥都御史赠户部尚书崇明沈公神道碑铭》,页803。而《海东逸史·沈廷扬传》却云:"廷扬独与北兵大战四昼夜,抵福山,次鹿苑。夜分,飓风又起,舟胶于沙,与麾下七百人俱被执。苏抚土国宝劝之降,不从;乃先驱七百人于娄门外李王庙骈戮之,无一人肯屈者。廷扬至南京,内院洪承畴素与廷扬善,欲脱之,诡曰:'我闻沈廷扬已为僧,若敢诳乎'?廷扬詈之。遂下狱,犹遣其门人周亮工说之。廷扬曰:'毋多言! 吾今日非一死不足塞责。'乃与部下赞画职方主事沈始元、总兵官蔡德、游击蔡耀、戴启、施荣、刘金城、翁彪、朱斌、林树、守备毕从义、陈邦定及嗣子元泰同就戮,年五十三。"《海东逸史》卷8《沈廷扬传》,页45~46。

后免于难。事后张煌言有《吊沈五梅中丞》云：

> 香台咫尺渺人琴，万里寒潮送夕阴。报国千年藏碧血，毁家
> 十载散黄金。名山难瘗孤臣骨，瀚海空磨战士镡。留得荒祠姓
> 氏古，春归唯有杜鹃吟。①

吴淞吴胜兆事件，清诛共事者牵连甚广，尤其针对幾社诸子，兵
科给事中陈子龙、主事钱旃、诸生夏完淳等咸执死。

监国二年秋徐孚远与张煌言始相见于舟山，衔杯赋诗，据徐孚远
《奇零草序》载："余于丁亥（监国二年，顺治四年，1647 年）秋，始与余
同年少司马张玄箸相见于南国，赋诗赠答、衔杯抵掌，无间晨夕。"②
此"南国"考徐、张二人行踪当在舟山无疑。

九月九日重阳张煌言有《九日，陪安昌王、黄肃房虎痴、张定西侯
服、张太傅鲵渊、朱太常闻玄、徐给谏闇公及沈公子昆季登锁山和韵》
七律一首：

> 鳌背霜寒菊自开，欣看茰佩宴吹台。尚书履近东山驻，大将
> 旗联西府回。香冷金华双使至，秋明玉树二难来。追陪谁复题
> 糕字，愧向蛮坡问笔才！③

诗题中可见安昌王周恭木枭（或作橪）、黄斌卿、张名振、张肯堂、
朱永佑、徐孚远及沈云龙之子沈氏昆季之唱和。

又据《东南纪事·张煌言》载张煌言为张名振监军，曹从龙为黄
斌卿监军，名振与斌卿势如水火：

> 戊子（监国三年，顺治五年，1648 年），越中乡兵复起，夏夫
> 使鲁恟至舟山，候定西、肃北二藩进止。煌言以定西护军同肃北
> 护军曹从龙将军黄朝先入三江，煌言复大会诸将于驼峰。亡

---

① 《张苍水集》卷 1《奇零草》（一），页 196。

② 徐孚远《奇零草序》，《张苍水集·序》，页 163。

③ 《九日，陪安昌王、黄肃房虎痴、张定西侯服、张太傅鲵渊、朱太常闻
玄、徐给谏闇公及沈公子昆季登锁山和韵》，《张苍水集》卷 1《奇零草》（一），页
190～191。

何，二藩构隙，阮进护鲁王至闽。曰：迎定西至林壸（？），曹从龙大掠而归。煌言不得已上会稽山，列营平冈，与王完勋、王虎等唇齿，以书招夏夫。会鲁恂被胡锦首，死狱中，不果行。庚寅（1650 年）夏，鲁王至舟山，有旨召煌言归；山中诸将不相统摄散亡。[①]

此即张煌言《曹云霖诗集序》所言"尔时张侯侯服与黄侯同据守昌国，余亦奉命持节护。张侯军与云霖旌旄相项背，然未深知云霖也。"[②]此时张煌言与曹从龙尚未有密切之交往。

监国三年（顺治五年，1648 年）正月，鲁王舟次琅琦，郑彩杀大学士熊汝霖、义兴侯郑遵谦于琅琦，惟熊之门人卢若腾申揭声罪而已。[③]

晋钱肃乐东阁大学士，自鲁王入闽，先后降克得三府、一州、二十七县，皆不能守。王移次沙埕。余姚人王翊起兵四明，遥奉鲁王年号，破上虞；前翰林学士张煌言聚兵平冈以应之。御史冯京第如日本乞师。冬十月，马思理卒，以沈宸荃、刘沂春为东阁大学士。十一月，王舟退壶江，钱肃乐以忧卒。时惟礼部尚书吴钟峦（霞舟）、兵部尚书李向中（立斋）、太仆少卿曹从龙（云从）数人从王。[④]　是年，清将金声桓、李成栋以江西、广东来归，桂王复至肇庆。

监国三年（永历二年，1648 年）八月郑成功使陈士京朝肇庆，沈

①　清·邵廷采《东南纪事》（台北：台湾银行经济研究室，1961 年 1 月 1 版，《台湾文献丛刊》第 35 种），卷 9《张煌言·附录逸事》，页 118。

②　《曹云霖诗集序》，《张苍水集》卷 5《冰槎集》，页 253。

③　卢若腾有《哭熊雨殷老师》："出师未捷事蹉跎，胡越舟中俄反戈；为喜音登雠鼬径，终悲血洒鳄鲸窝。刘琨误杀冤犹薄，孟玖逸成恨不磨（构祸者，阉人李辅国）；剩得同山畏垒在，遗黎几度哭经过。"明·卢若腾：《岛噫诗》（台北：台湾银行经济研究室，1968 年 5 月 1 版，《台湾文献丛刊》第 245 种），《七言律》，页 35。

④　汪光复：《航海遗闻》，见《明季三朝野史》，页 61。

光文随行①，"士京奉帝命还，招讨令去隆武号，以是年为永历三年"②。

审此，监国二、三年间乃海外幾社成员集聚浙东舟山群岛之关键时刻，成为日后海外幾社正式成立之有利条件。

五、舟山之陷

监国四年（顺治六年，1649 年）正月，鲁王舟次玉环山，张名振自石浦来朝。三月，王翊徇奉化，退大清兵于河泊。清兵围刘福安，闽地尽陷。浙遗臣南来者多为郑彩所害，彩亦帅麾下弃去。张名振、阮进迎王还浙，次于南田。秋七月壬戌，至健跳，从者大学士宸荃、沂春、礼部尚书吴钟峦，兵部尚书李向中、兵部侍郎孙延龄，职方郎中朱养时、户部主事林瑛，每旦朝于水殿。钟峦如立治朝，所至试秀士入学，率以见王；襕衫巾条，观者感叹。鹿颈屯师王朝先来觐，封平西伯。八月，清兵围健跳，阮进拒却之。九月，命张名振、张名进、王朝先会师讨斩黄斌卿，据《东南纪事·黄斌卿传》载："戊子（监国三年，1648 年）秋，鲁王自沙埕还泊健跳，令阮进以百艘叩舟山，告乏食；斌卿不应，亦不使人诣健跳。于是，名振、进、朝先上疏合军讨舟山，斌卿累败，求救于安昌王恭木枭及大学士张肯堂，上表谢罪。又谋和诸营曰：彼此王臣，无妄动。（监国四年）九月二十四日，会于海上，各敛兵待命。斌卿部将陆伟、朱玖背约出洋，进谓斌卿遁去，遂纵兵大掠，斫斌卿投之海中，二女皆死。"③诸将灭黄斌卿后，鲁王始移跸入舟山，以参将府为行

---

① 盛成《沈光文公年表及明郑清时代有关史实》，见侯中一编《沈光文斯庵先生专集》（台北：台北宁波同乡月刊社，1977 年 3 月 1 版），页 279。

② 清康熙年间郑达《野史无文·郑成功传》载："己丑（监国四年，永历三年，顺治六年，1649）春，陈士京归自肇庆。当是时，永历皇帝驻跸肇庆，招讨遣光禄寺卿陈士京往朝之。至是，士京奉帝命还。招讨令去隆武号，以是年为永历三年。"清·郑达：《野史无文》（台北：台湾银行经济研究室，1658 年 4 月 1 版，《台湾文献丛刊》第 209 种），卷 12《郑成功海东事·郑成功传》，页 161。

③ 《东南纪事》卷 10《黄斌卿》，页 124。

在,建太庙于府东。晋张肯堂东阁大学士、朱永佑吏部侍郎。遣阮美往日本乞师。是年,李成栋、金声桓、何腾蛟皆败,清尽取湖南、江西。

黄斌卿被杀,被黄斌卿尊为"国士"之曹从龙极力欲为主复仇,徐孚远《怀曹云霖》宽解之:

> 传君留滞阆闾城,几度春风好听莺。昌国平来新气势,黄侯没后旧交情。倦游乍息江乡梦,寒足犹期天上行。闻道中原龙欲起,迢迢旌旆正相迎。(其一)

> 军符罢后早知幾,昌国争权有是非。交似陈余他日恨,报如豫子古来稀。犹怜部曲千群在,惟见飘零一鹤归。此去不愁天阙远,即今南极正垂衣。(其二)①

舟山内部各军事势力相背对立,武人跋扈,强者称雄,司空见惯,虽抗清方向是一致而但理念却有所不同。

监国五年(顺治七年,1650年)正月朔,鲁王在舟山。谒太庙,泪下,谓辅臣张肯堂等曰:昔高帝起布衣建业,先帝忧勤沦陷。闵予小子,播迁无地,不能保浙东数郡,以延庙食,是以痛心。诸臣皆泣,顿首待罪。"张煌言入扈舟山,起拜兵部左侍郎。煌言两同富平名振以舟师北扰,皆不利,间脱;遂走陆鼓义,无复振者。时其家已被逮钱塘,狱有僧澹斋日募饭饱其妻董氏与子祺,且十年。"②二月,王翊来朝,除兵部左侍郎。夏,张煌言来朝,晋兵部尚书,留备侍从。八月,翊复新昌,拔浒山,清兵分道入四明,翊避入海。冯京第遇害。九月,张名振袭杀王朝先,并其兵。是年,郑彩为郑成功所败,具表请援。张名振、阮进、周崔芝击彩余众,破之;彩还走厦门,归成功。十一月,清兵陷桂林、广州,桂王奔南宁。

监国六年(顺治八年,1651年)正月,鲁王在舟山。六月,舟山大旱。监国布袍步祷,群臣咸草具以从,命兵部侍郎张煌言治兵鹿颈头。秋七月,乞粟于日本,其国王许振疾,航饷数千斛。

---

① 《钓璜堂存稿》卷14《怀曹云霖》,页9～10。
② 《鲁春秋》,《监国五年》,页59。

时王翊溃于四明，张煌言有《挽王完勋侍郎》诗①，王翊，余姚人，王翊结寨于四明山，号大兰洞主，同张煌言、邵一梓、李长祥等分营互应，而翊军最强。四明山寨与舟山互文犄角，清兵将取舟山，恶翊山寨积年倔强，恐反内地，乃分兵二道取之，翊战败，不屈死，翊执后一月，舟山破。

清将陈锦合军攻舟山，定西侯张名振、英义伯阮骏、兵部尚书张煌言，奉王先出奔闽海，徐孚远随行。荡胡伯阮进迎战于海门，死之；裨将金允彦绐城降，脔其子，传示四门。清试舟海口，南师以三舟突阵，获楼船战舰，馘十余人，纵归。清师将退。八月丙寅，天大雾，清师悉抵螺头门，守陴者方觉，安洋将军刘世勋、都督张名扬以精兵数百、义勇数千背城力战，杀伤清兵千余人。

九月一日，清陈锦破舟山，宫眷投井死，指挥李向荣、朱起元等犹率兵巷战。清师相谓曰："吾兵南下，所不易拔者，江阴、泾县、今舟山而三耳；如两京，易取也。"②礼部尚书吴钟峦居普陀，闻变毅然曰：吾从亡之臣，当死行在。渡海入城，别大学士张肯堂，为高座文庙庑下，命仆举火。肯堂阖室自经。吏部侍郎朱永佑、通政郑遵俭、兵科董志宁、郎中朱养时、主事林瑛、江用楫、董玄、朱万年、李开国、顾珍、顾宗尧、杨鼎臣、中书苏兆人、工部所正戴仲明、锦衣指挥王朝相、内官监刘朝、定西参谋顾明楫、诸生林世英暨妇女、厮仆或刎或投水火，"死节之盛，为中土所未有"③。张煌言有史诗《翁洲行》纪其实及哀悼同志诸诗，俱见声泪。④清兵屠舟山，堕其城，将城外百姓，率迁内地。

---

① 《挽王完勋侍郎》云："忆君被褐草间来，慷慨论兵未易才。薄海谁堪师昼邑，下江应许画云台。星沈汉垒贪狼耀，风竞胡营战马哀。伏剑犹闻歌《正气》，心悬陵母亦悲哉！"《张苍水集》卷1《奇零草》（一），页195。

② 《东南纪事》卷2《鲁王以海》，页33。

③ 《东南纪事》卷2《鲁王以海》，页33。

④ 《翁洲行》，《张苍水集》卷1《奇零草》（一），页196。哀悼同志诸诗见《挽张鲵渊相公》、《挽大宗伯吴峦骘先生》、《挽朱闻玄少宰》、《挽安洋将军刘胤之》、《挽冯跻仲侍御》等诗，见《张苍水集》卷1《奇零草》（一），页194～195。

监国六年（1651年）十一月，鲁王舟泊南日山，夜遭飓风，失大学士沈宸荃与沈光文，进次崙头，兵部侍郎张煌言以鹿颈兵，同定西侯张名振扈监国于三沙。国姓郑成功迎入厦门，躬朝见，行四拜礼，称主上，自称罪臣。① 据张名振与朱之瑜书云："败军之余，尚思卷土，但虑势力单弱，遂扬帆南下。正月已抵厦门，国姓眷顾殷殷。"② 则郑成功迎鲁王入厦门，已在监国七年正月矣。鲁王依郑之境遇如何，据《东南纪事》云：

> 朱成功自厦门来谒，称主上，自称罪臣。从者泣曰：成功卑王矣。王处之泊如。成功故不奉王，送金门千户所，月节进银米，致笺。移名振屯崙头，煌言屯鹭门。③

此乃受之前唐鲁之争影响，亦见浙东鲁军与郑氏军队之隔阂与对立。

监国八年（顺治十年，1653年）正月，鲁王在金门，三月自去监国号④，改奉永历朔，故下文改以永历纪年，本年乃永历七年也。初，二张于监国七年积极整顿军营，计划"明春三四月，必去舟山矣"⑤。是年冬，张名振复与煌言北行，败清军于崇明之平洋沙，杀伤颇众。其

---

① 《鲁春秋》，《监国六年》，页66。据《台湾外记》载"成功集冯澄世、潘庚钟、林俞卿、郑擎柱、薛联桂，邓会诸参军议接鲁王礼。庚钟曰：'鲁王虽曾监国浙右，而藩主现奉正朔，均臣也，未可以监国言'。成功曰：'此是朝纲。且论今日相见之礼'。庚钟曰：'相见不过宾主'。成功曰：'不然，若以爵位论之，鲁王尊也；况经监国。若用宾主礼，是轻之。轻之，是纲纪紊乱矣。吾当以宗人府府正之礼见之，则合祖训，于礼两全'。诸参军拜服其论，成功竖宗人府府正旗，请鲁王相见，各安慰叙情。出，随给屋请住，月送俸薪。"清·江日升：《台湾外记》（台北：台湾银行经济研究室，1960年5月1版，《台湾文献丛刊》第60种），卷3《顺治丁亥年至顺治癸巳年共七年》，页133。

② 明·朱之瑜：《朱舜水集·书简》（北京：中华书局，1981年8月1版，朱谦之整理本），卷4《致张定西侯书》附《张定西侯来书》，页41。

③ 《东南纪事》卷2《鲁王以海》，页32。

④ 《行朝录》卷3《鲁王监国纪年下》，《黄宗羲全集》第2册，页140。

⑤ 《朱舜水集·书简》卷4《致张定西侯书》附《张定西侯来书》，页41。

年，郑彩死于厦门。

永历八年（顺治十一年，1654 年）正月，鲁王在金门。名振再入镇江，抵仪真，还逼吴淞关，遣使致启献捷。

永历九年（顺治十二年，1655 年）正月，鲁王在金门。有敕使自安龙来，命王监国。冬，郑成功遣阮骏、陈六御围舟山，大清将巴臣兴举城降。十二月二十八日定西侯张名振卒于军中。"是时，成功以计力并诸镇，缓于攻取，有自王意；宗藩皆受屈辱，王不免饥寒，出无舆导，至以名刺投谒。宾旧张煌言、徐孚远避形疑，不敢入朝。鲁王寄食郑氏，如家人而已。"①至名振死，遗言军归张煌言，煌言军始盛。

综观鲁王监国政局，可谓半生飘零海上，倍极艰辛，诚如黄宗羲《鲁王监国纪年》以史臣口吻，作沉痛之语曰："上自浙河失守以后，虽复郡邑，而以海水为金汤，舟楫为宫殿，陆处者惟舟山两年耳。海泊中最苦于水，侵晨洗沐，不过一盏。舱大周身，穴而下，两人侧卧，仍盖所下之穴，无异处于棺中也。御舟稍大，名'河船'，其顶即为朝房，诸臣议事在焉。落日狂涛，君臣相对，乱礁穷岛，衣冠聚谈。是故金鳌橘火，零丁飘絮，未罄其形容也。有天下者，以兹亡国之惨，图之殿壁，可以得师矣。"②

第三节　成功之宾结社金厦

永历五年（监国六年，顺治八年，1651 年）十一月郑成功迎鲁王入厦门之后，海外幾社六子已全员至厦门、金门集结，在郑成功礼遇与军事庇护下，海外幾社之唱正式形成。

一、书生本色，心仪幾社

郑成功（1624—1662）明天启四年八月二十七日（阴历七月十四

---

① 《东南纪事》卷 2《鲁王以海》，页 34。
② 《行朝录》卷 3《鲁王监国纪年下》，《黄宗羲全集》第 2 册，页 141。

日)生于日本九州平户,是郑芝龙之长子,福建省泉州安南县四十三都石井安平镇人。母为日本田川氏。名福松,回国后名森,号大木,十五岁补南安县学生员,成为秀才。他希望透过科举迈入仕途,曾参加崇祯十五年(1642年)福建乡试,落第而归。

郑成功曾拜钱谦益为师,故有《春三月至虞谒牧斋师同孙爱世兄游剑门》诗①,郑成功《越旬日复同孙爱世兄游桃源涧》云:

> 闲来涉林趣,信步渡古原。松柏夹道茂,绿叶方繁繁。入林深几许,瞻盼无尘喧。清气荡胸臆,心旷山无言。行行过草庐,瞻仰古人园。直上除荆棘,攀援上桃源。桃源何秀突,风清庶草蕃。仰见浮云驰,俯视危石蹲。拭石寻旧游,隐隐古迹存。值问何朝题,宋元遑须论。长啸激流泉,层烟断展痕。遐迩欣一览,锦绣罗江村。黄鸟飞以鸣,天净树温温。远色夕以丽,落日艳危墩。顾盼何所之,洒然灭尘根。归来忘所历,明月上柴门。

> 孟夏草木长,林泉多淑气。芳草欣道侧,百卉旨郁蔚。乘兴快登临,好风袭我襟。濯足〔清〕流下,晴山绿转深。不见樵父过,但闻牧童吟。寺远忽闻钟,杳然入林际。声荡白云飞,谁能窥真谛?真谛不能窥,好景聊相娱。相娱能几何?景逝曾斯须。胡不自结束,入洛索名姝。②

钱谦益评:"声调清越,不染俗氛,少年得此,诚天才也!"③郑成

---

① 《郑成功传·延平二王遗集》(台北:台湾银行经济研究室,1960年1月1版,《台湾文献丛刊》第67种),页127。《春三月至虞谒牧斋师同孙爱世兄游剑门》云:"西山何其峻,巍岩暨穹苍。藤垂涧易陟,竹密径微凉。烟树绿野秀,春风草路香。乔木倚高峰,流泉挂壁长。仰看仙岑碧,俯视菜花黄。涛声怡我情,松风吹我裳。静闻天籁发,忽见林禽翱。夕阳在西岭,白云渡石梁。巉崿争突屼,青翠更苍茫。兴尽方下山,归鸟宿池傍。"

② 《郑成功传·延平二王遗集》(台北:台湾银行经济研究室,1960年1月1版,《台湾文献丛刊》第67种),页127~128。

③ 《郑成功传·延平二王遗集》,页128。

功在南京国子监求学时期爱好诗文，曾打算向幾社领袖之一的徐孚远学习作诗，[①]后因时局动荡而没有实现，故心仪复社、幾社许久。

郑成功之父郑芝龙对国家民族观念淡薄，唯以追求自身的安全与财富为重，所以清军南下时，意存观望。唐王隆武二年（1646 年）郑芝龙借故海寇入犯，须往驻防，将仙霞关守将施天福全数撤防，以利清兵之到来。清军出韶州抵仙霞关，见仙霞关二百里，竟无一守兵，于是清兵于八月入福建，占浦城、霞浦。福州遂陷入无险可守之境，隆武帝奔汀州，被清兵所俘，绝食而亡。此时郑芝龙兵屯家乡安平，舟舰尚有五、六百艘。十一月十五日郑芝龙投降清朝，福建沿海、广东大部分则跟着陷入清军掌握，清军博洛令韩代将所部的满汉骑步兵马窜入郑芝龙家乡安平。郑芝龙本以为降清之后，其家乡可视为清朝之一部分，故未加防备，但清军开入安平后，却大肆掠夺，并强奸郑成功之生母翁氏，翁氏随后自缢身亡，成功得知消息，痛不欲生。

隆武二年（顺治三年，1646 年）十二月初一，成功乃诣安南石井书院大成殿孔夫子牌位前，焚儒服[②]，拜誓起义。据康熙年间郑亦邹《郑成功传》云：

　　　　成功虽遇主列爵，实未尝一日与兵枋，意气状貌，犹儒书也。
　　既力谏不从，又痛母死非命，乃悲歌慷慨谋起师。携所著儒巾、

①　全祖望《徐都御史传》云："延平之少也，以肄业入南监，尝欲学诗于公。及闻公至，亲迎之。公以忠义为镞厉，延平听之，娓娓竟夕。凡有大事，咨而后行。"《全祖望集汇校集注·鲒埼亭集外编》卷12《徐都御史传》，页963。黄定文《书鲒埼亭集徐闇公墓志后》云："成功初在南京国学，尝欲学诗于闇公，以是尤敬礼。如是者，几及十年。"清·黄定文：《东井诗文钞》（台北：新文丰出版公司，1988 年 4 月 1 版，《四明丛书》，第 1 集，总第 3 册），卷 1《书鲒埼亭集徐闇公墓志后》，页 475。又参见《徐闇公先生年谱》《书鲒埼亭集徐闇公传后》，页 69～70。

②　郑成功起义焚儒服事与地，众说纷纭，此据郑梦星《郑成功焚青衣与誓师起义地考略》，见许在全主编《郑成功研究》（北京：中国社会科学出版社，1999 年 5 月 1 版），页 266～273。

襕衫，赴文庙焚之，四拜先师，仰天曰："昔为孺子，今为孤臣，向背去留，各有作用。谨谢儒服，唯先师昭鉴之！"高揖而去。祸旗纠族，声泪俱并。与所善陈辉、张进、施琅、施显、陈霸、洪旭等愿从者九十余人，乘二巨舰断缆行，收兵南澳，得数千人，文移称"忠孝伯招讨大将军罪臣国姓"。其明年，遥闻永明王即位肇庆，改元永历，成功则奉朔，提师归自南澳，旧众稍集，年二十四。时厦门、浯州为郑彩及弟定远侯郑联所踞，乃泊鼓浪屿，与厦门隔带水。厦门者，中左所也；所谓浯州者，金门也；隶同安，为两岛。①

郑芝龙投清北上，郑成功以孤臣孽子之心，焚青衣誓师起义，收兵南澳，谋匡复大明江山，时年二十三，文移称"招讨大将军罪臣国姓"。明年闻永历即位肇庆，遣人间道上表，尊奉正朔。时厦门先为郑彩及弟郑联所据。永历元年(1647)成功自南澳回，旧将稍集，乃移屯厦门鼓浪屿。"以洪政、陈辉为左右先锋，杨才、张进为亲丁镇，郭泰、余宽为左右镇，林习山为楼船镇，进攻海澄；清援兵至，洪政中流矢死，乃引还。"②

二、建义海上，佺期来归

沈佺期(1608—1682)，字云佑(一作云又)，号复斋(一作鹤斋)，南安雅山侯源乡(今水头后园村)人。佺期自幼失父，幸其母贤，教督有方，苦学成才。其少时博览群书，每有独见，曾在岭头乡(曾岭村)当过塾师。直至崇祯十五年(1642年)始乡试中举，与同年晋江黄贤京相契好，结为婚姻。来年成进士，为明代南安县最后一位

① 清·郑亦邹：《郑成功传》(台北：台湾银行经济研究室，1960年1月1版，《台湾文献丛刊》第67种)，页5。"未尝一日与兵枋"此一描述不合史实，郑成功在誓师之前已带领军队作战。
② 清·夏琳：《闽海纪要》(台北：台湾银行经济研究室，1958年4月1版，《台湾文献丛刊》第11种)，卷上《丁亥，永历元年》，页4。

进士，授吏部郎中。甲申之变（崇祯十七年，顺治元年，1644 年），流寇李自成陷北京，明降将吴三桂引清兵入关，清兵旋灭寇，即于北京建立清王朝。

在燕京沦亡之后，郑芝龙拥唐王朱聿键于福京，设六卿台垣。郑芝龙以佺期同里居，言于帝，欲骤贵之。帝遂任为右副都御史。[①] 沈佺期任都御史，据《思文大纪》曾载及：

> 降巡视中城御史沈佺期一级，以戒凌躁。时闽、侯二县知县刘霖懋、朱铳金筒调繁未久，佺期疏荐之，上以："赏罚本于人主至公，抑竞奖恬，御世大道。霖懋、铳金筒虽有薄劳，岂可以县署为传舍？为二臣陈请者，皆是情面贿赂之饰习，亦是以竞引竞之恶趋。薄以降级示惩；如再有欺饰，定行重处"云。[②]

此为沈佺期任都御史仅知之事迹。清兵占有河朔之地后，接着清兵南下攻打福建。隆武二年（顺治三年，1646 年）八月，隆武帝在汀州（长汀）败死，佺期不肯投靠清廷，绝意仕途，弃官南下返乡，闭门谢客。为避清廷征召，先隐居于同安大帽山甘露寺。洪承畴、吴三桂对沈佺期表面上是征召就职，实为迫害，派兵包围甘露寺。佺期闻讯后，避难于本山虎洞，累征不赴，誓不事清，后隐居于水头鹄岭白莲寺。

隆武二年（1646 年）冬，沈佺期响应郑成功焚青衣之义举，招揽英豪举义，发动九溪十八坝一带方圆数十乡乡民，参加反清行列，组成一支数千人之反清队伍。佺期早已受命在南安招贤院，主持招贤大计，是以泉州、永春、德化一带士绅及民众，纷起响应，争先恐后，奔赴前线。据《小腆纪年》载：

> 顺治四年（永历元年，1647 年）八月庚寅（二十二日），明朱

---

① 清·郑达：《野史无文》（台北：台湾银行经济研究室，1658 年 4 月 1 版，《台湾文献丛刊》第 209 种），卷 12《闽中四隐君子·沈佺期传》，页 177。

② 不著撰者《思文大纪》（台北：台湾银行经济研究室，1961 年 6 月 1 版，《台湾文献丛刊》第 111 种），卷 4，页 71～72。

成功会师泉州之桃花山；泉州在籍御史沈佺期、光禄寺卿林桥升、主事郭符甲、推官诸葛斌起兵应之，进攻泉州，不克。[1]

成功会郑鸿逵军队于泉州桃花山（晋江县东南三十里），沈佺期等起兵应之，并率领此队伍开赴泉州，与郑成功部队会合，追随从事抗清运动。而郑成功亦请其协理军机，共襄反清复明大业，举凡军国大事，都先征询其意见而后行，佺期亦多次随军进击金、厦、漳、泉，屡立战功。故沈佺期为郑成功幕府上客，被尊称为"老先生"。

三、鲁王依郑，社事全盛

监国六年（永历五年，顺治八年，1651 年）舟山陷后，十一月，王舟泊南日山，后郑成功迎入厦门，鲁王依郑，实有寄人篱下之感。郑成功又将鲁王及宁靖王等避难至厦门之诸宗室，奉之居金门。《航海遗闻》则载明鲁王依郑之旧臣：

> 壬辰（1652 年）春，鲁王至厦门，赐国姓郑成功朝见，行四拜礼，称"主上"，自称"罪臣"，赍千金、绸缎百疋，供应甚殷。从臣皆赠以厚礼。此时惟兵部右侍郎张煌言、曹从龙、太常卿任廷贵、太仆卿沈光文、副使马星、俞图南、少司马兼大理寺卿蔡登昌、任颖眉、兵部主事傅启芳、钱肃遴、陈苌卿、张斌、叶时茂、林泌、侍读崔相、中书邱子章、赐蟒玉侍郎张冲符、行人张吉生、张伯玉、总兵张子先等、锦衣卫杨灿、内官陈进忠、刘玉、张晋、李国辅、刘文俊数人而已。成功随见鲁王至金门所，月馈银米，遇节

---

①　清·徐鼐：《小腆纪年》（台北：台湾银行经济研究室，1962 年 11 月 1 版，《台湾文献丛刊》第 134 种），卷 14《顺治四年》，页 691。据康熙时江日升《台湾外记》载郑成功："八月，从九都回。二十二日，会鸿逵师于泉之桃花山。乡绅沈佺期、林乔升、郭符甲、诸葛斌等相率起兵应之（佺期字云又，别字复斋，泉之南安人。癸未进士，屡迁都察院御史。后以医行世，依成功，卒于台湾。）"清·江日升：《台湾外记》（台北：台湾银行经济研究室，1960 年 5 月 1 版，《台湾文献丛刊》第 60 种），卷 3，页 100～101。

上启。迨年余，为细人所谮，礼仪渐疏，犹赖诸勋旧洎缙绅王忠孝、郭贞一、卢若腾、沈宸佺、徐孚远、纪石青、林（按：应作"沈"）复斋等相资度日而已。①

文中所言壬辰（监国七年，1652 年）春之事，有些人物并不正确，如大学士兵部尚书沈宸荃之记载，沈宸荃于监国六年（1651 年）十一月扈鲁王至厦门，又至金门，再舣舟南日，遇飓风，故《鲁春秋》言其"挂冠郊外，潜泛海归，风不利，舟覆死"②。而当时太仆卿沈光文舟经围头洋亦遇此飓风，当时不知所之，后竟飘至台湾。③ 壬辰春时，鲁王之人尚不知其所终，如张煌言《沈彤庵阁学舣舟南日山，遭风失维，不知所之；虽存亡未卜，余犹望其来归也》："昨夜惊涛势转雄，孤帆何处御长风？沃焦不信胶舟解，博望初疑银汉通。欲问冯夷愁莫应，倘成精卫恨何穷！袖归当有支机石，岂遂骑鲸向碧空？"④徐孚远

---

① 明末清初·汪光复：《航海遗闻》，见《明季三朝野史》（台北：台湾银行经济研究室，1961 年 4 月 1 版，《台湾文献丛刊》第 106 种），页 66。

② 清·查继佐：《鲁春秋》（台北：台湾银行经济研究室，1961 年 10 月 1 版，《台湾文献丛刊》第 118 种），《永历五年、监国六年》，页 66。

③ 盛成《沈光文公年表及明郑清时代有关史实》一文认为"是岁（监国六年，永历五年，顺治八年，1651 年）十一月下旬有台风，沈宸荃扈鲁王至厦门，又至金门，再舣舟南日，当与沈光文同行，经围头洋即遇飓风，光文飘来台湾，宸荃不知所之。"盛成认为永历六年（1652 年）"沈光文飘至宜兰，由宜兰至台南，见其兄沈阿公。"见侯中一编《沈光文斯庵先生专集》（台北：台北宁波同乡月刊社，1977 年 3 月 1 版），页 288、290。季麒光《沈光文传》云："辛卯年（永历六年，顺治八年，1651 年），从肇庆至潮州，由海道抵金门，督院李公闻其名，遣员致书币邀之，斯庵不就。七月，挈其眷买舟欲入泉州，过团（应作'围'）头洋，遇飓风，飘泊至台。"清·季麒光：《蓉州诗文稿·蓉州文稿》（清康熙三十三年世采彩堂刻本），卷 3《沈光文传》，页 36A。按：沈光文来台时间尚有争论，各家论点不一，在此兹据盛成之说。

④ 《沈彤庵阁学舣舟南日山，遭风失维，不知所之；虽存亡未卜，余犹望其来归也》，《张苍水集》卷 1《奇零草》（一），页 197。

亦有《南日舟次，失沈彤庵先生，存殁难定，赋以志怀》①，可知当时传闻不一。值得注意之事乃沈佺期此时亦加入鲁王之臣阵容，监国鲁王自舟山来依成功，成功安置鲁王于金门。沈佺期与王忠孝则寓居厦门，与鲁王旧臣交往密切。

鲁王实不得已而入闽，郑成功虽待之以宗人府宗主之礼，但对之防范至严，并迫其自去监国尊号。《东南纪事》详载郑鲁间矛盾：

> 是年（监国六年，永历五年，1651年）九月，陈锦克舟山，定西侯张名振奉鲁王南奔，谋取海坛驻师；致书劝成功，会师迎驾。鲁王亦与之书曰：余与公宗盟也，平居则歌行苇之章、际难合赋脊令之什，公其无贰偏师，拯此同患。成功乃令兵科给事中徐孚远前至鲁王行宫，面启永历见正位粤西，宜去监国号；王复书叙所以勉从监国意。乃使奉迎居王金门，如寓公焉；名振、阮骏等兵皆属成功。②

而郑氏礼鲁之情，并不长；迨年余，为细人所谮，礼仪渐疏，引嫌罢供亿。而《鲁春秋》明载鲁王依郑之窘：

> 国姓以桂无所通监国，引嫌罢供亿，礼节亦疏，以见一。监国饥，各勖旧王忠孝、郭贞一、卢若腾、沈荃期、徐孚远、纪石青、沈复斋等间从内地密输，缓急军需。③

全祖望辑《张苍水年谱》云：

> 公复扈监国入闽，延平不肯奉鲁，但以廪饩供之而已。时王去监国号，以海上诸臣皆受滇命也；惟公于王不改节。④

---

① 明·徐孚远：《钓璜堂存稿》（民国十五年金山姚光怀旧楼刻本），卷13《南日舟次，失沈彤庵先生，存殁难定，赋以志怀》，页19。其诗云："忽传双鲤上游来，数载愁颜始欲开。岂意乘槎中夜去，不知贯月几时回。或从吴市埋名迹，将逐胥江共酒杯，音信迢迢难可致，苍波满眼使人猜。"

② 清·邵廷采：《东南纪事》（台北：台湾银行经济研究室，1961年1月1版，《台湾文献丛刊》第35种），卷11《郑成功（上）》，页135～136。

③ 《鲁春秋》《永历六年、监国七年》，页66～67。

④ 全祖望辑《张苍水年谱》，《张苍水集·附录一》，页294。

张煌言有《读史》诗。初，延平以闽、越旧嫌，不欲臣于监国。然监国在长垣、在健跳、在翁洲皆有诸军护卫，时亦无藉于延平；辛卯之后，延平军势日盛，遂执牛耳。定西、平彝、闽安诸公皆称邾、莒，而监国为寓公矣；故监国不得已而去尊号。干侯之辱，良可悼也！浙邸旧臣，惟煌言始终一节，不与延平附和。[1]

陈士京自监国元年（顺治三年，1646 年）五月随陈谦使闽后，一直留闽中与成功游，郑成功建义之举，实陈士京赞之，当时鲁王留士京与成功相结，以为后图。故其角色乃为鲁郑调人，如全祖望《陈光禄传》云：

> 奉使闽中，以公偕行。而唐、鲁方争颁诏事，谦以不良死，公遁之海上。郑芝龙闻公名，令与其子成功游。芝龙有异志，卒以闽降。成功不肯从，异军苍头特起，公实赞之。已而熊公以鲁王至。时成功修颁诏之隙，不肯奉王。列营之奉王者，其军莫如成功强，皆不自安。公说成功，当以公义为重。成功虽不为臣，而始终于王致寓公之敬。其时会稽旧臣，能笼络成功而用之者，亦惟张公苍水与公二人。楼船得以南向，无内顾之患者，其功为多。[2]

然郑成功对于忠心明室之缙绅国老，大部分为海外幾社主要支柱之遗老，则十分尊敬。据夏琳《闽海纪要》载云："时缙绅避难入岛者众，成功皆优给之；岁有常额，待以客礼，军国大事辄咨之，皆称为老先生而不名。若卢、王、辜、徐及沈佺期、郭贞一、纪许国诸公，尤所

---

① 全祖望辑《张苍水年谱》，《张苍水集·附录一》，页 294。杨锦麟《论郑成功与南明宗室的关系》指出：郑成功与鲁王关系发展是疏远、利用、抛弃之过程。浙东舟山抗清义举初期，郑成功不赞鲁一矢，至 1651 年（监国六年，永历五年，顺治八年）前后鲁郑关系始有明显改善，其因有四：一则出于笼络浙派将领的需要；二则制衡郑军内部派系之争；三则借此加深其"忠君"之色彩；四则在郑清交涉中作为人质筹码之用。见其郑成功研究学术讨论会学术组编《郑成功研究论文选续集》（福州：福建人民出版社，1984 年 10 月 1 版），页 290～302。

② 清·全祖望撰、朱铸禹校注《全祖望集汇校集注·鲒埼亭内集》（上海：上海古籍出版社，2000 年 12 月 1 版），卷 27《陈光禄传》，页 496～498。

尊敬者。"①全祖望《陈光禄传》亦云:

> 成功盛以恢复自任,宾礼明之遗臣,于是海上衣冠云集,然不过待以幕客,其最致敬者,前尚书卢公若腾、侍郎王公忠孝、都御史章(应为"辜")公朝荐、沈公荃期、郭公贞一、徐公孚远与公(指陈士京),次之则仪部纪公(许国),不以礼不敢见也。②

郑成功礼遇避难入岛缙绅,又奖掖文风,据《闽海纪要》载:

> 永历九年(顺治十二年,1655年)春二月,明招讨大将军延平王成功承制设六官。……以潘赓钟(壬午举人)为吏官,洪旭为户官,陈宝钥(丙戌举人)为礼官,张光启为兵官,程应璠为刑官,冯澄世(丙戌举人)为工官。设协理各一员、左右都事各二员。以常寿宁为察言司,邓会、张一彬为正副审理。又设储贤馆、育胄馆。以前所试洪初辟、杨芳、吕鼎、林复明、阮旻锡等充之。先是,明主开科粤西,诸生愿赴科举者,成功给花红、路费遣之。岛上衣冠济济,犹有升平气象。又以死事诸将及侯伯子弟柯平、林维荣充育胄馆。③

《闽海纪略》亦云:

> 礼待乡绅王忠孝、沈佺期、郭贞一、卢若腾、辜朝荐、徐孚远等;有军国大事,辄相咨。考诸生有学问者入储贤馆。先是,永历欲开科粤西,诸生赴科举者,皆给花红、路费银两。岛上衣冠济济,粗有太平景象。④

可见郑成功师驻厦门,整顿吏治,设六官及察言、承宣、兵客诸司;又设储贤、育胄二馆。徐孚远、卢若腾、沈佺期、王忠孝、阮旻锡等

---

① 《闽海纪要》卷上《乙未,永历九年》,页14。

② 《全祖望集汇校集注·鲒埼亭内集》卷27《陈光禄传》,页497～498。

③ 《闽海纪要》卷上《乙未,永历九年》,页13～14。按《闽海纪略》却云:"永历八年(顺治十一年,1654年)十月,设六官。"不著撰人:《闽海纪略》(台北:台湾银行经济研究室,1958年7月1版,《台湾文献丛刊》第22种),《永历八年》,页9。

④ 《闽海纪略》《永历八年》,页9。

入储贤馆，岛上人才济济，略有太平景象，徐孚远与陈士京等在厦门组海外幾社，论诗会文，成绩斐然，虽东南沿海烽火未断，在硝烟中却文风蔚然。

兹以监国七年（永历六年，顺治九年，1652 年）张煌言在厦门与海外幾社诸子交游之诗证明之。首先张煌言在《曹云霖诗集序》云："岁在壬辰（1652 年），余避地鹭左，云霖俨然在焉，欢然道故。余时栾栾棘人耳，故不轻有赠答。而云霖囊中草多感时叹逝，亦不肯轻以示人。"①则曹从龙入海外幾社之明证。时徐孚远有《读张玄箸新诗，聊纪其盛，兼题缓之》云：

> 扁舟去越霸图消，日作新诗慰寂寥。包括还同司马赋，波澜直似浙江潮。愁君此后囊须满，令我今来砚欲烧。南海方言难尽状，且应携酒听鸣蜩。②

徐孚远诗中指出煌言寂寥而发孤愤为诗，诗情波澜壮阔犹似浙江潮，亦透露出南来厦门依郑之无奈，张煌言作《步韵答徐闇公》云：

> 穷途长日更难消，剩有图书伴寂寥；伯业徒看秦望气，客愁似焉广陵潮。共歌丛桂山中发，谁识焦桐爨下烧？潦倒未应犹倔强，文人久已学承蜩。③

可见是时鲁王诸臣有英雄失势，报国无门之感。而煌言《同姚兴公、万美功过访陈齐莫小酌》云：

> 回首乡关北海滨，南来犹见故乡人。君因久客翻为主，我亦同仇况比邻。八载沧桑愁欲老，一樽清酒话相亲。共悲吴楚烽烟急，太史占星正聚闽。④

诗中不断强调南来厦门依郑成功，在此再遇鄞县故人陈士京，

---

① 张煌言《曹云霖诗集序》，《张苍水集》卷 5《冰槎集》，页 253 上。
② 《钓璜堂存稿》卷 13《读张玄箸新诗，聊纪其盛，兼题缓之》，页 19。
③ 《步韵答徐闇公》，《张苍水集》卷 1《奇零草》（一），页 197。
④ 《同姚兴公、万美功过访陈齐莫小酌》，《张苍水集》卷 1《奇零草》（一），页 197。

"君因久客翻为主,我亦同仇况比邻",众浙东、舟山同志聚闽,实有他乡遇故知之亲切,然诗酒之余不免感慨岁月沧桑。再如《赠徐闇公年丈三首》云:

> 王谢风流谁更传,雄文廿载国门悬。胡床高踞谈经日,汉室初征射策年。每拟珊瑚为架笔,雅闻缨组并当筵。岂知把臂蓬壶外,江左衣冠傲昔贤!

> 竹箭东南横得名,飞来龙剑却争鸣。谁云四海同科第,自是中原一社盟。悬榻君应称快事,乘槎我亦叹劳生! 他年若遂莼鲈兴,拟共山阴道上行。

> 吾道沧洲任所遭,岂因标榜益名高! 重逢尚握苏卿节,久别谁弹钟子操? 明月开尊皆胜侣,春风入座似醇醪。伟长未便从军老,已美文章晚更豪。[1]

诗中张煌言极力推崇徐孚远为社中祭酒。是年端午节张煌言仍居厦门,有《端阳客鹭门》诗[2],又《暑雨同诸子限韵,仍禁"江窗"二字》云:

> 火云蒸雨势难降,斜倚绳床听石淙。愁满风尘侵鄂被,梦回烟树绕吴艭。萧条莫怪壶堪碎,锈涩历怜剑自双。客路幸逢好友在,且须乘兴倒春缸。

> 几年辛苦拥油幢,留得闲身鼎漫扛。风雨似为驱热至,衣冠终不受魔降。沽来浊酒卮如斗,赋就新诗笔若杠。最忆鉴湖晚霁后,采莲人尽唱吴腔。[3]

张煌言从夏至秋,与同社诸人唱和,有《新秋鼓浪屿纳凉,分得"簪"字》云:

---

① 《赠徐闇公年丈三首》,《张苍水集》卷1《奇零草》(一),页198。

② 《端阳客鹭门》云:"偶逢南海菖蒲节,转忆西山薇蕨生。风俗不殊乡国异,年华一去梦魂惊。何须系缕为长命,安得悬符尽辟兵! 客况凄其聊对酒,莫辜好景是朱明!"《张苍水集》卷1《奇零草》(一),页199。

③ 《暑雨同诸子限韵,仍禁"江窗"二字》,《张苍水集》卷1《奇零草》(一),页200。

孤屿苍凉沁客心，偏宜散发坐长林。山川战后形容改，草木秋来情性深。影乱秋千知坠叶，声飘络纬似鸣琴。披襟已在芳洲上，尘俗何能解盍簪！①

又有《立秋同诸子限韵，分得"盐咸"二字》云：

客拟巢居为避炎，晓来秋气忽窥帘：山因寥寂容偏肃，水到澄清意自廉。荷盖初低看坠粉，莼丝乍忆下晶盐。沧江物色撩人甚，刷羽丹霄莫久淹！

肺病朝来谢酒监，迎秋偏爱试单衫；楼中岂独愁王粲，林下何曾醉阮咸！清露微微沾薜荔，凉风澹澹拂松杉。故乡消息浑无据，满望鸿来寄一函！②

另陈士京《秋怀》诗，即可能是书写当时浙东诸同志，同聚鹿石山房赏月之事：

中秋候月月未来，酒随炉冷有限杯。露花欲亮星珠白，海水将明天幕开。仰看一钩在岩磊，挂我百忧还砌碓。君不见，此月数奇亦不偶，十年前吾湖上友，此时入我水窗棂，笑所索匏樽一石酒。于今海上风波年，共我居诸照白首。哀此白毛半百多，生死与之牢相守。不信鱼龙亦我仇，擢我怀珠巨如斗。此珠不卖价不言，怀以照人之妍丑。③

张煌言与诸子唱和至永历七年（顺治十年，1653 年）春方离开厦门④，有《别陈齐莫》云：

---

① 《新秋鼓浪屿纳凉，分得"簪"字》，《张苍水集》卷 1《奇零草》（一），页 201。

② 《立秋同诸子限韵，分得"盐咸"二字》，《张苍水集》卷 1《奇零草》（一），页 201。

③ 陈士京《秋怀》，见清·全祖望选辑《续甬上耆旧诗》（杭州：杭州出版社，2003 年 10 月 1 版，沈善洪等点校本），卷 15《从亡诸公之二·陈光禄士京》，上册，页 403～404。

④ 张煌言《曹云霖诗集序》云："迄癸巳（永历七年，1653 年）春，余附楼船北归。"《张苍水集》卷 5《冰槎集》，页 253 上。

偶乘越榜向南飞,客梦惊回起拂衣。瀛海屡经龙战后,沧江渐见雁来稀。杜陵入蜀悲难去,枚叟游梁笑未归。今夜刀头明月满,临歧那得竟忘机![1]

诗中强调舟山之陷后,扈随鲁王入闽依郑是不得已之举,今日与其寄人篱下,不如奋战另起契机,故准备楼船北归。虽然如此,亦见张煌言与幾社诸子临歧道别,满怀依依不舍之别情。

海外幾社六子中有强大战斗力之将领如曹从龙,其乃监郑成功军,永历十三年(顺治十六年,1659 年)"佐雄师入江";永历十五年(顺治十八年,1661 年)"从名藩泛海"取台湾。[2] 故曹从龙实为郑氏亲信。而张煌言则随张名振另起炉灶,前往浙东老巢再启抗清新局。

在郑成功主导闽海军事期间,海外幾社六子中之陈士京、徐孚远、曹从龙[3]皆奉郑氏之命,共有三次朝觐桂王之举。

四、鲁郑联军,社人用命

(一)三入长江,二张题诗

永历七年(顺治十年,1653 年)定西侯张名振以己意乞师厦门,成功不许,至露其背所刺"尽忠报国"四字,为感激,指腹为姻,随得助师二万。与尚书煌言、英义伯阮骏、诚意伯刘孔昭等直溯金塘,获叛者金允彦,磔之以祭舟山诸死事者。八月,煌言监张名振军,带领五、六百艘战船向北进发,达长江口之崇明一带沙洲,清崇明兵力有限,不敢出战,被围长达八个月之久。明年(永历八年,顺治十一年,1654

---

① 　《别陈齐莫》,《张苍水集》卷 1《奇零草》(一),页 201~202。

② 　张煌言《曹云霖诗集序》,《张苍水集》卷 5《冰槎集》,页 253 下。

③ 　张煌言《曹云霖诗集序》云:"迄癸巳(永历七年,1653 年)春,余附楼船北归,云霖留闽,踪迹又相远。既而闻其自闽次楚,图入觐行在。"《张苍水集》卷 5《冰槎集》,页 253 上。

年)张军三入长江，执行劫粮政策，配合西南义师，攻占江南之地，此三入长江事也。

张名振初入长江，题诗金山寺而还，有"十年横海一孤臣"之句。① 张煌言有《和定西侯张侯服留题金山原韵六首》②、《同定西侯登金山，以上游师未至，遂左次崇明二首》③等诗咏此。

徐孚远得知二张入长江，题诗金山寺，有《得张玄箸书知兵至金山寺赋之》二首记录此时心情：

> 南方舟楫有声名，轻舸经过铁瓮城。昔日蕲王酣战处，金山江上又扬兵。(其一)
> 谁道长风不可乘，舻艎激浪已先登。钟山云树江头见，玉带桥边拜孝陵。(其二)④

又《怀张玄箸》云：

> 寂寂春风忆旆旌，传君直到石头城。几回凫雁乖南北，十载襟抱愧弟兄。江上题诗千古事，山中藉草旅人情。好将钟阜余氛扫，早遣遗臣谒旧京。⑤

从徐孚远咏怀二张题诗金山之事，可见海外幾社同人盼望扫除余氛，王师早日北定中原之理想。永历九年(顺治十二年，1655 年)名振卒于舟山军中，遗言所部付煌言，于是煌言军始盛。

(二)北征尽粹，苍水泱泱

永历十二年(顺治十五年，1658 年)滇中桂王遣使授煌言为兵部侍郎兼翰林院学士；延平北伐，监其军，舟次羊山，遭风涛，海舶碎者百余，于是返旆。

---

① 清·查继佐：《鲁春秋》(台北：台湾银行经济研究室，1961 年 10 月 1版，《台湾文献丛刊》第 118 种)，《监国七年》，页 67。

② 《张苍水集》卷 2《奇零草》(二)，页 207～208。

③ 《张苍水集》卷 2《奇零草》(二)，页 208。

④ 《钓璜堂存稿》卷 18《得张玄箸书知兵至金山寺赋之》，页 6～7。

⑤ 《钓璜堂存稿》卷 13《怀张玄箸》，页 30。

永历十三年(顺治十六年,1659 年)张煌言与郑成功会师北征金陵。五月,成功全军北出,抵崇明。以兵部尚书张煌言尝从定西侯张名振三入长江,知虚实,用为前驱。抵崇明,煌言谓延平:"崇沙乃江海门户,且悬洲可守,不若先定之为老营。"延平不听。[1] 金、焦沿江置炮,岛人乘南风盛,径抵瓜洲城下;清师出御,死者千余,乘胜克其城。以柯平为同知,守瓜洲。成功留攻镇江,令煌言先捣观音门,仪真官民迎降。六月二十四日,镇江军阵江口,成功登陆击之;战未合,周全斌率所部先登陷阵。时,大雨滂,骑皆陷于淖;海上军徒跣击刺,往来剽轻,清师竟败。提督管效忠走,朱操江被执,江南、北大震。成功入城。七月,成功进围南京,移檄远近。张煌言至芜湖,庐、凤、宁、徽、池、太守令将吏日纳款军门,凡得府四、州三、县二十四。金陵守御虽坚,亦欲议降。煌言将向江西,驰书劝成功急收南京,而分兵下旁县。成功因累捷,不时发令。最后兵败入海,江督郎廷佐发舟师扼煌言归路,煌言舍舟由陆,亡命英霍山,历险二千余里,始得归浙江宁海。[2] 故徐孚远云:"今我师蹶于金陵城下,仓卒南还;而玄箸方经略北方,未之知也。及乎大势崩溃,声援莫接;于是幅巾芒鞋,混迹缁流,夜行昼伏,久之始达浙海,复归行营,树纛鸣角,散亡乃集。"[3] 可见煌言历险始生还。

(三)鹿石山房,鼓浪沉吟

永历二年(顺治五年,1648 年)陈士京奉表粤中,时惠、潮路断,乃迂道沿海,资斧俱竭,卖卜以前。诸史皆谓成功遣光禄卿陈士京朝

---

① 《张苍水集》卷 9《北征得失纪略》,页 274 上。
② 《张苍水集》卷 9《北征得失纪略》,页 280 上。
③ 徐孚远《奇零草序》,《张苍水集·序》,页 163。

于肇庆还，闽海始用桂王永历年号。① 永历三年，陈士京朝觐回，并未回浙。永历四年鲁王入舟山，士京仍在闽与成功相结，永历五年舟山陷后，鲁王依郑，旧日君臣、同僚相聚金厦，结海外幾社，如全祖望所云："公（陈光禄）喜为诗，下笔清挺，不寄王、孟虎下。及在岛上，徐公孚远有海外幾社之集，公豫焉。虽心情蕉萃，而时作鹏骞海怒之句，以抒其方寸之芒角。徐公尝曰：'此真反商变征之音也！'"②后见海师无功，隐居鼓浪屿，筑鹿石山房，据黄宗羲《陈莫斋传》云：

> 旧史曰：君自端州反于鼓浪，迭石种花，作鹿石山房，与閒公、愧两吟风弄月，好为鹏骞海怒之句，以发泄中之芒角。虽参帷幄，盖未尝受一事也。故张苍水过访诗云："君因久客翻为主，我亦同仇况比邻。"则君之在岛上，犹管宁之避居辽海也。宁在辽东积三十七年乃归，君在鼓浪屿十有四年，卒不返故乡而死。向使青州有征管之祸，宁亦必不归也。此君之以宁始而不以宁终者，其所处为更穷矣！③

全祖望《陈光禄传》亦云：

> 久之，见海师无功，粤事亦日坏，乃筑鹿石山房于鼓浪屿中，引泉种花，感物赋诗，以自消遣，别署海年渔长。又筑生圹于其旁，题曰"逋庵之墓"。④

---

① 黄宗羲《陈莫斋传》谓："海上始称永历三年。"清·黄宗羲撰、沈善洪主编《黄宗羲全集》（杭州：浙江古籍出版社，1993 年 10 月 1 版），第 11 册《南雷诗文集·南雷杂著稿》下，页 56。康熙年间郑达《野史无文·郑成功传》亦载："己丑（永历三年，顺治六年，1649）春，陈士京归自肇庆。当是时，永历皇帝驻跸肇庆，招讨遣光禄寺卿陈士京往朝之。至是，士京奉帝命还。招讨令去隆武号，以是年为永历三年。"《野史无文》卷 12《郑成功海东事·郑成功传》，页 161。康熙年间邵廷采《东南纪事·鲁王以海》载："朱成功使陈士京朝肇庆，闽海始用桂王年号。"《东南纪事》卷 2《鲁王以海》，页 32。

② 《全祖望集汇校集注·鲒埼亭内集》卷 27《陈光禄传》，页 498。

③ 黄宗羲《陈莫斋传》，《黄宗羲全集》第 11 册《南雷诗文集·南雷杂著稿》下，页 58。

④ 《全祖望集汇校集注·鲒埼亭内集》卷 27《陈光禄传》，页 498。

审此,陈士京鹿石山房为海外幾社众诗友经常聚会之所,徐孚远《同王愧两过陈齐莫山居》云:

> 君真此中高尚者,筑室名曰海之野。王公携我荡桨来,微风漾人入初夏。一登其堂神洒洒,朴雅不须求木石,经营即可当亭台。闲写青山挂四壁,婆娑其间兴不回。莫道子云常寂寞,烹鱼蒯韭倾深杯。药栏芽茁鸭栏静,榴花已爨葵花开。门外车马无以为,看君高卧水云隈。①

山房高卧,鼓浪沉吟,颇有“结庐在人境,而无车马喧”②之意境。又《是夕宿陈君斋,欢初雨》云:

> 挥塵欲倦夜将分,星没河沉天作云。入梦时时檐溜滴,起看阶下雨洗尘。人意初欢物亦得,花殷草绿入眼新。盆里金鳞晨吸水,跳波泼剌尾逐尾。屋角山头色照人,插青石壁海弥弥,解舟劳劳烟波里。③

又《过陈齐莫山斋》云:

> 一丘以外水洋洋,啜著青谈竹箪凉。石壁成图原笼雾,红蕖未蕊已含香。何妨长日恣高卧,自有英人建小匡。吾辈胜情还不浅,重来欲候菊花黄。④

此景此情,犹如世外桃源,全然不见战火硝烟之味。

又海外幾社同人经常联席作诗,兴致不减当年,如徐孚远《与陈齐莫约三春联席,不克赴作》云:

> 何自同心友,栖山各一方。俱怀蹑屐意,终讶望云长。兴尽春椒碧,床虚夏箪凉。吾侪真世外,还约话庚桑。⑤

徐孚远虽不克赴作,但缅怀之情可见。

---

① 《钓璜堂存稿》卷6《同王愧两过陈齐莫山居》,页9。
② 陶渊明《饮酒二十首》其五,东晋·陶渊明著、龚斌校笺《陶渊明集校笺》(上海:上海古籍出版社,1996年12月1版),卷3,页219。
③ 《钓璜堂存稿》卷6《是夕宿陈君斋,欢初雨》,页9~10。
④ 《钓璜堂存稿》卷13《过陈齐莫山斋》,页29。
⑤ 《钓璜堂存稿》卷9《与陈齐莫约三春联席,不克赴作》,页14~15。

永历十三年（顺治十六年，1659 年）成功入长江，推陈士京参与岛上留守事务，不久触疾而卒，享年六十五。时鲁王在南澳，闻之震悼，亲为文以祭之。齐价人铭其墓，墓在鼓浪屿，碑镌"逋庵之墓"①。所著有《束书后诗》一卷、《喟寓》一卷、《卮言》一卷、《海年集》一卷、《海年诗内集》一卷、《海年谱》一卷。②

五、经营台湾，遗老入台

永历十四年（1660 年）至永历十五年（1661 年），海外幾社金厦之唱由盛而散，关键在于郑成功与张煌言联军北征失败，清军南下进逼闽广，抗清据点不得不转进台湾。

永历十四年（1660 年），张煌言在林门得曹从龙寄诗，有《步韵和曹云霖浯岛秋怀二首》云：

> 荒烟残烧越王台，忆昔雄图今倍哀。丹叶三秋何事老，翠华六诏几时回？缕从鹭岛怀人远，忽得鱼书对客开。诗律迩来知渐细，高吟低唱且徘徊。

> 天长地阔总伤秋，闽峤寒云路更悠。戴汉节旄空自脱，沼吴薪胆向谁谋！百年形胜留天堑，一望风烟达帝沟。堪笑鱼龙还寂寂，祇应陵树锁江流。③

---

① 清·周凯：《厦门志》（台北：台湾银行经济研究室，1961 年 1 月 1 版，《台湾文献丛刊》第 95 种），卷 2《分域略·坟墓》，页 71。

② 《全祖望集汇校集注·鲒埼亭内集》卷 27《陈光禄传》，页 498。"《喟寓》一卷"，《四部丛刊》影姚江借树山房刊本、朱铸禹汇校集注本作"《喟寓》七卷"，全祖望所见即为《喟寓》一卷，诗 36 首，故据杨凤苞手校钞本、《续甬上耆旧诗》改正之。"《束书后诗》"，杨凤苞手校钞本、《续甬上耆旧诗》作"《来书后诗》"，（乾隆）《泉州府志·寓贤·陈士京传》作"《来诗复书》"。见《续甬上耆旧诗》卷 15《从亡诸公之二·陈光禄士京》，上册，页 398。清·怀荫布修、郭赓武等纂《泉州府志》（上海：上海书社，2000 年 10 月 1 版，《中国地方志集成·福建府县志辑》影清光绪八年补刻本），卷 64《寓贤》，第 2 册，页 421 下。

③ 《步韵和曹云霖浯岛秋怀二首》，《张苍水集》卷 3《奇零草》（三），页 229。

可知此时曹从龙奉延平之命在金门练兵,诗中赞许曹从龙《浯岛秋怀》诗律渐细。张煌言与曹从龙交往日密当在永历十年(1656 年)八月,舟山再陷之后,据张煌言《曹云霖诗集序》云:"适昌国再陷,余舟过三山,复与云霖相劳苦;而张侯墓草已宿矣。云霖与余论国事之废兴、悲人风之存没,感动心脾,稍稍出旧什、新篇相示。余既叹其工,而未始不哀其节苦而神悲也。"①

海外幾社社事消散,如张煌言《怀王愧两少司马、徐闇公、沈复斋中丞》追忆:"昔我曾上嘉禾岛,岛上衣冠多四皓。方瞳绿发映朱颜,紫芝一曲何缥缈!年来沧海欲生尘,烽烟乱蠹商山道。杖履流落似晨星,天长地阔令人老。"②可见昔日金厦岛上,鲁郑遗老,衣冠济济,但永历十五年后社中人物因政治立场,各有怀抱,除陈士京已卒、张煌言在林门岛上招集旧部、卢若腾半隐于故里金门外,其余社人因准备取台,军机要务,各有所司,致社事逐渐星散。

(一)议取台湾,社人随行

永历十五年(顺治十八年,1661 年)二月,郑成功议复台湾,诸将各有争议,沈佺期极力赞同。是年三月下旬,郑军誓师东征,徐孚远与曹从龙监军随行③。抵澎湖,张煌言遣幕客罗子木以书挽成功,谓"可乘此机,以取闽南",张煌言并"遗书侍郎王公忠孝、都御史沈公佺期(即沈佺期)、徐公孚远、监军曹公从龙,劝其力挽成功,而卒不克。"④煌言乃上书延平,有曰:

---

① 张煌言《曹云霖诗集序》,《张苍水集》卷 5《冰槎集》,页 253。

② 《张苍水集》卷 4《采薇吟》,页 237。

③ 据查继佐《鲁春秋·永历十五年》载:"台湾,故和兰国贡道候诏处也;阔二千里,袤倍之。气常春,所产稍似内地。距福州三十七程。延平用所部曹文龙(即曹从龙)、马信谋取之,屯重旅;而令统五军周全斌、忠贞伯洪旭、督饷郑泰,合守思明。"《鲁春秋》,《永历十五年》,页 74。

④ 全祖望《明故权兵部尚书兼翰林院侍讲学士鄞张公神道碑铭》,《全祖望集汇校集注·鲒埼亭集》,卷 9,页 190。

况大明之倚重于殿下者，以殿下之能雪耻复仇也；区区台湾，何与于赤县神州！而暴师半载，使壮士涂肝脑于火轮、宿将碎肢体于沙碛；生既非智、死亦非忠，亦大可惜矣！翘普天之下，止思明州一块干净土；四海所属望、万代所瞻仰者，何啻桐江一丝系汉九鼎？故虏之虎视匪朝伊夕，而今守御单弱，兼闻红夷构虏乞师，万一乘虚窥伺，胜负未可知也。夫思明者，根柢也；台湾者，枝叶也。无思明，是无根柢矣，能有枝叶乎？①

郑成功并未回师，且于十二月，驱逐荷人，收复台湾。此时张煌言屯南田，移军沙埕有《得徐闇公书，为之喟然》云：

长看北极望南阳，倾日依风总渺茫。愁过魏牟还恋阙，病同庄舄肯投荒。应怜牛酒迟江左，莫道鱼盐擅海王！倘去三山须问讯，君家大药在何方？②

此诗第六句似指成功得台湾，而又第七、八两句，盖讽徐孚远与其渡台，毋宁去之日本。③ 见张煌言得徐孚远自海外台湾来书，倾日南望，盼成功回师，但海波长涛，依风渺茫。时永历帝被执，并在永历十六年（1662 年）四月望日被吴三桂弑于昆明；而郑成功亦于是年五月卒于台湾安平镇，得年三十九。

（二）郑经入台，从龙见诛

先前在永历十六年（康熙元年，1662 年）四月，成功遣官至思明州杀其子经及其妻董氏，不果。郑成功治家严格，世子经居思明州，与乳媪通，生子；成功闻之大怒，命黄昱至岛，谕郑泰监杀世子经及经母夫人董氏，以其教子不严也。诸部闻讯大惊，忠振伯洪旭不肯用

---

① 《上延平王书》，《张苍水集》卷 5《冰槎集》，页 250 下。
② 《张苍水集》卷 3《奇零草》（三），页 231。
③ 参考陈浔《徐闇公先生年谱·永历十五年》按语，陈乃乾、陈浔纂辑《徐闇公先生年谱》（台北：台湾银行经济研究室，1961 年 10 月 1 版，《台湾文献丛刊》第 123 种），页 48。

命。① 五月,成功卒于台,台人诸将推成功之弟郑世袭为护理。十月,郑经自厦门入台取得政权,据康熙时邵廷采《东南纪事·郑成功》云:

> 成功殁,诸将以锦在远,推袭护理。袭谋自立,引黄昭、萧拱宸为腹心,诸将多不附。锦闻知,即引兵东出,周全斌为五军,以陈永华为咨议参军、冯锡范为侍卫。十月,至台湾。昭约诸将出御,皆阳诺;会大雾,东军迷后期,独昭先至,冲锦营。锦营多新募,战小却,全斌率亲兵数十人力战,昭中流矢死。俄雾开,则日午矣。众惊曰:吾君子也。并投仗。锦入安平,遣人请袭。袭委罪于仆蔡云,云自缢死;收杀李应德、曹从龙、萧拱宸等数人,余悉不问,反侧乃安。②

可知曹从龙等拥郑世袭为护理以拒经,郑经入台斩杀之。郑经以叛臣视之,故曹从龙在明清史籍中未有专传③,其诗文集亦未见传世。

曹从龙在台牵扯入郑氏内部权力斗争,徐孚远认为此事并不妥当,乃有不祥之感,其《云霖履危,预为感赋》云:

> 好女何当求入宫,相怜去住两途穷。朝持手版趋油幕,夕拥衾寒听朔风。已叹屈平恩渐薄,更堪宰嚭谮能工。危机自古皆如此,挥扇江干一梦中。④

徐孚远担心曹从龙安危,屡劝其抽身远离是非之地,如《再愁云霖》云:

---

① 《闽海纪要》卷上《壬寅》,页 29～30。
② 《东南纪事》卷 12《郑成功(下)》,页 145～146。
③ 监军曹从龙生平事迹晦涩难明,明清史料与方志,皆无其传。何以如此,乃如邓传安《蠡测汇钞·海外寓贤考》所说:"若曹监军,不知为何处人,考之纪略,实与护理郑袭据台拒经,身名俱丧,有愧诸寓贤矣。"清·邓传安:《蠡测汇钞》(台北:台湾银行经济研究室,1962 年 2 月 1 版,《台湾文献丛刊》第 9 种),《海外寓贤考》,页 14。
④ 《钓璜堂存稿》卷 14《云霖履危,预为感赋》,页 32。页 1066。

刘君方拟布诚心，衔命如君朝所钦。岂意高罗张四野，难容好鸟托芳林。荆榛牵路青云杳，兰蕙当门愁雾深。遥想孤踪临险地，莫令沧海失知音。①

诗中"刘君"暗比郑世袭，直上青云之路其实充满荆榛，甚至危及性命，故欲用友情唤回曹从龙，"莫令沧海失知音"。然事与愿违，徐孚远在厦门得知曹从龙已在安平镇被郑经收杀，有《曹云霖在东被难，挽之》，哀其不该涉入党争：

惆怅行吟到夕曛，救君无力更嗟君。早年未肯趋荀令，晚岁方思比叔文。江夏冒刑缘寡识，山阳怀旧惜离群。醴筵数过真何事，不若田间曳布裙。②

诗中极为感慨"救君无力"，颇有山阳闻笛之痛。

（三）金厦撤退，社事消散

金厦失守，铜山撤退，社事重心移转到台湾，据张煌言《怀王愧两少司马、徐闇公、沈复斋中丞》诗中所言：

……年来沧海欲生尘，烽烟乱矗商山道；杖履流落似晨星，天长地阔令人老。南望铜陵又一山，风帆千尺鲸波间；不然疑乘黄鹤去，去去麟洲第几湾？③

本诗作于永历十八年（康熙三年，1664 年）六月之后，煌言所怀社中诸友所去之地，明显指海外台湾。事实上，徐孚远未能及时与王忠孝、沈佺期等撤退台湾。

1. 若腾离浯，病逝澎湖

郑经继位后，郑氏集团内部动荡不安，清总督李率泰与靖南王耿继茂认为有机可乘，决定进攻金门、厦门两岛，永历十七年（康熙二

---

① 《钓璜堂存稿》卷 14《再愁云霖》，页 33。
② 《钓璜堂存稿》卷 15《曹云霖在东被难，挽之》，页 26。
③ 《张苍水集》卷 4《采薇吟》，页 237。

年,1663 年)十月,部署军队自泉州港、海澄港和同港分三路出发渡海。① 十一月,清兵攻下金门、厦门,"岛中民尚数十万,多遭白刃;投诚兵复肆杀掠,其地遂空"。②

永历十八年(1664 年)正月,郑经"驻铜山,诸军乏粮。周全斌率众投诚,入京封伯。洪旭以杜辉守南澳,辉亦掠其辎重投诚"③。二月,铜山难守,郑经全军转进台湾,明宗室与遗老皆随军撤退,经澎湖而入台。沈云《台湾郑氏始末》云:

> 康熙三年春正月,琅遣招林顺,举众降。二月,南澳守将杜辉率众赴揭阳港纳降。宁靖王、泸溪王、鲁世子、巴东王诸宗臣及故臣王忠孝、辜朝荐、沈佺期、郭贞一、卢若腾、李茂春等从经东渡。冯澄世舟至东椗,为其仆所杀。若腾卒于澎湖,经自往祭。④

永历十七年(1663 年)十月卢若腾逃出金门,十月十八日浮家抵南澳,借寓城中,而南澳守将杜辉欲率众降清,卢若腾身陷城中,十一月十五日夜半,亟挈家登舟,更深始得脱,次日城陷。⑤

---

① 据《海上见闻录》云:"十月,李总督定议,调陆路提督马得功督郑鸣骏等出泉州港,水师提督施琅同海澄公黄梧出海澄港,靖南王耿继茂同荷兰国红夷扎营于同安之刘五店,刻期渡海。"清·阮旻锡:《海上见闻录》(台北:台湾银行经济研究室,1958 年 8 月 1 版,《台湾文献丛刊》第 24 种),卷 2,页 42。
② 《海上见闻录》卷 2,页 43。
③ 《海上见闻录》卷 2,页 43。
④ 清·沈云:《台湾郑氏始末》(台北:台湾银行经济研究室,1958 年 6 月 1 版,《台湾文献丛刊》第 15 种),卷 5,页 60。
⑤ 《避氛南澳,城中有虎》诗序云:"癸卯(永历十七年,1663 年)十月,虏犯嘉、浯二岛。余以十八浮家抵南澳,借寓城中。二十二日作此诗。已而渐闻人言,守将杜辉谋叛,然未有迹。十一月十五日,忽遇虏差官于市,悟其事已成,亟挈家登舟。杜遣兵遮阻,不许出城。余执大义,力与之争,更深始得脱,夜半解维。次日,诸避难在城、在舟者,尽被俘献虏矣。",明·卢若腾撰、李怡来编《留庵诗文集》(金门:金门县文献委员会,1969 年 9 月 1 版),卷上《诗集·五言古》,页 17。

铜山撤退，卢若腾与沈佺期、王忠孝、许吉火景等将渡台湾，卢若腾至澎湖病亟，夜梦黄衣神持刺来谒，惊醒，忽问今是何日，侍者答之曰三月十九；若腾蹙然曰："是先帝殉难之日也"，一恸而绝，遗命题其墓曰"自许先生"，享年六十五。是时永历十八年（1664 年）三月十九日也。苏镜潭《东宁百咏》叹曰："大厦真难一木支，望山事去感流离！孤臣力竭身先死，洒泪亲题十字碑。"①

2. 甲辰散军，苍水就义

永历十六年（1662 年）五月，郑成功卒后，张煌言贻书，谋复奉鲁王监国；十一月，会鲁王亦薨于金门。徐孚远有《鲁遣陈文生侍御传语张玄箸年丈反，不得张书，鲁亦旋殁矣》云：

> 有客来铃阁，何无一纸书。江流君寡援，海峤我安居。道远星河隔，时危旌旆疏。王孙思羽翼，知己感包胥。②

张煌言一生拥护鲁王，故鲁王方能"计自鲁而浙、而闽、而粤，首尾凡十八年。王间关澥上，力图光复；虽末路养晦，而志未尝一日稍懈也。"③张煌言虽坚持留在浙闽抗清，但永历十六年（1662年）永历帝、郑成功及鲁王相继去世；十七年十月，清兵又下金厦两岛；十八年二月，郑经撤离铜山。张煌言明知恢复无望，遂于甲辰（永历十八年，1664 年）六月，自解余军，迁避南田县属之悬峾。七月十七日丑时被执；八月，逮解至杭州；九月七日湖上就义，得年四十五岁。

---

① 苏镜潭：《东宁百咏》（北京：九州出版社，2004 年 12 月 1 版，《台湾文献汇刊》影 1924 年泉州和平印刷公司刊本，第 4 辑，第 3 册），页 29。苏镜潭，字菱槎，福建晋江人，苏廷玉之孙，曾参与创办泉州国学书院。1918 年从林尔准以记室首次东渡台湾，1923 年偕林尔嘉长子林小眉再度抵台，与吴钟善同客台北林家。1923 年冬，林小眉至晋江，镜潭与之日为酬唱，日课十诗，十日共得百咏，所咏多关台湾事迹，因辑成《东宁百咏》。

② 《钓璜堂存稿》卷 11《鲁遣陈文生侍御传语张玄箸年丈反，不得张书，鲁亦旋殁矣》，页 22～23。

③ 明·朱术桂《皇明监国鲁王圹志》，见《鲁春秋·附录二》，页 99～100。

张煌言一生以反清复明为志业,自乙酉(1646年)在鄞起义,至甲辰(1664年)在杭州成仁,前后抗清十九年,栖山蹈海,艰险备尝。煌言夙娴韬略,尤精辞章,故文事武功,彪炳一时,义胆忠肝,照耀千古,洵为海外幾社最具代表性人物。

3. 完发饶平,社事星散

据林霍《与怀瀚书》云:"忆先师当癸卯岛破,漂泊铜山,将南帆。临别,执敝郡沈佺期公手曰:吾居岛十有四载,只为一片干净土耳。今遇倾覆,不得已南奔,得送儿子登岸,守先人宗祧,即返而与卢牧舟、王愧两诸公,共颠沛流离大海中,虽百死吾无恨也。讵知事与心违,从此入粤,遂不得继见。"①知永历十七年(1663年)金厦破后,徐孚远随军至铜山。十八年欲送眷还乡,不果,未能及时与沈佺期等撤退至台湾,乃入广东饶平,为吴六奇所庇护,永历十九年(1665年)五月二十七日卒于饶平,享年六十六岁,次子永贞扶枢还乡。

4. 台湾医祖,寿考以终

沈佺期随郑经东渡台湾后,据康熙年间郑达《野史无文·闽中四隐君子·沈佺期传》载:

> 佺期茸屋于安平镇。能治黄帝,岐伯书,察脉别,量和剂,以济人之疾病,四方全活者甚众。②

沈佺期在台史事仅见台湾各方志《流寓传》,寥寥数十字,实感史料之不足,如康熙二十三(1684年)年首任台湾知府蒋毓英纂修《台湾府志·沈佺期传》载:

> 沈佺期,字云佑,号鹤斋;泉州府南安县人。登进士第,官谏议。明亡,绝意进取,后至厦门,杜门谢客。后又抵台,以医术济台人,凡富贵族相延,辄往;即贫贱穷者,亦不自贵重。壬戌

---

① 清·林霍:《庚午书稿·与怀瀚书》,见《徐闇公先生年谱·附录一》,页80。

② 《野史无文》卷12《闽中四隐君子·沈佺期传》,页177。

（1682）秋，卒于台，时年七十有五。平生著作，其子孙辑而藏之。①

康熙五十九年（1720 年）陈文达纂《台湾县志·沈佺期传》亦云：

> 沈佺期，字云又，号复斋；泉州南安人。明崇祯癸未进士，官至右副都御史。明祚亡，绝意进取，寄迹台湾；闭户谢客，以医药济人。壬戌年卒。②

沈佺期在台最重要事迹乃以"医药济人"③。初郑成功东渡开台，清廷为消灭郑氏政权，夺东南沿海各县及岛屿通往台湾严加封锁，实行"禁海迁界"，闽南沿海居民避地迁徙台湾者甚多。台湾初辟，瘴气为害，将士、移民多水土不合，病者十之八九，沈佺期见台湾蛮荒未开，台地缺医少药，疫病蔓延，死亡甚多，乃凭过去所学医术，详察病理，悬壶济世，以救死扶伤为己任。其不辞劳苦，翻山越岭，采撷草药，熬制汤膏，施送救治，拯救军民，经其医治，许多病患转危为安，逐渐康复；又其对患者不论富贵贫贱，都能及时诊治，故深受敬仰

---

① 清·蒋毓英纂修《台湾府志》（南投市：台湾文献委员会，1993 年 6 月 1 版，《台湾历史文献丛刊》本），卷 9《人物·缙绅流寓·沈佺期传》，页 121。其他者请参前注所引高拱乾纂辑《台湾府志·沈佺期传》、连横《台湾通史·诸老传·沈佺期传》等。

② 清·陈文达纂《台湾县志》（台北：台湾银行经济研究室，1961 年 6 月 1 版，《台湾文献丛刊》第 103 种），卷 8《人物志·沈佺期传》，页 202。

③ 如刊于康熙三十五年高拱乾纂辑《台湾府志·沈佺期传》云："沈佺期，字云又，号复斋，泉州南安人。登明崇祯癸未进士，官至右副都御史。明亡，绝意进取；后至厦门，闭户谢客。嗣抵台，以医药济人，无论贫富相延，辄往。壬戌秋，在台卒。"清·高拱乾纂辑《台湾府志》（台北：行政院文化建设委员会，2004 年 11 月 1 版），卷 8《人物志·流寓·沈佺期传》，页 365。又如连横《台湾通史·诸老传·沈佺期传》云："沈佺期字云又，福建南安人。崇祯十六年登进士，授吏部郎中。隆武立福京，拆右都副御史。及帝陷汀州，佺期南下，随延平郡王起兵于泉州桃花山，为幕府上客。后入台湾，以医药济人。永历三十六年卒。"连横：《台湾通史》（台北：台湾银行经济研究室，1962 年 2 月 1 版，《台湾文献丛刊》第 128 种），卷 29《诸老传·沈佺期传》，页 750。

与爱戴,被誉为"活神仙"。沈佺期在台生活二十年,行医济世,带授生徒,为传播传统医学,发展台湾医疗,在台湾医疗史上谱下光辉一页,故台湾人奉沈佺期为"台湾医祖"。永历三十六年(康熙二十一年,1682 年)沈佺期病逝于台湾,享寿七十五岁,寄柩于安平,展界后由家眷迁柩归葬于故里花山牛尾(今水头石壁水库南)。①

今厦门郑成功纪念馆藏有《沈佺期像》一画,睹其画像,想见高风,画上有清吴汝揖《沈中丞复斋公像赞》,或可稍补其阙,其云:"山雄带秀,勿厚而清。产此人豪,以报前明。小岁是籍,阳九是丁。胸中何有,百万甲兵。乃破家资,乃动国恤。鲁阳挥戈,三舍忽忽,□□有归,伏节不屈。读公之诗,想公之风,游公之地,见公之容。英姿□□,俨乎□阳。泉石烟霞,安乐窝中。羽扇纶巾,渔樵问答,如是清高,何须逃衲。"②再者,民初苏镜潭《东宁百咏》咏沈佺期曰:

> 铁马金戈动地来,家山残破付寒灰;桃花零落无颜色,寒食山头战鬼哀!③

诗中自是强调沈佺期随郑成功起兵桃花山,为幕府参谋之功。佺期为古文辞,安详融练,所著诗文集,卓然名家,蒋毓英言"其子孙辑而藏之",今不知其后人是否仍藏有其诗文集,亟待吾辈特别留意之。④

---

① 参考李金表《台湾医祖沈佺期墓》一文,见政协泉州市委员会编《泉州与台湾关系文物史迹》(厦门:厦门大学出版社,2005 年 10 月 1 版),页 359~360。

② 厦门郑成功纪念馆藏《沈佺期像》,宽 70 公分,长 205 公分。见吴建仪编《婆娑之眼——国姓爷足迹文物特展》(台南:台南市政府,2007 年 4 月 1 版),页 236。

③ 苏镜潭:《东宁百咏》(《台湾文献汇刊》,第 4 辑,第 3 册),页 30。

④ 沈佺期老家后代子孙现居南安石井后园村,有沈家祠堂,祠堂中藏有多种《沈氏谱牒》,但"文革"期间曾遭红卫兵捣毁,其诗文集是否尚存人间,有待进一步追查。

结　语

　　"海外幾社"乃云间"幾社"后续衍生在海外之社局，其创立亦出于"幾社六子"之一徐孚远之手。南明弘光朝覆灭之后，幾社在松江起义，其中之重要成员，如夏允彝、陈子龙、钱旃、夏完淳皆先后死难，而徐孚远继续从事抗清复明志业，乃自松江投奔福建隆武帝；不久隆武被灭，又从闽入舟山，与张煌言等相唱和，永历五年清军陷舟山，徐孚远等随侍鲁王依厦门郑成功。永历六年结社金厦，社事全盛。南京之役败退后，郑成功蓄意取台湾，永历十五年（1661 年）徐孚远、曹从龙等随军入台。永历十八年郑经铜山撤退，明宗室、遗老皆于此时入台。缘此，海外幾社文学被视为台湾汉人文学之开端。

　　总之，就海外幾社成员政治属性而言，其中心份子基本上属鲁王之臣；鲁王势衰，而后为成功之宾。郑成功取台与郑经铜山撤退后，社人又随军入台，其辈皆"贤人之不甘污辱兮蹈东海而远扬"[①]。

---

　　①　郑经《三月八日，宴群公于东阁，道及崇、弘两朝事，不胜痛恨温、周、马、阮败坏天下，以致今日胡祸滔天而莫能遏也；爰制数章，志乱离之由云尔》，见《郑成功传·附录一：延平二王遗集》（台北：台湾银行经济研究室，1960 年 1 月 1 版，《台湾文献丛刊》第 67 种），页 131。

第四章

幾社爱国诗潮

　　海外幾社实继承陈子龙等幾社文学风格，如全祖望《张尚书集序》所云："尚书诗古文词，皆自丁亥以后，才笔横溢，藻采缤纷，大略出华亭一派。明人自公安、竟陵狎主齐名，王、李之坛，幾于扼塞。华亭陈公人中子龙，出而振之，顾其于王、李之绪言，稍参以神韵，盖以王、李，失之廓落也。人中为节推于浙东，行其教，尚书之薪传出于此。及在海上，徐都御史闇公故与人中同主社事，而尚书壬午齐年也，是以尚书之诗古文词，无不与之合。"①故论海外幾社文学，不得不先论幾社陈子龙等云间派文学。本书将陈子龙、夏完淳爱国诗潮定位为幾社文学主流，并以此阐明海外幾社文学之基调。

　　陈子龙幼时颖异，以经世自任；与夏允彝、徐孚远等人别树坛坫，名曰幾社，海内多宗之。登崇祯十年（1637 年）进士，授惠州推官，改绍兴；折节下士，与诸生多叙盟社之交。陈子龙为夏完淳父允彝之挚友，其与夏完淳之关系乃亦师亦战友。当明季流贼犯阙，神州陆沈，清朝南下，幾社领袖陈子龙与奇童俊少夏完淳起义帜于江东，积极投入抗清救国战斗之中，创造出幾社爱国诗潮最高峰，体现中国文学中

---

　　①　全祖望《张尚书集序》，清·全祖望撰、朱铸禹校注《全祖望集汇校集注·鲒埼亭集外编》（上海：上海古籍出版社，2000 年 12 月 1 版），卷 25《张尚书集序》，页 1210。明·张煌言撰、张寿镛编《张苍水集·序》（台北：新文丰出版公司，1988 年 4 月 1 版，《四明丛书》，第 2 集，总第 5 册），页 164。

忠君怀国之大雅传统。故下文即针对二人之生平、著作、文学见解等作深入之析论，以见陈子龙与夏完淳师生慷慨壮烈之沉郁悲歌。

第一节　陈子龙之沉郁悲歌

陈子龙为幾社领袖、华亭一派代表作家。幾社诗人除陈子龙、夏完淳之外，主要诗人尚有夏允彝、徐孚远、周立勋、李雯、彭宾、宋征舆、黄淳耀等。社中诸人各有其人生抉择，故其归宿亦不同。然因幾社成员多为松江人，而松江古称云间，故幾社诗人又被称为"云间诗派"，而此派中又有"六子"和"三子"之称，"云间六子"为夏允彝、徐孚远、陈子龙、彭宾、杜麟征、周立勋；"云间三子"则为陈子龙、李雯及宋征舆。此外，陈子龙和李雯又并称"陈李"。

以陈子龙为首之云间派文学在文学史上地位如何？晚明顾景星《周宿来诗集序》云："当启、祯间，诗教楚人为政，学者争效之，于是黝色纤响，横被宇内。云间诸子晚出，掉臂其间，以大樽为眉目，追沧溟之揭调，振竟陵之哀音。"①乃见陈子龙诗歌一扫晚明诗坛哀飒之气。另如吴梅村《宋直方林屋诗草序》所道"天下言诗者辄首云间"②。又如宋琬《尚木兄诗序》曰："三十年来海内言文章者，必归云间。方是时，陈、夏、徐、李诸君子，实主齐盟……于是诗学大昌，一洗公安、竟陵之陋，而复见黄初、建安、开元、大历之风。"③缘此，当世极力推尊云间派，更下开有清一代宗唐之风。

---

① 清・顾景星：《白茅堂集》（台南县：庄严文化事业公司，1997 年 6 月 1 版，《四库全书存目丛书》影清康熙刻本，集部第 206 册），卷 34《周宿来诗集序》，页 272 上。

② 清・吴伟业：《吴梅村全集》（上海：上海古籍出版社，1990 年 12 月 1 版，李学颖集评标校本），卷 28《宋直方林屋诗草序》，页 672。

③ 清・宋琬：《安雅堂全集・安雅堂文》（上海：上海古籍出版社，2007 年 8 月 1 版，马祖熙标校本），卷 8《尚木兄诗序》，页 379。

一、生平及著作

（一）生　平

陈子龙（1608—1647）江苏省松江华亭县人（今上海市松江县），字卧子，一字懋中，又字人中，号轶伏。晚年自号大樽，易姓李。别号于陵孟公。陈子龙为崇祯十年（1637 年）进士，出任绍兴推官时，积极为民兴利除弊，政绩卓著，故在崇祯十六年（1643 年）时，被推举为天下能吏之首，得到朝廷的极度肯定，并受到崇祯帝赏识。其间因发生许都事件，陈子龙辞官归里，据《鲁之春秋》载其始末云：

> 东阳诸生许都者，家富，任侠好施，阴以兵法部勒宾客，思得一当。子龙尝荐诸上官，不用。东阳知县姚孙棐，敛民赀，坐都万金，都乞免不得。会奸人招兵事发，孙棐谓都结党谋逆，持之急。都葬母山中，会者万人，或告监司王雄曰："都反矣！"雄遣使收捕，都遂反。旬日闲聚众数万，连陷东阳、义乌、浦江，遂逼郡城。巡按御史左光先以抚标兵命子龙为监军，讨之，稍有俘获。雄语子龙曰："兵止五日粮，奈何？"子龙曰："都，旧识也，请往察之"。乃单骑入都营，责数其罪，令归，待以不死。乃挟都见雄，复挟都走山中，散遣其众，而以二百人降。光先听孙棐言，竟斩都，子龙争，不能得，以定乱，功擢南京文选主事，进兵科给事中，巡视两浙，乞养归。①

陈子龙任绍兴推官时，因徐孚远之引见而与许都认识，陈子龙因知许都任侠而多结轻悍之士，故当其闻许都作乱，乃不畏危险，单骑入许都营，并挟许都见监司王雄，王雄谕之曰："尔归语都，若果效诚款明，当毁营垒，纳兵械，悉散徒众，以二百人自缚来降，当待以不

---

① 　清・李聿求：《鲁之春秋》（上海：上海古籍出版社，2002 年 3 月 1 版，《续修四库全书》影清咸丰刻本，第 444 册），卷 13《义旅二・陈子龙传》，页 566 上。

死"。许都虽获得王雄不杀之承诺，然其后，巡按御史任天成竟迫于
荐绅之论，而将许都及从降之六十余人，加以叛逆之名，斩首于江浒。
陈子龙对长官不正本清源，以除去造隙之贪官姚孙棐，竟将乞降之许
都及其徒众斩首，对此处置颇不以为然，且其唯恐被人视为诡士，有
负于许都，故其虽被拔擢为南京文选主事进兵科给事中以巡视两浙，
却表而出之。①

甲申事变起，陈子龙立即追随福王，入朝效力，成为抗清志士。
弘光初，其向福王上防守要策，主张编练水军，严防江表，并进言曰：
"中兴之主，莫不身先士卒，故能光复旧物。陛下入国门再旬矣，人情
泄沓，无异升平之时。清歌漏舟之中，痛饮焚屋之内，臣不知其所终。
其始皆起于姑息一二武臣，以至凡百政令皆因循遵养，臣甚为之寒心
也。"②然其建言并未被采纳，加上目睹南明小王朝日益腐败，毫无兴
复气象，遂请求回乡。崇祯十七年(1644 年)五月，南京陷落后，陈子
龙于弘光元年(1645 年)闰六月，在松江集众起兵抗清。八月三日，
李成栋破松江，陈子龙起义失败，因割舍不下九十高龄之祖母，遂于
九月奉高太安人出逃，遁于陶庄之水月庵，拟俟机再图恢复。对此，
其好友徐孚远于《哭陈卧子》(闻讣已历时，笔不得下，至是始成篇)一
诗中明白指出："方君遁荒日，曾作鲤鱼函。所恋老慈帏，迟迟挂风
帆。欲毕终天愿，然后驾骖骦。"③而当时陈子龙为掩饰行踪乃以信

---

① 陈子龙自撰《陈子龙年谱》卷中，见明·陈子龙：《陈子龙诗集·附录
二》(上海：上海古籍出版社，1983 年 7 月 1 版，施蛰存等点校本)，页 683～684。

② 清·计六奇：《明季南略》(北京：中华书局，1984 年 12 月 1 版，任道斌、
魏得良点校本)，卷 2《陈子龙心寒》，页 93。此处所引乃截取《兵垣谏议·恢复
有机疏》，见明·陈子龙：《陈子龙文集·兵垣谏议》(上海：华东师范大学出版
社，1988 年 11 月 1 版)，下册，页 63～66。而《明史·陈子龙传》亦引此说，清·
张廷玉等撰《明史》(台北：鼎文书局，1991 年 5 月 5 版，影北京中华书局点校
本)，卷 277《陈子龙传》，页 7098。

③ 明·徐孚远：《钓璜堂存稿》(民国十五年金山姚光怀旧楼刻本)，卷 3
《哭陈卧子》(闻讣已历时，笔不得下，至是始成篇)，页 13。

衷为法名,字瓢粟,号颖川明逸。①

顺治三年(1646 年)三月,其祖母以病卒,陈子龙遂又投入抗清活动,据《鲁之春秋》载:

> 丁亥(1647 年),松江提督吴胜兆密谋通监国为内应,胜兆浮慕子龙名,遣幕客戴之儁通殷勤,并告密谋事,子龙不应,亦不阻焉。是年监国加子龙兼翰林学士,总督义师。胜兆谋泄,词连子龙,子龙乃亡命,与同邑夏之旭同奔告急于嘉定侯岐曾,已而迁于昆山顾咸正家,大兵迹捕,遂被执。②

顺治四年(1647 年)松江提督吴胜兆因幕客吴著、吴芸之策动,而暗中与陈子龙旧识诸生戴之儁谋划,欲与鲁监国通款,以恢复东南诸郡,并招抚太湖义师以助之,借此联络明朝驻守舟山的总兵黄斌卿以协同作战,并约以四月二十六日为期,都御史沈廷扬、编修张煌言及御史冯京第,乃力劝定西侯张名振以兵就约,鲁监国因封吴胜兆为肃卤伯,然因吴胜兆聚谋者众,肆言无忌,致走漏消息,其后吴胜兆虽杀死告变的同知杨之易及推官方重朗,并另遣中军詹世勋、高永义以侦察海军,奈何张名振之师至崇明时突遇飓风,军士溺死过半,名振与张煌言、冯京第,假杂降卒中脱困逸去,致逾期未至。詹世勋、高永义遂于此时变志,致吴胜兆、戴之儁为清军所杀。③ 不幸陈子龙亦因积极参与策动吴胜兆起义而遭牵连,其虽曾被明遗民侯岐曾、顾咸正所掩护隐藏,然终在当年五月,遭清兵逮捕。陈子龙虽在苏州被捕,仍直立不屈,神色不变,十三日,趁看守者松懈之际,猝起跃入跨塘桥,④以死报国,卒时仅三十九岁。乾隆四十一年(1776 年)以其"学问淹通,猷为练答,贞心可谅,大节无亏",

① 陈子龙自撰、清·王沄续《陈子龙年谱》卷下,见《陈子龙诗集·附录二》,页 710。

② 《鲁之春秋》卷 13《义旅二·陈子龙传》,页 566~567。

③ 《鲁之春秋》卷 13《义旅二·戴之儁传》,页 568~569。

④ 《陈子龙年谱》卷下,见《陈子龙诗集·附录二》,页 723。

而被追谥为"忠裕"。①

陈子龙于崇祯初年，即参与以张溥、张采、杨廷枢为首之复社，又与夏允彝、徐孚远、周立勋等共结为幾社，所以其不仅是幾社的领袖，更是复社的中坚。而复社在成立之初，即以复兴绝学共期，以文章气节互砺，以关心现实政治而闻名，故其言论与风格是继承东林党的，故又有"小东林"之称，其社友大多为爱国知识分子，而幾社亦然，据杜登春《社事始末》记载道：

> 先君子仅中副车，与诸下第南还，相订分任社事，昌明泾阳之学，振起东林之绪，以上副崇祯帝崇文重道、去邪崇正之至意。于是天如、介生，有《复社国表》之刻，复者，兴复绝学之意也。先君子与彝仲，有《幾社六子会义》之刻，幾者，绝学有再兴之幾，而得知幾其神之义也。两社对峙，皆起于己巳之岁。②

可见幾、复两社皆尊经复古，讲求实用，砥砺名节，以清议时事为宗旨，并遥相呼应。故当明朝灭亡后，两社中人纷纷参与抗清救亡的活动，其后甚至投渊蹈海、碎首流肠，慷慨就义，共赴国难，以死殉国，如侯峒曾、史可法、沈犹龙、夏允彝、黄道周、陈子龙、夏完淳、杨廷麟、吴易、张肯堂等人，都是幾社、复社的成员，此外，尚有殉节而名不传于世者，故杜登春说道：

> 一时诸君子，慷慨就义，视死如归，就复社、幾社中追数之，已若干人；此外，孤忠殉义，死而不传者，不知凡几。使非平生文章道义互相切劘，安得大节盟心不约而同若此哉。③

足见当时为国殉节的忠义之士之多，他们所以甘愿为明朝而断头碎骨，正气浩然，乃因平日受传统儒家精神之影响。而在当时言及文章者，必称复、幾两社；称两社者，必称云间；称云间者，定推陈子

---

① 《钦定胜朝殉节诸臣录》，见《陈子龙诗集·附录一》，页625。

② 清·杜登春：《社事始末》（台北：艺文印书馆，1968年1版，《百部丛书集成》影清吴省兰辑《艺海珠尘》），页4。

③ 《社事始末》，页17。

龙、夏允彝,其中陈子龙更以文采、气节之声誉,为士林所推重而驰名海内。当时陈子龙虽尚年轻,但才华出众,又有用世之志,加以又具复社之政治色彩,因此不可能自外于世事,其曾自言"予自幼读书,不好章句,喜论当世之故"①。其身处天崩地裂,亲历亡国之痛,怀抱九死不悔之决心,积极投入抗清复明运动,以挽救国家危亡,最后虽失败,仍舍身以死义。凡此,皆可从其所诗文创作及其所编选《皇明经世文编》中,清楚看出其崇高之民族气节与炽热之经世情怀,故可借其诗文来了解陈子龙之诗人性格与志士之慷慨气概,进而探索其独特之内心世界。

(二)著　作

陈子龙在崇祯时与幾社同人编有《明经世文编》②及《皇明诗选》③影响最著。刊有徐光启《农政全书》,又与徐孚远合撰《史记测义》等。而其诗文著作,在世时曾刻有《岳起堂稿》、《采山堂集》、《属玉堂集》、《平露堂集》、《白云草》、《湘真阁稿》、《安雅堂稿》等数种。还有一些诗文见于陈子龙主编《幾社壬申合稿》④、《云间三子新诗合稿》⑤、《陈李唱和集》,因其殉国后,家屋即遭到抄索,致遗著多有损毁,加上其诗文中有极多触犯清廷忌讳之处,故遭消除涂毁,无法通读,今所见为王昶所编定之《陈忠裕公全集》较完整。现据今存陈子龙诗文集重要版本按其刊刻先后介绍如下。

---

①　《陈子龙文集·陈忠裕公全集》卷27《经世编序》,上册,页438。
②　明·陈子龙等编《明经世文编》(北京:中华书局,1962年6月1版,1997年6月3刷,影明崇祯十一原刻本)
③　明·陈子龙等编《皇明诗选》(上海:华东师范大学出版社,1991年12月1版,影明崇祯原刻本)。
④　明·杜麟征等辑《幾社壬申合稿》(北京:北京出版社,2000年1月1版,《四库禁毁书丛刊》集部第34、35册,影明末小樊堂刻本)。
⑤　明·陈子龙等编《云间三子新诗合稿》(台北:新文丰出版公司,1997年3月1版,《丛书集成三编》第35册,影《峭帆楼丛书》本)。

1.《安雅堂稿》

《安雅堂稿》明末原刻本十八卷①;又有光绪末年高燮、闵瓓校订《安雅堂稿》,为十四卷②。

2.《湘真阁稿》

今只存《湘真阁稿》明末原刻本六卷③,上海大学古籍研究室于编《陈子龙文集》时并未见此书。

3.《陈忠裕公全集》

在陈子龙殉国后约三十年,其门弟子王沄不遗余力,搜采遗文,至乾隆四十七年时王昶更在王沄所收藏纂辑基础上加以搜罗掇拾,并展开编辑工作,终于在嘉庆八年完成《陈忠裕公全集》三十卷之编纂④,观此集所搜罗尚不完备,仍有遗漏,如《安雅堂稿》和词集《幽兰草》都未被收入。

4.《诗问略》

《诗问略》首为子龙自序,计问四十六则,道光十一年(1831年)由曹溶辑入《学海类编》⑤。

5.《兵垣奏议》

《兵垣奏议》为陈子龙在南都任官时于六至八月间向弘光帝之上疏,计三十七篇,今存光绪二十三年(1897年)刊本。⑥

---

① 明·陈子龙:《安雅堂稿》(上海:上海古籍出版社,2002年3月1版,《续修四库全书》影明末原刻本,第1387、1388册)。

② 明·陈子龙撰、高燮等校订《安雅堂稿》,见明·陈子龙:《陈子龙文集·安雅堂稿》(上海:华东师范大学出版社,1988年11月1版),下册。

③ 明·陈子龙:《湘真阁稿》(上海:上海古籍出版社,2002年3月1版,《续修四库全书》影明末原刻本,第1388册)。

④ 明·陈子龙撰、清·王昶辑、王鸿逵编《陈忠裕公全集》(中央研究院傅斯年图书馆藏清嘉庆八年簳山草堂刻本)。

⑤ 明·陈子龙:《诗问略》(扬州:江苏广陵古籍刻印社,1994年8月1版,《学海类编》)。

⑥ 明·陈子龙:《陈子龙文集·兵垣奏议》(上海:华东师范大学出版社,1988年11月1版),下册。

6.《陈子龙诗集》

施蛰存、马祖熙编《陈子龙诗集》①，乃标点《陈忠裕公全集》卷三至卷二十之诗与词部分，并将《陈忠裕公全集》所有附录收入，如陈子龙自编《陈子龙年谱》等列入上海古籍出版社《中国古典文学丛书》之一，最便于学者之用。

7.《陈子龙文集》

上海大学古籍研究室编《陈子龙文集》②，计收《陈忠裕公全集》文集之部（卷三至卷二十之诗与词不录）、《诗问略》、《兵垣奏议》、《安雅堂稿》、《史论》。

二、文学理论

有关陈子龙之文学理论，学者已曾论及③，本文将之分为创作理论与文学实际批评，加以论述之。

---

① 明·陈子龙：《陈子龙诗集》（上海：上海古籍出版社，1983 年 7 月 1 版，施蛰存等点校本）。

② 明·陈子龙：《陈子龙文集·陈忠裕公全集》（上海：华东师范大学出版社，1988 年 11 月 1 版）。

③ 如张健在《明清文学批评》一书中，将陈子龙之文学理论分为原理论、方法论及批评论。其原理论分别为：重情志；时序的反映；贵意与工词；政治风谏；重雅正、爱清新等五点。其方法论则指：才学并重；明源、审境、达情；托意、征材、审音、设色；注重章法；宗尚古体，取数家为作者之范等五者。至若其批评论则是深求、适中；观体、求音、研义等二点。见张健：《明清文学批评》（台北：国家出版社，1983 年 1 月 1 版），上篇《明代—由复古到浪漫》，十五、《陈子龙》，页97～100。刘明今《明代文学批评史》认为幾社诸子共同文学主张为"一、腾踔文彩，震动胸腹。二、躬历山川，干预风化。"陈子龙诗歌主张在"忧时托志，故虽颂皆刺；以非圣为刺；深切著明，无所隐忌。"刘明今：《明代文学批评史》（上海：上海古籍出版社，1991 年 9 月 1 版），第 9 章《晚明的诗文批评（下）》，第四节《明末文社诸子》，三、陈子龙及幾社诸子，页 581～593。

（一）创作理论

陈子龙主张文学复古，如在《佩月堂诗稿序》中曾明白提出对文学创作内容与形式的要求为"情以独至为真，文以范古为美"①。在内容上注重真情之表达，而值得注意的是陈子龙所强调之"情"，并非像公安派所谓的追求一己心灵情感狭隘之情，而是悼感世变、忧国忧民之情。因知其的文学创作宗旨在恢复风雅，关注现实，传达真情实感。其《李舒章古诗序》中说道：

　　自《三百篇》以后，可以继风雅之旨，宣悼畅郁，适性情而寄志趣者，莫良于古诗。②

其主张继承风骚之旨，因古者民间之诗人，莫不措思微茫，俯仰深至，故其情真，可见其把《诗经》与汉魏古诗的风雅传统，当做是追求之复古目标。而在形式上，其主张摹拟古人，如《彷佛楼诗稿序》中云：

　　盖诗之为道，不必专意为同，亦不意强求其异。既生于古人之后，其体格之雅，音调之美，此前哲之所已备，无可独造者也。③

陈子龙以为吾人既生于后世，一切诗歌的形式早就都具备了，所以其主张诗歌应遵循古代的典范，认为"规古近雅，创格易鄙"④，反对在形式上的独造，借此可觇其文学创作理论，乃是其个人的独特见解，兹加以归纳为下列三点以见其底蕴。

1. 诗歌之源，本乎情志

陈子龙的文学创作主张，首先强调诗歌要发自诗人的内心情志，

---

① 《陈子龙文集·陈忠裕公全集》卷25《佩月堂诗稿序》，上册，页381。

② 《陈子龙文集·安雅堂稿》卷1《李舒章古诗序》，下册，页27～28。

③ 《陈子龙文集·陈忠裕公全集》卷25《彷佛楼诗稿序》，上册，页377～378。

④ 《陈子龙文集·安雅堂稿》卷2《青阳何生诗稿序》，下册，页37。

即所谓的诗言志。如其《诗经类考序》云：

> 夫诗以言志，喜怒之情郁结而不能已，则发而为诗，其托辞触类不能不及于当世之务、万物之情状，此其所为本末也。①

陈子龙抱持传统诗教所谓"在心为志，发言为诗"、"诗以言志"之看法，注重诗之比兴，寄寓褒刺之义。对此，陈子龙《六子诗序》亦云：

> 而诗之本不在是，盖忧时托志者之所作也。苟比兴道备而褒刺义合，虽涂歌巷语，亦有取焉。②

陈子龙以为诗歌是诗人内心真实的反映，举凡愉悼感激之怀，皆肇端于触发，非无病呻吟、强说愁者可比也，故凡发自内心以反映现实者，即使是市井小民的涂歌巷语，也都能撼动人心；而时代的变动，往往影响诗人之创作，故于《三子诗选序》云：

> 夫鸟非鸣春，而春之声以和；虫非吟秋，而秋之响以悲，时乎为之，物不能自主也。当五、六年之间，天下兵大起，破军杀将，无日不见告，故其诗多忧愤念乱之言焉。然以先朝躬秉大德，天下归仁，以为庶几可销阳九之阨，故又多恻隐望治之旨焉。③

诗为心声，诗人置身风雨骤作的板荡时局中，情与境会，不得已而发为诗歌，更能深切流露伤乱思治、忧时忧世的情怀，因此，念乱则其言切而多思，望治故其辞深而不迫，可见诗歌里所要表现的情感会受到时代环境的极大影响。

"文变染乎世情，兴废系乎时序"④，文学风格之变化，主要乃受社会风俗之感染，文学活动之兴衰与时代之递嬗乃密切关联。这可从陈子龙《佩月堂诗稿序》中与挚友宋征舆对话中得到印证，文中陈子龙曾经向宋征舆道：

---

① 《陈子龙文集·安雅堂稿》卷3《诗经类考序》，下册，页64。
② 《陈子龙文集·陈忠裕公全集》卷25《六子诗序》，上册，页375。
③ 《陈子龙文集·陈忠裕公全集》卷26《三子诗选序》，上册，页424。
④ 刘勰撰、范文澜注《文心雕龙注》（台北：宏业书局，1975年2月1版），卷9《时序》，页675。

今我与若，偶流逸焉，谐漫轻俊则入于淫，淫则弱；偶振发焉，壮健刚激则入于武，武则厉。求其和平而合于大雅，盖其难哉！宋子曰："如子言则是有正而无变也"？予曰："不然。和平者，志也，其不能无正变者，时也。夫子野之乐即古先王之乐也，奏之而雷霆骤作，风雨大至，岂非时为之乎，诗则犹是也。"①

心志情感很难不受外界影响，但仍要力求能够保持心平气和，并合乎大雅之道，故诗歌有正变，加上诗歌常具有美刺功能，因此可借以传达诗人对国家治乱盛衰之关注及对执政者之劝谏，陈子龙因有："其于君也，颂不忘规；其于臣也，劝而不怒，诗人之义备矣"之语②，可见其认为诗歌也应该具有辅助时政之功用。此外，陈子龙在《皇明诗选序》中更明白说道：

> 我于是而知诗之为经也，实由人心生也，发于哀乐而止于礼义。故王者以观风俗，知得失，自考正也。……文章足以动耳，音节足以竦神，王者乘之以致其治。③

诗歌既为人心之呈现，又具有以风刺上之功能，因此在上位者可借诗歌来得知施政得失，此乃观风问俗之谓。故陈子龙坚持儒家之诗教观，斩钉截铁地说："夫作诗而不足以导扬盛美、刺讥当时、托物连类而见其志，则是风不必列十五国，而雅不必分大小也，虽工而余不好也"④。缘此，知怀抱浓厚经世情怀之陈子龙，所关注者即诗歌中所寄托的讽刺之义也。

2. 明源审境，达情修志

陈子龙除主张诗以言志外，更强调诗人必须具备明源、审境、达情之艺术修养。其于《青阳何生诗稿序》中明确指出："明其源，审其

---

① 《陈子龙文集·陈忠裕公全集》卷25《佩月堂诗稿序》，上册，页382~383。

② 《陈子龙文集·陈忠裕公全集》卷26《宋尚木诗稿序》，上册，页419。

③ 《陈子龙文集·陈忠裕公全集》卷25《皇明诗选序》，上册，页359。

④ 《陈子龙文集·陈忠裕公全集》卷25《六子诗序》，上册，页375。

境，达其情，本也。"①而所谓"明其源"也就是考究诗学渊源之意，因唯有源远，才能流长。如其《沈友夔诗稿序》云：

> 大复尝言之矣。诗本性情之发者也，其切而易见者，莫如夫妇之际，故古之作者，义关君臣朋友，必假之以宣郁而达情焉，大复之言，岂不深于风人之义哉！夫中晚唐之诗……若事关幽怨，体涉艳轻；或工于摹境，征实巧切；或荒于措思，设境新诡，要能使人欣然以慕，慨然以悲，惟其意存刻露，与古人温厚之旨或殊，至其比兴之志，岂有闲然哉。方之以三百篇，《关雎》之与《车牵》同为思美人也；《汝坟》之与《小戎》同为念君子也，虽风有正变，词有微显，然情以感寄而深，义以连类而见，如楚谣汉制，代有殊音，又何疑乎？……故凡忧时睠国之怀，多托于闺人思士之语，此亦国风思贤才、哀穷窕之义乎！②

诗歌最早乃渊源于《诗经》，而诗三百又具有风人之义，所以诗人若欲抒发忧时睠国之怀，多假托于夫妇之际以宣郁达情，故"我闻诗者，寄托之情、不得已之志也。士有忠爱之心，奋扬之气，而上无以达于君，下无以见于世，当是之时，其心郁然以思，怅然以悲，于是依古义，发风谣，存讽诫，抒愤懑。"③审此，在世衰道微之际，君子因郁陶隐轸，忧思过甚，而发为怨愤之音，仍无悖于《诗经》风人之义也。陈子龙洞悉这个渊源，所以其对屈原所表达之内容与使用的方式，能加以认同，其在《文用昭雅似堂诗稿序》中明白说道：

> 君子之修辞也，正言之不足故反言之，独言之不足故比物连类而言之，是以六义并存而莫深于比兴之际。夫平之为书，上言天人之理，中托鬼神之事，下依寓于山川、人物、草木、鸟兽以自广其意，盖欲世之明者哀其志，而昧者勿以为罪也。④

---

①　《陈子龙文集·安雅堂稿》卷2《青阳何生诗稿序》，下册，页36。

②　《陈子龙文集·安雅堂稿》卷2《沈友夔诗稿序》，下册，页53。

③　《陈子龙文集·安雅堂稿》卷1《张澹居侍御诗稿序》，下册，页32。

④　《陈子龙文集·安雅堂稿》卷1《文用昭雅似堂诗稿序》，下册，页30～31。

陈子龙肯定屈原广引曲喻,藉幽诡澹郁之辞以自表,目的在见其忠爱国君之赤诚。并进而为屈原露才扬己之诬加以申辩,明白指出"弃妾之章,怨友之什,楚音促节,令人悗荡,斯体涉变风,穷愁者之所为托"①,足见陈子龙能深明诗歌之源也。

再者,陈子龙也强调应藉境以启情,因诗生于境,境生于情,二者乃密不可分。诗人在不得已的情况下,始发之咏歌,如此情以副境,才能真切地传达出诗人之真情实感,诗作才能深深感动人心,故陈子龙云:"盖古者民间之诗,多出于纤织井臼之余,劳苦怨慕之语,动于情之不容已耳"。② 盖认为古人发愤为诗,异乎一般故作啼笑的俳优之作,而是起于不得已才作也,如苏李之别河梁,曹植之送白马,班姬明月之篇,魏文浮云之作,③在皆境与情会,不得已才发为咏歌,深言悲思,不期而至,故能脍炙人口,历久不衰。

3. 词意两兼,文质相副

陈子龙文学思想中,极重视内容与形式技巧高度配合,故主张诗歌创作必须词意两兼,文质相副,如此才能使诗歌达到完美境界。所谓的"词意两兼"即内容和形式须若合符契,且言之有物与言之有序须同时兼备,他并在《佩月堂诗稿序》中指出二者之重要性:

> 贵意者率直,而抒写则近于鄙朴;工词者皂勉,而雕绘则苦于繁缛。盖词非意则无所动荡而盼倩不生,意非词则无所附丽而姿制不立。此如形神既离,则一为游气,一为腐材,均不可用。④

词意二者一如形神,各有其利弊优劣之处,故不但须贵意,更要工词,唯有二者相辅相成,文章始能特出;否则,一旦有所偏颇,将致形神不完,终沦为腐材,而成无用之文。

---

① 《陈子龙文集·安雅堂稿》卷1《张澹居侍御诗稿序》,下册,页32。
② 《陈子龙文集·陈忠裕公全集》卷25《佩月堂诗稿序》,上册,页380。
③ 《陈子龙文集·安雅堂稿》卷2《青阳何生诗稿序》,下册,页36。
④ 《陈子龙文集·陈忠裕公全集》卷25《佩月堂诗稿序》,上册,页381。

至于对"文质相副"之要求,陈子龙也在《青阳何生诗稿序》中有所说明:

> 汉魏尚直,当求其文;晋宋尚文,当求其质。况声律既兴,虚实细大,尤为巧构。必使体能载饰,绘能称素,沉而仍扬,浑而益密,斯则彬彬。①

文质相副,使体能载饰,绘能称素,二者兼具,如此才是文质彬彬;不然,稍有偏至,则将永远不逮古之作者。而文质要相副,须留意诗歌之声韵与其音调要能搭配,亦即须审声,李雯《湘真阁稿序》中引陈子龙说法:

> 凡诗之声,发于内心,流寓乎物变,殽杂乎山川。是以《明堂》、《清庙》,取其和以平也;故国故都,取其感以思也;边风朔雪,取其壮以悲也;劳人思妇,取其幽以怨也。纯大,则皆鼓与角也;纯细,则皆丝与竹也;纯浮,则韦缦而不震也;纯切,则弦绝而不醒也。故审声之作,十不失一二焉。②

诗歌为诗人内心之真情实感,但其所表达的内容不同,其风格与音节亦不同。如思念故国故都的作品,其音节必须是"感以思";而描写边塞风雪的诗作,其音调则是"壮以悲";至于传达劳人思妇的相思之情者则是"幽以怨",故诗歌的声韵与其情感内容需是一致的,如此文质相副,声情协调,词意两具,才是成功之文学作品。

审此,知诗歌须发自诗人的内心情志;诗人必须具备明源、审境、达情的艺术修养及诗歌必须是词意两兼、文质相副等三者,乃为陈子龙的文学创作理论。

(二)实际批评

1. 文学与时代

陈子龙生在国家危难当前,社会危机深重之明季,目睹国家社会

---

① 《陈子龙文集·安雅堂稿》卷2《青阳何生诗稿序》,下册,页37。
② 李雯《湘真阁稿序》,见《陈子龙诗集·附录三》,页770。

的种种弊端及危机重重，忧心忡忡，故其重视文学与时代之关系，更注重士人之责任与使命感，认为文学须能深切反映具体而深广的社会现实，其于《六子诗序》中云：

> 一人有盛名，余读其诗，谓之曰："君之诗甚善，然传之后世，不知君为何代人，奈何？"夫作诗而不足以导扬盛美，刺讥当时，托物连类而见其志，则是《风》不必列十五国，而《雅》不必分大小也，虽工而余不好也。①

陈子龙认为诗歌须有时代性，能具体传达时代之声音，否则虽工亦无益，此与其经世情怀有关，据陈子龙自述，其于幼年时即常和父老谈论名公伟人事迹，几乎到废寝忘食之地步。② 也因而激发其关心国家社会之现实问题，所以主张诗文须为现实服务：

> 夫文者，非取乎漂说曼辞、矞宇夸毗，以耀世惑愚也；非取夫发藻摛采，绣其鞶帨，以好泽自宠也；非取乎尡骸僻测，怪说琦辨，使人幽结而无所绅持也。是故文不虚传，载道而行，苟非其人，美而不经。③

陈子龙反对士人之文章只注重外在文饰，而应蓄积深远的内涵，如与大节有关之事、国家之治乱及君子小人之进退等等都属之。不然，徒以外在文辞的靡丽奇谲取胜，而却丝毫无与于世变者，都是"美而不经"的，因知其主张诗文必须是能够导扬盛美，刺讥当时，否则，可以不用多此一举。足见其极为重视诗文的社会政治功能，另其在《六子诗序》中亦谈及：

> 而诗之本不在是，盖忧时托志者之所作也。苟比兴道备而褒刺义合，虽涂歌巷语，亦有取焉。④

陈子龙因深受儒家诗教影响，所以强调诗歌须具备美、刺功能，

---

① 《陈子龙文集·陈忠裕公全集》卷25《六子诗序》，上册，页375～376。
② 见《陈子龙文集·陈忠裕公全集》卷27《经世编序》，上册，页438。
③ 《陈子龙文集·安雅堂稿》卷3《姑篾余式如纯师诗集序》，下册，页83。
④ 《陈子龙文集·陈忠裕公全集》卷25《六子诗序》，上册，页375。

即要有"褒刺"之义,其旨在唤起士人对诗文现实意义的重视。

文运与国运息息相关,陈子龙在《皇明诗选序》中提出"教化文学观",继承发扬《毛诗序》之风教说:

> 我于是而知诗之为经也,诗縣人心生也,发于哀乐,而止于礼义。故王者以观风俗,知得失,自考正也。世之盛也,君子忠爱以事上,敦厚以取友,是以温柔之音作,而长育之气油然于中。文章足以动耳,音节足以竦神。王者乘之,以致其治。其衰也,非辟之心生,而亢厉微末之声著,粗者可逆,细者可没,而兵戎之象见矣。王者识之,以挽其乱。故盛衰之际,作者不可不慎也。①

观陈子龙在此处所言,类似《诗大序》中所说的"治世之音安以乐,其政和;乱世之音怨以怒,其政乖;亡国之音哀以思,其民困。故正得失、动天地、感鬼神,莫近于诗"②。其实,陈子龙所强调乃是诗歌主文而谲谏,以风刺上之功能,其《左伯子古诗序》中就以杜诗为例,指出杜甫的诗歌能达到"序世变,刺当涂,悲愤峭激,深切著明,无所隐忌,读之使人慷慨奋迅而不能止"③。当其听闻有人批评杜甫的诗歌是"无当于风骚之旨者也"④,陈子龙乃极力反驳之。其强调每个人在立言时之时机、处境、缓急、微显,并不一样,而杜甫之所以难能可贵,乃在其能因乎时者也,所以陈子龙肯定杜甫的诗歌成就,认为并没有违背风人之义。而诗人所以要以谠言危论进谏于君上,其用心一如陈子龙引用郑玄所说"论功颂德,所以将顺其美;刺过讥失,

---

① 陈子龙《皇明诗选序》,见明·陈子龙等编《皇明诗选》(上海:华东师范大学出版社,1991年12月1版),页3～4。又见《陈子龙文集·陈忠裕公全集》卷25《皇明诗选序》,上册,页358～359。

② 《毛诗序》,清·陈奂:《诗毛氏传疏》(台北:学生书局,1978年9月1版5刷,影道光二十七年鸿章书局本),卷1,页11～12。

③ 《陈子龙文集·安雅堂稿》卷3《左伯子古诗序》,下册,页82。

④ 《陈子龙文集·安雅堂稿》卷3《左伯子古诗序》,下册,页82。

所以匡救其匰"①，足见诗人之初衷在忠君忧国。可惜忠言往往逆耳，所以国君通常无法感受到诗人之善意，以致诗人常因此而招致横祸。对此，陈子龙也清楚明白说明当时环境：

> 其或慷慨陈辞，讥切当世，朝脱于口，暮婴其戮。当今之世，其可以有言者鲜矣！……夫居今之世，为颂则伤其行，为讥则杀其身，岂能复如古之诗人哉！②

因当时士人多置身在这种危险、困窘的环境中，所以为了避免士人因此而退缩或借口沉醉于个人性灵中，以致懦弱而不敢言论，所以其主张运以委婉方式来劝谏，既可远祸全身，又能达到关注现实的目的。

诗重讽谏，但是诗如何达到"下以风刺上"之效果，陈子龙于《张澹居侍御诗稿序》提出"主文而谲谏"之道：

> 夫古之论谏者，莫不以讽为工，以直为拙，自仲尼已然矣。方今海内多故，百事靡宁，而佞人窃位于机近，中阃执笔于疆隅，诸君子疾呼以争之，同声以应之，而卒未之胜者，明主方揽魁柄，持纪纲，可以讽解规补，而不可以强词夺也。③

一改疾呼以争，慷慨悲愤，峭讥当世的激烈方式，而转以"婉以周"之手法，如此可避免因捋虎须而陷入百劫不复之深渊，又可达到"其用深以远"之功效④，如此何乐而不为？而这端赖于诗歌之"寄托之情"，所以陈子龙又说：

> 我闻诗者，寄托之情、不得已之志也。士有忠爱之心，奋扬之气，而上无以达于君，下无以见于世，当是之时，其心郁然以思，怅然以悲，于是依古义，发风谣，存讽诫，抒愤懑。弃妾之章，

---

① 《陈子龙文集·安雅堂稿》卷3《左伯子古诗序》，下册，页82。
② 《陈子龙文集·陈忠裕公全集》卷21《诗论》，上册，页141～142。
③ 《陈子龙文集·安雅堂稿》卷1《张澹居侍御诗稿序》，下册，页32。
④ 《陈子龙文集·安雅堂稿》卷1《张澹居侍御诗稿序》，下册，页32。

怨友之什，楚音促节，令人惋荡，斯体涉变风，穷愁者之所为托也。①

以语诡而意正，情怨而气平，"虽颂皆刺也"②，以寓有"寄托之情"之诗歌，进呈于乘舆之前，如此所达到的功效必大，所以陈子龙肯定这样才称得上是善于写诗，也才真正达到所谓诗人之旨。

2. 论明代诗歌

明代前期诗文，继宋濂、刘基、高启等人之后，从永乐至顺天（1403—1464 年）年间，形成平易雍容、歌功颂德之台阁体。弘治年间（1488—1505 年）茶陵李东阳（1447—1516）尊李杜，强调法度音调，开前后七子复古文学之先河。陈子龙在《皇明诗选序》论判明代后期诗风云：

> 自弘治以后，倜傥瑰玮之才闲出继起，莫不风雅自任。……凡虞歌、殷颂、周雅、楚骚，罔不穷其拟议，巧其追琢，尝以一人之力，兼数家之长……是以昭代之诗，较诸前朝，称为独盛。作者既多，莫有定论，仁鄙并存，雅郑无别。近世以来，浅陋靡薄，浸淫于衰乱矣。③

此批判当代的诗风为"浅陋靡薄，浸淫于衰乱"，当基于陈子龙主张风雅比兴之诗学传统，所以对当时以说理、用典为尚之宋诗派颇不以为然。其于《王介人诗余序》中指斥道：

> 宋人不知诗而强作诗。其为诗也，言理而不言情，故终宋之世无诗焉。④

陈子龙主张诗歌应该是雅正、充满真情实感，所以其对鄙薄风云月露，充斥着理学思维，喜作理语之宋诗大加排斥，认为其不符合诗

---

① 《陈子龙文集·安雅堂稿》卷 1《张澹居侍御诗稿序》，下册，页 32。
② 《陈子龙文集·陈忠裕公全集》卷 21《诗论》，上册，页 142。
③ 陈子龙《皇明诗选序》，见《皇明诗选》，页 1～2。又见《陈子龙文集·陈忠裕公全集》卷 25《皇明诗选序》，上册，页 357～358。
④ 《陈子龙文集·安雅堂稿》卷 2《王介人诗余序》，下册，页 55。

歌之特征。且认为明诗之衰，乃受到宋诗影响，其《彷佛楼诗稿序》中说道：

> 夫诗衰于宋，而明兴尚沿余习。北地、信阳，力返风雅。历下、琅琊，复长坛站。其功不可掩，其宗尚不可非也。①

明朝因以理学作统治思想，故文学创作不自觉的承袭宋诗喜作理语之风格，到李梦阳（1475—1531）、何景明（1484—1522）、李攀龙（1514—1570）、王世贞（1526—1590）等前后七子，意识到性理诗之不足取，乃高举"文必秦汉，诗必盛唐"之大纛，企图扫除明诗中之宋诗风貌，使诗歌回归到盛唐气象。陈子龙对李梦阳颇为推崇，故称"汉体昔年称北地"②，并明确说出自己主张"文当规摹两汉，诗必宗趣开元；吾辈所怀，以兹为正"③。其实，陈子龙诗歌早期受前后七子复古倾向影响，而其所以主张文学复古乃为了救治当时萎靡之文风，故其窗课社稿，多摹拟古人，陈子龙并明确说出自己私淑前后七子：

> 盖予幼时，既好秦汉间文，于诗则喜建安以前，然私意彼其人既以邈远，非可学而至。及得北地、琅琊诸集读之，观其拟议之章，飒飒然何其似古人也。因念此二三君子者，去我世不远，竭我才以从事焉，何遽不若彼？而是时方有父师之严，日治经生言，至子夜人定，则取乐府、古诗拟之，疾书数篇，要之以多为胜，以形似为工而已。藏之笥中，不敢示人也，而意亦殊自负。④

陈子龙自幼学习诗文，就以李梦阳、王世贞等人作典范，以"似古人"作努力之目标。可见其极为赞赏前后七子能弘扬风雅，扫除诗

---

① 《陈子龙文集·陈忠裕公全集》卷25《彷佛楼诗稿序》，上册，页378。

② 《陈子龙诗集》卷13《遇桐城方密之于湖上归复相访赠之以诗》二首之二，页415。

③ 《陈子龙文集·陈忠裕公全集》卷30《壬申文选凡例》，上册，页667。并云："至于齐梁之瞻篇，中晚之新构，偶有间出，无访斐然。若晚宋之庸沓，近日之俚秒，大雅不道，吾知勉夫。"

④ 《陈子龙文集·陈忠裕公全集》卷25《彷佛楼诗稿序》，上册，页376～377。

坛浅陋靡薄之弊。因此陈子龙费四年之久,编成《皇明诗选》一书,在选录一千二百多首诗中,收录前后七子的作品最多。其中又以李梦阳、何景明、李攀龙、王世贞四人诗歌为最,分别高达百首以上,合起来就占了全书总数之五分之二强,足见对其肯定。然则陈子龙虽主张文学复古,但并不像前后七子只局限在复秦汉盛唐之古,而是要博采众长,广泛吸收六朝、汉魏文学之优点,故曾道:"至于齐梁之赡篇,中晚之新构,偶有闲出,无妨斐然。"①陈子龙有此认知,使得其文学视野更加开阔,因而别开生面,形成自己独特风格,更使文风为之一变。诚然陈子龙尽管景仰前后七子,但其对复古主张,并非照单全收,仍有所批判,在《六子诗序》中就指出"献吉、仲默、于鳞、元美,才气要亦大过人,规摹昔制,不遗余力,苦加椎驳,可议甚多"②,进而在《彷佛楼诗稿序》中,一针见血刺破七子摹拟罩门:

> 特数君子者,摹拟之功多,而天然之资少,意主博大,差减风逸;气极沉雄,未能深永。空同壮矣,而每多累句;沧溟精矣,而好袭陈华;弇州大矣,而时见卑词。惟大复奕奕颇能洁秀,而弱篇靡响概乎不免。③

文中具体点出李梦阳、李攀龙、王世贞、何景明等四人缺点。陈子龙认为摹拟须能意超境外,至高者出于自然之境,且能达到深永、风逸之风格与气象,而不是只停留在割裂字义、抄袭句法之低级摹拟。

前后七子复古派文学虽存有缺陷,但反对者未能振衰起弊,陈子龙对万历之后文坛风气表达不满,最重要观念则呈现在其《答胡学博》一文中,其激烈批判道:

> 至万历之季,士大夫偷安逸乐,百事堕坏,而文人墨客所为

---

① 《陈子龙文集·陈忠裕公全集》卷 30《壬申文选凡例》,上册,页 667。
② 《陈子龙文集·陈忠裕公全集》卷 25《六子诗序》,上册,页 374。
③ 《陈子龙文集·陈忠裕公全集》卷 25《彷佛楼诗稿序》,上册,页 378。

诗歌，非祖述长庆，以绳枢瓮牖之谈为清真，则学步香奁，以残膏剩粉之资为芳泽。是举天下之人，非迂朴若老儒，则柔媚若妇人也。是以士气日靡，士志日陋，而文武之业不显。①

文中认为七子派文尚知法秦汉、诗学盛唐；而到万历后，文坛上为了标新立异，已毫无规矩准绳可言。综括之，当时约有三家，即抄袭昌谷之奇凿，承沿长庆之率俗及继踵孟韦之枯淡等，而此三者又未能得其真。② 陈子龙虽未明白指出是哪一派，但从时间点及其所说"以绳枢瓮牖之谈为清真"、"一时师心诡貌，惟求自别于前人，不顾见笑于来祀"等话语③，可知所批评乃公安派。公安派主张"独抒性灵、不拘格套，非从自己胸臆流出，不肯下笔"④，其理论根源乃针对七子派穷其拟议，巧其追琢，只知一味摹拟，没有自己独特风貌而发。摹拟抄袭之作，势必千篇一律，缺乏个性，公安派为矫其弊乃反对师古，而主张率性为文、不避俚俗以表达性灵。然至其末流者流于空疏浮滑之弊，致文坛充塞着鄙俗、香媚、萎靡不振之颓风，所以陈子龙指斥："近日之俚秽，大雅不道"⑤，"今之为诗者，类多俚浅仄谲"⑥。在

---

① 《陈子龙文集·安雅堂稿》卷 14《答胡学博》，下册，页 424。

② 《陈子龙文集·安雅堂稿》卷 2《成氏诗集序》，下册，页 39。

③ 《陈子龙文集·陈忠裕公全集》卷 25《彷佛楼诗稿序》，上册，页 379。

④ 袁宏道《叙小修诗》，明·袁宏道著、钱伯城笺校《袁宏道集笺校》（上海：上海古籍出版社，1981 年 7 月 1 版），卷 4，页 187。据《明史·文苑·袁宏道传》云："先是，王、李之学盛行，袁氏兄弟独心非之。……至宏道，益矫以清新轻俊，学者多舍王、李而从之，目为公安体。"清·张廷玉等撰《明史》（台北：鼎文书局，1991 年 5 月 5 版，影北京中华书局点校本），卷 288《文苑四·袁宏道传》，页 7398。

⑤ 《陈子龙文集·陈忠裕公全集》卷 30《壬申文选凡例》，上册，页 667。

⑥ 《陈子龙文集·安雅堂稿》卷 2《宣城蔡大美古诗序》，下册，页 35。《明史·文苑·袁宏道传》中批评公安派："戏谑嘲笑，间杂俚语，空疏者便之。"《明史》卷 288《文苑四·袁宏道传》，页 7398。

此,不仅批评公安派之空疏鄙俗,同时也痛斥竟陵派之"幽深孤峭"①,故《答胡学博》又云:

> 钟、谭两君者,少知扫除,极意空淡,似乎前二者之失可少去矣!然举古人所为温厚之旨,高亮之格,虚响沉实之工,珠联璧合之体,感时托讽之心,援古证今之法,皆弃而不道,而又高自标置,以致海内不学之小生,游光之缁素,侈然皆自以为能诗。何则?彼所为诗意既无本,词又鲜据,可不学而然也。②

陈子龙虽肯定钟惺、谭元春能扫除之前文坛上弥漫的鄙俗、香媚之风,但其对钟、谭二人"极意空淡"却欠缺"温厚之旨"及"感时托讽之心",大为不满。据陈子龙在《遇桐城方密之于湖上归复相访赠之以诗》第二首:"楚风今日满南州"之自注中说:"时多作竟陵体",可看出竟陵体在当时已成为文坛主流。然陈子龙对竟陵派却极度反感,故道"颇厌人间枯槁句"③,把竟陵体视为"人间枯槁句",可见其对竟陵派深恶痛绝之一斑。究其缘由,乃因竟陵派当初之所以兴起,是为了矫正公安末流之弊病,孰料竟陵派最后竟跌入幽深孤峭之深渊,致使当时之诗文因太过狭隘而陷入黯曲之困境。陈子龙将此全归咎于竟陵派,并以强烈批评口吻加以总结说:"此万历以还,数十年间,文苑有罔两之状、诗人多侏儒之音也。"④审此,知陈子龙既反对宋代以来的庸沓文风,又批评公安、竟陵的俚俗习气,因之乃标举复古大纛,以继承前后七子反对台阁、性理文风之未竟事业,企图振起明诗格

---

① 《明史·文苑·钟惺传》云:"自宏道矫王、李诗之弊,倡以清真,惺复矫其弊,变而为幽深孤峭。……钟、谭之名满天下,谓之竟陵体。"《明史》卷288《文苑四·钟惺传》,页7399。竟陵派以钟惺(1574—1625)、谭元春(1586—1637)为领导,两人皆湖北竟陵人,故以地域籍贯称之。竟陵派是公安派反"摹拟"复古主义之盟友,又是矫正公安派"近平近俚"弊病之诤友。

② 《陈子龙文集·安雅堂稿》卷14《答胡学博》,下册,页424。

③ 《陈子龙诗集》卷13《遇桐城方密之于湖上归复相访赠之以诗》二首之二,页415。

④ 《陈子龙文集·陈忠裕公全集》卷25《彷佛楼诗稿序》,上册,页379。

调；加上其怀抱有深厚的经世精神，所以对当时公安、竟陵派只注重一己之性情而漠视社会危机，仅用幽情单绪却将自己疏离于社会现实之外，而未能具体反映深广之社会内容，深感不满，从而萌生廓清之志。缘此，于《答胡学博》中一再大声呼吁：

夫居荐绅之位而为乡鄙之音，立昌明之朝而作衰飒之语，此《洪范》所为言之不从而可为世运大忧者也。弟慨然欲廓而清之，学既荒浅，地又卑薄，不能为乘高之唱，一返正始。①

陈子龙胸怀深厚的使命感，因此其主张以"一返正始"的文学复古来改变当时的萎靡文风。

细审《答胡学博》一文，其评万历之后明代诗歌发展之论点极具典型，故《龙性堂诗话》评曰："论明人之诗，正大和平，折衷风雅，无如陈卧子先生。"②

在时代文学大浪中，陈子龙清楚点出明代文学的三次复古高潮，其《七录斋集序》言道：

国家景命累叶，文且三盛。敬皇帝时，李献吉起北地为盛。肃皇帝时，王元美起吴又盛。今五六十年矣，有能继大雅、修微言，绍明古绪，意在斯乎？天如勉乎哉！③

明代文学的三次昌盛，包括李梦阳等前七子、王世贞等后七子之文学复古及当时复社所倡导兴复古学。在此陈子龙深信自己亦是第三次复古潮流之中的一位引导者，所以其在称赞张溥之时，也隐约以"继大雅、修微言"来要求自己；并勉励挚友李雯："今天子锐意太平，景运有赫，方用群策以定鸿业，而我辈属在草莽，不得与末议，惟当竭才思，成文章，比于歌虞颂鲁之作，以饰我明一代之盛，李子勉之，予

<hr>

① 《陈子龙文集·安雅堂稿》卷14《答胡学博》，下册，页424。
② 清·叶矫然：《龙性堂诗话·初集》，见郭绍虞编《清诗话续编》（上海：上海古籍出版社，1983年12月1版，富寿荪校点本），页949。
③ 《陈子龙文集·陈忠裕公全集》卷25《七录斋集序》，上册，页365。

愿执笔而从其后也。"①诚如《龙性堂诗话》指出:"盖卧子当启、祯之时,诗道陵夷已极,故推明正始,特表何、李、李诸君为昭代眉目。至论古诗,则议于鳞之专拟汉、魏,为规模不广。及自运,亦时仿温、李藻丽之致。且时际苍桑,所著《感事》、《秋怀》诸什,悲歌激烈,可泣鬼神。使不遂志早殁,文章能事,起衰八代,非公而谁?"②足见陈子龙实能改变当时文风,难怪会被士林所推重。

综观上述,可清楚看到陈子龙文学思想,其批评针对性乃在廓清当时衰敝文风,提出振兴文学行动方针。

三、诗歌内容

陈子龙在文学创作上,兼治诗、赋及古文,因其取法魏晋,故其骈体亦颇精妙。③ 而尤其喜好创作诗歌,据其好友李雯在《属玉堂集序》中云:

> 今江南之士,好作诗者,卧子及余,年相若也。而卧子固少,又先余作诗凡十余岁,盖自其先工部时,卧子方弱龄,甫握觚槊,辄窃有所作,作又奇丽。④

从李雯之语知陈子龙开始创作诗歌时年纪甚轻,据陈子龙自述言:"至子夜人定,则取乐府、古诗拟之,疾书数篇,要之以多为胜,以形似为工而已。"⑤知其作诗起步甚早且数量颇多,而所作诗歌又奇丽无比。可见陈子龙把主要的精力都放在诗歌创作上,据吴伟业在《彭燕又五十寿序》中叙述其平日聚会时之一段趣事:

> 往者余偕志衍举于乡,同年中云间彭燕又、陈卧子以能诗

① 《陈子龙文集·陈忠裕公全集》卷25《彷佛楼诗稿序》,上册,页379～380。

② 《龙性堂诗话·初集》,见《清诗话续编》,页949～950。

③ 《明史》卷277《陈子龙传》,页7096～7097。

④ 李雯《属玉堂集序》,见《陈子龙诗集·附录三》,页763。

⑤ 《陈子龙文集·陈忠裕公全集》卷25《彷佛楼诗稿序》,上册,页376～377。

名。卧子长余一岁，而燕又、志衍俱未三十。每置酒相与为欢，志衍偕燕又好少年蒲博之戏，浮白投卢，歌呼绝叫；而卧子独据胡床，燃巨烛，刻韵赋诗，中夜不肯休，两公者目笑之曰："何自苦？"卧子慨然曰："公等以岁月为可恃哉？吾每读终军、贾谊二传，辄绕床夜走，抚髀太息，吾辈年方隆盛，不于此时有所纪述，岂能待乔松之寿、垂金石之名哉！曹孟德不云乎：'壮盛智慧，殊不吾来。'公等奈何易视之也！"其后十余岁，志衍不幸殁于成都；卧子则以事殉节，其遗文卓荦，流布海内，不负所志。①

吴伟业此言，写照陈子龙须眉如生。从其追忆中可清楚看出子龙平素珍惜寸阴，孜孜不倦以创作诗歌之一斑。据王昶所编纂《陈忠裕公全集》，计收其诗作达1794首之多，亦可印证此言不假。

陈子龙的诗歌有齐梁之丽藻兼盛唐之格调，在当时与后代得到极高评价，一般认为陈子龙诗为明诗之殿军，如陈田《明诗纪事》就称美其诗歌是"殿残明一代诗，当首屈一指"②。

陈子龙的诗歌早在其生前即已结集，这可从庄师洛《陈忠裕公全集凡例》见出端倪：

> 诗文次序先后，关乎生平梗概。如《岳起堂稿》之作于庚午以前，《采山堂稿》、《幾社稿》之作于庚午、辛未、壬申，《陈李唱和集》之做于癸酉、甲戌，《平露堂集》之作于乙亥、丙子，《白云草》、《湘真阁稿》之作于丑、寅、卯、辰，《三子新诗》之作于辰、巳、午、

① 《吴梅村全集》卷36《彭燕又五十寿序》，页766。
② 清·陈田：《明诗纪事》（上海：上海古籍出版社，2002年3月1版，《续修四库全书》影清贵阳陈氏听诗斋刻本，第1712册），辛签卷1《陈子龙》，页11上。再如夏咸淳在《上海文学通史》云："明初开国诗人以高启为代表，也是明代第一位大诗人，明衰亡时代的诗人则以华亭人陈子龙为代表，他是明代最后一位大诗人。……高启屈死年仅三十九，子龙殉节也只有四十岁，但在明代诗歌史乃至中国诗歌史上均留下了光照千秋的华章。"邱明正主编、夏咸淳撰《上海文学通史》（上海：复旦大学出版社，2005年5月1版），第三章《明代后期上海文学》，第五节《陈子龙与夏完淳》，页151。

未,《焚余草》(即丙戌遗草)之作于乙酉至丁亥,按之年谱,了如指掌,而甲申一年,诗稿独阙。①

庄师洛在凡例中清楚交代,《陈忠裕公全集》已将陈子龙的诗歌依其创作时间先后加以编排,此有助于研究陈子龙之生平事迹、思想与诗歌风格。然独未提及陈子龙的另一诗集《属玉堂集》,惟据陈子龙所自撰之年谱,在"崇祯八年乙亥"下则清楚写道:"是岁有《属玉堂集》"②,推测此集所收应是崇祯七、八年的诗作。令人生疑之处,崇祯十七年,即崇祯自缢于煤山之甲申年,当时发生江山易主,天地崩解之剧变,而平日即喜欢作诗的陈子龙不知为何却未有诗稿留下,故庄师洛在凡例中质疑"甲申一年,诗稿独阙"。

综观陈子龙诗可知其诗歌题材多样,内容丰富,情感真挚。兹分为吟咏情志、哀悯百姓、黍离之悲及以诗存史四点举例说明,以见其诗歌创作之底蕴。

(一)吟咏情志

陈子龙诗歌有关吟咏情志包括有亲人之情,如其长女顺、祖母高太安人,此外,如儿女私情及朋友之情亦多所言及。

陈子龙在崇祯元年(1628年)与张轨端长女结婚后,分别于崇祯三年(1630年)生下长女顺,崇祯四年(1631年)生下次女,崇祯六年复生下长子(1633年),然而后二者皆于生下后不久即殇亡,而长女顺亦于崇祯八年(1635年)秋卒,足见陈子龙之子嗣运不旺,然因其素为深情之诗人,故在其诗歌中,仍可见其对长女顺的回忆及疼惜怜爱之情,如《舟行雨中有忆亡女》③、《除夕有怀亡女》④及《悼女顺

---

① 《陈忠裕公全集凡例》,见《陈子龙诗集·附录三》,页776。
② 《陈子龙年谱》卷上,见《陈子龙诗集·附录二》,页651。
③ 《陈子龙诗集》卷11《舟行雨中有忆亡女》,页347。
④ 《陈子龙诗集》卷11《除夕有怀亡女》,页348。

诗》①均属之。其《除夕有怀亡女》云：

> 渺渺非人境，何年见汝归？常时当令节，犹自整新衣。小像
> 幽兰侧，孤坟暮鸟飞。艳阳芳草发，何处托春晖？②

每逢佳节倍思亲，崇祯八年（1635 年）除夕，陈子龙忆起往昔过年时，长女颀快乐地穿着新衣之情景，而今生死两隔，祇留下一帧小像，两相对比，令人不胜欷歔。实则陈子龙长女颀虽才六岁，却聪颖异常，陈子龙《悼女颀诗》云：

> 日日阶前笑语开，随花逐蝶弄花回。生平一步尝回首，何事
> 孤行到夜台？（其三）

> 春来花里解寻师，尝乞鱼笺记小词。最是难忘偏忆汝，病中
> 犹问建安诗（女颀能读曹、刘、三谢诸诗）（其五）③

颀长得亭亭玉立且笑口常开，她亦如一般小孩之纯真，平日也喜爱穿梭在花丛中追逐蝴蝶，然她更具有乃父之风，虽年纪轻轻，却已能阅读曹、刘、三谢等诸家之诗集，其中，最使陈子龙心疼不已的是她虽置身病榻之中"病中犹问建安诗"，因女儿如此聪慧，致陈子龙在其夭折之后，伤痛不已，因有"却恨转多聪慧事，累人相忆太分明"之痴语④。

陈子龙早在五岁时，其生母韩宜人就因暴疾而亡故，其幼年失母，而其所以能无饥寒不时之虞，则当归功于其祖母高太安人的抚育之恩，故其对祖母的情感既深且厚，此自其所自撰之年谱中可得到印证，如"崇祯十三年庚辰"下，陈子龙云："予坚意不出，而前辈如许霞城、孙鲁山诸公，力为敦趣，以为天下尚可为。而太安人亦见责以'汝家世受国恩，无以我老人故，废报称大义'，遂以三月黾勉北发，然意

---

① 《陈子龙诗集》卷 17《悼女颀诗》，页 572～573。
② 《陈子龙诗集》卷 11《舟行雨中有忆亡女》，页 347。卷 11《除夕有怀亡女》，页 348。
③ 《陈子龙诗集》卷 17《悼女颀诗》，页 572～573。
④ 《陈子龙诗集》卷 17《悼女颀诗》，页 573。

殊恋恋,无日不回顾也。"①另外"崇祯十七年甲申"下亦载道:"婺事稍定,先是太安人不乐处官舍,还家岁余矣。予日夜思念,考成后,即屡上书当路,求归侍养,不听。"②其《送家大母还松江至檇李感赋》一诗:"朝持手版候铃下,暮策塞卫随风尘。我亲欲向家园去,画舫盈盈度江树。未能偕隐问归期,犹得同行指归路。檇李城南鸿雁飞,西水驿前风雨吹。方知李令陈情是,深悔毛生捧檄非"③即写此事。而松江起义失败后,陈子龙的好友夏允彝以身殉国,自投松塘而死;夏允彝兄之旭亦遭陈子龙狱牵连,之旭欲与夏允彝俱死,故写下绝命词:"予一介儒,曾霁天颜。岁寒之意,至死勿迁。仲赋怀沙,深无贬屈。惜哉卧子,何不早决?"④陈子龙所以不死者,非偷生苟活,乃因割舍不下高龄九十之祖母,其自云:"仆门祚衰薄,五世一子,少失怙恃,育于大母,报刘之志,已非一日,奉诏归养,计终亲年。婴难以来,惊悸忧虞,老病侵寻,日以益甚。欲扶携远遁,崎岖山海之间,势不能也;绝裾而行乎,孑然靡依。自非豺狼,其能忍之? 所以徘徊君亲之闲,交战而不能自决也。"⑤陈子龙遂奉亲出逃,窜处菰芦之下,栖伏枋榆之间,混迹屠沽,往来缁羽。顺治三年(1646年)三月,高太安人病殁于徐滩,对一心一意欲求终侍祖母的陈子龙而言,不异晴天霹雳,罹此大故,陈子龙虽近不惑之年,犹悲恸如孺子泣也。是年冬,因写下《岁晏仿子美同谷七歌》,其第四首云:

> 嗟我飘零悲孤根,早失怙恃称愍孙。弃官未尽一日养,扶携奄忽伤旅魂。栢涂槿原暗冰雪,泪枯宿莽心烦冤。呜呼四歌兮动行路,朔风吹人白日暮。⑥

① 《陈子龙年谱》卷上,见《陈子龙诗集·附录二》,页662。
② 《陈子龙年谱》卷中,见《陈子龙诗集·附录二》,页684。
③ 《陈子龙诗集》卷10《送家大母还松江至檇李感赋》,页287。
④ 《鲁之春秋》卷13《义旅二·陈子龙传》,页567。
⑤ 《陈子龙文集·陈忠裕公全集》卷27《报夏考功书》,上册,页486~487。
⑥ 《陈子龙诗集》卷10《岁晏仿子美同谷七歌》其四,页309。

本诗写其幼年失怙，育于祖母，欲尽孝养，然因国破家亡，播越异地，故未能尽菽水之养，而高太安人竟殁矣，致其悲恸不已。顺治三年（1646 年）十一月，陈子龙将祖母归葬于富林，并作《奉先大母归葬庐居述怀》诗：

> 行遁山河改，归来松菊荒。尚余三亩宅，无复万家劳。祈死烦宗祝，偷生愧国殇。但依亲陇在，含笑此高冈。（四首其三）

> 右军曾誓墓，平子丞归田。此日君亲尽，非关出处偏。大夫离黍赋，小雅蓼莪篇。并作今朝泪，烦冤莫问天。（四首其四）①

第一首写在山河变色的情况下，陈子龙为报答祖母自幼抚育之恩，将高太安人归葬于富林东阡，冀其能含笑九泉。第二首则将《诗经》中感慨国家兴亡的《黍离》与感念父母恩惠的《蓼莪》二个典故双举，写出国破亲亡之痛楚，更流露出陈子龙对祖母逝世之伤感也。

陈子龙诗歌中吟咏儿女私情及朋友情感之作，所占篇幅与分量甚多。盖陈子龙除具有慷慨激昂的经世情怀，并以志士身份留名青史外，因其本身是个文人，所以也有风流浪漫的一面。考陈子龙一生有一妻三妾。② 其在崇祯元年（1628 年）腊月与张孺人结婚③；崇祯六年（1633 年）其纳姜蔡氏于家④，此时陈子龙又与名妓柳如是交往密切。此外，在崇祯六年（1633 年）冬天，陈子龙北上应试，涂经扬州时还想物色更中意的女子，对此，挚友李雯曾有《卧子纳宠于家，身自北上，复阅女广陵而不遇也。寓书于予，道其事，因作此嘲之》一诗，诗之末联道："茂陵不与临邛并，更语相如莫浪求。"⑤观陈子龙少年所以如此风流多情，其来有自，据其好友彭燕又《二宋唱和

---

① 《陈子龙诗集》卷 12《奉先大母归葬庐居述怀》，页 397。

② 《陈子龙世系表》，见《陈子龙诗集·附录二》，页 743。

③ 《陈子龙年谱》卷上，见《陈子龙诗集·附录二》，页 642。

④ 《陈子龙年谱》卷上，见《陈子龙诗集·附录二》，页 649。

⑤ 明末清初·李雯：《蓼斋集》（北京：北京出版社，2000 年 1 月 1 版，《四库禁毁书丛刊》影清顺治十四年石维昆刻本，集部第 111 册），卷 25《卧子纳宠于家，身自北上，复阅女广陵而不遇也。寓书于予，道其事，因作此嘲之》，页 424。

春词序》道：

> 然大樽每与舒章作词最盛，客有啁之者，谓得毋伤绮语戒耶！樽答云："吾等方少年，绮罗香泽之态，绸缪婉恋之情，当不能免。若芳心花梦，不于斗词游戏时发露而倾泻之，则短长诸调与近体相混，才人之致不得尽展，必至滥觞于格律之间，西昆之渐流为靡荡，势使然也。故少年有才，宜大作词。"①

陈子龙认为年少时有"绮罗香泽之态，绸缪婉恋之情"，乃人之常情，难以避免。准此观念，故在陈子龙的诗歌中亦可见辞藻华艳以轻绮取胜，并具有深情绵婉的一面，而这主要表现在其与名妓柳如是的儿女私情上，如《秋夕沉雨偕燕又让木集杨姬馆中市夜姬自言愁病殊甚而余三人者皆有微病不能饮也》云：

> 一夜凄风到绮疏，孤灯滟滟帐还虚。冷蛩啼雨停声后，寒蕊浮香见影初。有药未能仙弄玉，无情何得病相如。人间愁绪知多少，偏入秋来遣示余。（其一）

> 两处伤心一种病，满城风雨妒婵娟。已惊妖梦疑鹦鹉，莫遣离魂近杜鹃。琥珀佩寒秋楚楚，芙蓉枕泪玉田田。无愁情尽陈王赋，曾到西陵泣翠钿。（其二）②

诗题中之杨姬即为柳如是。柳如是（1618—1664），原姓杨，名爱，字影怜，初名云娟，后改姓柳，名隐，又名是，字如是，一字蘼芜，号我闻居士，又称为河东君。色艺双全，能诗善画，为明末名妓，陈寅恪《柳如是别传》，已对其一生行谊做了极为详细的考证，此不赘。此诗乃写陈子龙与朋友彭燕又、宋让木在青楼会名妓柳如是之情景，其在诗中，怜惜柳如是之不幸命运，为柳如是之愁而愁，为柳如是之病而

---

① 明·彭宾：《彭燕又先生文集》（台南县：庄严文化事业公司，1997 年 6 月 1 版，《四库全书存目丛书》影清康熙六十一年彭士超刻本，集部第 197 册），卷 2《二宋倡和春词序》，页 345。

② 《陈子龙诗集》卷 13《秋夕沉雨偕燕又让木集杨姬馆中市夜姬自言愁病殊甚而余三人者皆有微病不能饮也》，页 425。

病，自此，可清楚见出陈子龙对柳如是之深情。另《戊寅七夕病中》一诗亦属之：

> 又向佳期卧，金风动素波。碧云凝月落，雕鹊犯星过。巧笑明楼迥，幽晖清簟多。不堪同病夜，苦忆共秋河。[1]

此诗写于崇祯十一年（1638 年）七夕，然据陈寅恪考证，陈子龙与柳如是两人早在崇祯八年（1635 年）秋，即已劳燕分飞，但陈子龙还曾为柳如是的《戊寅草》作序，故二人关系依旧密切[2]。此诗写于他们分手之后的七夕，陈子龙追忆往昔与柳如是同病相怜之情景，借此可见陈子龙之诗作，不仅文采斐然，诗意委婉，且辞藻典雅，情感缠绵，故不枉其为江南才子之称号。

（二）幾社酬唱

陈子龙诗歌中吟咏到朋友间情感者颇多，兹举其写给挚友徐孚远与夏允彝之诗为例，以见一斑。

夏允彝（1596—1645），字彝仲，号瑗公，谥文忠。万历四十五年（1617 年）中举，为崇祯十年（1637 年）进士。学务经世，凡历朝制度暨明代典章，无不谙习，且独处一室，志常在天下。[3] 其博学好古及文章道德，在当时颇负士林众望，而年龄则较陈子龙长十二岁，其年辈虽在前，但在幾社中，二人每每受瞩目，引为气类，时称为"陈夏"，据蔡嗣光言，两人有颇多共同点，即"始同郡同学，同负物望，又同中春官，同尽节死"[4]。实则陈子龙一生受其影响甚大，益以两人晚节

---

① 《陈子龙诗集》卷 12《戊寅七夕病中》，页 359。

② 陈寅恪：《陈寅恪集·柳如是别传》（北京：三联书店，2001 年 1 月 1 版），第 3 章《河东君与"吴江故相"及"云间孝廉"之关系》，页 106。

③ 清·王鸿绪：《明史稿·夏允彝传》，见明·夏完淳：《夏节愍公全集》（台北：华文书局股份有限公司，1970 年 5 月 1 版，影清光绪二十年成都重刊本），卷首《史传》，页 14。

④ 清·蔡嗣光《夏节愍公全集跋》，见《夏节愍公全集》卷首《事略》，页 31。

同沉渊殉国,故时人称其乃"白首同归"①。陈子龙、夏允彝、徐孚远三人之生平大节,据徐孚远学生李延昰《南吴旧话录》云:

> 徐孝廉孚远、夏考功允彝、陈黄门子龙各言其志,孝廉慨然流涕曰:"百折不回,死而后已。"考功曰:"吾仅安于无用,守其不夺。"黄门曰:"吾无闇公之才,而志则过于彝仲,顾成败则不计也。"终各如其言。②

而陈子龙、夏允彝、徐孚远三人最后果真都各如其言,致力为君国奔走甚或牺牲生命。考其生平,陈子龙与夏允彝早在天启五年(1625 年)时即已交往③,且关系密切,此可从陈子龙在夏允彝殉国周年时所写《报夏考功书》一文中得到印证:

> 足下长仆实周一星,追忆囊时,仆才过志学,仅解操觚,而足下荐州里、随计吏已十余载。忘年结纳,过美其谈,茂我枝叶,使厕上流。自此以来,丽缔日密,善善同清,恶恶同污,一义必共讨析,一文必共欣赏,翔翔必齐其羽翮,风雨必均其燥湿。以至连镳上京,策名王府。二十年间,夷险非一,形虽异气,义同孔怀。仆年少气盛……每为流俗所疾,动成疾痛,足下匡救弥缝,解讽支拒,曲盖其短,阐诩其长。至于醉饱之失,偶轶规绳;爱憎之间,或违横量,未尝不殷勤责善,期于敦复。……仆虽交满天下,安得义兼师友如足下者哉?……亦无典型师资,切劘不倦如足下者,为之左提右挈,相扶共奖,以成德业,仆虽后死,更何所望哉。④

夏允彝平素对待陈子龙乃是以弥缝其短,阐诩其长,殷勤责善,相扶共奖,以成德业的态度,故彼此形虽异气,却义同孔怀,因知夏允

---

① 清·王鸿绪《明史稿·夏允彝传》,见《夏节愍公全集》卷首《史传》,页 15。

② 清·李延昰:《南吴旧话录》(台北:广文书局,1971 年 8 月 1 版),卷 2《忠义》,页 144。

③ 《陈子龙年谱》卷上,见《陈子龙诗集·附录二》,页 637。

④ 《陈子龙文集·陈忠裕公全集》卷 27《报夏考功书》,页 478~480。

彝与陈子龙的关系不仅如师似友，更是其解人。而从此文除可看出二人之交情匪浅，更可在陈子龙的诗作中见出端倪，如《仲夏直左掖门送彝仲南归》云：

> 晨趋阊阖门，炎风吹绮疏。轻云过员阙，风吹闻清虚。言与君子别，引领一踌躇。分手即长道，何时还故庐？非无骓与骥，修坂自崎岖。子行慎霜露，予留愁卷舒。少小重南国，欢爱日同车。入宫方见妒，况乃更离居。努力理文绣，无事徒唏嘘。（其一）①

> 金塘回素波，中有双鸳鸯。托身在清禁，和鸣君子旁。人生会有别，孤翼忽南翔。顾此同林鸟，安知天路长？平生志慷慨，何事独难忘？本为四海人，岂得常相将。丈夫重知己，万里同芬芳。亹勉劬贞亮，德辉在岩廊。莫忧青蝇多，和璧贵善藏。执手不能语，怅矣结中肠。（其二）②

夏允彝才学宏赡，与陈子龙等结为幾社，名重海内，二人并曾携手进京赶考，且同在崇祯十年（1637 年）考上进士。夏允彝中进士后，授长乐知县一职，离都赴任之际，陈子龙赋此二诗以送别之。前一首诗中陈子龙忆及二人情谊为"少小重南国，欢爱日同车"，故临行之时，眷念不已。加上当时因奸佞当权，忠正之士多遭构害，夏允彝与陈子龙虽为新科进士，然素负盛名，已受宵人耽耽，目为党魁矣③，故陈子龙叮嘱其须小心谨慎，担忧其"入宫方见妒，况乃更离居"？并鼓励其"努力理文绣，无事徒唏嘘"。至于后一首诗则以双鸳鸯、同林鸟譬喻二人的交情，并传达"丈夫重知己，万里同芬芳"之信念，且以"亹勉劬贞亮，德辉在岩廊"之理想相劝勉。综观二诗盈溢着诗人对好友夏允彝依依难舍及关爱有加之情感。其后，陈子龙有《寄夏长乐彝仲》诗：

---

① 《陈子龙诗集》卷 6《仲夏直左掖门送彝仲南归》，页 163。
② 《陈子龙诗集》卷 6《仲夏直左掖门送彝仲南归》，页 163～164。
③ 《陈子龙年谱》卷上，见《陈子龙诗集·附录二》，页 653。

使君出宰下长安，闽海南移地势宽。百粤山川屏上见，九夷城堞镜中看。诸公久已期鸣凤，大邑还应化舞鸾。知尔弹琴春色满，董峰千树杏花寒。①

长乐县，位居闽省福州府东边稍南，其东滨海，因称"闽海"。夏允彝知长乐后，居官廉正，诸所兴革，皆得大体，加上日与书生校论文艺，致远近士子，云集其门。故陈子龙此诗称誉夏允彝知长乐县不但政通人和，更春风化雨。观陈子龙对其友之褒奖，洵非虚言，据《明史》所载夏允彝任长乐知县事：

> 授长乐知县，善决疑狱。其郡邑不能决者，上官多下长乐。居五年，邑大治。吏部尚书郑三俊举天下廉能知县七人，以允彝为首。帝召见，大臣方岳贡等力称其贤，将特擢。②

此印证夏允彝的确政绩卓著，既改善邑治又嘉惠县民，故崇祯十六年（1643 年）夏、陈二人同被素以端严清亮、正色立朝之吏部尚书郑三俊③，推举为天下大廉卓之有司④。然在陈子龙即将被朝廷特别擢用之际，却遭逢丧母之痛，致其因丁母忧而未及大用。崇祯十七年（1644 年）三月十九日，流寇李自成攻陷北京，思宗自缢煤山，明朝倾覆。夏允彝怀抱忠君爱国之忧，纠结志士，图谋兴复；既闻福王立于南都，乃还，擢为吏部考功司主事。弘光元年（顺治二年，1645 年）五月，南京再陷，眼见江南不保，夏允彝与陈子龙、徐孚远等慨然于松江起义，可惜不久兵败，清兵破松城，允彝隐姓黄，逐居龙江，依女淑吉，逐居江村之袁家衖。⑤ 八月，清廷以夏允彝为人望所归，欲拉拢之，

---

① 　《陈子龙诗集》卷 14《寄夏长乐彝仲》，页 478。

② 　《明史》卷 277《夏允彝传》，页 7098。

③ 　《明史》卷 254《郑三俊传》，页 6565。

④ 　《陈子龙年谱》卷中，见《陈子龙诗集·附录二》，页 677。

⑤ 　见清·沈葵：《紫堤村志》（上海：上海古籍出版社，2008 年 3 月 1 版，王孝俭等标点本），卷 7《人物·流寓·夏允彝传》，页 200。《紫堤村志·夏氏淑吉传》云："兵败遯居龙江，氏供亿之。"《紫堤村志》卷 7《人物·列女·夏氏淑吉传》，页 179。

招曰："进退惟其意，但求一见，有何不可？"夏允彝答曰："譬有贞妇，或欲嫁之，妇不可，则语之曰：'尔即勿从，姑出其面'，妇将蹇帷以出乎？抑以死自蔽乎？"①自此可见夏允彝已清楚表达其忠贞之志节。九月，泊舟华亭崧塘，"佯作登岸状，出不意，急赴水，水浅，仅及胸，低头自伏而绝，背衣犹未湿也"②。夏允彝为践履其《春秋》大义，纵断臆绝腴，虽九死亦不后悔，实践其在《绝命词》中所说："以身殉国，无愧忠贞。南都既覆，犹望中兴。中兴望杳，安忍长存？……人谁无死？不泯者心。修身俟命，敬励后人"③。而当陈子龙闻此噩耗之时，据《南吴旧话录·感愤》记载其反应：

> 夏考功自缢于舟，报至卧子所，卧子一恸几绝。叹曰："瑗公自是令仆材，一朝骑箕，吾何堪独存面目，使天下人士犹称陈夏"。④

夏允彝投水自缢，陈子龙顿失良师益友，内心恸不欲生。顺治三年（1646年）冬，陈子龙因写下《岁晏仿子美同谷七歌》：

> 琼琚缟带贻所欢，予为蕙兮子作兰。黄舆欲裂九鼎没，彭咸浩浩湘水寒。我独何为化萧艾，拊膺顿足摧心肝。呜呼六歌兮歌哽咽，蛟龙流离海波竭。⑤

陈子龙此诗乃哀悼兰蕙之交夏允彝之效三闾大夫屈原之自沉于渊也。翌年三月，陈子龙会葬夏允彝，并赋《会葬夏瑗公》诗二章，此乃是其绝笔诗：

> 二十年来金石期，谊兼师友独追随。冠裳北阙同游日，风雨西窗起舞时。志在春秋行不爽，行成忠孝更何疑。自伤旧约惭

---

① 《陈子龙年谱》卷中，见《陈子龙诗集·附录二》，页706～707。

② 《夏节愍公全集》卷首《事略》引《紫堤村志》，页22。今本《紫堤村志》仅作："九月，投崧塘死，水浅，自伏而绝，背衣犹未湿也"，见《紫堤村志》卷7《人物·流寓·夏允彝传》，页200。

③ 《陈子龙年谱》卷中，见《陈子龙诗集·附录二》，页707。

④ 《南吴旧话录》卷20《感愤》，页915～916。

⑤ 《陈子龙诗集》卷10《岁晏仿子美同谷七歌》七首其六，页310。

婴杵,未敢题君堕泪碑。(其二)①

陈子龙回想逾二十年来与夏允彝齐心齐德,共同奋斗之金石情谊,而夏允彝以殉国来实践其《春秋》之志,陈子龙则因为奉养祖母而化名遁藏,致有"志在春秋行不爽,行成忠孝更何疑"之语。祖母卒后,陈子龙立即积极投入抗清起义,然已无力回天,因有"自伤旧约惭婴杵,未敢题君堕泪碑"之叹。

综观陈子龙写与夏允彝相关之诗作,可见二人如伯乐知千里马之远识,与彼此惺惺相惜之深厚情感,至死不渝,令人不禁为其友谊之深而动容。

陈子龙与另一好友徐孚远的情感亦颇真挚,故在其诗集中亦每每咏及,明朝覆亡之际,徐孚远慨然奋袂而起,与陈子龙、夏允彝一起在松江起义,举事失利后,徐孚远遁入闽中,投奔隆武政权,闽亡后又追随鲁监国,周旋于义旅之间,企图入滇以联系永历政权,未成;后随从郑成功入台湾,郑成功死,徐孚远乃流寓至潮州,不久病故。观其行迹,可谓与南明抗清活动相终始,徐孚远至海上又创海外幾社,延续幾社抗清不屈,忠义爱国之精神,正符合其所曾自述"百折不回,死而后已"之语。

崇祯二年(1629年),陈子龙始与徐孚远交往②,两人并于此时与夏允彝、周立勋、杜麟征、彭宾等人创立幾社,有《幾社六子会义》之刻,且同列名为"幾社六子"。③在幾社中,陈子龙与徐孚远堪称是志同道合之好友,彼此相互切磋学问并相偕游历,据陈子龙自撰《年谱》"崇祯八年乙亥"条下载云:

> 春,偕闇公读书陆氏之南园,创为时艺,闳肆奇逸,一时靡然向风。间亦有事吟咏。④

---

① 《陈子龙诗集》卷15《会葬夏瑗公》,页531。
② 《陈子龙年谱》卷上,见《陈子龙诗集·附录二》,页643。
③ 《社事始末》,页4B。
④ 《陈子龙年谱》卷上,见《陈子龙诗集·附录二》,页650。

两人常一起读书于南园中，而"南园"乃位在娄县南门外之阮家巷，据载其地原为明礼部尚书陆树声之弟陆树德之别墅，中有梅南草庐、读书楼、濯锦窝诸名胜，崇祯时，幾社成员多于此地诗酒倡酬①，而陈子龙与徐孚远则于此读书讲义，创作古文辞及钻研八股文写作。除此之外，两人更一起编纂书籍。据陈子龙自撰《年谱》"崇祯十一年戊寅"条下载道：

> 是夏，读书南园。与闇公、尚木网罗本朝名卿巨公之文，有涉世务国政者，为《皇明经世文编》。②

陈子龙与徐孚远虽是一介文士，却心系天下，故时常身处小楼，指点江山、激昂文字、编纂书籍，亦因彼此有相同之壮志遂更加深两者之情谊。而徐孚远最叹服的乃陈子龙之文章与气节，其推崇陈子龙为江南文章领袖，具有豪迈心胸及过人才气。而陈子龙对徐孚远亦极看重，其《送徐闇公游南雍》云：

> 旧京风物昔年同，五月澄波画舫中。汉代清流归太学，徐家宫体擅江东。西陵烽火连云暗，北府旌旗刺眼红。君去岂应耽绛帐，论兵早已动诸公。③

陈子龙此诗作于崇祯八年（1635 年）五月，时徐孚远已三十七岁，前此，其屡应乡试不售，乃游南京国子监，亦因此而名闻于朝，故诗中以"徐家宫体擅江东"称誉徐孚远之文才。其实，徐孚远早已声闻江南文坛，其不仅能文亦谙兵，故赞其"论兵早已动诸公"。且因徐孚远历经家京剧变后，诗风益发苍劲雄浑，情真语壮，志深笔长，堪称为云间诗人之佼佼者。

徐孚远自以为在文学上不如陈子龙，然在志向上却是陈子龙与夏允彝之同心友。国难之前，徐孚远与陈子龙共同从事经世济民之大业，且常以如是之壮志相勉励。如陈子龙作于崇祯九年（1636 年）

---

① 《陈子龙年谱》卷上，见《陈子龙诗集·附录二》，页 650。
② 《陈子龙年谱》卷上，见《陈子龙诗集·附录二》，页 659。
③ 《陈子龙诗集》卷 14《送徐闇公游南雍》，页 447。

之《有感示闇公》诗云：

> 风尘仍不息，杖策每差池。吾辈岂终尔，天心安可知。徒劳
> 明主梦，谁释柄臣疑。报国生平事，怜君未老时。①

政局之纷扰不定使其深感担忧，陈子龙除感慨壮志难酬，更慨叹徐孚远之不遇。因徐孚远虽比陈子龙年长九岁，却屡困于棘闱，直至崇祯十五年（1643 年）才中举，其年已四十四岁。而陈子龙对徐孚远之才华深为叹赏，亦极为了解其用世之志。又《寄怀徐闇公》云：

> 对客尝称徐孺子，共惊犹是鲁诸生。飘零顾予同王粲，狂简
> 何人荐祢衡。启事渐轻三府辟，宦游每借五侯成。唯应梅尉辞
> 官后，与尔同高吴市名。②

陈子龙在此喻徐孚远为有才而不被任用之祢衡，并对其怀才不遇极表同情。然徐孚远虽科场失利，却不似宋征舆等人，惟一心钻研八股文而疏远政治。徐孚远早在国变前即积极参与挽救明朝之危机，甲申之变后徐孚远更与南明之政权沉浮与共，坚持抗清，直至死而后已，乃具体表现出其百折不回之气概。审此，徐孚远在十多年之颠沛流离中，始终以陈子龙之殉国精神激励自己，并言“愿取来生作弟兄”③，足见徐孚远与陈子龙情感之深挚。

（三）哀悯百姓

晚明自万历以降政治不修，造成经济崩溃，社会动乱至极，在官逼民反下，百姓无奈沦为流贼以求生，明终亡于闯王李自成之手，实是可悲。陈子龙在崇祯十年（1637 年）考中进士后，就努力实现其经世之志、用世之情，故其诗歌多倾向反映现实政治及关怀民生疾苦之题材，如《辽事杂诗》八首其一云：

---

① 《陈子龙诗集》卷 11《有感示闇公》，页 349。
② 《陈子龙诗集》卷 15《寄怀徐闇公》，页 502。
③ 明·徐孚远：《钓璜堂存稿》（民国十五年金山姚光怀旧楼刻本），卷 13《夜梦卧子剧谈如昔已觉其殂也问以冥途事不答惝恍遂癯诗以痛之》，页 40A。

> 昔年游侠满辽阳，吹角鸣鞭七宝装。帐下紫貂多上客，楼前白马度名倡。椎牛属国开新市，射虎将军猎大荒。李氏家声犹带砺，断垣落日海云黄。①

此诗乃反映现实政治，写明朝将领宁远伯李成梁镇辽二十二年期间，先后十次告捷。俟李成梁去辽后，十年之间，竟更易八帅之多，且边疆防务亦因而废弛不振。而《谷城歌》亦云：

> 旗离离，鼓坎坎。雕弓虎牌府门下，帐中锦袍坐红毯。县官来，不敢行；监军来，并坐烹肥羊。汝有禾稻供我粮；汝有讼狱听我章。今我为官，汝勿惊皇。百姓入门何所见？白玉为君床，黄金缭绕之。美人侍者偓偓，仰面乃其妻。相视不敢问，中心悲。将军者何官？昨夜黄纸招安。小兵骑马醉欢，突入酒市盘餐。将军口传勤王，舣舸大舶千樯。但问江陵汉阳，又问武昌九江。②

此首新乐府乃写崇祯十年（1637年），湖广总理熊文灿，刊檄抚贼。十一年（1638年）春，流贼张献忠遣人赍重币贿赂总兵陈洪范，伪言愿率所部降以自效，陈洪范信以为真，禀报熊文灿以纳降，并赐予张献忠十万军饷，张献忠乃借以训练士卒，整治甲仗，后更据谷城称叛，除穷奢极欲外，复强占人妻，而人民敢怒不敢言，可见民不聊生，因知此诗亦反映现实政治。

陈子龙在崇祯朝仕宦期间，转任迁调途中，也写下不少哀悯百姓之诗篇，如《小车行》乃崇祯十年（1637年）中式后诠选出都南归，亲眼目睹流民颠沛流离之悲惨场面。其云：

> 小车班班黄尘晚，夫为推，妇为挽。出门茫然何所之？青青者榆疗我饥。愿得乐土共哺糜。风吹黄蒿，望见垣堵，中有主人当饲汝。叩门无人室无釜，踯躅空巷泪如雨。③

---

① 《陈子龙诗集》卷14《辽事杂诗》八首其一，页469。
② 《陈子龙诗集》卷3《谷城歌》，页84。
③ 《陈子龙诗集》卷3《小车行》，页85。

诗中描写崇祯十年(1637 年)六、七月间,山西、山东遭遇旱灾及蝗害,所带给人民莫大的苦难。诗歌极中全力描写一对夫妻在逃荒时的艰辛,这对夫妇辛苦的推挽着小车,满面风尘寻求能获得食物的处所,望见远处有人家,遂燃起一线生机,努力向前走,孰知上前叩门竟无人回应,但见屋内空空荡荡,连煮饭的锅釜也无,原先重生之希望又归于破灭。此首新乐府看似平实无奇,却写出当时老百姓生活困顿,十室九空之真实景况,深切反映出民生疾苦。至于《卖儿行》亦作于此时:

> 高颡长鬣清源贾,十钱买一男,百钱买一女。心中有悲不自
> 觉,但美汝得生处乐。却车十余步,跪问客何之? 客怒勿复语,
> 回身抱儿啼。死当长别离,生当永不归。①

此诗视角集中在饥民因大旱无以为生,为保存儿女性命,只好卖儿鬻女,断绝天伦之梦。诗中写出饥民历经饥饿之苦,为使子女得以存活而不致饿死,遂忍痛割舍心头肉,廉售予清源贾,当饥民探问其去处时,竟导致清源贾发怒,此时饥民内心清楚知道此生无论是生或死,将再也看不到自己的子女。陈子龙在此将黎民因天灾无以为生,导致鬻子卖女以求得儿女有一线生机之无奈,深刻的传达出来,不禁令人为之泪下。

崇祯十三年(1640 年)至十六年(1643 年)连年大旱,通货膨胀,米价上涨百倍以上,陈子龙《流民》乃见各地流民流窜,民不聊生,最后沦为盗贼:

> 怀符山县去,凭轼暗生悲。中泽鸿多悲,空仓雀苦饥。市门
> 连井避,米舶渡江迟。乐土今何在? 春风易别离。②

此诗乃陈子龙崇祯十三年(1640 年)为绍兴司李之作,时诸暨缺令,台使命之摄诸暨篆,是岁大饥,奸民聚诱亡命,肆以剽掠,子龙以

---

① 《陈子龙诗集》卷 3《卖儿行》,页 87。
② 《陈子龙诗集》卷 12《流民》,页 381。

计擒之，民赖以安。① 然而为政者当防患于未然，第一首要应使黎民百姓能安居乐业为先；再者，防止奸宄滋生。若落至官逼民反结局，则国乱民亡矣。

以上为陈子龙反映人民生活痛苦之诗篇，无论所反映是天灾、人祸抑现实政治之缺失，皆可见其悲天悯人之心也。

（四）黍离之悲

陈子龙认为诗不只为适己而作，其在《白云草自序》中说道："诗者，非仅以适己，将以施诸远也。《诗》三百篇，虽愁喜之言不一，而大约必极于治乱盛衰之际。"②若说其早期的诗歌多为适己之作，那么，在甲申之后其诗风已大大改变，在艺术上更趋成熟。此时其喜用自己最擅长的律诗以抒发其忧时伤乱之情怀，其词采高华而不掩雄浑悲壮之气，加上其喜欢用典，且用得贴切自然而又丝毫无滞涩之弊。

陈子龙忧国伤时，随着北都、南都相继沦陷，国势日益恶化，愈发慷慨沉郁，如《避地示胜时》六首其六云：

> 力穷支大厦，时异射高墉，未遇夷门老，还从石户农。朱弦悲匪兕，玄牝愧犹龙。泪尽人间世，天涯何处逢？③

诗中自叹身世飘零，报国无路，身处南都覆亡后，寥落独居之家国悲。陈子龙在弘光朝任兵科给事中，专在言路，"不过五十日，竟无虑三十余上，多触时之言，时人见嫉如仇"④。弘光元年（顺治二年，1645 年）子龙以祖母年高病重，辞官归养，五月南都不守，避地柳滨，

---

① 陈子龙自撰《陈子龙年谱》卷上云："诸暨缺令，台使命之摄诸暨篆，暨邑向多盗，且水灾五载，是岁益甚，盗贼如猬毛而起，予廉邑中知名豪数辈，久以赃罪锢者，召讯之，持其阴事，令擒贼自效。又力行保甲，设互首之法，申连坐之令，获渠魁数人，立诛之。即盗贼人人相疑，主藏者每为人所发，枹鼓罕鸣矣。"见《陈子龙诗集·附录二》，页 664～665。
② 《陈子龙文集·陈忠裕公全集》卷 26《白云草自序》，页 446。
③ 《陈子龙诗集》卷 15《避地示胜时》六首其六，页 401。
④ 《陈子龙年谱》卷中，《陈子龙诗集·附录二》，页 702。

暂不与世事。

隆武二年(顺治三年,1646 年)三月大母殡于徐滩,移家武塘,将决计东渡投奔鲁王,六月结太湖兵举事。① 陈子龙太湖抗清起义兵败后,在旧吴故地所写下《秋日杂感》组诗,最能见出黍离之悲。其第一首云:

> 满目山川极望哀,周原禾黍重徘徊。丹枫锦树三秋丽,白雁黄云万里来。夜雨荆榛连茂苑,夕阳麋鹿下胥台。振衣独上要离墓,痛哭新亭一举杯。②

此组七律为陈子龙于松江起义失败后客居吴中之作,感情沉痛凝重,风格高华俊爽,其中弥漫着浓厚的兴亡之感,为陈子龙后期诗歌之代表作。组诗之首篇,诗人以《诗经·王风·离黍》中周原禾黍之典故,述写山河变异的黍离之悲。诗中其自比亡国旧臣极目四望,徘徊在故都废墟之中,接着视角从秋高气爽,明亮艳丽之景致逐渐转换成凄迷的深秋背景,望着原本繁华热闹宫殿,如今竟沦为荆榛满地,麋鹿成群之凄凉荒芜景象,诗人不禁心生感慨而徘徊不去。其后陈子龙更登上吴国忠烈要离之坟,且举杯奠祭曾作新亭对泣之东晋臣子,此诗抒发诗人对现实的哀感和自我激励之情。诗中所言之茂苑荆榛、胥台麋鹿,乃诗人假借吴事以寄托其内心之感慨。在此,陈子龙将福王从汴邸监国南都,譬喻成典午之南渡,加上南明福王的政权国祚又极短暂,致诗人有"痛哭新亭一举杯"之语,喷薄而出,诗人悲愤而痛哭之情感,令人动容。

又《秋日杂感》其二云:

> 行吟坐啸独悲秋,海雾江云引暮愁。不信有天常似醉,最怜

---

① 黄宗羲《弘光实录钞》载:"六月,兵部侍郎沈犹龙、兵科给事中陈子龙、下江监军道荆本彻、中书舍人李待问、举人章简、徐孚远、总兵黄蜚、吴志葵,建义松江。"明·黄宗羲撰、沈善洪主编《黄宗羲全集》(杭州:浙江古籍出版社,1986 年 5 月 1 版),第 2 册《弘光实录钞》卷 4,页 99。

② 《陈子龙诗集》卷 15《秋日杂感》,页 525～526。

无地可埋忧。荒荒葵井多新鬼，寂寂瓜田识故侯。见说五湖供饮马，沧浪何处着渔舟。①

正所谓风景不殊，而河山有异。放眼四望，无事无物不触起诗人的国破家亡之恨。此诗首二句以海雾江云之凄凉景象，引出诗人悲秋之情，"独悲"、"独愁"乃全篇诗眼所在，贯穿全诗感情，使诗篇一气流注，盘旋激昂。颔联"不信有天常似醉，最怜无地可埋忧"，以逆势出之，一扬一抑，沉郁顿挫，力重千钧，揭示理念与现实之矛盾，指责老天不公，正义不得伸张，以致江山改易。残酷之社会现实，清朝血腥镇压，仁人义士屡遭失败，加深诗人之"悲愁"，在此情况下，陈子龙内心忧愁盈怀，哀恸江山易主已非我所有，在悠悠广阔之天地间，更感孤独无侣，无处埋忧。颈联"荒荒葵井多新鬼，寂寂瓜田识故侯"，则写出因战乱导致社会凋敝，人民百姓丧命兵燹，爱国志士惨遭杀戮，以"东陵瓜"典故，隐喻王孙故侯如魏国公徐弘基等，因颠沛流离而隐遁避迹之事。陈子龙以国变后之凄凉景象，感慨人事之变迁，令人萌发今昔之感。诗人抗清之志将何以所托，上下无助，不仅悲从中来，更透露浓厚孤独之感。尾联"见说五湖供饮马，沧浪何处着渔舟"，则道出一向繁华的江南之所以会凋敝原因，乃源自清军之不断肆虐蹂躏，成为清兵饮马之所。故园已非昔日之乐土，天下之大已无一片清净去处。当时苏、松已为清兵所下，太湖中部亦滋扰不已，诗人无处可隐，借此传达出内心悲愤之痛。

再观《秋日杂感》第三首，乃充满悲愤国亡主灭之情：

万木凋伤叹式微，何人犹与赋无衣？繁霜皓月阴虫切，画角清笳旅雁稀。阮籍哭时途路尽，梁鸿归去姓名非。南方尚有招魂地，日暮长歌学采薇。②

本诗乃言南都覆亡之事。据《通鉴辑览》载云："乙酉（弘光元年，顺治二年，1645年）五月，我大清兵渡江。……京口败军奔还，南京

① 《陈子龙诗集》卷15《秋日杂感》，页526。
② 《陈子龙诗集》卷15《秋日杂感》其三，页526。

大震。福王荒宴至夜半,跨马自通济门出走,遂奔太平。……总督京营忻城伯赵之龙奉表纳款,勋戚自魏国公徐文爵(宏基之子)、驸马都尉齐赞元(尚光宗女遂平公主)、灵璧侯汤国祚、安远侯柳祚昌等、大臣自大学士王铎、礼部尚书钱谦益等文武数百员并城内官民迎降。……我大清兵至芜湖,明总兵田雄(宣府人)劫福王由崧以降,靖国公黄得功死之;明亡。"①陈子龙此时已穷途末路,不得已遂易姓化名,窜处孤芦,栖伏枋榆之间,故如阮籍穷途而哭,梁鸿隐名,尚祈南方尚有招魂地,可作长歌采薇吟也。

其《秋日杂感》第九首则云:

> 经年憔悴客吴关,江草江花莫破颜。岂惜余生终蹈海?独怜无力可移山!八厨旧侣谁奔走,三户遗民自往还。坯上隆中俱避地,侧身怀古一追攀。②

此诗写当时因太湖兵已溃败,陈子龙身虽未蹈海,然已深知力绌无能移山。综观平日所交友朋或捐躯故国,如夏允彝、侯峒曾、李存我辈;或入仕清朝,如钱谦益者;而眼前所与游者,仅余吴佩远、徐似之、钱彦林、钱仲芳、钱漱广、钱默、夏存古、蒋篆鸿、陈子木、张冷石、王沄、张宫十余人而已③,所以此时陈子龙尚有张良、孔明暂避坯上、隆中之思,以待时再兴义师之志。

审此,上论数首《秋日杂感》诗,不难窥见陈子龙自甲申之变后,其诗歌中所弥漫的黍离之悲及深沉的亡国之恨。江山易主,丧乱之痛使诗人无法逃于民族大义,起义抗清,以至亡身殉国。

(五)以诗存史

陈子龙因经历国家、社会剧变,故其诗歌意蕴深厚,有浓厚忧患

---

① 清高宗敕撰《御批历代通鉴辑览》(台北:新兴书局,1959 年 10 月 1 版,影同文版),卷 1176《附明唐王·乙酉岁》,页 3814~3815。

② 《陈子龙诗集》卷 15《秋日杂感》其九,页 528。

③ 陈子龙自撰、清·王沄续《陈子龙年谱》卷下,见《陈子龙诗集·附录二》,页 716。

意识，能真实反映当时动荡不安之社会生活，更具有强烈之家国之悲。加上其曾亲身参与南明政权之抗清运动，所以对南明几个小政权之失败也多所着墨。

首先，东北边患问题，崇祯年间，边事日蹙，建州女真南下牧马频繁，《辽事杂诗》八首其七云：

> 卢龙雄塞倚天开，十载三逢敌骑来。碛里角声摇日月，回中烽色动楼台。陵园白露年年满，城郭青磷夜夜哀。共道安危任樽俎，即今谁是出群才。①

满洲入侵不断，自崇祯二年十一月下尊化；七年七月入上方堡，至宣州；九年七月入塞，连下畿内州县。短短不到十年光景，建州铁骑一连三次直逼京师，百姓任敌人蹂躏宰割，而边关将帅无能，朝廷束手无策；眼见胡风卷地，诗人不禁忧愤国势危殆。

北都南京相继沦陷，陈子龙遭丧家亡国之痛，毅然投入抗清活动，其诗歌亦流露出战斗激情与慷慨激昂壮志。由于目睹社会之不安，国家势力之日益衰弱，致陈子龙对经世之文极为重视，其诗歌也倾向以诗存史，反映现实政治，如其歌行体之《杜鹃行》云：

> 巫山窈窕青云端，葛藟蔓蔓春风寒。幽泉潺湲叩哀玉，碧花飞落红锦湍。鼯鼱腾烟乌啄木，江妃婵媛倚修竹。荫松藉草香杜蘅，浩歌长啸伤春目。杜宇一声裂石文，仰天啼血染白云。荣柯芳树多变色，百鸟哀噪求其群。莫将万事穷神理，雀蛤鸠鹰递悲喜。当日金堂玉几人，羽毛摧剥空山里。鱼兔鳖令几岁年，卧龙跃马俱茫然。惟应携手阳台女，楚壁淋漓一问天。②

陈子龙此首七言古诗写于隆武二年丙戌（1646年），实为鲁王浙东抗清失败逃亡海上而作。据《通鉴辑览》载："顺治三年（1646年）夏六月，我大清兵克绍兴，鲁王以海遁入海。……命张国维防遏四邑，图后举；国维还守东阳，知势不可支，作绝命诗三章，赴水死（国

---

① 《陈子龙诗集》卷14《辽事杂诗》八首其七，页471。
② 《陈子龙诗集》卷10《杜鹃行》，页299～300。

维,赐谥'忠敏')。兵部尚书余煌等,皆死之(煌赴水,舟人拯起之。居二日,复投深处,乃死。大理少卿陈潜夫,走山阴化龙桥,偕妻、姜二孟氏同赴水死。职方主事高岱,偕其子朗跃入海死。兵部主事叶汝恒,与妻王氏同死。礼部侍郎陈函辉,从以海航海;已而相失,哭入云峰山,投水死。诸生诸暨傅日炯、鄞县赵景麟、浦江张君正、瑞安周钦尧、永嘉邹之琦等,皆殉义死。……大兵进客金华,督师大学士朱大典阖门死,时以海至石浦,定西侯张名振从之。至舟山,守将黄斌卿不纳,乃浮海至厦门,遂走南澳。)"①故知此诗"杜宇一声裂石文,仰天啼血染白云。荣柯芳树多变色,百鸟哀噪求其群。"表面描写杜鹃羽毛摧剥,啼血空山,实乃述鲁监国诸臣奔窜流离,殉难捐躯,乃借杜鹃以致其故君之思也。此处陈子龙以杜鹃泣血典故,写其国破家亡之凄惨景况,而陈子龙亦如屈原"楚壁淋漓一问天"之愤慨形象亦跃然纸上。

至若其最具诗史特色之诗歌,如《吊卢司马》:

> 司马磊落姿,少小尚奇节。劲翮思风云,潜心访英杰。天性能挽强,奔腾骇超忽。初镇大河北,千里静车辙。秦盗走荆襄,南征气勇决。倚剑开烟尘,弯弓殪饕餮。每率百死士,当阵自排抉。跳荡贼垒穿,弗使锋刃缺。游魂阻蒙茸,逆徒诚驰突。天子顾北门,五原新秉钺。雄风振云沙,愤气视辽碣。三年汉月高,两载胡尘歇。橇枪缠蓟丘,公又在缧绁。强起护诸军,赫赫专九伐。岂无推毂仪,恐有当肘掣。令多不易遵,将骄谁能罚?仓卒重围间,矢尽弦亦绝。得免文吏议,难为世人说。吁嗟巨鹿下,千秋转呜咽。生平有十骥,安忍事胡羯。尚思战场利,谁留春草龁?部曲既飘零,参佐半摧折。惆怅李蔡封,隐忍刘琨没。萧条烈士希,成败安可设!②

此诗叙写忠臣卢象升为保家卫国而在巨鹿贾庄壮烈成仁之事。

---

① 《御批历代通鉴辑览》卷117《附明唐王・顺治三年》,页3830～3831。
② 《陈子龙诗集》卷7《吊卢司马》,页181～183。

卢象升（1600—1639），字建斗、介瞻，号九台，宜兴人。天启二年（1622年）进士，有《卢忠肃公全集》。卢象升白皙而癯，膊独骨，负殊力。好畜骏马，皆有名字。① 崇祯十一年（1638年）五月，卢象升丁外艰。九月，清兵攻明，北方军事形势紧张，清多尔衮、岳托等分从墙子岭、青口山进入长城，京城戒严，崇祯帝紧急诏迁卢象升为兵部左侍郎，总督宣、大、山西军务并赐尚方宝剑，以统领天下援兵。当是时卢象升麻衣草履，誓师及郊。然明思宗、兵部尚书杨嗣昌及监军太监高起潜阴主和议，独卢象升决策议战，致事多为杨嗣昌、高起潜所阻挠，卢象升名虽督天下兵，实提残卒耳。据《明史·卢象升传》载："十二月十一日进师至巨鹿贾庄。起潜拥关、宁兵在鸡泽，距贾庄五十里而近，象升遣廷麟往乞援，不应。师至蒿水桥，遇大清兵。象升将中军，大威帅左，国柱帅右，遂战。夜半，礮礰声四起。骑数万环之三匝。象升麾兵疾战，呼声动天，自辰迄未，炮尽矢穷。奋身斗，后骑皆进，手击杀数十人，身中四矢三刃，遂仆。"② 陈子龙此诗歌颂卢象升虽怀抱忠君爱国之赤忱，之死靡它志，后虽为国牺牲，然仍为奸佞它陷，故诗云："吁嗟巨鹿下，千秋转鸣咽"。诗人冀藉此诗以存史实，因知陈子龙的诗歌能深刻反映当时的现实情势，具有浓厚之时代感，堪与杜甫"诗史"媲美。唐人孟棨《本事诗·高逸》云："杜逢禄山之乱，流离陇蜀，毕陈于诗，推见至隐，殆无遗事，故当时号为'诗史'。"③ 而《新唐书·杜甫传》赞亦曰："甫又善陈时事，律切精深，至千言不少衰，世号'诗史'。"④ 故何其伟《陈忠裕公全集跋》借"诗史"之说以评陈子龙诗云：

> 予少时于书肆中，购得《云间三子诗集》，读而爱之，而于忠

---

① 《明史》卷261《卢象升传》，页6766。

② 《明史》卷261《卢象升传》，页6765。

③ 唐·孟棨《本事诗》卷3《高逸》，见丁福保辑《历代诗话续编》（北京：中华书局，1983年8月1版，华文实点校本），页15。

④ 北宋·欧阳修等编撰《新唐书》（台北：鼎文书局，1992年1月7版，影北京：中华书局校点本），卷201《文艺上·杜甫传》，页5738。

裕诗尤至,遂留意搜求。……因叩以忠裕遗集,得其家藏数种,内有忠裕自述年谱一卷。因与王云庄鸿逵昆季,按谱之年月以考诗中时事,与《明史》所载悉合,真诗史也。①

陈子龙之诗在经历兵燹及长期政治禁锢后,幸存部分诗歌仍能清楚看到其反映崇祯、弘光两朝中重大的政治事件,难怪青浦何其伟推许陈子龙诗为"诗史",乃陈子龙诗足以补明末历史之阙。②

综观陈子龙诗作中最引人注目的,还是那些规模宏大、声情激越的七律组诗,如《感怀》八首③。《初秋》八首④、《书丙子秋事》四首⑤、《燕中秋感》四首⑥、《辽事杂诗》八首⑦等。这些组诗所吟不限于一事,亦不专作客观描写,而是揽物起怀,思绪腾挪,夹叙夹议,感慨系之,滔滔莽莽,浑厚悲壮,准确地传达出晚明雨飘摇之时代氛围,表达诗人关怀民生之情怀。故王士祯《香祖笔记》推崇其七律"沉雄瑰丽,近代作者,未见其比,殆冠古之才"⑧。吴伟业赞誉其负"旷世逸才",《梅村诗话》评曰:

> 卧子负旷世逸才,年二十,与临川艾千子论文不合,面斥之。

---

① 《陈子龙文集·陈忠裕公全集》,卷首《何其伟跋》,上册,页5。
② 钱钟书认为陈子龙诗"不类少陵",其《谈艺录》云:"陈卧子大才健笔足以殿有明一代之诗而无愧,又丁百六阳九之会,天意昌诗,宜若可以悲壮苍凉,上继简斋、遗山之学杜。乃读其遗集,终觉伟丽之致,多于苍楚。在本朝则近青邱、大复,而不同献吉;于唐人则似东川、右丞,而不类少陵。"钱钟书:《谈艺录》(北京:中华书局,1984年9月1版,1987年11月1版补订本),第51则,页175。钱钟书之观察未注意陈子龙:名士→志士→烈士的人生历程,故其诗歌发展是拟古→尚实→悲歌的审美风格。
③ 《陈子龙诗集》卷13《感怀》八首,页405~408。
④ 《陈子龙诗集》卷14《初秋》八首,页449~451。
⑤ 《陈子龙诗集》卷14《书丙子秋事》四首,页460。
⑥ 《陈子龙诗集》卷14《燕中秋感》四首,页467~468。
⑦ 《陈子龙诗集》卷14《辽事杂诗》八首,页469~472。
⑧ 清·王士祯:《香祖笔记》(上海:上海古籍出版社,1982年12月1版,湛之点校本),卷2,页23。

其四六跨徐、庾；论策视二苏。诗特高华雄浑，睥睨一世。好推崇右丞，后又摹拟太白，而少陵则微有异同。要亦崛强，语非由中也。初与夏考功瑗公、周文学勒卣、徐孝廉闇公同起，而李舒章特以诗故雁行，号陈李诗，继得辕文，又号三子诗，然皆不及。当是时幾社名闻天下，卧子奕奕眼光，意气笼罩千人，见者莫不辟易。登临赠答，淋漓慷慨，虽百世后犹想见其人也。①

吴梅村认为陈子龙学古而能出新，变古而能代雄，追求自成一家之境地。从吴梅村评论陈子龙"诗特高华雄浑，睥睨一世"、"意气笼罩千人，见者莫不辟易"等语，可清楚看出吴梅村对陈子龙极为钦佩。缘此，陈子龙与其他幾社同仁相较，更是鹤立鸡群，卓然特立，领袖群伦。

再者，如黄宗羲评陈子龙之才学与诗艺，指出陈子龙早年诗歌创作虽强调学古，但晚期诗歌趋于平淡，此乃其超越时代文风之处，黄宗羲《思旧录》云：

> 卧子少年之文，恃才纵横，艾千子（艾南英）与之论文，极口鄙薄，以为少年不学，不宜与老学论辩，自取败缺。海内文章家，无不右千子。以余观之，千子徒有其议论，其摹仿欧、曾，与摹仿王、李者，亦唯之与阿。卧子晚亦趋于平淡，未尝屑屑于摹仿之间，未必为千子之所及也。②

乾隆年间蒋重光《明诗别裁集序》亦云：

> 云间卓立，渐臻壶奥，识复古也。板荡变操，各写幽噫，茹芝采菊，初心靡悔，存余响也。③

审此，可知陈子龙的诗歌，无论在当时或后代都受到极高的评价。

---

① 清·吴伟业：《梅村诗话》，见丁福保编《清诗话》（上海：上海古籍出版社，1999 年 6 月 1 版），页 68～69。

② 明·黄宗羲：《思旧录》，见沈善洪主编《黄宗羲全集》（杭州：浙江古籍出版社，1985 年 11 月 1 版），第 1 册，页 362。

③ 清·蒋重光《明诗别裁集序》，见清·沈德潜、周准编《明诗别裁集·序》（上海：上海古籍出版社，1979 年 9 月 1 版），页 4。

综观陈子龙一生,无论其生平或其诗文创作,皆卓荦可观。当其任绍兴推官时,泽被黎民;明室既倾,更与好友夏允彝、徐孚远等,积极组织抗清起义,在松江兵败时,为奉养祖母高太安人故,遂奉亲出逃,俟高太安人病逝后,复挺身参与太湖起义,卒为国殉,因知其为忠孝两全之人。至其诗文理论,初倡复古,然亦重视文学与时代之关系,更强调文学须反映现实,故其诗歌除吟咏情志外,能哀悯百姓疾苦,寓含黍离之悲,进而以诗存史,凡此皆可见其文章气节之过人处,毋怪乎吴伟业赞叹其为"旷世逸才"、黄宗羲评其"晚趋平淡",愈老愈佳也。

第二节　奇童俊少夏完淳

夏完淳是陈子龙弟子,也是同志、战友。完淳天纵英才,历"国屯家难,先子云亡"[1]及种族沦灭之痛,束发从军,死为毅鬼,又诗格高古,慷慨悲壮,真是国史上少见之奇童俊少。

一、生平及著作

夏完淳(1631—1647),原名复,乳名端哥,字存古,号小隐,别号灵首,曾辑早年诗文为《玉樊堂集》,故又号玉樊。松江华亭(今上海)人。父夏允彝好古博学,名重海内,与陈子龙等创立幾社,平日所往来者多文章气节之士,又好奖励后进,故夏完淳自幼即有机会接触四方贤士。明宗社既倾,夏允彝与陈子龙思以螳臂,奋乎挡车,因积极在松江号召义军抗清,志在兴复,惜举事失败,夏允彝写下绝命词[2],慨然自投松塘口而死。伯父夏之旭随后亦谒文庙,赋绝命词,从容自

---

[1]　明·夏完淳撰、白坚笺校《夏完淳集笺校》(上海:上海古籍出版社,1991 年 7 月 1 版),卷 1《大哀赋》,页 19。

[2]　陈子龙自撰《陈子龙年谱》卷中,见明·陈子龙:《陈子龙诗集·附录二》(上海:上海古籍出版社,1983 年 7 月 1 版),页 707。

缢于复圣之位旁。① 而夙与夏允彝齐名的陈子龙，为夏完淳的老师，其晚节亦略相似，故时人称誉陈子龙、夏允彝两人乃白首同所归。

夏完淳自幼天生异禀，才华飙发，夙有神童之称，五岁已能作诗，撰《代乳集》时，年止九龄。② 李延昰《南吴旧话录·赏誉》曾载其轶事云：

> 夏存古童年好阅邸钞，便能悉其首尾，一时叹为奇童。徐闇公来晤，瑗公头晕，先使之出拜，闇公与谈千余言，存古酬对多作尝语而自然抑扬可听。闇公既出，其师某曰："奈何不出入经史，略标才藻？"对曰："昔管公对单子春，犹能少引圣籍多发天然，小子何敢作饾饤技俩唐突先辈？"闇公闻之曰："后生中有此人，吾幾社旗帜所向，天下虽多材，亦未易竭其输攻也。"③

夏完淳之聪颖深受徐孚远之赞赏，并预言其日后将成为幾社之中坚分子。徐孚远对之赏誉不假，清初钟渊映论夏完淳亦云："陈大樽选《明诗》，存古年纔十余尔，而宋辕文援其论诗以作序，此时已许其作后进领袖矣。迨十五从军，十七授命，磨盾草檄，不异老生宿儒，信异禀也。"④真是国史上少有之奇童英雄也。

夏完淳从小受家庭、环境、教育、交游、社会、时局之影响，亲见其父与师奔走国事，耳濡目染下，早在童年期之夏完淳，已能与长者同席并抵掌谈论烽警及九边情形，加上迭逢丧乱，其后遂积极投入抗清活动。南都覆亡，其父夏允彝在陈子龙建议下，联合时任吴淞总兵之门生吴志葵起义抗清，不克，其父与伯相继殉节。隆武二年（顺治三

---

① 清·李聿求：《鲁之春秋》（上海：上海古籍出版社，2002 年 3 月 1 版，《续修四库全书》影清咸丰刻本，第 444 册），卷 13《义旅二·陈子龙传》，页 567。

② 屈大均撰、欧初等编《屈大均全集·翁山文外》（北京：人民文学出版社，1996 年 12 月 1 版，第 3 册），卷 2《周秋驾六十寿序》，页 92。

③ 清·李延昰：《南吴旧话录》（台北：广文书局，1971 年 8 月 1 版），卷 17《赏誉》，页 796。

④ 清·朱彝尊著、姚祖恩编《静志居诗话》（北京：人民文学出版社，1990 年 10 月 1 版，黄君坦校点本），卷 21《夏完淳》条"附录"引，页 644。

年,1646 年)正月,夏完淳遵父遗命,尽以家产饷军,入吴易军为参谋,四月参加攻克海盐之战役,六月初九日吴易在嘉善中计被捕,不久在杭州遇害。是时完淳穷途歧路,湖海飘零,有如断梗飞蓬,孤苦伶仃,可谓备尝人世之艰辛,然夏完淳犹不避危难,饮恨吞声,旨在报国难家仇。后更与其师陈子龙、岳父钱旃谋议策动抗清起义,并上书鲁王,鲁王遥授其为中书舍人,旋进职方主事。鲁王入闽,夏完淳因托谢尧文带上鲁监国疏表,监国二年(永历元年,顺治四年,1647 年)夏,夏完淳在家乡松江,以遥通鲁藩罪遭逮捕,被解往南京。临行前其泣别母亲,作诗道:"忠孝家门事,何须问此身!"①一路吟诗至江宁,见汉奸洪承畴绝不下跪,据《阙氏成仁录》载其事道:

> 经略洪承畴欲宽释之,谬曰:"童子何知?岂能称兵叛逆,误堕贼中耳!归顺当不失官。"完淳厉声曰:"我常闻亨九先生,本朝人杰。松山、杏山之战,血溅章渠,先皇帝震悼褒恤,感动华夷,吾常慕其忠烈。年虽少,杀身报国,岂可让之?"左右曰:"上座者即洪经略"。完淳叱之曰:"亨九先生死王事已久,天下莫不闻之,曾经御祭七坛,天子亲临,泪满龙颜,群臣呜咽,汝何等逆徒,敢伪托其名,以污忠魄"。因跃起奋骂不已,承畴色沮,无以应。②

洪承畴知夏完淳为一神童,心存赏识,有意开释,欲生之,然夏完淳不但不领情,还骂得洪承畴哑口无言,遂下狱。同年九月十九日,夏完淳与其岳父钱旃同时就义西市,时夏完淳年仅十七岁,临刑时却意气从容,一如往常慷慨赋诗,与岳父成仁取义,难翁难婿,忠贞殉国,永远辉耀于青史而名垂千古。完淳就义之后,同郡同社挚友杜登

---

①　《夏完淳集笺校》卷 5《拜辞家恭人》,页 263。
②　《阙氏成仁录》,见明·夏完淳:《夏节愍公全集》(台北:华文书局股份有限公司,1970 年 5 月 1 版,影清光绪二十年成都重刊本),卷首《事略》,页 19～20。

春、沈羽霄共殓之，归藏其父夏允彝墓侧。①

　　近人陈田《明诗纪事》评夏完淳诗歌云："存古诗趋步陈黄门，年仅十七，当其合作，与黄门并难高下，赴义之时，语气纵横淋漓，读之令人悲歌起舞。"②可见其诚为幾社奇童俊少。有关夏完淳之著作，桐城方授曾言其"有自定义诗近千首"③，然在夏完淳从军殉难后，已残稿零星。现举重要版本如下：

　　一、《夏内史集》，清嘉庆吴省兰听彝堂刻《艺海珠尘》匏集有《夏内史集》九卷，附录一卷，收赋十篇，骚九篇，诗二百二十六首，词二十八首，文五篇。④

　　二、《夏节愍公全集》，清王昶于《夏节愍全集序》中述及虽积时已久的多方采集掇拾，仍有遗漏，遂与庄师洛、陈均、何其伟诸人，将夏完淳《玉樊堂集》、《内史集》、《南冠草》等诗文集，编辑成《夏节愍全集》十卷，卷首一卷，卷末一卷，补遗二卷，并在清嘉庆十二年（1807年）时刊刻于松江⑤。同治八年（1869年）陈履泰补刊修订重印；光绪二十九年（1903年）又有四川成都重刊本。据何其伟说法《玉樊堂集》乃作于甲申、乙酉间；《内史集》则作于从军之后，自丙戌至丁亥

---

　　①　杜登春《社事始末》云："癸未（崇祯十六年，1643年）之春，余与夏子存古完淳，有西南得朋之会，为幾社诸公后起之局。"清·杜登春：《社事始末》（台北：艺文印书馆，1968年1版，《百部丛书集成》影清吴省兰辑《艺海珠尘》），页14A。

　　②　清·陈田：《明诗纪事》（上海：上海古籍出版社，2002年3月1版，《续修四库全书》影清贵阳陈氏听诗斋刻本，第1712册），辛签卷5《夏完淳》，页43上。

　　③　明·方授《南冠草序》，见《夏节愍公全集》，卷首，页26。

　　④　明·夏完淳：《夏内史集》（台北：艺文印书馆，1968年1版，《百部丛书集成》影清吴省兰辑《艺海珠尘》）。中华书局《丛书集成初编》本即据《艺海珠尘》本排印。明·夏完淳：《夏内史集》（北京：中华书局，1985年新1版，《丛书集成初编》第2172册）。

　　⑤　清·王昶鉴定、庄师洛辑、陈均、何其伟编《夏节愍全集》（中央研究院藏清嘉庆十二年何氏刊本）。

四、五月间；而《南冠草》则是夏完淳临难时在途中、狱中所作之诗。①

三、《夏完淳集》，中华书局排印本。②

四、《夏完淳集笺校》，白坚笺校本。③ 笺校者白坚积四十余年之精力，于 1983 年完成《夏完淳集笺校》一书，1991 年由上海古籍出版社出版，为目前研究夏完淳最详尽完整且最重要之笺注本。

五、《大哀赋注释》④，旅德华人王学曾针对夏完淳名篇《大哀赋》内容详加注释。

二、文学内容与创作主题

夏完淳之文学作品包括有诗、赋、文、词。其中尤以诗歌为首，其诗风、内容可自夏完淳十四岁区分为前后二期，即以崇祯十七年（1644 年）甲申之变为界。

夏完淳前期作品多为拟古和制艺，当时文坛弥漫公安独抒性灵，任性而发之文学主张，夏完淳师事陈子龙，其师为矫治当时文坛萎靡风气，而发展前后七子复古思想，以古文辞为尚，主张经世之学，影响所及，夏完淳乃亦步亦趋。

夏完淳早期诗作，属于幼年好古，摹拟汉魏六朝之古诗，如《咏怀诗》六首⑤、《陈思王赠友》⑥、《潘安仁悼亡》⑦、《谢康乐游山》⑧等属之，其所作几可乱真，然却无深刻内容；而其《湘妃怨》⑨虽亦属摹拟

---

① 　清·何其伟《夏节愍公全集跋》，见《夏节愍公全集》，卷首，页 37。

② 　《夏完淳集》（北京：中华书局，1959 年 1 版，1961 年 2 版）。

③ 　白坚：《夏完淳集笺校》（上海：上海古籍出版社，1991 年 7 月 1 版）。

④ 　明·夏完淳著、王学曾注释《大哀赋注释》（上海：上海古籍出版社，1997 年 5 月 1 版）。

⑤ 　《夏完淳集笺校》卷 3《咏怀诗》六首，页 147～148。

⑥ 　《夏完淳集笺校》卷 3《陈思王赠友》，页 73～74。

⑦ 　《夏完淳集笺校》卷 3《潘安仁悼亡》，页 80～81。

⑧ 　《夏完淳集笺校》卷 3《谢康乐游山》，页 89。

⑨ 　《夏完淳集笺校》卷 3《湘妃怨》，页 149。

之作，却有所寄托且具深远情致。《孤雁行》则为其姐夏淑吉而作，诗中以清新朴实之笔，带出亲情之挚。写姐弟之情有"阿弟攀裾泣，送姐出我门"，伤今昔之感则"尚见故时树，不见故时人"①，乃见至情至性，动人肺腑。

夏完淳得年仅十七，后期诗文都是作于明亡以后到其殉国牺牲前之三四年间。此时诗人历神州陆沉、南京失守，更甚者其父夏允彝与幾社师友相继殉难，国破家变接踵而来，故后期文学特色则以高扬爱国思想，展现少年英雄豪气为主。以下将夏完淳爱国文学，分为三大主题析论之：

（一）抗清复明，发诸抱负

夏完淳在其短暂人生中最后几年所写之诗歌，无论咏物、咏史、赠别或咏怀诗，皆洋溢着炽盛的爱国热忱及忠义襟怀，如《精卫》诗，乃藉精卫衔石填海以寄寓其不屈不挠之心志。②《易水歌》则以跌宕之姿，雄健之笔，慷慨悲歌以咏荆轲，"呜呼，荆卿磊落殊不伦，渐离慷慨得其真！长安无限屠刀肆，犹有吹箫击筑人"③。全篇看似怀古实为伤今，乃寄托其抗清之壮志。另"九死不回归国意，百年重见中兴时"④；"自愧湖海人，卓荦青云志。虽无英雄姿，自与侪伍异"⑤；皆直接、间接传达出夏完淳中兴复国之胸怀。更难能可贵者，乃其虽丁百六之会，仍保持昂扬之豪迈斗志，此自其《舟中忆邵景说寄张子退》诗中奋发高唱："万里飞腾仍有路，莫愁四海正风尘"⑥，可得到印证。

清朝下扬州、破金陵，弘光朝灭亡之后，夏完淳在艰困险恶环境

---

① 《夏完淳集笺校》卷3《孤雁行》，页155～156。
② 《夏完淳集笺校》卷3《精卫》，页146。
③ 《夏完淳集笺校》卷3《易水歌》，页171。
④ 《夏完淳集笺校》卷4《蒋生南行歌》，页178。
⑤ 《夏完淳集笺校》卷3《自叹》，页143。
⑥ 《夏完淳集笺校》卷6《舟中忆邵景说寄张子退》，页300。

中,继续抗清复明战斗,矢志报仇雪恨,如在吴易军中所作《鱼服》云:

> 投笔新从定远侯,登坛誓饮月氏头。莲花剑淬胡霜重,柳叶
> 衣轻汉月秋。励志鸡鸣思击楫,惊心鱼服愧同舟。一身湖海茫
> 茫恨,缟素秦庭矢报仇。①

本诗前半部是对在吴易军中战斗生活之回忆,表达其誓死杀敌报仇之决心。后半部是写兵败后悲愤之情。首句"投笔新从定远侯",以班超喻吴易,点出吴易抗清史事。隆武二年(顺治三年,1646年)正月吴易第二次在太湖举兵抗清,夏完淳入吴易军中为参谋,吴易待之为国士,完淳亦奉之以为师,但不到半载义军在嘉善溃败,诚如《大哀赋》中道:"草檄则远愧孔璋,入幕则深惭仲宣。……龙衣逝矣,鱼服困焉!"②夏完淳只身流离,心情极为悲愤,虽然流落湖海有茫茫之恨,也要效法申包胥缟素秦庭,立誓报仇复国,乃见其于兵败亡命之时仍坚持抗清到底的决心。

永历元年(顺治四年,1647年)夏完淳遭清兵所执,临行诀别故乡,作《别云间》:

> 三年羁旅客,今日又南冠。无限河山泪,谁言天地宽!已知泉路
> 近,欲别故乡难。毅魄归来日,灵旗空际看。③

整篇抒发国仇未报、壮志未伸之悲痛和誓死抗清复国之决心,同时也表达诗人对故乡依恋之情;诗境慷慨激昂,真情流露。

(二)沧桑兴亡,寄寓憾恨

夏完淳在其《大哀赋》序中云:"余始成童,便膺多难,揭竿报国,束发从军。……鲁酒楚歌,乌能为乐!吴歈越唱,只令人悲。"④相较于家国沦亡之沉痛而言,夏完淳并不着意于诗词文藻之考究,然时藉

---

① 《夏完淳集笺校》卷6《鱼服》,页316。
② 《夏完淳集笺校》卷1《大哀赋》,页22。
③ 《夏完淳集笺校》卷5《别云间》,页260。
④ 《夏完淳集笺校》卷1《大哀赋》,页1~2。

诗词以寄托其盛衰之感慨，故表面虽写艳冶宴游之事，实寄黍离麦秀之悲，如《青楼篇与漱广同赋》一诗属之①。本诗首先描写二十年前之青楼盛况："长安大道平如组，青娥红粉娇歌舞。南北红楼几院开，行人争诵平康谱。……神宗垂拱放官衙，南台北里七香车。凤凰对策呼名妓，獬豸弹冠拥狭邪。王孙夜夜珠帘坐，公子家家玉树花。楼头檀板怜青绮，巷里银灯拂绛纱。三吴年少多游冶，筵前戏抱当垆者。金钱夜解石榴裙，丹鬃朝靮桃花马。"讵料二十年后繁华不再，且早已物是人非："那堪两院无人到，独对三春有燕飞。风檐不动新歌扇，露井横飘旧舞衣。花草朱门空后阁，琵琶青冢恨明妃。"夏完淳睹此不禁"青衫泪满江南客"。此诗表面为咏叹秦楼楚馆劫灰，美人尘土，实乃眷怀家国、慨叹兴亡，将一代之盛衰，千秋之感慨全寄寓在青楼盛衰，类此者如《杨柳怨和钱大揖石》②、《故宫行》③、《江南曲》④、《题曹溪草堂壁》⑤等诗，多述盛衰巨变，以寄慨见志，抚今追昔，感触良深，"吴宫花草安在哉？河转参横独徙倚"⑥，情溢乎辞矣！

　　夏完淳于《玉樊堂词》中以故国沦亡之怨，托为男女之情，此乃《离骚》"香草美人"比兴寄托之笔法，如《采桑子》云：

　　　　片风丝雨笼烟絮，玉点香球。玉点香球，尽日东风不满楼。
　　暗将亡国伤心事，诉与东流。诉与东流，万里长江一带愁。⑦

　　这阕《采桑子》由景入愁，暗将亡国伤心之痛全盘托出，诉不尽之哀泪如滚滚长江东流。"尽日东风不满楼"句，一方面是东风无力百

---

①　《夏完淳集笺校》卷4《青楼篇与漱广同赋》，页161～162。

②　《夏完淳集笺校》卷4《杨柳怨和钱大揖石》，页164～165。

③　《夏完淳集笺校》卷4《故宫行》，页181～182。

④　《夏完淳集笺校》卷4《江南曲》，页204～205。

⑤　《夏完淳集笺校》卷4《题曹溪草堂壁》，页186～187。

⑥　《夏完淳集笺校》卷4《江南曲》，页205。

⑦　《夏完淳集笺校·诗余》卷8《采桑子》，页358。

花残①，另一方面是山雨欲来风满楼②，江南沦亡，国事直转而下，完淳少年从军乃肇端国亡家破，今欲重擎天柱而不得，实有无限失望与哀恸。又《一剪梅》(咏柳)云：

> 无限伤心夕照中，故国凄凉，剩粉余红。金沟御水自西东，昨岁陈宫，今岁隋宫。往事思量一晌空，飞絮无情，依旧烟笼。长条短叶翠蒙蒙，缳过西风，又过东风。③

此乃咏台城之柳，台城即建康宫城，建康为六朝首都，亦是有明一代南都。台城又为梁武帝馁死之地，暗喻弘光朝覆亡。下片隐括晚唐韦庄《台城》："江雨霏霏江草齐，六朝如梦鸟空啼。无情最是台城柳，依旧烟笼十里堤。"④台城柳，长条短叶，缳过西风，又过东风，道出国亡主灭，陵谷变迁，人物换世，惟草木无情，依旧烟笼十里堤，不禁使人长叹。缘此，"故国凄凉"句，写于江南沦亡甚明。又如《忆秦娥》(怀远)云：

> 伤离别，相思又值清明节。清明节，蓟门衰草，汉宫红叶。愁怀万种凭谁说，边鸿不到音书绝。音书绝，长安何处，晚山重迭。⑤

"长安何处"等句，显然南都溃后情境。怀远者，怀念南方之故国也。而《洞仙歌》(江都恨)者，哀悼扬州无辜之生灵被屠，抨击福王祸国殃民，枉断江南半壁江山；乃寄寓伤心故国之作：

> 珠帘乍卷，漏春光一半，廿四桥烟花恨满。久伤心故国，鸿

① 唐·李商隐著、清·冯浩笺注《玉溪生诗集笺注》(上海：上海古籍出版社，1998年2月1版，蒋凡校点本)，卷2《无题》，页399。

② 唐·许浑著、清·许培荣笺注《丁卯集笺注》(上海：上海古籍出版社，2002年3月1版，《续修四库全书》影清乾隆二十一年许钟德等刻本，第1311册)，卷5《咸阳东城楼》，页538下。按：诗题一作《咸阳西城楼远眺》。

③ 《夏完淳集笺校·诗余》卷8《一剪梅》，页369。

④ 唐·韦庄著、聂安福笺注《韦庄集笺注》(上海：上海古籍出版社，2002年4月1版)，卷4《台城》，页171。

⑤ 《夏完淳集笺校·诗余》卷8《忆秦娥》，页359。

雁来稀，吴江畔，古艳阳琼花观。望隋堤一抹，杨柳依依，明月迢迢隔河汉。露满玉衣秋，夜漏沉沉，催刀尺，伤心肠断。泪滴金壶红粉怨，偶一梦，到南朝，乱敲银蒜。①

兵部尚书史可法与扬州军民誓死抗清，清兵入城后，屠城十日，兵燹过后，可怜廿四桥、十里扬州路皆成烟消云散。全篇以今昔对比手法、情景交融之意境，呈现亡国之悲。缘此，诗人历神州陆沉，睹物色之变，满眼江山寥落，非复一统之旧，不觉百端交集，所谓"风景不殊，正自有山河之异"②，故感慨遂深。

《玉樊堂词》中，夏完淳以古人宫怨，写亡国之恨的词作极为沉重幽峭，深美闳约之艺术魅力感人肺腑。如《满庭芳》（寓怨）云：

永巷惊风，长门送月，年年几度伤心。银釭点点，泪滴露华侵。此夜西宫弦管，魂梦中仿佛车音。惊坐起，孤灯残月，愁坐倚瑶琴。沉沉芳信杳，金凫烟冷，银鸭香深。听风丝雨片，落月鸣禽，却望君王何处，昭阳歌舞动花阴。遥思想，六龙天上，刀刀动秋砧。③

全篇以幽闭永巷之宫女、别居长门宫之陈皇后自况，藉宫怨寓臣子忠爱之忱。而名篇《烛影摇红》（寓怨）更云：

孤负天工，九重自有春如海。佳期一梦断人肠，静倚银釭待。隔浦红兰堪采，上扁舟，伤心欸乃。梨花带雨，柳絮迎风，一番愁债。回首当年，绮楼画阁生光彩。朝弹瑶瑟夜银筝，歌舞人潇洒。一自市朝更改，暗销魂，繁华难再。金钗十二，珠履三十，凄凉千载。④

此词以青楼女子之幽怨愁思，来见证亡国之痛，当为夏完淳乙酉

---

① 《夏完淳集笺校·诗余》卷8《洞仙歌》，页372。
② 周顗"新亭对泣"语，见刘宋·刘义庆著、余嘉锡笺疏《世说新语笺疏》（上海：上海古籍出版社，1993年12月修订1版，周祖谟整理本），卷2《言语》，页92。
③ 《夏完淳集笺校·诗余》卷8《满庭芳》，页377。
④ 《夏完淳集笺校·诗余》卷8《烛影摇红》，页377。

后感慨今昔,睠怀故国之作。本词明写宫怨,却暗寓兴亡之感、山河之泪。结尾点出旧日繁华眨眼间全成隔世云烟,从此之后,只剩逋臣遗民,凄凉千载。故况周颐《蕙风词话》说此词:"声哀以思,与《莲社词》'双阙中天'阕,托旨略同。"①盖二词同写山河之变,寄寓黍离之悲也。

夏完淳作品中最脍炙人口,应是他在十六岁时仿效庾信《哀江南赋》写成之《大哀赋》,此赋淋漓怆痛,亦是夏完淳一生代表作之一。该赋前有一序以概述南都之倾覆、江南生民涂炭及其从军举义等情事,序中清楚交代其作此赋之缘由:"已矣何言,哀哉自悼!聊为兹赋,以舒郁怀。……国屯家难,瞻草木而抚膺;岳圮辰倾,睹河山而失色。劳者言以达其情,穷人歌以志其事。"②在《大哀赋》中夏完淳痛陈明亡之历史教训,描绘江南沦亡之惨况,反映百姓抗清之义举,并进一步表达其悲愤之心、矢志不移之抗清理念,通篇哀艳惊人,文词工丽,为千古之爱国名篇。③ 故屈大均评此赋云:

> 存古当丙戌之变,年仅十六,与其友崇德吕宣忠,亦年十有
> 六,而从长兴伯吴公易、总兵黄蜚,起兵太湖、三泖间,战败而死。

---

① 《蕙风词话笺注》卷5《夏完淳烛影摇红》条,页364。按:张抡字才甫,开封人绍兴间,知合门事。淳熙五年(1178年),为宁武军承宣使,知合门事,兼客省四方馆事。自号莲社居士,有《莲社词》一卷、《道情鼓子词》一卷。其《烛影摇红》词为:"双阙中天,凤楼十二春寒浅。去年元夜奉宸游,曾侍瑶池宴。玉殿珠帘尽卷。拥群仙、蓬壶阆苑。五云深处,万烛光中,揭天丝管。驰隙流年,恍如一瞬星霜换。今宵谁念泣孤臣,回首长安远。可是尘缘未断。谩惆怅、华胥梦短。满怀幽恨,数点寒灯,几声归雁。",见唐圭璋编《全宋词》(北京:中华书局,1965年6月1版,1992年10月1版5刷),第3册,页1410。
② 《夏完淳集笺校》卷1《大哀赋》并序,页2。
③ 李炳海评《大哀赋》指出:作者从四个方面表现夏完淳巨大哀痛,一是国土沦丧、江山易姓之哀;二是朝政腐败、大臣庸佞之哀;三是回天无力、屡战屡败之哀;四是家破人亡、浪迹他乡之哀。见毕万忱等编《中国历代赋选—明清卷》(南京:江苏教育出版社,1998年11月1版),夏完淳《大哀赋》之主旨与批评,页266~273。

殉其君亦以殉其父，忠而且孝。天地之所赖以长存，日月之所赖以无穷，乃在一成童之力。至今读其《大哀》一赋，淋漓呜咽，洋洋至万余言，犹似未尽。呜呼！《麦秀》、《采薇》之短，《大哀》之长，固皆与风雅同流，《春秋》一贯，为一代之大文，谁谓古今人不相及耶！①

夏完淳《大哀赋》乃运以婉丽之笔，抒写凄楚之思，文中痛感国家遭难，山河变色，字里行间，可谓蕴藏斑斑血泪，故屈大均对仅为一成童之夏完淳，竟能忠孝两全，极为肯定，并称此赋已可与《诗经》、《春秋》相媲美而无愧色矣。朱彝尊《静志居诗话》亦赞许之曰："存古，南阳知二，江夏无双，束发从军，死为毅魄，其《大哀》一赋，足敌兰成。昔终童未闻善赋，汪踦不见能文，方之古人，殆难其匹。"②况周颐《蕙风词话》则谓其"《大哀》、《九哀》诸作，庶几趾美《楚骚》"③。审此，在中国赋史上《哀江南赋》前无古人，《大哀赋》后无来者，是交相辉映之双璧，夏完淳赋敌兰成洵为定论。

（三）颂扬英烈，哀悼师友

夏完淳自幼在父亲夏允彝忠贞爱国、注重气节的濡染下，亦深具儒家立身报国，成仁取义的胸怀，故于明倾父殉后，只身漂泊烟波间，亡命沧海际，但仍不遗余力企图反清复明，以报国仇家恨。而当时亦有力挽狂澜于既倒，不屈不挠积极抗清之文武官员、志士仁人，如其父亲夏允彝即为明例，余如徐石麒、侯峒曾、黄蜚、吴志葵、鲁之玙、史

---

① 《屈大均全集·翁山文外》卷 2《周秋驾六十寿序》，页 92～93。

② 《静志居诗话》卷 21《夏完淳》条，页 644。按："兰成"为庾信小字。庾信《哀江南赋》云："王子滨洛之岁，兰成射策之年。"北周·庾信撰、清·倪璠注《庾子山集注》（北京：中华书局，1980 年 10 月 1 版，许逸民校点本），卷 2《哀江南赋》，页 108。

③ 清·况周颐著、俞润生笺注《蕙风词话笺注》（成都：巴蜀书社，2006 年12 月 1 版，《蕙风词话·蕙风词笺注》合刊），卷 5《夏完淳以灵均辞笔为词》条，页 361。

可法、黄道周、刘宗周、徐汧、金声、祁彪佳、吴易、钱熙、顾咸建等。或共举义师以图恢复，或负天下众望而先后殉国，对此夏完淳皆有诗歌咏之，以表彰忠烈，播扬芳馨，冀以忠孝励后死者，如《六哀》①、《六君咏》②、《哭吴都督》六首③、《二哀诗》④、《吊漱广至西塘有述》⑤及《钱漱广为余内兄弟丰姿玉立神采骏扬纲纪翼修百行具备天假以年且有为以死哲人云亡邦国珍瘁哀哉得绝句十八首短歌之悲过于长号非有情者不足以语此》⑥等诗皆属之。如号称"江南三凤"之一的侯峒曾，一向淡泊名利，与世无争，然闻国家倾覆，即矢不欲生，率众御敌，誓死固守孤城，虽外援断绝，仍本着吾头纵可断，而吾节不可移之信念，后挈二子元演、元洁并沉于池以殉国，夏完淳《侯纳言峒曾》咏道："孤城苦战时，日落鼓声死。始知朝阳禽，亦复秋飙厉。六翮铩不垂，灵风满天地。兴怀募义旅，言洒西州泪。"⑦再者，如休宁人金声，以好学深思而名倾一时，夏完淳于《六君咏》其五之《金司马声》中赞其忠义精神：

> 司马盛意气，豪举不可亲。翩翩云中龙，渺忽谁能驯！牙旗风萧萧，恸哭惊鬼神。轻生贵任侠，英爽殊逼人。功名尽一剑，壮志苦不伸。纵横一世间，卓荦谁比伦！⑧

金声于清兵攻破南京，列郡皆望风而降之时，仍毅然决然与门人江天一纠众练勇以保绩溪、黄山等地。唐王授其为右都御史兼兵部

---

① 《夏完淳集笺校》卷3《六哀》，页95～108。
② 《夏完淳集笺校》卷3《六君咏》，页111～121。
③ 《夏完淳集笺校》卷5《哭吴都督》六首，页248～249。
④ 《夏完淳集笺校》卷6《二哀诗》，页332～333。
⑤ 《夏完淳集笺校》卷6《吊漱广至西塘有述》，页316～317。
⑥ 《夏完淳集笺校》卷7《钱漱广为余内兄弟丰姿玉立神采骏扬纲纪翼修百行具备天假以年且有为以死哲人云亡邦国珍瘁哀哉得绝句十八首短歌之悲过于长号非有情者不足以语此》，页345～347。
⑦ 《夏完淳集笺校》卷3《六哀》之二《侯纳言峒曾》，页98。
⑧ 《夏完淳集笺校》卷3《六君咏》之五《金司马声》，页119。

右侍郎，总督诸道军。金声拔取旌德、宁国诸县。① 九月二十日，降清之明御史黄澍引领大兵入绩溪，金声遂被俘虏。据《明史·金声传》载："声被执至江宁，语门人江天一曰：'子有老母，不可死。'对曰：'天一同公起兵，可不同公殉义乎！'"② 遂同饮刃以殁。故诗中夏完淳称扬金声英勇轻生，实乃举世绝伦之典型。

至于夏完淳有关哀悼师友之诗文，当以其被押解到南京时，一路吟成的《南冠草》中之绝唱《吴江野哭》与《细林野哭》为代表。此二诗乃夏完淳藉沉雄悲壮之七言歌行体，来表达对陈子龙及吴易的追悼之情。诗题中之"吴江"为吴易的故乡，"细林"即细林山，明亡后陈子龙曾遁迹于此；诗中所追悼的两位主角，乃与夏完淳有非比寻常的师生关系及深厚的战友情谊。陈子龙因积极参与策动松江提督吴胜兆起义抗清，在永历元年（1647 年）五月时遭清兵逮捕，并在五月十三日投水殉国，其后夏完淳也被逮捕。此时诗人早已置个人生死于度外，故旷达高唱"英雄生死路，却似壮游时"③，唯一遗憾是"从军未遂平生志，遗恨千秋愧请缨"④。心怀故国，念切中兴之壮志未酬，加上在押解途中又经过细林山和吴江，此时身囚扁舟中之夏完淳内心百感交集，乃作《细林野哭》与《吴江野哭》，以追悼陈子龙及吴易，并自祭自悼。

首先析论《吴江野哭》，其诗云：

> 江南三月莺花娇，东风系缆垂虹桥。美人意气埋尘雾，门前枯柳风萧萧。有客扁舟泪成血，三千珠履音尘绝。晓气平连震泽云，春风吹落吴江月。《平陵》一曲声杳然，灵旗惨淡归荒烟。茫茫沧海填精卫，寂寂空山哭杜鹃。梦中细语曾闻得，苍黄不辨

---

① 清·张廷玉等撰《明史》（台北：鼎文书局，1991 年 5 月 5 版，影北京中华书局点校本），卷 277《金声传》，页 7091～7092。

② 《明史》卷 277《金声传》，页 7092。

③ 《夏完淳集笺校》卷 5《東半村先生》，页 265。

④ 《夏完淳集笺校》卷 6《由丹阳入京》，页 336。

公颜色。江上非无吊屈人,座中犹是悲田客。感激当年授命时,哭公清夜畏人知。空闻蔡琰犹堪赎,便作侯芭不敢辞。相将洒泪衔黄土,筑公虚冢青松路。年年同祭伍胥祠,人人不上要离墓。①

　　陈子龙、夏完淳曾连手策动吴易抗清,吴易因赏识夏完淳才识,而视之为国士,并处以宾幕。对此,夏完淳不仅铭记在心,并以师礼相待,因有"湖海门生谊,荆榛国士恩"之语②。隆武二年(1646 年)六月,吴易在嘉善兵败被清军所掳,就义于杭州草桥门,年方三十五。夏完淳得知噩耗后,怆痛不已,每于"五湖风雪夜,尊酒哭平沙"③,暗自饮泣而不敢声张,并在吴易遗骸尚未归乡时,"万里独招魂"④,与战友筑衣冠冢以尽意。因此夏完淳诗中引侯芭为其师扬雄起坟守丧三年之典,发愿誓为吴易营葬守丧,以报吴易知遇之恩。结尾以"年年同祭伍胥祠,人人不上要离墓",肯定吴易为国捐躯,万古流芳。本诗诚如其《大哀赋》自道"国亡家破,军败身全,招魂而湘江有泪,从军而蜀国无弦,哀哉欲绝,已矣何言!"⑤正见夏完淳于吴易师友谊深,情溢乎辞;共赴国难,山河恨重。

　　观《吴江野哭》已沉郁凄怆之至,而《细林野哭》一诗更是有过之而无不及:

　　　　细林山上夜乌啼,细林山下秋草齐。有客扁舟不系缆,乘风直下松江西。却忆当年细林客,孟公四海文章伯。昔日曾来访白云,落叶满山寻不得。始知孟公湖海人,荒台古月水粼粼。相逢对哭天下事,酒酣睥睨意气亲。去岁平陵鼓声死,与公同渡吴江水。今年梦断九峰云,旌旗犹映幕山紫。潇洒秦廷泪已挥,彷

①　《夏完淳集笺校》卷 4《吴江野哭》,页 221。
②　《夏完淳集笺校》卷 5《哭吴都督》六首其三,页 248。
③　《夏完淳集笺校》卷 5《哭吴都督》六首其一,页 248。
④　《夏完淳集笺校》卷 5《哭吴都督》六首其三,页 248。
⑤　《夏完淳集笺校》卷 1《大哀赋》,页 22。

佛聊城矢更飞。黄鹄欲举六翮折，茫茫四海将安归。天地局蹐
日月促，气如长虹葬鱼腹。肠断当年国士恩，剪纸招魂为公哭。
烈皇乘云御六龙，攀髯控驭先文忠。君臣地下会相见，泪洒阊阖
生悲风。我欲归来振羽翼，谁知一举入网弋。家世堪怜赵氏孤，
到今竟作田横客。呜呼！抚膺一声江云开，深在网罗且莫哀。
公乎，公乎！为我筑室傍夜台，霜寒月苦行当来。①

　　夏完淳作此诗时已身陷死网，以一个将死者对已死之悼念，诗人
睹物思人，抚今追昔，既是怀人，亦是自伤。本诗起自"细林山上夜乌
啼"，结以"霜寒月苦行当来"，使全诗笼罩在秋夜萧瑟惨淡的气氛之
中，酝酿出感伤气氛，以暗示其身陷敌营之悲伤。开头首四句，写作
者这次经过细林山下之情景，萧瑟之秋夜，乌鸦之悲鸣，与诗人因抗
清被陷罗网，命在旦夕之心情，交融一起，但笔锋一转"乘风直下"却
表现夏完淳视死如归之精神。从"却忆当年细林客"，开始追忆当年
师生同声相应、同气相求之往事。夏完淳一生最敬重其师陈子龙，诗
中深情地描绘出两人一起战斗的生活，以及奋起救国的豪情壮志，在
在凸显师生深厚情谊。陈子龙在松江败后，曾在细林山一带进行秘
密活动，夏完淳曾到山中与陈会晤，并带出二人联合策动吴易起兵再
战，最终太湖义旅失败，"谁知顷刻云雨翻，死生漂泊烟波间"②，从去
岁到今年，转瞬间却人事全非。夏完淳一方面痛惜陈子龙壮志未酬，
斯人已逝；另一方面自己虽已尽力救倾，仍力难回天，如今更沦为阶
下囚，但诗人早已抱定死志，故诗中慷慨昂扬，奔迸出悲愤凄怆之情
感。从"肠断当年国士恩，剪纸招魂为公哭"二句，一则可看出陈、夏
亦师亦友，志同道合之情谊，另外乃暗示作者继陈之后也被清军拘
捕，兴兵再战、复国雪仇之愿望，已无实践可能。自"烈皇乘云御六
龙"至篇末，笔势陡转，或写家国破亡之悲，或表现大业未竟之恨，或
对逝者发出呼号，或告白自己矢志殉国之心，浩然正气盈溢于字里行

① 《夏完淳集笺校》卷4《细林野哭》，页215～216。
② 《夏完淳集笺校》卷4《题曹溪草堂壁》，页187。

间。末句"霜寒月苦行当来",再次点明秋夜,与篇首情景相应,并与"昔日曾来访白云"形成两层诗意:一是生前相访,意气益亲;一是死后来归,魂魄无愧,以生死相依来表达他们情谊之深。全篇诗情虽不离悲怆忧伤,但创作思想却在"深在网罗且莫哀"一句之中,在沉痛中蕴藏高昂之爱国情志,呈现出悲壮雄浑之风格,可谓是血泪交织、情文兼至之旷世佳作。

综上所述三大主题论证,夏完淳文学创作以实践其抗清复明、舍生取义为主轴。实者,夏完淳爱国思想与文学震烁史册,举世罕匹,即使在抗清接连失败而身陷网罗之际,仍大义凛然,如其散文中传世名篇《土室余论》则为其代表之作。《土室余论》乃写成于被捕入狱之后,其面对死亡,能将其大无畏精神形诸笔墨,血性文字,成震古烁今之作。在文中以骈散错综笔法,回顾自己短暂一生,慷慨任气,言词简峻:

> 先文忠投渊殉节,便尔无家。湖海飘零,于今三载。风胼霜胝,捉衿短衣,备人世之艰辛,极君亲之冤酷。穷途歧路,断梗飞蓬。日既如流,天犹共戴。呜呼!淳固知生不如死久矣。特以国难家仇未能图报,忠臣孝子自当笑人,故饮恨吞声,苟全性命。湖中之起,身在行间,不忘丧元,独当一面。江东岭表,日月双悬。先文忠为国死,淳也为国生。……家仇未报,臣功未成,赍志重泉,流恨千古。①

此概述其生平志事,看似平常之语句却蕴藏沉痛之情感。最后"今生已矣,来世为期。万岁千秋,不销义魄。九天八表,永厉英魂……吞声归冥,含笑入地"数语②,更传达出夏完淳虽九死其犹未悔之严正信念。全篇辞情慷慨激昂,令人为之悲愤,不仅是英雄誓辞,也是烈士遗言,更可视为夏完淳《大哀赋》后之续篇。

另其《狱中上母书》和《遗夫人书》乃是临难前所写之遗书,二文

---

① 《夏完淳集笺校》卷9《土室余论》,页402～403。
② 《夏完淳集笺校》卷9《土室余论》,页403。

运以朴实无华之笔，娓娓道来，如叙家常般却又字字血泪，情真语挚。读之，时而热血上涌，时而酸楚欲绝，诚天地间之至文也。自文中可见夏完淳对亲人的深情，哀婉而又不失凛然大义。如《狱中上母书》道："一门漂泊，生不得相依，死不得相问……淳一死不足惜，哀哀八口，何以为生？……人生孰无死，贵得死所耳。父得为忠臣，子得为孝子，含笑归太虚，了我分内事。……恶梦十七年，报仇在来世。"①可谓至死不忘为国报仇，坚信为国而死，死得其所。而《遗夫人书》中更云：

> 吾死之后，夫人又不得不生。上有双慈，下有一女，则上养下育，托之谁乎？然相劝以生，复何聊赖！……青年丧偶，缠及二九之期；沧海横流，又丁百六之会。茕茕一人，生理尽矣！呜呼！言至此，肝肠寸断，执笔心酸，对纸泪滴；欲书则一字俱无，欲言则万般难吐。吾死矣，吾死矣！方寸已乱。平生为其人指画了了，今日为夫人一思究竟，便如乱丝积麻。身后之事，一听裁断，我不能道一语也。停笔欲绝。②

文长虽不满三百字，然却血泪斑斑，尽在不言中。文中夏完淳心疼妻子钱秦篆适逢青春年华，却要独自一人承担养育女儿、侍奉托迹于空门之嫡母及寄生于别姓之生母等重责大任③，而自己为君为父，不得不死节，自此可见夏完淳百炼钢化为绕指柔的一面。每思及爱妻日后之艰辛，夏完淳于心不忍，心乱如麻，却又"一听裁断"，毅然抛下儿女私情，从容就义，可见其在死生义利的关键时刻，能勇于决断，抉择大忠大义，视死如归。如夏完淳这般奇童俊才，义贯古今，真乃震撼人心之英雄、烈士也。

观夏完淳之生平及其文学作品，可见少年英雄夏完淳所处时代背景，其虽非着意于辞章创作，却取得了非凡成就，印证其确为不世出之神童。在夏完淳短暂人生中可谓萃忠孝节义于一身，年十七慨

---

① 《夏完淳集笺校》卷9《狱中上母书》，页413～414。
② 《夏完淳集笺校》卷9《遗夫人书》，页417。
③ 《夏完淳集笺校》卷9《狱中上母书》，页413。

然有勤王之志，与诸豪杰相结，往来太湖之间，能视天文、料军事，草檄赋诗，援笔立就，而其最后几年所创作之文学作品，或用明媚笔调挟哀厉词气、或以跌宕之姿慷慨悲歌、或藉质朴家常语以述志节，皆怀抱炽烈之爱国胸襟，并具丰富深刻之艺术内涵，形成其个人独特的风格，故能睥睨一代，辉耀千秋，而留名青史。故沈德潜《明诗别裁集》评曰："存古十五从军，十七授命，生为才人，死为鬼雄，汪踦不足多也，诗格亦高古罕匹。"①汪端在《明三十家诗选》更推崇："节愍诗源出黄门，天姿特秀，古体窥汉魏、初唐堂奥，五七言律高华沉郁，兼擅其长。少假以年，足与梅村、华夫齐驱抗手，何仅高视七子，若其运丁百六，绮岁完忠，其人其文，古今鲜匹，则澄怀诗洋洋数千言抒发尽之，余不必更赘一词矣。"②故读其诗文，如唳猿三声、如杜鹃啼血，令人不忍卒闻。

近代南社诗学宗法云间，尤以陈、夏师徒人格与诗风为最，柳亚子有诗云：

> 百年前事恨难休，吴越人才一网收。东海龙蛇思帝子（诸君子以通表鲁监国被祸），北山猿鹤吊清流。生骑箕尾归天上，死比袁刘殉石头。从此中原销正气，沉香埋血至今愁。

> 平生私淑玉樊堂，自向云间艺瓣香。两世成仁真父子，一身余技有文章。髫年崛起称豪俊，几辈同敛尽慷慨。风马云车雄鬼集，人间何处莫椒浆。③

乃见南社诗人以陈、夏诸人侠烈精神鼓吹革命，以达唤醒民众、推翻清朝之目的。南社精神，可谓再次体现陈子龙、夏完淳爱国诗潮之生命价值。

---

①　清·沈德潜、周准编《明诗别裁集》（上海：上海古籍出版社，1979 年 9 月 1 版），卷 11《夏完淳》，页 289。

②　清·汪端编《明三十家诗选》，见《夏完淳集笺校·附录四》，页 708。

③　柳亚子《和巢南九月十九日顾木刘公旦钱彦林夏存古诸公三十余人殉国大纪念节诗二首》，见《夏完淳集笺校·附录五》，页 753～754。

结　语

　　明清易代之际，是历史大动荡也是社会大变动时期，在明王朝行将覆灭之际，各地纷纷掀起反清复明浪潮，其中尤以文人学士为最活跃，其面临家国危亡的紧要关头，毅然决然挺身而出，怀抱民族气节，义无反顾，甚至从容就义，慷慨悲歌，成为明末爱国主义诗歌之高潮，其中以陈子龙及夏完淳两人堪称是最杰出、最具典型之诗人。近人汪辟疆《近代诗派与地域》论清诗之渊源说："有清康雍之初，承明代前后七子之后，流风余韵，至此犹存。观于复社、幾社诸贤如陈子龙、李雯之伦，罔不奇情盛藻，声律铿锵，当时号为七子中兴。流风所播，乃在明末遗民，下逮清朝，仍未歇绝，不过稍益以悯时念乱之思，麦秀黍离之感，故读者罔觉为七子余波耳。语其至者，如顾炎武、杜浚、陈恭尹、侯方域、陈维崧、吴兆骞、夏完淳诸家，皆此风会中所孕育者也。"①审此，陈、夏二子之诗格与人格实能睥睨一代，独步当时之文坛，在文学史上更占有一席之地。②

　　陈子龙与夏完淳师生情深，在文学思想与创作上创新复古文学高潮，在民族正气上相互砥砺志节，最终抗清殉国。陈子龙与夏完淳以天下为己任，关怀民生经济，诗风雄浑劲健，实为幾社爱国诗潮代表作家。其遭乱悯忧，影响明遗民深远，尤其南明海外幾社群体诗人，其既是有社事血缘关系，又有抗清志节之精神一脉相承。以此之故，本文将陈子龙与夏完淳爱国诗潮定位为海外幾社文学所继承之典型。

---

　　①　汪辟疆：《汪辟疆文集》（上海：上海古籍出版社，1988 年 12 月 1 版），《近代诗派与地域》，页 276。

　　②　吴菜《近代诗派与地域小笺》云："明末复社张溥、张采，幾社陈子龙、夏允彝先后继起。……夏完淳，字存古，华亭人。允彝子。十七岁殉难，诗文藻丽，世惊天才，朱竹垞推为古无其匹，有《内史集》，王昶重刻之，题为《夏节愍集》，与陈子龙集合刻，凡此皆明末清初诗家之最著者也。"见《汪辟疆文集》《近代诗派与地域》，页 277～278。

第五章

徐孚远钓璜之稿

　　徐孚远为"幾社六子"之一,学问渊博,著述极富。四十六岁之前,徐孚远为幾社操选政之领袖,甲申(1644 年)之变后,明社倾覆,其志在恢复,投身义旅,栖栖海上,阻道安南,往来台厦,颠沛流离,终赍志痛愤,呕血数升殁于饶平。

　　朱彝尊《静志居诗话》评论徐孚远诗多为身世感怀之作,其"与卧子、彝仲、勒卣辈六人,倡幾社于云间,切劘古今,文词倾动海内,既而乘桴远引,骑鹤重归,矢诗不多,类有身世之感"[1]。连横《台湾诗乘》云:"闇公寓居海上,曾与张尚书煌言、卢尚书若腾、沈都御史佺期、曹都御史从龙、陈光禄士京为诗社,互相唱和,时称海外幾社六子,而闇公为之领袖。余读其集,如赠张苍水、沈复斋、辜在公、王愧两、纪石青、黄臣以、陈复甫、李正青诸公,皆明季忠义之士而居台湾者;事载《通史》。为录一二。"[2]隆武二年(1646 年)徐孚远四十八岁之后入海,徘徊于浙闽台之间,与明季忠义之士共组海外幾社,并为领袖,继续发扬幾社精神。初因徐孚远于役海外之作仅存手稿藏于后代子孙

---

　　① 清·朱彝尊著、姚祖恩编《静志居诗话》(北京:人民文学出版社,1990年 10 月 1 版,黄君坦校点本)。卷 19《徐孚远》条,页 585。

　　② 连横:《台湾诗乘》(台北:台湾银行经济研究室,1960 年 1 月 1 版,《台湾文献丛刊》第 64 种),卷 1,页 11。按:张苍水、纪石青、黄臣以三人未曾居住过台湾。

家,世人莫得睹知,以为已不传于世矣,故人罕知其贞操介节、百死无悔之志。今其海外集《钓璜堂存稿》既刊,则可灼览其学问、经济、志节、行谊及其与鲁王、明郑之关系。故本章将就其诗文集流传现况、诗文理论、诗集命义,及其餐英幾社、乘桴海外等加以探究之,以表彰其诗文成就,从而见其松柏不凋于岁寒之志节也。

第一节　徐孚远遗著及诗文理论

徐孚远(1599—1665),字闇公,晚号复斋,江苏华亭人,崇祯十五年(1642年)壬午乡荐举人。徐孚远与夏允彝、陈子龙等同列名为"幾社六子",与其弟徐凤彩、徐致远并称为"云间三徐"。

明清之际是所谓"天崩地解"的时代①,幾社诸子充满救世思想,崇祯十年(1637年)陈子龙与徐孚远等选辑《明经世文编》即在体现求实救敝、以资世用之理想。② 故徐孚远《明经世文编序》云:"今天下学士大夫无不搜讨细素,琢磨文笔,而于本朝故实罕所措心。以故剡藻则有余,而应务则不足,语云:高论百世,不如宪章当代。"③此即强调关心现实与经世思想。

徐孚远在南都亡后,曾襄助夏允彝举兵抗清,松江起义失败后入闽,道信州,谒黄道周;黄道周极为疏荐,除天兴司李。又以张肯堂

---

① 黄宗羲《留别海昌同学序》,清·黄宗羲撰、沈善洪主编《黄宗羲全集》(杭州:浙江古籍出版社,1993年10月1版),第10册《南雷诗文集》上,页627。

② 《明经世文编》是幾社集体智慧之产物,此书多达五百多卷之鸿篇巨制,列名实际负责选辑有二十四人,据宋征璧《明经世文编凡例》言:陈子龙与徐孚远"选辑之功,十居其七"。明·陈子龙等选辑《明经世文编》(北京:中华书局,1962年6月1版,1997年6月3刷,影云间平露堂刻本),《凡例》,页56上。有关《明经世文编》之实学思想,请参葛荣晋主编、马涛撰《中国实学思想史》(北京:首都师范大学,1994年9月1版),第二十一章《明经世文编》及其救世精神》,页117～155。

③ 《明经世文编》,徐孚远《序》,页35下。

荐,擢兵科给事中。闽亡后复追随鲁监国,永历三年(1649年)鲁王任徐孚远为国子监祭酒,十月复晋其为左佥都御史。永历五年(1651年),郑成功迎鲁监国至厦门,寻移金门,徐孚远仍留厦门,郑成功待以客礼,甚为倚重,凡大事皆咨而后行。永历十二年(1658年),桂王封郑成功为延平郡王并晋徐孚远为左副都御史,徐孚远偕都督张衡宇赴行在复命,取道安南(今越南),安南西定王郑柞要以臣礼见,不屈而还。永历十五年(1661年)三月,郑成功进取台湾,随之入台,然并未久留,其间殆往来台、厦两地。永历十七年(1663年),清师攻陷金门、厦门,徐孚远拟送儿子登岸,守先人宗祧,即返与卢若腾、王忠孝诸公共颠沛流离大海中。不果,后止于粤潮之饶平。永历十九年(1665年)五月二十七日痛哭而卒①。

一、诗文集流传现况探讨

徐孚远诗文著作在清初如翁洲老民《海东逸史》所云:"所著诗文,散佚殆尽。"②而今存《钓璜堂存稿》一书在有清一代并无刻本刊行,手稿仅存于徐氏后代子孙家,即使熟于南明史实、最表彰遗民之浙东史学大家全祖望,亦未见其全稿。如乾嘉年间鄞县黄定文《书鲒埼亭集徐闇公墓志后》云:

---

① 有关徐孚远晚年行踪、去世地点及曾否至台湾,众说纷纭。《明史》谓其因松江破,遁入海,死岛中。《泉州府志》谓其居厦之曾厝垵,卒。《福建通志》本《龙溪县志》,谓其游龙溪后不知所终。《鲒埼亭集》、《南疆逸史》均谓其殁于台湾。《鹭江志》亦言其垂老更适台湾,挈家佃于新港,躬耕没世。《同安县志》因之。《野乘》谓康熙癸卯岛破,诸缙绅多东渡,独闇公驾船归华亭:陈乃乾、陈洙于《徐闇公先生年谱》中明确指出上述说法并属传闻之误。综合各项数据,可推测徐孚远确曾来过台湾,惟其停留时间并不长,故其非卒于台湾,当以卒于广东饶平之说法较可信,其详情参见本章下文所论。此外,综观台湾各方志皆收有明末诸入台遗老小传,唯独缺少徐孚远,此亦可作为其居台时间甚短之旁证。

② 清·翁洲老民:《海东逸史》(台北:台湾银行经济研究室,1961年4月1版,《台湾文献丛刊》第99种),卷8《徐孚远传》,页48。

……右见姜孺山《松江诗钞》，与谢山先生所作《闇公志》多不合。孺山称其海外诗有《钓璜堂集》。闽中林霍序又有《海外幾社集》，鄞陈士东（引者按应是陈士京）与焉。其流离海外以至转死潮州，皆见于诗。而其过安南，则有《交行集》，又有《与安南西定王书》，言我朝使至贵国皆宾主礼，某忝居九列，恭承王命，不得行拜礼，惟贵国商定，使某不获罪朝廷，贻讥天下。是尤公硁硁大节，而志未及，且称其卒于台湾，似未见闇公诸集也。①

姜孺山编《松江诗钞》可能有机会从其后人处见徐孚远诸集，据黄定文《国朝松江诗钞序》云：

然则云间固南国之诗祖也，自余来江南，始获交于耆生李君，因以知云间姜孺山之贤。丁卯（嘉庆十二年，1807年）秋，权守松江，乃得见孺山委巷中，老屋数椽，图书插架。孺山拥膝危坐其中，穆然如见古君子之仪型，为神移者久之。越明年，乃出其所辑《国朝松江诗钞》索序于余。……而时方表章胜国遗臣，若陈、夏诸子，皆赐谥立祠，于是一时遗民黍离麦秀之词，怀故都而抒忠孝者，皆得彰明较着无忌讳，孺山集而传之犹欤盛哉。②

松江姜孺山安贫乐道，用心整理松江文献，表彰乡贤，钦慕徐孚远，并与其后人甚为熟稔，故得钞录徐孚远诗。

南社著名诗人姚光自民国十一年（1922年）起矢志收辑徐孚远诗文集，然当时仅辑得残文一卷，其《徐闇公先生残集序》感慨云："今所见者，惟我邑钱氏所辑《艺海珠尘》中交行摘稿诗数十首而已。余

① 清·黄定文：《东井诗文钞》（台北：新文丰出版公司，1988年4月台1版，《四明丛书》，第1集，总第3册），卷1《书鲒埼亭集徐闇公墓志后》，页475～476。又参见陈乃乾、陈洙纂辑《徐闇公先生年谱》（台北：台湾银行经济研究室，1961年10月1版，《台湾文献丛刊》第123种），页70。《徐闇公先生年谱》本文作《书鲒埼亭集徐闇公传后》。按：黄定文字仲友，别号东井老人，鄞县人。学于卢镐、蒋学佣。乾隆四十二年举于乡，在官松江知府。卒年八十一，著有《东井诗文钞》二卷。

② 清·黄定文：《有东井诗文钞》卷1《国朝松江诗钞序》，页463。

甚憾焉,乃为多方搜辑,始于庚戌,随所搜罗,今已集成一卷。先生当时著述极富,而所得仅此,故以"残集"题云。呜呼! 先生之泽,既不被于当世,赍志以殁,而二百六十年中,又少有表彰,故人鲜知其贞操介节。今得传者,止此区区小册,是可悲矣。"①徐孚远诗文集《钓璜堂存稿》一书,直至民国十五年(1926 年)方由金山姚光怀旧楼刊行,据姚光《钓璜堂存稿跋》云:

> 明季华亭徐闇公先生《钓璜堂存稿》,系松江雷君君彦(城)得先生之后裔,举以视余。书凡二部:一署先生孙怀瀚所录,一署先生七世孙元吉藏本。其后皆附以《交行摘稿》,上冠以林霍所撰先生诗文集原序、郑郊等祭文、书稿与夫历任敕命。二者大致相同,稍有出入;皆工笔写成,盖其子姓所钞以分弃者也。稿中都诗二千七百余首与《交行摘稿》,皆先生于役海外之作;分体编次而无卷第。至各体之中,似以岁月为序;顾每体多少悬殊,不易翻阅。余乃以怀瀚所录为原本,依其序次,约略厘为二十卷;与上海王君培孙(植善)相校录而付之梓,乃附以《交行摘稿》,冠以林霍原序。海宁陈君乃乾(干)、江浦陈君珠泉(洙)又纂辑先生年谱一卷,其历任敕命及祭文书稿皆编入而附录之。

> 夫先生著述,郡邑志祗载有《十七史猎俎》一百六十卷、《钓璜堂集》二十卷。其《十七史猎俎》,王沄撰先生传中一百四十五卷,曾刊行与否不可知。若《钓璜堂存稿》,则以所考见,似从未付梓者。郡邑志所载卷数,不知何据? 惟今余所厘订,适与偶合耳。林霍为先生弟子,乃与先生孙怀瀚书中祗藏先生在岛所著文十余首、诗一帙,又《交行摘稿》梓本一帙。又言先生平生吟咏

① 姚光《钓璜堂存稿跋》,明·徐孚远:《钓璜堂存稿·徐闇公先生遗文·序》(民国十五年金山姚光怀旧楼刻本),页 1。另见姚光撰、姚昆群等编《姚光集》(北京:社会科学文献,2000 年 6 月 1 版),第 1 卷《文集·第一编复庐文稿》,页 46。

最多，何箧中只寥寥五十余首。至全祖望熟于明季掌故，而撰先生传，竟谓阁公殁后，其子亦饿死，故《海外集》不传。盖皆未见全稿也。此衮然巨帙，首尾完具，当系先生次子永贞侍母戴夫人扶柩返里时，箧衍所携，归而世代珍守者。乃二百六十余年后，一旦发见；且自此帙并先生之遗像归之于余后，徐氏即遭回禄之灾，其他法物荡然，而此帙、此像独以不留于家而获免，不可不谓有默相之者矣。余往以先生著述散佚，祇见《艺海珠尘》中所刻《交行摘稿》，乃为多方搜辑。顾所得未多，署为残集。今乃忽然获此，其欣慰为何如哉！余所转录，其诗检为《存稿》所有外，大都诗文系《壬申文选》中之社课，无关宏恉。今有此巨帙，《文选》亦有流传，可以缓刻。惟另有文数篇，并可窥见先生学问、经济、性情之处。先生既无文集之传，本亦自言文则散失无绪，爰编为遗文一卷，而附梓之。至此而先生之所作具矣。

呜呼！先生琐尾流离，刻意光复；昊天不吊，赍志以殁。迹其生平，参预义旅、从亡海外，荐绅耆德之避地者，亦皆奉为祭酒，与南明之关系盖不亚于郑延平王及张尚书焉。先生之大节，至晚年而愈显，其精神固尽寄于此稿也。先生往矣，精神自在天壤。百世以下，读者可以想望其风旨，而亦藉以考见南明二十余年之文献矣。[①]

因知姚光所得《钓璜堂存稿》手钞本有二，一为先生孙怀瀚所录，二为先生七世孙元吉藏本。二稿皆分体编列，未编年，姚光认为"各体之中，似以岁月为序"，如有此次第先后排列，虽无编年但对徐孚远诗作系年亦极有帮助。姚光怀旧楼刻本《钓璜堂存稿》中书前收有陈乃乾、陈洙两人合编之《徐阁公先生年谱》及由林霍、王沄、全祖望等人所撰写有关徐孚远之传记、碑铭、祭文及诗文集序

---

① 姚光《钓璜堂存稿跋》，明·徐孚远：《钓璜堂存稿·目录》，页2～4。另见《姚光集》第1卷《文集·第二编复庐文稿续编》，页129～130。

共十篇。①

姚光怀旧楼刻本《钓璜堂存稿》中诗歌共二十卷,依次为乐府诗
七十四首;五言古诗四百零四首;七言古诗三百二十四首;五言律诗
七百七十三首;七言律诗六百九十五首;五言排律五十八首;五言绝
句六十四首;七言绝句三百八十三首;计收有古今体诗二千七百七十
五首。二十卷后录有徐孚远之《交行摘稿》,内收有七言绝句十三首,
七言古诗五首,七言律诗三十六首,五言绝句二首,五言律诗一首,五
言古诗一首,古风一首,共有三十九题,五十九首。上述两者总计二
千八百三十四首。此外,姚光复搜辑徐孚远文残集,共录徐孚远遗文
八篇。审其全书之内容,《钓璜堂存稿》乃是徐孚远入海之后所创作。

若再考察徐孚远年轻时所作之诗文,目前仍可见者为幾社同人
杜麟征等人所辑之《幾社壬申合稿》②。此书计选入徐孚远文章二十
四篇。包括赋、序、论、封事、策文、制辞、教、檄、启、弹文、章、书、文、
说、短长言及铭等类。又录诗三十九题,凡六十一首。包括乐府诗十
三题二十首,五言古诗八题十九首,七言古诗二题二首,五言律诗九
题十一首,七言律诗三题五首及七言绝句四题四首。另清初朱彝尊
在康熙四十四年(1705)所辑录《明诗综》于卷六十九下录有徐孚远诗

---

①　此部分后由台湾银行研究室周宪文等编辑,单独标点排印成《徐闇公
先生年谱》一书,列为《台湾文献丛刊》第一二三种,该书并将林霍、王沄、全祖
望等人所撰有关徐孚远之传记、祭文及诗文集序十篇列为附录一;而将徐孚
远在永历十二年(1658年)取道安南时所作诗歌《交行摘稿》一卷列为附录二。
夏德仪《徐闇公先生年谱后记》云:"他们作这个年谱,搜罗了不少有关的资
料,还有若干订正之处。年谱的内容翔实,不但足以表章闇公先生的大节,更
为研究南明与郑氏史事者很好的参考书。因此我们把它列为《台湾文献丛刊》
的一种。"陈乃乾、陈洙纂辑《徐闇公先生年谱》(台北:台湾银行经济研究室,
1961年10月1版,《台湾文献丛刊》第123种),《后记》,页103。

②　明·杜麟征等辑《幾社壬申合稿》(北京:北京出版社,2000年1月1
版,《四库禁毁书丛刊》集部第34、35册,影明末小樊堂刻本),页484。

五首①。若将《钓璜堂存稿》、《交行摘稿》、《幾社壬申合稿》暨《明诗综》中属于徐孚远诗作加总，则目前所能见及徐孚远之诗歌计有二千九百首，可知其所创作诗歌数量之多。

而目前学界有关徐孚远诗歌选本影响较大者为：

（一）连横《台湾诗乘》，内收录徐孚远诗作十首。②

（二）连横《徐闇公诗钞》。

连横于《台湾诗乘》之后，由于缅怀明郑寓台遗民诗人之忠义大节，又曾编《东宁三子诗录》，其中一卷即《徐闇公诗钞》，然惜其未刊，据《东宁三子诗录序》云：

> 台湾为海上荒服，我延平郡王入而拓之，以保存正朔。一时忠义之士，奉冠裳而渡鹿耳者，盖七百余人。而史文零落，硕德无闻，余甚憾之。襄撰台湾通史，极力搜罗，始得沈、卢、辜、王诸公之行事，载之列传，而文彩不彰。是岂心史之编，长埋眢井；西台之什，竟付荒波也哉？

> 自是以来，浏觉旧志，旁及遗书，乃得沈斯庵太仆之诗六十

---

① 朱彝尊《明诗综》辑录徐孚远诗五首如下：《拟李陵录别诗二首》："微云何澹澹，星汉灿以明。携手步广除，泪下如散霰。征马临岐（引者按：'岐'当作'歧'）路，徒御多抗旌。方当万里别，能不叙平生。与子同一体，盘石纫芳衡。芳衡自有时，盘石徒纵横。一朝两决绝，何能复合并。愿托子怀袖，因风驰我情。""皎皎蓝田玉，镂作玦与环。揽环与子佩，取玦结以鞶。子环信缜栗，我玦鲜垢瘢。谁知一物微，决绝义自天。归云人勾注，密雪淹阴山。握手临路岐（引者按：'岐'当做'歧'），涕泗共汍兰。鸞彼南翥鸟，奋飞何由还。"《晓诉京口》："猎猎风稍劲，惊流伏枕闻。晨钟下岩际，戍鼓列江濆。已辨南城树，新添北府军。乱离知未定，淹泊对孤云。"《寻顾野王读书台》："入门禾黍动秋风，废院难支碧藓中。不及平原兄弟宅，尚余栗主寄花宫。"《简朱子若甥》："乌衣门巷旧勾留，不过东斋两度秋。准拟天星湖水发，藉袈桥下稳停舟。"清·朱彝尊选编《明诗综》（北京：中华书局，2007年3月1版，据白莲泾刻本点校本），卷69下《徐孚远》，页3465～3466。

② 连横：《台湾诗乘》（台北：台湾银行经济研究室，1960年1月1版，《台湾文献丛刊》第64种），卷1，页10～12。

有九首。越数年,又得张苍水尚书之《奇零草》。又数年,复得徐闇公中丞之《钓璜堂诗集》。刺其在台及系郑氏军事者四、五十首,合而刻之,名曰《东宁三子诗录》。而余心乃稍慰矣。

　　夫三子皆忠义之士也。躬遭国恤,漂泊海隅,冒难持危,赉志以没。缅怀大节,超迈时伦。振民族之精神,扬芬芳于异代,又岂仅以诗传哉!然而三子之诗,固足以启台人之观感也。台为延平故土,复经诸君子之栖迟,礼乐衣冠,文章经济,张皇幽渺,可泣可歌。台人士之眷怀国光者,当以三子为指归,而后不坠其绪。诗曰:虽无老成人,尚有典型;有以哉! 有以哉![①]

连横在《台湾诗乘》亦云:

　　华亭徐闇公中丞孚远,少与夏允彝、陈子龙结幾社,以道义文章名于时,后以左金都御史从鲁王至厦门,延平客之。初,延平在南京国学,尝欲学诗于闇公,以是尤加礼敬,如是几及十年,其后入台。著《钓璜堂诗集》二十卷,中有在台之作,为钞一卷,存于《台湾丛书》,亦保存文献之责也。[②]

据此,连横所谓东宁三子乃指沈光文、张煌言及徐孚远。文中《钓璜堂诗集》乃指姚光怀旧楼《钓璜堂存稿》刻本。

　　(三)吴幅员《台湾诗钞》,内收录徐孚远诗作五十一首。[③]

　　(四)陈汉光《台湾诗录》,内收录徐孚远诗作二十九首。[④]

　　(五)《全台诗》,内收录徐孚远诗作二十四首。[⑤]

---

　　① 连横:《雅堂文集》(台北:台湾银行经济研究室,1964 年 12 月 1 版,《台湾文献丛刊》第 208 种),卷 1《东宁三子诗录序》,页 41。

　　② 《台湾诗乘》卷 1,页 10～11。

　　③ 吴幅员编《台湾诗钞》(台北:台湾银行经济研究室,1970 年 3 月 1 版,《台湾文献丛刊》第 280 种),卷 1,页 5～16。

　　④ 陈汉光编《台湾诗录》(台中市:台湾省文献委员会,1971 年 6 月 1 版),卷 3,页 105～111。

　　⑤ 施懿琳等编《全台诗》(台南市:国家文学馆,2004 年 2 月 1 版),第壹册,页 22～29。

以上为目前有关徐孚远诗作流传之大略状况。兹附《钓璜堂存稿》诗歌、遗文及《幾社壬申合稿》中属于徐孚远诗、文之篇名目录及数量于后，以供参考。

《钓璜堂存稿》诗歌卷目

卷　次	诗　体	数　量
卷一	乐府	74 首
卷二	五言古诗	112 首
卷三	五言古诗	162 首
卷四	五言古诗	130 首
卷五	七言古诗	132 首
卷六	七言古诗	91 首
卷七	七言古诗	101 首
卷八	五言律诗	209 首
卷九	五言律诗	223 首
卷十	五言律诗	164 首
卷十一	五言律诗	177 首
卷十二	七言律诗	166 首
卷十三	七言律诗	205 首
卷十四	七言律诗	183 首
卷十五	七言律诗	141 首
卷十六	五言排律	58 首
卷十七	五言绝句	64 首
卷十八	七言绝句	130 首
卷十九	七言绝句	120 首
卷二十	七言绝句	133 首
附《交行摘稿》	古、近体诗	59 首
		合计 2834 首

《钓璜堂存稿》遗文篇目

篇　　名
《徐闇公先生残集序》
《陈李唱和集序》
《皇明经世文编序》
《史记测议序例》
《江南防寇议》
《钱希声先生诔》并序
《湄龙堂诗文集序》
《上安南西定王书》
《奇零草序》

《幾社壬申合稿》中所录徐孚远诗歌之诗体及数量

诗　　体	数　　量
乐府（卷五—卷六）	20 首
五言古诗（卷七—卷八）	19 首
七言古诗（卷九）	2 首
五言律诗（卷九—卷十）	11 首
七言律诗（卷十）	5 首
七言绝句（卷十一）	4 首
	合计 61 首

《幾社壬申合稿》中所录徐孚远文章之篇名及文类

篇　名	文　类
《謇修赋》（卷一）	赋
《文皇宾远赋》并序（卷二）	赋
《石菖蒲赋》（卷三）	赋
《皇明同姓诸侯王年表序叙》（卷十二）	序
《高帝功臣年表序》（卷十二）	序
《皇明成祖功臣年表序》（卷十二）	序
《汉世宗名臣颂序》（卷十二）	序
《上巳燕集诗序》（卷十三）	序
《慎刑论》（卷十三）	论
《拟御史大夫对珠崖不当弃议》（卷十五）	论
《刘更生为前将军萧望之白罢弘恭石显封事》（卷十五）	封事
《策狐文》（卷十七）	策文
《戏为授䰀氏制辞》（卷十七）	制辞
《拟修淮阴侯庙教》（卷十七）	教
《拟军府檄谕登海反者》（卷十七）	檄
《拟滇抚讨普酋檄文》（卷十七）	檄
《谢赉古镜熏笼启》（卷十七）	启
《鹳弹鹤文》（卷十七）	弹文
《拟沈休文上赤章文》（卷十七）	章
《拟山巨源答嵇叔夜绝交书》（卷十八）	书
《讪蜂文》并序（卷十八）	文
《尸虫说》（卷十九）	说
《客为信陵君说魏王救赵》（卷十九）	短长言
《班定远西域铭》并序（卷二十）	铭

二、《钓璜堂存稿》之命义

徐孚远海外诗取名为《钓璜堂存稿》，以其遭忧悯乱，寄寓将来之为有用于世也。然而终其一生，未能刊行于世，其命义寄托为何？至今学界尚未深入讨论，以下试为阐释之。

（一）"钓璜"释义

《钓璜堂存稿》中之"钓璜"乃指"太公望钓于磻溪，鱼中得玉璜"之意。磻溪在陕西省宝鸡县东南山中，据汉初伏胜《尚书大传》云："周文王至磻溪，见吕望，文王拜之，尚父曰：'望钓得玉璜，刻曰：姬受命，吕佐检，德合于今，昌来提。'"①后人因太公望吕尚钓于此处得玉璜，故一名璜溪。如《水经·渭水注》云：

> 渭水之右，磻溪水注之。水出南山兹谷，乘高激流，注于溪中。溪中有泉，谓之兹泉，泉水潭积，自成渊渚，即《吕氏春秋》所谓太公钓兹泉也。今人谓之凡谷，石壁深高，幽隍邃密，林障秀阻，人迹罕交，东南隅有石室，盖太公所居也。水次平石钓处，即太公垂钓之所也。其投竿跽饵，两膝遗迹犹存，是有磻溪之称也。②

《水经注》文中明指磻溪兹泉，即《吕氏春秋》所谓太公垂钓处。《吕氏春秋》一书，计有二次言及此，即《谨听》及《观世》二文，兹录其文如下，以供讨论。《吕氏春秋·谨听》篇云：

> 主贤世治则贤者在上，主不肖世乱则贤者在下。今周室既灭，而天子已绝。乱莫大于无天子，无天子则强者胜弱，众者暴寡，以兵相残，不得休息，今之世当之矣。故当今之世，求有道之

---

① 西汉·伏胜《尚书大传》（台北：台湾商务印书馆，1979 年 11 月 1 版，《四部丛刊正编》影清陈寿祺《左海文集》本），卷 2，页 33 上。

② 北魏·郦道元注、杨守敬等疏《水经注疏》（南京：江苏古籍出版社，1989 年 6 月 1 版，陈桥驿等点校本），卷 17《渭水注》，页 1515～1516。

士，则于四海之内、山谷之中、僻远幽闲之所，若此则幸于得之矣。得之则何欲而不得？何为而不成？太公钓于兹泉，遭纣之世也，故文王得之而王。文王，千乘也；纣，天子也。天子失之而千乘得之，知之与不知也。①

《吕氏春秋·观世》一文云：

　　太公钓于滋（按：滋同"兹"）泉，遭纣之世也，故文王得之。文王，千乘也；纣，天子也。天子失之，而千乘得之，知之与不知也。②

二文内容几乎相同，皆强调乱世时访求海内遗贤之重要，明举吕尚钓于兹泉之例，对比出文王与殷纣所以成败之关键在于"知之与不知也"。

（二）《钓璜堂存稿》之寓意

吕尚生平事迹，据《史记·齐太公世家》载：

　　吕尚，盖尝穷困，年老矣，以鱼钓奸周西伯。……西伯将出猎，卜之曰：所获非龙非骊，非虎非罴，所获霸王之辅。于是周西伯猎，果遇太公于渭之阳，与语大说，曰自吾先君太公曰：当有圣人适周，周以兴，子真是邪？吾太公望子久矣，故号之曰太公望，载与俱归，立为师。③

吕尚以钓鱼渭水之阳而成为周室之辅臣，助武王统一天下，故武王在裂土分封时，"于是封功臣谋士，而尚父为首封，封尚父于营丘曰齐。"④后世遂以"钓璜"作典，如晋阮籍《为郑冲劝晋王笺》云："吕尚，

---

① 陈奇猷校释《吕氏春秋校释》（上海：学林出版社，1984 年 4 月 1 版，1995 年 10 月 3 刷），卷 13《谨听》，页 705。
② 《吕氏春秋校释》卷 16《观世》，页 958。
③ 西汉·司马迁撰、〔日〕泷川龟太郎考证《史记会注考证》（台北：洪氏出版社，1983 年 10 月 2 版），卷 32《齐太公世家》，页 549～550。
④ 《史记会注考证》卷 4《周本纪》，页 71。

磻溪之渔者,一朝指麾,乃封营丘。"①而诗圣杜甫《奉赠太常张卿垍二十韵》诗亦有:"几时陪羽猎,应指钓璜溪"之语②。因知"钓璜"之意,乃指已年老穷困之吕尚,虽为磻溪之渔者,一旦遭逢知音,功业立就。是知太公之都磻溪,同乎仲尼之宅泗滨,皆处山泽而有郎庙之志也。徐孚远是时之处境一如太公望当年,穷困潦倒,白首乘桴,然苟逢伯乐,亦不失为帝王之师,如此定可恢复大明江山。因知徐孚远《钓璜堂存稿》之寓意,无异于姜太公之隐居渭水,假钓鱼之名,实乃待时而动,如其《上安南西定王书》中披露:

> 孚远,江南之腐儒也,受国恩者八代。藉先人之余庥,擅文笔之末艺,义难蒙面,破家杀子,以报大雠。事未克集,乃入闽事隆武皇帝。又以运屯,同赐姓藩大集勋爵,结盟建义于闽岛,与赐姓藩为僚友,养精蓄锐四十万,待时而动,十三年于兹矣。③

徐孚远自言其与郑成功等在鹭岛结盟建义,乃是待时而动。因知其《钓璜堂存稿》与黄宗羲之《明夷待访录》有异曲同工之妙也。审知徐孚远忠愤之襟怀,可见其虽蹈海乘槎,栖迟岛上二十年,实心系帝阙,志切恢复,故以"钓璜"名其诗文集。

披览其诗集,与"钓璜"有关之词,屡见不鲜,如:

> 吕望皤皤黄发叟,且屠且钓莫论兵。(《捷书》)④

> 历落图衔凤,苍黄钓得璜。(《赠王将军三十韵》)⑤

> 坐钓无璜堪入梦,眠云有谷尚能呼。(《遣愁》)⑥

---

① 三国魏·阮籍撰、陈伯君校注《阮籍集校注》(北京:中华书局,1987年10月1版),卷上《为郑冲劝晋王笺》,页51。

② 唐·杜甫著、清·仇兆鳌注《杜诗详注》(北京:中华书局,1979年10月1版),卷3《奉赠太常张卿垍二十韵》,页223。

③ 徐孚远《上安南西定王书》,《钓璜堂存稿·遗文七》,页1。

④ 《钓璜堂存稿》卷7《捷书》,页4。

⑤ 《钓璜堂存稿》卷16《赠王将军三十韵》,页9。

⑥ 《钓璜堂存稿》卷13《遣愁》,页2。

拟掣鲸鱼垂直钓，恍如坐我磻溪边。（《齐莫过山斋即事》）①

无鱼不拟频弹铗，垂白何心待钓璜。（《行野有作》）②

偶然钓得磻溪璜，再钓乃是陵阳鲤。（《行野有作》）③

支厦须全木，垂纶得巨璜。（《夏彝仲》）④

行年已迈磻溪杳，好把渔竿上钓矶。（《遣怀》）⑤

未能芳饵求璜玉，且就清溪戴葛巾。（《舟中杂感》）⑥

审此，足见徐孚远江湖廊庙之冀望与忠贞，其《钓璜堂存稿》一集，实深具寓意之文学创作也。

三、诗文理论

徐孚远《钓璜堂存稿》诗集，首尾完具，乃一衰然巨帙，为其精神风旨寄托之所在。故无论就质或量言，此集俱大有可观，不仅可印证其诗风苍劲雄浑，更可看出其豪宕忠义之气。此外，因徐孚远天性沈敏，笃志力学，博学多闻，遂被推为东国人纶，知其在当时可谓极负盛名，故自当时人对其诗文品批中，亦可窥见其诗文理论特色，故下文即就此加以探究之。

（一）以气为主，恣意宏衍

林霍，字子濩，号沧湄，年纪虽属徐孚远后辈，然与徐孚远亦时有来往，并曾问诗于徐孚远。⑦ 徐孚远有《怀同安庄、林二子》之诗，其

---

① 《钓璜堂存稿》卷 6《齐莫过山斋即事》，页 12。

② 《钓璜堂存稿》卷 13《行野有作》，页 15。

③ 《钓璜堂存稿》卷 7《钓鱼歌寿王先生》，页 1。

④ 《钓璜堂存稿》卷 16《夏彝仲》，页 20。

⑤ 《钓璜堂存稿·交行摘稿》《遣怀》，页 7。

⑥ 《钓璜堂存稿·交行摘稿》《舟中杂感》，页 5。

⑦ 清·徐鼐：《小腆纪传》（台北：台湾银行经济研究室，1963 年 7 月 1 版，《台湾文献丛刊》第 138 种），卷 58《逸民·林霍传》，页 827。

云：

> 凤昔闻名眼欲青，后先挟浪渡南溟。偶同渔子来溪畔，因见
> 中郎写石经。幽谷寒风兰气韵，空庭刷羽鹤仪型。野人殊有鸡
> 鸣感，羡尔双飞似鹡鸰。①

诗题中之庄、林二子，即指林霍及庄潜，庄、林二人因同是福建同
安人，且又时常在一起扁舟放歌，故此诗有"羡尔双飞似鹡鸰"之语。
而自诗中可见林霍与徐孚远乃有所往来，且对其亦甚欣赏。而自林
霍《华亭徐闇公先生诗文集序》中言："霍与公年岁在后，而受公知。
当癸卯（1663 年）春，两岛未破，公顾霍于友人别业。"②亦可印证二人
交情匪浅。而林霍于《华亭徐闇公先生诗文集序》中即明确言道：

> 其在鹭门也，尝手抄十七史，日无停晷。又论文以气为
> 主。③

林霍言徐孚远在厦门曾经手抄十七史之事，王沄《东海先生传》
亦曾言及：

> 先生著书甚富。每云十七史后学苦其浩繁，不能遍读，东莱
> 吕氏虽有详节一书，而又削去宋、齐、梁、陈、魏、齐、周七史，未成
> 全璧。因子更寒暑，纂成《十七史猎俎》一百四十五卷，真读史之
> 津梁也。④

王沄之所以称徐孚远为"东海先生"，乃用齐鲁仲连义不帝秦，宁
蹈东海而死之典⑤。在此乃用以志徐孚远之高节也。王沄自言曾受

---

① 《钓璜堂存稿》卷 14《怀同安庄、林二子（一名潜，一名霍）》，页 31～32。
② 明·林霍《华亭徐闇公先生诗文集序》，见《徐闇公先生年谱·附录一》
（台北：台湾银行经济研究室，1961 年 10 月 1 版，《台湾文献丛刊》第 123 种），页
83。
③ 林霍《华亭徐闇公先生诗文集序》，见《徐闇公先生年谱·附录一》，页
83。
④ 清·王沄《东海先生传》，见《徐闇公先生年谱·附录一》页 65～66。
⑤ 《史记会注考证》卷 83《鲁仲连邹阳列传》，页 1000～1002。

教于徐孚远①，故知晓徐孚远编纂《十七史猎俎》之动机及其事实，借此可证明林霍之说法洵不虚。且王沄又记载徐孚远日常生活琐事道：

> 史学特称淹博。每同人高会，上下古今或有遗忘，必质之先生；先生应对若流，群疑尽释。四方问字而至者，户外之屦常满。②

借此可看出徐孚远之史学造诣颇深。

徐孚远在史学上着力，早在崇祯十一年（1638年）即与陈子龙合撰一百二十卷之《史记测议》，其《史记测议序例》云：

> 夫枸文之家重神简，征实之家采事迹，此二者所谓折衷也。余童而习太史公书，恒以意属读，不寻训故之言，时有难通则置之。岁在戊寅（崇祯十一年，1638年），乃与陈子龙颇采诸家之说，删其繁重，时有愚管亦附缀焉。③

徐孚远作《史记测议》时已是不惑之年，距其"童而习太史公书"，约有三十年上下之谱，其间沉潜含咀，功力甚深，故当有人质疑《史》《汉》之高低时，其能要言不繁，指出"太史公之作，私史之宗矩也；班掾之作，国史之准的也。"④故二书性质不同。且二书所记载之年代多寡，相去甚远，益以"史者，记事之书也，传远则难征，难征则体疏。代近则事核，事核则体密，固其所也。"⑤缘此，其洞晓《史记》一书之先天局限性，遂更能肯定司马迁文章之弘衍恣意，故云：

> 然其为文纡回宏衍，纵意所如，浩不见涯涘。岂非天才峻拔，非后人之所庶几者哉！⑥

若言徐孚远为史迁之解人，当不为过，可见深入研究《史记》，并

---

① 王沄《东海先生传》，见《徐闇公先生年谱·附录一》页67。
② 王沄《东海先生传》，见《徐闇公先生年谱·附录一》页63～64。
③ 徐孚远《史记测议序例》，《钓璜堂存稿·遗文三》，页1～2。
④ 徐孚远《史记测议序例》，《钓璜堂存稿·遗文三》，页1。
⑤ 徐孚远《史记测议序例》，《钓璜堂存稿·遗文三》，页1。
⑥ 徐孚远《史记测议序例》，《钓璜堂存稿·遗文三》，页1。

受太史公影响甚深。何况历来学古文者多视《史记》为古文笔法津梁,最脍炙人口应当属明代归有光以五色笔评《史记》,故林霍言徐孚远强调"论文以气为主"之说,应是可信之语。

（二）性趣分途,各有所用

林霍在《徐闇公先生诗集后序》一文中,清楚指出徐孚远对明代各诗派间之相互倾轧颇不以为然,若平心公论应"性趣分途,用有宜适",其文引徐孚远论曰:

> 明兴,涵浴圣化者数朝,始有北地、信阳;又一传,有琅琊、历下。琅琊、历下之于北地、信阳也,推其草昧之功。至于我而大备。竟陵之攻王、李,则索痈吹毛,甚矣。要之,性趣分途,用有宜适。如一丘一壑,闲咏清啸,则竟陵二公雅有专长;若清庙明堂,高文典册,恐有逡巡而不敢入者。①

此处徐孚远指出明朝诗坛之流变,"北地、信阳"乃指前七子中之李梦阳、何景明;"琅琊、历下"则指后七子中之王世贞、李攀龙。其好友陈子龙《仿佛楼诗稿序》亦曾指出:

> 夫诗衰于宋,而明兴尚沿余习。北地、信阳,力返风雅。历下、琅琊,复长坛坫。其功不可掩,其宗尚不可非也。②

可见陈、徐二人都推崇前、后七子对明朝诗坛之开创功劳。

前、后七子倡议"文必秦汉,诗必盛唐"之摹拟主张,致其末流,沦为"君之诗甚善,然传之后世,不知君为何代人"之窘境③,其后遂有公安派主张"独抒性灵"矫之。公安派主张摆脱古人格套、追求文学自由,表达心灵情感,然后亦出现浅陋俚俗之弊端。竟陵派乃以幽深孤峭出而救之。竟陵派以钟惺、谭元春为代表,二人主张学古人之

---

① 林霍《徐闇公先生诗集后序》,见《徐闇公先生年谱·附录一》,页77。
② 明·陈子龙:《陈子龙文集·陈忠裕公全集》(上海:华东师范大学出版社,1988年11月1版),卷25《仿佛楼诗稿序》,上册,页378。
③ 《陈子龙文集·陈忠裕公全集》卷25《六子诗序》,上册,页375～376。

诗，不在字句之摹拟，而是务求古人精神之所在，故钟惺于《诗归序》中言及选编《诗归》之目的在于："引古人之精神以接后人之心目，使其心目有所止焉，如是而已矣。"①钟、谭二人虽擅长表现个人之幽情别绪，却欠缺浑厚蕴藉之情感。对此，陈子龙《答胡学博》批评云：

> 钟、谭两君者，少知扫除，极意空淡，似乎前二者之失可少去矣！然举古人所为温厚之旨，高亮之格，虚响沉实之工，珠联璧合之体，感时托讽之心，援古证今之法，皆弃而不道，而又高自标置，以致海内不学之小生，游光之缁素，侈然皆自以为能诗。何则？彼所为诗意既无本，词又鲜据，可不学而然也。②

陈子龙虽肯定钟惺、谭元春能一扫文坛鄙俗、香媚之风，但对钟、谭二人"极意空淡"而缺乏温厚之旨也深不以为然。徐孚远对此亦有同感，认为诗歌一道，容有不同，或丰或纤，或奇或正，无所不有，应各随其性之所近而为之。故当其目睹竟陵派对王世贞、李攀龙之攻击已流于吹毛求疵时，遂提出性趣分途，用有宜适之说法，主张应各适其用，始可发挥专长，因有所长，必有所短，一如竟陵派能写出空淡灵逸之诗，却无法创作出温厚平和、气象宏阔之作，故云"一丘一壑，闲咏清啸，则竟陵二公雅有专长；若清庙明堂，高文典册，恐有逡巡而不敢入者。"因知徐孚远反对竟陵派一味攻击之狭隘作风，而强调性趣分途，用有宜适。观其所以有此宏观，乃因徐孚远胸怀宽阔，摒除狭隘门派成规，身体力行经世致用之学，又经涉国破人亡，备尝患难之故也。

（三）诗文所贵，至性真情

徐孚远于明社既屋后，举义抗清，惜未能回天，其誓不投降，遂羁

---

① 钟惺《唐诗归序》，见明·钟惺、谭元春辑《唐诗归》（上海：上海古籍出版社，2002 年 3 月 1 版，《续修四库全书》影明刻本，第 1589 册），页 521。

② 《陈子龙文集·安雅堂稿》卷 14《答胡学博》，下册，页 424。

旅流离于穷岛中,平时仅能"遣兴赖诗篇"①,或向友朋借书阅读,以消国仇家恨,故有《与纪石青借书籍》②、《借到杜集述怀》③等诗,而其对杜甫可谓情有独衷,故《钓璜堂存稿》中屡屡可见与杜甫有关之诗歌,如《杜陵行》④、《杜子美〈登岳阳楼〉云"亲朋无一字",余怀此叹久矣,遂赋之兼念亡友》⑤、《咏杜诗》⑥、《挽夏文忠宫允》(自此四首仿佛杜子美《八哀诗》,四公被难,不甚相远,故连作之)⑦等咸属之。观其所以然,盖因徐孚远与诗圣杜甫处境同,皆置身于战乱之烽烟中,且同有悲天悯人之心,忠君爱国之念。缘此,徐孚远不仅叹赏杜甫之笔墨,佩服其忠贞赤忱,更影响徐孚远诗歌理论,如其《杜诗》云:

> 寄食一老翁,揽镜笑龙钟。衔石口流血,岂不悲道穷。生平赋诗句,意欲见心胸。刺恶严冬雪,怀香满谷风。笔墨有何事,所贵至性通。吾观杜陵叟,千古叹其忠。当时秉旄节,几人得始终。何似浣溪上,高歌激清衷。⑧

杜甫一生可谓穷愁潦倒,艰难历尽,而所作诗歌多能讽喻时政,反映民生疾苦,故自其诗作,可知其疾恶如仇及民胞物与之胸怀。徐孚远披读杜诗时,深刻感受到杜甫之忠君爱国至性,因有"笔墨有何事,所贵至性通"之主张,认为人若无至性,徒藉外在藻绘以饰笔墨,乃不足以动人。此自《偶然作》中亦可得到印证:

> 翳彼远人村,一壑聊自封。开门少杂树,惟有槐与榕。枝叶方离离,肃然来凉风。暮春寡送迎,袒衣坐庭中。披卷诵古诗,

---

①　《钓璜堂存稿》卷16《自昌国南奔,久栖,叙三十韵》,页12。

②　《钓璜堂存稿》卷18《与纪石青借书籍》,页1。

③　《钓璜堂存稿》卷5《借到杜集述怀》,页1～2。

④　《钓璜堂存稿》卷5《杜陵行》,页21～22。

⑤　《钓璜堂存稿》卷10《杜子美〈登岳阳楼〉云"亲朋无一字",余怀此叹久矣,遂赋之兼念亡友》,页23。

⑥　《钓璜堂存稿》卷18《咏杜诗》,页7。

⑦　《钓璜堂存稿》卷2《挽夏文忠宫允》,页4。

⑧　《钓璜堂存稿》卷4《杜诗》,页34～35。

五言何从容。苏李多赠别，后来难为工。刻划伤天真，大雅有遗踪。①

徐孚远偃息海滨，披阅古诗之际，慨然有感，以为苏李赠别之作，文字质朴自然，情感却真挚动人，故其成就远超过雕琢精细者流。徐孚远强调诗文贵在能传写其至性，而非过度之雕琢刻画，无怪其挚友郑郊于《哭公徐徐老社翁》诗中言其为"平淡诗尊古，风骚语不玄"②。

陈子龙为徐孚远之挚友，崇祯八年（1635年）时二人相偕读书于陆氏之南园③，因陈子龙自幼即好诗，且有张率限日之癖④，故所成诗作甚伙，遂刻成《平露堂集》，并请好友宋尚木为其作序，宋尚木乃应命而成《平露堂集序》一文，其中记载一则趣事：

> 犹忆乙、丙之间，陈子偕李子舒章、家季辕文，唱和勤苦，徐子闇公戏之曰："诗何必多作？我辈诗要须令一二首传耳！"一时闻者，以为佳谈。⑤

宋尚木回忆崇祯八、九年时，陈子龙与同是"云间三子"之李雯、宋征舆互相酬唱，备极勤苦，徐孚远目睹此景象，遂戏谑道：诗人有一二首诗能流传于后世，足矣，诗岂须多作？此语在当时被传为美谈。然观徐孚远仅《钓璜堂存稿》一集，存诗已有两千八百三十四首之多，其创作不可谓不多，又据王沄记载徐孚远实际"著诗五千余首"⑥，如此与宋尚木所载，徐孚远崇祯年间作诗惜墨如金，岂不互相抵触？其实并不然。据目前所见徐孚远存诗看来，大都属于羁旅穷荒，流离绝域时所作；盖藉吟咏以抒其忠愤之情，故多是悲歌以当哭，异乎文人酬酢刻意为之者。再者，从徐孚远《读萌菭子诗作，即鄢德都》诗中，

---

① 《钓璜堂存稿》卷3《偶然作》，页28。
② 见《徐闇公先生年谱》，页55。
③ 见《徐闇公先生年谱》，页14。
④ 《陈子龙文集·陈忠裕公全集》卷25《六子诗序》，页372。
⑤ 明·宋征璧《平露堂集序》，见明·陈子龙：《陈子龙诗集·附录三》（上海：上海古籍出版社，1983年7月1版，施蛰存等点校本），页765。
⑥ 王沄《东海先生传》，见《徐闇公先生年谱·附录一》，页66。

亦可见其确有此主张：

> 纪子遗我诗三篇，编首作者生姓鄢。愁来侧目瞋戎羯，深谷时时哭杜鹃。枝干坚苍如铁色，胸所欲吐笔能宣。何论温厚逊前贤，古诗数首已足传。乃知古来毅魄岂终没，亦各自名其山川。即今诗句落我手，播之咏歌日月悬，人生何必须百年。①

全篇强调只要好诗，数首已足传。诗中"纪子"即同安后麝人纪许国，字石青，为纪文畴长子。隆武三年（1647 年）时全家渡海居鹭岛。纪许国因与徐孚远往还岛上如兄弟，徐孚远称许其为"文章义节，表表自立"②。萌菪子即鄢正畿。鄢正畿，字德都，永福人，任兵科给事中。据《海外恸哭记》记载，隆武三年（1647 年）清军攻陷永福时，鄢正畿赋绝命篇，投溪水而死。③ 徐孚远此诗言好友纪石青赠其鄢正畿之诗作三篇，但见诗中弥漫瞋怒清虏及悲愁故国之音，诗风苍劲有力，能言所欲言，故徐孚远极为嘉许之，言"何论温厚逊前贤，古诗数首已足传"，并将鄢正畿遗诗宣扬于世，使其能永垂人间。缘此，本诗可印证宋尚木所记载徐孚远言"诗何必多作？我辈诗要须令一二首传耳"之语，虽为当时戏谑之言，实亦其诗歌一贯主张。

徐孚远熟谙文史，取中用宏，故能跳脱竟陵与七子文学主张，提出性趣分途，各有所用之见解，展现其宏观之识见及宽阔之气度；从杜诗之披阅中，感受诗圣之"忠节万古希，岂徒下笔有神力"④，故徐孚远强调笔墨有何事，所贵在至性真情，苟臻此境界，诗则为真诗，必能传世不朽。综观其论诗之见，诚是不凡之卓识。

---

① 《钓璜堂存稿》卷 6《读萌菪子诗作，即鄢德都》，页 14。
② 徐孚远《湄龙堂诗文集序》，《钓璜堂存稿·遗文六》，页 2。
③ 黄宗羲：《海外动哭记》，清·黄宗羲撰、沈善洪主编《黄宗羲全集》（杭州：浙江古籍出版社，1986 年 5 月 1 版），第 2 册，页 226。
④ 《钓璜堂存稿》卷 5《借到杜集述怀》，页 2。

第二节　餐英幾社

　　徐孚远现存诗作，据姚光《钓璜堂存稿跋》云："稿中都诗二千七百余首，与交行摘稿，皆先生于役海外之作。"①而徐孚远好友郑郊在《祭大中丞闇公老祖台老社翁文》中云：

　　　　公生六十七年，五十以前，餐英词坛，流香南北；五十以后，弃家仗义，白首乘桴，归命岭表。②

　　郑郊以五十岁为断限，将徐孚远一生划分为前后两期。然无论其身处承平之世抑战乱之时，正如连横所论："闇公之诗，大都眷怀君国，独抱忠贞，虽在流离颠沛之时，仍寓温柔敦厚之意；人格之高、诗品之正，足立典型，固非藻绘之士所能媲。"③实则自其诗作中，不仅可见徐孚远之人格、诗品，复可考见其一生行迹及南明二十余年之文献，故堪称为诗史也。

　　姚光指出徐孚远之《钓璜堂存稿》为其于役海外之作，然是集中亦有颇多诗歌言及乘桴海外前之人与事，故为能全面研究作者诗心诗史，特立"餐英幾社"一节，乃以海外之诗追述云间社事及诗友，作为"乘桴海外"论述之导论，以见其关怀民生之初衷、救国志业之涵蕴，如此厘订诗文心史，方能呈现徐孚远一生行谊。故此二节意在凸显其颠沛流离、浪迹海外，从事复明运动的忠贞之志。

---

　　①　姚光《钓璜堂存稿跋》，明·徐孚远：《钓璜堂存稿·目录》（民国十五年金山姚光怀旧楼刻本），页2～4。姚光撰、姚昆群等编《姚光集》（北京：社会科学文献，2000年6月1版），第1卷《文集·第二编复庐文稿续编》，页129。

　　②　清·郑郊《祭大中丞闇公老祖台老社翁文》，见《徐闇公先生年谱·附录一》，页77。

　　③　连横：《台湾诗乘》（台北：台湾银行经济研究室，1960年1月1版，《台湾文献丛刊》第64种），卷1，页12。

一、幾社六子与创社动机

徐孚远于崇祯二年（1629 年）时始识陈子龙①，后因志同道合而相偕与夏允彝、周立勋、杜麟征、彭宾等人创立幾社，同入"幾社六子"之列。此事李延昰《南吴旧话录》云：

> 幾社首倡六人。周勒卣立勋、杜仁趾麟征、李舒章雯、徐闇公孚远、陈卧子子龙、夏瑗公允彝、彭燕又宾。②

杜麟征之子杜登春于所著《社事始末》也清楚指出：

> 六子者何？先君子与彝仲两孝廉主其事，其四人则周勒卣先生立勋、徐闇公先生孚远、彭燕又先生宾、陈卧子先生子龙是也。③

李延昰计列出七人，较杜登春所列多出李雯一人，盖李雯后来投降清廷，杜登春《社事始末》故意没有把李雯列入创社之人④。而孙星衍等纂之《松江府志·周立勋传》载道：

> 立勋与同郡夏允彝、徐孚远、彭宾、陈子龙、杜麟征六子，联社以应之。⑤

"联社以应之"，即指结幾社以呼应复社，而此所列幾社六子与杜登春所列同。至于与徐孚远同一时代，明亡时，渡海三至日本，思乞

---

① 陈子龙自撰《陈子龙年谱》卷上，见明·陈子龙：《陈子龙诗集·附录二》（上海：上海古籍出版社，1983 年 7 月 1 版，施蛰存等点校本），页 643。

② 清·李延昰：《南吴旧话》（台北：广文书局，1971 年八月 1 版），卷 23 《名社》，页 994。

③ 清·杜登春：《社事始末》（台北：艺文印书馆，1968 年 1 版，《百部丛书集成》影清吴省兰辑《艺海珠尘》），页 4。

④ 据谢国桢《明清之际党社运动考》之说，见谢国桢：《明清之际党社运动考》（上海：上海书店，1990 年 12 月 1 版，《民国丛书》第 2 编第 25 册，影上海商务印书馆 1934 年版），第九章《幾社始末》，页 187。

⑤ 清·孙星衍等纂《松江府志》（台北：成文出版社，1970 年 5 月 1 版，影嘉庆二十二年刊本），卷 55《周立勋传》，页 1248。

师之朱之瑜（1600—1682）于回答日本人野节问"幾社"时，亦曾言及，其《答野节问三十一条》之第十六条云：

> 周勒卣、徐闇公、彭燕又、宋上木、杜仁趾、陈卧子，幾社主盟也。①

观朱舜水此处所言之"幾社六子"，复与杜登春及李延昰略有出入，即将夏允彝换为宋上木，上木即宋尚木也。观杜登春、李延昰、孙星衍、朱舜水四人所述"幾社六子"之成员，虽略有小异，然因李雯与宋尚木，均为幾社成员，故无伤大雅也。

再者，进一步探究幾社之结动机，据杜登春《社事始末》载云：

> 先君子与彝仲谋曰：我两人老困公交车，不得一二时髦新采共为熏陶，恐举业无动人处。遂敦请文会，情谊感孚，亲若兄弟。
>
> 先王父延燕又先生于家塾，授我诸叔古学，颇才颖，凡得五人同事笔砚，甚相得也。②

探究杜麟征与夏允彝当初所以创立幾社，盖因当时以科举取士，士人咸视为进身之阶，遂看重其事而亟思厚自濯磨，以求副功令。然应试士子须写出足以代替圣贤立言之八股文。八股文又称制义、制艺、时文、八比文，其程序规范极严格，故杜麟征与夏允彝遂共尊师友，互相砥砺，以切磋举业，交换写作心得，借以提高八股之写作水平，以图进取。因知，幾社最初之性质乃为一科举会社。杜麟征与夏允彝辈欲藉读书讲义，以文会友，遂有幾社之盟也。而在当时，因"周（勒卣）、徐（孚远）古今业，固吾松首推；又利小试，试辄高等。"③故徐孚远与于幾社主盟之列。

徐孚远学问之渊博，乃众所皆知，据李延昰《南吴旧话录》载：

> 徐闇公七岁，通春秋、国语诸书，族兄某写蛮夷为夷蛮，师大

---

① 明·朱之瑜：《朱舜水集》（北京：中华书局，1981 年 8 月 1 版，朱谦之整理本），卷 11《答野节问三十一条》，页 389。朱之瑜，号舜水。

② 《社事始末》，页 4～5。

③ 《社事始末》，页 4。

呵叱之曰："此二字,何至颠倒,贻师长羞?"某局蹐不已。公曰:
"无害也,咎在周内史引人过犯"。师悟曰:"记诵稍疎,乃为竖子
边鼓挝人。"①

徐孚远七岁时即谙通《国语》,故知其族兄某所以会将"蛮夷"二
字写为"夷蛮",错不在他,因《国语》内有"周内史告王曰:'于是有夷
蛮之国,有斧钺刀墨之民'"②之字句,致其族兄将"蛮夷"二字颠倒为
"夷蛮"。以小观大,自此细节中,可看出徐孚远确实沈敏过人。

二、幾社与复社立义异同

幾社成立后,有《幾社六子会义》之刻,此为八股文选本。而幾社
所以命名之义,乃因"幾者,绝学有再兴之幾,而得知幾其神之义
也。"③因当时以八股取士,造成士子对儒家经典多未真正下工夫,徒
知剽窃模拟以猎取功名,对此弊病,复社主盟张溥曾言及之,如《复社
纪事》载曰:

先生以贡入京师,纵观郊庙辟雍之盛,喟然太息曰:"我国家
以经义取天下士垂三百载,学者宜思有以表章微言,润色鸿叶。
今公卿不通六艺,后进小生,剽耳佣目,幸弋获于有司。无怪乎
椓人持柄,而折枝舐痔,半出于诵法孔子之徒。无他,诗书之道
亏,而廉耻之途塞也。新天子即位,临雍讲学,丕变斯民,生当其
时者,图仰赞万一,庶几尊遗经、砭俗学,俾盛明著作,比隆三代,
其在吾党乎!"乃与燕、赵、鲁、卫之贤者,为文言志,申要约而后
去。④

张溥目睹驰骛之徒,唯知背诵八股范文以为功名之门,而不通经

---

①　《南吴旧话录》卷 15《夙惠》,页 710。
②　《南吴旧话录》卷 15《夙惠》,页 710。
③　《社事始末》,页 4。
④　清·吴伟业:《吴梅村全集》(上海:上海古籍出版社,1990 年 12 月 1
版,李学颖集评标校本),卷 24《复社纪事》,页 599~600。

术，一旦侥幸而入仕，既不能致君尧舜上，又不知泽加于民，致士风颓敝、吏治日坏。张溥为振衰起弊，乃主张尊崇遗经，兴复古学，使异日能务为有用，遂与张采、周钟等人结为复社，冀能复兴绝学，落实学风；并选刻《复社国表》之八股文选本，以改革八股文风。因知复社与幾社皆同是不满八股文风，而主张兴复古学以改变之。然二者亦有不同点，此事杜登春言之甚详，其《社事始末》云：

> 然幾社六子，自三、六、九会艺，诗酒倡酬之外，一切境外交游，澹若忘者。至于朝政得失、门户是非，谓非草茅书生所当与闻；而以中原坛坫悉付之娄东、金沙两君子，吾辈偷闲息影于东海一隅，读书讲义，图尺寸进取已尔。而娄东、金沙之声教日盛一日，几于门左千人，门右千人。①

复社声势极盛，曾有三次大会②。幾社则鉴于晚明东林党人遭受政治迫害，故态度简严，不愿涉足政治，因"惟恐汉宋祸苗，以我身亲之"③，故杜麟征等埋首攻读，企图维持松江科甲之鼎盛④，故迥异于复社之极力扩大声势，成为全国性之社团。幾社属读书性质社团，最初宗旨在研习八股文，换言之在为科举考试而服务，《幾社会义》之刻即是八股文选本。可见幾社最初创立之时，松江士子们怀抱之目的就是追求科考之成功，但随着晚明社会与政治不断激化，其旨趣逐

---

① 《社事始末》，页5～6。

② 其详请参阅本书第二章《晚明党社运作》，第二节《复社与幾社》，三、《复社》之部。

③ 《社事始末》，页4。

④ 姚蓉《明末云间三子研究》解释杜麟征等埋首读书，不愿议论朝政的态度，和松江士风颇有关系。东林学派兴起于无锡，清议呼声遍及全国，对明末士风影响极大。似乎对松江地区影响极微，"可能是因为松江地处海隅，原本就是人们躲避动乱和政治迫害的地方，所以松江士族一直并不十分关注社会政治，而是埋首攻读，追求科甲的鼎盛。因此在幾社最初创立的时候，松江的士子们怀抱的目的就是追求科考的成功，持续松江科甲鼎盛的荣光。"姚蓉：《明末云间三子研究》（广州：广东高等教育出版社，2004年9月1版），第二章《云间三子的家世渊源与前期活动》，第二节《云间三子的社团活动》，页47。

步转到诗古文创作为主。

三、聚会时地及具有内容

幾社既主张以文会友,共同切磋举业,故有固定聚会之时间,据姚希孟于《壬申文选序》中云:

> 近有云间六七君子,心古人之心,学古人之学,纠集同好,约法三章。月有社,社有课,仿梁园、邺下之集,按兰亭、金谷之规。进而受简,则勇竞倍于师中;聚而献规,又讥弹严于柱后。此二百年前所创见也。①

姚希孟清楚载明幾社六子乃志同道合,志欲复兴古学,除有严格之约定,并有固定之社课。如《社事始末》所云:"幾社六子,自三、六、九会艺,诗酒倡酬之外,一切境外交游,澹若忘者。"②说明幾社六子文会之时间及其性质全为单纯之文人聚会,而暂时不涉及政治。对此,徐孚远《亡友》诗道及之:

> 巾须慕折角,咏须仿洛下。所喜绍风流,聊以我心写。往者徒纷纷,典型一何寡。良友已云亡,千秋陈与夏。论文坐每移,对酒月同把。矫矫骅骝姿,未及逞巨野。支柱苦不早,致令倾大厦。愤愤叹天公,夭折费陶冶。容颜想象间,空庭泪自洒。③

此诗为徐孚远多年后追悼殉国好友陈子龙与夏允彝之作。诗中以东汉高士郭林宗之典领起全诗,据《后汉书》《郭太传》载:

> 郭太,字林宗,太原界休人也。家世贫贱。……博通坟籍。善言论,美音制。乃游于洛阳,始见河南尹李膺,膺大奇之,于是名震京师。后归乡里,衣冠诸儒送至河上,车数千两。林宗唯与

---

① 明·姚希孟《幾社壬申合稿序》,见明·杜麟征等辑《幾社壬申合稿》(北京:北京出版社,2000 年 1 月 1 版,《四库禁毁书丛刊》集部第 34 册,影明末小樊堂刻本),页 484。

② 《社事始末》,页 4。

③ 《钓璜堂存稿》卷 4《亡友》,页 11。

李膺同舟而济，众宾望之，以为神仙焉。……性明知人，好讲训士类。身长八尺，容貌魁伟，褒衣博带，周游郡国。尝于陈梁闲行遇雨，巾一角垫，时人故折巾一角，以为"林宗巾"。其见慕皆如此。……林宗虽善人伦，而不为危言核论，故宦官擅政而不能伤也。及党事起，知名之士多被其害，唯林宗及汝南袁闳得免焉。遂闭门教授，弟子以千数。①

徐孚远仰慕郭林宗之风流儒雅及其人伦识鉴，因回忆当初与陈、夏二人结社时，把酒对月，谈诗论文之情景。其《忆昔》亦云：

忆昔群贤日见招，每于花发兴偏饶。南园看杏邀新月，西泖移樽候午潮。把臂林中颓玉树，剧谈楼上落青霄。即今诗酒知谁在，敧坐荒山感沆寥。②

此诗追忆当时与幾社诸子把酒言欢，高谈阔论之往事。实则，徐孚远与幾社诸子聚会时，除诗酒倡酬外，更曾各言己志，据《南吴旧话录》载：

徐孝廉孚远、夏考功允彝、陈黄门子龙各言其志，孝廉慨然流涕曰："百折不回，死而后已"。考功曰："吾仅安于无用，守其不夺。"黄门曰："吾无闿公之才，而志则过于彝仲，顾成败则不计也。"终各如其言。③

三人之中，夏允彝年纪最长，较徐孚远多三岁，而陈子龙最年轻，小徐孚远九岁。但陈子龙当时年纪虽轻，却已博通经史，文采斐然，为时人所看重，因得居幾社六子之数。而徐孚远、夏允彝、陈子龙三人当初所互相披露之志向，其后，果皆付诸实践，未因时局动乱而易其初志，故《南吴旧话录·名社》云：

右六子云间人。……夏从容就义。陈慷慨赴难死。徐漂泊

① 刘宋·范晔：《后汉书》(台北：鼎文书局，1991 年 9 月 1 版 6 刷，影北京：中华书局校点本)，卷 68《郭太传》，页 2225～2226。
② 《钓璜堂存稿》卷 13《忆昔》，页 22。
③ 《南吴旧话录》卷 2《忠义》，页 144。

二十余年，终不食死。①

而徐孚远之《念往》诗，亦言此事：

> 九州既板荡，存亡等歌哭。昔与陈夏交，幽明期不辱。漂泊荒屿中，神理自相续。荀息践成言，文度祈冥告。德音苟不瑕，其人美如玉。今我思哲人，忽如在耳目。天际采云翔，峰头清风肃。悠悠感我心，安知无灵瞩。百年有同归，陋彼尘世促。②

徐孚远诗中之"幽明期不辱"、"荀息践成言"即言陈、夏虽已殉难而卒，而其仍信守当初之承诺，不易其苏武之节，故《鲁之春秋》云：

> 幾社殉节四人：何刚、夏允彝、陈子龙死于二十年之前。孚远死于二十年之后，九原相见，不害其为白首同归也。③

而徐孚远《陈夏》一诗中所言："二君归永夜，只羽任浮沉。忧喜十年信，存亡千古心。"④亦叙写其与陈、夏生死永不变之金石情谊。

又幾社社址设于何处？据《松江府志》云：

> 彭宾，字燕又，华亭人。……初宾祖汝让，居郡西金沙滩，有春藻堂，隆、万间，与同人结文会。明季陈、夏主盟风雅，燕又与其兄彦昭卜居披云门外濯锦巷，仍移旧额署之，是为幾社诸君子高会处。⑤

因知幾社乃借用彭宾之"春藻堂"作为开会之处。至于幾社诸人平日读书论文之处则为南园。王沄《粤哀》一诗有："南园风雅集群英，及见先民旧典型。新咏竞推徐孝穆，经师独让郑康成。"诗中并自注道："南园，公（徐孚远）与陈、夏诸公读书处。"⑥而前引徐孚远《忆

---

①　《南吴旧话录》卷23《名社》，页994。

②　《钓璜堂存稿》卷4《念往》，页3。

③　清·李聿求：《鲁之春秋》（上海：上海古籍出版社，2002年3月1版，《续修四库全书》影清咸丰刻本，第444册），卷11《寺院三·徐孚远传》，页557。

④　《钓璜堂存稿》卷10《陈夏》，页18。

⑤　《松江府志》卷56《彭宾传》，页1272～1273。

⑥　见《徐闇公先生年谱》，页54。

昔》诗中"南园看杏邀新月"①，乃追忆昔日与诸子在南园中赏月观杏，饮酒赋诗，放言高论之情景。此外，李雯《会业序》亦载及相关事宜云：

> 今年春，闇公、卧子读书南园。余与勒卣、文孙辈或间日一至，或连日羁留。乐其有修竹长林，荒池废榭，登高冈以望平旷，后见城堞，前见丘垄，春风发荣，芳草乱动。……文孙曰："即我南园之中，我数人之所习为制科业者，集而广之，是亦可志一时相聚之盛也"。②

李雯载其与周立勋等亦常至，甚流连忘返。因知南园为幾社诸子平素论文煮酒之所。然南园究在何处，为何人所有，其地又有何景致？据《松江府志》云：

> 南园，在南门外阮家巷，都宪陆树德世居修竹乡金沙滩，后葺别业于此，侍郎彦桢继居之，有梅南草庐、读书楼、濯锦窝诸胜。崇祯间，幾社诸子每就此园燕集。③

因知"南园"原是礼部尚书陆树声弟陆树德中丞之别墅，地处娄县南之阮家巷，有梅南草庐、读书楼、濯锦窝等名胜，其后为幾社诸子燕集之处，徐孚远《南园读书楼》写此盛会：

> 陆氏构此园，冉冉数十岁。背郭面良畴，缓步可休憩。长廊何绵延，复阁亦迢递。高楼多藏书，岁久楼空闲。丹漆风雨摧，山根长薜荔。我友陈轶伏，声名走四裔。避喧居其中，千旄罕能庋。招余共晨昏，偃蹇搜百艺。征古大言舒，披图奇字缀。沿堤秋桂丛，小桥春杏丽。月影浮觞斝，荷香落衣袂。心赏靡不经，周旋淡溶溢。岂意数年来，哲人忽已逝。余复凌苍波，曩怀不可

---

① 《钓璜堂存稿》卷13《忆昔》，页22。

② 明·李雯：《蓼斋集》（北京：北京出版社，2000年1月1版，《四库禁毁书丛刊》影清顺治十四年石维昆刻本，集部第111册），卷25《卧子纳宠于家，身自北上，复阅女广陵而不遇也。寓书于予，道其事，因作此嘲之》，页500～501。

③ 《松江府志》卷77《名迹志·南园》，页1739。

继。既深蒿里悲，还想华亭唉。他时登此楼，眷言申未契。①

诗中言数十年前陆树德背郭面田建筑此园，其中有长廊复阁，最具特色者为藏书丰富之读书楼，惜久遭弃置，致画廊丹漆半零星，池馆山根薜荔萦。而好友陈子龙读书其中，怡然自得，亦邀诗人同砚共席，搜寻图籍、钻研经史，陶醉于小桥春杏，荷香桂馥里，实令人流连忘返。

南园盛会虽事过境迁，但在徐孚远心中仍念念不已，其《忆陆孟闻年丈南园寄怀》云：

> 城南背郭起高楼，楼下方塘渌水流。陈君读书多岁月，萧然此地成沧洲。余亦郊居数椽屋，杖策时来卧松菊。行吟挥麈两相宜，白云窈窕风生谷。迄今烟尘满故乡，陈君西逝余南翔。桥边红杏色殊好，池里芙蓉空自香。相传主人抱幽素，闭关无侣白日暮。闲看小妇调云和，壮心不已哀音多。②

徐孚远对当年与陈子龙读书南园之岁月缅怀不已，故睹景思人，其《南园杏》又云：

> 南郭芳菲黄鸟鸣，杏花斜映野桥平。陈君昔日观书处，无限春风湖海情。③

因春杏花发而勾起往日情怀，更因此而跌入回忆深渊，如《忆卧子读书南园作》云：

> 与君披卷卧沧洲，背郭亭台处处幽。昔日藏书今在否？依然花落仲宣楼。④

诗中以王灿登楼思乡，悯乱遭忧为典故，感慨南园读书之情景已往事难追。

徐孚远与陈子龙及幾社诸子，日日偃仰于汗牛充栋之南园中，究

---

① 《钓璜堂存稿》卷3《南园读书楼》，页6。
② 《钓璜堂存稿》卷5《忆陆孟闻年丈南园寄怀》，页9。
③ 《钓璜堂存稿》卷20《南园杏》，页2。
④ 《钓璜堂存稿》卷18《忆卧子读书南园作》，页3。

又有何成绩可言？据陈子龙自撰《年谱》云：

> 乙亥春，偕闇公读书陆氏之南园，创为时艺，闳肆奇逸，一时靡然向风。间亦有事吟咏。①

乙亥为崇祯八年（1635年），徐孚远与陈子龙，所创时艺，领袖群伦。陈子龙成《属玉堂集》②，崇祯九年陈子龙成《平露堂集》③，崇祯十一年徐孚远选刻《幾社会义三集》，并与陈卧子撰《史记测义》一百二十卷，徐孚远并手定"凡例"。此外又与陈子龙、宋尚木辑《皇明经世文编》五百四卷。④ 此事据陈子龙自撰《年谱》云：

> 是夏，读书南园。偕闇公、尚木网罗本朝名卿巨公之文，有涉世务国政者，为《皇明经世文编》。岁余梓成，凡五百余卷。虽成帙太速，稍病繁芜，然敷奏咸备，典实多有，汉家故事，名相所采，史臣必录者也。⑤

《皇明经世文编》乃采撷明朝名臣文集之精英而成书，为经世济民之实用文学，自此亦透露出幾社已由最初以专治举业为目的之科举文社，转变为有切世用之文社。

综观上述，知徐孚远等幾社成员于南园读书之成果实丰硕，故言南园为孕育幾社之摇篮，洵非夸语也。

四、徐孚远诗中之五子

徐孚远与佳朋六七人之交，据其《述往》云：

> 少小耽章句，蹉跎无所成。江南多好事，冠盖罗嘤鸣。佳朋六七人，文笔何清英。七发凌枚乘，五言追子卿。高秋展燕谑，南郊丹桂荣。飞觞无期限，屡见皓月明。⑥

---

① 《陈子龙年谱》卷上，见《陈子龙诗集·附录二》，页650。
② 《陈子龙年谱》卷上，见《陈子龙诗集·附录二》，页651。
③ 《陈子龙年谱》卷上，见《陈子龙诗集·附录二》，页652。
④ 见《徐闇公先生年谱》，页15。
⑤ 《陈子龙年谱》卷上，见《陈子龙诗集·附录二》，页659。
⑥ 《钓璜堂存稿》卷2《述往》，页34。

徐孚远追忆当年幾社诸子之才气及与之交往之情景。而自其《钓璜堂存稿》中可见咏及幾社诸子之诗篇，或怀想或悼亡，在在反映其与诸子之深情厚感，亦可见幾社诸子之学问及气节，因囿于篇幅，遂仅就六子中之另五子加以探究之。

（一）杜麟征

杜仁趾，名麟征，字素浣。华亭人，少有才名，与张溥等齐名。崇祯四年（1631 年）进士，官刑部主事，曾上疏请罢内遣，其辞直而婉。鉴于当时以制义取士，为厚实学问，以友辅仁，进而求副功令，遂与周勒卣、李舒章、陈卧子、夏彝仲、徐闇公，首创幾社。[1] 年三十九卒，著有《浣花遗稿》。[2]

徐孚远《钓璜堂存稿》中言及杜麟征者，仅《忆与卧子集社仁趾斋，酒后狂言，一座尽惊，去此二十余年矣！追思往迹，亦复何异古人哉》一诗，其云：

> 司马斋头清燕同，渺焉高负古人风。兴酣落日轻余子，酒后狂言满座中。君已怀沙追正则，余方避地作梁鸿。九原一去无消息，唯有长歌倚碧空。[3]

此诗乃徐孚远回忆当年在杜麟征书斋中，与陈子龙等一同创设幾社；平日燕集，社人意气风发，酒酣耳熟，放言高论国事。然杜麟征壮志未已，如屈原赋《怀沙》见志而星沉；而我亦如梁鸿避地海滨，牧豕自给。自君殁后，家国日艰，二十余年后，人事全非，倍感惆怅。徐孚远言杜麟征高负古人风度，据《南吴旧话录》所载其轶事，可见一斑：

> 杜仁趾宦后舆盖出，东门一老媪见之，笑曰："杜家官官亦解做进士，吾归将使邻里小儿皆熟读神童诗、百家姓。"盖老媪亦邻

---

① 《南吴旧话录》卷 10《雅量》，页 517。
② 《南吴旧话录》卷 20《感愤》，页 914。
③ 《钓璜堂存稿》卷 13《忆与卧子集社仁趾斋，酒后狂言，一座尽惊，去此二十余年矣！追思往迹，亦复何异古人哉》，页 13。

也。从者呵之，仁趾急使护之去。及归，见群从皆含怒，杜问神童诗系谁手笔，众莫对。杜笑曰："然则能读神童诗者果不易得。"①

邻居老媪公然轻蔑已任官之杜麟征，然其不以为忤，反为之维护，足见杜麟征宽阔之气度，而当其归见邻童时亦出语鼓励，更见其乐道人善之心，故出语蕴藉幽默。此外，《南吴旧话录》亦记载杜麟征临终之遗憾：

> 杜仁趾临终，手其诗文，叹曰："吾与周勒卣辈创为幾社，相期经世大业，不徒作酸子笔墨，岂知今日乃尽于此？"又拍枕曰："如此人，不得四十，不知吾亲故中，孰能解此语？"②

杜麟征怀抱崇高之使命感，讵料天不假年，年未四十而终。此用王蒙之典故，据《世说新语·伤逝》载：

> 王长史病笃，寝卧镫下，转麈尾视之，叹曰："如此人，曾不得四十！"及亡，刘尹临殡，以犀柄麈尾箸枢中，因恸绝。③

王长史即王蒙，年三十九卒。刘尹即刘惔，与王蒙为至交，情逾兄弟，故深哀悼恸绝。杜麟征以此典故寄寓其知音难觅之慨？

杜麟征虽感叹知音难得，然其却为幾社诸子之赏音者，其《壬申文选序》云：

> 文章起江南，号多通儒，我郡为冠。以余之所交，彝仲擅论议之长，勒卣通雅修之度，闇公迈沈博之论，伟南盛玮丽之观，宗远赴幽险之节，默公娟秀，大宋坦通，燕又隐质而撷藻，小宋敏构而繁昌，舒章雄高而杰盼，卧子恢肆而神骧：人文之美，具于是矣。④

---

① 《南吴旧话录》卷10《雅量》，页994。
② 《南吴旧话录》卷20《感愤》，页914。
③ 刘宋·刘义庆著、余嘉锡笺疏《世说新语笺疏》（上海：上海古籍出版社，1993年12月修订1版，周祖谟整理本），卷17《伤逝》，页642。
④ 明·杜麟征《壬申文选序》，《陈子龙诗集·附录三》，页755。按：明·杜麟征等辑《幾社壬申合稿》未收此序。

杜麟征分别将夏允彝、周勒卣、徐孚远、顾开雍、朱灏、王元玄、宋征璧、彭燕又、宋征舆、李雯、陈子龙等几社成员之专擅及优点,如数家珍一一道出,不禁令人叹为观止。实则,几社人才济济,如其公子杜登春亦为个中翘楚,更是日后几社之中坚分子,著有《社事始末》,言几社事甚详,亦不愧为几社之知音也。

(二)夏允彝

夏允彝(1596—1645),字彝仲,号瑗公,谥文忠。华亭人。少敏悟,与陈子龙、张溥、杨廷枢并称名于时。登崇祯十年(1637年)进士,授长乐知县,治绩卓著。居五年,邑大治。后官至考功主事;不赴。弘光元年(1645年)闰六月,参与总兵吴志葵松江起义,不克,作绝命词自沉于松塘;尸浮水面,衣带不濡,足见其死志之坚。《幸存录》为其绝笔。子完淳,字存古;四岁能属文,弱冠才藻横逸,江左罕俪。永历二年(1647年)亦为国捐躯,年仅十七岁耳。

徐孚远与夏允彝交谊深厚,曾与陈子龙各言其志,前既已言之矣。另徐孚远更有诗歌及之,如《夏彝仲》云:

> 夏子道真广,何惭间世英。沉潜搜典籍,恢豁动公卿。日有衔鱼至,门多倒屐迎。扶摇无落翮,采襭有芳薌。支厦须全木,垂纶得巨璜。谁将清庙器,而擅抚琴名。秩满共流誉,时危方佐衡。党人排孟博,土室坐袁闳。不惜栋梁弃,因令宗社倾。彭咸仍古则,怀石赴蓬瀛。[①]

此诗五言排律乃写于夏允彝沉渊殉国之后。诗中称美其道宽广,博学好古,虽颇负盛名却谦恭有礼,且好奖掖提拔后进,故造就人才无数。南都倾危之际,力挽狂澜于既倒,其后更沉渊以殉国。故徐孚远有《哭夏瑗公》三首哀悼之:

> 别后闻君赴汨罗,余生亦自叹无多。巫咸尚肯相容否,准拟沧江弄碧波。(其一)

---

① 《钓璜堂存稿》卷16《夏彝仲》,页20。

相期泉路莫踌躇，我欲乘风揽子袪。天上茫茫无处觅，红云亲捧是君居。（其二）

廿载君宗望不孤，讲堂寂寞白杨疏。当时宾客常盈座，犹有西州恸哭无。（其三）①

第一、二首诗写徐孚远听闻夏允彝沉渊噩耗时，恸不欲生，亦拟与之同赴黄泉，足见两人情感之深，故无法接受痛失良友之变故。第三首则写夏允彝平素极负人望，故常常门庭若市，而今则冷落岑寂。

徐孚远另有《挽夏文忠宫允》一长诗，诚为夏允彝诗传，使人怀念"倾都看卫玠，驻车问颜驹"之风采。② 而诗中"子有千里骥"乃指夏完淳，徐孚远《怀夏古端》云：

戴发浑无惧，游行着小冠。风尘埋姓氏，谿达露心肝。往往倾豪客，时时过道安。一攀昌国树，别后路漫漫。③

此诗称许夏完淳不屈于异朝，为反清复明而隐姓埋名，并倾家产以结健儿豪客，图恢复之举。后自言己将前往舟山，故后会难期，诗中弥漫依依不舍之情。而《哭夏存古》（瑗公之子，或云有遗腹）云：

羡君毛骨自来殊，五岁成文愧大儒。共道李公应启后，谁怜赵氏不存孤。山中芳桂空摇落，腹里明珠定有无。咄咄余年多恨事，哪堪两世哭黄垆。④

此诗写夏完淳才藻横逸，江左罕俪，自幼即为有名之神童，徐孚远见此千里驹，知其定能承先启后，故深为好友感到高兴。讵知沧海

---

① 《钓璜堂存稿》卷18《哭夏瑗公》，页6~7。
② 《钓璜堂存稿》卷2《挽夏文忠宫允》，页4~5。诗中有"亡儿苟有知，九原幸师事"，则此诗当作于隆武元年（顺治二年，1645年）八月震泽之难，丧子渡辽之后。又云"子有千里骥"，则又知不迟于永历元年（顺治四年，1647年）夏，夏完淳就义之前。其末章云："忆昔闻变初，促膝谋起义。谓子其勉旃，我求一死易。奉讳已及期，斯言固不昧。余衔伯道悲，子有千里骥。祸福未易量，顾景每心悸。亡儿苟有知，九原幸师事。嵇绍犹不孤，幽明理无二。"
③ 《钓璜堂存稿》卷9《怀夏古端》，页7。
④ 《钓璜堂存稿》卷13《哭夏存古》（瑗公之子，或云有遗腹），页21。

横流,夏完淳为救亡图存而与其父相继殉国,且当时其妻钱秦篆已身怀六甲,唯不知是男或女,然自徐孚远诗中所言"腹里明珠定有无?"推测应怀女生。但《紫堤村志·夏完淳传》明载"有遗腹子不育"①,观如此忠臣孝子竟尔绝后,实令人为之欷歔不已。

（三）彭　宾

彭宾,字燕又,一字穆如,华亭人,崇祯三年(1630 年)举人。入清,授汝宁府推官。其少入幾社,与夏允彝、陈子龙友善,为文自成一格,然没后遗稿散佚。清康熙六十一年(1722 年),其孙彭士超始自乱帙及《壬申文选》中所已刊者汇录成《搜遗稿》四卷,计收文三卷、诗一卷。② 徐孚远《钓璜堂存稿》仅有《怀彭燕又》一诗,其云:

> 昔年群彦会,君亦著清才。为有山阳恸,久疏河朔杯。山川成异域,纸笔尚新裁。莫厌郊居寂,随人入洛来。③

徐孚远此首五言律诗首联乃追忆昔日幾社六子聚会时,彭宾亦个中翘楚。据彭宾之孙士超于《彭燕又先生文集序》中云:

> 先祖燕又公,中崇祯庚午榜。与同郡夏瑗公、陈大樽两先生为幾社词坛主,海内尊仰,称为三君。……知先祖与大樽先生甫弱冠,在里塾中时,夏瑗公先生已登贤书。见大樽先生及先祖之文,即欲深相结纳。三人遂定盟为莫逆交。嗣先后鹤发,名噪海宇,凡缙绅先生无不以诗文就正,得一文叙,即声价十倍。而先祖尤工时艺,以故选文之任尤多。④

足证彭燕又在当时亦文采焕发,锋芒毕露,故其后被迫仕清担任刑名之职时,有人弹劾之,指其"处之文学之地则有余,处之以刑名之

①　清·沈葵:《紫堤村志》(上海:上海古籍出版社,2008 年 3 月 1 版,王孝俭等标点本),卷 7《人物·流寓·夏完淳传》,页 200。

②　明·彭宾:《彭燕又先生文集》(台南县:庄严文化事业公司,1997 年 6 月 1 版,《四库全书存目丛书》影清康熙六十一年彭士超刻本,集部第 197 册)。

③　《钓璜堂存稿》卷 11《怀彭燕又》,页 17。

④　清·彭士超《彭燕又先生文集序》,见《彭燕又先生文集》,页 321 上。

任则不足"①，致彭燕又即日挂冠归里。此诗颔联则感慨自陈子龙与夏允彝先后为国殉难后，聚会变少而不复有避暑之酣饮。因彭燕又与陈、夏二人交情甚笃，时有"三君"之美称也。而陈、夏既为国捐躯，恐触景伤情，遂疏于河朔饮。颈联写山河变色，仍为诗文。末联则冀望彭燕又能时相过从。自此可见徐孚远与彭燕又交情之深厚。

（四）周立勋

周立勋，字勒卣，为华亭县诸生，著有《符胜堂集》六卷，为陈子龙激赏之海内真名士之一②。其生平据《松江府志·周立勋传》载：

> 周立勋，字勒卣，华亭人，以高才负盛名。时娄东张采、张溥、吴门顾梦麟、虞山杨彝、金坛张明弼、周钟、江右陈际泰、艾南英诸人，声望相絜。立勋与同郡夏允彝、徐孚远、彭宾、陈子龙、杜麟征六子，联社以应之。商邱侯方域千里聘致，遂北游中州。诸名下士，共重立勋。……年四十三卒。……而社事之盛，六子最先，故诸君子皆兄事之。③

《松江府志》言周立勋在幾社中年纪仅次于朱灏，诸子皆以兄事之，且言其"年四十三卒"。然据《南吴旧话录》言周立勋乃夭亡。④甚至连朱彝尊《静志居诗话》亦如是云：

> 崇祯中，勒卣偕陈、夏诸公倡"幾社"，首事仅六人，以诗古文辞相砥砺，今所传《壬申文选》是已。陈、夏皆以名节著，惟勒卣早天，闻其遇社中人，意态殊落落，而人自有欲亲之诚。……岁己卯，就试金陵，质素清羸，寓妓馆。妓闻贡院楄鼓，促之起，勒

---

① 彭士超《彭燕又先生文集序》，见《彭燕又先生文集》，页 321 下。

② 陈子龙《二周文稿序》云："今海内以器识文章为士论所重未仕者，必曰金沙周介生、华亭周勒卣，此二君者，真所谓名士也。……勒卣恢朗，外和内明，方其坐论，超越形景之外。"明·陈子龙：《陈子龙文集·安雅堂稿》（上海：华东师范大学出版社，1988 年 11 月 1 版），卷 6《二周文稿序》，下册，页 147～148。

③ 《松江府志》卷 55《周立勋传》，页 1249。

④ 《南吴旧话录》卷 23《名社》，页 994。

卤尚坚卧也。未几遂客死。①

朱彝尊指出周立勋与陈、夏等人倡幾社，并言周立勋于崇祯十二年(1639年)至金陵应试，寓妓馆之后，客死异乡。李延昰《南吴旧话录》亦云："周勒卤秉弱而有所爱怜，遂得羸疾而死。"②《松江府志》复指出周立勋之个性及平素之行径道：

> 立勋酒酣以往，时抱抑塞。居，恒壮心不已，以酒色陶写之，年四十三卒。③

周立勋因困于科场，致屡屡感慨良多，惟借酒色纾解，故陈子龙《哭周勒卤》有："酒狂如仆射，情死是琅琊"之句④，可知周立勋之死因与酒色有关。

周立勋英年早逝，以其才情，得年不长，实为友朋所不舍，据《南吴旧话录》载：

> 同人鲜不哀恸。宋辕文挽之曰："翠羽明珠拥莫愁，君家顾曲旧风流。一时肠断人何处，风雨萧条燕子楼。山阳玉笛异时情，故旧论交共不平。纵使未堪轩冕贵，何妨白发老诸生"。数日后，忽梦勒卤至，曰："君诗固佳，胡不云：'纵使未堪丘壑老，何妨白发困诸生。'辕文醒而异之，特于佛祠设位祭焉。张受先闻之，叹曰："勒卤工愁善恨，下(引者按：原文作'不'，误也，据《静志居诗话》卷21《周立勋》条改。)语如九曲明珠，耐人寻索"。⑤

宋辕文因悲其辞世而作诗挽之，周立勋竟托梦而改其诗末二句为"纵使未堪丘壑老，何妨白发困诸生。"因周立勋与孚远俱困诸生，足见周立勋其人虽逝，然其精神仍与宋辕文相感通也。徐孚远亦曾梦及之，其《梦中有句，似怀亡友周勒卤、陈卧子也，觉而成之》

---

① 清·朱彝尊著、姚祖恩编《静志居诗话》(北京：人民文学出版社，1990年10月1版，黄君坦校点本)，卷21《周立勋》条，页655。

② 《南吴旧话录》卷23《名社》，页999。

③ 《松江府志》卷55《周立勋传》，页1249。

④ 《陈子龙诗集》卷12《哭周勒卤》，页374。

⑤ 《南吴旧话录》卷23《名社》，页999。

云:

> 廿载交期似鹡鸰,故人先后入幽冥。逸书借到同谁看,野鹤
> 鸣时独自听。有美周生悲韫玉,怀沙陈子赋扬舲。从兹投老婆
> 娑日,未许新知眼更青。①

徐孚远回想二十年来与周立勋、陈子龙之交情,有如手足,一如
鹡鸰在原,能共赴急难。而今,蕴涵美才之周勒卣已逝,而陈子龙亦
投水殉国,独遗徐孚远孤独一人,因感慨"逸书借到同谁看,野鹤鸣时
独自听"。据载"孚远以直谅称立勋,不为危言激论,有东汉郭林宗之
风"②,此见徐孚远对其崇仰之情。

徐孚远《梦中有句,似怀亡友周勒卣、陈卧子也,觉而成之》诗仅
笼统言周生韫玉,至其《周勒卣》则更具体言之:

> 周子三吴彦,才高一代无。抒文真绣黼,征乐别笙竽。自得
> 璞中玉,每探颔下珠。云衢垂俊翮,九坂失前驱。鼂错古犹忝,
> 刘蕡今不孤。东南谁竹箭,诗酒实冰壶。拟价虚千邑,藏奇愧五
> 都。清襟同素练,皓月映高梧。常作嵇康眼,岂云杜父肤。斯人
> 难久住,应是玉楼需。③

诗中称美周立勋为高才硕彦,胸怀奇策,能诗谙乐,文如锦绣,且
清迥澹远。实则故杜麟征称"勒卣通雅修之度"④,对其赞赏有加,惜
乎,其寿不永。实则,早有征兆,据《南吴旧话录》载:

> 方相国守松郡,与幾社诸人周旋,尤爱勒卣。人谓勒卣固千
> 里驹,宜方愿为伯乐。方闻之叹曰:"勒卣得题,尝以慨叹出之,
> 其人自非寿征。吾爱渠,正以一往有隽气,不屑作酒肉贵人耳。"

---

① 《钓璜堂存稿》卷13《梦中有句,似怀亡友周勒卣、陈卧子也,觉而成
之》,页17。
② 《松江府志》卷55《周立勋传》,页1249。
③ 《钓璜堂存稿》卷16《周勒卣》,页20。
④ 明·杜麟征《壬申文选序》,《陈子龙诗集·附录三》,页755。按:明·
杜麟征等辑《幾社壬申合稿》未收此序。

未几,勒卣竟夭卒。①

松江太守方岳贡言周立勋诗虽清隽,然工愁善恨,非长寿之征,后果应验。徐孚远《追忆周勒卣》云:

> 高才如我友,伦辈敢相望。句先观气韵,感每及兴亡。年逝交常在,兰吹谷自芳。后人参性制,中盛未能量。②

近代陈田《明诗纪事》对周立勋之性情与诗风有一段按语云:"勒卣之论诗曰:'士当不得志而寄情篇什,忧闷悲裂,隽词遥旨,往往有之。'又云:'予失足败意,顾盼园圃,风物凄恨,求曩哲之遗编,愧时贤之工艺,未尝不叹悼扼腕,悔其多作。'悲哉,何其多幽忧之思也。"③周立勋身体羸弱又多愁善感,诗中多兴亡沧桑之感,如其《伤春》二首云:"平池曲巷古祠东,几树桃花落晚风。明日殷勤樽酒后,春光已过别离中。""白燕坟前载酒过,几人同唱《柳枝歌》。莫愁一夜花如雪,摇落春心自此多。"④如此多情自伤,终生沉溺于伤感之深渊中而无法自脱,寿自难永。

周立勋早卒,徐孚远却异常怀念这份同学之情,据《南吴旧话录》载:

> 周勒卣亡后,有子不能自存,道逢徐闇公。闇公下舆道故,乃曰:"若云我当为卿作论,少涉轻薄,人言巨源在,汝不孤矣,我更难为怀"。相与抵家信宿,临行送米四十斛,缣十匹,垂涕而别。⑤

周立勋身后萧条,徐孚远道逢其子,知其生活困顿,遂携其返家,

① 《南吴旧话录》卷23《名社》,页996～997。
② 《钓璜堂存稿》卷10《追忆周勒卣》,页16。
③ 清·陈田:《明诗纪事》(上海:上海古籍出版社,2002年3月1版,《续修四库全书》影清贵阳陈氏听诗斋刻本,第1712册),辛签卷22《周立勋》,页228上。
④ 见清·朱彝尊选编《明诗综》(北京:中华书局,2007年3月1版,据白莲泾刻本点校本),卷76《周立勋》,页3748。
⑤ 《南吴旧话录》卷2《忠义》,页145。

临别，复周济之米四十斛，缣十匹，足见徐孚远能爱屋及乌，周、徐二人诚为金石之交也。

（五）陈子龙

徐孚远与陈子龙（1608—1647）最初结识之时间为崇祯二年（1629 年）。据陈子龙自撰《年谱》"崇祯二年己巳"条下记载道："是岁，始交李舒章、徐闇公，益切劘为古文辞矣。"[①]是时徐孚远三十一岁，而陈子龙才二十二岁，二人在当时俱为一时之选，然一见如故，遂尔惺惺相惜而成知音。两人与夏允彝各言其志及相联研席于南园读书楼之事，前业已叙言，此不赘。而徐孚远对淹通经史，落笔传神之陈子龙评价又如何？观其《陈卧子》一诗，应可了然于心矣，其诗云：

> 陈子天才绝，千秋一羽翰。披风兰与蕙，征瑞凤兼鸾。健笔追司马，清词迈建安。气夷归散朗，骨俊出巑岏。未见皇途泰，深怀我道难。解忧山水僻，命侣酒杯宽。久卧方趑趄，少时便挂冠。三江万马渡，一棹五湖寒。拨乱无龟斧，应天下玉棺。老夫千载泪，青史后人看。[②]

徐孚远称扬陈子龙乃不世出之天才，健笔凌云，堪并史迁；辞才清发，不让建安，且神气清朗，俊骨秀出。陈子龙深怀我道难，其未入仕途时，或寄情山水，或借酒消忧；既登仕版，有澄清天下之志，复因上疏弹劾而挂冠归，福王败亡后隐遁事亲，不久又殉国难。对此遭际，徐孚远于《哭陈卧子》（闻讣已历时，笔不得下，至是始成篇）中陈述其一生梗概：

> 当君年少日，才气盖江南。谈笑惊坐客，文笔吴钩铦。胸怀孔文举，蕴藉苏子瞻。两贤不世出，意君必能兼。冉冉年过立，须鬓已毵毵。高林风欲摧，翠羽弋人贪。忆昔风雨夜，知君良不堪。不无遗世情，所系非冠簪。永嘉始南渡，青蝇营营添。拂衣

① 《陈子龙年谱》卷上，见《陈子龙诗集·附录二》，页 643。
② 《钓璜堂存稿》卷 16《陈卧子》，页 21。

赋归来，匿迹憩江潭。未能追谢傅，常拟问巫咸。党禁方拔根，俄而火运熸。屡哭鸡鸣侣，仍歌麦秀渐。报汉计不就，良人竟已歼。方君遁荒日，曾作鲤鱼函。所恋老慈怙，迟迟挂风帆。欲毕终天愿，然后驾骖騑。斯志便契阔，不得比鹡鸰。拭泪写心曲，冥漠亮无嫌。①

诗首言陈子龙年少时即锋芒毕露，为江南才子。据《社事始末》载其初次参与幾社之情景道：

> 卧子先生甫弱冠，闻是举也，奋然来归。诸君子以年少讶之，乃其才学则已精通经史，落笔惊人，遂成六子之数。②

陈子龙才华横溢，学问扎实，徐孚远称美"胸怀孔文举，蕴藉苏子瞻"，兼具双美，实属难得之人才，惜如张九龄《感遇》诗所言"美服患人指，高明逼神恶"，故陈子龙亦无法避免之。其后，福王立于南都，以史可法督江北军务，马士英掌兵部，陈子龙补兵科给事中与何刚及徐孚远等募水兵。③ 而奸人阮大铖辈乘机而起，杜登春《社事始末》载其事云：

> 夫南中建国，贵阳马士英为娄东好友，一时拥戴窃柄，甚引重东林。如起用钱、徐、陈、夏诸君子，褒旌死难诸贤。……及福藩恣用私人，搜罗珰孽，而阮大铖辈尽起而谋国是；外则附贵阳以招权纳贿，内则为党人作翻局计。授意督学御史朱国昌，凡娄东门下悉置三等。吾郡同社闻而战栗。时彝仲先生在忧，卧子先生请告终养，无能为同社解忧者。④

故徐孚远诗言陈子龙拂衣赋归来，匿迹憩江潭。其后陈子龙、夏允彝及徐孚远三人皆参与松江起义，兵败，而彛与陈子龙并称"陈夏"

---

① 《钓璜堂存稿》卷3《哭陈卧子》(闻讣已历时，笔不得下，至是始成篇)，页13。

② 《社事始末》，页5。

③ 见《徐闇公先生年谱》，页20。

④ 《社事始末》，页15～16。

之夏允彝舍命殉国，临殉，手疏见诀。① 陈子龙"门祚衰薄，五世一子，少失怙恃，育于大母"②，为报高龄八十祖母高太安人之抚育大恩，遂奉亲出逃，故诗中有"方君遁荒日，曾作鲤鱼函"，解释其不得已之处。然陈子龙在祖母尽其天年之后，又继续投入抗清大业，因松江提督吴胜兆反正事泄，牵连被捕，乃自沉殉身。徐孚远痛失理念契合之挚友，感慨"不得比鹣鹣"，如今只剩一人踽踽独行于抗清行列之中，其间栖山蹈海，冒死历险，艰辛备尝，真是拭泪写心曲。

重情义之人，不因人逝而遗忘彼此，其情反而因时间绵长更加更深刻，徐孚远对陈子龙念念难忘，致夜有所梦，因有《夜梦卧子，剧谈如昔，已觉其殆也。问以冥途事，不答，惝恍遂寤，诗以痛之》云：

> 梦里相逢觉后惊，却看玄度似生平。十年黄土牵衣色，万里枫林落月声。未许神明参冥趣，祇裁诗句见交情。人天变化应难定，愿取来生作弟兄。③

徐孚远与陈子龙虽已幽冥异途，仍关心其现况，惟往者已矣，岂复能言？且此亦非人力所能及，徐孚远亦知人生无常，反用乌台诗案苏轼罹祸，在《狱中寄子由》愿与其弟苏辙再结来生缘之典故④，衷心冀望来世能与陈子龙成为兄弟，字里行间，尽是款款深情，读后令人动容，可谓至情之语，不以工拙论。披览《钓璜堂存稿》全书，可发现

---

① 陈子龙《报夏考功书》云："足下临没，移书于仆，勉以弃家全身，庶几得一当。足下死不忘忠，款款之意，岂独为鄙人存亡计耶。"《陈子龙文集·陈忠裕公全集》（上海：华东师范大学出版社，1988 年 11 月 1 版），卷 27《报夏考功书》，上册，页 485～486。

② 《陈子龙文集·陈忠裕公全集》卷 27《报夏考功书》，上册，页 486。

③ 《钓璜堂存稿》卷 13《夜梦卧子，剧谈如昔，已觉其殆也。问以冥途事，不答，惝恍遂寤，诗以痛之》，页 40。

④ 苏轼《予以事系御史台狱，狱吏稍见侵，自度不能堪，死狱中，不得一别子由，故作二诗授狱卒梁成，以遗子由，二首》其一云："与君今世为兄弟，又结来世未了因。"北宋·苏轼著、清·王文诰等辑注《苏轼诗集》（北京：中华书局，1982 年 2 月 1 版，1992 年 4 月 3 刷，孔凡礼点校本），卷 19，页 999。按：本诗诗题一作《狱中寄子由》。

徐孚远书写有关陈子龙之诗作高达三十余首①，数量最多，乃于怀人诗中居冠，借此亦可侧面印证徐孚远与陈子龙两人交谊之深厚。

综观徐孚远与幾社五子间之交往，其中尤以陈子龙、夏允彝对其影响最深，如徐孚远《同志近多蒙难，追感陈、夏作》云：

> 二君相继去，佩玉揖江妃。自尔十年来，魂梦不相违。每念同心友，如挟白云飞。音容俨昔日，仿佛举手挥。余亦海潮里，余年宁有几。怡情岫上云，养生篱下杞。四顾浩茫茫，岩栖余一纪。豸契貐互相侵，真龙何日起。况闻忠义徒，蒙难复联轨。宿草不及哭，操笔不遑诔。生存与死亡，天公等一视。灵均不我拒，迎我琴高鲤。②

此诗可见徐孚远历经十余年抗清而看不见恢复希望，欲哭无泪之心曲。诗人在伤心之余，追忆殉国已久之挚友陈子龙与夏允彝，产生修短随化，死求同穴之愿。诗中字字衔悲，句句真挚，令人无语问苍天，潸然泪下。又据其学生林霍在《庚午冬书稿》中转述："先师在

---

① 如《念往》、《亡友》、《同志近多蒙难，追感陈、夏作》、《陈夏》、《南园读书楼》、《忆陆孟闻年丈南园寄怀》、《南园杏》、《异乡别兼怀陈卧子》、《梦卧子》、《哭陈卧子（闻讣已历时，笔不得下，至是始成篇）》、《怀张子退（闻君匿卧子孤）》、《梦与卧子同谒许霞城先生，先生似有微疾》、《除夕有怀兼怀陈卧子》、《消息入夏杳然，兼怀卧子》、《忆与卧子集社仁趾斋，酒后狂言，一座尽惊，去此二十余年矣！追思往迹，亦复何异古人哉》、《兴公见枉，追叙亡友卧子、受先四五公，惟云：未识天如，感而有作》、《梦中有句，似怀亡友周勒卣、陈卧子也，觉而成之》、《哭陈卧子》、（夜梦卧子，剧谈如昔，已觉其殆也。问以冥途事，不答，惝恍遂寤，诗以痛之）、《梦与卧子奕》、《冯子出卧子五七言律诗一卷示予，舒章、勒卣亦各附数章》、《旅邸追怀卧子》、《将耕东方，感念维斗、卧子，怆然有作》、《陈卧子》、《吾郡周勒卣、夏彝仲、李存我、陈卧子、何悫人皆席研友。勒卣独前没，四子俱蒙难。流落余生，每念昔者，便同隔世，各作十韵以志不忘，如得归郡，兼示五家子姓。陈卧子》、《忆卧子读书南园作》、《诠诤忆陈卧子》、《仲春忆卧子》、《追忆陈夏》、《坐月怀卧子》、《武静弟别墅有楼，卧子名之曰"南楼"，时游憩焉》等诸诗咸属之。

② 《钓璜堂存稿》卷4《同志近多蒙难，追感陈、夏作》，页36。

岛，每与敝乡纪石青先生谈陈、夏二公，必流涕为记其事迹颇详，并及杨维斗诸君子。霍得备闻之。"①此外，林霍在《华亭徐闇公先生诗文集序》中又载云：

> 公闲居，每谈及陈、夏二公事，必挥涕。尝曰："昔在故乡，胡尘相迫，时友人夏瑗公语余曰：'吾观诸子中愤房不共日者，必子也！'余感其意，十年来浮沉沧海而不敢忘此言也。"公之不忘君父，又笃于亡友如此。②

林霍所述之事，距夏允彝、陈子龙为国尽忠已近二十年，然徐孚远对挚友陈、夏二人未尝一日忘怀，可见二人皆其知音，亦足证三人交谊之深矣。

以上乃就幾社六子与创社动机、幾社与复社命义异同、聚会时地及具体内容、徐孚远与幾社五子等四点加以探讨，以见徐孚远于餐英幾社时之实际状况也。

第三节　乘桴海外

清兵入关，徐孚远本忠贞之忱，锐奋匡扶，故绸缪海上，戮力疆场，矢忠明室，至死不悔。故钱谦益《徐武静生日置酒高会堂赋赠八百字》中怀徐孚远云："故国鱼龙冷，高天鸿雁凉；抚心惟马角，策足共羊肠。"③见其海外艰难之局。本节兹分为参预义旅、投奔隆武、鲁臣郑师、阻道安南、往来台厦及完发饶平数端，以见其乘桴海外之诗史也。

---

① 清·林霍《庚午冬书稿》，见《徐闇公先生年谱·附录一》，页81。

② 林霍《华亭徐闇公先生诗文集序》，见《徐闇公先生年谱·附录一》，页83。

③ 清·钱谦益撰、钱曾笺注：《牧斋又学集》（上海：上海古籍出版社，1996年9月1版，钱仲联标校本），卷7《徐武静生日置酒高会堂赋赠八百字》，页334。

一、参预义旅

明崇祯十七年三月，明思宗自缢于煤山，其后清兵攻入北京。福王立于南京，徐孚远怀抱满腔忠愤，慨然奋袂而起曰："君父之雠，不共戴天；我宁蹈东海而死耳！"[①]并作《出亡后呈伯叔，兼示弟侄》云：

> 烟尘动地浩漫漫，回首悲歌行路难。乌石凄清西照晚，螺江萧瑟北风寒。病深庄舄犹吟越，家散留侯欲报韩。八世簪缨今未绝，可无一个泣南冠。[②]

徐孚远因受国恩者八代，故以张良报韩之行自勉，不惜毁家充饷，广求健儿侠客，联络部署，以报大雠。遂与陈子龙、何刚等募水兵。弘光元年（1645）五月，清兵攻下南京，福王逃奔太平。当时忻城伯赵之龙、魏国公徐允爵、大学士王铎、礼部尚书钱谦益等迎降。时广昌伯刘良佐兵次上新河，亦降于清。徐孚远见此乃作《降将》以讽刺之：

> 谁采猗猗谷里兰，却看降将跨雕鞍。苦争鬖发缘何事，昨日髡头今日冠。[③]

"鬖发"象征对明室之忠贞，因清攻占南京时，施行薙发令，而徐孚远怀抱孤忠亮节，故指发而誓曰："此即苏武之节矣！我宁全发而死，必不去发而生。从容就义，非难事也，但今天下之势，犹父母病危，虽无生理，为子者岂有先死而不顾者乎？倘我高皇帝尚有一线可延，我惟竭力致死而已。"[④]可见徐孚远誓以一死全其素衣，早将自己之命运与抗清复明事业联系为一，置身家生死于度外，展现矢志抗清复明，共赴国难之坚毅精神。此与变节事清之王公、将相，实大异其

---

① 清·王沄《东海先生传》，见《徐闇公先生年谱·附录一》（台北：台湾银行经济研究室，1961 年 10 月 1 版，《台湾文献丛刊》第 123 种），页 64。

② 明·徐孚远：《钓璜堂存稿》（民国十五年金山姚光怀旧楼刻本），卷 12《出亡后呈伯叔，兼示弟侄》，页 1。

③ 《钓璜堂存稿》卷 20《降将》，页 6。

④ 王沄《东海先生传》，见《徐闇公先生年谱·附录一》，页 64。

趣，故《梦中阅虏史，得句觉而成之》云：

> 独坐行吟不自裁，诸公胡服亦堪哀。贰师终入匈奴传，朱序还从肥水来。岂谓尽衔亡国恨，竟无人倚望乡台。伤心岁暮仍萧瑟，清昼沉沉且举杯。①

徐孚远深谙历史，知那些临大难而夺志变节之文臣武将，终将在史书内留下贰臣之千古臭名，故此辈之人不屑一顾。

（一）松江起义

弘光元年（顺治二年，1645 年）五月南都不守之后，徐孚远遂与挚友陈子龙、夏允彝共同谋划勤王之事，并组织松江起义，据黄宗羲《弘光实录钞》载：

> 兵部侍郎沈犹龙、兵科给事中陈子龙、下江监军道荆本彻、中书舍人李待问、举人章简、徐孚远、总兵黄蜚、吴志葵，建义松江。②

《鲁春秋》又载：

> 吴志葵与官舍常寿宁、指挥侯承祖以故较疾起，复松江；令寿宁守府，承祖守金□。于是子龙等共推犹龙为盟主，而子龙监其军；向中署兵巡道、史启明署华亭知县。适故帅黄蜚统水师来会，军声益振。③

沈犹龙等招募义兵千人，各为战守之备，城守近百日。至八月，有乡绅潜通于北，人心遂离，初三日，降将李成栋破松江，沈犹龙死之。

清兵破松江，八月初六日，挚友夏允彝赴水死，徐孚远有《再哭夏

---

① 《钓璜堂存稿》卷 12《梦中阅虏史，得句觉而成之》，页 6～7。
② 黄宗羲：《弘光实录钞》卷 4，清·黄宗羲撰、沈善洪主编《黄宗羲全集》（杭州：浙江古籍出版社，1986 年 5 月 1 版），第 2 册，页 99。
③ 清·查继佐：《鲁春秋》（台北：台湾银行经济研究室，1961 年 10 月 1 版，《台湾文献丛刊》第 118 种），《弘光元年》，页 10。

瑗公》怀想高风：

> 凤鸾去后万山秋，羁客追思泪不收。今日我悲难挂剑，他时人羡得同舟。早登周鼎谁能问，再启轩图无此俦。假使当年留一老，可如衰德但封侯。（其一）

> 生死相期非偶然，知君不到中兴年。从来绝足无千里，此日怀沙有一篇。潮气自惊风雨夜，霓旌常在日星前。回看徐孺今何似，岁岁乘槎狎紫烟。①

前诗追忆昔日与夏允彝风雨同舟，为人所称羡，而今典型已逝，虽徐孚远仍不忘故友，然已无法如延陵季子般脱千金之剑挂丘墓矣。后诗写鼎革之际，二人生死相期，矢志匡扶社稷，然事与愿违，不幸松江兵败，夏允彝宁以昭昭之行自洁，不苟且偷生，乃效三闾大夫投水而死，其精神与星辰日月同为不朽。而我徐孚远，亦誓将信守承诺，宁乘桴海外以终，绝不食清朝之一粟。

松江败后徐孚远奔往太湖，入吴易军。后始闻知守松江东门及南门之李待问与章简于城破时，俱被杀。② 因有《挽李存我》及《挽章次弓》二诗，其《挽李存我》云：

> 传君赴国难，适在信州城。恩诏跻清秩，遗荣赐易名。宁亲犹戴发，归土亦长缨。自顾浮萍梗，弥伤旅客情。③

李待问，字存我，松江华亭人，崇祯末进士，授中书舍人，亦为幾社中人。其人清新脱俗，幽默豪爽，工文能书。④ 据《南疆绎史》载李

---

① 《钓璜堂存稿》卷13《再哭夏瑗公》，页22。
② 清·张廷玉等撰《明史》（台北：鼎文书局，1991年5月5版），卷277《沈犹龙传》，页7096。
③ 《钓璜堂存稿》卷8《挽李存我》，页15。
④ 据徐孚远《李存我》诗云："李子多高韵，豁然尘世姿。兰风殊蕴藉，鹤步有威仪。不饮看人醉，能书任我痴。笑谈真绝倒，爽气入心脾。观国宁嫌早，释巾稍觉迟。螭头官暇豫，薇省使逶迤。将母方如意，滔天事岂知。凭城鼓角死，捐胠血毛摧。愧我数年长，依人万里悲。几时旋梓里，应得为刊碑。"《钓璜堂存稿》卷16《李存我》，页21。

待问后被杀于织染局。初,其梦袍服,间有字曰"天孙织锦",以为中翰林之预兆也;至,竟为死所。① 而《挽章次弓》则云:

> 尝过鸣琴处,清风满讼堂。余讴传曲巷,故牒照青箱。昔叹神君去,今嗟我父亡。萧萧遗老哭,社日更椒浆。②

章次弓即章简,字坤能,亦是松江华亭人,举于乡,官罗源知县③,为官有治绩,百姓讴歌,为报国仇家恨而殉难。

(二)震泽之难

隆武元年(顺治二年,1645 年)八月二十五日,吴易军在长白荡被吴胜兆所败,徐孚远子世威亦殉于震泽之难。据《松江府志》载云:

> 孚远与吴江举人吴易举兵太湖,世威亦在营。乙酉八月二十五日大雨,为吴胜兆所败,一军尽覆,世威死之。④

世威为徐孚远之长子,字渡辽,生于崇祯二年(1629 年)二月,有关其人,杜登春曾有诗曰:

> 徐生美白晰,昂然七尺躯。握槊上楼船,战没在须臾。书生慷慨志,一死良不虚。束发数友生,惨烈君先驱。⑤

徐渡辽此时才十七岁,然与其父徐孚远同具复明之志,故亦毅然决然投入义旅,惜竟捐躯。

有关徐孚远等人震泽之难史实,据钱澄之当年十二月《上熊鱼山先生书》云:

> 八月中,家仲驭自震泽回,言与先生成约,相率同入新安,停舟市畔,卒遇游兵,某与闇公、克咸恰以其刻造沈圣符宅,访问去

---

① 清·李瑶恭:《南疆绎史》(台北:台湾银行经济研究室,1962 年 8 月 1 版,《台湾文献丛刊》第 132 种),卷 25《乡兵集义诸臣·李存我传》,页 366。
② 《钓璜堂存稿》卷 8《挽章次弓》,页 15。
③ 《明史》卷 277《沈犹龙传》,页 7096。
④ 清·孙星衍等纂《松江府志》(台北:成文出版社,1970 年 5 月 1 版,影嘉庆二十二年刊本),卷 55《徐世威传》,页 1257~1258。
⑤ 见《徐闇公先生年谱》,页 24。

路,幸脱于难,仲驭犹麾众与斗,自发一炮,赴水而死。某妻方氏抱女挈子,同时陨命。诸君星奔太湖,展转入闽。①

又钱澄之《孙武公传》载云:

> 乙酉(隆武元年,顺治二年,1645 年)夏……武公方避地云间,与陈大樽、徐复庵(按:康熙斠雄堂刻本作"庵",即徐孚远)谋举兵。仲驭亦聚兵吴东,遥为声援。其年秋,予过云间,遇君于黄祯臻中丞舟次,陈、徐二君俱在。……未数日,松江破,三吴兵散,予泛宅汾湖,将与仲驭由震泽入新安,武公与复庵适至,遂联舟同行。至震泽之明日,猝遇游兵,仲驭死焉,予合室遇难,君亦失其一子。②

震泽,即太湖。孙武公即孙克咸,与徐孚远亦是好友,徐孚远有《怀孙克咸》一诗③。仲驭即大学士钱士升之子钱棅④。钱澄之此处言其与钱棅在汾湖遇孙克咸与徐孚远,遂同行,拟由震泽入新安。又据钱澄之《哭仲驭墓文》载:

> 比至震泽,风月甚佳,桥畔闻吹箫之声,市上无谈兵之事。弟与闇公、克咸怀刺登岸,(往看熊鱼山先生。)兄同吴子鉴在解带维舟,羽箭突如,戈船猬集。⑤

吴子鉴在即吴德操,亦徐孚远之好友,徐孚远有《怀吴鉴在中丞》

---

① 清·钱澄之《藏山阁集·藏山阁文存》(合肥:黄山书社,2004 年 12 月 1 版),卷 2《上熊鱼山先生书》,页 370。

② 清·钱澄之:《田间文集》(合肥:黄山书社,1998 年 8 月 1 版,彭君华校点本),卷 21《孙武公传》,页 409。另见清·钱澄之:《田间文集》(上海:上海古籍出版社,2002 年 3 月 1 版,《续修四库全书》影清康熙斠雄堂刻本,第 1401 册),卷 21《孙武公传》,页 234。以下引文页码以黄山书社校点本为据。

③ 徐孚远《怀孙克咸》云:"钟阜云深淮水长,十年裘马忆孙郎。诗篇零落悲芳草,兵法萧条空剑囊。路入新安成别鹤,星分婺女更河梁。括苍杳杳多岩谷,采药携筇两不妨。"《钓璜堂存稿》卷 12《怀孙克咸》,页 13。

④ 钱棅生平见清·徐鼒:《小腆纪传》(台北:台湾银行经济研究室,1963 年 7 月 1 版,《台湾文献丛刊》第 138 种),卷 47《义师二·钱棅传》,页 593。

⑤ 《田间文集》卷 25《哭仲驭墓文》,页 480。

等四诗①。再参照钱澄之《先妻方氏行略》中载：

南京、杭州次第失守。六月，三吴兵起，所在揭竿，仲驭亦聚众芦衢，予家随焉。已，兵溃，仲驭将入新安，取道震泽，同志诸子有家者多从之行，以八月十六日抵震泽，其夜，月甚明，桥上人吹箫度曲如故。次早，予偕诸子挈舟往问新安讯，未及里许，闻河中炮声，急回，遇吴鉴在，赤脚流血，挥予速转，曰："死矣！"问谁死，曰："仲驭死矣。子舟已焚，妻女已赴水矣。"予犹前行，望见烧船，烟焰不可近，乃返，同诸子投宿八都沈圣符宅。②

综合上述文献：八月十六日钱澄之与徐孚远诸人夜抵震泽时，觉风月甚佳，桥畔尚闻吹箫之声，似无兵戈之警。次日清晨钱澄之与孙克咸、徐孚远等三人乃放心登岸，欲往见熊鱼山先生，而钱棅与吴德操则解带维舟。不久，清游兵突至，钱棅麾众与斗，自发一炮，力抗不敌，褰裳沉渊而死。三人闻炮声赶回时，吴德操赤脚流血，急挥手示意快逃，并言钱妻方氏及钱棅已死。复据钱澄之于《祭徐复庵文》中云：

震泽之难，仲驭陨命。繫我与兄，罹祸更惨。兄惟孺人得全，我祇一子未死。满眼骨肉，枕籍波涛。行路伤心，举市酸鼻，人非木石，何以为情！犹记遇难之夕，投宿沈圣符之听轩，鉴在、克咸同栖一榻。明月忽敛，苦雨凄来，中夜陡寒，牛衣共覆。弟扶病起立，徘徊达晓，兄枕吾儿以寝，儿抱兄足而泣。兄虽吞声无语，彻夜涕零。诘朝，收爱子于江滨，归老妻于故里，挥手长号，有血无泪。③

徐孚远妻幸存，其子罹难死，故"诘朝，收爱子于江滨"，而此"爱

① 《钓璜堂存稿》卷13《怀吴鉴在中丞》，页27。卷16《怀钱开少、吴鉴在》，页15～16。卷3《怀吴鉴在》，页4。卷7《有客言饮光、鉴在已归故里，慨然寄怀》，页10。卷8《怀吴鉴在》，页16。
② 《田间文集》卷30《先妻方氏行略》，页566～567。
③ 《田间文集》卷25《祭徐复庵文》，页482。《哭徐复庵文》即《徐闇公先生年谱·附录》中钱澄之所作《祭文》，然《哭徐复庵文》内容较详优。

子"即徐渡辽。又据其《怀熊南土》诗云："震泽飘零泣路难,相逢携手
劝加餐。棺遗嬴博堪收骨,被赠咸阳足御寒。"①并在诗题自注说明
熊南土"相公令弟也,收亡儿尸,又解衣衣我。"相公即指熊汝霖。审
此,徐渡辽之尸骨,乃熊汝霖之弟熊南土帮忙收尸。

实则震泽之难,徐孚远于《怀吴鉴在》诗中,也有明白描写:

> 忆昔避难初,相逢在檇李。浪迹五湖滨,微命其如蚁。烽火
> 烬余舟,流矢及君趾。故乡各渺茫,共赴新安垒。暮雨萧寺糜,
> 秋风客邸被。褰衣层冈峻,漱齿山东沘。税驾不一旬,苍黄问车
> 轨。闽南开帝图,金台复高峙。聊试武城弦,俊翮凌云起。从兹
> 各有役,不得同杖履。泊余赋沧浪,波涛几千里。徘徊想音容,
> 何时寄双鲤。此间到苍梧,绣斧百城里。王命再三赐,长途驾骙
> 骓。顾盼列九卿,追风不蹒跚。而我方栖迟,触途有荆枳。去年
> 附书人,逝矣如流水。怀情不可宣,望远一徙倚。②

徐孚远追忆当年与吴德操因俱怀存楚之志,故相率偕往新安,却
遇震泽之难,吴德操因被流矢伤趾而流血,幸能逃离虎口并投宿沈圣
符宅,时中夜陡寒,苦雨凄然,牛衣共寝之情景,历历在目。而徐孚远
于三年后写下《追哭渡辽》追忆昔年之惨剧:

> 汝昔竟长逝,永痛无一言。尸僵神犹毅,汤汤波浪翻。余时
> 脱身出,骨肉各崩奔。买布敛汝躯,不及制衣裈。薄棺不盈寸,
> 苍黄殡荒村。忽忽已三载,遗骸尚仍存。所愧绾一命,未敢乞朝
> 恩。世事又已变,乞活依草根。何时归故里,翦纸招汝魂。汝魂
> 在我侧,欲嗥声已吞。③

徐孚远当时因置身危途,仅能草草将爱子殡于荒村,不及为之剪
纸招魂,然其丧子之情,溢于言表,故闻之凄怆,令人泪下。难怪钱澄
之《又示黯公》诗云:"吾怜徐孺子,亦是英雄人。爱子殡江寺,故妻还

---

① 《钓璜堂存稿》卷12《怀熊南土》,页13。
② 《钓璜堂存稿》卷3《怀吴鉴在》,页4。
③ 《钓璜堂存稿》卷2《追哭渡辽》,页13。

海滨。都无儿女泪，独有友朋亲。愧我与同难，终年涕泗新。"①诚是铁石心肠，失国之痛，大于亡家之悲。

观太湖起义与震泽之难，如钱澄之《在赣州与徐闇公书》所云："若闇公与弟震泽遇难时，子息俱尽，仅一老妻弃之不顾，崎岖百折，死犹南首者，何心？今孑然此身，复蹈不测以回，有何家室之可念，田园之可恋哉？"②知徐孚远忠节性成，不避艰危，唯求复兴王室，借此可见其积极参与义旅之一斑也。

二、投奔隆武

徐孚远自松江起义后毁家救国，"时危人草草，运往泪浪浪，丧乱嗟桑梓，分携泣枌棠。午桥虚绿野，甲第裂仓琅"，其兄弟三人，二弟凤彩"长离仍夭矫"，以谨慎忧卒；孚远与三弟致远，"二远并翱翔"③，各在海外与内地从事抗清复明运动。自扬州城破，铁马渡江，三吴鼎沸，徐孚远虽经松江之破、太湖遇难，但戮力勤王之志，并未因其子殉难而止，反而更履重险而不回，处疾风而愈劲。故其复历艰危万死，间道徒跣，涉江踰岭，奔赴唐王行在所在福州。一向以严冷刚方，不谐流俗，以风节高天下之黄道周却对徐孚远一见如故，并极为叹赏，特疏荐之，为天兴司李。然当时表面是唐王主政，其实大权早已为郑芝龙所独揽，故将帅间互相观望，不肯为唐王出死力者。黄道周见此，遂愤而自请督师，因携数书生出信州，并会合门人子弟之兵约四千人，出师救徽。当其军队至婺源时，徽已破，致师溃而被执。黄道周愤而绝食，不死，亦坚不投降，临刑，乃裂衿啮指血书："纲常万古，节义千秋。天地知我，家人无忧。"十六字后就义。④ 徐孚远闻黄道

---

① 《藏山阁集·藏山阁诗存》卷3《生还集·又示黯公》，页98。

② 《藏山阁集·藏山阁文存》卷2《在赣州与徐闇公书》，页376。

③ 《牧斋又学集》卷7《徐武静生日置酒高会堂赋赠八百字》，页334。

④ 清·蔡世远《黄道周传》，见明·洪思等撰《黄道周年谱附传记》（福州：福建人民出版社，1999年9月1版，侯真平等校点本），页205。

周殉节金陵之讣乃大恸哭,其《再哭黄石斋先生》云:

> 一从别去信州城,幕府军符纵复横。四壁诸侯皆缓带,清宵
> 枥马自悲鸣。司空实抱中原恨,丞相虚传渭北营。徐穉未能投
> 劾去,絮浆莫致若为情。①。

诗写当时上下宴处偷安,祇事虚文,无一实务,眼见江山恢复无
期,黄道周仅能抱恨而殉节。

隆武二年(顺治三年,1646 年)正月,徐孚远上水师合战之议,其
实际内容为何? 据全祖望《明太傅吏部尚书文渊阁大学士华亭张公
神道碑铭》云:

> 丙戌(1646 年)正月,公累疏请兵。诏加公少保兼户部、工
> 部尚书,总制北征。虽奉旨赐剑,抚镇以下许便宜从事,而不过
> 空言。时公孙茂滋家居,方遣汝应元归省之,而吴淞兵起,夏文
> 忠公允彝、陈公子龙为之魁。汝应元者,雄俊人也,以公命奉茂
> 滋发家财助军,闽中授应元御旗牌总兵官。已而兵败,徐公孚远
> 浮海赴公,而茂滋亦与应元至。为公言吴淞虽事不克,而败卒犹
> 保聚相观望,倘有招之者,可一呼而集。公乃请王自亲征由浙
> 东,而己以舟师由海道抵吴淞,招诸军为犄角;所谓《水师之议》
> 也。曹文忠公学佺力赞之,诏徼天之幸,在此一举,乃捐饷一万以
> 速其行,且言当乘风疾发。公请以徐公孚远、朱公永佑、赵公玉成
> 参其军,皆故吴淞诸军领袖也。周公之夔则故苏推官,旧与东林
> 有隙者,至是家居,起兵报国甚勇,且熟于海道,故公亦用之。而
> 以平海将军周鹤芝为前军,定洋将军辛一根为中军,楼船将军林
> 习为后军。诏晋公大学士。行有日矣,芝龙密疏止之,以郭必昌
> 将步卒先公发,而令公待命岛上。必昌受命,遂不出三关一步。②

---

① 《钓璜堂存稿》卷 12《再哭黄石斋先生》,页 20。

② 清·全祖望撰、朱铸禹校注《全祖望集汇校集注·鲒埼亭内集》(上海:
上海古籍出版社,2000 年 12 月 1 版),卷 10《明太傅吏部尚书文渊阁大学士华
亭张公神道碑铭》,页 204～205。

又据《小腆纪年》载道：

> 肯堂累疏请兵……未几，松江败，徐孚远浮海入闽，茂滋亦与应元至，为言吴淞事虽无济，而犹保聚相观望；倘有招者，可一呼集。遂上《水师合战之议》，言"臣等生长海滨，请以水师千人，从海道直抵君山，招诸军为犄角。陛下亲征，由浙东陆行，以期会于金陵"。①

唐王遂诏晋徐孚远为兵科给事中，从大学士张肯堂由海道募舟师北征。徐孚远《送张宫师北伐》云：

> 上宰挥金钺，还兵树赤旗。留闽纡胜略，入越会雄师。制阵龙蛇绕，应天雷雨垂。一戎扶日月，群帅奉盘匜。冒顿残方甚，淳维种欲衰。周时今大至，汉祚不中夷。赐剑深鸣跃，星精候指麾。两都须奠鼎，十乱待非黑。烟阁图形伟，殷廷作楫迟。独伤留滞客，落魄未能随。②

"张宫师"即张肯堂，字载宁，号鲵渊，华亭人。时总制浙直，乃请平海将军周鹤芝将前军、定洋将军辛一根将中军、楼船将军林习山将后军，率师由海道入长江，拟窥取金陵，行程已定，后郑芝龙竟密疏止之，以郭必昌代为总制，③遂不成行。对于此事，钱澄之《在赣州与徐闇公书》中早已预言道：

> 大札至，知改垣衔，从张大司马、朱选君等，由海道出募舟师，以图吴会。此固今日制胜之第一策。……已知朝廷失驾驭之法，郑氏决不肯出师，亦决不容上出闽。④

---

① 清·徐鼒：《小腆纪年》（台北：台湾银行经济研究室，1962 年 11 月 1 版，《台湾文献丛刊》第 134 种），卷 12《顺治三年》，页 588～589。

② 《钓璜堂存稿》卷 16《送张宫师北伐》，页 8。

③ 清·凌雪：《南天痕》（台北：台湾银行经济研究室，1960 年 6 月 1 版，《台湾文献丛刊》第 76 种），卷 15《张肯堂传》，页 247。

④ 《藏山阁集·藏山阁文存》卷 2《在赣州与徐闇公书》，页 375。

　　钱澄之隆武元年曾入闽,依唐王,目击郑芝龙生活放恣与揽权要利[1],故有先见之明;不幸,其语果然成真。而当时江、楚迎唐王之疏相继至,王乃决意出汀入赣,与湖南为声援。而郑芝龙不欲王行,使军民数万人遮道号呼,拥驾不得前。[2] 对此,徐孚远有《驾驻闽久,杨桐若师进言:宜达虔以济师,即擢御史按楚。既奉命,道虔图上形势,诏曰:首发出虔之议者,杨御史也,命择日行幸,卒以牵制羁留,竟失事会,追感先识,良用慨然》感慨之:

　　　　东南势重在荆州,陶侃于今镇上流。独对青蒲新绣斧,一挥白羽旧貔貅。长江鹢动王风大,钟阜云开汉月秋。无那成谋仍契阔,龙鸾流播不胜愁。[3]

　　唐王思有所作为,徐孚远及杨桐若、黄道周等二、三心膂之臣,俱儒雅可观,身怀卓见,然却为郑芝龙所束缚、牵制,致丧失最佳时机而不能一展所长,故虽有忠义,又如之何? 难怪尚书李向中见悍帅迭起,事不可为,大叹曰:"此所谓是何天子、是何节度使也!"[4]而唐王不得已,"銮舆中夜发山城,江潭寂寞嗟龙杳"[5],遂驻跸延平,以府署为行宫。徐孚远奔福京已半载,又是暮春时节,国事蜩螗,令人忧心忡忡,其《长愁》云:

　　　　中原消息杳难真,海国烟花又暮春。乱后亲朋相见少,梦中

---

　　① 钱澄之于此时有《侯家行乐词》(为郑氏作),其诗云:"牙旗鼓角报军门,日午传唤谒至尊。碧眼横刀还控马,帐前诸将半西番。""鲸波万里入侯封,绝域奇珍大舶供。漫把黄金沈海底,时教水鬼护蛟龙。""十里香车尽内妆,侯家小女嫁亲王。雕鞍宝盖明珠络,幔挂珊瑚五尺长。""甲第笙歌早放衙,卷帘深坐尽如花。专房更数夷王女,闲指扶桑是我家。"《藏山阁集·生还集》卷3,页100。

　　② 《小腆纪年》卷12《顺治三年》,页587。

　　③ 《钓璜堂存稿》卷12《驾驻闽久,杨桐若师进言:宜达虔以济师,即擢御史按楚。既奉命,道虔图上形势,诏曰:首发出虔之议者,杨御史也,命择日行幸,卒以牵制羁留,竟失事会,追感先识,良用慨然》,页15。

　　④ 《小腆纪传》卷43《李向中传》,页528。

　　⑤ 《钓璜堂存稿》卷12《得延平信怀含素总戎舍侄》,页14。

池馆入来频。自怜温序还思土，何处严光可钓纶。卧起扁舟时极目，浮云偃寒正愁人。①

暗示浮云蔽日，小人当道。

广信为闽入楚之要地，是时清兵方取江西，唐王原亦将幸赣，故驻重兵于广信，不料郑彩弃广信，奔入杉关，造成"寂寞信州城，遗恨空汉帜"之憾②。广信既失，清兵遂克抚州，而永宁王慈炎亦因而死之。③ 其《伤永宁》云：

> 帝子挥戈胜势殷，当时铜马尽从军。连城已下诸侯忌，一剑孤飞壁垒分。疏勒无粮鼓不起，阴陵失道日将曛。相闻部曲飘零尽，犹是讴思望岭云。④

汀、邵间有大帽山，其中以峒峦最强，屡征不服，永宁王诱之出降，与之共抗清兵，屡战屡捷，遂克复抚州，最后不幸为清兵所围。时郑彩驻兵广信，永宁王因请救兵，郑彩之监军给事中张家玉以三营往，抚州之围得暂解。不久清兵已而复合，郑彩军溃，抚州破，永宁王死之，峒峦亦散，故部曲飘零散尽。

与广信相去不远之铅山，此时亦岌岌可危，同是兵部主事之唐著夫则募兵得数百人，出关抗敌，故徐孚远虑其安危。其《再怀唐著夫》云：

> 相闻少小好奇谋，偃寒风尘一敝裘。庭论纡筹倾圣主，立谈扪虱傲王侯。赐金滥用陈丞相，豪客从游祖豫州。此日闽南乘传去，中原回首更悠悠。⑤

唐著夫即唐倜，为太平诸生，少小好奇谋，熊开元荐其才，隆武授兵部主事。徐孚远之担忧，果然发生，四月，清兵攻铅山时，唐倜猝与之遇，与万文英合军出战，陷阵而死。文英战败，挈家投前湖死。⑥

---

① 《钓璜堂存稿》卷12《长愁》，页14。
② 《钓璜堂存稿》卷2《挽文明先生》，页6。
③ 《小腆纪年》卷12《顺治三年》，页593。
④ 《钓璜堂存稿》卷12《伤永宁》，页22。
⑤ 《钓璜堂存稿》卷12《再怀唐著夫》页22。
⑥ 《南天痕》卷28《死事诸臣传》，页308。

六月,唐王再命张肯堂督师,而所有之军资器械及三万军饷,早已尽为芝龙所夺取,张肯堂遂自募六千人屯于鹭门。① 八月,清兵破仙霞关,连下建宁、延平等府,时右佥都御史吴闻礼力守分水关,最后殉国。徐孚远《临危》记其事:

> 临危授钺可能辞,叱驭严关正此时。却敌乘城清啸发,投鞭洒泣羽书驰。龙归江汉云中见,鹤唳林皋月下知。余亦苍茫烟水客,怜君流落倍凄其。②

吴闻礼,字去非,仁和人。崇祯十六年(1643 年)进士。唐王时,为上游巡抚,自请防御分水关。而闽中三关,乃天下之阨险处,原有守关兵,故闽将以安,后因郑芝龙胸怀异志,尽撤关上守兵,致吴闻礼不能独支,终为乱兵所杀。③ 其后唐王殉国于汀州,郑芝龙则降清北去,其子郑成功奔金门,仍奉隆武正朔。而永胜伯郑彩以舟师迎鲁王监国于舟山。徐孚远自闽至浙,止于嘉兴吴佩远家;清提督冯原淮缉之,徐孚远遂亡入海。④

唐王英才大略,在藩服之时,已思有所施为,及遭逢患难,磨砺愈坚;属臣黄道周、张肯堂与徐孚远等,亦苦心大力,不惮艰危,企图恢复明室。然郑芝龙据有全闽,富贵已盈又心怀异志,行为跋扈,致唐王为其所制,无法出闽入赣。益以入楚要地广信一失,连带铅山、仙霞关亦不守,终致闽亡而徐孚远亦亡入海也。

三、鲁臣郑师

(一)追随鲁王

鲁监国元年(隆武二年,1646 年)八月,清兵既破仙霞关,复连下

①　参见《全祖望集汇校集注·鲒埼亭内集》卷 10《明太傅吏部尚书文渊阁大学士华亭张公神道碑铭》,页 204～205。及《小腆纪年》卷 12《顺治三年》,页 589。
②　《钓璜堂存稿》卷 12《临危》,页 15。
③　《南天痕》卷 12《吴闻礼传》,页 149。
④　见《徐闇公先生年谱》,页 29。

闽之建宁、延平等府。闽事不支，唐王殉国于汀州，徐孚远乃浮海入浙。浙亡后，复转入舟山，①追随鲁王，并担任翰林兼兵科给事中②。徐孚远《初至舟山》云：

> 北来昌国晚，此地尚车书。耕凿惊魂后，衣冠入眼初。相逢得数老，岁晏正愁余。自顾无长物，萧萧鬓发疏。③

"舟山"唐曰翁洲，宋曰昌国县④，故诗有"北来昌国晚"之语。而诗中自注所云之"张、朱二公重晤于此"，乃指总制尚书张肯堂与平海监军朱永佑。至若"相逢得数老"乃指熊汝霖、孙嘉绩、钱肃乐、沈宸荃、冯元扬、卢若腾诸人。⑤ 鲁监国二年（1647年）四月，清军攻下福建之海口镇，参谋林学舞、总兵赵牧殉难，其《海口城陷哭赵侠侯》云：

> 一朝农雾杂尘埃，战鼓无声晡晚摧。帐下健儿还格斗，匣中雄剑自悲哀。邾城江口龟难渡，辽海滩头鼍不来。从此秋涛应更怒，素车白马送君回。（其一）

> 意气凌云枕玉戈，银章绿鬓壮颜酡。胡尘一夜吹春草，毅魄千秋拥碧波。贾复有孥还是累，檀凭无相欲如何。孤臣遥望营星落，惆怅时危涕泪多。（其二）⑥

赵侠侯即赵牧，常熟人，为一勇士。尝谒平海监军朱永佑幕下，郑芝龙初欲降清，朱永佑流涕谏不听，因密召赵牧刺杀之，并语之曰："足下往见芝龙，诡称欲降北自效；彼必相亲。乘隙击杀之，以成千古名！"赵牧遂欣然去，然累谒不得通，而郑芝龙已匆匆行，事不果。后朱永佑收复海口城，遂令赵牧与林学舞守之，清军攻打海口城之初，

---

① 见《徐闇公先生年谱》，页29。

② 清·汪光复：《航海遗闻》，见《明季三朝野史》（台北：台湾银行经济研究室，1961年4月1版，《台湾文献丛刊》第106种），页58。

③ 《钓璜堂存稿》卷8《初至舟山》，页20。

④ 《航海遗闻》，见《明季三朝野史》，页66。

⑤ 《航海遗闻》，见《明季三朝野史》，页58。

⑥ 《钓璜堂存稿》卷12《海口城陷哭赵侠侯》，页18。

304

赵牧出战累胜；旋以众寡不敌，城破，赵牧与林学舞皆死之。[①] 赵牧因跃入万顷洪波，故遗骸始终未寻获，徐孚远因作诗以告慰其在天之灵。[②]

徐孚远矢忠鲁王，锐奋匡扶，履重险而不回，绸缪海上，戮力疆场，因入蛟关，结寨于定海之柴楼。当时宁、绍、台诸府俱有山寨，可作舟山之接应，其中尤以柴楼与舟山声息最相近，可借以劝输充贡赋，故海滨避地之士多往依焉。[③] 徐孚远于海口城陷后，与总制尚书张肯堂、平海监军朱永裕遂北至舟山依黄斌卿，其《平海军中感赋》云：

> 飘飘四海一扁舟，解缆聊为汗漫游。避世子真难入谷，哀时王粲且依刘。山穷粟芋妻孥瘦，浪作鼋鼍日夜浮。自叹此生多恨事，几回长啸抚吴钩。[④]

徐孚远因往依肃房侯黄斌卿，故有"哀时王粲且依刘"之语。徐孚远凤怀忠贞，纵使历经崎岖险阻，茹荼海表，亟欲恢复，惜事与愿违，遂有"自叹此生多恨事"之语。而其平日行径，据黄宗羲《谢时符先生墓志铭》载及谢时符事迹云：

> 躬耕柴楼之野，云间徐闇公、张子退避地海滨，与柴楼左近，款狎相过，抵掌指画，继之以章皇痛哭，樵牧见之，不知此数人者一日而哀乐屡变也。[⑤]

可知徐孚远忠节性成，念兹在兹，旨在恢复故土，故在与好友谢时符、张子退等慷慨悲歌，放浪诗酒，指天画地之际，悲喜无常也，对

---

① 《小腆纪传》卷43《朱永佑传》，页529。
② 《钓璜堂存稿》卷12《侠侯赴海，求遗骸不得，作此慰之》，页19。
③ 参见《全祖望集汇校集注·鲒埼亭集外编》卷12《徐都御史传》，页962。
④ 《钓璜堂存稿》卷12《平海军中感赋》，页1。页851。
⑤ 黄宗羲《谢时符先生墓志铭》，清·黄宗羲譔、沈善洪主编《黄宗羲全集》（杭州：浙江古籍出版社，1993年10月1版），第10册《南雷诗文集》上，页410。

此其亦自知，曾言："途穷时洒孤臣泪，国难应嗤数子狂。"①实则，徐孚远自追随鲁王后，亦密筹方略，拟刻期兴师，故积极周旋于诸义旅间，欲令协和共事，然悍帅如郑彩、周瑞之徒，并不听徐孚远之劝。徐孚远深深感慨道："诸将前茅少，同时左次多。敷天谁一鹗，画地叹双鹅。"②鲁监国三年（永历二年，1648 年），永胜伯郑彩甚至杀害大学士熊汝霖及义兴侯郑遵谦。风雨飘摇，端赖人才之际，竟杀忠义以断股肱，致砥柱折中流；鲁王因移驻沙埕，徐孚远有《咏怀》云：

> 客子苦飘蓬，羁旅依主人。既虑主人憎，又虑主人亲。激烈固基祸，委蛇亦失身。行己疏密间，徘徊多苦辛。我思邨根矩，俯仰不失真。虽尝游朱户，矫矫不可驯。自愧非其才，微志何能伸。所愿数亩宅，负耒禄水滨。买山犹未得，进退两逡巡。③

徐孚远置身诸义旅间之间，动辄得咎。因当时诸镇各以私意相雠杀，文臣左右之，多罹祸。④ 故徐孚远态度既不能太强硬；复不愿违背己意虚与委蛇，致左右为难，乃兴归隐之志。自其《忤物》亦可见其内心之苦闷：

> 久居沧海复何称，抵掌风云病未能。偶尔盖人阳处父，自然忤物下中丞。叹无好侣偕晨夕，空有行吟感废兴。便欲沉冥聊玩世，穷途哪得酒如渑。⑤

徐孚远栖泊海外，既无人可抵掌剧谈，复无酒可消愁，仅能藉吟诗以寄兴亡之感，足见其处境之无奈也。

鲁监国四年（永历三年，1649 年）九月，定西侯张名振迎鲁王还浙，次舟山。进张肯堂为东阁大学士，以徐孚远为国子监祭酒。徐孚远因至舟山朝王。十月，鲁王复授其为左金都御史，并特颁敕奖劳，

---

① 《钓璜堂存稿》卷 13《石青以酬友诗见示，感其情挚，聊抒所怀，兼念亡友，依韵而成》，页 15。
② 《钓璜堂存稿》卷 8《同乡马杏公至，兼闻三楚消息》，页 29。
③ 《钓璜堂存稿》卷 3《咏怀》，页 3。
④ 《小腆纪传》卷 43《朱永佑传》，页 529。
⑤ 《钓璜堂存稿》卷 12《忤物》，页 31。

令主事万年英赍赴军前,命其与勋臣郑鸿逵、国姓郑成功,协图匡复,迅扫胡氛。① 徐孚远乃作《受事赠言》云:

> 寄食岂殊众,登坛始一呼。鹰秋方展翮,骥老便长途。冯客屡迁舍,齐庭更别竽。雷同羞苟得,拂拭启良图。叱驭分夷夏,酌泉试有无。矢心终带发,此腹不藏珠。自喜逢知己,人惊得大夫。相看尺木上,顾盼骋天衢。②

徐孚远言己矢志全发,并以秋鹰展翮,老骥长途自喻,足见其志恪勤王,扫除残虏之心。讵料,鲁监国六年(永历五年,1651 年)九月清兵渡海,舟山城破,东阁大学士张肯堂、吏部尚书朱永佑及礼部尚书吴钟峦等死之,徐孚远等扈从鲁王出奔。十一月,次南日山,遭风,大学士沈宸荃失踪,徐孚远《南日舟次,失沈彤庵先生,存殁难定,赋以志怀》云:

> 忽传双鲤上游来,数载愁颜始欲开。岂意乘槎中夜去,不知贯月几时回。或从吴市埋名迹,将逐胥江共酒杯。音信迢迢难可致,苍波满眼使人猜。③

"南日"位处闽海。沈宸荃,字友荪,号彤庵;慈溪人。崇祯十三年(1640 年)进士。尝亲炙黄道周之门,鲁监国累擢至东阁大学士,乃徐孚远之挚友。二人在舟山同事鲁王,舟山陷后舣舟南日山,竟遭风失维,殁于海。④ 从此而风虎云龙之想,竟转为珠沉玉碎之悲矣。

(二)随鲁依郑

舟山城破后,兵部侍郎张煌言同定西侯张名振扈鲁监国于三沙;

---

① 　见《徐闇公先生年谱》,页 35。
② 　《钓璜堂存稿》卷 16《受事赠言》,页 13。
③ 　《钓璜堂存稿》卷 13《南日舟次,失沈彤庵先生,存殁难定,赋以志怀》,页 18~19。
④ 　清·周凯:《厦门志》(台北:台湾银行经济研究室,1961 年 1 月 1 版,《台湾文献丛刊》第 95 种),卷 13《沈宸荃传》,页 549。

郑成功迎鲁监国入厦门，躬朝见，行四拜礼，称主上，自称罪臣。① 徐孚远亦从亡入闽，因当时岛上诸军全隶属郑延平，衣冠之避地者多，如王忠孝、卢若腾、沈佺期、辜朝荐、纪许国等咸属之，对此数人，郑成功待之以客礼，不敢与讲均礼。② 尤其对徐孚远更是敬重，何以如此？据全祖望《徐都御史传》云：

> 延平之少也，以肄业入南监，尝欲学诗于公，及闻公至，亲迎之。③

盖缘郑延平自少即崇仰徐孚远，拟从之学诗而未果，今在厦门遇之，遂对其敬重有加。而徐孚远每以忠义为镳厉，郑延平竟夕听之，亦娓娓不倦，且举凡军国大事，悉咨而后行。对此礼遇，徐孚远尝嗟叹道："司马相如入夜郎，平世事也；以吾亡国大夫当之，伤如之何！"④永历八年(1653)正月，郑成功改厦门为思明州，并建储贤、储材二馆，以礼待避地遗臣，故徐孚远其后在《上安南西定王书》中亦提及：

> 又以运屯，同赐姓藩大集勋爵，结盟建义于闽岛，与赐姓藩为僚友，养精蓄锐四十万，待时而动。⑤

此可见徐孚远随鲁依郑，遵养时晦，志切复国之用心。郑成功最初对鲁监国月致供亿惟谨，遇节及千秋期，更上启称贺鲁监国弗懈。⑥ 然逾年余，因遭细人所谮，遂引嫌罢鲁监国供亿，且礼仪渐疏。

---

① 清·查继佐：《鲁春秋》(台北：台湾银行经济研究室，1961年10月1版，《台湾文献丛刊》第118种)，《永历五年》，页66。

② 如夏琳《闽海纪要》载云："时缙绅避难入岛者众，成功皆优给之；岁有常额，待以客礼，军国大事辄咨之，皆称为老先生而不名。若卢、王、辜、徐及沈佺期、郭贞一、纪许国诸公，尤所尊敬者。"清·夏琳：《闽海纪要》(台北：台湾银行经济研究室，1958年4月1版，《台湾文献丛刊》第11种)，卷上《乙未》，页14。另参《全祖望集汇校集注·鲒埼亭内集》卷27《陈光禄传》，页497～498。

③ 《全祖望集汇校集注·鲒埼亭集外编》卷12《徐都御史传》，页962。

④ 《厦门志》卷13，页550～551。

⑤ 徐孚远《上安南西定王书》，《钓璜堂存稿·遗文七》，页1。

⑥ 《鲁春秋》《永历五年》，页66。

鲁监国饥,惟赖诸勋旧及缙绅王忠孝、郭贞一、卢若腾、徐孚远、纪石青、沈复斋等间从内地密输,缓急军需,以资度日也。

徐孚远在岛中最重要事迹,当与流寓诸公来往,共组海外幾社酬酢,如其《寿在公先生次韵》云:

> 袖手频年百不为,图南无计翅仍垂。未须脱屣求丹诀,且复观涛任白髭。往日夔龙归信史,凌霜松柏失争时。陈畴岂是熊罴事,耿邓何妨笑我痴。①

在公即辜朝荐之字,朝荐潮州人,崇祯元年(1628 年)进士。② 诗中写徐孚远与辜朝荐藉诗歌往来酬答,慰藉彼此心中家国之悲。另《寿复斋中丞》则云:

> 三山尘外似增城,仙桂飘香伴月卿。此日烟霞供笑傲,他年人物倚澄清。卓侯仍入云台画,绮季何嫌束帛迎。南海滩头相待老,敢将二妙并时名。③

复斋中丞即沈佺期。沈佺期,字云又,号复斋;南安人,崇祯十六年(1643 年)进士。当福州破,遁迹厦门。④ 因志趣相合,亦与徐孚远共同筹划复明大业。再者,如其《骆亦至诗歌》云:

> 可怜天睡何难晓,真人已出犹杳杳。骆子跳身两岛中,眼穿欲望九州同。有母牵衣行不得,授经数载途愈穷。地瘠时危人轻徙,故交欲尽讲堂空。春兰秋桂两相宜,遣兴惟成数卷诗。君诗于古何所似,杜陵五言不异此。气味深老神骨苍,大镛扣之人不喜。此中解事两三家,心愉目豁长咨嗟。莫谓岛栖无所事,君今得此良已奢。知我好吟同调寡,示以清音真洒洒。涧溪涓流不足观,银河激浪从天泻。看取他年洛镐平,征车好作周家

① 《钓璜堂存稿》卷 15《寿在公先生次韵》,页 18。
② 《小腆纪传》卷 57《遗臣二·辜朝荐传》,页 794。
③ 《钓璜堂存稿》卷 15《寿复斋中丞》,页 18。
④ 《厦门志》卷 13《沈佺期传》,页 556。

雅。①

此则与骆亦至吟诗谈文，聊以遣兴，成为赏音。

徐孚远寓居鹭岛，最常相过从者当为纪石青。曾自言："踽踽侨寓，与石青往还岛上如兄弟。"②综观徐孚远《钓璜堂存稿》中与纪石青往返唱和诗作亦颇多③，可见两人交谊之深，如《石青以"养兑处潜"见勖，作此以当书绅》云：

> 我生喜豁达，交情无薄厚。怀意耻嗫嚅，是非纷然剖。行己三十年，尽言亦罕咎。尔来南海滨，适当乱离后。世事不可测，荆棘固多有。谅哉石青子，戒我兑其口。况在乾爻初，保身良非偶。人苦不自知，多君能善诱。从此凛如冰，养默以自守。臧否付秋风，岂曰藏山薮。庶几寡悔吝，持以报我友。④

纪许国，字石青，同安后麝人，乃纪文畴长子。为人"持身必典型，远俗神肃穆"⑤，从其父举义而避地鹭岛。郑成功曾欲致之幕府，然纪石青却"书卷仍千古，山田足此生。于身良不负，出处待时清"⑥，竟不能屈。纪石青所居曰吴庄，唯见"群书森满屋"⑦，平日则"丈室披诗书"⑧，其诗集具有"抽扬银笔存华夏，点注丹书泣鬼神。

---

① 《钓璜堂存稿》卷7《骆亦至诗歌》，页5。
② 徐孚远《湄龙堂诗文集序》，《钓璜堂存稿·遗文六》，页2。
③ 如《赠纪石青》、《同诸子、石青斋燕集纪怀》、《石青以"养兑处潜"见勖，作此以当书绅》、《约石青南游不果，赋以抒怀》、《石青归故里赋赠》、《揭万年令嗣到海收家集集成寄石青所藏之诗记其事并赠》、《是日石青同坐，论死难诸公有感而作》、《纪石青》、《赠石青、复甫》、《赠纪石青》、《咏纪石青诗集有感》、《石青以酬友诗见示，感其情挚，聊抒所怀，兼念亡友，依韵而成》、《迟纪石青不至》、《与纪石青借书籍》、《迟纪石青不至》等诸诗咸属之。笔者以为纪许国应是海外幾社重要成员之一。
④ 《钓璜堂存稿》卷3《石青以"养兑处潜"见勖，作此以当书绅》，页5～6。
⑤ 《钓璜堂存稿》卷3《同诸子、石青斋燕集纪怀》，页5。
⑥ 《钓璜堂存稿》卷9《纪石青》，页21。
⑦ 《钓璜堂存稿》卷3《同诸子、石青斋燕集纪怀》，页5。
⑧ 《钓璜堂存稿》卷4《石青归故里赋赠》，页13。

禾黍悲歌当日事，衣冠磊落百年身"之风格①，徐孚远因言其"取适在文苑"②。实则，徐孚远对纪石青颇为钦许，称"纪子人伦表，清言故上流。更为刘邵志，不忝许询游。此日才难见，高风古莫俦。何时舆论定，共尔着阳秋"③。可见徐孚远对其心仪之情，已溢于言表矣。徐孚远自言"六鳌挂不得，客子自苦辛。君乃策双足，就我荒山麓"④。益以"怜君落落堪同调"⑤，故二人交情深厚，纪石青因提醒其"养兑处潜"，以免罹祸，诚是直谅之友也。

徐孚远以近半百之年，追随鲁王，从亡海上，孤忠亮节，出生入死，亦在所不避。孚远"乘槎常效南冠哭，避地终怀北阙心"⑥，清军攻陷舟山，股肱之臣、虎贲之将殉难颇多，徐孚远时从鲁王奔闽海，后留在鹭岛依郑成功，延平以上宾礼遇之，大事皆咨而后行，此见其受倚重之一斑。徐孚远更与纪石青、林霍等往还唱和，尤与纪石青之交情最深，平素二人除纵心山水，亦商借书籍、赠送诗集，更规谏其短。此外，徐孚远并期许之"周鼎未还心不死，鲁戈应奋日将西"⑦，足见徐孚远忠义之情重也。

四、阻道安南

永历十二年（1658 年）正月，桂王派遣漳平伯周金汤、职方黄臣以自广东龙门航海至厦门，进封郑成功为延平王，令其出师恢取东粤并联合直浙义旅，以窥金陵。同时晋徐孚远为左副都御史，敕谕徐孚远勿蹉跎岁月而应当机立断，勉忠劝义，击楫战友，冀其能与郑成功

---

① 《钓璜堂存稿》卷 12《咏石青诗集有感》，页 24。

② 《钓璜堂存稿》卷 3《赠纪石青》，页 1～2。

③ 《钓璜堂存稿》卷 8《是日石青同坐，论死难诸公有感而作》，页 28。

④ 《钓璜堂存稿》卷 3《约石青南游不果，赋以抒怀》，页 29～30。

⑤ 《钓璜堂存稿》卷 13《石青以酬友诗见示，感其情挚，聊抒所怀，兼念亡友，依韵而成》，页 15。

⑥ 《钓璜堂存稿》卷 13《传安昌自瀛海北归》，页 5。

⑦ 《钓璜堂存稿》卷 12《赠纪石青》，页 24。

朝夕黾勉，以建立奇勋。① 郑成功遂进谢表并拟会师江南，因疏命徐孚远偕都督张衡宇、职方黄臣以同赴滇向桂王复命。徐孚远随使入觐，拟泛海自安南入安隆，因取道安南，以其近滇也。出发前张煌言有《徐闇公入觐行在，取道安南；闻而壮之二首》鼓舞之：

> 益部星文紫气缠，遥知双舄入朝天。孤臣白发还投阙，真主黄衣尚备边。五岭新冲春瘴疠，九溪旧辟汉山川。旌旗只在昆明里，好说中原望凯旋！

> 万里行朝古夜郎，从龙敢复惮梯航！使车合浦愁风黑，贾舶交州怯日黄。白马侯王今异姓，青牛令尹久炎荒。多君不负温刘约，玉佩先归铜柱旁。②

诗中充满海上遗老相互砥砺忠君报国之志。

闽海孤臣往滇中昆明朝阙，徐孚远等三人乘舟航行交海，入交港后，忽雾迷南北，望见江之浒有伏波将军庙，乃焚香祭拜，须臾，复云开见日，其《同黄、张祀伏波将军庙歌》云：

> 自古中兴称建武，将军挟策求真主。东厢一见展英谟，腰悬组绶分茅土。晚年仗钺向炎州，楼船下濑漾中流。朱鸢已定日南服，重开七郡献共球。灵迹千秋铜柱存，蛮夷长老咸骏奔。至今庙祀江之浒，舟师日日荐芳荪。我从国变山中咒，鸟折其翮车无轴。衰老难跨上将鞍，粗疏方似当时璞。一闻交海近行都，便随商舶驾双凫。高樯狎浪看转侧，阳侯骧首凌天吴。忽然浓雾迷南北，天地暗惨长年惑。长年无计焚片香，归命将军颂明德。须臾云净四山开，如见拓戟光徘徊。从此扬帆兼命楫，击鼓吹箫取道来。沙浅江平识去津，翩翩蝴蝶引行人。我行祗谒神祠下，青青竹色水粼粼。古碑斑剥字画漫，执圭衣黼着蝉冠。酒馨牲腶来夷女，拜手陈词看汉官。将军上殿喜论兵，聚米还成山谷

---

① 见《徐闇公先生年谱》，页 46。

② 明·张煌言撰、张寿镛编《张苍水集》（台北：新文丰出版公司，1988 年 4 月 1 版，《四明丛书》，第 2 集，总第 5 册），卷 2《奇零草》（二），页 216。

形。此日圣王方借箸，好将图画入承明。①

伏波将军庙乃供奉东汉伏波将军马援。马援因平定交趾而被封新息侯并立铜柱，徐孚远与张衡宇、黄臣以等向其祭拜后，终在"上巳之后到交州"②。至交州后与安南礼部尚书范公著、侍郎黎敦等相唱和，作有《赠安南范礼部》及《赠黎礼部》二诗③。然徐孚远等在安南并未受到礼遇，其《晦日同臣以、衡宇》云：

> 晴光煜煜雨霏霏，夷服夷言相刺讥。客里三人如贯索，舟居两月似圜扉。宋臣真喜华元返，汉使难期谷吉归。此日已为春尽日，云雷犹自感天威。④

徐孚远三人自三月三日抵安南后，握节交州并不顺利，从诗中"夷服夷言相刺讥"可知，且如坐针毡，遂有"客里三人如贯索，舟居两月似圜扉"之语。而自其《在交日久，传语日变，莫测其情；或言旧唐人有泄余姓名者，故愈欲余谒晤而甘心焉》诗，亦可略见端倪：

> 风雾萧萧嗟远道，主宾扰扰误虚名。谁占李耳车前气，欲绝淳于冠下缨？岂是须眉真有异，从来头足自当明。虽然周室非全盛，王会开时南海清。⑤

初，都督张衡宇谒见安南王，但未获请；而徐孚远自言己身"两朝奉敕辀轩使，六帙行年丘墓身"⑥，以耳顺之年为假道安南而破浪万里，将游交南，以达行在。岛夷不逊，卷棹东还屡涉惊涛，兼之暑热成病，致未具启。实则，安南西定王郑柞乃要徐孚远以臣礼谒见⑦，因

---

① 《钓璜堂存稿·交行摘稿》《同黄、张祀伏波将军庙歌》，页1～2。

② 《钓璜堂存稿·交行摘稿》《赠安南范礼部》，页2。

③ 《钓璜堂存稿·交行摘稿》《赠黎礼部》，页2。

④ 《钓璜堂存稿·交行摘稿》《晦日同臣以、衡宇》，页3。

⑤ 《钓璜堂存稿·交行摘稿》《在交日久，传语日变，莫测其情；或言旧唐人有泄余姓名者，故愈欲余谒晤而甘心焉》，页3。

⑥ 《钓璜堂存稿·交行摘稿》《与臣以论行止》，页5。

⑦ 郑柞为安南清王郑梉之子，当时由其继秉国政，受封为西定王，见《徐闇公先生年谱》，页45。

永历十一年(1657年)秦、鲁二藩遣使至安南，乃用拜礼，故欲徐孚远援例而行，但徐孚远以为不合礼仪乃不从，其在《上安南西定王书》中解释道：

> (秦、鲁)二藩虽贵，乃大明之臣，与贵国敌体；其所遣使乃奔走末弁，爵不列于天朝，名不闻于间巷，先王宴而资送之，不为薄矣。今张都督贵官，不同于前；然在赐姓藩下，奉书拜谒，于礼无讥。若孚远滥居九列、事忠恭承王命，有异于是。伏维殿下访诸大臣，得遣一两员来与孚远等商定，使孚远等有以受教于殿下，有以不获罪于朝廷、不贻讥于天下万世，殿下之大惠也，孚远等之至愿也。①

徐孚远在书中清楚说明其忝居九列，恭承王命，故不得行拜礼，而坚持祇行宾主礼之故，因有"岂是须眉真有异，从来头足自当明。"自此证其硁硁大节，襟期磊落，皎如日星，无丝毫粉饰于其间。实则徐孚远自知其处境艰难，但仍坚持到底，言"守礼应知一死轻"②，颇能践履儒家"尔爱其羊，我爱其礼"之语，因其深知"一拜夷王节又亏"③，且感受到"臣节当坚中路阻"④、"羽翼摧伤同蜻蜓"⑤之无奈，更领教到安南"天威未振小夷骄"⑥、"井蛙有国堪尊大"⑦之嘴脸。更将所见，写成《土风》一诗以记其风土民情：

> 得意中官故喜豪，常将丝竹拟云璈。尽搜汉物如遇市，约略方言似旅獒。蛮女跣行窥玉节，夷男箕坐弄霜毫。此州本属王封外，何事来游纡佩刀！⑧

---

① 徐孚远《上安南西定王书》，《钓璜堂存稿·遗文七》，页2。
② 《钓璜堂存稿·交行摘稿》《四月朔》，页3。
③ 《钓璜堂存稿·交行摘稿》《舟中杂感》(其一)，页4。
④ 《钓璜堂存稿·交行摘稿》《舟中杂感》(其二)，页4。
⑤ 《钓璜堂存稿·交行摘稿》《四日》，页4。
⑥ 《钓璜堂存稿·交行摘稿》《舟中杂感》(其二)，页4。
⑦ 《钓璜堂存稿·交行摘稿》《四日》，页4。
⑧ 《钓璜堂存稿·交行摘稿》《土风》(其二)，页6～7。

自安南之音乐、语言、行为、仪态数端,可见其为蛮夷之族而非上邦明矣。而徐孚远在《上安南西定王书》中,曾恳切说明所以假道安南之目的乃因"皇上命之赍奉诏书至赐姓营,约以进兵。赐姓遵奉,会合群帅,统率大师,将直抵金陵;遣张都督送孚远等于朝,恭报师期,催发晋、蜀、韩三藩同逼江北。以殿下世兄弟玉帛岁通,欢好深切,求殿下慨然送行。"①然久未得回音,故《遣怀》云:

> 蛮俗真知贾客豪,使车至止亦徒劳。漫将玉帛人谁答,默祷神祇天愈高。何吉何凶询季主,为醒为醉感离骚。伤心有似孤飞鹤,引吭长鸣彻九皋。②

对西定王之迟迟不报书,因云:"漫将玉帛人谁答?"而徐孚远等人仅能"默祷神祇"。然眼看时光流逝"春余涉夏又盈旬"③、"三月拘留臣节艰"④,徐孚远等人却有如笼中鹤、輗上鸥,却又莫奈他何,有《舟中杂感》云:

> 苏卿卧雪穷边日,汉将挥戈出塞时。甲第连云军气盛,羝羊荒草使臣悲。节旄欲尽天宁感,雁帛难传人岂知?悼古伤今空涕泪,临流无计强题诗。⑤

徐孚远以苏武出使匈奴被羁留之事自喻,眼看"夷人喜怒不可知,羝羊能乳在何时"⑥,益以"故人海内无存者,谁撰招辞下大荒"⑦,其《西望》云:

> 不见文渊西下期,空餐交米望王师。壁间剑有悲鸣感,云里凫无首路时。杜甫虽忠心转拙,范增已老计非奇。从今便绝冠

---

① 徐孚远《上安南西定王书》,《钓璜堂存稿·遗文七》,页1。

② 《钓璜堂存稿·交行摘稿》《遣怀》,页6。

③ 《钓璜堂存稿·交行摘稿》《舟中杂感》其四,页5。

④ 《钓璜堂存稿·交行摘稿》《舟中杂感》其六,页5。

⑤ 《钓璜堂存稿·交行摘稿》《舟中杂感》其七,页4。

⑥ 《钓璜堂存稿·交行摘稿》《五日同黄、张饮歌》,页9。

⑦ 《钓璜堂存稿·交行摘稿》《西望》其三,页8。

缨客，结伴山中共采芝。①

寸丹耿耿之徐孚远自觉已如杜甫、范增之老与拙，且又未见如伏波将军马援之王师来平定南蛮，己虽为"一葵向日知无补"②，不得已情况下，因决定萧然返棹，《归舟》云：

> 何处可容我，只宜桴海中。衣冠千古事，舟楫四时风。尘世浪头碧，劳人鱼眼红。皇舆犹转侧，客子固须穷。③

徐孚远始终认为衣冠千古事，宁断朝天梦，亦不改君子固穷之义，故绝不屈从于西定王之要求，而拟归返厦门。

徐孚远自安南回程时，舟须行经鬼门关，有《交州有鬼门关，舟行过关，乃入华界，将归作》云：

> 交行将过鬼门关，及至斯关又遣还。天路难阶鬼亦厌，只宜流落在人间。④

以诙谐幽默口吻写其安然闯过安南入华之界关。然并非从此进入坦途，因仍须渡过素以危险出名之一线沙，故徐孚远、张衡宇与黄臣以三人自忖必死无疑，此自其《行琼海，入一线沙，亦名角带沙，危险万状，吾辈三人，自拟必死矣，口占》⑤诗题可见一斑。而三人虽侥幸不死，谁知竟又杀出程咬金，其诗云：

> 汉弃朱崖已数年，王人那到海南边。舟工自谓乘槎便，港内艨艟正郁然。（其一）

> 港内艨艟正郁然，将施螆箭吐蛟涎。皇天不与衣冠入，故作东风阻客船。（其二）

> 履危将欲哭途穷，且喜先机遇好风。笑尔舣舟终日待，鲸鱼

---

① 《钓璜堂存稿·交行摘稿》《西望》其四，页8。
② 《钓璜堂存稿·交行摘稿》《舟中杂感》其三，页4。
③ 《钓璜堂存稿·交行摘稿》《归舟》，页9～10。
④ 《钓璜堂存稿·交行摘稿》《交州有鬼门关，舟行过关，乃入华界，将归作》，页10。
⑤ 《钓璜堂存稿·交行摘稿》《行琼海，入一线沙，亦名角带沙，危险万状，吾辈三人，自拟必死矣，口占》，页10。

已放碧流中。(其三)①

徐孚远等人归程可谓惊险万分,非但有地理上先天形成危险万状之一线沙,复有清房埋伏窥伺。然三人仍苦中作乐,不失幽默之心,其后清兵虽开铳射杀,徐孚远等人乘东风之便,遂得疾行而脱险。然虽已脱离一线沙,仍非万无一失,其《自线沙出,得西风,可至大洲头,始为通道。行至初五日,已报过洲头,风轻流迅退回》云:

> 生门死路大洲头,已过仍回客更愁。目断长风凡九日,心悬少女似三秋。②

真可谓好事多磨,竟因西风之吹送,而错过大洲头,致再回航,而终至大洲头,其《行大洲头歌》云:

> 南风气尽溯洲头,不及西风一夕流。自古乘时人力易,何须鞭石驾飞虹?③

徐孚远见识到西风之威力,因体会乘时之重要。七夕时,刮起西风,故安然渡过大洲头④,然三人虽归心似箭,无奈老天爷不帮忙,又接连暴风,因有"南海行几一月程,狂风号怒客魂惊"之句。⑤ 然终苦尽甘来,平安归闽,徐孚远有感于此趟航程之不易,如《舟行迷道作》云:

> 交州古号越裳国,其使来朝归不得。圣人作法示指南,舟人传之为准则。今日针师何等闲,群峰指点有无间,挂帆疑往又疑

---

① 《钓璜堂存稿·交行摘稿》《伙长已误入一线沙,以出沙为艰,欲沿山而行,将抵琼州海口,乘风直过,吾辈难之,曰:若遇房舟,则奈何? 伙长曰:昔年曾过此,房无舟也,主舶者利得速出,亦以为然。衡宇疑曰:"昔即无舟,安知今不有也"? 臣以大笑曰:"琼大郡也,以海为固,闻王师将出粤东,必且造舟自备,岂无数舰为我难乎!"然无以夺其说。自二十七讫朔日,至纱帽山。西南风即出矣,乃值东风,不可行。未客,见一八橹船来,始惶骇,未及治备御,已发一铳相加,又见二舟出,始返棹,乘东风疾行,得脱》,页10~11。

② 《钓璜堂存稿·交行摘稿》《自线沙出,得西风可至大洲头,始为通道行至初五日,已报过洲头,风轻流迅退回》,页11。

③ 《钓璜堂存稿·交行摘稿》《行大洲头歌》,页11~12。

④ 《钓璜堂存稿·交行摘稿》《七夕西风过大洲头》,页12。

⑤ 《钓璜堂存稿·交行摘稿》《将至大星,连日暴风》,页12。

还。屡行七圣俱迷道，不见闽人梦里山。①

徐孚远因亲身尝到舟行迷道之苦，知此中大有学问，故对针师能对群峰了如指掌，并作出指南感到极为佩服。

徐孚远随使入觐，泛海自安南入安隆，张煌言有《徐闇公入觐行在，取道安南；闻而壮之二首》鼓舞之，前已引，不赘，徐孚远回闽，永历十二年（1658 年）冬即将阻道安南实录《交行摘稿》钞寄身在舟山整军之张煌言，煌言有《得徐闇公信，以〈交行诗刻〉见寄二首》

　　天南消息近成虚，一卷新诗当尺书。谁看坠鸢偏击棹，似闻鸣犊竟回车。蛮夷总在天威外，越巂应非王会初！读罢瑶篇还涕泪，行吟何独有三闾！

　　瘴海谁堪汗漫行，知君五月在舟程。鲛人鼓鬣惊涛暗，乌鬼含沙宿雾生。温峤已乖归阙望，张骞徒负泛槎名！武陵溪畔桃源客，故节依然苏子卿。②

徐孚远经涉安南，因岛夷不逊，仍抗节不屈致卷棹东还，归闽鹭岛时，已届永历十二年（1658 年）秋。故诗中言徐孚远取道安南舟程有五个月之久，备尝艰辛。行吟海畔成《交行摘稿》，如三闾大夫屈原问天呵壁之作，晋见安南王之不屈气节，如苏武持节北海。

五、往来台厦

往来台厦时期指徐孚远永历十二年（1658 年）秋经涉安南归鹭岛后至永历十七年（1663 年）十月，清军攻下金门、思明为止。故下文即就此加以探究之。

观明末遗臣，其初或起义、或言事，各有所谋；其后或蹈海、或居夷，然其志并不少沮，徐孚远即一突出代表，据其《自寿遣兴之作》云：

---

①　《钓璜堂存稿・交行摘稿》《舟行迷道作》，页 12。
②　《得徐闇公信，以〈交行诗刻〉见寄二首》，《张苍水集》卷 3《奇零草》（三），页 223。

行年六十亦何为,岁岁伤心两翅垂。槎上波涛争日月,谷中
花鸟笑须鬓。邓芝受律虽犹晚,苏武还朝正此时。笔健尚能题
甲子,移山填海故非痴。①

此诗乃写于永历十二年(1658 年)十一月二十五日徐孚远初度
之辰,当时其已届花甲之年。而是年因有阻道安南,要以臣礼,不屈
而还之事,故徐孚远自喻为苏武持节北海,因有"苏武还朝正此时"之
语。观徐孚远虽惨历舟艰落漈,路入鸣沙,身危仅免之险境,其仍壮
志凌云,不畏艰辛,拟再赴安龙。据其向学生林霍叙述道:"闻粤东犹
可以达,特险耳。今天使黄兄尚在,明春须问途,不肖固不惜命
也"②,因知其已置个人死生于度外。

其后徐孚远仍居厦门,对此黄定文于《书鲒埼亭集徐闇公墓志
后》中亦言道:

> 经安南,要以臣礼,不屈。回舟误入一线沙,得东风始出,仅
> 而得还,仍居岛中。时郑成功为鲁王修寓公之礼,从亡者皆依
> 焉。成功初在南京国学,尝欲学诗于闇公,以是尤敬礼。如是
> 者,几及十年。③

而此即萧中素所谓"岛中空老旧衣冠"也。④ 徐孚远在岛中日子
清苦,其《病吟》云:

> 近来世事转成屯,作客连年徒苦辛。庄子梦中几丧我,伯奇
> 形化尚憎人。风侵肩背怜强项,霜入须鬓特损神。老去将无填
> 大壑,恐难重问五湖津。(其一)

> 抱病兼旬但昼眠,秋风入户有周旋。磻溪未老人多厌,鬼谷

---

① 《钓璜堂存稿》卷 14《自寿遣兴之作》,页 31。页 1063。
② 林霍《徐闇公先生传》,见《徐闇公先生年谱·附录一》,页 62。
③ 清·黄定文:《东井诗文钞》(台北:新文丰出版公司,1988 年 4 月 1 版,
《四明丛书》,第 1 集),卷 1《书鲒埼亭集徐闇公墓志后》,页 475。又见《徐闇公
先生年谱》《书鲒埼亭集徐闇公传后》,页 69~70。
④ 萧中素《挽徐闇公先生归榇兼寄武静先生》,见《徐闇公先生年谱》,页
53。

成书世巳传。画地占天空自笑，耽云坐石却如颠。真龙杳窅时将幕，朽骨那持刘项权。（其二）①

寄迹沧海，冒风履霜，老病缠身，悲歌怅望，时歌、时哭，人莫知其内心之苦也，故姚光言其虽未如陈子龙、夏允彝之沉渊殉国，然其"侘傺无聊，困苦备尝，仍能守节不渝以终者，为尤难矣"②。

其后郑成功思取台湾，据全祖望《明故权兵部尚书兼翰林院侍讲学士鄞张公神道碑铭》载：

> 明年，移师林门；寻于桃渚。时大兵两道入海讨成功，皆失利；而成功以丧败之余，虽有桑榆之捷，不足自振，乃思取台湾以休士。③

永历十四年（1660 年）郑成功已透露有意取台湾，十五年三月抵澎湖。对郑成功征台之事，张苍水不以为然，并贻书争之，据全祖望载其事云：

> 公遣幕客罗子木以书挽成功，谓"军有进寸、无退尺；今入台，则将来两岛恐并不可守：是孤天下之望也"。成功不听。成功虽东下，而大兵尚忌之；惧其招煽沿海之民，于是有迁界之役。沿海之民不愿迁，大兵以威胁之，犹迟延不发；公顿足叹曰："弃此十万生灵而争红夷乎"？乃复以书招成功，谓"可乘此机，以取闽南"。成功卒不能用。公遗书侍郎王公忠孝、都御史沈公荃期、徐公孚远、监军曹公从龙，劝其力挽成功；而卒不克。④

---

① 《钓璜堂存稿》卷 15《病吟》，页 19。

② 姚光《钓璜堂存稿跋》，明·徐孚远：《钓璜堂存稿·徐闇公先生遗文·序》，页 1。姚光撰、姚昆群等编《姚光集》（北京：社会科学文献，2000 年 6 月 1 版），第 1 卷《文集·第一编复庐文稿》，页 46。

③ 《全祖望集汇校集注·鲒埼亭集》卷 9《明故权兵部尚书兼翰林院侍讲学士鄞张公神道碑铭》，页 190。

④ 《全祖望集汇校集注·鲒埼亭集》卷 9《明故权兵部尚书兼翰林院侍讲学士鄞张公神道碑铭》，页 190。

张苍水目击清廷迁徙沿海居民,致百万生灵处在水身火热中,故冀藉劲旅以拯其于水火,因反对郑成功攻打台湾,主张宁为玉碎毋为瓦全,因请徐孚远等游说郑成功,然事未就。而郑成功欲退至台湾之事,其诗则曾言及,如《王正书怀》其二云:

> 天醉沉沉无醒期,兴怀周室泪双垂。元戎不惜军麾徙,寓客何嫌礼貌衰。蹈海鲁连仍作伴,枕戈越石是真痴。几时王旅收南国,欲访遗簪早济师。①

诗中"元戎不惜军麾徙"句,即指此事,而徐孚远自言"蹈海鲁连仍作伴",知其亦拟随郑成功入台,考其在台期间并不长,应在永历十五年(1661 年)秋天离台回厦。②

徐孚远第二次来台过程,据其《拟徙》云:

---

① 《钓璜堂存稿》卷 15《王正书怀》其二,页 23。

② 徐孚远此次在台期间并不长,应在永历十五年(1661 年)秋天离台回厦门。已知徐孚远于九月十五日序张煌言《奇零草》诗集于"思明西埔寓"。又据张煌言《答曹云霖监军书》云:"徐兄来,接有手教;想徐兄挂帆时,敝差官尚未到台城,故社翁不审北方消息耳。然敝差官去后,浙事又一变。及徐兄至,弟已移师寄寓沙关矣。种种房情,已具在前日报文内,不必更赘。独是伪令迁徙沿海居民,百万生灵尽入汤火中,汹汹思动;惜无一劲旅为之号召,以致颠连莫告。我辈坐视此荼毒而不能救,真愧杀也!弟栖迟沙关几三月矣,金尽粟空,谁能为景升、仲谋者?只得仍图北返。两番鼓棹,又以石尤留滞。今春风至矣,决计回浙,亦旦晚间事。"见《张苍水集》卷 5《冰槎集》,页 252。按:永历十五年(1661年)三月曹从龙随郑成功征台,至永历十六年十月郑经入台收杀之,皆未离开台湾。曹从龙当于永历十五年冬遗书张煌言序其诗集,手书由徐孚远带至沙关转交,张煌言因作《曹云霖诗集序》一文。初,永历十五年三月郑成功出兵取台湾,张煌言遣参军罗子木致书阻之,成功不听。后张煌言引军入闽,次沙关,此当在永历十五年冬。全祖望《明故权兵部尚书兼翰林院侍讲学士鄞张公神道碑铭》认为在永历十五年三月,当不确。见《全祖望集汇校集注·鲒埼亭内集》卷 9《明故权兵部尚书兼翰林院侍讲学士鄞张公神道碑铭》,页 190。而据《答曹云霖监军书》文中"弟栖迟沙关几三月矣","今春风至矣,决计回浙"等语推断,"今春风至矣",指永历十六年正月,则徐孚远离开台湾,在永历十五年冬;徐孚远至沙关见张煌言,当在永历十五年十一月左右。

去国离乡十七年，一回屈指一凄然。避地班彪常易地，谈天邹衍岂穷天。龙兴云际如相待，鹏徙溟池未拟旋。握节孤臣心更苦，沧波投骨有谁怜。①

诗写他在永历十五年（1661 年）八月准备迁徙到台湾时的心境。九月有《仲秋下旬守风至秋尽不得行》②，而当其欲出发时，偏又天不从人愿，因有《东行阻风》云：

拟将衰鬓寄东蒙，频月东风不得东。身世何堪常作客。飘摇难禁屡书空，携儿兼载黄牛姬，农作应追皁帽翁。稍待波平阳月后，一舻须放碧流中。③

“稍待波平阳月后”乃期待十月海象波平，方能起航。徐孚远一直在厦门待风信，直至来年（1662 年）正月才顺利出航到台湾，故有“时近上元作飓惯”（《待飓》）④，“日日悬帆未拟开，上元佳节渐相催”（《王正十四泊彭江》）⑤。其《拟东书怀》乃不辞劳苦，急于为国事奔波，准备来台：

昔日衣冠今渺茫，岛居一纪又褰裳。移家不惜乡千里，种秫何嫌水一方。地理未经神禹画，医书应简华佗囊。余年从此游天外，知是刘郎是阮郎。⑥

徐孚远自永历五年（1651 年）舟山城陷，随鲁王到厦门投靠郑成功，至今（永历十六年，1662 年）居厦门岛，前后共十二年。而台湾位于海外，对诗人而言，无乃天外一方，但旷达以对，台湾亦不失为人间新天地。此即全祖望《沈太仆传》中所言：“时海上诸遗老多依成功入台”⑦

---

① 《钓璜堂存稿》卷 15《拟徙》，页 23～24。
② 《钓璜堂存稿》卷 7《仲秋下旬守风至秋尽不得行》，页 28～29。
③ 《钓璜堂存稿》卷 15《东行阻风》，页 25。
④ 《钓璜堂存稿》卷 7《待飓》，页 30。
⑤ 《钓璜堂存稿》卷 20《王正十四泊彭江》，页 19。
⑥ 《钓璜堂存稿》卷 15《拟东书怀》，页 25。“东”原刻本作“柬”，误。
⑦ 《全祖望集汇校集注·鲒埼亭集》卷 27《沈太仆传》，页 499。

徐孚远入台后积极从事教育,发展儒学教化,据全祖望《徐都御史传》云:

> 闽中自无余开国以来,台湾不入版图。及郑氏启疆,老成耆德之士皆以避地往归之,而公以江左社盟祭酒为之领袖,台人争从之游。公自叹曰:"司马相如入夜郎教盛览,此平世之事也;而吾以亡国之大夫当之,伤何如矣!"至今台人语及公,辄加额曰:"伟人也。"①

审此,知当时荐绅耆德之避地入台者亦皆奉徐孚远为祭酒。另如与徐孚远同乡之王沄亦言及:

> 或云先生在海外,居宾师之位,教授诸生,异域子弟多从之学问,有来仕者。及余游楚,楚有郡守朴君怀玉,自称先生弟子也,则所闻信矣。②

今之《台南县志》指出徐孚远曾在"新港社设立私塾"③,当时平埔族聚居的新港社即现之新市乡。而王沄所言之朴怀玉,疑即为朴孟珍,《钓璜堂存稿》集中有《赠朴孟珍》一诗,其云:

> 羡君年少有英姿,擐甲鸣弓未是奇。张氏金貂传世业,谢家玉树长新枝。胜情座上飞三雅,壮志沙边拟一锥。老去中郎惊倒屐,恰如初见仲宣时。④

---

① 《全祖望集汇校集注·鲒埼亭集外编》卷12《徐都御史传》,页963。

② 王沄《东海先生传》,见《徐闇公先生年谱·附录一》,页65。

③ 《台南县志》指出明郑时期义学方面:"永历三十年左右,明遗臣沈光文(字斯庵),由罗汉门移居目加溜湾社,设塾教番童读书,并以医术济世,历十五年。台南县地区以至全台的土著,接受汉人之中国教育,实为此始。"私学方面:"明郑之初,咨议参军陈永华,倡议各社,创设学校,实为台南县地区私校之滥觞,惟当时设立之学堂名称及地址,已不可考,仅知前明举人徐孚远,亦在新港社设立私塾。"见吴新荣等修《台南县志》(台南县新营镇:台南县政府,1980年6月1版),卷17《教育志》,第二章《明郑及清朝时期的初等教育》,第三节《设立之学校及其所在地与学生》,页48~49。

④ 《钓璜堂存稿》卷14《赠朴孟珍》,页6。

诗中以蔡邕倒屣相迎王粲之典，喻其对朴孟珍之欣赏之情。因知徐孚远履台后除以清操苦节自誓，时时不忘复兴大业。

永历十六年（1662 年）十月郑经入台，收杀曹从龙，徐孚远《曹云霖在东被难，挽之》云：

> 惆怅行吟到夕曛，救君无力更嗟君。早年未肯趋苟令，晚岁方思比叔文。江夏冒刑缘寡识，山阳怀旧惜离群。醴筵数过真何事，不若田间曳布裙。①

永历十六年五月郑成功病殂于台湾，黄昭奉成功弟袭为护理，谋将嗣位。郑经偕陈永华、周全斌、冯锡范率兵东渡，攻入安平镇，世袭诿罪于其仆蔡云，云自缢；郑经收萧拱宸、李应清、曹从龙等斩之，余皆不问。此时徐孚远人在厦门，无力救之，故诗中将此事件比之中唐王叔文党祸，感慨曹从龙寡识而冒刑身亡，文人着实不该介入郑家内部权利斗争之中。

郑经入台既取得政权，徐孚远于永历十六年（1662 年）十一月第三次来台，据《随舟》云：

> 结束随征棹，华夷聊此分。丹心空避地，白首叹无君。感激千层浪，苍茫一片云。旅人何所事，欹枕简遗文。②

"白首叹无君"指永历帝桂王于永历十六年（1662 年）四月被吴三桂弑于云南昆明；鲁王亦于同年十一月十三日薨于金门。此次来台可能在永历十七年（1663 年）春离台回厦。

徐孚远咏台有最著名诗作当属《东宁咏》一诗：

> 自从漂泊臻兹岛，历数飞蓬十八年。函谷谁占藏史气，汉家空叹子卿贤。土民衣服真如古，荒屿星河又一天。荷锄带笠安愚分，草木余生任所便。③

东宁者，台湾也，徐孚远自弘光元年（1645 年）松江起义兵败后，

---

① 《钓璜堂存稿》卷 15《曹云霖在东被难，挽之》，页 26。
② 《钓璜堂存稿》卷 11《随舟》，页 23。
③ 《钓璜堂存稿》卷 15《东宁咏》，页 27。

如飞蓬飘零海峤岛屿,至今(1663年)已历十八年,其居台湾"荷锄东海复何言"①?"问余东向亦何为"②?则其身世凄凉可知矣。

综观徐孚远《钓璜堂存稿》,可见其念兹在兹于复兴明室,其在厦门之时,虽处于饥馁穷困中亦不易其志,更藉诗歌歌咏其志,无怪林霍指出:"顾先生闲居岛上,非诗无以自遣也。……虽有吟咏,不过悲歌以当哭耳"③。而来台后,复从事教育,落实其于《暮春自遣》诗中所言:"时危方右武,身退未忘文"之志④,故争从之游者众也。

六、完发饶平

永历十七年(1663年)十月,清兵攻破思明州并堕其城。徐孚远因自思明至铜山,据其学生林霍《庚午冬书稿》载其事云:

> 忆先师当癸卯岛破,漂泊铜山,将南帆。临别,执敝郡沈佺期公手曰:"吾居岛十有四载,以为一片干净土耳。今遇倾覆,不得已南奔,得送儿子登岸,守先人宗祧,即返,而与卢牧舟、王愧两诸公共颠沛流离大海中,虽百死我无恨也。"讵知事与心违,从此入粤,遂不得继见。⑤

知徐孚远原拟先挈眷还乡,以守先人宗祧。而此种想法在当时应是遗老之共识,如王忠孝《促儿孙入山》云:

> 我今应如此,儿曹勿犹夷。肤发我何有,香火尔应持。好速携孙去,笃志守坟墓。士乱多离别,苦辛靠天知。⑥

---

①　《钓璜堂存稿》卷15《将耕东方,感念维斗、卧子,怆然有作》,页27。此诗可能1663年在台所作。

②　《钓璜堂存稿》卷15《陪饮赋怀》,页27。此诗可能1663年在台所作。

③　林霍《徐闇公先生诗集后序》,见《徐闇公先生年谱·附录一》,页84。

④　《钓璜堂存稿》卷16《暮春自遣》,页13。

⑤　林霍《庚午冬书稿》,《徐闇公先生年谱·附录一》,页80。

⑥　明·王忠孝:《惠安王忠孝公全集》(南投:台湾省文献委员会,1993年12月1版),卷11《促儿孙入山》,页249。

王忠孝当初要到台湾时，亦嘱咐其子"香火尔应持"、"笃志守坟墓"。故徐孚远欲独自履贞抗节，实无可疑，惜其希冀儿子守贞登岸①，以守先人宗祧之愿未遂，因止于粤潮之饶平。其《荆山夜雨》云：

> 淙淙夜雨入溪流，一夜溪声到枕头。梦里不知身在粤，竹桥烟月满升州。②

徐孚远与戴氏及次子守贞入粤，作客异乡，实为广东水陆师提督吴六奇所庇③，却又"梦里不知身在粤"，一心思念故国南京之竹桥烟月。

早在永历十六年（1662年）时，同属幾社成员之宋尚木到潮郡任。④ 故徐孚远有《誓言寄宋子尚木》诗，其云：

> 比来槎上久垂纶，身世茫茫二十春。不是余年甘客死，难将羞面对姻亲。⑤

徐孚远自弘光元年（1645年）至永历十九年（1665年）时，已届二十年矣，故有"身世茫茫二十春"之感，虽然如此，但对于昔日社友已投身清廷，深感不屑。

永历十九年（康熙四年，1665年）暮春时，始与郑郊见面。郑郊字牧仲，为莆田诸生，博学能文；弟郑，字奚仲，亦诸生。⑥ 兄弟二人皆徐孚远之朋友，其结交之经过，据郑郊自云：

> 余以己卯再会彝仲，为予历数幾社诸贤，首以博雅称吾闽

---

① 永历五年（1651）四月十八日寅时，徐孚远次子永贞生，为戴夫人出。永贞，字孝先。见《徐闇公先生年谱》，页37。

② 《钓璜堂存稿》卷20《荆山夜雨》，页20。

③ 清浙东史学大家全祖望《碣石行》即歌咏此事，见《全祖望集汇校集注·鲒埼亭诗集》卷8《碣石行·序》，页2258。

④ 见《徐闇公先生年谱》，页49。

⑤ 《钓璜堂存稿》卷20《誓言寄宋子尚木》，页20。

⑥ 清·徐鼒：《小腆纪传》（台北：台湾银行经济研究室，1963年7月1版，《台湾文献丛刊》第138种），卷58《逸民·郑郊传》，页826。

公;予心识之。①

郑郊自夏允彝口中得知徐孚远之博雅,心仪之。据徐孚远《郑牧仲隐壶公山,以所著及从游者诗来,惜曩游不及访也》云:

> 忆昔至三江,溪山豁然异。群峰拱揖闲,壶公特巍巍。未及探幽亭,朝夕把苍翠。乃有高尚者,埋名于此地。同志四五人,相期断人事。长吟振冈峦,遗编犹未坠。赠我瑶华音,芬若古人瑳。揽之三叹息,把臂良未易。何时重来游,愿言展微义。遥望此山中,缅然有遐寄。②

郑郊因景仰徐孚远,遂以诗文相赠,进而成为文字交。而郑郊乃在鼎革后,遯迹壶山之南泉③。如王忠孝《复郑牧仲书》描述道:"窃闻起居,踞在山川幽胜,摊书百卷,扬扢其中,方寸涵泓,发为文章,与壶山蓝水竞雄秀,直网尘中无碍神仙也,羡羡。"④因知郑郊兄弟乃高隐于山川幽静之处。又据徐孚远《赠郑牧仲》云:

> 闭户行吟一俊民,十年于野对秋旻。生平雅有曼容志,踪迹还同河渚人。石壁层棱探象系,松枝偃寒拂冠尘。祇今南国从游者,谷满清音胜事新。⑤

郑郊虽闭户行吟,然亦时与徐孚远诗篇往来,徐孚远《郑牧仲作广广绝交论,余亦感,赋之兼念亡友》云:

> 北海樽前酒未干,生平小友便弹冠。可怜今日门栽棘,漫道当年澧有兰。好取成言昭日月,无劳铸鼎辨神奸。交期自古须深论,莫讶朱刘齿欲寒。⑥

---

① 清·郑郊《祭大中丞闇公老祖台老社翁文》,见《徐闇公先生年谱·附录一》,页76。

② 《钓璜堂存稿》卷4《郑牧仲隐壶公山,以所著及从游者诗来,惜曩游不及访也》,页6～7。页360～361。

③ 《小腆纪传》卷58《逸民·郑郊传》,页826。

④ 《惠安王忠孝公全集》卷6《复郑牧仲书》,页133。

⑤ 《钓璜堂存稿》卷13《赠郑牧仲》,页34。

⑥ 《钓璜堂存稿》卷13《郑牧仲作广广绝交论,余亦感,赋之兼念亡友》,页39。

　　郑郊与徐孚远论及交友之道，徐孚远浮沉人事多年后，亦深有体会，故颇然其言，因有"交期自古须深论"。自此可见徐孚远与郑郊已神交已久，堪称是老友矣，故二人相见，倍觉亲切。又据郑郊《祭大中丞阍公老祖台老社翁文》云：

　　　　二岛尽覆，始挈其家依于饶镇。杜门块处，愤极而哭；哭已复愤，誓以一死全其素衣。予以暮春浪游□川，叩门握手，欢若平生。杯酒流连，堂阶促膝，破涕为笑、破笑为颦、破颦为愤，愤极复哭。筹咨去就之道，惟以一死自祈。①

　　徐孚远于明室倾覆，客处异乡之时，能遇故知，其内心之欣喜，不言而喻。然其始终忠于君国之忱，亦不曾改易。仲夏末旬，郑郊又过晤之，徐孚远出门执手并语其速归。然五月二十七日，徐孚远即痛哭而卒，享年六十七，终遂其平生祈死之志也。

　　综观徐孚远一生，于抗清势力瓦解后，宁以布褐终其身，栖身朝邑，而不被新朝之一粟，如伯夷、叔齐之高行，其意微而志苦，非常人所能达矣，然终完成其"完发而卒"之心愿，故郑郊祭之曰："一幅铭旌，予为署曰'有明右副都御史前兵科给事中六十七寿阍公徐老先生之柩'；公亦可以无恨于九泉矣。"②全祖望乃谓"其野死为可悲，其得保颠毛，则亦仅有之事"③，此完发饶平也。

结　语

　　徐孚远气概不如陈子龙、张煌言豪迈，才华亦不如陈、张丰瞻；然忠心报国、誓死抗清之志，与幾社诸子是白首同归。自《钓璜堂存稿》

---

　　①　郑郊《祭大中丞阍公老祖台老社翁文》，见《徐阍公先生年谱·附录一》，页76。

　　②　郑郊《祭大中丞阍公老祖台老社翁文》，见《徐阍公先生年谱·附录一》，页77。

　　③　《全祖望集汇校集注·鲒埼亭诗集》卷8《碣石行·序》，页2258。

及其现存诗文,可见徐孚远一生行谊及志节,无论其餐英幾社抑乘桴海外,始终以志节自持。诚如全祖望《徐都御史传》云:"明季海外诸公,流离穷岛,不食周粟以死,盖又古来殉难之一变局也。幾社殉难者四:夏、陈、何三公也死于二十年之前,公死于二十年之后,九原相见,不害其为白首同归也。"①

　　徐孚远身历家国沦亡之痛,故以实际行动来救亡图存,本不着意于诗,据林霍《徐闇公先生诗集后序》云:"公顾霍于友人别业,欲索公诗文稿以归。公曰:近来诗章颇有,文则散失无绪。然此何时,作此不急之事乎!"②因知其本无意为诗文,更遑论对诗词文藻之考究。然其诗歌平淡质朴,在真诚坦露个人情志为主;悲直慷慨,以发扬民族气节见长。故连横亦评其诗曰:"大都眷怀君国,独抱忠贞,虽在流离颠沛之时,仍寓温柔敦厚之意;人格之高、诗品之正,足立典型,固非藻绘之士所能媲也。余读《钓璜堂集》,既录其诗,复采其关系郑氏军事者而载之,亦可以为诗史也。"③足见其诗歌深刻呈显出民族家国之情,及其百折不回之精神也。盖诗因人重,人格之高,诗品自正,其诗则足以垂青史而不朽。

---

①　《全祖望集汇校集注·鲒埼亭集外编》卷 12《徐都御史传》,页 963。
②　林霍《徐闇公先生诗集后序》,见《徐闇公先生年谱·附录一》,页 83。
③　连横:《台湾诗乘》(台北:台湾银行经济研究室,1960 年 1 月 1 版,《台湾文献丛刊》第 64 种),卷 1,页 12。

第六章

卢若腾岛噫之诗

卢若腾为明崇祯十三年(1640 年)进士，为人洁己爱民，剔奸弊、抑势豪，峻绝馈遗，轻省赎锾，风裁凛凛；人称其为"卢菩萨"。清兵南下，任隆武都察院右副都御史。隆武败亡，曾举望山之师以抗清，失败后乃投鲁王。舟山陷后，随鲁王归隐故里金门，郑成功尊为国老为，永历帝拜为兵部尚书，为海外幾社辈高显宦诗人。郑经金、厦撤退，随军入台，病卒澎湖。

今存之《留庵诗文集》收有诗歌一百四十七首，为卢若腾身世感遇、忧愁愤懑之什，其反映民情、记录时代之作最为佳构。观其诗皆根于血性注洒，且因关系到当年史事，故颇能反映明郑时代戎马倥偬之社会实况，既为其心声，又可当史料读，故弥足珍贵。

卢若腾诗歌内容以社会写实为主，主要目的在观风问俗，考见得失。其诗歌主题涵类多方，或关心妇女遭遇，或留意民生疾苦，或流露儒家思想，或呈显社会人心，或抒写金门台湾，或藉咏物以写志，不一而足，故将就此数端加以探究之，以窥其所噫气之究竟也。

《留庵诗文集》中之诗歌堪称是人心之噫气，又具诗史之价值，故可取之以正史、证史及补史，是以其功不可没焉。

第一节　卢若腾遗著及创作旨趣

卢若腾之诗文颇具史料价值，然今仅存台湾文献丛刊于 1968 年刊印之《岛噫诗》①及金门文献委员会在 1969 年时编的《留庵诗文集》②、道光年间刊行的《岛居随录》二卷③等三书,已难窥其著作之全豹,殊为可惜。

一、诗文集流传探讨

卢若腾诗文及著作大都散佚,据道光初年金门林树梅《明自许先生传》云:"先君子宦游所至,皆先生播迁经历之区,树梅因得搜罗先生所著《留庵文集》十五卷、《方舆互考》三十六卷、《互考补遗》一卷,篇帙繁重残阙未全,当陆续付梓,仍注其搜采之人亦不没善之义。"④其实卢若腾一生所撰诗文及著作繁多,又据林焜熿在道光年间修纂之《金门志·艺文志·著述书目》载道:

> 《留庵文集》十八卷、《岛噫诗》一卷:明卢若腾撰。旧题十八卷;里人林树梅搜得十五卷,末三卷久轶,尚存篇目。其遗诗一百四首,笔力清劲,迥非雕刻者所能。树梅得同安童宗莹,为校而刊之。
>
> 《方舆互考》四十卷:明卢若腾撰。自序称四十卷,林树梅《啸云文抄》乃云三十六卷,补遗一卷;盖屡遭兵燹,残阙久矣。
>
> 《与畊堂值笔》七卷⑤:明卢若腾撰。自天文、地理以逮一名

---

① 明·卢若腾:《岛噫诗》(台北:台湾银行经济研究室,1968 年 5 月 1 版,《台湾文献丛刊》第 245 种)计收诗 104 首,后附录有《留庵文选》24 篇,系选辑自《留庵文集》。

② 明·卢若腾撰、李怡来编《留庵诗文集》(金门:金门县文献委员会,1969 年 9 月 1 版)。

③ 明·卢若腾:《岛居随录》(扬州:江苏广陵古籍刻印社,1983 年 1 版,1995 年 5 月 2 版,影上海进步书局《笔记小说大观》),第 6 册,页 468~497。

④ 清·林树梅:《啸云山人文钞》(北京:九州出版社,2004 年 12 月 1 版,《台湾文献汇刊》影钞本,第 4 辑,第 1 册),卷 5《明自许先生传》,页 216。

⑤ 据林树梅《明自许先生传》云:"道光甲申(道光四年,1824)晤卢君九慊于安平,得读先生《值笔》七卷,自天文地理以逮草木虫鱼,宏通淹博,品藻古人成败得失,反复详尽,断制严谨,其后半尚阙,搜访数年,忽见之杨立斋镇军幕府,殆贞魂所护持欤。"《啸云山人文钞》卷 5,页 218。

一物，宏通博雅，巨细靡遗。品藻古人，无不曲当。方之《容斋三笔》、《日知录》等书，诚不多让。

《浯洲节烈传》：明卢若腾撰。皆叙次节孝贞烈，而各系论断；为《通志》、《府、县志》所取材。其持论尤为不苟。

《与畊堂印拟岛上间清偶寄》：明卢若腾撰。若腾湛深六书之学，尤工篆隶。自序谓："兵燹之际，诸书悉烬，独印章小箧负之而走"。可以想其结习所在矣。

《岛居随录》二卷：明卢若腾撰。书分十门：曰物生、曰物交、曰生化、曰应求、曰制伏、曰反殊、曰偏持、曰物宜、曰瑰异、曰比类。征引博洽，皆格物之作。林树梅得自吴学元及其族人卢逢时，为之刊行。①

观上述，知对卢若腾著作加以整理、刊行之最大功臣，当属道光年间之著名诗人林树梅（1808—1851），而此一著录即林树梅所搜集之成果。② 民国十年（1921 年）左树夔修、刘敬纂《金门县志·艺文》所载亦同之。③ 惟引用《林霍诗话》对《岛噫诗》之评价："《岛噫》一卷，身世感遇，其悲愁愤懑之什，皆根于血性，注洒毫端，非无病而呻

---

① 清·林焜熿纂《金门志》（台北：台湾银行经济研究室，1960 年 10 月 1 版，台湾文献丛刊第 80 种），卷 14《艺文志·著述书目》，页 369。

② 林树梅《澎湖留别》四首其四自注："在澎得卢牧洲先生遗文数册。"清·林树梅：《啸云诗钞》（菲律宾宿务市：大众印书馆，1968 年 2 月重版，林策勋辑刊本），卷 1，页 6。另如林豪《澎湖厅志》云："（林树梅）在澎时搜罗乡先进卢牧洲遗书数种刊行之。"又云："金门林瘦云，从旷代百余年后，搜得其遗书数种，重校《岛噫诗》一卷、《岛居随录》二卷，刻之；惜散轶者尚多耳。"分见清·林豪纂辑《澎湖厅志》（台北：台湾银行经济研究室，1963 年 6 月 1 版，《台湾文献丛刊》第 164 种），卷 7《人物（上）·寓贤》，页 253。卷 11《旧事·轶事》，页 379。按：《澎湖留别》诗题，《澎湖厅志》作《乙酉侍任澎湖，丙戌冬月言归，赋诗志别》，见《澎湖厅志》14《艺文（下）·诗》，页 513～514。

③ 左树夔修、刘敬纂《金门县志》（北京：九州出版社，厦门：厦门大学出版社，2004 年 12 月 1 版，《台湾文献汇刊》影 1921 年钞本，第 5 辑，第 2 册），卷 23《艺文》，页 304～305。

吟也。可与蔡忠毅公相伯仲。"①除此段文字外,其余皆无异。

下文兹检视卢若腾现存之著作,并探讨之如下:

(一)《岛居随录》

《岛居随录》二卷,全书分十门,卷上为物生、物交、生化、应求。卷下为制伏、反殊、偏特(金门方志皆作"偏持")、物宜、瑰异、比类。此书稿乃道光七年(1827 年)金门吴学元赠林树梅者,然比类一门蠹蚀剥落,道光十一年冬傅醇儒访若腾族孙卢逢时,正讹补阙,遂得完璧之,道光十三年为之刊行。② 书前有道光十一年(1831 年)罗联棠序。《罗序》推许曰:"独计先生当颠沛流离之际,愤时事之可为,欲以澎湖作田横之岛,自托殷玩,日与波臣为伍,所见皆蛮烟瘴雨,鲛人蜑舍,可惊可愕之状。羁孤冢墓,倾轶至八九不悔,而犹抱遗编究终始,非直比张华之《博物》,《齐谐》、《夷坚》之志怪也。其《离骚》、《天问》之思乎。"③现今坊间通行之《岛居随录》版本有 20 世纪 20 年代上海进步书局《笔记小说大观》本④、上海文明书局本⑤,然二者皆同一石印本。

---

① 左树夔修、刘敬纂《金门县志》卷 23《艺文》,第 2 册,页 304。

② 林树梅《明自许先生传》云:"《岛居随录》一书,专为格物之作,而未成,盖绝笔也。但随时记录,猥杂殊多,又不尽标其出处,道光丁亥(道光七年,1827年)吴君学元得原稿之半以赠树梅,辛卯(道光十一年,1831 年)属傅君醇儒访于卢君逢时,遂合完之,正讹删复,排纂开雕,都为上下二卷,分十门:曰物生、曰物交、曰生化、曰应求、曰制伏、曰反殊、曰偏特、曰物宜、曰瑰异、曰比类,庶便于检阅云。"《啸云山人文钞》卷 5,页 218。

③ 清·罗联棠《岛居随录序》,见《岛居随录》(扬州:江苏广陵古籍刻印社,1983 年 1 版,1995 年 5 月 2 版,影上海进步书局《笔记小说大观》),第 6 册,页 469。

④ 《岛居随录》(扬州:江苏广陵古籍刻印社,1983 年 1 版,1995 年 5 月 2 版,影上海进步书局《笔记小说大观》),第 6 册,页 468~497。

⑤ 《岛居随录》(济南:齐鲁书社,2001 年 1 月 1 版,《清代笔记丛刊》影上海文明书局本),第 1 册,页 81~110。

海外幾社诗史研究：以陈、夏及海外幾社三子抗清完节为主轴

（二）《岛噫诗》

《岛噫诗》一卷，遗诗一百四首，据林焜熿纂《金门志》云"林树梅得自同安童宗莹，为校而刊之。"①今本《岛噫诗》一书之发现及出版，据陈汉光《岛噫诗弁言》云：

> 1959 年春间，余与陈陛章先生合撰"卢若腾之诗文"，收诗三十五首。同年冬，因金门明鲁王冢发现，偕廖汉臣兄前往考查，得知若腾《留庵文集》十八卷、《留庵诗集》二卷，《与畊堂学字》二卷、《制义》一卷、《岛噫诗》一卷等书尚存。返台后，复得金门县立图书馆长吴腾云及许如中先生协助，幸得寓目《岛噫诗》，喜出望外。阅后，得知所咏颇足反映明郑时代戎马倥偬中之社会状况，可作史料读，亦可作文学作品读。
>
> 原本封面书为《明自许先生岛噫集》，书内署"岛噫诗"，并有"同安卢若腾闲之著，八世胞侄孙德资重录"字样；系旧抄本。全书三十七叶，每叶二十行，每行满写二十三字。第一叶"小引"，第二至四叶为目录，下为本文，诗计一百零四首，九十八题。内"五言古"有三十四首，三十一题；"七言古"有三十三首，题如之；"五言律"有十四首，十三题（目录中尚有"得马"、"赠达宗上人"二首，原书漏录；今并略）；"七言律"有二十三首，二十一题。……
>
> 若腾风情豪迈，当时士大夫俱幸愿一识。晚年一意著述，上自天文地理，下逮虫鱼花草，无不宏通博雅。遗著达十数种，惟多已佚。《岛噫诗》之幸存，实为珍贵；尚望读者勿以等闲之作视之！书后，今加《留庵文选》若干篇，皆关当年史事。②

---

① 清·林焜熿纂《金门志》卷 14《艺文志·著述书目》，页 369。此乃据林树梅《明自许先生传》，其云："《岛噫诗》一百四首……童君宗莹所赠。"《啸云山人文钞》卷 5，页 217。

② 陈汉光《岛噫诗弁言》，见《岛噫诗·弁言》，页 1～2。

可知今之所见《岛噫诗》，其旧钞本为卢若腾八世胞侄孙卢尔德资所重录，1968 年由陈汉光据以标点、编辑，且列为《台湾文献丛刊》第 245 种。

今存《岛噫诗》计一百零四首，九十八题，其细目如下：

卷　别	诗　体	数　量
岛噫诗（一）	五言古诗	31 题、34 首
岛噫诗（二）	七言古诗	33 题、33 首
岛噫诗（三）	五言律诗	13 题、14 首
岛噫诗（四）	七言律诗	21 题、23 首
附录：《留庵文选》	序（10 篇）、书（2 篇）、疏（10 篇）露布（1 篇）、传（1 篇）	

2003 年吴岛《岛噫诗校释》[①]，列为《台湾古籍大观》丛书之一，此书为第一本对《岛噫诗》文本作全面性注释之书，内并附有《卢若腾年谱》。

(三)《留庵诗文集》

卢若腾《留庵文集》十八卷，道光初年林树梅尚搜得十五卷，末三卷久轶，但存篇目。此传钞本一直藏于先生后裔处，但之后下落不明。故 1969 年，金门李怡来搜集卢若腾诗文，计收诗一百四十七首；文四十六篇及隆武帝敕诏四道，编纂成一册，曰《留庵诗文集》，由金门县文献委员会刊行，列为《金门丛书》之三。[②]《留庵文集》十八卷及《留庵诗集》二卷在当代发生不可挽救之浩劫，虽经金门县文献委员会及时抢救，然天壤间却仅剩此编，而卢若腾原著

---

① 　吴岛：《岛噫诗校释》（台北：台湾古籍出版公司，2003 年 3 月 1 版）。

② 　李怡来编《留庵诗文集》（金门：金门县文献委员会，1969 年 9 月 1 版，《金门丛书》之三）。

《留庵文集》与《留庵诗集》，已失去十之八九。

此事原委如何？先检视 1967 年陈汉光等修《金门县志·艺文志》记载：

> 民国四十六年，绍兴许如中编《新金门志》时，于先生后裔处，觅见留庵文集写本，大半蠹残。卷首有乾隆四十年上谕一道，言朱璘明纪辑略，并无诞妄不经字句，可毋庸禁毁。外省所以一体查激者，祗缘从前浙江省因此书附记明末三王年号，奏请销毁云云。是则留庵文集，必亦遭受查缴，有抵触忌讳处必以毁弃，残本难睹全貌，未能考其究竟，惟见文应提及胡虏满州等字之处，均系空白。从残本考其佚文篇目，为：诸葛士年预书遗嘱后，记庚子星异，记杨翘楚事，记僧笑堂遗迹，记辛卯三月事，记丙申三月六日事，记庚子五月十日事，记岛上兵扰事，初第纪事，浙东罪状，（余不明）均关紧要之史实，殊可惜也。①

可见 1957 年时，《留庵文集》尚存贤聚村后裔处，许如中、陈汉光有幸尚得寓目，后为编纂《新金门志》者携去，而不知流落何处，从此遗失。再审李怡来《留庵诗文集·弁言》云：

> 若腾风情豪迈，志节凛然。生平著述甚富，多有关明郑当年史实，其身世感遇，忧愁愤懑之什，皆根于血性注洒。惜遭时迁徙，遗稿大都散佚。惟闻《留庵文集》十八卷，《留庵诗集》二卷，《岛噫诗》一卷等，迄 1957 年尚存其贤聚后裔处，后为编纂《新金门志》者携去，今不知流落何处。五十四年编修县志时，获旅菲乡侨林策勋先生抄寄留庵诗二十余首，已予编载。兹值编印《金门文献丛书》，爰掇录散见于县志及其他书之若腾诗文，计诗一百四十七首，文四十六篇，裒成一集，付梓刊行。第此仅得其大

---

① 陈汉光等修《金门县志》（金门：金门县文献委员会，1967 年 2 月 1 版），卷 9《艺文志·第一篇·艺文存目》，页 613。

海之一勺耳。①

李怡来所编《留庵诗文集》计收诗一百四十七首,中含《岛噫诗》一百零四首,另四十三首诗为辑佚所得,其中二十余首为金门旅菲华侨林策勋抄寄。林策勋为金门林树梅之后代,1955 年曾搜辑其伯祖林树梅诗,编为《啸云诗钞》及《啸云诗钞·续编》②,对学林贡献甚巨。其余者应为李怡来撷录散见于县志及其他书之若腾诗文所得。然相较于若腾之原著《留庵文集》十八卷,《留庵诗集》二卷,乃大海之一勺而已,此乃人为文厄。其细目如下:

卷 别	文 类	数 量
卷上诗集	五言古诗	40 题、43 首
卷上诗集	七言古诗	40 题、40 首
卷上诗集	五言律诗	25 题、29 首
卷上诗集	七言律诗	31 题、35 首
卷下文集	疏	13 篇
卷下文集	议	1 篇
卷下文集	书	9 篇
卷下文集	序	16 篇
卷下文集	布露	1 篇
卷下文集	传	2 篇
卷下文集	记	4 篇
附录	隆武诏、诰命	4 篇

然观《留庵诗文集》所收之《澎湖文石歌》、《澎湖》(二首)及《金鸡

---

① 李怡来《留庵诗文集弁言》,见《留庵诗文集·弁言》,页 1~2。

② 清·林树梅:《啸云诗钞》(菲律宾宿务市:大众印书馆,1968 年 2 月重版,林策勋辑刊本)。

晓霞》等四首,乃乾隆十六年(1751年)任巡台御史之钱琦所作,而非卢若腾之诗作。此乃林豪于光绪十九年(1893年)纂辑《澎湖厅志·艺文志下》时误收①,而1969年金门文献委员会搜集卢若腾遗文逸诗时又自《澎湖厅志·艺文志下》误辑而收入《留庵诗文集》之中。《澎湖文石歌》在乾隆三十一年(1766年)胡建伟所修之《澎湖纪略·艺文纪》中,已清楚标明为钱琦之作。②《澎湖纪略》之《序》乃请钱琦撰写,胡建伟绝不至于将卢若腾诗偷天换日擅改为钱琦之作,故《澎湖文石歌》确为钱琦之作,应无疑义。而《澎湖》二首及《金鸡晓霞》,王必昌(乾隆十七年,1752年)《重修台湾县志·艺文志二》收钱琦诗十一首,内即有《金鸡晓霞》。③ 余文仪(乾隆二十九年,1764年)《续修台湾府志·艺文志四》收录钱琦诗十六首④,《澎湖》及《金鸡晓霞》均在其中,但《澎湖》仅录其第二首,至于《金鸡晓霞》乃钱琦《台阳八景诗》中之第四首。谢金銮、郑兼才合纂(嘉庆十二年,1807年)《续修台湾县志·艺文志三》录钱琦诗十四首,有《澎湖》二首及《金鸡晓霞》。⑤ 故《澎湖》二首及《金鸡晓霞》本是钱琦之作,已毋庸置疑矣。详见吴言《卢若腾的澎湖诗》一文⑥。

(四)《浯州节烈传》

卢若腾《浯州节烈传》一书内容,据永历十六年(康熙元年,1662

---

① 清·林豪纂辑《澎湖厅志》卷14《艺文志下》,页458~459。

② 清·胡建伟纂辑《澎湖纪略》(台北:台湾银行经济研究室,1961年7月1版,《台湾文献丛刊》第109种),卷12《艺文纪》,页226。

③ 清·王必昌纂辑《重修台湾县志》(台北:台湾银行经济研究室,1961年11月1版,《台湾文献丛刊》第113种),卷14《艺文志二》,页492。

④ 清·余文仪纂辑《续修台湾府志》(台北:台湾银行经济研究室,1962年4月1版,《台湾文献丛刊》第121种),卷23《艺文志四》,页951及页953。

⑤ 清·谢金銮、郑兼才合纂《续修台湾县志·艺文志三》(台北:台湾银行经济研究室,1962年6月1版,《台湾文献丛刊》第140种),卷8《艺文志三》,页583及585。

⑥ 详见吴言《卢若腾的澎湖诗》,《"中央"日报》,1970年10月29日第9版。

年)七月王忠孝所作《浯州节烈传序》,指出"计五十余人,人各有传,情事犁然在目"①。今全书已佚。然雍正年间金门贡生黄镛补洪受《沧海纪遗》时,将卢若腾所著《浯州节烈传》部分人物钞补其中;查今黄镛《沧海纪遗》钞本卷三《人才之纪》附录"贞烈节孝"引自《浯州节烈传》内文共有四十五位。② 在此四十五位分"节妇"与"烈妇"两大类,其区分标准为"生守为节,死殉为烈"也。③

又据道光年间林焜熿纂《金门志》卷十三《列女传》中"节孝"、"烈妇"中有注明引自、节录或合参《浯州节烈传》、《浯岛节烈传》者尚可补:黄学洙长女黄氏④、官澳杨冲斗女杨氏⑤等两人。

另后浦许代女(卢牧洲作真才女)许氏梅娘⑥、王氏招娘⑦等在《留庵文集》中应有立传;后浦许文衡女许氏初娘《岛噫诗》有《哀烈歌,为许初娘作》诗颂之⑧。审此,卢若腾《浯州节烈传》尚存十之八九之多。

---

①　明·王忠孝《惠安王忠孝公全集》(南投市:台湾省文献委员会,1993年12月1版),卷1《浯州节烈传序》,页10。

②　明·洪受:《沧海纪遗》(金门:金门战地政务委员会,1969年6月1版,王秉垣、李怡来点校本),卷3《人才之纪》附录"贞烈节孝",页28~45。

③　《沧海纪遗》卷3《人才之纪》附录"贞烈节孝",页32。

④　《金门志》卷13《列女传·节孝·黄氏》,页319。

⑤　《金门志》卷13《列女传·烈妇·杨氏》,页345~346。

⑥　《金门志》卷13《列女传·烈妇·许氏梅娘》,页347。

⑦　《金门志》卷13《列女传·烈妇·王氏招娘》,页356。按:王氏招娘即是《岛噫诗》中《刊名》诗中之主人翁。见《岛噫诗》《五言古》,页10~11。

⑧　《金门志》卷13《列女传·烈妇·许氏初娘》,页357~358。《哀烈歌,为许初娘作》,《岛噫诗》《七言古》,页19~20。另《浯州节烈传·洪和娘》即是《岛噫诗》《殉衣篇,为许尔绳妻洪氏作》诗中之主人翁。见《岛噫诗》《七言古》,页25~26。《金门志》卷13《列女传·烈妇·洪氏和娘》,页353~354。《沧海纪遗》卷3《人才之纪》附录"贞烈节孝"录自《浯州节烈传》之第十六位,页32。

二、生平及其创作旨趣

（一）生　平

卢若腾（1600—1664），字闲之，一字海运①，福建同安金门贤聚人，因金门为唐代时监牧地，故别号牧洲，晚号留庵，自称"自许先生"②。明思宗崇祯九年（1636 年）中举，十三年（1640 年）成进士。因当时中外多警，思宗雅意边才，而若腾召对称旨，乃授兵部主事，致其誉望大起，为气节之士黄道周、沈佺期、范方引为同志。七月二十三日参劾督辅杨嗣昌身为辅弼大臣，竟不能讨贼而只图佞佛，为醒人心、维世道，遂上疏弹劾之。③思宗以新进小臣竟妄诋元辅，严旨切责；然时论壮之，遂升若腾为本部郎中并兼总京卫武学。其复三上疏，弹定西侯蒋维禄，或恶若腾太直者，竟外迁浙江布政使司左参议，分司宁绍巡海兵备道。濒行，又于十五年（1642 年）八月二十八日，纠举内臣田国兴桡关政、妨漕运、辱朝廷、违明旨及戕民命等五大罪状④。思宗乃下旨召回田国兴，论如法。若腾至浙后，洁己爱民，剔

①　卢氏族谱作"海韵"，许维民执行《卢若腾故宅及墓园之研究》计划时，征得卢氏后人同意，及向神主请示，曾起视卢若腾神主牌位，亦作"海韵"。见许维民等著《卢若腾故宅及墓园之研究》（金门：金门文史工作室，1996 年 4 月 1版），第一章《卢若腾的历史研究》，页 40，注一。

②　《金门志·分域略》云："尚书卢若腾墓，在贤聚乡。碑镌有'明自许先生牧洲卢公之墓'，系从澎湖太武山下迁葬于此。"《金门志》卷 2《分域略·坟墓》，页 25。又清·林树梅《谒卢牧洲先生墓》诗有："祇剩贞心堪自许，海天终古碧茫茫"之句。见《啸云山人文钞·诗钞》卷 1《谒卢牧洲先生墓》，页 400～401。又见林树梅《啸云诗钞》卷 2，页 3。此外，若腾孙卢勋吾《通议公卜葬有年，近始或追尊，遗命琢石立于墓门，事峻述怀》诗云："何以不封树，当时值播迁。重为修马鬣，未敢托牛眠。自许题贞石，孤忠慕昔贤。从今十二字，屹立万千年。"（《戏余草》）。另林树梅有《明自许先生传》，见《啸云山人文钞》，卷 5，页 206～222。

③　见《参督辅杨嗣昌疏》，《留庵诗文集》卷下《文集》，页 50。

④　见《参内使田国兴疏》，《留庵诗文集》卷下《文集》，页 51～53。

奸弊、抑势豪，峻绝馈遗、轻省赎锾，风裁凛凛。且又平定山贼胡乘龙，使闾里间晏然，故浙人为建祠以祭祀之，并称其为"卢菩萨"。

福王立，卢若腾被召为佥都御史，督理江北屯田，巡抚庐凤，提督操江。亲见文武官员之相倾轧，因与刘宗周书云：

> 今日文武不和；而文又与文不和，武又与武不和……世界尽汩没于利欲之场，而绝不体认天理，此乱根也。士大夫只图做官，不肯尽职。①

若腾之言可谓一针见血。果不其然，翌年夏，南都即灭亡。

唐王立福京，建元隆武，授若腾以都察院右副都御史，以巡抚浙东温、处、宁、台。其时唐王早已命孙嘉绩、于颖巡抚浙东，复命若腾，致三抚一时并设，浙人无所适从，故若腾以事权不专，乃于隆武元年（1645 年）八月二十五日上疏请辞②；帝不许。将赴任，请以总兵贺君尧统靖海营水师，以族弟游击将军卢若骥守盘山关要害③。时绍兴诸臣已奉鲁王监国，诚意伯刘孔昭、总督杨文聪分据台、宁、处州，并不奉唐王之命，且拟以兵窥伺温州，颇有兼并意④；而卢若腾所抚，仅温州一府而已。督师黄道周军婺源，以沈有兹、徐柏龄隶其麾下，曾致书若腾曰："闻至浙东，喜而不寐。不特声气可通，亦且形势相起。"隆武二年（1646 年），温州大饥⑤。若腾设法赈恤，加兵部尚书，手书"无不敬"三字赐之。秋，率师次平阳，大兵逼，若腾七上疏请援，不应。温民拥署呼曰："愿为百万生灵计"。若腾曰："必欲降，幸先杀我"！百姓涕泣散。若腾夜半叩绅士王瑞枏、周应期门，议城守。对曰："人心已死，非口舌所能挽回也。"六月初二日，清兵渡江，鲁王夜遁台州。七月，城破，若腾偕贺君尧率家人巷战，若腾腰臂各中一矢，

---

① 见《与刘宗周书》，《留庵诗文集》卷下《文集》，页 70～71。
② 见《恳请专任责成疏》，《留庵诗文集》卷下《文集》，页 55～56。
③ 见《金门志》卷 11《人物·武绩·卢若骥传》，页 272。
④ 见《敬陈不战屈人之著，以为善后良图疏》，《留庵诗文集》卷下《文集》，页 63～64。
⑤ 见《再恳更易督抚以惠地方疏》，《留庵诗文集》卷下《文集》，页 60～62。

力竭乃遁入江，遇水师救出。

隆武二年（1646 年）七月十四日，若腾上表请自劾①，命族弟若骥赴行在。闻唐王败于汀州，清兵入闽，痛愤赴水，同官拯起，裂眦曰："是不欲成我也"！郑鸿逵招若腾回闽。寻潜入舟山，投靠鲁王监国，图起兵；道出浙之宁波，父老迎谒，若腾垂涕遣之。见事不可为，仍回闽之曷山，与郭大河、傅象晋辈举义抗清并屯兵于望山②，拟乘间图取武安近寨。因宦裔林某绝其饷道，致兴师战不利。③

永历五年（顺治八年，1651 年）舟山陷后，卢若腾追随鲁王依郑成功，嗣同叶翼云、陈鼎入安平镇，转徙鹭江，偕王忠孝、许吉火景、辜朝荐、徐孚远、郭贞一、纪许国辈居故乡浯岛，自号"留庵"。桂王因阁部路振飞疏荐，召拜卢若腾为兵部尚书④，然因道阻不得达。永历十六年（1662 年）五月，郑成功卒，张煌言贻书卢若腾，谋复奉鲁王监国，会十一月鲁王薨于金门，乃罢。

永历十八年（1664 年）郑经铜山弃守，金厦遗老，随军渡台，但若腾至澎湖即病亟，因寓澎湖太武山下，结寮以居。⑤ 后梦见黄衣神持

---

① 见《泣陈失事缘由，仰请圣明处分疏》，《留庵诗文集》卷下《文集》，页 65～66。

② 见《望山义盟序》，《留庵诗文集》卷下《文集》，页 88～89。

③ 见《傅象晋小传》，《留庵诗文集》卷下《文集》，页 101～103。

④ 见《上永历皇帝疏》，《留庵诗文集》卷下《文集》，页 66～68。

⑤ 清·周凯《勘灾四首》其四云："有怀欲抵将军澳，何处重寻菩萨寮。"见清·蒋镛：《澎湖续编》（台北：台湾银行经济研究室，1961 年 8 月 1 版，《台湾文献丛刊》第 115 种），卷下《艺文纪》，页 126。据《澎湖厅志·封域·山川·太武山》云："太武山：在大山屿林投澳太武社后，距厅治十四里。三峰圆秀，大小相伯仲。俗以大太武、二太武、三太武名之。大太武在北最高，东北舟来，先见阴、阳屿，次见此山。山顶石多蛎房壳，理亦难解。明鼎革后，同安卢尚书若腾遁迹来澎，居此山下，卒葬山南，墓址尚存。"又林豪按语："林啸云称：公子饶研，负骨归葬，今在金门之贤住乡；而澎湖太武山遗墓完固，倚山面海，形势颇佳，土人传为军门墓。意者公子于迁葬后，就原处筑成墓形欤？后人有盗葬者，皆不利，旋自移去。"《澎湖厅志》卷 1《封域·山川·太武山》，页 17～18。

刺来谒,忽问今是何日? 侍者以三月十九日对;若腾矍然曰:"是先帝
殉难之日也",一恸而绝。遗命题其墓曰"自许先生",年六十六①,旋
葬太武山南。澎湖白沙衰草,其子饶研梦见若腾告寒,遂买舟至澎,
归葬于金门贤厝故居之旁,俗称卢军门墓。②

　　卢若腾为人风情豪迈,视人生如寄,故未措意于身外物之营置;
相较于当时士夫汲汲于建业置产,以博一宅第为务,故凡近地山海之
饶,率被拥为世业;人或为之言,若腾却夷然不屑为之。此可自其《劝
世》诗所规劝世人:"莫涎他人田,莫觊他人屋。涎田为种获,觊屋图
栖宿。人生如寄耳,修短安可卜;一物将不去,底事空劳碌?"③见出
梗概。

　　综观卢若腾一生抗清志节,如江日升诗赞之:"世外孤涯托老身,
从来自许汉朝臣。十年后死非无意,三代完名信有真! 避地宁为浮
海计? 绝周不作采薇人。残黎在在同声哭,想象闲时旧角巾。"④林

----

①　《小腆纪传》云:"(卢若腾)后依朱成功于安平,成功待以上宾。遯迹澎
湖;辛卯(1651 年)三月病剧,大呼先皇帝而卒。"所言若腾卒于辛卯年明显错误,
因《岛噫集》中有数首诗题皆题己亥(1659 年)、庚子(1660 年)、辛丑(1661 年),
如《己亥元旦喜雨》、《庚子元旦》、《辛丑仲夏恭贺鲁王春秋》皆属之,如若腾已卒
于辛卯年,何以诗题中之纪年又在其后乎? 是知若腾之卒年应是甲辰年(1664
年)才是。清·徐鼒:《小腆纪传》(台北:台湾银行经济研究室,1963 年 7 月 1
版,《台湾文献丛刊》第 138 种),卷 57《卢若腾传》,页 789。

②　据林树梅《明自许先生传》云:"先生之孙勖吾自譔其父《饶研墓志》曰:
'通议公之殡于澎也,属红夷之警。忽梦公告以寒,觉而心动;复买舟至澎,启攒
归葬于浯。'"《啸云山人文钞》卷 5,页 215。按《金门志·分域略》亦引此则史
料。《金门志》卷 2《分域略》,页 25。清乾隆年间周澍来台掌海东书院,其《台阳
百咏》有"白沙衰草纷无数,寒食谁寻卢若腾"之句,以见其凄寒之景状。清·周
澍:《台阳百咏·内编》(清钞本),页 19A。

③　《劝世》,《岛噫诗》《五言古》,页 2。

④　清·江日升:《台湾外记》(台北:台湾银行经济研究室,1960 年 5 月 1
版,《台湾文献丛刊》第 60 种),卷 6《康熙癸卯年至康熙甲寅年共十二年》,页
231。

树梅《明自许先生传》赞论之："其天植清劲，蕴经世长才，遭时升沈，闲关浮海，迄于无成，至死犹拳念先帝，其志亦可哀已。"①

（二）创作旨趣

卢若腾晚年一意著述，上自天文地理、下逮虫鱼花草，博雅宏通；品藻古人成败得失，反复淋漓，断制严谨。至于身世感遇、忧愁愤懑之什，皆根于血性，故人比况于有"蔡青天"之称之蔡道宪。② 观卢若腾著作虽伙，然多已亡佚，而《岛噫诗》及《留庵诗文集》今仍幸存，因其皆关当年史事，能反映明郑时代兵戎不断之社会实况，可作为诗史并借以补史书之阙罅，故极具价值，不容忽视。

卢若腾写作《岛噫诗》创作动机，旨在抒发满腔之家仇国恨，冀能如痛者之呻、哀者之哭般，故若噫气而已，据《岛噫诗》自序《小引》中云：

> 诗之多，莫今日之岛上若也。忧愁之诗、痛悼之诗、愤怨激烈之诗，无所不有，无所不工。试问其所以工此之故？虽当极愁、极痛、极愤激之时，有不自禁其哑然失笑者，余窃耻之！岛居以来，虽屡有感触吟咏，未尝作诗观，未尝作工诗想；如痛者之呻、哀者之哭，噫气而已。录之赫蹄，寄之同志。异日有能谅余者曰："此当日岛上之病人哀人也"！余其慰已。③

此"噫气"如其《君常弟诗集序》所云："资质之异也，非其诗异而其气异也。气也者，可积而不可借之物也。借人之狂以为狂，态颠而韵则促；借人之病以为病，貌瘁而神反舒。如吾君常者，乃可谓真狂、真病，乃可谓之真诗也。"④有此"噫气"乃得性情之正也。

---

① 　《啸云山人文钞》卷5《明自许先生传》，页213~214。
② 　见《赐进士湖广长沙府推官殉难赠太仆寺卿谥忠毅蔡公传》，《留庵诗文集》卷下《文集》，页103~111。
③ 　卢若腾《岛噫诗小引》，《岛噫诗·小引》，页3。
④ 　《君常弟诗集序》，《留庵诗文集》卷下《文集》，页94。

卢若腾强调真诗真人之境界，其《听人解律》云：

> 读书万卷必读律，此语偶自坡公出；其实二者匪殊观，治心救世理则一。书之注疏多于书，律亦如是贵详悉。后生聪明且轻薄，瞥眼看律如驰驿；句可割裂字可删，顿令本文无完质。律文尚遭刽子手，区区民命复何有！民命纵为君所轻，舞文无乃露其丑；君久自负读书人，只恐读书亦失真。①

东坡《戏子由》云："读书万卷不读律，致君尧舜知无术"②，卢若腾以为二者皆为治心救世；而对后生以断章取义之态度读律，则以为大谬不然，更直言不讳批评那些忽视民命，而以舞文弄墨自居之读书人，实未得圣贤仁民爱物之心。更甚者心怀贰志之辈，遂施以笔墨为护身之符，"今通邑大都之中，沦陷厖莠者，或戢影以明志、或奴颜而献媚；至其摛词播韵，率皆怨苦辛酸，忠义盈楮，然有识者，必不因是而略其立身遇变之本末。"③审此，修辞立其诚，诗品与人品要高度谐和才是真诗。故钦其友纪文畴"倔强倜傥之品"，盛赞其《尚华集》如"昔文文山集杜二百首，至今读之，但觉其为文山之诗，而不觉其为少陵之诗。精诚喷薄笔墨间，无往不露其浩然之气；岂独《正气》诸篇脍炙人口哉！南书固工诗，此时不复作文字想，而绝以忠义心血住洒毫端，虽以极庸、极懦人读之，亦当慨然发其枕戈、击楫之壮怀；故曰南书未死也！"④

在卢若腾观念中，文章以阐扬儒家仁义之道为首要，著书立言首重独到之创获，而非信口雌黄、随意结撰可就，否则在当时虽无公论，日后却是文章之大厄，其《文章》诗云：

> 文章自有神，立言贵创获；伧父浪结撰，视之如戏剧，不惜浣

---

① 《听人解律》，《岛噫诗》《七言古》，页17。

② 北宋·苏轼著、清·王文诰等辑注《苏轼诗集》（北京：中华书局，1982年2月1版，1992年4月3刷，孔凡礼点校本），卷7《戏子由》，页325。

③ 《骆亦至诗集序》，《留庵诗文集》卷下《文集》，页96。

④ 《纪南书尚华集序》，《留庵诗文集》卷下《文集》，页87～88。

屏嶂，兼嗜究木石；矢口任雌黄，名篇供指摘。非关胆气粗，只为眼界窄。秦世吕不韦，阳翟大贾客；悬书咸阳市，一字莫能易。人岂不爱金，相国咸自赫。目前无定价，未是文章厄。①

诗中举吕不韦悬书咸阳城，人莫能易一字为例，人非不能易一字，盖慑于吕相之威也！况为诗不可以气格声调绳之，不可作文字想，诗从肺腑出，出语如流泉，如此行幅之间，自会生气勃然。卢若腾认为"与其以人自见，无如以诗自见"②，盖处战乱之世，感时抚事，触事成咏，"无诗不爱国"③，乃具"诗史"精神，方为宇内之真文字也。

卢若腾身当颠沛流离之际，愤时事不可为，欲以浯州作田横之岛，自托殷顽，胸中垒块，咸泄之于诗，故自云"诗文穷愈富"④。且其所为诗，皆根心为言，不待外借，无怪乎其后友林霍言其"皆根于血性注洒"。《林霍诗话》载云：

> 若腾有岛噫一集，身世感遇、其悲愁愤懑之什，皆根于血性注洒，毫端非无病而呻吟也，可与蔡忠毅公相伯仲云。⑤

因知卢若腾原无意于为诗，但遭逢变故，蟄伏海滨，悲痛愤激之绪，缠绵纠结，与日俱深，触事成咏，乃欲藉诗以为人心之噫气耳！故其诗除足供楮墨之外，更可窥见其文章气节，亦可藉以印证"人重诗耳，诗岂能重人"之说⑥。

第二节　卢若腾诗歌主题

卢若腾于《君常弟诗序》中言及"君常柬余曰：'人亦有言，风者天

---

① 《文章》，《岛噫诗》《五言古》，页 9。
② 《骆亦至诗集序》，《留庵诗文集》卷下《文集》，页 95。
③ 《次韵答骆亦至》，《岛噫诗》，《五言律》，页 31。
④ 《次韵答庄友》，《岛噫诗》，《五言律》，页 32。
⑤ 见林学增等修、吴锡璜纂《同安县志》(台北，成文出版社，1967 年 12 月 1 版影 1929 年铅印本)，卷 41《杂录》，页 1325。
⑥ 《骆亦至诗集序》，《留庵诗文集》卷下《文集》，页 95～96。

地之噫气、诗者人心之噫气。'"①而《岛噫诗》非仅是作者所借以"噫气而已"②，以其记载若腾所亲历与亲闻见之时事，故足凭之以为正史、证史及补史之资，故其意义非凡，不容小觑。

综观卢若腾的诗歌颇具史料价值，堪称是诗史，值得探究。因以台湾文献丛刊于1968年刊印的《岛噫诗》及金门文献委员会于1969年编的《留庵诗文集》作为文本，进一步深究，但其所涉及的范围非常广，遂多方寻索史乘、方志及相关书籍，并旁及其师友学侣，冀能更深入了解其诗作也。

综览若腾诗中内容，知其所呈现之主题涵类多方，或关心妇女遭遇，或留意民生疾苦，或呈显岁寒志节，或观风俗正得失，或对台金地理书写，或藉咏物写志寄情，或讽刺郑彩军军纪败坏，不一而足，下文即就此数端加以探究之，以一窥若腾所噫气之究竟也。

一、关心妇女遭遇

卢若腾著作甚伙，其中即有《浯洲节烈传》一书，原书虽已不可见，然自《金门志》中犹可见其吉光片羽，若腾于《序》中，开宗明义道："妇人以节烈著，非家之福也，而不可谓非世道之幸。盖五伦之所以不毁者，其道视诸此，非独妇人事也。"③足见其对妇女之看重，而浯洲山川奇秀、地脉浑厚，士多光明俊伟、廉隅自饬；其妇女则守贞从一、视死如归，其雅操畸行，表表人寰。然能登郡城记载者，十仅三四；能受当道褒旌者，十唯一二焉。深究其故，乃因风俗淳厚，人不尚

---

① 《君常弟诗序》，明·卢若腾撰、李怡来编《留庵诗文集》（金门：金门县文献委员会，1969年9月1版），卷下《文集》，页94。

② 卢若腾《岛噫诗小引》云："岛居以来，虽屡有感触吟咏，未尝作诗观，未尝作工诗想；如痛者之呻、哀者之哭，噫气而已。"明·卢若腾：《岛噫诗·小引》（台北：台湾银行经济研究室，1968年5月1版，《台湾文献丛刊》第245种），页3。

③ 《浯洲节烈传序》，《留庵诗文集》卷下《文集》，，页89。又见清·林焜熿纂《金门志》（台北：台湾银行经济研究室，1960年10月1版，台湾文献丛刊第80种），卷14《艺文志》，页373。

声华；加上地遥波阻畏惮投牒往还；其地贫瘠俭啬以表门为累及衰乱相仍，无暇以采风四端。① 卢若腾睹此，一恐其因时久事灭，致生者损其观感；再则为保存文献，使妇女能闻风兴起，若须眉者亦倍知所奋励，遂作为此书，而其内容、宗旨如下：

（一）表彰节烈

表彰节烈乃表彰烈女与烈妇殉身之妇德②，卢若腾对节烈行为之评定，不像一般人之流于苛刻而不近人情。如烈女陈大娘许聘于吕仲熙。万历三十八年（1620 年），仲熙殁，请奔丧，不许；适吕家婢馈奠余，约其姑来，乃于夕俱往，夜寝柩侧，后更卖簪珥举奠。腊月朔，令人树台中庭，后自缢，虽已经二日，其面如生。知县李青岱为之上状请旌，然按察司以陈大娘架台炫缢，情近好名，若腾获悉后，颇不以为然，云："登台毕命，色笑从容，且不知死之为死，又安知死之为名乎？亦太刻矣！"③卢若腾以为烈女陈大娘死尚且不惜，岂会在乎外在之声名节烈乎？此外，若腾对诏安五都人王招娘殉夫之行，亦立碑加以表扬，其《刊名》云：

> 耿耿王烈妇，从容死就义；立碑表贞娇，叙述颇详备。巍巍太武山，孕毓多瑰异；警句颂山灵，标之山头寺。④

据《金门志》载，王招娘嫁同里高对为妻，对弱冠从戎，明季携妇僦居金门。已而溺死北茄洋，讣闻，王昭娘从容自缢。寓岛诸客，醵金葬之，卢若腾为之撰记表彰其节烈，并立碑于太武山墓侧。⑤

另《殉衣篇，为许尔绳妻洪氏作》一诗，则为字字血泪之挽诗，写

---

① 《浯洲节烈传序》，《留庵诗文集》卷下《文集》，页 89。又见《金门志》卷 14《艺文志》，页 373～374。

② 卢若腾《浯洲节烈传序》云："未嫁殉夫，谓之烈女；已嫁殉夫，谓之烈妇。"见《留庵诗文集》卷下《文集》，页 90。

③ 《金门志》卷 13《列女传·烈妇·陈氏大娘》，页 361。

④ 《刊名》，《岛噫诗》《五言古》，页 10～11。

⑤ 《金门志》卷 13《列女传·烈妇·王氏昭娘》，页 356。

甫嫁许尔绳半载之洪和娘之怨与愿,其深情令人动容。其诗云:

> 妾为君家数月妇,君轻别妾出门走;从军远涉大海东,向妾
> 叮咛代将母。妾事姑婷如事君,操作承欢毫不苟。惊闻海东水
> 土恶,征人疾疫十而九;犹望遥传事未真,岂意君讣播人口! 茫
> 茫白浪拍天浮,谁为负骨归邱首? 君骨不归君衣存,揽衣招魂君
> 知否? 妾惟一死堪报君,那能随姑长织䌳。死怨君骨不同埋,死
> 愿君衣永相守;骨可灰兮怨不灰,衣可朽兮愿不朽。妾怨、妾愿
> 只如此,节烈声名妾何有![1]

据《金门志》载,后浦人许尔绳(元),因从戎东征而客死台湾,噩
耗传来,洪和娘恸不欲生,顾姑防甚密,昼犹强为笑语以松懈之;夜则
私治殓服。一日,其姑往园中,洪和娘遂乘隙沐浴,服新衣,袭以尔绳
遗衣,袭不尽者,束而负之背,意欲殓殉,后果以罗巾自缢,面色如生,
年止二十耳,卢若腾特作《殉衣篇》以挽之。[2] 洪和娘仅能与夫之衣长
相厮守,而期与君死同穴之宿愿,则永不得偿矣! 无怪乎其怨不灰。

至于幼承儒训、恪遵礼义之许初娘,卢若腾亦写《哀烈歌,为许初
娘作》,其诗歌前段云:

> 哀矣乎! 哀妇烈;烈妇之操霜比洁,烈妇之骨坚于铁。烈妇
> 之冤天地愁,鬼神环视皆泣血。幼承闺训本儒风,长遵礼义无玷
> 缺。结发嫁得名家子,有志四方远离别;别婿归宁依父母,晨夕
> 女红忘疲苶。世乱穷乡靡安居,豪家挽入争巢穴;瞥见如花似玉
> 人,多衔金珠买欢悦。不成欢悦反成嗔,罗敷有夫词决绝;夜深
> 豪客强相逼,拒户骂贼声不辍。一时喧哗邻里惊,客翻赖主勾盗
> 窃;举家拷掠无完肤,女呼父母从兹诀:我死必诉上帝知,莫患仇
> 家怨不雪! 千棰万楛不乞怜,甘心玉碎花摧折。[3]

若腾此诗乃表彰许初娘之节操比霜洁,如铁坚。据卢若腾学生

---

① 《殉衣篇,为许尔绳妻洪氏作》,《岛噫诗》《七言古》,页25~26。
② 《金门志》卷13《列女传·烈妇·洪氏和娘》,页353~354。
③ 《哀烈歌,为许初娘作》,《岛噫诗》《七言古》,页19~20。

林霍《续闽书》云：

> 许氏初娘，后浦文衡女。美姿容；年十八，适阳翟陈京。京贫，顺治十二年从军去。初娘归宁其父，父留焉。秋，大兵复晋江，安平诸豪携家止后浦，夺民庐居之。文衡宅分前后院，前院为郑泰家奴所据。郑泰者，伪遵义侯郑鸣骏兄，尤横暴；奴又泰心腹用事。初娘恐遭侮，启文衡，扃其门，于屋后开户出入。一日，奴窥初娘美，以告泰子缵绪；缵绪故无赖，大悦，遣女奴致金珠，通殷勤，初娘拒之。缵绪度不可利诱，谋于奴，夜踰墙直抵其寝。初娘闻声唤父，大呼有贼；邻人皆缊火至，缵绪惧而逸。旦日，命仆毁垣裂笥报泰，言室亡金，访盗由文衡引。旋拘文衡，拷掠陷狱。缵绪遣人讽初娘曰："若顺我，父命可活；不则，并逮若。"初娘叱之，缵绪恚甚，绐母吕氏拘初娘至；初娘指吕骂曰："尔子盗人妻不得，反诬人盗，真盗不若也。"吕怒以白泰，命诸恶奴丛击之。初娘流血被体，厉声曰："郑助！尔家横暴如此；我死当为厉鬼，灭汝门。"助，泰小名也。泰益怒，踢之立死，尸无完肤。惧人见，出棺殓而瘗之。越数日，口语藉藉，泰始知缵绪谋命，释文衡。已而京归，控于官；邻里畏泰，莫敢言。京坐诬，得重谴。寻吕见初娘来索命，暴卒。越二年，泰自缢死、缵绪烂喉死。[①]

据此最初史料载录，知许初娘为后浦许文衡之女，陈京之妻。京家道贫，遂从军。初娘归宁其父，留娘家。清兵攻晋江，安平诸豪乃携家入金门，止于后浦并强夺民屋居，许文衡宅前院为郑泰家奴所占据。郑泰者，遵义侯郑鸣骏之兄，为人横暴。泰奴见初娘美，遂语郑泰子缵绪，主仆二人连手，因造成如此惨绝人寰之惨案。其诗乃哀之云：

> 哀矣乎！哀烈妇；夫婿归来讼妇冤，妇冤不白夫缥䌳。道路有口官不闻，半附豪威半附热。我欲伐下山头十丈石，表章正气勒碑碣；我欲磨砺匣中三尺剑，反缚凶人细磔剟。时当有待志未

---

① 林霍：《续闽书》，引自《金门志》卷13《列女传·烈妇·许氏初娘》，页357～358。

伸,慷慨歔欷歌一阕。哀矣乎!哀烈妇。[①]

可见陈京归乡后,即向官府控诉,但闾里因畏惧郑泰之权势,莫敢仗义执言,京因坐诬遭重谴,卢若腾闻此,义愤填膺,不仅表章许初娘之节烈,更拟磨砺匣中剑,将凶手千刀万剐,以告慰死者在天之灵。然因果报应不爽,其后郑泰夫妇及其子皆死于非命,此实天道得偿也。

(二)谴责家暴

卢若腾除关心贞女、烈妇外,对遭虐致死之婢女,亦至表同情,如《鬼鸟》云:

> 鬼鸟、鬼鸟声何悲,非鸦、非鹏又非鸥;何处飞来宿村树,晨昏噪聒不暂移。忽复飞入病人屋,跳跃庭中啾啾哭;病人扶向堂前看,张嘴直欲啄其肉。群将矢石驱逐之,宛转回翔无觳觫;假口神巫说冤情,举家惊呼故婢名。鬼鸟应声前相讶,似诉胸中大不平;病人惶恐对鸟祝:我愿戒杀尔超生。鬼鸟飞去只三日,病人残喘奄奄毕;知是冤魂怨恨深,拽赴冥司仔细质。年来人命轻鸿毛,动遭磔剐如牲牢;安得化成鬼鸟千万亿,声声叫止杀人刀![②]

诗前之序详述其本事云:世家戚洪兴佐,倚势作威又凶暴成性,屡因小过杀婢仆。寓浯后,荼毒村民。永历十五年(1661年),婢女新儿触怒之,被拷掠无完肤;复缚投入深潭,溺而杀之,裸瘗沙中。踰年,洪病,吐血垂危。有其状殊异之短尾花色、红目长嘴之鸟,宿洪屋后树,日夜啁哳聒扰之,使洪求睡不得。已,径升其堂,视洪则鼓翼伸爪作啄攫状;发矢放弹击之,皆莫能中。间有巫能视鬼,召令视之,巫作鬼言曰:"吾新儿也,枉死不瞑;今化为鸟,索命耳"。于是家人呼"新儿",鸟则随声应,洪始惶惧祷祝。鸟去三日而洪死,死之日,即去年杀婢之日也。卢若腾闻此悲叹,如此世道,人命轻于鸿毛,似如牲牢,动辄遭磔剐。而对仗势欺人者终于自食恶果,亦大快人心。换言

---

① 《哀烈歌,为许初娘作》,《岛噫诗》《七言古》,页20。
② 《鬼鸟》,《岛噫诗》《七言古》,页27~28。

351

之,卢若腾作此诗旨在劝人莫作恶,知所警惕。

(三)同情女眷

卢若腾对将士妻妾因不堪晕船,落海溺死者,亦表哀痛。其《将士妻妾泛海,遇风不任眩呕,自溺死者数人;作此哀之》云:

少妇登舟去,风涛不可支;眩晕逢魍魉,艳质嫁蛟螭。尽室为迁客,招魂复望谁;化成精卫鸟,填海有余悲。①

从事反清复明大业之将士,漂泊海外,迁徙海屿间,其妻妾不得已而乘舟以随军转进,然海上风强浪大导致晕船呕吐,有不堪此折磨而跳海自杀者,将士亦无能为其招魂,故其魂魄只能化为精卫,藉衔石以埋东海,来消解余悲。实则,随军女眷之事,确实存在,如郑成功军队中即有此情况,此可自徐孚远诗集中找到佐证,如《北伐命偏裨皆携室行,因歌之》三首云:

浪激风帆高入云,相看一半石榴裙。箫声宛转鼓声起,江左人称娘子军。

长江铁锁一时开,旌旆飞扬羯鼓催。既喜将军携羽入,更看素女舞霓来。

灰戈筑垒雨花台,左狎夫人右酒杯。笑指金陵佳丽地,只愁难带荔枝来。②

此诗极力讽刺郑军北征长江时,令将士皆携家室以行,从欢乐面寄寓其长江之役所以失败之缘由。又如《再咏移家口》云:

锦帆绣帐划波开,一到江南更不回。寄语豪家巢燕道,明年社日莫重来。③

---

① 《将士妻妾泛海、遇风不任眩呕,自溺死者数人;作此哀之》,《岛噫诗》《五言律》,页34。

② 明·徐孚远:《钓璜堂存稿》(民国十五年金山姚光怀旧楼刻本),卷20《北伐命偏裨皆携室行,因歌之》,页15。

③ 《钓璜堂存稿》卷20《再咏移家口》,页15。

此诗则道出将士妻妾随军转进,海上风涛危险,命运难卜。

综上所举各诗,知无论是何种身份之妇女,卢若腾皆对其遭遇深致关心之忧。自此亦见卢若腾确实仁爱根于天性。

二、关怀民生疾苦

卢若腾为人正直敢谏,居浙时,廉洁惠民,为民除恶、抑止豪强、峻拒馈赠、减轻赎锾,故闾里安然,浙人誉之为"卢菩萨"。

综观卢若腾一生行迹,大都处于明清两朝争夺极激烈之闽、浙间,举凡生活、思想皆与政治及百姓之存亡息息相关。故其对民生疾苦,了如指掌,且感同身受,故其情感不自觉盈溢于字里行间,下文仅就天灾频仍与人为祸患二端,加以探讨之。

(一)天灾频仍

中国自古即以农业社会为主,因此百姓全靠老天爷吃饭,故俗谚有"风调雨顺,国泰民安";反之,若风雨不调,则民难度日。在当时,一旦干旱,则赖以维之之农圃,首遭其殃,是以百姓为抢救之,乃辛勤抱瓮灌畦,卢若腾《甘蔗谣》云:

嗟我村民居瘠土,生计强半在农圃;连阡种蒔因地宜,甘蔗之利敌黍稌。年来旱魃狠为灾,自春徂冬暵不雨;晨昏抱瓮争灌畦,辛勤救蔗如救父。救得一蔗值一文,家家喜色见眉宇。①

旱魃为灾,自春至冬不雨,土地龟裂,乡民抢水救蔗,无非企盼能有一些收成。再如《春寒》云:

去冬已立春,共喜春来早;今春寒过冬,却疑冬未老。寒风凄且烈,渔舟多翻倒;不雨空阴晦,麰麦垂枯槁。天意欲何如,恻恻伤怀抱!②

不仅甘蔗歉收,麰麦亦因春寒不雨而枯槁。令人担忧者何止田

---

① 《甘蔗谣》,《岛噫诗》《七言古》,页16。
② 《春寒》,《岛噫诗》《五言古》,页12。

园农事，海洋渔业亦戚戚怀悲悯，冬日寒风凄烈，渔舟多翻覆致不敢出海捕鱼，其《小寒日大雷雨》云：

> 今日小寒节，雷雨互相奔；雷声如伐鼓，雨水若倾盆。惜此
> 犛麦苗，芊芊满平原；秀实未可保，何以足饔飧。吾家倍八口，闻
> 之欲断魂。况乃时令忒，天心类晦昏；生民乱未已，岂独忧田园！
> 戚戚怀悲悯，孤情孰与言？

有时则又雷雨交加，致甫种下之犛麦苗被摧残殆尽，一家八口，无以为继。天灾加上战火，叫黎民情何以堪？且除了大雨酿灾外，又有飓风为患，如《石尤风》云：

> 石尤风，吹卷海云如转蓬；连艘载米一万石，巨浪打头不得
> 东。东征将士饥欲死，西望粮船来不驶；再遭石尤阻几程，索我
> 枯鱼之肆矣。噫！吁嚱！人生惨毒莫如饥；沿海生灵惨毒遍，今
> 日也教将士知。①

金门附近海域气象变化极大，时有大风大雾，此所谓石尤风者，打头逆风，专阻海上舟船行程。② 石尤风之典流传久远，如南朝宋孝

---

① 《石尤风》，《岛噫诗》《七言古》，页 25。

② 洪迈《容斋随笔·五笔》《石尤风》云："石尤风，不知其义，意其为打头逆风也。唐人诗好用之。陈子昂《入峡苦风》云：'故乡今日友，欢会坐应同。宁知巴峡路，辛苦石尤风。'戴叔伦《送裴明州》云：'潇水连湘水，千波万浪中。知君未得去，惭愧石尤风。'司空文明《留卢秦卿》云：'知有前期在，难分此夜中。无将故人酒，不及石尤风。'"南宋·洪迈：《容斋随笔·五笔》（上海：上海古籍出版社，1978 年 7 月 1 版，上海师范大学古籍整理组校点本），卷 3《石尤风》，页 835。按：陈子昂《入峡苦风》即《初入峡苦风寄故乡亲友》诗，唐·陈子昂：《陈子昂集·杂诗》（台北：世界书局，1980 年 11 月 2 版），卷 2，页 23。又伊世珍《琅嬛记》引《江湖纪闻》云："石尤风者，传闻为石氏女嫁为尤郎，妇情好甚笃，为商远行，妻阻之，不从。尤出不归，妻忆之病亡，临亡长叹曰：'吾恨不能阻其行，以至于此。今凡有商旅远行，吾当作大风为天下妇人阻之。'自后商旅发船值打头逆风，则曰此石尤风也，遂止不行。"元·伊世珍：《琅嬛记》（扬州：江苏广陵古籍刻印社，1990 年 10 月 1 版，《学津讨原》第 13 册），卷中，页 27～28。

武帝刘骏《丁督护歌》六首之五云："督护征初时,侬亦恶初闻,愿作石尤风,四面断行旅。"①本诗创作背景当在永历十五年(顺治十八年,1661)八月,是年三月郑成功自金门料罗湾誓师东征台湾,郑荷战事却胶着于热兰遮城之围,粮食不足成为郑军最大隐忧,郑军除了寓兵于农,积极垦荒种植外,并以庞大资金购买福建沿海粮米,以解决缺粮之急。据杨英《从征实录》载:"七月,藩驾驻承天府。户官运粮船不至,官兵乏粮,每乡斗价至四、五钱不等。……八月,户官运粮船犹不至,官兵至食木子充饥,日忧脱巾之变。……时粮米不接,官兵日只二餐,多有病没,兵心嗷嗷。"②卢若腾本诗道出七、八月间"连艘载米一万石",却为石尤风所阻,"巨浪打头不得东",金厦运粮船舰未能及时接济围荷之军事行动③,致引颈翘盼米粮救饥之东征将士,发出索我枯鱼之肆矣之呐喊。诗之末章寄托感慨,写出金门百姓在天灾与驻军之交迫下,生灵涂炭,饥馑频仍,今日石尤风灾,也教东征将士体会饥饿滋味之凄惨。

　　渔民靠海维生,其最畏惧者乃飓风为虐;不幸,却又时常发生,《哀渔父》云:

　　　　哀哉渔父性命轻,扁舟似叶泛沧瀛。钓丝垂下收未尽,飓风乍起浪纵横。月落天昏迷南北,冲涛触石饱鲵鲸;是时正值岁除夜,家家聚首酣酒炙。惟有渔父去不归,妻子终宵忧且讶;元旦江头问归舟,方知覆溺葬东流。二十余舟百余命,妻靠谁养子谁收!人言岛上希杀掠,隔断胡马赖海若。那料海若渐不仁,一年几度风波恶。风波之恶可奈何,岛上渔父已无

---

①　南朝宋孝武帝刘骏《丁督护歌》,见逯钦立辑校《先秦汉魏晋南北朝诗·宋诗》(北京:中华书局,1983年9月1版),卷5《宋孝武帝刘骏》,页1219。

②　明·杨英:《从征实录》(台北:台湾银行经济研究室,1958年11月1版,《台湾文献丛刊》第332种),页191。

③　参见邓孔昭《从卢若腾诗文看有关郑成功史事》,《台湾研究集刊》,1996年第1期,页93~96。

多。①

飓风乍起，瞬间大浪翻滚，渔父即沦为波臣，而最不堪者，此竟发生于家家户户欢聚吃团圆饭之除夕夜。原以为金门岛上少杀掠，是赖海洋隔断胡马侵略，故百姓得以安居乐业，孰料海象险恶，波涛无情，致渔父多葬身海底，岛上渔父仅存者稀。

若风雨不以时至，岁收必差，而民难免于饥馑之患，致有冷灶断烧之窘境，如《冷灶》云：

> 犹忆十年前，粝饭足饱焦；六七年以来，但糜亦欢笑。去年艰粒食，饥赖山薯疗；今年薯也无，冷灶频断烧。有田不得耕，耕熟复遭勒；若望人解推，譬之瓠无窍。②

十年间金门岛上之经济形成强烈对比，由粝饭而糜而山薯，可谓每下愈况，至冷灶断烧，则民不聊生矣！此情此景，卢若腾焉能视而不见，无怪乎其要仰天长叹。

（二）人祸为患

除天灾导致民不聊生外，人为祸患亦不可小觑。而此人祸则涵盖恶客暴客、富人豪家、海盗乌鬼南洋贼及胡虏，兹述之如后。

1. 海上恶客

海上恶兵暴客不请自来，乃是生民之一大苦痛。兹以《借屋》一诗为例，初本言明暂住耳，俄顷，竟反客为主，或驱逐主人，或以之为仆役，听任其驱使，甚或卖屋、卜筑，为所欲为，毫无顾忌；四邻亦遭受池鱼之殃，任其予取予求，俨然据地为王，难怪居民浩叹。"此地聚庐数百年。贫富相安无觳觫，自从恶客逼此处；丁壮老稚泪盈目，人言胡虏如长蛇。岂知恶客是短蝮！"③又《夜惊》云：

> 濒海诸村落，处处闻夜惊；暴客暗窥袭，出没何纵横！所

---

① 《哀渔父》，《岛噫诗》《七言古》，页 26～27。

② 《冷灶》，《岛噫诗》《五言古》，页 7。

③ 《借屋》，《岛噫诗》《七言古》，页 17～18。

恃桨力疾,加以船身轻;轻疾在舟楫,制造岂难成。鸠工兼募士,旬日得胜兵;扑灭赴火蛾,何须习斗鸣。惜兹小劳费,坐令贼势勍;窃恐载北骑,夜渡寂无声。弗摧虺为蛇,贵有先见明。[①]

至若濒海村落,更闻有海贼暴客恃舟桨力疾,常趁夜半时分,乘轻舟偷袭,故卢若腾呼吁当局应有先见之明,及早防范,勿俟其羽翼已就,则为大祸矣!

其实卢若腾于永历十六年(1662年)九月初五日夜,就曾遭暴客光顾,因其为官清廉,致环堵萧然,唯一财产乃两箱敝衣,因慷慨相赠。若腾作《暴客行》记其事,诗云:

青灯荧荧照读书,暴客惠然入吾庐。吾庐萧索何所有,两篓敝衣尽赠渠;主人不怒客不喜,一场得失仅尔耳。人言廉士只虚声,今日幸有君知己;按剑相盼戏耶真,我本非君之仇人。[②]

若腾苦中作乐,以幽默口吻自我消遣,唯有暴客穷力搜括而无长物,故能印证我是廉士。

2. 富人豪家

如陈京妻许初娘,因不从豪家子郑缵绪之胁迫,活活被虐致死,郑泰一门,最终亦遭天谴[③]。由此可见当时豪家仗势欺人,为所欲为;富人为富不仁之恶行。最为可怜者乃处其淫威下之良民,无处可申冤,卢若腾《石丈》云:

石丈、石丈!何不化形轻举便来往;呼之即行叱即止,推之即下引即上。为山、为坞、为亭台,豪家颐指给欣赏。胡为月费

---

① 《夜惊》,《岛噫诗》《五言古》,页3。

② 《暴客行》,《岛噫诗》《七言古》,页28～29。

③ 据林霍《续闽书》云:"寻吕见初娘来索命,暴卒。越二年,泰自缢死,缵绪烂喉死。"林霍:《续闽书》引自《金门志》卷13《列女传·烈妇·洪氏和娘》,页358。

千夫力，长途辇运飞尘块。金谷、平泉不让奢，役人岂惜千万锱；可怜青青薛麦田，邪许声中成腐坏。石丈过处田父哭，谁能闻之不痛痒！方知此石真顽物，虚说为怪夔魍魉。①

田父仅能幻想奢豪之家所爱之石丈能化形轻举，指挥随意，而不破坏其辛苦种植之薛麦。然石崇、李德裕在建造史上有名之金谷园、平泉别墅时，又岂会设想及此？故田父之无奈，溢于言表。又《古树》二首其一云：

古树不计春，其中应有神；傲兀立道傍，岂解媚富人。富人侈游观，精舍结构新；不重嘉宾集，惟羞花木贫。于花爱美丽，于木爱轮囷；古树遭物色，那能安其身。百锸一时举，根柢离岸垠；树神俄震怒，役夫压不呻。二命易一树，道路悲且嗔；移树入精舍，主人动笑嚬。植之轩墀前，诧获琼琪珍；哀乐与人殊，天道岂泯泯！②

富人为满足其游观之奢侈心，不惜劳师动众搬移古树，终至牺牲民命，以二命换一树，但富人犹视若无睹，仅陶醉于得此奇树之乐，反倒是路人路见不平，而生悲嗔之心，故卢若腾不禁怀疑，这种哀乐异于常人之富人，其内心是否还有天道存在？

3. 海盗乌鬼南洋贼

明思宗崇祯二年（1629 年），海盗李魁奇，纵横海上，四处劫掠；是年春，攻陷金门后浦堡，民众惨死与被俘者百余人，海盗大掠后联

---

① 《石丈》，《岛噫诗》《七言古》，页 26。
② 《古树》（二首其一），《岛噫诗》《五言古》，页 9～10。

艘而去。① 而卢若腾的同学许云衢与许梦梁即于是役中遇害。其《哭许云衢、梦梁二庠友遇害》云：

　　不识桃源路，竟逢草泽氛。干戈旷代变，玉石同时焚。血化城头碧，愁连海角云。哭君还仰笑，天道总纷纭。②

　　天启年间海盗群起，各据海岛为地，李魁奇本郑芝龙同党，崇祯元年与芝龙俱就抚，授游击，然仍盘踞海滨，其后复叛；崇祯二年春，大掠金门后浦土堡，掠杀数百人，使一向民风纯朴之金门，竟成人间

---

① 卢若腾《哭许云衢、梦梁二庠友遇害》诗序记为"己巳年七月初五日，海寇李魁奇破后浦上堡，杀数百人。"按：《金门志·旧事志·纪兵》载："崇祯二年，海寇李魁奇纵横海上。魁奇惠安人，向与芝龙同党，芝龙忌之。是年春，攻后浦堡，堡陷，死与被执者百余人，大掠联艘而去。已而芝龙及毓英统船追捕，官军从城仔角出援，追下澳洋被陈秀刺死，余船悉降。"《金门志》卷16《旧事志·纪兵》，页401。《靖海志》载："春二月，海寇李魁奇伏诛。魁奇本郑芝龙同党，芝龙忌之，击斩粤中。"清·彭孙贻：《靖海志》（台北：台湾银行经济研究室，1959年1月1版，《台湾文献丛刊》第35种），卷1《己巳崇祯二年》，页3。审此，疑"七月初五日"是否为"二月初五日"之形误。然其他史籍亦有载李魁奇伏诛于崇祯二年冬，如林绳武《海滨大事记·闽海海寇始末记》云："崇祯元年（戊辰）九月，郑芝龙降于巡抚熊文灿。工科给事中颜继祖言芝龙既降，当责其报效，从之。时芝龙与李魁奇俱就抚。芝龙授游击，盘踞海滨，上至温、台、吴淞，下至湖广近海州郡，皆报水如故。同时有萧香、白毛并横行海上，后俱为芝龙所并。崇祯二年（己巳）四月，寇犯中左所。广东副总兵陈廷对约芝龙剿寇。芝龙战不利，归闽。不数日，寇大至，犯中左所近港，芝龙又败。寇夜薄中左所。六月，游击郑芝龙斩叛寇杨六、杨七于金门洋。抚寇李魁奇复叛，寇海澄，知县余应桂遣兵击败之。秋，巡抚熊文灿率舟师击贼于吉丫，败绩，海寇周三焚毙。芝龙初受抚，桀骜难驯，议者以骄子奉之。文灿屏姑息之谋，施反间之策，嗾同党李魁奇叛，芝龙气稍折。魁奇复合周三、钟六以抗之，芝龙始大败求援。冬，李魁奇伏诛。魁奇为芝龙所忌，因合钟六击斩之于粤海。"林绳武：《海滨大事记·闽海海寇始末记》（台北：台湾银行经济研究室，1965年6月1版，《台湾文献丛刊》第213种），页10～11。

② 《留庵诗文集》卷上《哭许云衢、梦梁二庠友遇害》，页35。明·卢若腾撰、李怡来编《留庵诗文集》（金门：金门县文献委员会，1969年9月1版），卷上《诗集·五言律》，页35。

炼狱，玉石俱焚，若腾挚友许云衢、许梦梁亦罹难。

实则鼎沸乾坤中，不徒海寇为祸，尚有卷发碧眼全身漆黑，善于潜水啖鱼虾之乌鬼，卢若腾《乌鬼》云：

> 乌鬼乌肉、乌骨骼，须发旋卷双眼碧；惯没咸水啖鱼虾，腥膻直触人鼻嗌。泛海商夷掠将来，逼令火食充厮役；辗转鬻入中华土，得居时贵之肘腋。出则驱辟道上人，入则谁何门前客；济济衣冠误经过，翩翩车盖遭裂擘。此辈殊无饶勇材，不任战斗挥戈戟；独以狞狞鬼状貌，使人见之自辟易。厚糈豢养作爪牙，威严遂与世人隔；如此威严真可畏，弃人用鬼亦可惜！①

乌鬼乃红夷（荷兰）之黑人役使，因被俘而卖入中国充任火食之役，其本非勇夫，只缘状貌狞狞可怖，使人见之害怕而自辟易耳！然时贵竟豢养之以欺压百姓，因此卢若腾讽刺乌鬼面目可畏，只能豢养作爪牙，将乌鬼弃之人道，用之鬼途，实在可叹。

除乌鬼之外，尚有从海上强权势力集团者，亦即南洋贼是也。其年年侵逼我商渔，掳杀我妻女，且还大言不惭，居然做贼还大喊抓贼，真乃厚颜。卢若腾《南洋贼》云：

> 可恨南洋贼，尔在南、我在北，何事年年相侵逼，戕我商渔不休息！天厌尔虐今为俘，骈首迭躯受诛殛。贼亦哗不惭，尔在北、我在南，屡捣我巢饱尔贪，掳我妻女杀我男。我呼尔贼尔不应，尔骂我贼我何堪。噫嘻！晚矣乎！南洋之水衣带迩，防微杜渐疏于始；为虺为蛇势既成，互相屠戮何时已。我愿仁人大发好生心，招彼飞鸮食桑椹。②

据邓孔昭《从卢若腾诗文看有关郑成功史事》③认为《南洋贼》一

---

① 《乌鬼》，《岛噫诗》《七言古》，页 24。
② 《南洋贼》，《岛噫诗》《七言古》，页 23。
③ 邓孔昭《从卢若腾诗文看有关郑成功史事》，《台湾研究集刊》，1996 年第 1 期，页 93～96。

诗就是描写郑成功与粤海许龙之间的矛盾,"南洋贼"非指以爪哇为根据地之荷兰人或其他西方东来之殖民者,而是指海澄县南洋寨城之海盗,换言之,南洋贼乃指当时盘踞在海澄县南洋,以许龙为首之海上武装集团。据《东南纪事·张名振传》载:"郑芝龙之北也,遗书戒成功曰:众不可散,城不可攻,南有许龙、北有名振,汝必图之。"①在郑芝龙时代郑氏集团与许氏集团之间就已存在矛盾,郑成功起兵抗清之后,许龙一开始就与郑军分庭抗礼,后又依附清朝,双方矛盾愈演愈烈。因此互相攻伐,永无宁日,对此卢若腾表达不愿看到这样之矛盾激化,乃提出因应之道,提醒当局必须防微杜渐,勿等祸患既成,才互相屠戮,否则冤冤相报,何时能了?

4. 胡　虏

当时影响生民最巨者,自应属胡虏之祸,亦即清朝侵中土。战乱连年,但见"波惊涛乱蛟螭飞,苦雨凄风日夜吹;洲岛晦冥满天愁,蓬莱复浅思悠悠"②、"兵革三秋泪,琴书四海囊"③、"那堪日暮处,云水尽悲酸"④。百姓颠沛流离,"浮家虽净土,措足总荒榛;"⑤、而每日"何以支晨夕,占晴又卜阴"⑥,并非为天候变化操心,乃是翘望战乱何时能平。"隔海鼓鼙犹日竞,勤王羽檄几时闲"⑦,"最喜客传朝报

---

①　清·邵廷采:《东南纪事》(台北:台湾银行经济研究室,1961 年 1 月 1 版,《台湾文献丛刊》第 35 种),卷 10《张名振》,页 127～128。

②　《寄答蔡仲修》,时与其友洪阿士同避思山,《岛噫诗》《七言古》,页 15。

③　《许毓江自朝阳归,过丹诏赋别》,《留庵诗文集》卷上《诗集·五言律》,页 37。

④　《丹诏别陈锡尔》,《留庵诗文集》卷上《诗集·五言律》,页 37。

⑤　《次韵和兴安王伤乱诗》四首其三,《留庵诗文集》卷上《诗集·五言律》,页 40。

⑥　《次韵和兴安王伤乱诗》四首其二,《留庵诗文集》卷上《诗集·五言律》,页 40。

⑦　《太武岩次丁少鹤刻石韵》二首其一,《留庵诗文集》卷上《诗集·七言律》,页 44。

至，捷书新自秦中还"①，"洗兵应识天心切"②，"须信天心能转换"③，"会须迅扫烽烟绝"④，"何时便作太平逸，长此茗瓯又酒杯"⑤。然此心愿端赖具有一匡天下，九合诸侯之才者出，方可达成，乃望"定须江左夷吾出，高展中兴第一筹"⑥。

　　清朝入主中原，进而扫荡东南沿海反清势力；义师则仗义复明，与胡虏长期斗战不休。义师辎粮无不取自百姓，因此之故，亡国丧家之痛，社会最基层之寻常百姓遭殃不可不谓深。义师与胡虏为祸之烈，自《老乞翁》诗中可尽知之：

　　　　老翁号乞喧，手携幼稚孙；问渠来何许，哽咽不能言。久之拭泪诉，世居濒海村；义师与狂虏，抄掠每更番。一掠无衣谷，再掠无鸡豚；甚至焚室宇，岂但毁篱藩。时俘男女去，索赂赎惊魂；倍息贷富户，减价鬻田园。幸得完骨肉，何眼计饔飧；彼此赋役重，名色并杂繁。苦为两姑妇，莫肯念疲奔；朝方脱系圄，夕已呼在门。株守供敲朴，残喘岂能存！举家远逃徙，秋蓬不恋根；渡海事行乞，冀可活晨昏。⑦

　　诗中主人翁乞喧祖孙原世居滨海之村，因义师及胡虏轮流打劫，致食衣住无著，甚至为赎回被绑架之亲人而不得不贱卖田园。无食无产之身，尚有各种繁杂赋役临身，眼见无法苟延残喘，遂举家迁徙，

---

　　①　《太武岩次丁少鹤刻石韵》二首其二，《留庵诗文集》卷上《诗集·七言律》，页44。

　　②　《己亥元旦喜雨》，《岛噫诗》《七言律》，页39。

　　③　《次韵答卞生》（其二），《岛噫诗》《七言律》，页37。

　　④　《乙酉孟夏将赴中都，次大横驿壁诸公韵》，《留庵诗文集》卷上《诗集·七言律》，页42。

　　⑤　《同沈复斋、黄石庵、张希文游万石岩，次壁间韵》，《岛噫诗》《七言律》，页35。

　　⑥　《乙酉仲夏舟次钱塘，邂逅田孺隽年丈，周旋数日；闻南都之变，悲而有赋，奉呈为别》，《留庵诗文集》卷上《诗集·七言律》，页42。

　　⑦　《老乞翁》，《岛噫诗》《五言古》，页8～9。

漂洋过海,过着行乞度日之生活,卢若腾见此惨剧,感慨言之,"我听老翁语,五内痛烦冤;人乃禽兽等,弱肉而强吞。出师律不肃,牧民法不尊;纵无恻隐心,因果亦宜论。年来生杀报,皎皎如朝暾;胡为自作孽,空负天地恩!"①,自此足见百姓困顿无依之情景,已跃然纸上矣。

　　然清朝对百姓之欺凌,非仅止此耳,顺治十七年(永历十四年,1660 年)九月,闽督李率泰奏请"迁界",从同安县、海澄县开始实施迁界。顺治十八年(永历十五年,1661 年)其又断然实施大规模强制迁徙滨海居民之政策,史称"迁海"。八月,派官员前往各省巡视"立界移民"。九月,雷厉风行,命令沿海三十里之居民,尽徙内地,旨在断绝沿海居民对郑成功军队之物资供应,以收不攻自破之效。而清廷竟将此说成为"保全民生"之德政,实则是以极蛮横之手段驱赶沿海居民迁入内地,限期三日,逾期则派官兵驱赶,且为断迁民后顾之心,界外之房屋尽皆焚毁,致民惶惶鸟兽散,而火则累月不熄,因此数千里沃壤,尽捐作蓬蒿。② 而一向以打鱼耕作度日之迁民,耕渔不得,又将何以为生?清朝岂会念及沿海百姓身家性命,答案自是否定,难怪卢若腾盼豪杰趁机起事,拯其于水火。其《虏迁沿海居民》云:

> 天寒日又西,男妇相扶携。去去将安适,掩面道傍啼。胡骑严驱遣,克日不容稽。务使滨海上,鞠为茂草萋。富者忽焉贫,贫者谁提撕。欲渔无深渊,欲耕无广畦。内地忧人满,妇姑应勃溪。聚众易生乱,翘为饥所挤。闻将凿长堑,置戍列鼓鼙。防海如防边,劳苦及旄倪。既丧乐生心,溃决谁能堤。虏运当衰歇,运筹自眩迷。豪杰好从事,时哉此阶梯。③

---

①　《老乞翁》,《岛噫诗》《五言古》,页 8～9。

②　参见顾诚:《南明史》(北京:中国青年出版社,1997 年 5 月 1 版),页 1059～1069。

③　《虏迁沿海居民》,《留庵诗文集》卷上《诗集·五言古》,页 16。按:陈汉光等修《金门县志》将此诗系于永历十七年(康熙二,1663)十二月,清兵入岛,堕金门城,焚其屋,弃其地,迁沿海遗众于界内。但细审诗意,当为永历十五年清廷下迁海令之事为确。陈汉光等修《金门县志》(金门:金门县文献委员会,1967年 2 月 1 版),卷 6《历代兵事》,页 26。

　　清廷下迁海令，把沿海四省：山东、浙江、福建、广东近海居民各移内地三十里，不允许人民居住在沿海地区，并设立边界，加以布置防守。将所有船只，全数烧毁，寸板不许下海，凡溪河树立椿栅，货物不许越界，时刻瞭望，违者死无赦。百姓燔宅舍、焚积聚、伐树木、荒田地，富者尽弃其赀，贫者谋生无策，颠沛流离，坐以待毙，人命顿成蝼蚁，任人践踏，可谓惨不忍睹。然而迁移之民贫者不过数日之粮，而富者亦但数月之储，逼处内地，无家可依，无粮可食，饿寒逼而奸生，不为海寇，即为山贼，此清廷之失策也。沿海百姓弃田宅、撤家产、别坟墓，妇泣婴啼，流民塞路，民死过半，是委民于沟洫，清廷倒行逆施，实助长反清力量之集结。再者，配合义军自海而入，可长驱内地，直抵城邑，诚为反清势力集结之大好时机，凡豪杰之士应顺势应时而起。

　　卢若腾对于清廷迁海之事，认为"豪杰好从事"，实与鲁王遗老意见合辙。如张煌言《上延平王书》："虏势已居强弩之末，畏海如虎；不得已而迁徙沿海为坚壁清野之计，致万姓弃田园、焚庐舍，宵啼露处，蠢蠢思动，望我师何异饥渴！我若稍为激发，此并起亡秦之候也。"①另如王忠孝《与张玄著书》亦云："倾者，虏又虐徙海滨，所在骚然。乘此时一呼而集，事半功倍。"而郑成功"僻据海东，不图根本，真不知其解也。"②审此，卢若腾与张、王之言可谓为英雄所见略同。

　　综观上述，卢若腾之社会写实诗对当时之民生疾苦实能充分反映，借由诗歌书写，得知生民之苦，不禁为之喟叹不已。

---

　　① 张煌言《上延平王书》，明·张煌言撰、张寿镛编《张苍水集》（台北：新文丰出版公司，1988年4月1版，《四明丛书》，第5册，卷5《冰槎集》，页249～251。张行周编《张苍水先生专集·遗著文·冰槎集》（台北：台北宁波同乡月刊社，1984年11月1版），页163～165。

　　② 《与张玄著书》，明·王忠孝《惠安王忠孝公全集》（南投市：台湾省文献委员会，1993年12月1版），卷8《书翰类》，页195。

三、呈显岁寒志节

卢若腾身处时事日非、颠踬失所之世,或间关勤王、或流离励节,皆凌凌风骨,不改其岁寒本色;虽有饥馑之患,犹能守君子固穷之义,而以礼义忠孝自守,视富贵功名如浮云,不加措意焉,唯以民生疾苦为念,故处处流露民胞物与、悲天悯人之胸怀,从他纠举辅臣杨嗣昌奏请刊布《法华经》,以祈求雨降蝗绝之文可见梗概,其文曰:

> 伏恳皇上严敕中外大小臣工,凡不根据圣贤经传,不关系切实经济,而以荒唐诡异之谈,冒昧入告者,必以诳上诬民之罪罪之。则道德一,风俗同,而太平之业可以垂之永久矣。[1]

凡此,皆源于儒家思想之濡染,故下文即就此加以探究之。

(一)坚持儒业

根据《金门志》记载,浯洲虽以弹丸岛居海中,然其风俗俭朴恬退、习于礼仪,大率男务耕稼、女勤绩纺,而业儒者多,故科第辈出,事诗书者为最,事法律者次之;且不独以文章重,凡德业可师者,亦足以示仪型而风后进[2]。卢若腾见当时金门有豪家子则出现狎倡优而恶儒术之怪现象,究其因乃是缘于儒学教育之效用缓慢而难售也,因此遂百般阻挠,直至遣散师生方罢休。其《村塾》云:

> 弹丸海中岛,淳风邹鲁侔;虽经丧乱余,弦诵声尚留。村村延塾师,各有童蒙求。邻寓豪家子,般乐狎倡优;挥金市狡童,蜩沸习歌讴。歌声与笔声,异调乃相仇;驱遣师生散,不肯容謹咻。村人问塾师,怪事前有不?塾师曰固然,儒术今所尤。相彼倡优辈,扬扬冠沐猴。或握军旅符,或司会计筹;多有衣冠者,交驩不为羞。学书效迁缓,学优利速售;今日分手去,及早善为谋。村

---

① 《参督辅杨嗣昌疏》,《留庵诗文集》卷下《文集》,页50。
② 《金门志》卷15《风俗记》,页392。

365

人笑相谢，先生滑稽流；吾儿不学书，只可事锄檋。①

然塾师仍坚守其耕读传家之志，儿子纵不能学书，尚可事田亩锄檋，亦不愿其狎倡优、图快捷方式。诗中一方面称许塾师之高节，另一方面则批判急功近利之思想。其《称谓》又云：

自有达尊三，交接情方启；寻常通名刺，称谓存典礼。等级肃森森，风俗淳济济；陋矣轻薄子，观天坐井底。矜其富贵容，几同漫刺祢；时或谒尊者，傲然相兄弟。不闻墉之诗，相鼠犹有体。②

审此，卢若腾对人伦仪节亦甚为重视，尤其自称谓间更可清楚看出风俗之好坏，因此其对凭恃自己出身富贵，而对尊者称兄道弟，无礼行径之轻薄子，也发出"不闻墉之诗，相鼠犹有体"之斥责。再如《腐儒吟》云：

藏舟于壑夜半走，藏珠于腹珠在否？大凡有藏必有亡，幸我身外毫无有。我本海滨一腐儒，平生志与温饱殊；褰遭百六害气集，荏苒廿年国恩辜。未忘报国栖荒岛，毖慎嫌疑不草草；逢人休恨眼无青，览镜自怜发已皓。发短心长欲问天，祖德宗功合绵延；二十四郡有义士，普天率土岂寂然。天定胜人良可必，孤臣梦夹虞渊日；西山薇蕨采未空，夷齐安忍躯命毕。③

卢若腾深受儒家思想熏陶，本身即为典型之儒者，虽生于国事蜩螗之世，仍严春秋夷夏之辨，且胸怀恢复壮志，纵使自己已是廉颇老矣，仍自诩为义士，并不消极颓丧，故其虽栖身荒岛，犹不忘报国。眼见周遭皆充斥"处穷难固而易滥，涉世喜誉而畏讥，诡随者多，特立者少"之人④，卢若腾犹能砥砺名节，守"君子固穷"之义，不因困穷而易

---

① 《村塾》，《岛噫诗》《五言古》，页6。
② 《称谓》，《岛噫诗》《五言古》，页5～6。
③ 《腐儒吟》，《岛噫诗》《七言古》，页21。
④ 《骆亦至诗序》，《留庵诗文集》卷下《文集》，页95。

节,故其诗中有"虽饥未肯食嗟来,仍留瘦骨待君至"①、"我虽不得食,何愧首阳夫"②,纵使外在环境恶劣,仍如松柏屹立不摇,"不肯畏秋风"③。反之,富贵功名亦不能萦怀,以致自道"达人自觉心如水,贫贱富贵皆尔耳"④,而若腾所珍视者为灵明之本心,故视"黄金青史都无用,惟有灵明足自珍"⑤。

(二)忠厚传家

战乱之际,举世崇尚武功,大兴干戈,卢若腾仍致力纸笔,并责其子饶研,克绍箕裘,而其孙勖吾,亦能继承其志⑥。其《责子诗,次陶渊明韵》云:

> 臧、谷均亡羊,达人考名实;世乱重干戈,空复事纸笔。嗟予及衰惫,子焉寡俦匹;尔力幸方刚,克家贵择术。所见邻里人,从军去十七;各各庇阿翁,睚眦人股栗。尔犹读父书,定知是蠢物。⑦

金门当时从军风气之盛,竟高居七成,卢若腾见"里中细人从军,其父咆哮无忌,感而赋此",家中有儿从军,其父可借此狐假虎威,享有特权,足见人心道德之崩溃。

即使社会风气日下,卢若腾也要秉持忠厚传家之道,其《多悔》诗云:

---

① 《骆亦至将归锦田,以诗告别;次韵送之》,《岛噫诗》《七言古》,页18。
② 《荒芜》,《岛噫诗》《五言古》,页4。
③ 《秋日庚子答时人》,《岛噫诗》《五言律》,页33。
④ 《市人行》,《岛噫诗》《七言古》,页21。
⑤ 《庚子元旦》二首其一,《岛噫诗》《七言律》,页40。
⑥ 《金门志》载:"卢饶研,贤聚人;尚书若腾子。若腾间关东海,励节以终;饶研承先志,为释衲装,灌园自给,不问荣辱。子勖吾;字载群,淡进取;不求试,读书不学制艺。以诗文自娱,日取祖父所著书校雠装潢。"《金门志》卷9《人物列传(一)》,页225。
⑦ 《责子诗,次陶渊明韵》,《岛噫诗》《五言古》,页2。

平生多悔事，尤多文字悔；乐道人之善，笔墨无匿彩。所期励姱修，臭味芬兰茝；乃因习俗移，面目幻傀儡。远者十余年，近仅三两载；多少深情者，抵掌笑吾騃。人具圣贤资，讵可逆忆待；吾自存吾厚，虽悔不忍改。①

卢若腾仍一本初衷，服膺孔孟之道，乐道人之美，并不因习俗转移而改其常度，或笑其愚騃，仍自存仁厚之心。而《感叹》云：

颜渊食埃墨，子贡望见之；岂非仁廉士，而以窃食疑。同在大圣门，诖误犹若斯；况于世人目，易为形迹移。杯中弓蛇影，谁能辨毫厘！君子自信心，礼义无欠亏；虽有流俗谤，輾然付一嗤。②

虽是孔子门徒犹可能因误会而受质疑，况是一般之世俗，故若腾面对流俗之毁谤，自问于礼义无亏，则坦然而付之一笑耳！因其平素信守中庸之道，故乐天知命，且认为修短随化，不必太在乎，其《却病》云：

昔岁遇异人，嘻笑谈却病；不必觅医药，不必劳祭禜。外身而身存，此方用不竟；夜睡先睡心，百念昼清净。心睡梦不惊，念净物何竞；水既能胜火，遂脱阴阳穽。闲中时体验，良是养生镜；揆之圣贤教，理未金中正。有乐亦有忧，胞与在吾性；神仙纵不死，不及吾孔孟。③

知若腾坚持儒家信仰，是以当异人教以养生却病之秘方，为“外身而身存”时，若腾因其违背圣贤中正之道，而宁以孔孟忧乐终身、民胞物与之怀自守，亦不愿求神仙长生不死之道。《林子濩别后见怀寄诗，次韵酬之，用相勉励共保岁寒》二首其二云：

依然碧水与青山，城郭人民改昔颜；畏尔后生如鹤立，惭余疏拙伴鸥闲。文章字字关伦理，寤寐时时可往还；识得安身立命

① 《多悔》，《岛噫诗》《五言古》，页3～4。

② 《感叹》，《岛噫诗》《五言古》，页11。

③ 《却病》，《岛噫诗》《五言古》，页12。

处,何妨辛苦寄人间。[1]

若腾将儒家之伦理思想,视作为学之宗旨,故对其友林子濩,能做到文章字字关伦理,甚为嘉许,并期勉共保岁寒。宋明理学在穷究天人,洞彻性理,但卢若腾认为"为学莫急于明理,明理莫大于维伦"[2],天下一切大事业、大学问皆根源于伦理之实践,故对同邑宋遗民丘钓矶之抗节不回,称赞其伦完理惬,行谊堪为后世楷模,纵不著书立言,固足以俎豆学宫而无愧。[3]

四、观风俗正得失

社会风俗良窳,系乎人心之美恶,人心好猜忌、反复无常、贪求无厌、党同伐异,则俗必浇薄。长此以往,国家岂有不亡之理?若腾处"世态纷纭任沸羹"[4]、"世事梦难定"之乱世[5],自更容易看出社会人心之迁变,故其将人心之变化、人情之变幻无常,捕捉入诗文。因之,从其诗文,可了解当时社会人心,进而一窥当时社会冲突之剧烈,及一般庶民之艰苦。

(一)世衰道微

卢若腾于《焚余小引》一文,叙及其屋与书被焚,缘于邻居因细故构衅,大姓震怒纵火,致遭波及,印证"利害相摩,生火甚多,众人焚和"之语[6]。而自卢若腾《薄俗》诗可知当时世风日下:

居无宿粮出无马,久安义命伏草野;鼎沸乾坤未廓清,岂有

---

① 《林子濩别后见怀寄诗,次韵酬之,用相勉励共保岁寒》二首其二,《岛噫诗》《七言律》,页37。
② 《丘钓矶诗序》,《留庵诗文集》卷下《文集》,页83。
③ 《丘钓矶诗序》,《留庵诗文集》卷下《文集》,页83。
④ 《辛丑仲秋初度,王孟邻茂才以诗寄赠;次韵答之》,《岛噫诗》《七言律》,页40。
⑤ 《留云洞,次前人刻石韵》,《岛噫诗》《五言律》,页34。
⑥ 《焚余小引》,《留庵诗文集》卷下《文集》,页98。

短长争难舍。……如今薄俗殊不然，加大凌贵等土苴；伯夷盗跖无定名，信口翻掀唇舌哆。……为小为贱何敢尔，发纵恃有大力者；厥性既殊毒复阴，鼎不能铸图难写。招群引类排所憎，鬼弹狐沙暗中打；顷刻之间市虎成，欲令白璧同碎瓦。瓦砾珠玉终自分，万目未眯口未哑。①

自时人加大凌贵、皂白不分、信口雌黄、党同伐异及暗箭伤人之恶行，可见当时社会道德感薄弱，价值观混淆，致已沦落到是非不分，人伦纲纪沦丧之境地矣。

（二）兼并之剧

社会愈动乱，贫富差距愈严重，卢若腾《荒芜》乃写兼并之剧云：

薄田仅数亩，而不免荒芜；世乱多豪强，兼并恣狂图。膏腴连阡陌，犹复争区区；我虽不得食，何愧首阳夫！视彼饱欲死，无乃类侏儒。伤哉时与命，谁肯辨贤愚。②

时人贪求无厌，兼并之事亦屡见不鲜。如已坐拥膏腴阡陌之豪强，犹与贫民争数亩薄田。相较于自己如伯夷高风亮节，俯仰无愧，饿死何妨，因此难怪卢若腾要唾骂其与侏儒无异。再如《拗歌》云：

拗叟性拗好必天，天可必乎恐未然；若道天终不可必，何以今年异去年。去年争构连云宅，去年争置膏腴田；去年二八娉婷女，明珠争买不论钱。得陇望蜀意未足，营谋最巧祸最先；良田广宅皆易主，娉婷伴宿阿谁边！狐死兔悲亦何益，后视今犹今视前；此翁留得记性在，虽无急性总无偏。转祸为福固有道，惟应刻刻念好还；人敢欺天天必怒，人解畏天天自怜。听我长歌泄天秘，莫笑拗叟拗而颠！③

此对汲汲于构置豪宅膏田、美女明珠之贪求无厌者，卢若腾提醒

---

① 《薄俗》，《岛噫诗》《七言古》，页16。
② 《荒芜》，《岛噫诗》《五言古》，页4。
③ 《拗歌》，《岛噫诗》《七言古》，页19。

其应知福兮祸所伏及物极必反之道理,并规劝其须时时刻刻心存善念,以转祸为福;否则,胆敢欺天必得天谴。至若《发冢》一诗,乃是当时社会强凌弱之实例:

> 发冢复发冢,无数白骨委荒茸;高堂大厦密于鳞,更夺鬼区架柱栱。轮奂构成歌舞喧,夜深却闻鬼声讻;此屋主人皆壮士,闻之恬然稀怖恐。壮士一去不复还,血溅原草无邱垄;生存华屋几何时,俄见因果同一种。新鬼归觅来故居,旧鬼揶揄笑且踊。①

贪求无厌者,动手挖坟与死人争地,并将挖出之无数白骨任意委弃于荒草中,侵夺鬼蜮以构建华厦,后因旧鬼报复而命丧九泉,此诚所谓自作孽,不可活者也。

(三)人情反复

世衰道微之时代,邪说暴行司空见惯,卢若腾感慨"人情太似石尤风,偏向急程阻去篷"②,人性自私无情,真如顶头逆风专打急程行人。缘此,乱世之际,世道之难行,如其《行路难》云:

> 行路难,不待人情反复间。人情有正方有反,有仰方有覆;当其未反未覆时,尚觉彼此两相关。如今人情首尾都险绝,安有正反、仰覆之二端。呼天谈节侠,指水结盟坛;芬芳可以佩,甘美可以餐。此时蜜中已藏剑,岂有肝胆许所欢。吁嗟乎!吾不能如鹿豕之蠢、木石之顽,安能与人无往还;往还未竟凶隙成,闭门静坐不得安。行路难,念之使人心胆寒。③

世风日下,人情变幻之快速,一如卢若腾于《观剧偶作》中云:"嗔喜之变在斯须,倏而狰狞倏妩媚。抵掌谈论风生舌,慷慨悲歌泉涌

---

① 《发冢》,《岛噫诗》《七言古》,页18。
② 《再赠林子濩,用前韵》,《岛噫诗》《七言律》,页36。
③ 《行路难》,《岛噫诗》《七言古》,页22。

泪；岂有性情在其间，妆点习惯滋便利。"①乍看之下，似批判剧中人，实乃影射现实人生，故卢若腾有"相识白头浑似新，识他谁假又谁真"之感慨②，悲叹人生之路难行，并将白居易歌中所云"行路难，不在水、不在山，祇在人情反复间"加以翻案，因当时人情首尾已险绝，又岂有正反仰覆之二端？闻之，真令人不寒而栗。而《见鬼》又提及人情反复之快云：

> 昨人刚见人，今日忽见鬼；猛然悟我愚，迟矣知人匪。人情深于渊，人貌厚于云气；剧谈天下事，顾盼一何伟！小小得丧间，便同慕膻蚁；假令临死生，能无犯不韪。须眉本丈夫，胡为畏首尾；松柏独也青，岁寒今存几？③

人与人间不可能无往还，故对人心险恶须有所警醒，否则，若不谙于知人，而受虚假面目所瞒骗，纵使仅是小小之利益，都极可能使对方趋之若鹜，更遑论面临生死存亡时，对方不会犯下大不韪之事，届时察觉真相，才恍然大悟，惊吓如见鬼般，则已太迟，而这种现象在当时甚多，无怪乎卢若腾要问后凋于岁寒之松柏今存几？

（四）呼吁淳俗

观风问俗之目的，在正得失，卢若腾在《骆亦至诗序》一文中，批评寡廉鲜耻者其心难测，惯做墙头草：

> 数年之内，初终两截者，亦至亦既屡见其人矣。更有不凝滞于物者，虏至则首为父老草降牒，虏退则复向侯门曳长裾；末也则又有效郝晷之知几，营程留之荐剡者，线索捻深、机局极秘，能使觌面交臂者，堕其云雾之中，而无从发辨奸之论。④

当时有唯利是图，毫无民族气节可言之人；亦有城府甚深，使人

---

① 《观剧偶作》，《岛噫诗》《七言古》，页15。
② 《相识》，《岛噫诗》《七言律》，页41。
③ 《见鬼》，《岛噫诗》《五言古》，页13。
④ 《骆亦至诗序》，《留庵诗文集》卷下《文集》，页96。

堕入其圈套中而不自觉之人，然而忠奸之辨，大节分际，乃在疾风知劲草，板荡识忠臣，高节者如松柏后凋于岁寒，或似梅花香，故其《识务》云：

> 凡识时务者，共称为俊杰；瞻风而望气，则鄙其卑劣。请问两种人，从何处分别？时务重补救，正道天所阅；风气在好尚，邪运人所窃。惟此天人界，辨之苦不晢。一从人起见，何事不决裂；繁华能几时，千秋污名节。亦或骋巧慧，邪正皆缔结。平居无事日，逢人美词说；及其临利害，判然分两截。独有耿介士，不肯灰心血。念念与天知，谁能相毁缺！①

此所谓识时务之俊杰与墙头草之别，择善固执与瞻望风气之分；前者乃重在补救时务，而后者则专在迎合风气。二者淄渑难辨，易鱼目混珠，然一旦涉及利害，则判然可见矣！此耿介之士如鸡鸣不已于风雨之用心。

忠善之人难为，其《唾面》一诗道出人要忍辱负重，不随波逐流：

> 唾面拭之逆人意，不拭笑受人亦忌；谓怒常情笑不测，曲曲揣我心中事。当其揣我我已危，我心虚舟知者谁；祇宜匿影深林里，莫将此面与人窥。不见我面自不唾，感君此意频道破（屡有讽余岩栖者）；可怜骨肉都不关，单单躲下面一个。②

可见当时社会出处进退甚不易，因"顽钝者，忌之所不至；柔媚者，怨之所不生。二者不全，则溷污内侵"③。若性非顽钝或柔媚，则动辄得咎，甚是为难。以唾面为例，拭亦不是，不拭亦不是，解脱之道，惟"莫将此面与人窥"一途，难怪卢若腾感叹人心背离道德良知之道。又其《独醒》云：

> 人于天地间，号为万物灵。祸福所倚伏，贵在睹未形；未形众所忽，而我偶独醒。彼醉醉视我，我言讵足听；彼醉醒视我，我

---

① 《识务》，《岛噫诗》《五言古》，页11。
② 《唾面》，《岛噫诗》《七言古》，页23。
③ 见《白业自序》，《留庵诗文集》卷下《文集》，页96～97。

乃眼中钉。徒令明哲士，劝诵金人铭。交态阅历遍，何殊水上萍；顷刻聚还散，风来不得宁。昔者阮嗣宗，率意辙靡停；当其路穷处，哭声震雷霆。道傍人大笑，何事太伶仃！寸心不相踰，双眼几时青。拟作哭笑图，张之堂上屏。①

阮籍穷途路哭，盖天下多故，卢若腾虽深知祸福相倚之理，亦有灵明之性以睹未形，然置身举世皆浊我独清、众人皆醉我独醒之世，仍难免成为别人之眼中钉，在此处境中诚然左右为难、哭笑不得也！而其《劝世》，劝人莫贪他人田产：

> 莫涎他人田，莫觊他人屋。涎田为种获，觊屋图栖宿。人生如寄耳，修短安可卜；一物将不去，底事空劳碌？况夺人所宝，内外咸怨讟。或云田屋在，堪作儿孙福；岂知机心萌，已中鬼神镞。纵使营置多，终当破败速。但看已前人，后车勿再覆！②

若腾仍苦口婆心，劝谏世人，勿觊觎他人田、莫垂涎他人屋，因人生苦短，且死后亦两手空空，带不走任何一物，何苦白忙一场？何况营谋多，破败也快，因此须牢记前车之鉴，莫重蹈覆辙。

综观上述，知当时社会人心已起巨大变化，不复昔日之淳朴无邪，而代之以汲汲营营、口蜜腹剑、贪求无厌；故卢若腾身处其间，感触自深，拈之为诗、笔之成文，遂不自觉而呈显出当时之社会人心矣。

五、台金地理书写

有关台湾、金门，卢若腾于诗中亦予以抒写。然因其晚年大都居住于金门，故诗中所提及有关台湾之事，皆为耳闻；至于金门为其故乡，亲身经历，颇为珍贵，下文将就此二者加以探讨之。

（一）想象台湾

关于台湾，卢若腾诗中有六首言及，唯当时多以"海东"称之，如

---

① 《独醒》，《岛噫诗》《五言古》，页8。
② 《劝世》，《岛噫诗》《五言古》，页2。

前文述及烈妇洪和之夫许尔绳，即是"从军远涉大海东"，后因罹疾而客死台湾者①。

台湾于拓垦之初，备尝艰辛，实筚路蓝缕，以启山林，《海东屯卒歌》即写明郑屯卒与移民开辟台湾之不易：

> 故乡无粥饘，来垦海东田。海东野牛未驯习，三人驱之两人牵；驱之不前牵不直，偾辕破犁跳如织。使我一锄翻一土，一尺、两尺已乏力；那知草根数尺深，挥锄终日不得息。除草一年草不荒，教牛一年牛不狂；今年成田明年种，明年自不费官粮。如今官粮不充腹，严令刻期食新谷；新谷何曾种一茎，饥死海东无人哭。②

诗中描述海东之地杂草丛生、野牛难驯，因此虽终年挥锄不休，草仍不除；而野牛亦不听使唤，更甭提播种新谷，冀望秋收，故难免饥馑之患，遂有"饥死海东无人哭"之叹，此亦反映出郑军亟需粮食之窘况。再者，台湾洪水猛兽甚多，如《长蛇篇》云：

> 闻道海东之蛇百寻长，阿谁曾向蛇量量；蛇身伏藏不可见，来时但觉勃窣腥风扬。人马不能盈其吻，牛车安足碍其肮！铠甲剑矛诸铜铁，嚼之靡碎似兔獐。遥传此语疑虚诞，取证前事亦寻常；君不见巴蛇瘗骨成邱冈，岳阳羿迹未销亡。当时洞庭已有此异物，况于万古闭塞之夷荒；夷荒久作长蛇窟，技非神羿孰能伤。天地不绝此种类，人来争之犯不祥；往往活葬长蛇腹，何不翩然还故乡！③

可见除了荒地拓垦艰难之外，尚闻海东有巨蛇，其长百寻，来无影、去无踪，唯闻一股腥臭味，且其胃口奇大无比，举凡铠甲剑矛诸铜

---

① 《澎湖厅志·艺文·诗》录有卢若腾《殉节篇，为烈妇洪和作》，其诗后有按语道："按郑氏进取台澎，沿海民多从之。此诗所云'从军远涉大海东'，即咏其事，录之以参。"而此诗即《岛噫诗》所收之《殉衣篇为许尔绳妻洪氏作》。《澎湖厅志》卷14《艺文（下）·诗》，页458。

② 《海东屯卒歌》，《岛噫诗》《七言古》，页24。

③ 《长蛇篇》，《岛噫诗》《七言古》，页25。

铁，莫不像兔獐般被嚼碎，更遑论牛车、人马，根本无法塞其牙缝，也因此常常有被其吞噬者，因此卢若腾质疑若无后羿射巴蛇之神技，何以消灭海东长蛇，与其葬身长蛇腹，何不干脆还故乡！

《明史·许孚远传》载其于万历二十年（1592 年）福建巡抚任内曾"募民垦海坛地八万三千有奇，筑城建营舍，聚兵以守；因请推行于南日、彭湖及浙中陈钱、金塘、玉环、南㠀诸岛。"①此时台湾仍不属汉人版图，直至郑成功取台，才真正建立汉人政权。而卢若腾乃较早诗写"台湾"者，其出现"台湾"字眼，则见于《东都行序》，其云：

> 澎湖之东有岛，前代未通中国，今谓之东番。其地之要害处，名台湾，红夷筑城贸易，垂四十年。近当事率师据其全岛，议开垦立国，先号为东都明京云。②

明季国事日非，荷兰人自天启四年（1624 年）据台，建台湾城贸易，迄永历十五年（1661 年）郑成功率师驱荷复台，建立东都明京止，荷人据台近四十年之久，因知是诗当作于郑成功驱荷复台之初，故此乃台湾文学史上极为重要之作。《东都行》首段云：

> 海东有巨岛，华人旧不争。南对惠潮境，北尽温麻程。红夷浮大舶，来筑数雉城。稍有中国人，互市集经营。③

诗首先叙述台湾之地理位置；荷兰犯台、筑城贸易之事及汉人经营。次云：

> 虏乱十余载，中原事变更。豪杰规速效，拥众涉沧瀛。于此辟天荒，标立东都名。或自东都来，备说东都情。官司严督趣，令人垦且耕。④

---

① 清·张廷玉等撰《明史》（台北：鼎文书局，1991 年 5 月 5 版，影北京中华书局点校本），卷 283《许孚远传》，页 7285。

② 《东都行》，《留庵诗文集》卷上《诗集·五言古》，页 12。

③ 《东都行》，《留庵诗文集》卷上《诗集·五言古》，页 12。

④ 《东都行》，《留庵诗文集》卷上《诗集·五言古》，页 12。

　　直至郑成功驱荷复台,改名"东都",以与永历帝之西都"肇庆"对望,并行寓兵于农政策开垦立国。其诗复云:

　　　　土壤非不腴,区画非不平。灌木蔽人视,蔓草窅人行。木杪悬蛇虺,草根穴狸貔。毒虫同寝处,瘴泉供饪烹。病者十四五,聒耳呻吟声。况皆苦枵腹,锹锸孰能擎。自夏而徂秋,尺土垦未成。红夷怯战斗,独恃火器精。城中一炮发,城下百尸横。林箐深密处,土夷更狰狞。射人每命中,竹箭铁镖并。①

　　续述台湾之环境险恶,触目所及皆灌木、蔓草、蛇虺、狸貔、毒虫及瘴泉,故拓垦极艰难;此外,荷兰人又以火铳负隅顽抗,致郑军伤亡惨重;益以台湾当地之原住民,又躲在丛林内以竹箭铁镖射杀汉人,阻挠其扩地开垦,故困难重重。实则,卢若腾所述并非夸大之词,因证之以追随延平王征战之户官杨英《从征实录》书中记载可知:

　　　　(永历)十五年辛丑(1611年)正月,藩驾驻思明州。……二月,藩提师札金门城,候理船只,进平台湾。……三月初十日,藩驾驻料罗,候顺风开驾,时官兵多以过洋为难,思逃者多。……(四月)初三日,宣毅前镇下官兵札营北线尾,夷长揆一城上见我北线尾官兵未备,遣战将拔鬼仔率鸟铳兵数百前来冲杀。……各近社土番头目,俱来迎附。……繇(由)是南北路土社闻风归附者接踵而至,各照例宴赐之,土社悉平怀服。……台湾城未攻,官兵乏粮。……礼武镇林福被红夷铳伤。……改赤崁地方为东都明京,设一府二县。以府为承天府,天兴县、万年县。……改台湾为安平镇。……七月,藩驾驻承天府。户官运粮船不至,官兵乏粮,每乡斗价至四、五钱不等。……八月,户官运粮船犹不至,官兵至食木子充饥,日忧脱巾之变。……时粮米不

――――――――――

　　①　《东都行》,《留庵诗文集》卷上《诗集·五言古》,页12。

接，官兵日只二餐，多有病没，兵心嗷嗷。①

可知当时台湾不但环境险恶，益以红夷及原住民抵抗，汉民族在此新天地屯垦不易。卢若腾得知此情景，慨叹道：

> 相期适乐土，受廛各为氓；而今战血溅，空山磷火盈。浯岛老杞人，听此忧茕茕；到处逢杀运，何时见息兵！天意虽难测，人谋自匪轻；苟能图匡复，岂必务远征！②

诗人忧心忡忡，仰头问天"到处逢杀运，何时见息兵"？其儒家悲悯之心油然升起，一如前诗所质疑："何不翩然还故乡"？遂极力反对郑成功远至台湾开疆拓土，认为"苟能图匡复，岂必务远征"！

实则，明末遗老大都反对郑成功经略台湾，如与卢若腾私交甚笃，彼此常有诗文往来③，同为"海外幾社六子"之张煌言即是。郑成功取台湾，张煌言《感事四首》云：

> 箕子明夷后，还从徼外居；端然殊宋恪，终莫挽殷墟！青海

---

① 明·杨英：《从征实录》（台北：台湾银行经济研究室，1958 年 11 月 1 版，《台湾文献丛刊》第 332 种），页 184～192。《从征实录》中朱希祖按云："本书书取台湾时之困苦艰难，皆他书所未见，盖非身历其境，不能道也。……阮旻锡记此事亦有足补此书之缺者。如云：'永历十五年十二月，改台湾名东宁。时以各社土田分给与水陆诸提镇，而令各搬其家眷至东宁居住，令兵丁俱各屯垦。初至水土不服，疫疬大作，病者十之七八，死者甚多，加以用法严峻，果于诛杀；于是人心惶惶，诸将解体。'（《海上见闻录》卷二）。……本书又于永历十五年三月、七月、八月屡记粮米匮乏事……盖至十六年正月，思明、金门不发一船至台湾，则台湾已受经济封锁。其时开垦未多，且未至收获之时，自当坐以待毙矣。观上列二事，已足见成功开辟台湾之不易。加以疾疫丧亡，番社叛变，其平定荷兰二城之困难，尚不与焉。"见《从征实录》，页 192。按：《从征实录》本称《先王实录》。

② 《东都行》，《留庵诗文集》卷上《诗集·五言古》，页 12。

③ 卢若腾有《与张煌言书》、《又答张煌言书》，见《留庵诗文集》卷下《文集》，页 81～82。而张煌言有《复卢牧舟司马若腾书》，见明·张煌言撰、张寿镛编《张苍水集》（台北：新文丰出版公司，1988 年 4 月 1 版，《四明丛书》，第 2 集，总第 5 册），卷 7《外编·遗文》，页 267 下。

浮天阔,黄山裂地虚。岂应千载下,摹拟到扶余!

闻说扶桑国,依稀弱水东;人皆传燕语,地亦辟蚕丛。荜路曾无异,桃源恐不同。鲸波万里外,倘是大王风!

田横尝避汉,徐福亦逃秦;试问三千女,何如五百人!槎归应有恨,剑在岂无嗔!惭愧荆蛮长,空文采药身。

古曾称白狄,今乃纪红夷;蛮触谁相斗,雌雄未可知!鸠居粗得计,蜃市转生疑。独惜炎洲路,春来断子规。①

诗中明显指责郑成功逃离当前抗清战斗行列,远遁海外台湾。然亦婉言劝其回师,再造逐鹿中原之机,进而扫除敌氛,故《送罗子木往台湾二首》云:

中原方逐鹿,何暇问虹梁!欲揽南溟胜,聊随北雁翔。鲎帆天外落,虾岛水中央。应笑青河客,输君是望洋!

羽书经岁杳,犹说袞衣东。此莫非王土,胡为用远攻?围师原将略,墨守亦夷风。别有刍荛见,回戈定犬戎!②

又《得故人书至自台湾二首》云:

炎州东望伏波船,海燕衔来五色笺;闻有象耘芝术地,愁无雁渡荻芦天。息机可是遗臣意?弃杖谁应夸父怜!只恐幼安肥遁老,藜床皂帽亦徒然!

杞忧天坠属谁支,九鼎如何系一丝?鳌柱断来新气象,蜃楼留得汉威仪。故人尚感褰裳梦,老我难忘伏枥诗。寄语避秦岛上客,衣冠黄绮总堪疑!③

张煌言与郑成功在军事上互为支持,尤其以永历十二年(1658年)北征进军长江之役,煌言为军队先导,深入安徽等地策反,克复四府、三州、二十四县,直至郑军大败出海,煌言进退维谷,遂沈巨舰于

---

① 《感事四首》,《张苍水集》卷3《奇零草》(三),页232。
② 《送罗子木往台湾二首》,《张苍水集》卷3《奇零草》(三),页232下。
③ 《得故人书至自台湾二首》,《张苍水集》卷6《外编·遗诗》,页259。

江,焚弃辎重,由霍山山路行二千余里,逃归浙江宁海。① 张与郑诚
为反清复明最后之二股力量,但自"中原方逐鹿,何暇问虹梁"、"此莫
非王土,胡为用远攻"、"只恐幼安肥遁老,藜床皂帽亦徒然"、"寄语避
秦岛上客,衣冠黄绮总堪疑"数句,皆讽谏郑成功远逸于台湾,可见张
煌言极力反对郑成功经略台湾之一斑。②

卢若腾《送人之台湾》一诗,首见"台湾"二字出现于卢若腾诗题
及诗歌中,其诗云:

> 台湾万里外,此际事纷纭。物力耕渔裕,兵威战伐勤。水低
> 多见日,涯远欲无云。指顾华夷合,归来动听闻。③

诗中指出台湾远在万里外,物力耕渔皆富裕,然征战频繁,故卢
若腾勉其应与台湾土著和平共处,并希望战争能赶快结束。此外,其
《寄门人戴某》(时在台湾)云:

> 怜子经年别,远游良苦辛。定交多侠客,流恨托波臣! 厌乱
> 人情剧,亡胡天意新。从戎旧有约,莫待鱼书频。④

卢若腾和远在台湾之门人戴捷通信,略言戴捷随郑成功至台已
一年,慰其远征之苦辛。仁人志士为复国大业,拓荒海外,流恨波臣,
实亦无奈。而今清虏迁海,人情厌乱,亡虏可期,故提醒其莫忘匡复
济世之初衷。

---

① 详见张煌言《北征得失纪略》,《张苍水集》卷 8,页 274～280。

② 郑成功与张煌言对于是否攻取台湾作为抗清基地之见解,两位抗清阵
营领袖各有不同立场,陈洙认为:"成功不听煌言之言,遂取台湾,实为上策;否
则,株守金厦,虽竭全力以抗清兵,于事岂济? 吾恐郑氏之亡,不待克塽时矣。
吾于此益叹煌言之孤忠亮节,可以希踪张、陆;而更喟然于成功者,始不愧一代
之豪也!"见陈乃乾、陈洙纂辑《徐闇公先生年谱》(台北:台湾银行经济研究室,
1961 年 10 月 1 版,《台湾文献丛刊》第 123 种),页 47～48。

③ 《送人之台湾》,《留庵诗文集》卷上《诗集·五言律》,页 41。

④ 《寄门人戴某》(时在台湾),《留庵诗文集》卷上《诗集·五言律》,页 41。
戴某即戴捷,泉州人,永历六年(1652)四月,郑成功督师进攻漳城,设二十八宿
营,领角宿镇。永历八年四月,统援剿前镇。永历十五年三月参与东征台湾之
役。

以上乃卢若腾抒写台湾之诗，此于其诗中所占比例虽低，然其在台湾文学史上之地位，则极为重要，故不容忽视。

（二）在地金门

卢若腾于永历十八年（1664 年）离开家乡金门随郑经军队抵澎湖，曾寓居太武山下①，金门与澎湖皆有太武山，故使人怀疑凡诗题有"太武山"者皆为描写澎湖之诗。其实不然，从诗作内容判断应皆为金门之作。

浯洲称海国，中有太武山，海拔二百五十余公尺，特立岛上，实为奇观所萃之地。洪受《沧海纪遗》载道："太武山雄伟庄厚，独冠屿上，海上人别呼为仙山。其脉由鸿渐穿波出海，至青屿突起三小阜，逶迤凝结神区，嵝峻皆石。"②盖太武山自麓徂顶盖有十余里，近观之状若古战士头盔"兜鍪"，故以太武名之；其纷纠萦纡，若印章篆刻，故又为谓之海印。海印寺又称太武岩寺，位于太武山东麓，坐东朝西，主祀乐山通远仙翁，宋咸淳年间（1265—1274 年）建，"明万历九年，剧贼

---

①　蔡守愚《登太武山高会》云："所称太武，系浯屿镇山，其上有十八奇诸胜。澎湖亦有此山，故传闻之误耳。明鼎革后，侍御卢若腾流寓来澎，隐此山下，旧有《太武游仙诗集》今亡"，见蒋镛：《澎湖续编》（台北：台湾银行经济研究室，1961 年 8 月 1 版，《台湾文献丛刊》第 115 种），卷下《艺文纪》，页 93。又林树海《乙酉侍任澎湖，丙戌冬月言归，赋诗志别》诗云："古剑磨肝胆，奇书浴性灵（余在澎访得卢牧洲先生遗文数册）"。见《澎湖续编》卷下《艺文纪》，页 158。

②　明·洪受：《沧海纪遗》（金门：金门战地政务委员会，1969 年 6 月 1 版，王秉垣、李怡来点校本），卷 1《山川之纪》，页 2。又见清·林焜熿纂：《金门志》（台北：台湾银行经济研究室，1960 年 10 月 1 版，《台湾文献丛刊》第 80 种），卷 2《分域略·山川·太武山》，页 8～9。卢若腾《募建太武寺疏》云："古所称海上三神山，以其在人世之外，故神之也。若夫人世之内，海上之奇称者，我浯而外无两焉。鸿渐一龙，奔入大海，天霁水澄，石骨棱棱可辨。蜿蜒起伏，挺为巨岩，盘结十余里，全体皆石，状类兜鍪，尊严庄重之势，不屑与翠阜苍峦争妍聚秀，名曰太武，厥有繇也。"见《留庵诗文集》卷下《文集·疏》，页 68。

越狱遁，邑侯金公躬度海诣祠祷焉，贼旋受缚，亟捐俸倡绅士新
之"①，万历二十八年（1600年）曾整修，永历十五年（1661年）春忠振
伯洪旭倡议重修，时卢若腾有《募建太武寺疏》，周全斌、戴捷等率先
捐俸响应，是年秋寺成，若腾又作《重建太武寺碑记》勒石其间。卢若
腾于永历十五年冬闰月又与寓岛诸老同游海印寺，有《辛丑春重建海
印岩，其秋落成矣。冬闰，洪钟特姻丈招王愧两、诸葛士年二先生来
游，次蔡清宪先生旧韵》②"洪钟特"即洪旭，旭号念衷，"钟特"可能其
字。③ "清宪"为蔡复一谥号，清宪《九日登太武岩》诗为："仙屿孤悬
雪浪春，桑麻旧话课乡邻。饮从十日抽身暇，山别多年入眼新。小鸟

---

① 《募建太武寺疏》，《留庵诗文集》卷下《文集·疏》，页69。
② 《岛噫诗》《七言律》，页40～41。按：《留庵诗文集》《游太武岩》诗序作：
"辛丑春重建太武海印岩，其秋落成矣。冬闰洪钟，特姻丈招王愧两、诸葛士年
来游，次蔡清宪先生旧韵》"此标点有误。笔参考王忠孝《同忠振伯洪钟特招司
马卢牧州、光禄诸葛士年游太㑺山漫题》，知洪钟特即忠振伯洪旭。见明·王忠
孝《惠安王忠孝公全集》（南投市：台湾省文献委员会，1993年12月1版），卷10
《诗类》，页229。
③ 按：金门县文献委员会编《金门先贤录·洪念衷明郑股肱》云："洪旭，
字念衷，或谓字念莨，号九峰。"见金门县文献委员会编《金门先贤录》（金门：
金门县文献委员会，1972年6月1版），页51。然据林焜熿《金门志·人物列
传·武绩·洪公抢传》引《留庵文集》云："（洪公抢）子旭，号念衷。唐王时以
军功得官，郑成功甚重之。累官中提督，封太子太师、忠振伯。次子暄，字调
五；为水澎游击。"《金门志》卷11《人物列传·武绩·洪公抢传》，页271。洪旭
为金门后丰港人，诗题中卢若腾称洪旭为姻丈，二人关切极亲，所言自应不致
有误。

呼名时报客,幽花迷径却依人。云岩月照香泉好,一酌松风濯世尘。"①卢若腾次其韵云:

> 胜赏虽迟犹小春,同游况复有芳邻。不深花木枝枝秀,无大洞天曲曲新。泉故喷香迎茗客,石争呈面待诗人。雨奇晴好都经眼,(时久旱喜雨旋即晴霁)浇尽世间万斛尘。②

本诗首联点出诸人游海印寺之季节与原由:永历十五秋海印寺重修落成,冬闰月,若腾姻丈洪旭招王忠孝、诸葛倬同游;故冬闰月"犹小春",亦是"芳邻同游"之本事也。颔联描写太武山地灵人杰,海印寺旁花木扶疏,处处洞天宝穴。颈联之"泉"指蟹眼泉,"石"指丁一中题诗眠云石上(下详)。尾联"雨奇晴好都经眼"转化苏轼《饮湖上初晴后雨》"水光潋滟晴方好,山色空蒙雨亦奇"之意③,盛赞太武山之美。是时久旱逢雨,天降甘霖,企望如法雨广布,洗涤人心。

---

① 蔡复一《九日登太武岩》,见《金门志》卷14《艺文志·诗》,页380。蔡复一(1576—1625年),金门蔡厝人,字敬夫,号元履。幼绝慧,年十二,作《范蠡传》万余言;父用明见之,惊曰:"几失吾儿!"万历二十二年(1594年)举人;二十三年乙未科进士。年十九,给假归娶。授刑部主事;即疏劾石星冒杀,平民要功状,御审处死,中外惮之。历员外郎,丁两艰,服除补兵部车驾,迁武库郎中。每筹边事,司马采以入告前;后疏凡十余上。天启二年(1622年),以右副都御史抚治郧阳兼制三省,寻以都察院右佥都御史总督贵州、云南、湖广军务兼巡抚贵州,赐尚方剑,便宜从事,节制五省。闻命,即提师走遵义六广河捣其腹,咨蜀设疑兵牵之;乃驻沅州召集将吏,遣总理鲁钦等救凯里,斩贼众,进克岩头寨。后卒于平越军中,熹宗嘉其忠勤,赠兵部尚书,赐祭葬,谥"清宪"。复一学博才高,诸著作皆崇论宏议;至书牍奏议之文,慷慨谈天下事,切中时弊。而诗则出入汉、魏、唐、宋间,居然一代名作。生平耿直,负大节,有志圣贤之学;经济文章,特其绪余,著有《遯庵文集》、《遯庵诗集》等。

② 《游太武岩》,《留庵诗文集》卷上《诗集·七言律》,页48。

③ 北宋·苏轼著、清·王文诰等辑注《苏轼诗集》(北京:中华书局,1982年2月1版,1992年4月3刷,孔凡礼点校本),卷9《饮湖上初晴后雨》二首其二,页430。

太武山最著名石刻乃眠云石上"丁少鹤登太武山诗碑"，其旁风动石有"鸣鹤"二字刻石，二石刻为明穆宗隆庆六年（1572 年）泉州同知丹阳丁一中与柳遇春、蔡存渊（蔡献臣族兄）等十余人同游太武山所刻，其《登太武山》二律云："泉南萍迹偏群山，太武由来尚未攀。此日乾坤一俯仰，浮生身世几间关。碧池浸月诸天净，白石眠云万虑闲。独坐翠微空阔甚，夕阳吟啸不知还。""奇胜谁登绝徼山，嶙峋偏自爱跻攀。苍波四面浮琼岛，青壁千重护玉关。北望五云天阙远，南瞻万里海涛闲。令威旧识蓬瀛路，便拟乘风驾鹤还。"①卢若腾登太武山乃有《太武岩次丁二守刻石韵》二首，其诗云：

> 溟渤之奇萃此山，欲舒望眼一跻攀。幽岩旧是神仙窟，绝岛今为虎豹关。隔海鼓鼙犹日竞，勤王羽檄几时闲。山灵未厌怀柔德，应护周家故物还。

> 悲秋思动强登山，峭壁悬崖次第攀；拂桂看诗怜苦韵，逢人阔论破愁关。见猜猿鹤偏因乱，遍识石泉总未闲。最喜客传朝报至，捷书新自秦中还！②

卢若腾和丁一中诗韵，却反用其意：前者乃藉登览萃奇之太武山，而兴起故国山河变色、战鼓不息之感慨，并冀望早日偃鼓息兵，收复疆土。后者则叙其秋日登太武山，然因战乱而悲愁满怀，故最喜秦中传来捷报。二诗似写太武山，实乃借之以咏怀。

---

① "丁少鹤登太武山诗碑"，见何培夫主编《金门·马祖地区现存碑碣图志》（台北："中央"图书馆台湾分馆，1999 年 6 月 1 版），137～138。该书作"丁少鹤攀太武山诗碑"。"浮生身世几间关"，该书释文作"浮生身世几阙关"，不确。《沧海纪遗》作："泉南萍迹偏群山，太武从来犹未攀。此日乾坤一俯仰，浮生身世几间关。碧池浸月诸天静，白石眠云万虑闲。独坐翠微空阔甚，夕阳吟啸不知还。""奇胜谁登绝顶山，嶙峋偏自爱跻攀。沧波四顾浮琼岛，青壁千寻护玉关。北望五云天阙远，南瞻万里海涛闲。令威旧识蓬莱路，便拟乘风驾鹤还。"见《沧海纪遗》卷9《词翰之纪》，页 63。

② 《太武岩次丁二守刻石韵》二首，《留庵诗文集》卷上《诗集·七言律》，页 44。

卢若腾又有《仲秋初度登太武岩,次蔡发吾韵》云:

奇观十二岂虚哉,衰乱谁珍能赋才。兴到狂歌频看剑,人来载酒且衔杯。夜阑独伴鸡声舞,晓望何多蜃气台。弧矢半生成底事,可堪白发鬓边催。①

本诗所次韵乃蔡发吾《太武山登眺》五首其一:"缥渺之峰亦壮哉,登临况复有群才。十年驰骋余双眼,万事浮沉共一杯。日照山岚飞锦绣,雾收海气起楼台。与君重约知何日,为报暮钟且莫催。"②太武山有十二奇景:海印岩、玉几案、浸月池、眠云石、偃盖松、跨鳌石、石门关、蟹眼泉、倒影塔、千丈壁、古石室、一览亭。自古文人雅士爱吟咏之,如洪受《次丁公韵排成十二景》云:"武岩玉几羡名山,此日跨鳌顶上攀。一虢蟹泉通石室,千寻翠壁锁门关。中峰有塔天犹近,眠石无心云自闲。览罢归来池醮月,松风簌簌人自还。"③但自丧乱以来,江山寂寥,风雅不再。卢若腾仲秋登临太武山,风景不殊,却人事全非。诗人载酒狂歌,或挑灯看剑,或闻鸡起舞,志在中兴。最后则以沉痛之慨叹,抒发壮志难酬之悲愤,想到清虏之逼侵屠掠,想到反

---

① 《仲秋初度登太武岩,次蔡发吾韵》,《岛噫诗》《七言律》,页35。

② 蔡发吾《太武山登眺》,见《沧海纪遗》卷9《词翰之纪》,页65。蔡守愚,字体言,号发吾;金门平林人。万历十三年(1585年)举人;十四年乙酉科进士。授南仪制司主事,后丁内艰,归葬;服除,授工部屯田司主事,督理易州、龙湾二厂。是时方急殿工,物力告诎,力赞大司空疏借内帑,以郡国赎输补偿之。得报,命升四川副使,分巡上川。土酋肆掠,播州尤甚,讨平之。晋参政,旋擢按察司,升右布政,皆分道川南。会六诏不靖,中丞乔公荐守愚以原官移节。复画善后诸策,为建南绥安计,备殚心力。数年间,小犯小胜,大犯大胜。以积劳成痞病,报满乞休者三;而两台苦留之。迁云南左布政,致仕。诸番肖守愚像于宏化寺。守愚尝署藩篆一月,籍羡金千余无所取。尝曰:"吾居蜀十四年,不敢受各属一果一菜,不敢取地方一粟一丝,不敢任喜怒而出入一罪,不敢听嘱托而臧否一人、不敢传舍官府,不敢秦越军民。"守愚为诗有魏、唐风味,文出入经史,自足名家;具载《百一斋稿》中。年七十卒。

③ 《次丁公韵排成十二景》、《咏太武山十二奇》,分见《沧海纪遗》卷9《词翰之纪》,页63、66。

清阵营之分崩离析、想到百姓之苦难、想到所有爱国志士之遗民苦节，理想与现实形成强烈之对照，真如辛稼轩所云："了却君王天下事，赢得生前身后名。可怜白发生！"①

卢若腾与太武山尚有一段公案未解，其缘于为王烈妇太武山立碑之事。其《刊名》：

> 我生大乱际，不幸兼两累；人识我姓名，我复识文字。虽无金石词，亦或动痂嗜；而皮里阳秋，未免触猜忌。耿耿王烈妇，从容死就义；立碑表贞姱，叙述颇详备。巍巍太武山，孕毓多瑰异；警句颂山灵，标之山头寺。我名署其后，今皆遭剗刬。若笑文字劣，何不以名示？姓名果不祥，何不并人弃？阴阳避就间，毕竟同儿戏。木伐迹且削，大圣有斯事；似我今所遭，未须生忿恚。②

卢若腾曾为王氏招娘撰记，立碑在太武山之山头寺王氏墓侧，称颂王招娘能从容殉夫之行。文亦存于《留庵文集》中，可惜今已逸，然据《金门志·列女传·烈妇》之引述可知其详。③ 孰料立碑之后，卢若腾所撰碑文及署名，竟遭他人剗刬，此行径极为卑劣。发生此等恶行，对一向民风淳朴之金门，造成议论纷纷，而卢若腾却旷达以对，觉得不须因此气愤难平。不过当时金门岛上，何人故意将卢若腾所撰碑文损毁，则不得而知；而此太武山残碑今已不存。

---

① 南宋·辛弃疾撰、邓广铭笺注《稼轩词编年笺注》（上海：上海古籍出版社，1993 年 10 月增订 1 版），卷 2《破阵子》为陈同甫赋壮词以寄，页 242。

② 《刊名》，《岛噫诗》《五言古》，页 10～11。

③ 《金门志·列女传·王氏招娘》云："王氏招娘，诏安五都人；嫁同里高对（按'县志'，昭娘遗其姓，王对妻。兹据《留庵集》补之）。对弱冠从戎，明季携妇僦居金门。已而对溺死北茄洋；讣闻，以死自誓。或劝之曰'若娠五月矣，为而夫血食计，盍俟诸？'昭娘泣曰：'即产，男女不可知，且吾一拙妇人耳，内外伶仃，飘泊异乡，藉手以抚呱呱者安在乎？异日者毁节以存孤，孰与蚤自引决之为无憾也。'周七日，追荐亡夫并舅姑，以旧衣余物分遗邻妇，从容缢死。寓岛诸客，醵金葬之；复立碑墓侧，卢若腾撰记（《留庵文集》）。"《金门志》卷 13《列女传·烈妇·王氏招娘》，页 356。

再者,金门有四大名泉,泉水皆出自花岗岩层中,曰蟹眼第一、龙井第二、将军第三、华严第四。卢若腾《浯洲四泉记》云:"浯之为洲,大海环之。地本斥卤,泉鲜清甘,茗饮者病焉。盖茗之香味,不得佳泉不发;而岛上之泉,非出自石中者不佳。予不能酒,而有茗癖,终日与泉作缘。"①上引《游太武岩》诗中"泉故喷香迎茗客"乃指太武山蟹眼泉,"蟹眼出太武山巅,泉窍嘘吸,象蟹眼之转动"②。而华严泉者,若腾之《华严泉》诗序曰:"浯中佳泉,蟹眼、将军与华严而三耳;华严地僻名隐,偶过沦茗,赋以表之",其诗云:

> 石罅流涓涓,幽香自可怜;未经尝七碗,几失第三泉。迹古僧铭在,源深海眼传;冷然逢凤契,欲去更流连。③

此为永历十二年(1659年)秋,卢若腾偶过华严庵,试其天井中石泉,而善之曰:"蟹眼、将军而外,此其鼎之一足乎?"④遂题壁纪事,即本诗也。

以上为卢若腾所描写有关台湾、金门之诗,自诗中亦可见其描写二者之着重点不同,故所显现出之风格自异。

六、咏物写志寄情

诗以咏物,盖以其最足以兴怀,如《文心雕龙·明诗》所云:"人禀七情,应物斯感,感物吟志,莫非自然。"⑤《文心雕龙·物色》又云:"是以诗人感物,联类不穷,流连万象之际,沉吟视听之区;写气图貌,

---

① 《浯洲四泉记》,《留庵诗文集》卷下《文集·记》,页112。
② 《浯洲四泉记》,《留庵诗文集》卷下《文集·记》,页112。
③ 《华严泉》诗序云:"浯中佳泉,蟹眼、将军与华严而三耳;华严地僻名隐,偶过沦茗赋以表之。"见《留庵诗文集》卷上《诗集·五言律》,页37。按《岛噫诗》以诗序为诗题,作《浯中佳泉,蟹眼、将军与华严而三耳;华严地僻名隐,偶过沦茗,赋以表之》,《岛噫诗》《五言律》,页33。
④ 《浯洲四泉记》,《留庵诗文集》卷下《文集·记》,页112。
⑤ 《文心雕龙·明诗》,南朝梁·刘勰撰、范文澜注《文心雕龙注》(台北:宏业书局,1975年2月1版),卷2《明诗》,页65。

既随物以宛转；属采附声，亦与心而徘徊。"①康熙御敕《佩文斋咏物诗选序》云："故夫诗者，极其至，足以通天地、类万物，而不越乎虫鱼草木之微，诗之咏物，自三百篇而已然矣。孔子曰：'迩之事父，远之事君，多识于鸟兽草木之名。'夫事君事父，忠孝大节也，鸟兽草木，至微也；吾夫子并举而极言之。然则诗之道，其称名也小，其取类也大。即一物之情，而关乎忠孝之旨，继自骚赋以来，未之有易也。此昔人咏物之诗所由作也欤。"②咏物诗不应只停留于"写物图貌"，单纯刻画所咏之物的外在形貌，应作更深层之情感呈现与意义开掘，尤其着重作者主观精神，或审美体验，借由物象来传达特殊之历史文化内涵，故优秀之咏物诗在于托物寄怀。

卢若腾咏物诗，举凡马、古树、桀犬、石、石尤风、甘蔗、番薯、鬼鸟及长蛇等皆在歌咏之列，而其指物而咏者，并非单纯咏物而已，乃"取比象者"③，藉物以写志，甚至带有比兴寄托之意，故下文将就此加以探析，惟自石尤风之后四者，前文已言及，请参看之，此处不赘。

（一）咏动物

卢若腾咏物题材中，以咏马最多，可见其与马之深厚情感，间作马语，以代写心声，更显现彼此两相得之情景，故极为生动。如《病马》即写人与马同病相怜，流露出民胞物与之胸怀，情深意挚，令人动

---

①　《文心雕龙·物色》，《文心雕龙注》卷10《物色》，页693。俞琰《咏物诗选序》云："诗感于物，而其体物不可以不工，状物者不可以不切。于是诗有咏物一体，以穷物之情，尽物之态。"，清·俞琰编选《咏物诗选》(成都：成都古籍书店，1987年订正1版)，页2。

②　《佩文斋咏物诗选序》，清·张玉书等编《御定佩文斋咏物诗选》(台北：台湾商务印书馆，1986年3月1版，影印文渊阁《四库全书》，第1432册)，页1下。

③　范仲淹《赋林衡鉴序》认为："指物而咏者，谓之咏物……取比象者，谓之体物。"北宋·范仲淹：《范仲淹全集·别集》(成都：四川大学出版社，2002年9月1版，李勇先等校点本)，卷4《赋林衡鉴序》509。

容，其诗云：

入门作病人，出门骑病马；可堪贫如洗，两病都着哑。我马不能言，主人笔代写；所病病在饥，消瘦剩两踝。无复霜雪蹄，迟迟行其野；感主相怜意，垂鞭不忍打。他人富刍粟，食多恩恐寡；愿守主人贫，忍饥伏枥下。①

“我马不能言，主人笔代写”已写出马之心声，说明此马之所以消瘦剩两踝、不能昂扬奋鬣驰骋千里，只能迟迟行其野之故，乃因饥也。其实，马之饥乃暗写卢若腾之窘困，故而《马语》云：

士卒方闲暇，清野穷昼夜；独有严令下，牧马禁伤稼。均是百姓之膏脂，士饱欲死马偏饥；民谓纵士枵我腹，马谓借我涂民目。民声依，马语诽；谁解者，阳翁伟。②

是否举世皆饥，非也，唯民与马耳！至若兵卒则撑饱欲死，无怪乎“民声哀，马声诽”。此卢若腾借写马以寄寓士卒搜刮民脂民膏之意。

主人无力供马粮，不忍爱马挨饿消瘦，故唯有遣去一途，其《遣马》云：

久矣劳尔力，不能充尔食；尔意亦良厚，忍饥依我侧。我贫日以甚，尔饥日以逼；中夜闻悲鸣，使我心凄恻。我无媚俗骨，宜与穷饿即；忍并尔躯命，市我弊帷德。赠将爱马人，剪拂生气色；努力酬刍豢，驰驱尽若职。道途倘相逢，长嘶认旧识。③

在人病马饥之情况下，彼此虽惺惺相惜，终不忍见马因己固穷而饿死，在无可奈何之下，遂有遣马之举。将之赠与爱马人，使得骋千里之才，并勉其善尽驰驱之职，异日若路途相逢，则以长嘶认旧识。另如《旧马过门》写人与马之间的真情，自然流露而不矫情，其诗云：

别去经春夏，偶然过我门；望中生急步，立久转悲喧。不怨

① 《病马》，《岛噫诗》《五言古》，页 2。

② 《马语》，《岛噫诗》《七言古》，页 24～25。

③ 《遣马》，《岛噫诗》《五言古》，页 3。

贫相失，长怀旧有恩；人情多愧尔，惆怅更何言！①

果然于遣马半载之后，因旧马过门而偶然相遇，卢若腾睹此内心悲喜交加，马非但能体谅其苦衷，不恨其半途相弃，且对之长怀旧恩，若腾此时则中心有愧，倍增惆怅之情。

至于写犬者，若腾有《桀犬》一诗，其诗云：

> 桀犬惯吠尧，于尧何所伤；假令不吠尧，于桀何所偿。既饱
> 桀刍豢，应喻桀心肠；桀威日以炽，犬吠日以扬。桀竟南巢去，犬
> 亦丧家亡；无复声如豹，祇觉胆似獐。四顾乞人怜，摇尾在道傍。
> 叮咛世上犬，勿效主人狂！②

此借写桀犬吠尧，以喻仗势欺人者，在当时虽能作威作福，但毕竟不长久，将沦为丧家之犬到处摇尾乞怜，最终将销声匿迹；因此寄寓狗仗人势者，应多三思其后果。

（二）咏古树

卢若腾咏树之作，有《古树》二首，其一"哀乐与人殊，天道岂泯泯！"③乃讽刺富人为富不仁，而其二：

> 移借岛中寓，移植岛中树；跨城以为梯，撤屋以为路。若道
> 家在岛，忍招邻里怒；若道岛非家，花木岂忍务！念此弹九地，颠
> 危在旦暮；一移此中来，再移何处住？譬之群燕雀，屋下安相哺；
> 突决栋宇焚，憍然罔知惧。④

浯岛聚集各旅义师，本应同舟共济，和平相处，进而完成复国大业。其实不然，此则写寓岛军阀豪霸以犯众怒之行径，移植岛上古树，以为自家造景之饰；拆屋毁城，以为自家通行之道路。这种自私自利行径，任意破坏岛上资源，完全不珍惜在地乡土情感，令人发指。

---

① 《旧马过门》，《岛噫诗》《五言律》，页33。
② 《桀犬》，《岛噫诗》《五言古》，页12。
③ 《古树》二首其一，《岛噫诗》《五言古》，页10。
④ 《古树》二首其二，《岛噫诗》《五言古》，页10。

于此丧乱之际,卢若腾以燕雀安于屋下为喻,奉劝这班自私之徒应居安思危,覆巢之下岂有完卵。

（三）咏巨石

卢若腾咏石之诗,除前文言及之《石丈》外,尚有《石言》(鼓冈湖诸石,为董沙河劖刻殆尽)一首,其诗云:

> 我家南溟滨,湖山隐荒僻;日月几升沈,云烟相迭积。何来沙河翁,侨寓事开辟;欲以文字位,易我混沌席。卧者劖其腹,立者雕其额;伏者琢其背,跻者镌其跖。湖光照山容,伤痕纷如列。我顽亦何知,闻之展游客;不夸笔墨奇,但叹湖山厄。胜事未足传,我骨碎何益! 愿言风雅人,高文补其隙。①

此乃以拟人化口吻,写鼓岗湖诸石控诉新住民董扬先滥垦乱题,破坏自然生态。诗中被点名者董沙河即晋江董扬先,乃郑成功夫人董酉姑之叔父②,崇祯十年(1637 年)进士,曾官泰州知府金事③、广东雷廉道④。明郑时期避难浯州古坑村,隐居于献台山,"凿石为室,自题'正冠'二字,上有诗,旁镌'石洞天'三字";献台山下,鼓岗"湖畔

---

① 《石言》(鼓冈湖诸石,为董沙河劖刻殆尽),《岛噫诗》《五言古》,页 4。

② 《小腆纪传·列传·列女》云:"董夫人,延平王朱成功妻也。父容先,爵里不可详。"清·徐鼒:《小腆纪传》(台北:台湾银行经济研究室,1963 年 7 月 1 版)《台湾文献丛刊》第 138 种),卷 60《列传·列女》,页 866。但据郑克塽《郑氏附葬祖父墓志》云:"祖母董系明进士礼部侍郎董讳扬先公胞侄女。"见厦门市郑成功纪念馆编《郑成功族谱四种·附录》(福州:福建人民出版社,2006 年 1 月 1 版),页 266。

③ 据清·方鼎等修、朱升元等纂《晋江县志》(台北:成文出版社,1967 年 2 月 1 版,影乾隆三十年刊本),卷 8《选举志·明进士·崇祯十年》,页 183。

④ 据左树夒修、刘敬纂《金门县志》(北京:九州出版社,2004 年 12 月 1 版,《台湾文献汇刊》影 1921 年钞本,第 5 辑,第 2 册),卷 20《列传十一·流寓·董扬先传》,页 137。

钓矶,扬先垂钓于此;前俯漂布石,镌'董子垂钓'四字。"①同时董扬先在石室旁筑有一亭,可观览鼓岗胜景,亦于亭后巨岩上题镌"辟沌"两字。另鲁王"汉影云根"石侧,近年又新发现"湖海钓狂"狂草七绝一首。以上所举,皆是当时董扬先所题刻,难怪卢若腾愤愤不平,指责鼓岗湖诸石被董扬先劚刻殆尽,"卧者劚其腹,立者雕其额;伏者琢其背,跻者镌其跖",整座山岩湖畔,伤痕累累。董扬先凿石为屋,垂钓鼓岗,置身山光水色中,固属风雅,但到处滥垦滥题,逞其一己之遂与笔墨之奇,反是湖山之厄。缘此,传达卢若腾反对任意破坏自然环境之思想。若欲以人工取代自然,将造成浑沌之死。

上述乃卢若腾咏物之作,知其并非单就某一对象进行赋咏而已,乃藉咏物以写志,所写之志虽不相同,归纳之,皆属于反映社会现实、关怀民生之主题,可见其仁民爱物之天性。

七、讽刺郑军军纪

卢若腾诗中讽刺郑彩等军队在浯洲岛上军纪败坏之实景,是极珍贵史诗,郑彩为郑芝龙族弟,自隆武二年(顺治三年,1646 年)起与其弟郑联即占据金厦。永历元年(顺治四年,1647 年)春,又有郑芝龙旧部将杨耿分据浯洲,搜括强夺,缙绅多罹其毒,尤以是年九月决后浦堤岸,百顷良田尽为海国,遗祸金门数十年,实天怒人怨。②

永历二年(顺治五年,1648 年)海上藩镇分驻于各岛,"粮饷缺乏,取之民间,而郑彩营将章云飞等扰民尤甚"③。永历四年(顺治七年,1650 年)八月,郑成功回师厦门,取郑联军兵。据《闽海纪要》载:

时金、厦两岛尚为建国公郑彩、定远侯郑联所据,肆虐不堪,

---

① 《金门志》卷 1《山川·献台山》,页 10。按:献台山为古岗环湖诸山之总称:包括赤山、贼山、大帽山、梁山等。文中所述石刻皆在今金城镇古城村古岗。

② 参引《金门志》卷 16《旧事志·纪兵》,页 402。

③ 清·阮旻锡:《海上见闻录》(台北:台湾银行经济研究室,1958 年 8 月 1 版,《台湾文献丛刊》第 24 种),卷 1,页 6。

民不堪命；其守将章云飞尤横。成功乃与陈霸议曰："两岛本吾家土地，彼兄弟所据，肆横无道，大为不堪！"乃严部署，自揭阳回军，于中秋夜抵厦门。联方醉万石岩，报至，不得入。诘朝出见成功于舟中，交拜甚欢。成功笑曰："兄能以一军相假乎？"联未对，执锐者前矣，唯唯惟命。于是麾军过船，联将皆降，海上军皆属焉。惟彩率所部遁去，漂泊数年；成功招之还，以病卒于家。①

郑联在岛专事游宴，民不堪命，其将章云飞，恣肆不道，成功率甘辉等精兵五百，船四只，中秋夜泊鼓浪屿，乘联无备袭之，联降，并其军，可四万余人。郑彩率部遁南中，成功遣洪政招之，彩愿尽解其兵，全军付之，成功遂兼有两岛。② 永历六年（顺治九年，1652 年）以郑泰守金门，四月成功移师金门之白沙，亲历各要口，以郑擎柱为知府，筑炮台，拨劲旅守之。五月，成功练兵后浦。十五年，郑成功思取台湾，谋辟疆土，仍以郑泰守金门，泰家赀以百万计，民遭其毒甚深。

就军事集团而言郑彩、郑联、杨耿、郑泰皆隶属于郑成功，郑成功治军极为严明，乃史上少见，即使如此，在浯岛军阀亦胡作非为，诗人笔下仍大加挞伐。首先如《借屋》云：

借屋复借屋，屋借恶客主人哭；本言借半暂居停，转瞬主人被驱逐。亦有不逐主人者，日囊主薪食主谷；主人应役如奴婢，少不如意遭鞭扑。或嫌湫隘再迁去，便将主屋向人鬻；间逞豪兴构新居，在在隙地任卜筑。东邻取土西邻瓦，南邻移石北邻木；旬日之间庆落成，四邻旧巢皆倾覆。加之警息朝夕传，土著尽编入册牍；昼不得耕夜不眠，执殳荷戈走仆仆。此地聚庐数百年，贫富相安无觳觫；自从恶客逼此处，丁壮老稚泪盈目。人言胡虏

---

① 清·夏琳：《闽海纪要》（台北：台湾银行经济研究室，1958 年 4 月 1 版，《台湾文献丛刊》第 11 种），卷上《庚寅》，页 7。

② 参引《金门志》卷 16《旧事志·纪兵》，页 402。陈汉光等修《金门县志》卷 6《历代兵事》，页 21。

如长蛇，岂知恶客是短蝮！①

诗中描写军队强制借屋，粗暴之军人反客为主，不是屋主被驱逐，就是主人应役如奴婢。对待屋舍之态度亦极为恶劣，不是任意拆屋增建，就是鬻屋了事。造成当地原住民旧巢皆倾覆，如此行径与胡虏有何异。再如《甘蔗谣》云：

> 嗟我村民居瘠土，生计强半在农圃；连阡种蒔因地宜，甘蔗之利敌黍稷。年来旱魃狠为灾，自春徂冬暵不雨；晨昏抱瓮争灌畦，辛勤救蔗如救父。救得一蔗值一文，家家喜色见眉宇。岂料悍卒百十群，嗜甘不恤他人苦。拔剑砍蔗如刈草，主人有言更触怒；翻加谗蔑恣株连，拘系榜掠命如缕。主将重违士卒心，黍而纵之示鼓舞；仍劝村民绝祸根，尔不莳蔗彼安取！百姓忍饥兵自静，此法简便良可诹；因笑古人拙治军，秋毫不犯何其腐！②

旱魃为灾，百姓抢救甘蔗，辛勤抱瓮灌畦，无非企盼有所收成。岂料悍卒成群糟蹋蔗园，拔剑乱砍如割草，主人敢怒不敢言，否则小命难保。古人治军，标榜秋毫不犯，爱民保民土，而今主将却纵容士卒为非作歹，诗中"拔剑砍蔗如刈草"，形象化写出兵士糟蹋百姓辛苦栽种甘蔗之具体事实，此见郑军军纪败坏之甚。故《骄兵》乃批判"骄兵如骄子，虽养不可用"③，兵心纵、军纪坏，则养兵反成嗜血蛇蝎，必殃及民。

兵卒握有武力强权，并借此强权不断对百姓施暴，卢若腾《田妇泣》云：

> 海上聚兵岁月长，比来各各置妻房；去年只苦兵丁暴，今年兼苦兵妇强。兵妇群行掠蔬谷，田妇泣诉遭挞伤；更诬田妇相剥夺，责偿簪珥及衣裳。薄资估尽未肯去，趣具鸡黍通酒浆。兵妇

---

① 《借屋》，《岛噫诗》《七言古》，页17～18。
② 《甘蔗谣》，《岛噫诗》《七言古》，页16～17。
③ 《骄兵》，《岛噫诗》《七言古》，页20。

醉饱方出门,田妇泣对夫婿商:有田力耕不得食,不如弃去事戎行。①

兵丁与兵妇之残暴掠夺,致勤耕力耘之田家无以为生,田家只有弃耕另谋生路。

番薯乃土贱之植物,然却活民无数,尤其遇凶岁,更唯此是赖,然而骄兵却不加珍惜,任意残害之,卢若腾《番薯谣》哀云:

> 番薯种自番邦来,功均粒食亦奇哉;岛人充飧兼酿酒,奴视山药与芋魁。根蔓茎叶皆可啖,岁凶直能救天灾;奈何苦岁又苦兵,遍地薯空不留荄。岛人泣诉主将前,反嗔细事浪喧豗;加之责罚罄其财,万家饥死孰肯哀! 呜呼! 万家饥死孰肯哀!②

此见番薯田亦无法幸免于兵丁之糟蹋,主将放纵骄兵恣意残害农作物而从不加以约束,造成万家饥死无可诉之惨状。

另则,岛上官兵经常有掳人勒赎恶行发生,如《抱儿行》所描述:

> 健卒径入民家住,鸡犬不存谁敢怒。三岁幼儿夜啼饥,天明随翁采薯芋。采未盈筐翁未归,儿先归来与卒遇;抱儿将鬻远乡去,手持饼饵诱儿哺。儿掷饼饵呼爹娘,大声哭泣泪如雨;邻人见之摧肝肠,劝卒抱归还其妪。妪具酒食为卒谢,食罢咆哮更索赂;倘惜数金赎儿身,儿身难将铜铁锢。此语传闻遍诸村,家家相戒谨晨昏;骨肉难甘生别离,莫遣幼儿乱出门。③

兵卒掠夺民谷,强占民宅,复抱民家稚子远鬻;苟不成,更出言威胁,并向翁妪索赂。居此世局,莫怪要家家相警戒,莫遣幼儿乱出门,否则将造成骨肉永远别离之后果。

外有胡虏兵燹,内有骄兵殃民,民生经济实为萧条,如《庚子元夕》所感慨:

> 年来萧条景,无如今元夜;箫鼓哑无声,火树光华谢;祠门乏

---

① 《田妇泣》,《岛噫诗》《七言古》,页23。
② 《番薯谣》,《岛噫诗》《七言古》,页20。
③ 《抱儿行》,《岛噫诗》《七言古》,页22。

膏粥，宴客缺酒炙。旱荒久为虐，邻不富禾稼；加之助军兴，箕敛无等差。丁壮及梢手，应募索高价；家家剜肉供，此例何时罢。悍卒猛于虎，纵横任叱咤。昼而攫通衢，夜则掠庐舍。十室九啼饥，碗灯问谁借。……哀我岛上人，如兽在罟擭；翻羡草无知，岂惮虫沙化。上帝匪不仁，鉴观宁无讶？呵护有神机，孰得观其罅！①

平日百姓助军饷，负担已沉重，骄兵悍卒猛于虎，纵横叱咤。白昼攫通衢，黑夜掠庐舍，造成十室九空，即使是春节仍萧条无味。最后如《失马》诗所写，平日赖以代步的小马亦为官军所夺，卢若腾虽宽慰自己，"荣辱本无关，失马固非祸。吾老当益壮，习劳未敢惰；安步以当车，达观理自妥"②，然亦透露出当时官军蛮横无理、欺压百姓之寓意。

综观卢若腾讽刺郑军岛上军纪败坏之诗，最深刻者当为《神雾》之"岁岁给军民力空，临危偏藉神雾功"③，此实同唐人李颀"年年战骨埋荒外，空见蒲桃入汉家"之沉痛与无奈。④

第三节　丧乱流离实录

卢若腾言己之《岛噫诗》，旨欲借之以噫其心之气，因身处乱世，与其以人自见，毋宁以诗自见也，自上文吾人业见其忧国忧民之心矣！然除此之外，其诗尚可供诗史观，以其保存甚多史料故也，一如若腾《君常弟诗序》中云："丧乱以来，惊心骇目之事，层见迭出；其足供诗料者，多矣。"故对南明抗清与台湾移民史有正史、证史、补史之

---

① 《庚子元夕》，《留庵诗文集》卷上《诗集·五言古》，页14。

② 《失马》，《岛噫诗》《五言古》，页1。

③ 《神雾》，《留庵诗文集》卷上《诗集·七言古》，页26。

④ 唐·李颀《古从军行》，见《全唐诗》（北京：中华书局，1960年4月1版，1992年10月5刷，王仲闻点校本），卷133，第4册，页1348。

功,是以下文将就此三端,叙之如后。

一、正史志之功

卢若腾《岛噫诗》中有《叶茂林》一诗,乃歌颂义仆叶茂林。诗歌之前并有一长序,叙述其本事及作此缘由:

> 叶茂林,晋江张维机之仆也。甲申三月,闯贼入京师,先帝殉难;贼令京官尽赴点名,不至者斩。维机时为宫詹,年七十余矣;其仆曰:"主年高而位尊,宜早自引决,以全君臣之义;岂可逐队谒贼,为天下万世羞!"不听,竟为贼械系拷掠,勒索赂金;至缝皮箍其首,而以木杙插之,痛楚万状。仆不胜悲愤曰:"不听某言,致此戮辱;请先主死,愿主决计!"遂夺贼刀自刭。维机赃私狼藉,饱贼所须,得全残喘。虏至贼遁,南人踉跄逃还,仅以身免为幸,而维机尚运数千金抵家;盖素多智数,危难中犹能与财相终始也。归又数年,方病死,愧其仆多矣。每询此仆姓名,未有知者。壬寅□(七?)月入鹭门,饮冯参军家;其庖人能言京师甲申三月事,盖当时事维机在京者,因言义仆姓叶名茂林云。作此吊之。①

崇祯十七年(1644 年)三月,闯贼陷京师,思宗自缢,而宫詹张维机竟苟延残喘不死其君,叶茂林以一介仆人,却能舍生取义,无怪卢若腾作诗吊之,以标榜其忠义,故其形虽已死,而精神永长存。《叶茂林》诗云:

> 叶茂林,报主颈血怨主心,心心爱主翻成怨,为主不死辱更深;慷慨刎喉先主死,焉能视主汤火燖。嗟哉累累若若辈,身濡鲜血献黄金;缓死须臾竟死矣,遗臭万年讵可任。惟有茂林终不死,长使忠义发哀吟。②

此为卢若腾所载叶茂林及张维机之事迹,然《明季北略》则云:

---

① 《叶茂林》,《岛噫诗》《七言古》,页 28。
② 《叶茂林》,《岛噫诗》《七言古》,页 28~29。

397

张维机，福建晋江人。天启乙丑进士，官吏部侍郎。夹二夹，头箍一箍。仍夹其仆二夹，夺贼刀自刎死。见《国变录》。能夺刀自刎，可谓烈矣，惜乎其晚也。[1]

言张维机为夺贼刀自刎死，显与卢若腾言其除身免，尚运数千金抵家有甚大出入，实南辕北辙也。故《小腆纪年》考曰：

詹事府詹事晋江张维机与其仆同被掠，仆夺刀自刎死，维机入银释（考曰：《北略》引《国变录》云："维机夹二夹，头箍一箍；仍夹其仆二夹，夺贼刀自刎死"。计六奇曰："夺刀自刎烈矣！惜乎其晚也。"按六奇误以仆之自刎为维机自刎也。《传信录》云："维机官正詹，其仆同系，共拷掠。一仆不堪，夺刀自刎死；维机至夹及脑，入赃释。"无自刎事也。又《北略》以维机官吏部侍郎，与《传信录》亦异）。[2]

故藉若腾诗可以纠正史籍记载，而明其真相，此不可言非其贡献也。

二、议史事之写

卢若腾诗中，如前文所述其讴歌节女烈妇，使其流芳百世，让后人永志不忘；且其诗大都描写史实，故可据之印证历史，故宜为其贡献之二也。

前文"关心妇女遭遇"一小节，言及卢若腾有《哀烈歌，为许初娘作》及《殉衣篇，为许尔绳妻洪氏作》二诗，而许初娘与洪和娘之事迹，《金门志》中咸有记载，故藉卢若腾诗可资以印证，此已见于前文，不再赘述。

---

① 清·计六奇：《明季北略》（北京：中华书局，1984 年 6 月 1 版，魏得良、任道斌点校本），卷 22《张维机》，页 582。

② 清·徐鼒：《小腆纪年》（台北：台湾银行经济研究室，1962 年 11 月 1 版，《台湾文献丛刊》第 134 种），卷 4《自三月乙巳日至丁巳日》，页 172。

（一）熊汝霖遇害

与史实有关者，如《哭熊雨殷老师》。熊雨殷即熊汝霖，余姚人，为崇祯四年（1631 年）进士，乃卢若腾之师。永历二年（1648 年），为郑彩遣兵潜害，并其幼子琦官投海中①。众人因畏惧郑彩权势，莫敢言，卢若腾则直揭其罪，致朝士振悚。其诗云：

> 出师未捷事蹉跎，胡越舟中俄反戈；为喜音跫鼪鼯径，终悲血洒鳄鲸窝。刘琨误杀冤犹薄，孟玖谗成恨不磨（构祸者，阉人李辅国）；剩得同山畏垒在，遗黎几度哭经过。②

"胡越舟中俄反戈"、"孟玖谗成恨不磨"，乃言永历元年正月，鲁王以郑彩为元帅，并封郑国公，自是专横。大学士熊汝霖每折之，彩因与义兴伯郑遵谦争洋船，有仇隙。会二年正月元夕，汝霖与遵谦相问遗；彩部将李茂遽以合谋告变，彩遂袭杀汝霖并遵谦③，故藉此诗可印证史籍所载郑彩害死熊雨殷之事实，价值更高。诗中可见郑彩等武人跋扈，为个人仇隙，同志反戈相残，实是勇于内斗却怯于外敌。

---

① 有关熊汝霖之事迹，请参看张廷玉等撰《明史》（台北：鼎文书局，1991年 5 月 1 版 5 刷，影北京中华书局点校本），卷 276《熊汝霖传》，页 7078～7080。清·邵廷采：《东南纪事》（台北：台湾银行经济研究室，1961 年 1 月 1 版，《台湾文献丛刊》第 35 种），卷 5《熊汝霖传》，页 75～80。清·凌雪：《南天痕》（台北：台湾银行经济研究室，1960 年 6 月 1 版，《台湾文献丛刊》第 76 种），卷 15《熊汝霖传》，页 252～254。清·李瑶：《南疆绎史》（台北：台湾银行经济研究室，1962年 8 月 1 版，《台湾文献丛刊》第 132 种），卷 22《熊汝霖传》，页 310～313。清·徐鼒：《小腆纪传》（台北：台湾银行经济研究室，1963 年 7 月 1 版，《台湾文献丛刊》第 138 种），卷 40《熊汝霖传》，页 475～478。明·张煌言撰、张寿镛编《张苍水集》（台北：新文丰出版公司，1988 年 4 月 1 版，《四明丛书》第 5 册），卷 1《奇零草》（一）《吊熊雨殷相公》，页 200。《同安县志》卷 34《熊汝霖传》，页 1108～1110。

② 《哭熊雨殷老师》，《岛噫诗》《七言律》，页 35。

③ 《小腆纪传》卷 45《郑彩传》，页 560。

（二）羊山之挫

卢若腾《嗔羊山》则写永历十二年（顺治十五年，1658 年）郑成功会张煌言大举北伐，七月，师次羊山，遇飓风破舰之事：

> 羊山之羊不可捕，捕之往往逢神怒。我闻古昔有神羊，抵触能令奸邪怖。此山此羊既称神，云胡降罚有差误。八月水天一色青，我师北伐山下渡。乘风扬帆疾于箭，帆影几尺三沙树。黑云一片起东北，倏忽昏霾转狂刮。浪涌涛翻岛屿没，蛟螭跳跃天吴鹜。大艘小艇碎似萍，争归鱼腹作丘墓。伤哉虏乱十五年，仗义之师几处聚。东南唯我一军张，舳舻连咽士如雨。戈矛剑戟耀日光，条条悉出欧冶铸。神机巨炮相续发，霹雳万声四塞雾。健儿浑身铁包裹，不数犀兕六七属。似此制敌罔不摧，人尽快心神竭妒。长年三老股栗言，此变百年希一遇。多因馋卒轻食羊，牲币虽虔神其吐。吁嗟此说是耶非，一沉万命岂细故！君不见王阖矸水骂子胥，钱塘之潮平如布。又不见陈茂拔剑叱水府，交海龙王惊失措。自古精神格鬼神，不信羊山独不悟。我舟虽坏可再造，我卒虽溺可再募。沿海物力任搜罗，桑榆之收在旦暮。誓竭忠诚洗腥膻，鼓行而前无退步。来岁春尽南风驶，搜船重回羊山路。羊山之神不效灵，蠢尔妖邪何足惧。直须屠尽山中羊，一军人人恣饱哺！①

郑成功羊山遇飓风，楼船与军士遭巨大损伤，造成北征顿挫，此事与羊山屠羊试炮之事，是纯属巧合，或应咒，不可考也。然《海上见闻录》载羊山鸣炮，惊动海龙云：

> 七月初二日，赐姓开驾抵舟山。问引港官李顺水程；顺曰："舟山至羊山，西南风一日便到。其山皆羊，并无人往。有大王庙甚灵；海中有蒙、瞢二龙，泊船不可金鼓献纸，恐其惊动，翻覆不安。"赐姓不信。初九日午刻，到羊山候舟宗。初十，各提镇

---

① 《嗔羊山》，《留庵诗文集》卷上《诗集·七言古》，页 30～31。

来见,放炮鸣锣。不移时,风起浪涌,迅雷闪电,对面昏黑不相见,但闻呼救之声。管船都(督)陈德与太监张忠等跪求赐姓上棚拜天;拜甫毕,风雨顿息,波浪稍恬。覆舟五千余号,溺死数千人。赐姓中军船打破,失六妃嫔、二公子、三公子、五公子,凡二百三十一人。十四日,赐姓因以兵船、军器损失,回至舟山,议向温、台各港取饷。①

《小腆纪传·张煌言传》亦载羊山屠羊之事:

> 七月,成功兴师,以监军会之北行,泊舟羊山。山故多羊,杀之则风涛立至。军士不能戒,烹之;羊熟而祸作,碎船百余,义阳王溺焉。遂返旆,之舟山治舟。②

初郑成功积极整军备武,“永历十二年(1658年)三月,赐姓筑演武亭于厦门港练兵。以石狮重五百斤为的,力能挺起者拨入左右武卫亲军。皆给以云南斩马刀、弓箭,带铁面,穿铁臂、铁裙,用锁锁定,使不得脱;时谓之‘铁人’。”③七月,郑成功率“健儿浑身铁包裹”之铁人部队,途经羊山,因军士杀羊洗炮。未几,狂风大作,浪涛翻涌,岛没而船碎,死伤万余,于是退泊舟山,整治军备,以图再举。卢若腾对此甚为悲愤,希望用实际行动,破除迷信,有屠尽山中羊之决心。

(三)金陵之役

永历十三年(1659年)五月郑张联合北伐,七月张煌言军已抵安

---

① 《海上见闻录》卷1,页27。魏源《圣武记》亦云:“师次羊山,相传其下龙宫,戒震惊,成功下令各舶尽炮,果飓发,挟雷电,水起立,碎巨舰数十,漂没士卒数千,成功乃旋师。”清·魏源:《圣武记》(上海:上海古籍出版社,2002年3月1版,《续修四库全书》影清道光刻本,第402册),卷8《国初东南靖海记》,页331。

② 《小腆纪传》卷44《张煌言传》,页542。

③ 明·阮旻锡:《海上见闻录》(台北:台湾银行经济研究室,1958年8月1版,《台湾文献丛刊》第24种),卷1,页25。

徽芜湖，以遏清兵江楚之援，时郑成功师已围南京二旬，煌言复贻书成功请速下南京，但成功以累捷自骄，又中清人缓兵之计，令八十三营兵马守株待降，于是疏于防备，流于宴乐，清兵乘其不备，大败之。如《小腆纪传》载曰：

> 初，煌言贻书成功曰："师不可老，老则生变；宜速遣诸将分徇近邑。如金陵出援，我则首尾相击；如其自守，我则坚壁以待。倘四面克复，则收兵鳞集，金陵在我掌中矣！"成功以累捷自骄。又闻江北如破竹势，谓城可旦夕下，但命八十三营牵连立屯；释戈开宴，军士捕鱼、纵酒为乐。而官军之各路援师已长驱至，侦其不备，以轻骑穴城出击，破前锋，擒其将余新。仓猝间，士气已馁，拔营遁；垒灶未安，大兵复倾城出，诸营瓦解。成功之良将甘辉，马蹶被擒，死；遂大败。成功亟登舟乘流下海，镇江诸师并撤去。①

此事由卢若腾《金陵城》亦可印证，其云：

> 金陵城，秦汉以来几战争。战胜攻取有难易，未闻不假十万兵。闽南义旅今最劲，连年破房无坚营；貔貅三万绝鲸海，直沂大江不留行。瓜步丹徒鏖战下，江南列郡并震惊。龙盘虎踞古都会，伫看开门夹道迎。一朝胡骑如云合，百战雄师涂地倾。金陵城，城下未歇酣歌声，芦苇丛中乱尸横。咫尺孝陵无人拜，人意参差天意更。单咎不能知彼此，犹是常谈老书生。②

"城下未歇酣歌声"，指郑成功军队轻敌开宴、纵酒为乐；"一朝胡骑如云合，百战雄师涂地倾"，则言清军之各路援师，趁成功军不备，以轻骑穴城出击。"芦苇丛中乱尸横"，乃言成功军溃败，尸横遍野之情形。诚如邵廷采《东南纪事》所载："崇明副将梁化凤先已降，又不时调，化凤侦丹阳无备，遂引兵突入南京。乘南军怠，夜开城出，大有斩获。次日，满汉军倾城出战，袭破余新军；诸军皆溃，争赴舟，溺死

---

① 《小腆纪传》卷44《张煌言传》，页543。
② 《金陵城》，《留庵诗文集》卷上《诗集·七言古》，页31。

无算,成功仅得登舟。"①审其失败主因,乃不能做到"知己知彼"之故。

(四)庚子破虏

永历十四年(1660 年)五月初十日,清军攻厦门,后为郑成功御却之。卢若腾《庚子五月初十日破虏》云:

> 彼虏非不狡,彼己知不真。舍陆趋大海,轻信我叛人。叛人
> 怀观望,欲前且逡巡。误彼曳落河,血肉饱巨鳞。其被俘获者,
> 斧斤杂前陈。断手或膑足,又或劓鼻唇。纵之匍匐归,彼酋残且
> 嗔。而我贺战胜,亦当究厥因。其时水上军,舸舟胶不振。敌来
> 何飘忽,矢集若飞尘;战斗无所施,空说不顾身。时哉东南风,蓬
> 蓬起青苹。驱潮上海门,奋击似有神。遂使兔麋骇,一鼓入蹄
> 罠。自是天意巧,非关人力振。我有一得愚,愿与智者论。时时
> 如敌至,此令当五申。②

清军精骑射而不善舟楫,然轻信郑成功右虎卫陈鹏密书投诚之语,舍陆趋海,因其不谙水性,益以东南风助郑军,"驱潮上海门,奋击似有神",大败清军。《小腆纪年》亦载此事道:

> 忽陈鹏密书投诚,请自五通渡师袭厦门;率泰纳之,飞催粤
> 师合击。初十日甲子,漳船乘风出海门。成功令五府陈尧策传
> 令诸将碇海中流,候中军号炮迎敌;妄动者斩。令未毕,漳船猝
> 至,诸将仓卒受令,莫敢先发;闽安侯周瑞为王师所乘,与尧策死
> 之。陈辉见事急,举火,王师之跃入舟者焚焉;疑不敢逼,辉跳而
> 免。日向午,成功执旗剑,顾问左右曰:"流平否?"曰:"流平矣!"
> 曰:"流平则潮转,潮转则风随之;令举炮起碇。"俄东风大盛,成

---

①　清·邵廷采:《东南纪事》(台北:台湾银行经济研究室,1961 年 1 月 1
版,《台湾文献丛刊》第 35 种),卷 11《郑成功(上)》,页 141。

②　《庚子五月初十日破虏》,《留庵诗文集》卷上《诗集·五言古》,页 14～
15。

功手自搴旗引巨舰横击之，泰自浯屿回击；风吼涛立，一海皆动，军士踏浪如飞。北人不谙水性，眩晕颠仆，呕，逆不成军，遂大败，僵尸满海。①

然而卢若腾在诗中强调成功军所以致胜，非人为也，乃东南风之助，故提醒主帅须严申军纪，注意敌情，时时提高警觉，处处做好厦门防备，不可心存侥幸之心。

纵观卢若腾议写熊汝霖遇害、羊山之挫、金陵之役、庚子破虏等，一方面属当时史实，另一方面诗中有诗人对时事之见解，可借卢若腾诸诗印证史籍所载，此亦其贡献之一端也！

三、补志乘之阙

卢若腾诗中对时事之歌咏，或史志所未载、或方志所载不足，故可取以补志乘不足之处，具有补苴罅漏之功。故下文即不嫌赘言，述之如后。

（一）志乘所未载者

前文"关心妇女遭遇"一节言及《鬼鸟》，诗中载新儿为世家戚洪兴佐虐待至死，终化为异鸟复仇事，此传说即史所未载，故可借之补史，是诗前文已述，不赘。

而《神雾》则记永历五年（1651 年）三月初一日，清兵蹂躏厦门，拟进攻金门之史实，卢若腾作此诗以记其事：

辛卯三月朔，胡骑蹂禾山。虽饱未扬去，回指沧浯湾。沧浯不可到，模糊烟霭间。援兵次第集，神雾始飞还。当时水师尽入粤，仓卒一矢无人发。若非螣蛇挟雾游，全岛生灵化白骨。岁岁给军民力空，临危偏藉神雾功。安得学成张楷裴优之奇术，晏然

---

① 《小腆纪年》卷 20《顺至十七年》，页 942～943。

高卧海岛中。①

永历五年(1651年),春闰二月,郑成功奉诏南下援粤东,留郑芝莞、芝鹏守厦门,郑泰守金门。清当局侦知郑成功主力军队远出,因乘虚取厦门②、进逼金门。但天不从其愿,遇大雾而失机,金门一岛亦因神雾之助而逃过一劫,而此事连清同治年间《金门志》等史籍皆未见载,故1967年陈汉光等修《金门县志·历代兵事》③与1991年郭尧龄等增修《金门县志·兵事志》④补云:"三月,清巡抚张学圣侦成功远出,以马得功袭破厦门,乘胜进窥金门,时金门水师单弱,忽大雾,咫尺不见人,清兵不得进,援师集,雾始散,因得保全。"故藉此足以补史。

至若《丙申三月初六日大风覆虏》,所叙飓风助郑军殪敌之事亦未详于史籍,此为居住在金门之卢若腾亲身所见证,当为第一手珍贵史料,其云:

---

① 《神雾》,《留庵诗文集》卷上《诗集·七言古》,页26～27。此事发生时间诗中言"三月初一",据卢若腾《重建太武寺碑记》云:"国变以来,独吾岛为一片干净土。辛卯(永历五年,1651年)二月三日之雾、丙申(永历十年,1656年)三月六日之风,变而俄顷,出人望表;虽云天意,亦藉山灵。"此却言"二月三日",不知何者为确。《重建太武寺碑记》,《留庵诗文集》卷下《文集·记》,页115。

② 据《海上见闻录》载:"闽抚张学圣同提督马得功集各处民兵及船攻厦门。郑芝鹏怯懦,载辎重下船。得功将数十骑飘至五通,遂登岸。阮引不战而逃,百姓哭声震天。"明·阮旻锡:《海上见闻录》(台北:台湾银行经济研究室,1958年8月1版,《台湾文献丛刊》第24种),卷1《顺治七年、永历四年》,页10。《靖海志》补充云:"我闽抚张学圣急调提督马得功,集同安县十八堡、刘王店各处民兵及船攻厦门,伪守将郑芝鹏乘舟遁,禁城中居民不许搬移。得功数十骑下船,飘至五通,始登岸,无有御之者。守高崎水师镇阮引不战而走。城中百姓哭声振天。"清·彭孙贻:《靖海志》(台北:台湾银行经济研究室,1959年1月1版,《台湾文献丛刊》第35种),卷1,页21～22。

③ 陈汉光等修《金门县志》(金门:金门县文献委员会,1967年2月1版),卷6《历代兵事》,页21。

④ 郭尧龄等增修《金门县志》(金门:金门县文献委员会,1992年1月1版),卷9《兵事志》,页1219。

虽有千万卒，不如一刻风。卒多而毒民，岁月无终穷；风劲而殪敌，一刻成奇功。彼狡潜捣虚，乘潮骋艨艟，夜发笋江曲，朝至围头东。虏笑指三岛，云在吾目中。陡逢巽二怒，进退俱冥菁。队队舻舳接，打断似飞蓬；齐摅犀兕甲，往谒蛟龙宫。亦或免淹溺，飘来沙土舟宗；猛兽伤入槛，鸷鸟困投笼。始知干净土，不容腥秽江。效灵者风伯，仁爱属苍穹；谓宜答天意，开诚兼布公。苟不救水火，发愤难为雄。①

永历九年（顺治十二年，1655 年）十一月，清郑亲王世子济度大军入闽，议取两岛，时岛兵骤炽，分水陆为七十二镇，济度至泉州使人持谕招抚郑成功，成功不纳。复用书函劝降，成功答之。乃堕安平镇、漳州、惠安、同安诸城，退保金厦，且令厦门居民搬移过海，移安平辎重及眷口于金门、镇海等处，空岛以待。永历十年（1656 年）三月济度大集各澳船只，令泉镇韩尚亮为先锋，督水师出泉州港。郑成功令陈魁、苏茂、陈辉、陈斌四镇配巨舰十二，出泊料罗湾。郑泰出舟师援之。初六日济度、尚亮乘潮夜发笋江，朝至围头东，三岛尽入掌握；林顺、陈泽等迎击，忽飓风大作，清兵断椗坏舟，飘散沉没，全军覆溺几尽，残兵登青屿乞降，韩尚亮等遁回泉州。② 观此史事，三岛百姓实赖此大风之助才得转危为安。本诗一起手总括千万卒不如一刻风之保家卫民；再而剖析其道理，乃兵卒毒民，无穷无尽，劲风殪敌，一刻成功，二者形成强烈对比，以故其《募建太武寺疏》云："去岁三月六日，强师袭岛，飓风发于俄顷，漂楫断帆，尽葬鱼腹，岛人卒免于风鹤之震；山灵御灾捍患之功，又安可诬也。"③可见卢若腾将此天佑金门归于谢天。诗末最后呼吁统领大军者要效法天道开诚布公、仁民爱

---

① 《丙申三月初六日大风覆虏》，《留庵诗文集》卷上《诗集·五言古》，页9。

② 参引《金门志》（台北：台湾银行经济研究室，1960 年 10 月 1 版，台湾文献丛刊第 80 种），卷 16《旧事志·纪兵》，页 403。

③ 《募建太武寺疏》，《留庵诗文集》卷下《文集·疏》，页 68～69。

物，唯有如此，才是长远的治国之道。

明末天地会最重要史料莫若卢若腾《赠达宗上人》一诗，其诗云：

> 君家两俊杰，异道却相谋。以尔津梁法，为人怖幄筹。心惟存选佛，骨不羡封侯。军旅喧阗处，长林未改幽。①

其诗序云："达宗上人，建安伯春宇万公之弟，原住长林寺。春宇万公即万礼，原姓张名要，平和小溪人。崇祯间，乡绅肆虐，百姓苦之，众谋结同心，以万为姓，推要为首，率众距二郡。至永历三年（1649年），归郑国姓，永历封为建安伯。"万礼与达宗和尚为天地会创会领袖，长林寺为天地会策源地。② 康熙年间史籍方有些蛛丝马迹，如彭孙贻《靖海志》载永历四年（顺治七年，1650年）"五月，诏安九甲义将万礼等来附，施琅所招也。"③江日升《台湾外记》云："大兄指万礼。前礼等同盟，以万人合心，以万为姓。万礼即张礼，死南京。成功回厦，建忠臣庙享诸死者，以甘辉为首，次张万礼。"④又云："兄万五，礼小功弟，即长林寺僧道宗也"⑤。而卢若腾《次韵答达宗上人》又云：

> 忆昔相逢臭味亲，谁分德士宰官身；遭时翳景苍天醉，老我繁霜白发新。丧乱伤心空有泪，凄凉说法向何人！开械喜接旧朋侣，偈语传来字字真。⑥

诗中"偈语传来字字真"应是天帝会之暗语。按《金门志·达宗

---

① 《赠达宗上人》，《留庵诗文集》卷上《诗集·五言律》，页41。

② 参见谢重光《郑成功与天地会》，杨国桢主编《长共海涛论延平——纪念郑成功驱荷复台340周年学术研讨会论文集》（上海：上海古籍出版社，2003年7月1版），页242～253。

③ 清·彭孙贻：《靖海志》（台北：台湾银行经济研究室，1959年1月1版，《台湾文献丛刊》第35种），卷1，页20。

④ 清·江日升：《台湾外记》（台北：台湾银行经济研究室，1960年5月1版，《台湾文献丛刊》第60种），卷5《顺治庚子年至康熙壬寅年共三年》，页197。

⑤ 《台湾外记》卷5《顺治庚子年至康熙壬寅年共三年》，页198。

⑥ 《赠达宗上人》，《岛噫诗》《七言律》，页39。

和尚传》引《浯洲见闻录》载：

> 达宗和尚，住太文岩；明末人。能诗，学辟谷。尝谓卢若腾曰："公牧马侯后身，改号牧州，加马名，当得第"。每卢至，欢然款接。遇俗客，则崖岸自放，人因呼为傲和尚；以兼学辟谷，"傲""饿"音同，谑之也。一日，过泽畔，有两童子方浴鸭，相拍手曰："傲和尚来矣。"达宗戏掷鸭，鸭忽浮海去。童子牵衣泣拜，达宗笑曰："还尔鸭"；鸭仍在故处。间登啸卧亭四望，东指曰："不周一甲，海中当生一大郡。"即今台湾也。后坐化。①

达宗和尚谓卢若腾："公牧马侯后身，改号牧州，加马名，当得第"之事，应属传闻附会之说，不足为信也。

（二）史志所载不足者

卢若腾诗中所咏，亦有史书已载，然仍嫌不足，藉诗以补罅其未足处，故其贡献非浅也。

前文"留意民生疾苦"，言及卢若腾同学许云衢及许梦梁，因海盗李魁奇之劫掠而遇害。是事《金门志》虽载之，然仍不足，可借卢若腾诗补罅其漏，该诗因前文已述，此从略。

首先，如《哭曾二云师相》一诗，乃若腾对其师曾樱临危尚执大义之歌颂。若腾言己与师乃"节义文章神作合，死生患难道长存"②，并称其品望峻嶒、舍生取义。其诗云：

> 峻嶒品望着朝端，一木独支颠厦难；误倚田横栖海岛，忍看胡马渡江干。何曾先去为民望（虏尚未渡海，中左守将郑芝莞先运赀入舟为逃计；人心大摇，去不可止。师相姑遣家眷出城，而自誓必死；芝莞反出示自解曰："曾阁部先去，以为民望"），惟有

---

① 清·林焜熿纂《金门志》（台北：台湾银行经济研究室，1960 年 10 月 1 版，《台湾文献丛刊》第 80 种），卷 12《人物·仙释·达宗和尚传》，页 307。

② 《送曾屺望归豫章》（二云师相长公），《岛噫诗》《七言律》，页 38。

舍生取义安。惭愧不才蒙寄托,展观遗札涕汍澜。①

曾樱居官廉洁,似海瑞,"峻嶒品望"乃形容其性情刚直,坚贞不屈。永历五年(1651年)二月二十六日,清兵袭厦门,守将郑芝鹏(芝鹏一作芝莞)先逃,曾樱一人难撑危局,厦门乃破,曾樱舍生取义,自缢而死。而此事据阮旻锡《海上见闻录》自述云:

> 闽抚张学圣同提督马得功集各处民兵及船攻厦门。郑芝鹏怯懦,载辎重下船。得功将数十骑飘至五通,遂登岸。阮引不战而逃,百姓哭声震天。成功董夫人仓皇落水,有居民负之登舟。是夜乱兵焚毁店舍,火光烛天。前大学士曾樱在城中,家人掖之出城;公不从,夜自缢。公之门人阮旻锡闻之,与僧文台及同门陈泰共议;天未明,文台以僧龛抬公尸至僧历湾下船,付其家人。乡之绅士副宪王公忠孝以己所置寿棺敛之,而前司马卢若腾、副院沈佺期、枢部诸葛倬等皆视敛。后兵部主事刘玉龙疏辅臣从容就义事;奉旨:"曾樱身死经常,允宜优恤。追赠光禄大夫上柱国太师,谥文忠,赐祭葬。荫一子中书舍人、一子锦衣卫百户,世袭。其门人知县陈泰冒险负尸,积劳殒殁,着赠鸿胪寺少卿。"②

审此,阮旻锡是处理曾樱后事最主要人物。曾樱殡于金门,故《金门志》载之:

---

① 《哭曾二云师相》,《岛噫诗》《七言律》,页36。

② 清·阮旻锡:《海上见闻录》(台北:台湾银行经济研究室,1958年8月1版,《台湾文献丛刊》第24种),卷1《顺治八年、永历五年》,页10。乾隆时李天根《爝火录》全据此,不赘引。清·李天根:《爝火录》(台北:台湾银行经济研究室,1963年10月1版,《台湾文献丛刊》第177种),《顺治七年、永历四年》,页1098。按:据(乾隆)《泉州府志·寓贤·陈泰传》云:"陈泰字降人,铜陵人,海卫诸生,每试辄冠其曹,寓居鹭江,阁部曾樱试储贤馆,拔置第二人,及岛破,曾死难,泰匍匐负骸,走三十里,付其家人登舟以殡,归不食三日卒,其甥葬之江上。"清·怀荫布修、郭赓武等纂《泉州府志》(上海:上海书社,2000年10月1版,《中国地方志集成·福建府县志辑》影清光绪八年补刻本),卷64《寓贤》,第2册,页421下。

　　曾樱,字仲含,号二云;峡江人。万历丙辰(四十四年,1616年)进士。崇祯初,由参政累升巡抚。旋以工部尚书召入闽,进宫保,兼文渊阁大学士。唐王败,挈其子则通避居金门所城,转徙鹭岛。辛卯(永历五年,顺治八年,1651年)岛破,家人请登舟,樱曰:"此一块清净地,正吾死所。"遂自经。门人阮文锡、陈泰冒险出其尸,乡绅王忠孝殓之,殡于金门。①

《小腆纪年》亦载道:

　　明朱成功师次平海卫;我大清兵袭破厦门,守将郑芝莞遁,前东阁大学士曾樱死之。……初,闽中亡,大学士曾缨避居厦门。城将陷,家人促之登舟;樱曰:"此一块清净土,吾死所也。"于是月晦日,自缢死。其门人陈泰、阮文锡谋收遗骸;泰痛哭曰:"有吾在,无庸子。子出而不返,则老父倚闾而望;吾孤身,死则死耳!子效力于亲,吾效力于师,不亦可乎?"泰乃匍匐负缨尸,走三十里,付其家人殡之。归不食三日卒。文锡后为僧,名超全。论者比之郑所南、谢皋羽焉。②

　　审上述史料,曾樱死守厦门殉国,门人阮旻锡、陈泰冒险出其尸至金门,王忠孝以己所置寿棺殓之,而卢若腾、沈佺期、诸葛倬等皆亲临视殓,若腾更作《哭曾二云师相》以哀悼之。缘此,卢若腾本诗及诗自注所载,当为实录,可补金门方志所未足。

　　再者,如《避氛南澳,城中有虎》诗,记永历十七年(康熙二年,1663年)十月,南澳守将杜辉谋叛之前兆,卢若腾本诗自注:"癸卯十月,虏犯嘉、浯二岛。余以十八日浮家抵南澳,借寓城中。二十二日作此诗。已而渐闻人言,守将杜辉谋叛,然未有迹。十一月十五日,忽遇虏差官于市,悟其事已成,亟挈家登舟。杜遣兵遮阻,不许出城。余执大义,力与之争,更深始得脱,夜半解维。次日,诸避难在城、在

---

　　①　《金门志》卷12《人物·流寓·曾樱传》,页310。曾樱生平参见《明史》卷276《曾樱传》,页7068～7070。

　　②　《小腆纪年》卷17《顺治八年》,页822～823。

舟者,尽被俘献虏矣。"①而诗云:

> 不信市有虎,终难却三人。而今城有虎,家家詟且鼙。昨日过南园,虎迹印如新。夜来众拒虎,喧阗震东邻。兹岛四断绝,孤峙天池滨。虎从何处渡,况乃越城闉!理既穷思议,争疑天不仁。叛人勾夷虏,蛇豕祸浸臻。猛兽复狂逞,助虐应有神。余独谓不然,物怪匪无因。满目同舟者,肥瘠隔越秦。遂使熊罴旅,败创在逡巡。乖气合致异,冀尔惧而悛。不戒将胥溺,苦口复何陈。②

诗中所云"叛人"即守将杜辉。《小腆纪年》载道:"康熙二年(1663 年)冬十月,王师取金门、厦门";"王师入两岛,堕其城,收其宝货、妇女而北。……明年春,林顺自镇海、杜辉自南澳先后投诚。"③而杜辉即杜辉也,故藉此诗可知,杜辉早于永历十七年(1662 年)十月已有叛行出现,此堪补史书之不足也。

综观卢若腾有关歌咏当时史事之诗,乃明末至南明丧乱流离实录,尤以《嗟羊山》、《金陵城》二诗之史事抒写最具价值,其记录郑成功北伐过程中羊山之厄与南京之败,诗中有诗人迥异他人之主观观点,诗性明显而不落俗套。

结 语

卢若腾《留庵文集》十八卷为有心人私藏,至今尚未重出人间,本文讨论不得已以《岛噫诗》及其他辑录诗文为主,实不得其全集之十之一二。然纵观卢若腾《岛噫诗》及相关诗作,可见其诗歌创作之缘

---

① 《避氛南澳,城中有虎》,《留庵诗文集》卷上《诗集·五言古》,页 17。

② 《避氛南澳,城中有虎》,《留庵诗文集》卷上《诗集·五言古》,页 16~17。

③ 《小腆纪年》卷 20《康熙二年》,页 969~971。据《大清圣祖仁皇帝(康熙)实录》载:"康熙三年(甲午)四月二日(甲午),授广东投诚伪官杜辉、吴升左都督卫,杜腾、郭惠都督同知,吴鹏都督金事卫。"清·马齐、张廷玉等修《大清圣祖仁皇帝(康熙)实录》(台北:台湾华文书局,1964 年 9 月 1 版),卷 11《康熙三年四月二日》,页 198 上。

起，卢若腾诗不仅写己心之噫气，更具深刻之社会写实性、批判性之价值。无论就妇女遭遇、民生疾苦、坚守儒业、社会人心、抒写台湾金门、及咏物言志数端，皆面面俱到，中肯深入。诗中观风问俗，考见得失，可见当时人民生活之艰困，无怪乎卢若腾胸中不平之气如江海般，乃透过笔端噫之，留下兵燹战乱之时代见证。

而歌咏义仆叶茂林、指责张维机之不死其君，足纠正史籍所载，有正史之功。讴歌节女烈妇，记载当时南明抗清史实，取与史籍方志相印证，更见证史事之写，忧国忧民。补苴历史之贡献，则见于志乘所未载及史志所载不足二端。至若描写台湾当时之地理环境及移民历史，则为台湾移民史留下珍贵文献资料。

综观卢若腾《岛噫诗》及相关诗文，实为南明金门社会写实之史章。后人读其诗文，益复哀其志，悲其遇，而想见其所处时代之颠沛流离、困顿无依，难怪卢若腾要如痛者之呻、哀者之哭，而称其集为《岛噫诗》也。诚如林树梅《明自许先生传》评曰："《岛噫诗》一百四首，盖《天问》、《哀郢》嗣音焉……先生大节，争光日月，不必藉诗始传，而先生之诗多关名教，又不可不与人并传也。"①

---

① 《啸云山人文钞》卷 5《明自许先生传》，页 217。

第七章

张煌言采薇之吟

　　甲申之变，流寇陷燕京，帝后殉国，吴三桂开门揖盗，清兵长驱河朔，占领黄河流域。明朝南部遗臣遂在南京拥立福王，成立弘光朝，图谋匡复之策，惜福王昏庸，不思振作，坐失中兴良机，致使东南半壁江山亦腥膻满地。

　　弘光朝覆亡之后，南明政权又有鲁王、唐王、桂王相继起义抗清，有志之士，莫不力图自效，赴义恐后。其间忠心护持三王，堪称为不世出之英雄者有三人：其一，在浙东拥护鲁王之张煌言；其二，一生始终为唐，在福建抗清、开基台湾之郑成功；其三，在西南奋战不懈，力保桂王之李定国。此三位南明抗清英雄中，以张煌言之势力最为单薄，其长年追随鲁王漂泊于浙闽海外，困窘无依，自成一军。然百折不挠，愈挫愈奋，与郑成功同舟共济，抗清复明，直至死而后已。

　　张煌言以孤臣孽子之志，尽粹报国，终致杀身成仁、舍生取义，其壮烈实惊天地、泣鬼神，乃国家之英哲，人间之豪杰。更重要者，南明抗清领袖之中唯张煌言能以文学名家，故鄞县全祖望称许其"才笔横溢，藻采缤纷"，并推其为一代大手笔。审煌言诗文，忧国思家，悲穷悯乱，实为"日星河岳所钟，三百年元气所萃"①，堪谓大时代之史诗，震撼千古以来之人心。综观张煌言一生志业乃师法武穆，而慷慨就义则接踵文山，洵为千秋完人，垂百世而不朽也。

第一节　张煌言遗著及其文学理论

张煌言于十五岁时即好吟咏，其《奇零草序》自云："余自舞象，辄好为诗歌。先大夫虑废经史，每以为戒，遂辍笔不谈，然犹时时窃为之。及登第后，与四方贤豪交益广，往来赠答，岁久成箧。"②可见其父虽然告诫煌言以经史为重，煌言仍"时时窃为之"，充分展露其雅好文学倾向，日后成为晚明名家。

一、张煌言遗著之流传

张煌言二十五岁遭遇国难，二十六岁起义抗清，次年辞家入海，此后一生以讨贼复仇为志，备历艰难坎坷，岂徒逞翰墨于辞章，或欲以有韵之词求知于后世哉！至永历十六年（1662 年）岁在壬寅之五月，觉"年来叹天步之未夷，虑河清之难俟"，自许为杜陵诗史，所南《心史》，效渊明诗题甲子之用心，"思借声诗以代年谱"③，乃重头收辑残篇，终遂其所愿成《奇零草》一集。其《奇零草序》云：

> 会国难频仍，余倡大义于江东……凡从前雕虫之技，散亡略尽矣。于是出筹军旅、入典制诰，尚得于余闲吟咏性情。及胡马渡江，而长篇短什与疏草代言，一切皆付之兵燹中，是诚笔墨之

---

① 全祖望《张尚书集序》，清·全祖望撰、朱铸禹校注《全祖望集汇校集注·鲒埼亭集外编》（上海：上海古籍出版社，2000 年 12 月 1 版），卷 25《张尚书集序》，页 1210。明·张煌言撰、张寿镛编《张苍水集·序》（台北：新文丰出版公司，1988 年 4 月 1 版，《四明丛书》，第 2 集，总第 5 册），页 164。

② 《奇零草序》，明·张煌言撰、张寿镛编《张苍水集》（台北：新文丰出版公司，1988 年 4 月 1 版，《四明丛书》，第 2 集，总第 5 册），卷 5《冰槎集》，页 254。

③ 《奇零草序》，《张苍水集》卷 5《冰槎集》，页 254。

不幸也。余于丙戌（监国元年，1646 年）始浮海，经今十有七年矣。其间忧国思家、悲穷悯乱，无时无事不足以响动心脾。或提桴北伐，慷慨长歌；或避虏南征，寂寥低唱。即当风雨飘摇、波涛震荡，愈能令孤臣恋主、游子怀亲。岂曰亡国之音，庶几哀世之意。乃丁亥（监国二年，1647 年）春，舟覆于江，而丙戌所作亡矣。戊子（监国三年，1648 年）秋，移节于山，而丁亥所作亡矣。庚寅（监国五年，1650 年）夏，率旅复入于海，而戊子、己丑所作又亡矣。然残编断简，什存三、四。迨辛卯（监国六年，1651 年）昌国陷，而笥中草竟靡有孑遗，何笔墨不幸一至于此哉！嗣是缀辑新旧篇章，稍稍成帙。丙申（永历十年，1656 年）昌国再陷，而亡什之三；戊戌（永历十二年，1658 年）又覆舟于羊山，而亡什之七。己亥（永历十三年，1659 年）长江之役，同仇兵燹，余以间行得归，凡留供覆瓿者，尽同石头书邮，始知文字亦有阳九之厄也！①

张煌言从少即好写作，登第之时，诗作已"岁久盈箧"，然所作诗文，经连番战火浩劫，本已鲜有余墨，幸而自息兵入山，因其"思借声诗以代年谱，遂索友朋所录，宾从所抄次第之"，并且"忆其可忆者，载诸楮端"②，重新加以整理，致散失文字方得结集成编。然而张煌言就义后由于清代文网严密，遗世文字非常有限，今所存诗有《奇零草》、《采薇吟》；文有《冰槎集》、《北征得失纪略》、《乡荐经义》及《北征录》数种而已。换言之，无论其生前所辑，或身后所遗留诗文集，只是其文学创作之一小部分。

现存最早记载煌言遗著流传者，如曾参与鲁王抗清行列之查继佐《罪惟录·张煌言传》云：

煌言虽在军中，手不释卷，多所著述，其全集为卜天中所手

① 《奇零草序》，《张苍水集》卷 5《冰槎集》，页 254。
② 《奇零草序》，《张苍水集》卷 5《冰槎集》，页 254 下。

订,寻颇散佚。①

审此,张煌言在军中已有全集之编,乃卜天中所手订。另清初朱溶《忠义录·张煌言传》亦云:

> 煌言诗有集十余卷……煌言与盘陀僧芥舟善,芥舟殁,其徒徙内地,参校无异同。因删取其要着于篇,俟可上史馆者上之。②

可知芥舟与煌言交善,保留煌言被执前之作品极为完整,而芥舟殁后,因文网严密,致其徒从仅能删取其要者着于篇章,以流传之。

另一方面,煌言被执之后,其作品亦随之落入清人手中,几与煌言同遭厄运。最后,几经波折,手稿才流落民间,被有心人辗转传抄。此说现存最早记载,见于全祖望《张尚书集序》及《明故权兵部尚书兼翰林院学士鄞张公神道碑铭》。不过,两者之说法似乎有所矛盾。其《张尚书集序》云:

> 呜呼! 尚书(张煌言)之集,翁洲、鹭门之史事所征也。吾闻尚书既被执,籍其居无所有,但得笺函二大簏,皆中原荐绅所与往来。送入帅府,荐绅辈惧,遣说客请帅焚之,帅府亦恐摇人心,如其请,投之一炬。火既息,有二残册耿耿不可爇;左右异而视之,则尚书之集也。说客因窃置怀而出,遂盛传于人间。呜呼! 尚书之身可死,集不可泯。杀其身者梁父、亢父,所以成一代之纯忠,存其集者祝融、吴回所以呵护十九年之心气,夫孰非天之所为哉。乃为铨次审定,其奏疏、书檄诸种,曰《冰槎集》,其古今体诗曰《奇零草》、曰《采薇吟》,其己亥纪事曰《北征录》,共十二卷;附以《乡荐经义》一卷。予又为作《诗话》二卷、《年谱》一卷,

---

① 明末清初·查继佐:《罪惟录·传》(杭州:浙江古籍出版社,1986 年 5 月 1 版,方福仁等校点本),卷 9《抗运诸臣列传下·张煌言传》,页 1565。

② 清·朱溶:《忠义录》卷 5《张煌言传》,见《明清遗书五种·忠义录》(北京:北京图书馆出版社,2006 年 11 月 1 版),页 647。

以详其集中赠答之人与其事云。①

而《明故权兵部尚书兼翰林院侍讲学士鄞张公神道碑铭》则谓：

公丙戌（1646 年）以前文字皆无存者，今所存者，有《奇零草》，甲辰（1664 年）六月以前之作也；《冰槎集》，其杂文也；《北征录》，己亥（1659 年）纪事之编也；《采薇吟》，则散军以后之作，而蒙难诸诗附焉：共八卷。公既爱防守卒史丙之义，遂日呼与语，因得藏公之集。有宜兴人徐尧章者，从丙购之，曰："公之真迹，吾日夕焚香拜之，不可以付君。"尧章乃钞以归。②

全祖望《张尚书集序》言残册得于火劫之后，应是被执之前所整理之诗文集。《神道碑铭》所言守卒史丙"得藏公之集"，应指被执之后所创作之手稿，或兼狱中所钞《奇零草》、《采薇吟》等诗稿。③

自煌言死后，遗著被列为禁书，尤其乾隆朝曾先后数番查毁，所以张氏遗集在光绪二十七年（1901 年）以前，一直未有机会刊行，民

---

① 全祖望《张尚书集序》，清·全祖望撰、朱铸禹校注《全祖望集汇校集注·鲒埼亭集外编》（上海：上海古籍出版社，2000 年 12 月 1 版），卷 25，页 1210～1211。另见《张苍水集·序》，页 164～165。

② 《全祖望集汇校集注·鲒埼亭集》卷 9《明故权兵部尚书兼翰林院侍讲学士鄞张公神道碑铭》，页 196～197。

③ 陈永明《张煌言遗作的流传及其史学价值》一文认为："若细心分析，《序》中所记，颇有疑点。（一）文中既言清人所得'皆中原荐绅所与往来'书信，余烬中却竟得张氏遗集，似乎后语不对前言；（二）对残册未坏于火之记载，亦近乎神话；（三）说客在清吏监视下却仍能窃书以出，恐不可能。至于《铭》中所记，谓煌言遗集，乃亲交予防卒史丙私藏出狱，因之得以传世，亦未必尽然。考煌言康熙三年七月十七日（1664 年 9 月 6 日）被执，十九日（8 日）囚杭，至九月七日（10 月 25 日）就戮，空闲时间约只有五十天，他当时身无长物，恐不能重新整理全集书稿，其交予防卒者，顶多只能是狱中新作。不过，就史实而论，煌言既为清人捕获，身边所有又遭籍没，遗著之得诸清吏，应无可疑。大抵现存煌言遗集乃源自所遗书稿及狱中近著，其得以流传于世。当有赖清吏中同情其遭遇者暗助，惟因碍于禁忌，当事人并未将原委说明，日子久远，史实逐渐模糊，遂生穿凿附会之说，甚至使事情蒙上神秘色彩。"陈永明《张煌言遗作的流传及其史学价值》，《中国文化研究所学报》，新第 2 期（1993 年），页 30～31。

间只有钞本流传。从今存《张苍水集》之序、跋来看，徐孚远（1599—1665）当是最早读过部分煌言著作之人。徐孚远身为海外幾社领袖，张煌言于永历十六年（康熙元年，1662 年）结集《奇零草》时，随即送交过目，并请为之序。惟于煌言身故之后，作品散失，虽然姜宸英（1628—1699）、郑溱（明遗民，鲁监国曾官拜按察副史，1684 年钞《奇零草》）、郑勋（1763—1826）、宗稷辰（1788—1867）、陈尔乾（1832—1869）及平步青（1832—1896）等人均曾先后读过张氏遗作，但并未见到煌言所有的作品。下文将依序介绍有关整理张煌言遗著之重要人物及其版本。

（一）全祖望编《张尚书集》

张氏遗书，直至全祖望整理后，方有较为完备之本子出现。据前引《张尚书集序》中之记述，全祖望最初所见及之张氏遗著共有八卷，经其"诠次审定"后，计为十二卷，计有《冰槎集》、《奇零草》、《采薇吟》及《北征录》；此外，并附以《乡荐经义》一卷，《诗话》二卷，《年谱》一卷。张著经全氏整理后，乃有定本。全祖望复用煌言"集中赠答之人与其事"新增《诗话》、《年谱》部分。

（二）傅以礼《张忠烈公集》

张著虽得全氏苦心编集，又曾得有心人转相传钞，但皆未刊刻，至清末已有残阙。今存有清一代钞本众多，《奇零草》诗集如二砚窝钞本、徐时栋钞本、遗香楼钞本、秦更年跋钞本、赉雷山馆钞本等。张煌言诗文集方面有朱懋清辑本等，然最著名者当属傅以礼长恩阁《张忠烈公集》。据丁丙（1832—1899）光绪十一年（1885 年）《张忠烈公集跋》云：

> 顾公集先无刻本，为人所秘；全谢山竭力搜罗，仅得八卷。当日传钞，亦鲜遗本。余不忍公集湮没，求之故家，偶得旧钞数册，喜而欲狂。顾编录失次，舂杂不可整理。因寄示傅节子（傅以礼）太守，太守与余同有志于刊校公集者也。太守费数月之

力，编成十二卷，因并《经义》及《年谱》、《墓志》合成一集；而公之诗文所遗者寡矣。①

傅以礼光绪十年《张忠烈公集跋》则云：

> 是编从丁松生明府借读，暇日手校数过，是正颇多。惜所载祇《奇零草》(《采薇吟》即散附《奇零草》中)、《北征录》、《乡荐经义》暨全氏所撰《年谱》，而《冰槎集》全阙。爰据湖郡李氏旧钞潘文慎(锡恩？—1867)《乾坤正气集》补所未备，汇钞一帙以赠。②

又云：

> 集内诸文，皆有时事可考。而李氏旧钞《乾坤正气集》两本，均先后失次，殊不可解。爰合《奇零草》、《采薇吟》、《北征录》，参证明季稗野，重加排比，勒定《张忠烈公文集》十二卷，而以《经义》、《年谱》附之；视谢山《张尚书集序》所载，祇阙《诗话》一种耳。他日当将嫌讳字句删润绣梓，以永其传。③

傅氏自丁丙处借得钞本，加以补鳝，乃编成《张忠烈公集》十二卷、补遗一卷、首一卷、末一卷、附录二卷。④　本书编辑体例：诗歌采分体排列，文章则据潘锡恩《乾坤正气集》所收《张阁学文集》二卷补其未备。⑤

审此，可见张煌言遗文，自其去世之后，最少曾有过两次较全面性整理及传钞，此乃经全氏编纂《张尚书集》及丁、傅补辑《张忠烈公集》钞本。由此二版本即为日后黄节(1873—1935)校勘编订国学保

---

①　清·丁丙《张忠烈公集跋》，《张苍水集·序》，页 173 下。

②　清·傅以礼《张忠烈公集跋》，《张苍水集·序》，页 173 上。

③　清·傅以礼《张忠烈公集跋》，《张苍水集·序》，页 173 上。

④　明·张煌言撰、清·傅以礼编《张忠烈公集》(上海：上海古籍出版社，2002 年 3 月 1 版，《续修四库全书》影清傅氏长恩阁钞本，第 1388 册)。按：原书现藏北京图书馆。

⑤　清·潘锡恩编《乾坤正气集》(台北：环球书局，1966 年 9 月 1 版)，卷555、卷 556。按：潘锡恩所编《乾坤正气集》收《张阁学文集》二卷，第 555 卷为《北征得失纪略》，第 556 卷为《上监国启》等文。

存会印行的《张苍水集》之底本。

（三）章太炎刊《张苍水集》

张苍水文集第一次正式印行是光绪二十七年（1901 年），由余杭章太炎取甬上张美翊（让三）钞本，而辑印《张苍水集》二卷之本子。据章太炎《张苍水集后序》云：

> 《张苍水集》得之甬上张美翊，旧题《奇零草》，上卷杂文，下卷古今体诗。案公《奇零草自序》，惟及口金咏篇什，笔札勿与，不得以为大名，因改题《张苍水集》。①

张美翊钞本旧题《奇零草》，上卷杂文，下卷古今体诗，乃钞自乾嘉年间鄞县黄定文之后人②。然而此本所缺颇多，并非是善本。

（四）黄节编校《张苍水集》

章太炎刊《张苍水集》后，章太炎门人黄节（晦闻）据丁丙八千卷楼藏傅以礼《张忠烈公集》钞本仔细校勘编订，重辑全集，恢复为十二卷原编，以《国粹丛书》排印本行世，是为宣统元年（1909 年）由国学保存会刊行的本子。其实黄本乃邓实（1877—?）于光绪三十二年（1906 年）取自杭州丁氏借钞傅本交黄节校勘，历三年而成者。其间黄、邓二人曾先后以章刻本、《乾坤正气集》刻本、王慈编《张苍水集》校补，加上黄节的考订及纪年，"曩岁余杭章氏所刊《张苍水集》，因仍旧本，编录失次；较此本阙文三篇、诗四十五篇，又无《诗余》、《经义》两种，而篇中与此异文者殆八百余字"③。黄本为清末张煌言遗著中最齐备、完善之刻本。而

---

① 章太炎：《章太炎全集》（上海：上海人民出版社，1986 年 2 月 1 版），第 4 册《文录初编》，《张苍水集后序》，页 200～201。

② 张美翊《张苍水先生集跋》，《张苍水集·跋》，页 434 上。据张美翊《张苍水先生集跋》云："张苍水先生集，余尝得永历辛丑钞本于郡城黄东井先生后人凡二巨册，徐闇公序后名印烂然；嗣展转为余杭章太炎借去，因于光绪辛丑（光绪二十七年，1901）铅印，后序称为得之鄞人。"按：张美翊，字让三，号骞叟，鄞县人。

③ 黄节《张苍水集跋一》，《张苍水集·序》，页 173～174。

章、黄两种刊本在清末民族革命中,对唤醒民族意识产生巨大影响。

(五)张寿镛编《张苍水集》

黄节、邓实校本"自较完备,然失之冗蔓,而校字尤草率"①,故鄞县张美翊曾重行编校,并拟于民国元年(1912 年)刊印,但事未成;至三年五月"遂以校稿相付"于张寿镛。② 至民国二十三年张寿镛(1876—1945)将张煌言遗著编入《四明丛书》第二集内。③ 据张氏所言"搜罗公集廿余年,先后所得不下十余种,反复勘比,实以《高本》为最胜,《邓本》为最详,而致力搜校专且久者,厥惟张丈让三"④。因知此本乃以张美翊所校国学保存会刻本,参以高允权钞本而成。《四明丛书》本虽"大体不出邓本范围",但有部分数据,如《张氏世系》,却为黄本所无。兹将张寿镛所整理之《张苍水集》内容列举如下:

卷　别	著　作	文　体	数　量
卷一	《奇零草》(一)	诗集	108 题、137 首
卷二	《奇零草》(二)	诗集	84 题、123 首
卷三	《奇零草》(三)	诗集	94 题、127 首
卷四	《采薇吟》	诗集	27 题、36 首,附词 6 阕
卷五	《冰槎集》	文集	22 篇
卷六	《外编一·遗诗》	遗诗	29 题、44 首
卷七	《外编二·遗文》	遗文	19 篇
卷八	《北征得失纪略》	传记文	1 篇
卷九	《乡荐经义》	乡试朱卷	7 篇
附录	年谱、传略、墓录、题咏、人物考略、校订清池张氏世系图表、世德录		

① 张美翊《张苍水先生集跋》,《张苍水集·跋》,页 434 上。
② 张寿镛《张苍水集跋》,《张苍水集·跋》,页 434 下。
③ 张寿镛编《张苍水集》(台北:新文丰出版公司,1988 年 4 月 1 版,《四明丛书》约园刊本,第 2 集,总第 5 册)。按:张寿镛约园刊本《四明丛书》第 1 集刊于 1932 年,第 2 集刊于 1934 年。
④ 张寿镛《张苍水集跋》,《张苍水集·跋》,页 434 下。

（六）上海古籍出版社《张苍水集》

1949 年之后，大陆曾三次出版张煌言遗集。第一次为北京中华书局 1959 年据黄节《国粹丛书》本为底本参照章刻本、《四明丛书》本，改编点校之《张苍水集》[①]；第二次为 1985 年上海古籍出版社据中华书局版修订错字及断句而成的新版《张苍水集》[②]。此二版实同为一书，然以上海古籍出版社者为优。

（七）《台湾文献丛刊》本《张苍水诗文集》

1949 年之后，台湾方面曾经多次出版张煌言遗集，最早乃是 1962 年台湾银行经济研究室印行《台湾文献丛刊》本，此根据张寿镛《四明丛书》约园刊本标点排印，并改书名为《张苍水诗文集》[③]，《台湾文献丛刊》本实为《四明丛书》之标点节编本，至于编排方式依序为：《北征得失纪略》、《冰槎集》（附外编二"遗文"）、《奇零草》、《采薇吟》（附外编一"遗诗"）、附录一（传、铭、年谱等）、附录二（序跋）

（八）台北市宁波同乡会月刊社编《张苍水先生专集》

台北市宁波同乡会为表章先乡贤，继《沈光文斯庵先生专集》[④]之后，于 1984 年编印《张苍水先生专集》[⑤]。本书大抵乃以《四明丛书》为底本加以标点，兼收录台湾对张煌言之研究论文。其编排方式

---

① 明·张煌言：《张苍水集》（北京：中华书局，1959 年 4 月 1 版）。

② 明·张煌言：《张苍水集》（上海：上海古籍出版社，1985 年 10 月新 1 版）。

③ 明·张煌言：《张苍水诗文集》（台北：台湾银行经济研究室，1962 年 6 月 1 版，《台湾文献丛刊》第 142 种）。

④ 侯中一编《沈光文斯庵先生专集》（台北：台北宁波同乡月刊社，1977 年 3 月 1 版）。

⑤ 张行周编《张苍水先生专集》（台北：台北宁波同乡月刊社，1984 年 11 月 1 版）。

依序为:遗像、题词、遗墨、序、前言、例言、遗著诗(含《奇零草》、《采薇吟》及外编一《遗诗》)、遗著文(含《北征得失纪略》、《冰槎集》及外编二《遗文》、《乡荐经义》)、序文及跋、年谱、墓录、碑记、世系、传略、题咏诗词、题咏文、纪念文、特载。

此外,民国初年乌程张钧衡所辑之《适园丛书》第一册内亦收有煌言《北征纪略》[①],唯不知其所据为何本。

(九)宁波出版社《张苍水全集》

2002 年 7 月浙江省宁波市之宁波出版社出版由王介堂、王重光、周冠明等人历时五年整理之《张苍水全集》[②],此为大陆地区第三次全面整理张苍水诗文集之成果。本书计 475 页,为简体横排版,本全集以《四明丛书·张苍水集》为底本,参校上海古籍出版社《张苍水集》及台北市宁波同乡会月刊社编《张苍水先生专集》进行编校。书前有奉化高龄八五老人毛翼虎新撰《张苍水全集序》、方牧(本名王学渊)《东海何处吊苍水》之代序,本全集无注释,但新增点校校勘记,内文附人名考证。附录一有:年谱、传略、今人专论、铭记、题咏、像赞、画赞、砚赞、像记、砚跋、题扎、祭文、序跋。附录二有:画像照片、遗墨。全书内容亦不出于《四明丛书》本范围。

二、生平及其文学理论

(一)生 平

张煌言(1620—1664)生于明万历四十八年(1620 年),字玄箸,号苍水;浙江宁波府鄞县人,宋相张知白之后裔。其母赵夫人生产前夕,梦见五彩祥云入室,所以小名阿云。父圭章,天启四年(1624 年)

---

① 张钧衡辑《适园丛书》(台北:艺文印书馆,1970 年台 1 版)。
② 明·张煌言撰、周冠明等编:《张苍水全集》(宁波:宁波出版社,2002 年7 月 1 版)。

举人，官至刑部外郎。煌言生而颀岸，秀眉削面，吐音如洪钟，目瞳炯炯有神，顾盼非常。① 其自小体弱多病，任官于河东盐运使司判之张圭章，对此独子寄予厚望，故六岁开始教读，煌言此时即能口诵成书，展现聪颖天分。在十五岁舞象之龄，便"辄好为诗歌"②。张煌言娶妻董氏，年二十（崇祯十二年，1639 年）生子万祺，复四年（崇祯十六年，1643 年）生女，后嫁全美樟之次子。

然随其年纪渐长，张煌言竟成为轻狂少年，如黄宗羲《明兵部左侍郎苍水张公墓志铭》所云："公幼颇踉弛不羁，好与博徒游，无以偿博进，则私斥卖其生产。刑部恨之。"③足见其豪宕不羁、结客放诞、好勇练武之特异心性已极鲜明，甚纵情声色、狂呼好赌，以致偷取田契，变卖家产。此种离经叛道之行径，使一向刚毅正直之张父怒而杖责之，其师友亦拒弃之，疑为万斯同所作之《兵部左侍郎张公传》云：

> 幼善病，病辄濒死。六岁就塾，书上口，即成诵。十二，丧母。父判河东醝、署解州篆，为壮缪故里；煌言谒词下，撰文祭告，以忠义自矢。年十六，补邑弟子员；迅笔皆惊人语。性豪宕，喜声歌、六博，兼致谈兵挟策之徒。父庭训甚严，屡杖之，勿改。④

又沈冰壶《张公苍水传》亦言张煌言：

> 轻财结客，喜陈法务。瑰玮大节，不修边幅细行，渔酒色。时时从博徒游，掷立尽，辄大嚷称快为笑乐，数私斥卖其生产。刑部公恨之，不能禁也。然风骨棱棱，不可一世。⑤

---

① 清·沈冰壶《张公苍水传》，《张苍水集·附录三》，页 324 上。

② 《奇零草序》，《张苍水集》卷 5《冰槎集》，页 254 上。

③ 黄宗羲《明兵部左侍郎苍水张公墓志铭》，见清·黄宗羲撰、沈善洪主编《黄宗羲全集》（杭州：浙江古籍出版社，1993 年 10 月 1 版），第 10 册《南雷诗文集·碑志类》上，页 281。

④ 《兵部左侍郎张公传》，《张苍水集·附录三》，页 321 上。按：《兵部左侍郎张公传》一文，作者不可考，疑为万斯同所作。

⑤ 沈冰壶《张公苍水传》，《张苍水集·附录三》，页 324。

此外，全祖望在《张苍水年谱》中亦曾记载道：

> 崇祯十三年（庚辰），公二十一岁。公少好黄白之学，尝绝粒运气，困殆几毙。已而，游于椎埋拳勇之徒，扛鼎击剑，日夜不息。忽又纵博，无以偿所负，则私斥卖其生产；刑部恨焉。[1]

张煌言放纵任性、不轨常规，自难见容于孝友传家之张氏一门，况私下斥卖其生产之事，幸得挚友全美樟慨售负郭之田以清其逋负，并劝之折节读书，此事据全祖望《穆翁全先生墓志》载：

> 张督师苍水为诸生，放诞不羁，呼卢狂聚，穷昼极暮。自其父兄以至师友皆拒之，独先生一见曰："斯异人也。"乃尽卖负郭田三百金为偿其负，而劝以折节改行。督师于侪辈不肯受一语，惟见先生，稍敛其芒角，以女妻先生仲子。[2]

张煌言从此折节改行，故二十三岁（崇祯十五年，1642 年）中举；明年，应会试不第。张煌言虽未中进士第，但其飞扬文采、纠众习武之性深固难改。而其轻财结客、喜与谈兵挟策之徒相交等品格，已为日后生命历程埋下深远影响。

崇祯十七年（1644 年）三月，李自成陷北京，思宗殉国。五月，福王朱由崧即位南京。明年（弘光元年，顺治元年）五月，清兵破南都，弘光帝被掳、遇害，是谓申、酉两都之变。此时浙东竞相起义，会钱肃乐举兵鄞县，煌言奔赴天台迎接鲁王朱以海。八月，鲁监国于绍兴，赐煌言进士加翰林院编修，出筹军旅，入典制诰。初，闰六月初七，郑芝龙、郑鸿逵、黄道周等，奉唐王朱聿键监国于福州，同月廿七日即皇帝位于福州南郊，改是年七月一日以后为隆武元年（顺治二年，1645 年）。隆武二年（顺治三年，1646 年）正月鲁王改元颁历，称监国元年。五月，拥鲁王之方国安以军叛，浙东江上师溃，煌言仓皇归家辞

---

[1] 全祖望辑《张苍水年谱》，《张苍水集·附录一》，页 288。

[2] 《全祖望集汇校集注·鲒埼亭集外编》卷 8《穆翁全先生墓志》，页 894。全祖望族祖，全穆翁讳美樟，字木乾；其仲子，公婿也。张煌言海外抗清后避地居台州黄岩县。

别老父，追扈鲁王至舟山，自此离家泊海十八年。

监国二年（永历元年，顺治四年，1647年），松江吴胜兆反正，煌言以右金都御史监定西侯张名振军以援，至崇明，飓风覆舟，为清军所俘，煌言间道复归舟山。明年秋，浙东山寨纷起，煌言移节上虞之平冈山寨，与四明山寨王翊互为犄角，焚上虞、破新昌，浙东诸城为之昼闭。

监国五年（永历四年，顺治七年，1650年），张名振以太师当国，召煌言还朝，煌言率平冈寨兵三百入卫舟山，鲁王加煌言兵部右侍郎，仍兼右金都御史原官。监国六年，清吏浙之提都田雄、总兵张杰、海道王尔禄并以书招煌言，煌言峻辞拒之。是年秋，清兵大举进攻舟山，名振奉王亲捣吴淞以牵制清军，拉煌言同行。九月清兵陷舟山，二张再卫监国投福建，时闽事主于郑成功，然其乃遥奉桂王正朔，故监国为寓公而已；煌言因激发藩镇，改艦首而北之，但诸藩不听，煌言独不臣郑延平。而煌言极推成功之忠，尝曰："招讨始终为唐，真纯臣也。"成功闻之，亦曰："侍郎始终为鲁，岂与吾异趋哉。"故成功与煌言虽所奉不同，然而其交甚睦。[①] 监国八年（永历七年，顺治十年，1653年）三月，鲁王疏去监国号。

张名振与张煌言不愿长期依赖在厦门之郑成功，决定凭自己实力率军北伐，以开辟抗清新局，永历七年（顺治十年，1653年）八月，煌言监张名振军，带领五六百艘战船向北进发，达长江口之崇明一带沙洲，清崇明兵力有限，不敢出战，被围长达八个月之久。明年（永历八年，顺治十一年，1654年）张军三入长江，执行劫粮政策。九年名振卒于舟山军中，遗言以所部付煌言，至是煌言之军始盛。十年八

① 清·全祖望撰、朱铸禹校注《全祖望集汇校集注·鲒埼亭集》（上海：上海古籍出版社，2000年12月1版），卷9《明故权兵部尚书兼翰林院侍讲学士鄞张公神道碑铭》，页182。

月,清兵再陷舟山,煌言驰救之,被围,致近年来所辑诗稿亡失什之三①;冬,移军福建沙埕。十一年,鲁王自去监国名号,煌言在闽,不能自存,不得已遂还军舟山。十二年,滇中桂王遣使授煌言为兵部侍郎兼翰林院学士;延平北伐,监其军,舟次羊山,遭风涛,海舶碎者百余,于是返旆。

永历十三年(顺治十六年,1659 年),张煌言与郑成功会师北征金陵。五月,延平全师入江,煌言以所部义从数千人并发为前驱。抵崇明,煌言谓延平:"崇沙乃江海门户,且悬洲可守,不若先定之为老营。"②然延平不听。既济江,众议首取瓜步,请煌言所部为前军,破金、焦间"滚江龙"铁索及西洋大炮,复以煌言开府芜湖,传檄江北,相率来归,凡得四府、三州、廿四县。③ 然郑延平围金陵已半月,不闻发一镞射城中,而镇守镇江将帅,亦未尝出兵取旁邑,煌言恐有所失,因上书延平曰:"顿兵坚城,师老易生他变;亟宜分遣诸师,尽取畿辅诸郡。若留都出兵他援,我可以邀击歼之,否则不过自守虏耳,俟四方克复,方可全力注之,彼直槛羊、阱兽耳。"④不听,致郑军师挫,大败退入海。江督郎廷佐发舟师扼煌言归路,致煌言亡命英霍山,历险二千余里,始得归浙江宁海。⑤ 十四年,煌言重驻天台之临门。

永历十五年(顺治十八年,1661 年)玄烨即位,明年,改元康熙。二月,郑成功思取台湾,抵澎湖,煌言遣幕客罗子木以书挽成功,不听。冬,煌言引军入闽,次沙埕,滇事危急。十二月初二,永历帝被执,次年四月望日,被吴三桂弑于昆明。十二月三日郑成功占领台湾,清廷颁禁海令,海上孤军更为艰难。永历十六年(康熙元年,1662

---

① 其《奇零草序》云:"迨辛卯(监国六年,永历五年,1651)昌国陷,而笥中草竟靡有孑遗;何笔墨不幸一至于此哉!嗣是缀辑新旧篇章,稍稍成帙。丙申(永历十年,1656)昌国再陷,而亡什之三。"《张苍水集》卷 5《冰槎集》,页 254 下。

② 《张苍水集》卷 9《北征得失纪略》,页 274 上。

③ 《张苍水集》卷 9《北征得失纪略》,页 275 下。

④ 《张苍水集》卷 9《北征得失纪略》,页 276 上。

⑤ 《张苍水集》卷 9《北征得失纪略》,页 280 上。

年)五月,郑成功卒于台湾;十一月,鲁王薨于金门,煌言绝望。永历十七年,煌言遣使入闽,祭告鲁王。十一月,清兵陷厦门及金门,郑经退守铜山。永历十八年(康熙三年,1664年)二月,铜山撤守,郑经全军转进台湾。六月,煌言自解余军,迁避南田县属之悬岙,七月十七日丑时被执,八月逮解至杭州,九月七日湖上就义,得年四十五。

(二)文学理论

张煌言本具亦狂亦侠亦儒文之气质,且才情高逸,自汪光复《航海遗闻》所载录一则舟山轶事可知:

> 斌卿恒以降乩炫才能,示兴复。一日,礼部尚书张肯堂、太常寺卿朱永佑、浙江巡按御史李长祥、兵科徐孚远、张煌言、任颖眉等俱在座,乩降思涩;煌言微笑之。斌卿叩所以,煌言曰:"弟亦有仙,可不召而速。"斌卿虚席固请。煌言令斌卿出十题,限十韵,煌言援笔立就,妙思入神;一座叹服。嗣此斌卿呼为"张大仙"云。①

慈溪郑溱于康熙二十三年(1684年)《奇零草跋》曾云:"当天步艰难之世,从亡海岛,志在中兴。自丙戌至甲辰十九年间,漂泊于波涛飓浪之中、竭蹶于干戈颠沛之际,履危蹈险,辛苦万端;宜其音之哀且促矣。今观《奇零草》文辞和雅、气韵平舒,有从容瞻就之风,而无凄飒仓皇之态;有慷慨奋起之情,而无卑靡挫折之念。至若兴趣所臻,风流跌宕;冠裳所集,意象峥嵘。览厥体制,有直追嘉、隆盛时诸作者;何其音之不类也!"②盖张煌言志在戮力王室、恢复中原,不做楚囚状,故家亡不悔,身丧不顾,发诸歌咏,固宜与盛世同符也。兹将张煌言之文学理论分为下列三项分述之

---

① 明末清初·汪光复:《航海遗闻》,见《明季三朝野史》(台北:台湾银行经济研究室,1961年4月1版,《台湾文献丛刊》第106种),页61～62。
② 清·郑溱《奇零草跋》,《张苍水集·序》,页167～168。

1. **声诗代史**

首先张煌言之文学创作动机在以声诗代史,据其《奇零草序》云:

> 余于丙戌(监国元年,1646年)始浮海,经今十有七年矣。其间忧国思家、悲穷悯乱,无时无事,不足以响动心脾。或提槊北伐,慷慨长歌;或避虏南征,寂寥低唱。即当风雨飘摇、波涛震荡,愈能令孤臣恋主、游子怀亲。岂曰亡国之音,庶几哀世之意。……年来叹天步之未夷,虑河清之难俟。思借声诗,以代年谱,遂索友朋所录、宾从所钞,次第之。而余性颇强记,又忆其可忆者,载诸楮端,共得若干首,不过如全鼎一脔耳。独从前乐府歌行不可复考,故所订幾若《广陵散》。嗟乎!国破家亡,余谬膺节钺,既不能讨贼复仇,岂欲以有韵之词求知于后世哉!但少陵当天宝之乱,流离蜀道,不废《风》《骚》,后世至名为诗史;陶靖节躬丁晋乱,解组归来,著书必题义熙;宋室既亡,郑所南尚以铁匣投史眢井中,至三百年而后出。夫亦其志可哀、其精诚可念也已!然则何以名《奇零草》?是帙零落凋亡,已非全豹;譬犹兵家握奇之余,亦云余行间之作也。①

张煌言所谓"思借声诗,以代年谱",乃在国破家亡之际,流离海上,仍自许为杜陵诗史,更效渊明诗题甲子,表达义不降清之心,以诗证史,以诗补史。

2. **诗穷而后工**

张煌言诗文创作乃落实诗穷而后工之境界,如徐孚远《奇零草序》云:

> 余闻诗能穷人,又闻穷而后工于诗;今玄箸之诗,其气宏伟而昌高、其词赡博而英多,盖明堂之圭璧、清庙之贲镛也。长离一鸣,世以为瑞;况律吕之相宣乎!夫气有盛、有衰,先动于人心;取玄箸之诗而咏歌之,不特审音可比于夔、旷矣,我明之再兴

---

① 《奇零草序》,《张苍水集》卷5《冰槎集》,页254下。

可以推矣，何必反复前代之已事而为忧恤哉！①

故以罗子木诗"悲凉酸楚，至于呕血。故其所为诗篇，清峭苍寒，一如夜猿秋鹤，可闻而不可听，斯足悲矣！"②乃为上乘之作。其《曹云霖诗集序》云：

> 甚矣哉！欢愉之词难工而愁苦之音易好也。盖诗言志，欢愉则其情散越，散越则思致不能深入；愁苦则其情沉着，沉着则舒籁发声，动与天会。故曰"诗以穷而益工"，夫亦其境然也。③

愁苦者情沉着，乃能发愤为诗，愈穷愈工，动与天会，和以天倪，如"焦尾之桐出爨，而宫征始发；火浣之布经焰，而色泽弥新；物固有待焚而成其贵者矣"④。可见出煌言对诗文之独到见解。《曹云霖诗集序》又云：

> 云霖与余论国事之废兴、悲人风之存没，感动心脾，稍稍出旧什新篇相示。余既叹其工，而未始不哀其节苦而神悲也。年来云霖膺帝眷，秩中丞；或佐雄师入江、或从名藩泛海，山河之感切中、湖海之胜娱外，累牍连篇，无非骚雅。余方聚旅北道，与云霖踪迹，离合恒相半。云霖每以新制见寄，辄作十日喜、复作十日愁，是何其思深入、其情沉着也！工固至此哉，观止矣！然后知愁苦之音果胜于欢愉之词也。⑤

此言曹从龙之诗，对于国事废兴，有风人之悲，故感动心脾。而士之穷达，各有所遇，如其《徐允岩诗集序》云：

> 自夫士之穷达，亦何常之有。幸则短铗长裾，傲视王侯，如侯嬴、鲁仲连之流是已；次之飞书走檄，如陈琳、阮瑀、袁宏之流

---

① 徐孚远《奇零草序》，《张苍水集·序》，页164上。
② 《罗子木诗集序》，《张苍水集》卷5《冰槎集》，页249上。
③ 《曹云霖诗集序》，《张苍水集》卷5《冰槎集》，页252下。
④ 《陈文生未焚草序》，《张苍水集》卷7《外编·遗文》，页264下。
⑤ 《曹云霖诗集序》，《张苍水集》卷5《冰槎集》，页253下。

是已。不幸而生逢离乱,躄躄靡骋,因人成事;而山河破碎,蹉跌随之,如杜浒、邹凤其人,岂不大可慨也哉!……既而我师竟溃,余以间道还海上;徐子复间关来归,出其新制,皆酸楚不可读。是为幸乎?为不幸乎?①

审此,诗歌创作落实到社会生活之中乃最真切,如南宋陆游认为诗家三昧"正在山程水驿中"②及"工夫在诗外"③,强调走出书斋,接触广泛之社会民生,就能获得取之不尽、用之不竭之创作源泉。故文学源自诗人真实之生活、真切之生命、真挚之情志,张煌言《奇零草》、《采薇吟》是其一生实录,"读斯二集,公二十年之行事始末,具可概见"④。煌言遭忧悯乱,"其遇虽穷,其气自壮"⑤。故无论其一生行谊或诗文创作皆能落实"诗穷而后工"之诗观。

3. 诗禅合一

张煌言文学创作论又有诗禅合一之文学观。禅最重要在靠悟解,忌直陈;要以心传心,意在言外,心心相印;故在表达上多用象征、比喻、联想;此则与诗之表现艺术相通。张煌言《僧履端诗集序》云:

> 世之辟佛者,卒谓浮屠氏为外教。而瞿昙氏亦往往逃于枯空;谓不如是,则非禅也。然东林惠远、白社风高,未尝不陶情吟啸,则诡于禅之外非禅,而拘于禅之中者亦非禅也。夫善《易》者不言《易》,今使进禅而赋诗,字摹贝叶、句勒昙花,则亦偈而已;何名为诗?夫诗本性灵、禅亦本性灵,要自有活泼泼地者,此即禅机也。……普陀端公,吾未知其禅理何如;而微吟高咏,绝非

---

① 《徐允岩诗集序》,《张苍水集》卷5《冰槎集》,页246~247。

② 南宋·陆游著、钱仲联校注《剑南诗稿校注》(上海:上海古籍出版社,1985年9月1版),卷50《题庐陵萧彦毓秀才诗卷后》二首之二,页3021。其诗云:"法不孤生自古同,痴人乃欲镂虚空。君诗妙处吾能识,正在山程水驿中。"

③ 《剑南诗稿校注》卷78《示子遹》,页4263。

④ 高允权《奇零草后序》,《张苍水集·序》,页167下。

⑤ 全祖望《张尚书集序》,《全祖望集汇校集注·鲒埼亭集外编》卷25,页1210。

枯空者可比。彼岂欲以诗名哉！毋亦禅机所触，不禁其洋洋洒洒矣。余偶得其数什而讽之，固无贝叶、昙花风味；以是知端公能超于禅，而不拘于禅者也。①

明末逃禅者众，僧人往往兼具诗人身份，其人有道有艺，禅机所触，微吟高咏亦诗怀所兴，若能形于心、摹于手，自然高妙。

元好问曾云"诗为禅客添花锦，禅是诗家切玉刀"②，诗与禅的完美结合，使诗具有高超之艺术品格，成为卓绝之艺术精品。然而诗歌不可偏于一味阐述哲理，若一味说理，则于兴观群怨之旨，背道而驰。煌言《梅岑山居诗引》又云：

> 从来儒、墨分席，然诗律可通于禅、禅锋每寄于诗；是何以故？盖诗家格律甚精，不逊虚空三昧；而禅家机锋相触，原具风雅三摩。故禅有魔而诗亦有魔，而诗称圣、禅亦称圣；超悟者，本无殊趣也。芥舟上人以远公宿根，得生公妙解；振锡名山，玄风晻暧。禅悦之余，遂成"梅岑新咏"；骚耶？偈耶？读之如坐光明藏矣。是使骚人雕风镂月，总似拈花；释子说乘参宗，无非梦草。提起法幢、掀翻骚览，直疑大士现身，岂仅老僧饶舌；则满恒河沙皆诗也，满恒河沙皆禅也。有声有闻者，当作如是观；无色无相者，亦当作如是观。③

禅宗以不立文字为宗，主张要"参活句"（活参）。故云："有法授人，死语也，死语，其能活人乎？"④宋人作诗讲"活法"可与禅宗"活句"相通。如北宋末吕本中《夏均父集序》云："学诗当识活法。所谓活法者，规矩备具而能出于规矩之外，变化不测而亦不背于规矩也。是道也，盖有定法而无定法，无定法而有定法，知是者则可以与语活

---

① 《僧履端诗集序》，《张苍水集》卷7《外编·遗文》，页272。
② 《答俊书记学诗》，金·元好问著、姚奠中主编《元好问全集》（太原：山西人民出版社，1990年6月1版），卷14，上册，页435。
③ 《梅岑山居诗引》，《张苍水集》卷7《外编·遗文》，页265上。
④ 南宋·释普济编《五灯会元》（北京：中华书局，1984年10月1版，苏渊雷点校本）卷17《黄龙慧南禅师》，页1105。

法矣。"①因此煌言认为"超悟者,本无殊趋",乃达诗禅合一之臻境。再者,何谓"生公妙解"之工夫历程,诚如苏轼所谓"欲令诗语妙,无厌空且静。静故了群动,空故纳万境。阅世走人间,观身卧云岭。咸酸杂众好,中有至味永。"②此乃在于诗家,能静故能了群动,能空故能纳万境。而禅宗乃"空寂"、"无关心"、"本来无一物",进一步凝神观照,达到物我合一境界,否定世俗情欲,寻求人生精神解脱,使人心灵达到绝对自由超然,才能对诗境或禅理有所妙悟,是故"清清翠竹,尽是法身;郁郁黄华,无非般若"③。换言之,即如煌言文中所言:满恒河沙皆诗,满恒河沙皆禅。如此骚人雕风镂月,总似拈花;释子说乘参宗,无非梦草。总之,"参禅学诗无两法,死蛇解弄活泼泼"④,才是诗禅合一最高境界。

第二节　海上长城空自许

张煌言出生于仕宦之家,父亲张圭章为天启甲子科举人,官刑部员外郎。煌言幼承家学,接受极严格教育。十六岁即考上秀才,二十三岁中举。因煌言先天具有浓烈侠义本性,加以博通经史,并能自先

---

①　北宋末·吕本中《夏均父集序》,南宋·刘克庄《江西诗派小序》引。见丁福保辑《历代诗话续编》(北京:中华书局,1983 年 8 月 1 版,华文实点校本),页 485。

②　苏轼《送参寥师》,北宋·苏轼著、清·王文诰等辑注《苏轼诗集》(北京:中华书局,1982 年 2 月 1 版,1992 年 4 月 3 刷,孔凡礼点校本),卷 17,页 905～906。

③　北宋·释道原编《景德传灯录》(台北:台湾商务印书馆,1981 年 2 月 1 版,《四部丛刊广编》影宋刻本),卷 28《越州大珠慧海和尚语》,页 285 上。又马鸣禅师亦语:"青青翠竹,总是法身;郁郁黄华,无非般若。"见《五灯会元》卷 3《大珠慧海禅师》,页 157。

④　葛天民《寄杨诚斋》,南宋·葛天民:《葛无怀小集》(台北:新文丰出版公司,1997 年 3 月 1 版,《丛书集成三编》第 40 册,影《南宋群贤小集》本),页 681 上。

哲微言大义中汲取忠义报国之道德观，故成就日后扶持鲁王，一心为国，死而后已之大无畏精神。而张煌言一生奋战不懈之精神，可视为东南抗清之海上长城。

一、甲申国变，投笔从戎

张煌言在甲申国变之前，仍然措意于传统科考而入仕之书生，但两京相继沦陷，祸乱纷起，眼见明室既屋，遂投笔从戎。自此开始，煌言穷其一生皆与南明抗清活动而相始终。

张煌言一生文武相兼，其来有自，就其深具侠义特质而言，其实是经历一番人生大转折之结果。煌言年少时轻财结客，不修边幅，渔酒色，喜呼卢，时时从博徒者游，掷立尽，则大嚟称快为笑乐，数私斥卖其生产，引起其父恨愤而怒杖之。其负债无以偿，幸得益友全美樟尽卖负郭良田，得金三百两，代偿其逋，并劝以改行立节。① 煌言自此重理旧业，折节读书；然曾有过之年少轻狂，造就其文侠兼具性格。

从诗人生命心态史考察，张煌言天生任侠，又淹通经史，更具有诗人独特才性；此一人格特质，表现于日后之成就，不仅是倚马可待之文士，更是横槊赋诗之抗清名将。实则张煌言之迥异于一般儒生，早在十六岁时已有迹象；时应童子试，崇祯帝因天下多故，时局维艰，遂令试经义后再考校武艺，而应试诸人中，惟煌言轻而易举通过考试。其挚友黄宗羲于《苍水张公墓志铭》中记载当时情景：

> 年十六，为诸生。时天下多故，上欲重武，令试文之后试射。

诸生从事者新，射莫能中；公执弓抽矢，三发连三中，眠豫如素习

---

① 事见全祖望《明故权兵部尚书兼翰林院侍讲学士鄞张公神道碑铭》，清·全祖望撰、朱铸禹校注《全祖望集汇校集注·鲒埼亭集》（上海：上海古籍出版社，2000 年 12 月 1 版），卷 9《明故权兵部尚书兼翰林院侍讲学士鄞张公神道碑铭》，页 194。又见本章第一节作者生平中所引全祖望《穆翁全先生墓志》，兹不赘引。按：全美樟为全祖望之族祖，后张煌言独女嫁于全美樟之次子，而隐于黄岩。全祖望亲见其伯母于而作《张督师画像记》。

者。观者以为奇。①

足见张煌言真为英雄少年也，其文艺武事已锋芒毕露。

弘光元年（顺治二年，1645 年）四月，鲁王暂驻台州，及郑遵谦等起兵，议推戴，而入浙。六月，鄞士董志宁、王家勤、张梦锡、华夏、陆宇火鼎、毛聚奎与刑部郎钱肃乐会乡老合兵，议奉笺迎鲁王监国。据全祖望《明故权兵部尚书兼翰林院侍讲学士鄞张公神道碑铭》云：

> 方钱忠介公之集师也，移檄会诸乡老，俱未到，独公先至。忠介相见，且喜且泣。既举事，即遣公迎监国鲁王于天台；王授公为行人，至会稽，赐进士，加翰林院编修，兼官如故，入典制诰，出筹军旅。②

可知当时独张煌言先至，致钱肃乐感动其情挚，遂遣煌言迎监国鲁王于天台，监国即位绍兴后，煌言自此投笔从戎，鞠躬尽瘁，死而后已。监国元年（顺治三年，1646 年）六月二日，江上师溃，清兵入绍兴，浙东失陷，张煌言与张国维护鲁王过曹江，归别父母妻子，护王入海，从驾石浦，一生拥护鲁王而无贰志，直至永历十六年（1662 年）十一月，鲁王薨于金门后，才散军殉国。

监国二年（顺治四年，1647 年），张煌言在舟山，以右佥都御史奉命持节护张名振军。四月，松江提督吴胜兆请以所部来归，煌言以右佥都御史持节监定西侯军以援之。至崇明，飓风覆舟。"煌言及麾下百余人，为松江守备所获。煌言与守者钱，绐以蒙师被虏，守者信之，得脱。百余人皆死。"③据煌言回忆，此役"陷虏中七日，得间，行归海上"④。

---

① 黄宗羲《明兵部左侍郎苍水张公墓志铭》，《黄宗羲全集》第 10 册《南雷诗文集·碑志类》上，页 281。

② 《全祖望集汇校集注·鲒埼亭集》卷 9《明故权兵部尚书兼翰林院侍讲学士鄞张公神道碑铭》，页 180。

③ 清·朱溶：《忠义录》卷 5《张煌言传》，见《明清遗书五种·忠义录》（北京：北京图书馆出版社，2006 年 11 月 1 版），页 645～646。新发现《忠义录》记此事为诸家《张煌言传》所未载。

④ 《张苍水集》卷 9《北征得失纪略》，页 274 上。

监国四年（顺治六年，1649 年），张煌言募军结寨于平冈。时萧山、会稽、临海、天台、慈溪、奉化之间，山师大起，惟煌言与李长祥、王翊军不事劫略，居民安之。其《劝农遇雨，时余屯兵山寨》云：

> 浓云似墨滞行旌，点染春郊最有情。话到桑麻风自古，灾余草木雨还生。土龙不用胡僧咒，竹马偏喧稗子迎。烟火几家寥落尽，空山布谷一声声。①

本诗好似一幅农家复苏图，图中浓云似墨，点染春郊，天降甘霖，灾后草木还生，空山布谷鸟啼，一声声唤起山寨农民春耕之景。全祖望谓"时忠介已奉王出师于闽，浙东之山寨亦群起遥应之；公乃集义从于上虞之平冈。山寨之起也，因粮于民；民始以其为故国也，共饷之。而其后遂行抄掠，民苦之。其不以横暴累民者，祇李公长祥东山寨、王公翊大兰山寨，与公而三；履亩输赋，余无及焉"②。可见诸山寨咸事钞掠，农村萧条寥落，百姓身处战争之苦难；张煌言等则爱民如子，遇雨劝农，履亩募税，百姓敬之，主动输赋，提供军需。缘此，煌言在上虞平冈山寨能建立事功，一如黄宗羲《张公墓志铭》所云："移节上虞之平冈山寨，与王司马相犄角，焚上虞、破新昌，浙东列城为之昼闭。"③

二、舟山之陷，哀悼同志

（一）舟山之陷

监国六年（顺治八年，1651 年）八月，清兵三路攻舟山，"张定西自恃习熟形势，谓诸将曰：'蛟门天险，谁能飞渡！吾坐而覆之，此易

---

① 《劝农遇雨，时余屯兵山寨》，《张苍水集》卷 1《奇零草》（一），页 192～193。

② 《全祖望集汇校集注·鲒埼亭集》卷 9《明故权兵部尚书兼翰林院侍讲学士鄞张公神道碑铭》，页 181。

③ 黄宗羲《明兵部左侍郎苍水张公墓志铭》，《黄宗羲全集》第 10 册《南雷诗文集·碑志类》上，页 281。

事耳。'"①乃见张名振恃险失备,而舟山城破,张肯堂、朱永佑等死之。鲁王舟山之陷史事,如《东南纪事·张名振传》载:

> 秋,大清兵攻舟山,松江张天禄出崇阙、金华马进宝出海门、陈锦出定海。名振南御进宝,使张煌言等断北洋,当天禄。北军势盛,名振度不支,乃与煌言及英义伯阮骏扈鲁王发舟山。舟泊道头,阮进诣海门求和,北军欲诱之,进以数舟脱归。值大帅金砺之舟,火球投砺,风反转击,进创甚投水,大兵刺取之。进骁捷,称飞将,舟山所恃惟进。进死,城遂陷。大学士张肯堂、礼部尚书吴钟峦等,皆殉。名振以先出得免,如朱成功营。②

当时张煌言亦从行,故悲其事,遂写《翁洲行》云:

> 自从钱塘怒涛竭,会稽之栖多鶎翮。甬东百户古翁洲,居然天堑高碣石。青雀黄龙似列屏,蛟螭不敢波间鸣。虎帐争如秦妇女,鱼旐半是汉公卿。五六年间风云变,帝子南巡开宫殿。鳒来泽国仗楼船,乌鬼渔人都不贱。堂怡穴斗几经秋,胡来饮马沧海流。共言沧海难飞越,况乃北马非南舟。东风偏与胡儿便,一夜轻帆落奔电。南军鼓死将军擒,从此两军罢水战。孤城闻警蚤登陴,万骑压城城欲夷。炮声如雷矢如雨,城头甲士皆疮痍。云梯百道凌霄起,四顾援师无蝼蚁。襄疮奋呼外宅儿,誓死痛苦良家子。斯时帝子在行间,吴淞渡口凯歌还。谁知胜败无常势,明朝闻已破岩关。又闻巷战戈旋倒,阇城草草涂肝脑。忠臣尽葬伯夷山,义士悉到田横岛。亦有人自重围来,向余细语令人哀。椒涂玉叶填眢井,甲第珠珰掩劫灰。而今人民已非况城郭,髑髅跳号宁复肉?土花新蚀遗镞黄,石苔早绣缺斫绿。呜呼!问谁横驱铁裲裆,翻令汉土剪龙荒?安得一剑扫天狼,重酹椒浆

① 全祖望辑《张苍水年谱·顺治七年庚寅公三十二岁》,《张苍水集·附录一》,页292下。

② 清·邵廷采:《东南纪事》(台北:台湾银行经济研究室,1961年1月1版,《台湾文献丛刊》第35种),卷10《张名振》,页127。

慰国殇！①

翁洲即春秋时之甬东地，位在浙江省宁波府定海县之舟山东边三十里处，有良田湖水，相传葛仙翁尝隐于此，又名翁山。此诗前八句乃叙述其地理环境，有如天然屏障，故人多隐于此。自"五、六年间风云变"至"况乃北马非南舟"，乃言鲁监国驻跸于此，因其地处在东海中，连飞鸟亦难飞越，何况是不熟舟船之清兵？据全祖望《明故太师定西侯张公墓碑》载：

> 辛卯秋，大兵下翁洲。公以蛟关天险，海上诸军熟于风信，足以相拒，必不能猝渡。乃留阮进守横水洋，以弟左都督名扬、副安洋将军刘世勋守城，而自以兵奉王搗吴淞以牵制之。②

全祖望《张督师画像记》引其族母，煌言之独女回忆曰：

> 舟山之陷也，张名振初闻大兵三道并出，自以习熟形势，谓蛟关天险，不可旦夕下。乃悉其锐师奉王，扬声趋松江，以牵舟山之势。是时，先公亦为所拉，同在行间，不料荡胡失守，以火攻死。一夕昏雾，大兵毕渡。名振已抵上海，闻变遽还，则不及矣。谓其轻出则可，谓其奉王以逃则误也。③

此口述极近史实，此事试看保留在日本之张名振与朱之瑜书云：

> 别后狡虏窥关，三路并至，不意荡湖（指荡湖伯阮进）以轻敌阵亡，虏骑遂得飞渡。不佞直指吴淞，幸获全捷，而孤城援绝，死守十日，竟为所破。不佞阖门自焚，而全城被僇矣！④

审此，张名振凭恃天险而有出奇兵取松江，以牵清军攻舟山之师的军事行动，此乃战略错误，轻估清军，埋下舟山失守之主因。接着"东风偏与胡儿便"，造成"南军鼓死将军擒"，指荡湖伯阮进轻敌阵

---

① 《翁洲行》，《张苍水集》卷1《奇零草》（一），页196。

② 《全祖望集汇校集注·鲒埼亭集外编》卷4《明故太师定西侯张公墓碑》，页812。

③ 《全祖望集汇校集注·鲒埼亭集外编》卷19《张督师画像记》，页1113。

④ 明·朱之瑜：《朱舜水集·书简》（北京：中华书局，1981年8月1版，朱谦之整理本），卷4《致张定西侯书》附《张定西侯来书》，页41。

亡。据全祖望《张苍水年谱》详述：

> 八月，大兵试舟海口，舟山人以三舟突阵，获楼船一只、战舰
> 十余，馘十一人而纵之。踰日，天忽大雾，咫尺不辨，大兵轻帆直
> 下。时阮荡湖先诣海门请和，欲以缓师；大兵将诱之。荡湖适
> 归，邀击大兵于洋，以火球投楼船；风转反焚其舟，荡湖面创甚，
> 投水而死。①

清军先派兵试探虚实，舟山人初略有掳获，翌日，清军乘大雾蔽
天之际，倾巢而出，荡湖伯阮进藉缓兵之计欲用火攻，讵料，风向骤
变，竟自焚其舟，致伤亡惨重。

接着笔锋陡转，写到本诗主题"舟山城陷"："孤城闻警蚤登陴，万
骑压城城欲夷。炮声如雷矢如雨，城头甲士皆疮痍。云梯百道凌霄
起，四顾援师无蝼蚁。裹疮奋呼外宅儿，誓死痛苦良家子。"清兵攻城
之急，刘世勋、张名扬则死守城池，企望张名振还师来救，未至，城陷。
据全祖望《翁洲刘将军祠堂碑》载：

> 将军（刘世勋）料简城中步卒尚五千，麾下死士五百，居民助
> 之，乘城而守，屡攻屡却。八月二十六日开门诈降，内伏大炮，受
> 降者争先入，伏发，击杀千人。大兵愈怒，急攻，然终不克。先是
> 城中别将邱元吉、金允彦密约为内应，顾不得间。二十八日，遂
> 缒而出降，且言将军严守状，乃再益兵。九月二日，大炮如猬，城
> 雉尽坏。将军乃朝服北面望海拜谢自刭。②

诸将背城力斗，杀伤清兵虽众，然舟山之军寡不敌众，城遂陷。
故而"忠臣尽葬伯夷山，义士悉到田横岛"，悲恸文臣武将壮烈牺牲。
其殉国者，据全祖望《张苍水年谱》载有：

> 文臣则大学士张肯堂、礼部尚书吴钟峦、兵部尚书李向中、

---

① 全祖望辑《张苍水年谱·顺治八年辛卯公三十二岁》，《张苍水集·附
录一》，页 292 下。

② 《全祖望集汇校集注·鲒埼亭集外编》卷 14《翁洲刘将军祠堂碑》，页
1015。

吏部侍郎朱永佑、通政使郑遵俭、兵科董志宁、兵部郎朱养时、吏曹杨思任、户曹江用楫、林英、礼曹董云、兵曹李开国、朱万年、王玺、顾铉、工曹顾宗尧、戴仲明、中书苏兆人;武臣则安洋将军刘胤之、左都督张名扬、杨锦、署卫指挥王朝、参将林志灿、守备叶大俊、定西参谋顾明楫,内臣则太监刘朝,诸生则林世英,俱死之。①

后段从"亦有人自重围来"至诗末,则写张煌言听闻劫后余生者之叙述,无限感慨,并矢志扫荡清军,以慰忠魂。

(二)吊黄斌卿

张煌言以为舟山之所以会失陷,与之前肃卤侯黄斌卿之死,有极大关系。张煌言《吊肃虏侯黄虎痴》云:

> 百年心事总休论,堕泪凭看石上痕。竹帛早应传魏胜,河山终不负刘琨。当时杖履知何在,此日衣冠赖孰存? 一自将台星殒后,胡尘天地尚黄昏!②

黄斌卿,字明辅,别号虎痴;兴化卫人。唐王时,黄斌卿以己之前为舟山参将,上言舟山形势,故唐王命以伯印,赐剑屯其地,以便宜行事。而黄斌卿因性好猜忌,复怯于大敌而勇于害其同类。初,鲁王入海其拒而不纳,故为诸将领所不喜。监国四年,"名振、进、朝先上疏合军讨舟山,斌卿累败,求救于安昌王恭及大学士张肯堂,上表谢罪。又谋和诸营曰:彼此王臣,无妄动。九月二十四日,会于海上,各敛兵待命。斌卿部将陆伟、朱玖背约出洋,进谓斌卿遁去,遂纵兵大掠,斫斌卿投之海中,二女皆死。"③

---

① 全祖望辑《张苍水年谱·顺治八年辛卯公三十二岁》,《张苍水集·附录一》,页292~293。

② 《吊肃虏侯黄虎痴》,《张苍水集》卷1《奇零草》(一),页195下。

③ 清·邵廷采:《东南纪事》(台北:台湾银行经济研究室,1961年1月1版,《台湾文献丛刊》第35种),卷10《黄斌卿》,页124。

　　张煌言此诗以宋魏胜及晋刘琨譬喻黄斌卿多智勇，能骑射，为国之栋梁，然却已逝世，因感慨"此日衣冠赖孰存"？故自诗中可见煌言对黄斌卿被同志阮进所杀，甚感惋惜，若黄斌卿不死，舟山或将不致沦陷也。黄斌卿为人处世之缺失，一如《南天痕·黄斌卿传》所批评："古人有言，盗亦有道。斌卿欲盗据舟山，乃拒鲁王而不纳、害两王子，不忠；灭荆监军、杀贺忠威，不义；强据民田，不仁；侮定西、拒荡胡，无礼；蓄叛臣为部将，不智；无道甚矣。夷灭不亦宜乎？若诸人者，不足录，传其事以为后世戒。"[1]若自全祖望《明户部右侍郎都察院右佥都御史赠户部尚书崇明沈公神道碑铭》载："公（沈廷扬）乃之翁洲，欲以翁洲将黄斌卿之兵入吴。闽中亦授公总督。时诸军无饷，竞以剽掠为事，至于系累男妇，索钱取赎，肆行淫纵。浙东之张国柱、陈梧为尤甚。公谓斌卿曰：'师以恢复为名，今所为如此，是贼也，将军其戒之。'斌卿曰：'公言是也。惟军中乏食，不得不取之民间。今将何以足食？'公乃为定履亩劝输之法，而军士不敢复钞掠。斌卿故无大略，其后卒以不迎奉监国，被诛，而翁洲之人颇念之，以其军稍有纪律，民无所扰，则皆公一言之力也。"[2]审此而论，知黄斌卿颇得舟山民心。然当时陆宇火鼎所作《黄斌卿传》，"盛称斌卿之才略、忠孝，刻厉勤王，不迩声色，力以恢复为志；并辨定西、平西之事，皆以偶误之嫌，非其本心。自斌卿死，舟山遂不可守"[3]。此与南明诸史所载不同，然与煌言本诗观点一致，颇有惋惜之意。

（三）挽张肯堂

　　舟山之陷，张肯堂一门殉国，极为壮烈，全祖望《明太傅吏部尚书

---

　　①　清·凌雪：《南天痕》（台北：台湾银行经济研究室，1960 年 6 月 1 版，《台湾文献丛刊》第 118 种），卷 22《黄斌卿》，页 407。

　　②　《全祖望集汇校集注·鲒埼亭集外编》卷 4《明户部右侍郎都察院右佥都御史赠户部尚书崇明沈公神道碑铭》，页 803。

　　③　见全祖望辑《张苍水年谱·顺治七年庚寅公三十一岁》，《张苍水集·附录一》，页 292 下。

文渊阁大学士华亭张公神道碑铭》起笔极为震撼人心云："顺治八年（1651 年）辛卯九月，大兵破翁洲，太傅阁部留守华亭张公阖门死之。大兵入其家，至所谓雪交亭下，见遗骸二十有七。有悬梁间者，亦有绝缳而坠者。其中珥貂束带佩玉者，则公也。庑下亦有冠服俨然者，则公之门下仪部吴江苏君兆人也。有以兵死者，则诸部将也。亦有浮尸水面者。大兵为之惊愕却步，叹息迁延而退，命扃其门。"①当时张煌言有《挽张鲵渊相公》二首吊之，其一云：

> 一身真可系危安，垂死威仪尚汉官。魂返黄垆应化碧，颜留青史即还丹。千秋共惜遗金鉴，十载何惭戴铁冠。也识公归箕尾上，定依日月倍芒寒。②

张肯堂，字载宁，号鲵渊；华亭人。天启乙丑进士。隆武二年（1646 年）张肯堂被改任为总制浙直。丁亥（1647 年）六月，鲁王拜为东阁大学士。辛卯（1651 年）八月，王闻清兵渡海，张名振与英义将军阮骏扈之出翁洲；"时屯田都督张名扬守南门，阁部张肯堂守北门，监军主事丘元吉、金允彦等督三亲标守城。内师攻舟山不遗力，守者亦百法应之；至投书劝降，阁部肯堂等不答。内师舆创进徇，城益戮力键御。环围十昼夜，南北洋二道凯师次十八门，阻不入援。"③九月二日，城陷，先一日，张肯堂冠带面北叩首准备就义。④ 时"肯堂门人苏兆人（字寅侯）知不可为，合户自缢死，肯堂义之，为降四拜，善瘗之。随作绝命诗四首，有'传与后来青史看，衣冠二字莫轻删'之句。次日事急，命举火焚其家属二十三口讫，遂与姜某氏，并投缳雪交亭

---

① 《全祖望集汇校集注·鲒埼亭内集》卷 10《明太傅吏部尚书文渊阁大学士华亭张公神道碑铭》，页 199。

② 《挽张鲵渊相公》二首其一，《张苍水集》卷 1《奇零草》（一），页 194～195。

③ 明末清初·查继佐：《鲁春秋》（台北：台湾银行经济研究室，1961 年 10月 1 版，《台湾文献丛刊》第 118 种），《永历五年、监国六年》，页 63。

④ 清·凌雪：《南天痕》（台北：台湾银行经济研究室，1960 年 6 月 1 版，《台湾文献丛刊》第 76 种），卷 15《张肯堂传》，页 247～248。

之下；一女投荷池死。肯堂有仆已度为僧，法名无凡，钵普陀。及舟山之变，叹曰：'吾翁无不殉国者'！促航舟山，泣请内帅，愿下主悬瘗土；师义而许之。"①

　　本诗以首联"一身真可系危安"为纲领，写张肯堂一身系天下安危，以见其对国家命脉存续之重要性，由于张肯堂忠贞为国，即使面临舟山陷落，将悬梁自缢，依旧不失汉官威仪。颔联"魂返"句暗用《庄子·外物》苌弘死后鲜血化为碧玉之典故②，意谓其虽殉国，灵魂归返黄泉，精神将永垂不朽，借以譬喻张肯堂精诚忠正，因此能名留青史。颈联称赞张肯堂所进奏章，如唐张九龄之千秋金鉴录，能伸讽喻③，议论必极言得失，所推引皆正人，无愧于其执法之职；是乃肯定其忠于职守。末联"箕与尾"皆二十八星宿之数，据《庄子·大宗师》记载，武丁时名相傅说死后升天，跨身于二星之上，是为星精。④ 诗

---

　　① 《鲁春秋》《永历五年、监国六年》九月一日，页 65。雪交亭者，植一梅、一梨，其开花尝相接，因以名亭；张肯堂读书处也。全祖望序高宇泰《雪交亭正气录》云："雪交亭者，前阁部张公鲵渊之寓亭，在翁洲，其左为梅，其右为梨，每岁花开，连枝接叶如雪。阁部正命，亭亦圮；而浙东亡国大夫，睠念不置，故姚江黄都御史梨洲以名其亭于姚之黄竹浦，武部以名其亭于鄞之万竹屿中。"《全祖望集汇校集注·鲒埼亭集外编》卷 25《雪交亭集序》，页 1219。另全祖望《明太傅吏部尚书文渊阁大学士华亭张公神道碑铭》亦云："雪交亭自乱后，公所植一梅、一梨独无恙。浙东诸遗民，如黄公宗羲接其种于姚江，高公宇泰接其种于甬上，至今二郡亦皆有雪交亭。"《全祖望集汇校集注·鲒埼亭内集》卷 10《明太傅吏部尚书文渊阁大学士华亭张公神道碑铭》，页 209。

　　② 《庄子·外物》："苌弘死于蜀，藏其血三年而化为碧。"清·郭庆藩集释《庄子集释》(北京：中华书局 1961 年 7 月 1 版，1993 年 3 月 6 刷，李孝鱼点校本)，卷 9 上《外物》，页 920。

　　③ 《新唐书·张九龄传》："初，千秋节，公、王并献宝鉴，九龄上《事鉴》十章，号《千秋金鉴录》，以伸讽谕。及为相，谔谔有大臣节。……故九龄议论必极言得失，所推引皆正人。"北宋·欧阳修等编撰《新唐书》(台北：鼎文书局，1992年 1 月 7 版，影北京：中华书局校点本)，卷 126《张九龄传》，页 4429。

　　④ 《庄子·大宗师》云："傅说得之，以相武丁，奄有天下，乘东维，骑箕尾，而比于列星。"《庄子集释》卷 3 上《大宗师》，页 247。

人提及箕、尾二星，紧扣诗题"挽"字，同时意味着张肯堂正如傅说升天为星精，而星辰依凭日月之光必能愈发清亮星芒，以此颂扬张肯堂人品之高洁正直。

其次，《挽张鲵渊相公》二首其二云：

> 纱笼姓氏迥无瑕，晚节何如五柳家。欲报君恩余白发，祗留相业在黄麻。楼空燕子从风坠，门冷龙孙带雨斜。一自墨胎歌断后，华亭鹤唳更堪嗟！①

本诗首联出句用"碧纱笼"之典，敬张肯堂一门殉国之人，北宋吴处厚《青箱杂记》载："世传魏野尝从莱公游陕府僧舍，各有留题。后复同游，见莱公之诗已用碧纱笼护，而野诗独否，尘昏满壁。时有从行官妓颇慧黠，即以袂就拂之。野徐曰：'若得常将红袖拂，也应胜似碧纱笼。'莱公大笑。"②对句以张肯堂晚节可拟陶渊明。颔联写张肯堂具宰相之福命，内司文诰、外调军机，鞠躬尽瘁，刻无宁晷，且持节清廉，尽忠君国。颈联出句"楼空燕子从风坠"指诸姬尽殉于舟山之难，据《南天痕》载："将就缢，闻门人苏兆人已缢死庑下，张肯堂取酒酬之曰：'苏君待我'。遂归至雪交亭，视其子妇沈氏、妾周氏、方氏、姜氏、毕氏，次第就缢，乃题诗于襟，自缢亭之中梁。"③而其绝命诗《鲁春秋》仅录"传与后来青史看，衣冠二字莫轻删"二句，清初朱溶《忠义录·张肯堂传》载其绝命诗曰："虚名廿载著人寰，晚岁空余学圃闲。难赋归来如靖节，聊歌正气续文山。君恩未报徒赍志，臣道无

---

① 《挽张鲵渊相公》二首其二，《张苍水集》卷1《奇零草》（一），页195上。

② 北宋·吴处厚：《青箱杂记》（北京：中华书局，1985年5月1版，李裕民点校本），卷6，页60～61。另《古今诗话》《红袖拂碧烧纱笼魏野诗》条也有类似的记载："寇莱公典陕日，与处士魏野同游僧寺，观览旧游，有留题处，公诗皆用碧纱笼之，至野诗则尘蒙其上。时从行官妓之慧黠者，辄以红袖拂之。野顾公笑，因题诗云：'世情冷暖由分别，何必区区较异同。若得常将红袖拂，也应胜似碧纱笼。'"见郭绍虞辑《宋诗话辑佚》（北京：中华书局，1980年9月1版），页256。

③ 《南天痕》卷15《张肯堂传》，页248。

亏在克艰。寄语千秋青史笔,衣冠二字莫轻删。"①颈联对句"门冷龙孙带雨斜"指张肯堂之孙茂滋,当时亦被俘虏而遭囚,故张煌言本诗自注云:"一孙被囚",张茂滋被俘入鄞,后为诸生陆宇濬等计脱之,次年十月,始得放还。② 然茂滋不久之后亦亡殁。足见张肯堂忠义影响所及,甚连其妇妾诸姬亦全殉死,堪称满门忠烈也,因此使张煌言哀伤不已。末联则以化鹤归华亭故里,哀之。

(四)挽吴钟峦

对于吴钟峦之殉国,张煌言有《挽大宗伯吴峦徲先生》二首,其一云:

> 冰棱玉尺倚容台,一片孤忠天地哀。俨尔须眉留四皓,黯然彗孛入三台。引年难遂悬车去,逐日徒悲化杖回!深负先生归骨望,吴江枫冷鹤还来。③

吴钟峦,字峻伯,别字徲山,号霞舟,南直武进人。弱冠为诸生,出入文坛四十余年,海内推为名宿,而不得第。晚以贡生教谕光州,

---

① 清·朱溶:《忠义录》卷5《张肯堂传》,见《明清遗书五种·忠义录》(北京:北京图书馆出版社,2006年11月1版),页689。

② 《鲁春秋》《永历五年、监国六年》,页64~65。据全祖望《明太傅吏部尚书文渊阁大学士华亭张公神道碑铭》云:"公谓茂滋曰:'汝不可死,其速去。然得全与否,非吾所能必也'。公投缳,梁尘甫动,家人报苏仪部缢庑下矣。公亟呼酒往酹之曰:'君少待我。'复入缳。九月初二日也。茂滋狂号欲共死,中军将林志灿、林桂掖之行。甫出门而乱兵集,茂滋脱去,志灿、桂等以格斗死。守备吴士俊、家人张俊、彭欢皆绝胆死。茂滋寻被执。其得生也,赖应元与鄞诸生陆宇濬、前户部董守谕、董德偶、崇明诸生宋龙、大名前乡贡进士萧伯闇、闽刘凤骞、定海诸生范兆芝等,救之以免,详见茂滋所著《余生录》。"《全祖望集汇校集注·鲒埼亭内集》卷10《明太傅吏部尚书文渊阁大学士华亭张公神道碑铭》,页208。

③ 《挽大宗伯吴峦徲先生》二首其一,《张苍水集》卷1《奇零草》(一),页195上。

从河南乡举，崇祯七年（1634 年）进士，年已五十八矣。① 张煌言前诗称其清风高节，怀抱忠贞，如冰壶玉尺，纤尘弗污，其道德实如光风霁月。"黯然彗孛入三台"指舟山破前，吴钟峦从鲁监国在蛟门祭江，深夜见舟山有大星陨落，随即又见无数之小流星坠落，隐约透露不吉祥之征兆。据《鲁春秋》载：

> 监国诣蛟门祭江，夜半见有大星从西北陨舟山，小星随之者无数。即日还舟山，未至，闻警，御舟不登陆。或请间取两王子入舟；定西侯名振曰："如是，恐以寒守者之心。"监国不强。②

吴钟峦齿德俱尊，舟山即将陷落，乃坚决以身殉国，据《海东逸史》云：

> 钟峦时在普陀，慷慨语人曰："昔者吾师高忠宪公（高攀龙）与吾弟子李仲达死奄难，吾为诗哭之；吾友马君常死国难，吾为诗哭之；吾门生钱希声从亡而死，吾为诗哭之；吾子福之倡义而死，吾为诗哭之。吾老矣，不及时寻块干净土，即一旦疾病死，其何以见先帝、谢诸君于地下哉？然吾从亡之臣，当死行在。"遂复渡海入城，与大学士张肯堂诀曰："吾以前途待公。"乃至文庙，积薪左庑下，藏所注易经于怀，抱孔子木主，举火自焚。赋绝命词曰："只为同志催程急，故遣临行火澣衣。"时年七十五。③

张煌言哀吴钟峦自焚殉国，如传说中夸父与日竞走，道渴而死，心有未甘，弃其杖，化为邓林。④ 此时吴江枫冷，其魂魄只能如丁令

---

① 清·翁洲老民：《海东逸史》（台北：台湾银行经济研究室，1961 年 4 月 1 版，《台湾文献丛刊》第 99 种），卷 10《吴钟峦传》，页 61。又见《南天痕》卷 15《吴钟峦传》，页 248。
② 《鲁春秋》《永历五年、监国六年》，页 62。
③ 《海东逸史》卷 10《吴钟峦传》，页 61。
④ 袁珂校注《山海经校注》（成都：巴蜀书社，1993 年 4 月新 1 版），卷 8《海外北经》，页 285。"夸父与日逐走，入日。渴欲得饮，河渭不足，北饮大泽，未至，道渴而死。弃其杖，化为邓林。"

威化鹤归辽东故里。[①]

而《挽大宗伯吴峦徯先生》二首，其二云：

> 一掌河山亦践蹂，老臣霜雪正盈头。掀髯犹抱沧桑恨，扼吭甘从孤竹游？自是泽宫堪荐俎，岂无夜壑可藏舟！趋朝当日称先达，惆怅生刍何处投！[②]

此言吴钟峦老骥伏枥，壮心未已，戮力重整旧山河之志概。福王立，迁钟峦礼部主事，行抵南雄，闻江南陷，转赴福建，痛陈国计，唐王甚重之，补广东副使，未行，闽中又亡。鲁王次长垣，以钱肃乐荐，召为通政使。钱肃乐为其崇祯九年（1636 年）同考所得士。鲁王加升礼部尚书，兼督学政。故煌言诗中乃有"自是泽宫堪荐俎"之句，据《海东逸史》载云：

> 己丑（监国四年，1649 年）七月，王次健跳，闽地尽失，每日朝于水殿。而钟峦飘流所至，辄试其士之秀者入学；率之见王，襕衫巾绦，拜起秩秩。或哂其迂；钟峦曰："陆秀夫在厓山舟中尚讲大学，岂可颠沛失礼乎！"[③]

所谓济济多士，维周之桢，岂可乱世而失教士耶？自是舟山学宫俎豆馨香。"岂无夜壑可藏舟"指吴峦徯眼见舟山为清虏所蹂躏，城围闻急，是时虽届七十五高龄，仍义愤填膺，人生最后抉择需寻块干净土以自了，否则一旦疾病死，其何以见先帝、谢诸君于地下。故认为从亡之臣，当死行在，八月复渡海入翁洲，至文庙，设高座，积薪其下，城破，捧先师神位登座，遂自焚于学宫。而吴峦徯尝以"十愿"名

---

① 《搜神后记》载："丁令威，本辽东人，学道于灵虚山。后化鹤归辽，集城门华表柱。时有少年，举弓欲射之。鹤乃飞，徘徊空中而言曰：'有鸟有鸟丁令威，去家千年今始归。城郭如故人民非，何不学仙家垒垒。'遂高上冲天。今辽东诸丁云其先世有升仙者，但不知名字耳。"《搜神后记》（北京：中华书局，1981 年 1 月 1 版，汪绍楹校注本），卷 1，页 1。

② 《挽大宗伯吴峦徯先生》二首其二，《张苍水集》卷 1《奇零草》（一），页 195 上。

③ 《海东逸史》卷 10《吴钟峦传》，页 60～61。

斋，"十愿"中，终以"见危授命"①，果然不负所愿。张煌言诗中对前辈之殉难，深为惋惜；对先达之节操，更是敬佩之至。

（五）挽朱永佑

张煌言对吏部左侍郎朱永佑之殉国，有《挽朱闻玄少宰》诗吊之：

> 风流名节总相兼，冰鉴高从北斗瞻。老去汉臣犹避莽，归来陶令本名潜。一官直与夔龙并，七尺甘随豺虎歼！试向星辰还听履，炎轮应为返西崦。（其一）

> 极目烽烟点鬓毛，间关已识两难逃。黍离社稷无薪胆，草昧朝廷有节旄。自许孤忠遗海岸，人悲启事失山涛！临风不尽招魂赋，那忍重看旧佩刀！（其二）②

朱永佑，字爰启，号闻玄，上海华亭人，即朱舜水之师。崇祯七年（1634年）进士，授刑部主事，历铨部③。监国二年（1647年）偕张肯堂、徐孚远至舟山，能品鉴人伦且好奖掖人才，上下咸得其欢心，虽黄斌卿之猜忌，亦相善也。故诗中赞其冰鉴无私，如泰山北斗，为众人所仰望。当舟山破时，朱永佑适病不能起，被执。北帅劝之曰："文丞相尚有黄冠归故乡之语，先生若肯剃发，便可不死"。永佑曰："吾发可剃，何待今日"？遂口占绝命诗，有云："纵使文山犹在日，也应无发戴黄冠。"请死益力，趺坐受刃。④ 张煌言篇中盛赞朱永佑气节如汉之老臣龚胜不屈于王莽⑤，论风流似陶渊明赋《归去来》淡泊明志；既

---

① 《鲁春秋》《永历五年、监国六年》，页 64。

② 《挽朱闻玄少宰》，《张苍水集》卷 1《奇零草》（一），页 195。

③ 《鲁春秋》《永历三年、监国四年》，页 58。

④ 《海东逸史》卷 10《朱永佑传》，页 62～63。《南天痕》卷 15《朱永佑传》，页 250。

⑤ 龚胜字君实，楚人，为汉之老臣，莽既篡国，遣五威将帅行天下风俗，将帅亲奉羊酒存问胜。明年，莽遣使者即拜胜为讲学祭酒，胜称疾不应征。后二年，莽复遣使者奉玺书，太子师友祭酒印绶，安车驷马迎胜，胜称病笃，后绝食十四日而死。事见东汉·班固：《汉书》（台北：鼎文书局，1991 年 9 月 7 版，影北京中华书局点校本），卷 72《龚胜传》，页 3084～3085。

是鲁王亲近之"听履"重臣①，更是如夔、龙般辅弼良臣。可惜哀哉痛哉，天不佑善人，当清虏破舟山，朱永佑不屈而死，为国捐躯。诗中"冰鉴"、"听履"二句，实规摹自杜甫《上韦左相二十韵》："持衡留藻鉴，听履上星辰"之意。② 至于第二首诗乃写朱永佑对战事忧心忡忡，虽历尽艰难险阻，仍临危受命，担任吏部左侍郎。舟山城破时，朱永佑虽被执赴市，然其语益不恭；故受刑更惨，后甚被弃尸海滨。久之，有仆窃藁葬舟山之壤。而其仆负尸出城时，见流血沾衣，哭曰："主生前好洁，今遂无知耶"？血遂止。③ 诗中张煌言深刻体认局势艰难，国家遭逢变乱，亟需如朱永佑之荐贤举能、知人明鉴之忠贞贤臣，惜乎永佑竟尔殉国而亡，实痛失山涛启事之典范④，今后恐难再见如此孤忠自励之人矣。故煌言于此诗末两句进而将哀伤之情具体化，迎风招魂，诉说内心之无限哀思，诗人悲恸良朋之殉，故不忍重看故人遗物，恐徒增感慨，触景伤情。

越明年（永历七年，1653 年），张煌言忆起舟山之陷，诸师友殉难往事，仍欷歔不已，其《忆余在翁岛与张鲵渊、吴峦稚、朱闻玄诸先辈从游，一时情文宛然在目。今三君皆以国难殉，而余在行间，犹偷视息。然蹙蹙靡骋，盖不胜兴废存亡之感矣》云：

　　　　年来洒泪看桑田，陶谢风流已尽捐！伊昔几人陪后乘，我今

---

① "听履"典本《汉书·郑崇传》，其载云："崇少为郡文学史，至丞相大车属。弟立与高武侯傅喜同门学，相友善。喜为大司马，荐崇，哀帝擢为尚书仆射。数求见谏争，上初纳用之。每见曳革履，上笑曰：'我识郑尚书履声。'"后遂以"听履"指帝王亲近的重臣。《汉书》卷 77《郑崇传》，页 3254～3255。

② 唐·杜甫著、清·仇兆鳌注《杜诗详注》（北京：中华书局，1979 年 10 月 1 版），卷 3《上韦左相二十韵》，页 226。

③ 《海东逸史》卷 10《朱永佑传》，页 63。《南天痕》卷 15《朱永佑传》，页 250。

④ 西晋山涛为竹林七贤之一，立朝清俭无私，甄拔人物皆一时俊彦。其任吏部尚书，善于拔擢人才，每有官缺，辄启拟数人，写成奏章，密启皇帝选录，然后公奏，故举无失才，时称"山公启事"。唐·房玄龄等编《晋书》（台北：鼎文书局，1991 年 11 月 7 版，影北京：中华书局校点本），卷 43《山涛传》，页 1225～1226。

何处竟先鞭！未消肝胆堪许托，无恙须眉祇自怜！转觉诸君真羽化，夜台杖履亦珊然。①

诗中将张肯堂、吴钟峦、朱永佑三人比作陶谢风流。惜日与诸先辈在舟山枕戈待旦，志枭逆虏，肝胆相许，竟着先鞭；今日杖履墓前，先达既逝，典型已远，令人不胜歂歔。

综观史实，鲁王自监国四年（永历三年，1649 年）八月，建立舟山行朝，至监国五年（永历四年，1650 年）九月沦陷，时仅两载，转眼沧桑，令人凄绝。舟山之役，以区区一小岛而抵御三路大军，却能固守十日，且城破之后，死节殉难者之多，为史上任何一次战役所未有，实足以动天地而泣鬼神。自张煌言上述诗歌，足见舟山一役死事之惨烈，篇篇颂扬张肯堂、吴钟峦、朱永佑等人视死如归、一心殉国以昭青史之气节。审此，张煌言在哀伤舟山死难殉节之余，更抱定歼敌灭虏、复国雪仇之决心。

三、三入长江，接应南师

监国七年（永历六年，顺治九年，1652 年），张名振、张煌言避地鹭门，败军之余，尚思卷土，但虑势力单弱，遂扬帆南下，正月已抵厦门。时郑成功军甚盛，既不肯奉鲁王，诸藩畏之，亦莫敢奉王，而二张独为王卫，忠心耿耿，俟时再起，并整军准备反攻舟山。就史实察之，舟山陷后，鲁王政权既已丧失基地，漂泊无所，粮饷无源，客观上形成投靠厦门郑成功之局。鲁王朝中文武官员中亦出现分化迹象，有部分人已转入郑成功部下，如曹从龙、周瑞等；有一部分则以寓客自居，如卢若腾、徐孚远等。定西侯张名振和监军张煌言则始终与郑成功保持同盟之关系，此诚鲁王最后之拥护者与仅存之武装力量耳。

鲁、郑阵营本存在不少隔阂冲突，尤其是郑成功与张名振之间，

---

① 《忆余在翁岛与张鲲渊、吴峦㟏、朱闻玄诸先辈从游，一时情文宛然在目。今三君皆以国难殉，而余在行间，犹偷视息。然蹙蹙靡骋，盖不胜兴废存亡之感矣》，《张苍水集》卷1《奇零草》（一），页203上。

诚如《海东逸史·张名振传》载：

> 至厦门，见延平王郑成功。成功大言曰："汝为定西侯数年，所作何事？"名振曰："中兴大业。"成功曰："安在？"名振曰："济则征之实绩，不济则在方寸间耳。"成功曰："方寸何据？"名振曰："在背上。"即解衣示之，有"赤心报国"四字，长径寸，深入肌肤。成功见之愕然，悔谢曰："久仰老将军声望，奈多憎之口何！"因出历年谤书盈筐，名振立命火之。于是待名振以上宾，行交拜礼，总制诸军。①

其实张煌言与郑成功亦互为对垒，煌言避地鹭门，郑成功既不肯奉鲁王，煌言亦独以名振之军为王卫，并时时激发诸藩，使为王致贡。故全祖望云：

> 公极推成功之忠，尝曰："招讨始终为唐，真纯臣也。"成功闻之，亦曰："侍郎始终为鲁，岂与吾异趋哉！"故成功与公所奉不同，而其交甚睦。②

郑、张所交虽睦，但各为其主。是年六月，煌言将至金门朝鲁王，阻于飓风不果，感触颇多，有《将朝王，阻飓不果》诗：

> 拟向平台一问津，惊涛无奈拍江滨！去留转觉随龙子，来往何能逐雁臣！似放沅湘犹恋主，非关河朔肯迎宾？缘知歧路风波恶，决计寻山学隐沦。③

---

① 《海东逸史》卷12《张名振传》，页72。《野史无文·张名振传》载："（乙酉）六月初十，名振刺'赤心报国'四字于背，自石浦带兵三千，合新募万人，十七日至萧山。"清·郑达：《野史无文》（台北：台湾银行经济研究室，1965年4月1版）《台湾文献丛刊》第209种），卷10《张名振传》，页135。沈光文《挽定西侯》诗云："留将背字同埋土"，自注"背上刺有'忠心报国'四字。"见侯中一编《沈光文斯庵先生专集·遗诗》（台北：台北宁波同乡月刊社，1977年3月1版），页78。

② 《全祖望集汇校集注·鲒埼亭集》卷9《明故权兵部尚书兼翰林院侍讲学士鄞张公神道碑铭》，页182。

③ 《将朝王，阻飓不果》，《张苍水集》卷1《奇零草》（一），页200下。

　　诗中"去留转觉随龙子"，此为双关语，成功父名"芝龙"，张煌言自比"似放沅湘"之屈原忧心国事。国仇未报、歧路恋主，乃此时此地沦为避地客之真切感受。鲁王既已成寓公，其旧臣岂能无寄人篱下之感。加上又得父卒噩耗，煌言身已在守制中。忠臣、孝子、家事、国事，愁苦良多。其《曹云霖诗集序》云："余时栾栾棘人耳，故不轻有赠答。"①此绝不仅指守制言，必有其更深沉之意涵。诗为心声，且悲苦之际更能激发诗兴。故该年煌言之诗兴最浓，计有四十七题。观《奇零草》有诗作之十五年中，是年诗作之多，堪称首屈一指。但此仅为一面，煌言向以忠臣义士自居，决不甘心长久置身于厦门，变成无所作为之"避地客"，为早日重起闽浙抗清队伍，故时时处处努力激发藩镇，改鹢首而北之。②

　　张名振与张煌言客居厦门已一年有余，自不愿长期仰人鼻息，决定凭己力率军北伐，以开辟抗清新局。永历七年（顺治十年，1653年）八月，煌言监张名振军，带领五六百艘战船向北进发，抵长江口之崇明一带沙洲，清崇明兵力有限，不敢出战，致被二张围困长达八个月之久。是年年终岁末张煌言有《癸巳除夕》云：

　　　　八载他乡腊鼓催，乡心撩乱鼓声哀。无情天地犹揅甲，有意山川独画灰。儿女藏钩离别后，君臣投璧播迁来。年华如许人将老，辜负春风又几回！③

　　自护卫鲁王蹈海离家以来已历八载，除夕之夜难免思念故乡家人，煌言心中感慨国家沦丧，兵戈未息；强虏未灭，而年华将老。一年又尽，岂可一事无成，故甲午年（永历八年）《立春日大雨雪，时驻师吴淞》云：

---

　　①　《曹云霖诗集序》，《张苍水集》卷5《冰槎集》，页253上。

　　②　本段论述参考祝求是《张苍水海上春秋编年辑笺》（一），"壬辰（顺治九年，1652）六月"事。《宁波广播电视大学学报》第3卷3期（2005年9月），页93～96。

　　③　《癸巳除夕》，《张苍水集》卷1《奇零草》（一），页207上。

春信惊催玄腊残,江梅犹带六花蟠。屠苏饮出冰余冷,组练光浮木末寒。吹垢岂期风入梦,洗兵自合雨成溥。征人感荷东皇意,且逐年光奋羽翰。[①]

立春是二十四节气之一,乃一年四时之始,更象征东风解冻之日。此时煌言驻师长江口上海、崇明一带,年尽腊残,立春瑞雪纷纷,春风带来新春气息;新年新气象,复明大业终于也有新共识,诗人对会师楚粤、恢复江南充满新希望。

永历八年(顺治十一年,1654 年),张名振等三次进入长江作战,此乃南明史中著名"三入长江"之役。[②] 揆诸史实,此役确是由内地反清复明人士联络东西,会师长江,恢复大江南北计划之一。[③] 此史事可由是年永历帝给左签都御史徐孚远、兵部司臣张元畅《敕谕》得知:"方今胡氛渐靖,朕业分遣藩勋诸师先定楚粤,建瓴东下;漳国勋臣成功亦遣侯臣张名振等统帅舟师,扬帆北上。尔务遥檄三吴忠义,俾乘时响应,共奋同仇;仍一面与勋臣成功商酌机宜,先靖五羊(指广州),会师楚粤。俟稍有成绩,尔等即星驰陛见,以需简任。"[④]审知,二张扬帆三入长江是深具战略意义,绝非盲目之军事行动。

(一)初入长江之役

永历八年(顺治十一年,1654 年)正月十七日起,张名振、刘孔

---

① 《立春日大雨雪,时驻师吴淞》,《张苍水集》卷 2《奇零草》(二),页 207 下。

② 张名振军三入长江之时间悬案,请参考顾诚:《南明史》(北京:中国青年出版社,1997 年 5 月 1 版),第二十六章《1654 年会师长江的战略设想》,第一节《张名振军三入长江之役》,页 812~820。以下论述时事皆以此书为据。

③ 其论证请参考顾诚:《南明史》,第二十六章《1654 年会师长江的战略设想》,第二节《钱谦益、姚奇卓等人密谋策划会师长江》、第三节《孙可望决策会师长江和计划被搁置的原因》,页 820~835。

④ 永历八年《敕谕》,引见陈乃乾、陈洙纂辑《徐闇公先生年谱》(台北:台湾银行经济研究室,1961 年 10 月 1 版,《台湾文献丛刊》第 123 种),"永历八年",页 40~41。

昭、张煌言等部率军分批进入长江口，突破狼山（今江苏南通市南面沿江重镇）、福山（与狼山隔江相对）、江阴、靖江、孟河、杨舍、三江、圖山（今镇江市境）等清军防汛之地，明军在金山上岸，缴获清军防江大炮十位和火药、钱粮等物。张名振、刘孔昭、张煌言等带领五百名军士登金山寺，朝东南方向遥祭明孝陵，题诗寄慨，泣下沾襟。据计六奇《明季南略·张名振题诗金山》载：

> 顺治十一年甲午正月，海船数百溯流而上。十三日，抵镇江，泊金山，大帅张名振（原文作"明正"）、刘孔昭及史某也。二十日，名振等白衣方巾登山，从者五百人。寺僧募化，名振曰："大兵到此秋毫不扰，得福多矣，尚思化乎？"僧曰："此名山也。"名振助米十石、盐十担，且书簿云："张某到此，大兵不得侵扰。"徘徊半日乃下。次日，纱帻青袍角带，复登山，向东南遥祭孝陵，泣下沾襟。设醮三日，题诗金山云："十年横海一孤臣，佳气钟山望里真。鹬首义旗方出楚，燕云羽檄已通闽。王师枪鼓心肝嚷，父老壶浆涕泪亲。南望孝陵兵编素，会看大纛祃龙津。"前云："予以接济秦藩，师泊金山，遥拜孝陵有感而赋"。后云："甲午年孟春月，定西侯张名振同诚意伯题并书"。越二日，掠辎重东下。二十三日上午，予以候试江阴，因诣北门遥望，见旌旗蔽江而下，彼此炮声霹雳，人人有惧色。①

杨英《从征实录》又载："定西侯张名振、忠靖伯等督师进入长江，夺虏舟百余只；义兵四起归附。遣亲标营顾忠入天津，焚夺运粮船百余艘。名振直至金山寺，致祭先帝而回。虏闻风惊惧。"②缘此，张煌言有《和定西侯张侯服留题金山原韵六首》，其云：

> 汉坛左钺授宗臣，飞翰传来消息真。壁垒象横开北极，舻艎

---

① 清·计六奇：《明季南略》（北京：中华书局，1984年12月1版，任道斌、魏得良点校本），卷16《张名振题诗金山》，页484。

② 明·杨英：《从征实录》（台北：台湾银行经济研究室，1958年11月1版，《台湾文献丛刊》第32种），"永历八年二月"，页48。

454

流断接南闽。双悬日月旄幢耀，百战河山带砺新。从此天声扬绝漠，还应吴会是临津。

朝宗百谷识君臣，江汉依然拱赤真。烽靖三湘先得蜀，瘴消五岭复通闽。水犀飞渡扶桑远，燧象横驱贵竹新。指顾楼兰堪立马，肯令胡骑饮江津！

钟阜铜驼泣从臣，孝陵弓剑自藏真。犹闻雄雉能兴汉，岂似乾鱼仅祭闽！天入金焦锁钥旧，地过丰镐鼓钟新。何人独受端征诏，赐履躔来首渭津。

自古匈奴属外臣，降王巍殿敢称真？千屯烽燧联吴楚，万轴波涛下浙闽。北固云移龙节近，西陵潮涌虎符新。焚庭绝漠寻常事，铜柱先标若木津。

白草黄沙笑雁臣，衣裳鳞介已非真。岂知捧翟犹宾粤，未必分茅可擅闽！南国羽书氛欲净，西京露布墨应新。上游谁拥龙骧节，日毂亲扶出汉津？

飞椎十载误逋臣，喋血凭谁破女真！霸就鸱夷原去越，兵联牛女正当闽。投鞭不觉江流隘，传檄兼闻铙吹新。正为君恩留一剑，莫教龙气渡延津！①

以上所引即二张金山兰若寺横槊题诗之史实。明亡后十年，张煌言偕张名振率师攻入长江，给"南望王师"之江南父老带来极大希望。六首组诗中流露出二张爱国情操与挥军北上之企图，既是明白记叙二张义师直逼南京之史实，又深刻映射出诗人那一腔难以压抑之激烈壮怀；其十年横海孤臣之艰难，一并而发。二张自海而江，长驱直入，士气甚高之义师雄姿英发，扬尽大明的国威，眼前就是大明定都之地，相信收复只在弹指一挥之间。

张煌言又有《同定西侯登金山，以上游师未至，遂左次崇明二首》云：

割云半壁倚中流，天劈东南形胜收。铁瓮潮函飞鹜岭，牙樯

---

① 《和定西侯张侯服留题金山原韵六首》，《张苍水集》卷2《奇零草》（二），页208上。

影撼浴龙洲。画江何代空鼍鼓，横海今来驻虎矜。咫尺金陵王气在，可能瞻扫问松楸？

相闻赤伏启重离，一诏敷天并誓师。万里鲸波趋锦缆，两山鳌柱拥金羁。已呼苍兕临流蛊，未审玄骖下濑迟。瓜步月明刁斗寂，行人犹指汉官仪。①

地处大江之中的金山，扼南北交通要道，自古以来就是兵家必争之地，风云际会，虎踞龙盘，二张登金山，万里长江尽收眼底，六朝故国近在指挥之间，旌旗蔽江，甲兵十万，此时煌言内心被波憾浪卷之江山形胜激起无限雄情壮志。钟陵王气近在咫尺，而满目疮痍则是故国江山，能否驱逐入侵之异族，祭告列祖之英魂，这是张煌言心中茫然之处。"一诏敷天并誓师"，说明此次军事行动是应诏而来，主要在接济秦王孙可望由湖南、湖北东下之主力。其战略思想是希望达到天劈东南、划江而治，以达成中兴之基业。诗题中所谓"上游师未至"与诗中"未审玄骖下濑迟"句，指西南桂王之孙可望、李定国军队，因孙可望昧于个人权力，利令智昏，欲取代桂王，至激起李定国与刘文秀等人之抵制，终致长江上游会合之师未至，此为初入长江之役。缘此，张名振、张煌言和钱谦益、姚志卓等人盼望已久，会合上游"秦藩"之师，夺取江南恢复大计，功败垂成。

（二）二入长江之役

三月二十九日，张名振等率水师六百余艘再入长江，四月五日已至圌山，初七乘顺风溯流而上，过京口，直抵仪真，据计六奇《明季南略》载："四月初五日，海艘千数复上镇江，焚小闸。至仪真，索盐商金，弗与，遂焚六百艘而去，名振还师海岛。"②清江南当局紧急调兵遣将，对深入长江之张军进行袭击，张名振等人在仪真停留时间不

---

① 《同定西侯登金山，以上游师未至，遂左次崇明二首》，《张苍水集》卷2《奇零草》（二），页208下。

② 《明季南略》卷16《张名振题诗金山》，页484。

长,便返航东下,撤回崇明一带之平洋、稗沙。① 是为二入长江。

关于二入长江,煌言有《舟次圌山》诗:

> 长江如练绕南垂,古树平沙天堑奇。六代山川愁锁钥,十年父老见旌旗。阵寒虎落黄云净,帆映虹梁赤日移。夹岸壶浆相笑语,将毋徯后怨王师!②

煌言舟次圌山在四月初五日,圌山在镇江,为江防重地,这首诗藉平阔万里,奔腾不已的长江为背景,抒发诗人收复失地后无比喜悦,以及父老重见大明旌旗时之欢乐。而江水如练、赤日西斜之壮观景象恰是张煌言此时奔腾不已之战斗豪情。又煌言《再入长江》云:

> 江声万古似闻聱,天际依然渡水犀。涿鹿亦曾经再战,卢龙应复待三犁。珢弓挽处驱玄武,锁甲摅来失白题。兵气至今犹未洗,自惭无计慰云霓!③

再入长江之战略乃以海上游击方式,牵制江南形势。眼前江涛滚滚,轰隆如战鼓急催;披水犀甲的水军,英勇前进。二张突袭清军江防,深入长江,可谓孤军作战。现实政局之中清敌未灭,不可洗兵,张煌言深知父老所望王师,若大旱之望云霓,忠贞之士不可心存偏安,故当奋起恢复中原之志,完成驱逐清朝,复我大明之业。然而煌言心中暗处自叹,单凭二张军力实无法力挽狂澜。审此,可见诗人虽充满报国志节,但处境实为艰难。

(三)三入长江之役

二次深入长江,上游师迟迟未至,致军事行动陷入困顿之局,煌言答名振以"十载冰霜誓枕戈,岂应歧路转风波?""孤臣独有干将在,

---

① 厦门大学台湾研究所,中国第一历史档案馆满文部主编《郑成功满文档案史料选译》(福州:福建人民出版社,1987 年 9 月 1 版),顺治十一年六月二十四日《噶达洪等题为张名振部仍在稗沙等地事本》,页 42~43。
② 《舟次圌山》,《张苍水集》卷 2《奇零草》(二),页 207 下。
③ 《再入长江》,《张苍水集》卷 2《奇零草》(二),页 208 下。

紫气青雯自不磨。"①只有再接再厉,不负两河父老期望。

然而二张第三次向长江进军,则没有之前顺利。五月十八日,张名振因兵饷不足,亲自南下浙江温州买米七船,又到厦门见郑成功,得延平派忠靖伯陈辉统水兵五千、陆兵一万、大船近百艘北上支援。② 九月初六日,张名振部抵上海城下。十二月张名振等乘船四百余艘溯江而上,过圌山,十八日由三江营驶过焦山,直抵南京郊外燕子矶。其实清廷已记取前车之鉴,责令所有沿江隘口,皆派兵严守。张军于层层叠叠火网中战斗,最后奋勇夺关,终下金陵燕子矶,煌言《师次燕子矶》云:

> 横江楼橹自雄飞,霜伏云麾尽国威。夹岸火轮排选阵,中流铁锁斗重围。战余落日鲛人窟,春到长风燕子矶。指点兴亡倍感慨,当年此地是王畿!③

南京燕子矶在幕府山,幕府山北滨大江,因东晋丞相王导开幕府于此山而得名。④ 远眺幕府山北东角,但见三面环水,一面连陆之临江山丘,状若凌空翱翔之飞燕,此乃自古兵家必争之地燕子矶也,亦是登临南京城之著名渡口。⑤ 张军突破清军夹岸火轮炮阵、中流铁锁之江防重围,第三次进入长江,军队抵燕子矶。眼见南京乃当年帝

---

① 《即事,柬定西侯张侯服二首》其二,《张苍水集》卷2《奇零草》(二),页209下。

② 《郑成功满文档案史料选译》,顺治十一年九月十一日《马国柱题为张名振部欲攻崇明事本》,页50~54。

③ 《师次燕子矶》,《张苍水集》卷2《奇零草》(二),页209~210。

④ 《读史方舆纪要·直南·应天府·幕府山》云:"幕府山:府西北二十里神策门外。周三十里,高七十丈,有五峰相接。晋元帝过江,王导开幕府于此。因名。"清·顾祖禹:《读史方舆纪要》(北京:中华书局,2005年3月1版,贺次君等点校本),卷20《直南·应天府》,页944。

⑤ 《读史方舆纪要·直南·应天府·燕子矶》云:"燕子矶,在观音门西。《金陵记》:幕府山东有绝壁临江,梯磴危峻者,弘济寺也;与弘济寺对岸相望,翻江石壁,势欲飞动,俱为江滨峻险处。"《读史方舆纪要》卷20《直南·应天府》,页948。

王故都,指点历史兴亡,使人倍感浩叹。

总之,二张三入长江,登金山,遥祭孝陵,三军皆恸哭失声,爟火通于建业,题诗兰若中。以上游师未至,左次崇明。顷之,再入长江,掠瓜、仪,抵燕子矶,南都震动;而师徒单弱,中原豪杰无响应者,遂乘流东下,联营浙海。① 其声势虽壮,并无掠地占城之功,如张煌言后来所检讨,因上游义师未至,"三入长江,登金山,掠瓜、仪;而师徒单弱,迄鲜成功"②。张名振等三入长江之役尽管没有取得多大实际战果,然其深入虎穴之英勇献身精神极堪称道,南明史家顾诚认为不可低估其作用,指出其意义在于:"一是打击长江下游清朝统治,暴露了清政府长江防务的脆弱。……二是以堂堂之阵、正正之旗,舳舻相接,金鼓齐鸣,直入长江数百里,对大江南北复明势力在心理上是一不小的鼓舞。三是战略上配合了李国进军广东,迫使清政府不敢抽调江南附近的军队赴援广东。四是取得了入江作战的经验,后来郑成功大举进攻南京,由张煌言担任前锋乃是意料中的事。"③

三入长江之役,因所约不至,而无功而返,二张复屯军南田。永历九年(顺治十二年,1655年)十二月张名振卒,遗言以所部归煌言,苍水为葬之芦花岙。至此鲁王之师,仅存煌言一旅,继续孤军奋战。来年煌言《哭定西侯墓》诗云:

牙琴碎后不胜愁,絮酒新浇土一抔。冢上麒麟那入画,江前鸿雁已分俦。知君遗恨犹瞠目,似我孤忠敢掉头?来岁东风寒食节,可能重到翦青楸。④

战友凋零,知交永隔,展墓之际,芦花寒月,祇有哀泪之潸潸,不胜愁。然二张终生为鲁臣,又为义气交,其百折不挠,愈挫愈奋,置个

① 黄宗羲《明兵部左侍郎苍水张公墓志铭》,《黄宗羲全集》第10册《南雷诗文集》上,页281~282。

② 《张苍水集》卷9《北征得失纪略》,页274上。

③ 见顾诚:《南明史》,第二十六章《1654年会师长江的战略设想》,第四节《郑成功与"三入长江"之役的关系》,页839~840。

④ 《哭定西侯墓》,《张苍水集》卷2《奇零草》(二),页213下。

人死生于度外，尽瘁于反清复明之精神，实感天地、动鬼神。

四、北征纪略，开府芜湖

（一）联军北伐

郑成功北伐之动机，在牵制清朝分三路侵略永历帝驻跸之云南，如王夫之《永历实录》载："永历十三年，上在云南。孙可望、洪承畴请□兵大举攻云、贵。郑鸿逵、朱成功、刘孔昭繇海道攻镇江，破之，遂围应天，已而败退入海。"①嘉庆、道光年间魏源《圣武记·国初东南靖海记》中记郑成功北伐之动机云：

> 十四年（按：应是顺治十五年），明桂王遣使自云南航海，进封成功延平郡王，招讨大将军，成功分所部为七十二镇，设六官理事，假永明号，便宜封拜，遂议大举入寇，戈船之士十七万，以五万习水战，以五万习骑射，五万习步击，以万人往来策应，又有铁人万，披铁甲，绘朱碧彪文，峙阵前，专斫马足，矢铳不能入。时张名振已死，张煌言代领其军为向导，抵浙陷温州、台州，师次羊山，相传其下龙宫，戒震惊，成功下令各舶尽炮，果飓发，挟雷电，水起立，碎巨舰数十，漂没士卒数千，成功乃旋师。是年，成功将施琅复来降，授副将，成功闻王师三路攻永历于云南，乃大举内犯江南，以图牵制。②

永历十二年（顺治十五年，1658 年）张煌言屡劝郑成功取南京，日与偏裨较射鹿颈头，神气勃厉。罗致中土名士，商度方略，山阴叶振名三渡海从煌言。是年同成功北举，煌言《王师北发，草檄有感二首》云：

① 　明·王夫之：《永历实录》（长沙：岳麓书社，1996 年 2 月 1 版，1998 年 11 月 2 刷，《王船山全集》，第 11 册），页 368。

② 　清·魏源：《圣武记》（上海：上海古籍出版社，2002 年 3 月 1 版，《续修四库全书》影清道光刻本，第 402 册），卷 8《国初东南靖海记》，页 331。

　　似闻天地悔疮痍,片羽居然十万师。走檄故嫌阮瑀拙,射书正觉鲁连迟。丸中但说明三表,麾下宁忘试六奇!要说遗民垂涕处,当年司隶有威仪。

　　期门取次出貔貅,首路军声胡骑愁。何独止戈非庙算,还应聚米是边筹。吓蛮事往疑虚语,谕蜀才穷愧老谋!自古殊勋归跃马,几人谈笑得封侯![①]

　　诗人充满雀跃之心,郑、鲁取得共识,联军北伐,草檄气势震天地,王师准备北进长江,必能败敌灭寇,收复河山。七月,延平全军北指,甲士一十七万、习流五万、铁人八千、习马五千,号十万;戈船八千。张煌言亦以所部并发,延平推煌言为监军。至浙江,攻陷乐清县,次于羊山。羊山多羊,传为神物,不可烹;军士不知而烹之,未熟风涛大起,海舶碎者百余,军士溺者无算,义阳王亦与其祸,郑成功复还舟山整葺舟楫。[②]

　　永历十三年(顺治十六年,1659 年)六月,张煌言正值四十岁壮年,成功以煌言知江上形势,使前驱。郑、张再次联合北伐,声势雄壮,其《会师东瓯漫成》云:

　　瓯越江声动鼓鼙,霸图南北似鸡栖;谁为挥客称司马,独将游兵是水犀。箸借自来非为汉,瑟操犹恐未工齐。十年种蠡成何事,敢向人前说会稽![③]

　　煌言、延平海上十年抗清不懈,自比越国文种、范蠡二大夫同心,必定能助勾践复国。是年五月,复由温州而上,大军入长江,煌言建议,崇沙乃江海门户,虽为悬洲,其实可守,宜先定之为老营。延平不听。

---

　　①　《王师北发,草檄有感二首》,《张苍水集》卷 2《奇零草》(二),页 218 下。

　　②　请参阅本书第六章《卢若腾岛噫之诗》,第三节《丧乱流离实录》,二、《议史事之写》,兹不赘述。

　　③　《会师东瓯漫成》,《张苍水集》卷 3《奇零草》(三),页 223 上。

（二）悬军深入

金陵之役，张煌言为郑成功前军，共议首取瓜州。清军于金、焦间用铁索横江，所谓"滚江龙"，夹岸置西洋大炮，煌言出入其间，令善泅者截断滚江龙，将夺上流木城。时风急流迅，且战且却，两岸炮声如雷、弹如雨，诸艘或折樯、或裂帆，水军之伤矢石者，且骨飞而肉舞。煌言乃叱舟人鼓棹，逆入金山；同舟宗数百艘得入者，仅十七舟。次早，延平军始至瓜城；清兵出御，死者千余人，乘胜克其城。①既下瓜城，延平即欲直趋江宁，煌言以镇江实大江门户，若不先下，则逻舟出没，主客之势异矣，力请先取镇江。延平乃虑留都来援，煌言谓何不遣师先捣观音门，则留都自守不暇矣。延平因即请煌言往，并以直达芜湖为约。煌言乃悬军深入，舟次六合，得报延平已六月二十四日克镇江，煌言恐后期，乃昼夜兼程而进，六月二十八日抵观音门。其《师次观音门》云：

> 楼船十万石头城，钟阜依然拱旧京。弓剑秋藏云五色，旌旗夜度月三更。中原父老还扶杖，绝塞河山自寝兵。不信封侯皆上将，前茅独让弃繻生。②

观音门在江宁县北、燕子矶之东，二张三人长江曾师次于此，今日率军再临，未至仪征，吏民赍版图迎降五十里外，张军纪律甚严，濒江小艇载瓜果贸易如织，若不知有兵者，阖郡士民焚香长跪雨中，邀煌言登岸。然而张煌言诗中不免挂念南京战事；南京为明之留都，自古为王气所在，今延平拥十万武装之众，师抵石头城下，眼前巍巍钟山依然拱卫旧京，然清军不敢出，另有所图。煌言恳切贻书，劝延平应乘破竹之势，疾趋留都。

---

① 参见《北征得失纪略》，《张苍水集》卷9，页274下。
② 《师次观音门》，《张苍水集》卷3《奇零草》（三），页223下。

（三）开府芜湖

张煌言师次观音门二日，待延平军来，不至，乃发轻舟数十，先上安徽芜湖，其《师次芜湖，时余所遣前军已受降》云：

> 元戎小队压江关，面缚长鲸敢逆颜。吴楚衣冠左衽后，萧梁城郭暮茄间。王师未必皆无战，胡马相传已不还。寄语壶浆休怨望，悬军端欲慰民艰。①

首联"元戎小队压江关，面缚长鲸敢逆颜"，指七月朔日，煌言遣部曲七人掠江浦，清兵以不备，开门逃走，煌言军乃扼浦口。五日，会捷书至，前军已受芜湖降矣。煌言于七月七日赶抵芜湖，乃亲按之，传檄郡邑，大江南北多响应者，诗中写出悬军重复故土、抚慰民心，百姓箪食壶浆以迎王师，一解多年来对故国盼望之情。此诚隆武朝覆亡后，大汉旌旗第一次重扬芜湖。缘此大好民气可用，张煌言亲率所部数千奋勇进击，充满必胜信念，如《师入太平府》云：

> 天骄取次奉冠裳，畿辅长驱铁裲裆。王业昔谁开采石，霸图古亦起丹阳。百年礼乐还丰镐，一路云霓载酒浆。此去神京原咫尺，龙蟠虎踞待重光！②

太平，即古丹阳郡，今之当涂。此诗情辞俱壮，字里行间洋溢着诗人之豪情，及一心报国之心切。今王师入安徽太平府，且前师已下芜湖，诚抗清复国大业未有之举，心中热血激昂，眼见故国重光在望。诗中"一路云霓载酒浆"即钱牧斋《后秋兴八首之二》中所谓之"编户争传归汉籍"、"野老壶浆洁早秋"者也。③煌言又有《姑熟既下，和州、无为州及高淳、溧水、溧阳、建平、庐江、舒城、含山、巢县诸邑相继

---

①　《师次芜湖，时余所遣前军已受降》，《张苍水集》卷3《奇零草》（三），页223。

②　《师入太平府》，《张苍水集》卷3《奇零草》（三），页223～224。

③　清·钱谦益：《钱牧斋全集》（上海：上海古籍出版社，2003年8月1版，钱仲联标校本），第7册《投笔集》卷上《后秋兴八首之二》，页4、页7。

来归》云：

> 干将一试已芒寒，赤县神州次第安。建业山川吴帝阙，皖城
> 戈甲魏军坛。东来玉帛空胡虏，北望铜符尽汉官。犹忆高皇初
> 定鼎，和阳草昧正艰难。①

从上自变量首诗可见煌言师所过之处兵不血刃，吏民喜悦，争持
牛酒进劳；父老扶杖炷香挈壶浆以献者，终日不绝。百姓重见大明衣
冠，莫不垂涕，煌言则款颜安民，抚慰恳恻，神州故土有次第安定之
局。诗中颈联"东来玉帛空胡虏，北望铜符尽汉官"，乃写煌言进城入
谒先圣庙，坐明伦堂，招诸生，勉以忠孝大义，人人莫不思奋。长吏故
官或青衣待罪、或角巾抗礼；煌言考察黜陟，如州牧行部故事。而江、
楚、鲁、卫豪杰亦诣军门，愿受约束为响应。当煌言趋芜湖之时，军不
满千，船不满百，实为孤臣独抱，草创艰难；至是声势颇盛，有恢复中
原之望，犹如当年太祖定鼎金陵之势。煌言相度长江中下游形势，一
军下溧阳，以窥广德；一军镇池郡，以绝上游；一军拔和阳，以固采石；
一军入宁国，以通徽州。江、楚豪杰多诣军门，请归，祸旗以应。张煌
言开府芜湖，传檄江北，相率来归，凡得四府、三州、廿四县。② 其《驿
书至，偏师已复池州府》云：

> 赤羽飞驰露布哗，铜陵西去断胡笳。横流锦缆空三楚，出峡
> 霓旌接九华。歌吹已知来泽国，樵苏莫遣向田家！前驱要识王
> 师意，剑跃弓鸣亦漫夸。③

芜湖沿长江而上至池州府（贵池），煌言驻军江上，最与居民相
安。师行所过，野人、童子或折名花以献、或携浊酒以迎。至是，益严

---

① 《姑熟既下，和州、无为州及高淳、溧水、溧阳、建平、庐江、舒城、含山、
巢县诸邑相继来归》，《张苍水集》卷3《奇零草》（三），页224上。
② 《张苍水集》卷9《北征得失纪略》，页275下。
③ 《驿书至，偏师已复池州府》，《张苍水集》卷3《奇零草》（三），页224上。

军士之禁,秋毫无犯,有游兵阑入剽掠者,即擒治如法,远近翕然。①乃有"歌吹已知来泽国,樵苏莫遣过田家"之句。

然其《师入宁国,时徽郡来降,留都尚未克复》则透露不祥之兆:

千骑东方出上游,天声今喜到宣州。威仪此日惊司隶,勋业何人愧彻侯! 旧阙烽烟须早靖,新都版籍已全收。遗民莫道来苏好,犹恐疮痍未可瘳!②

初煌言驰书成功,谓顿兵坚城,师老易生他变,宜分兵尽取畿辅诸郡;若金陵出援,可邀击歼之。结果成功不听,之后清兵援军至,梁化凤军尽出而战,成功大败,造成整个深入长江战役功亏一篑。江宁师挫,"缘士卒释戈而嬉,樵苏四出,营垒为空;虏谍知,用轻骑袭破前营,延平仓卒移帐。质明,军灶未就,虏倾城出战;军无斗志,竟大败"③。

(四)突围生还

张煌言在宁国方部署诸军,思直取九江,而南京败书闻。煌言得报急返芜湖,思弹压上游,与瓜、镇犄角,镇江书生罗子木亦劝成功乘败出不意转帆复西。成功遽退师,并弃瓜、镇,上游兵因遂溃。张煌言不得已散众,与麾下数百人至无为州,焚舟登岸,历桐城黄金棚,入霍山界,走英山,为追骑所及,将士疲困,皆窜山谷。煌言突围,得士

---

① 张煌言《北征得失纪略》云:"先是,余之按芜也,兵不满千、船不满百;惟以先声相号召、大义为感孚,腾书搢绅、驰檄守令。所过地方,秋毫不犯;有游兵阑入剽掠者,余擒治如法,以故远迩壶浆恐后。即江、楚、鲁、卫豪雄,多诣军门受约束,请归裦旗相应。余相度形势,一军出溧阳,以窥广德;一军镇池郡,以扼上游;一军拔和阳,以固采石;一军入宁国,以偪新安。而身往来姑熟间,名为驻节鸠兹,而其实席不暇暖也。"《张苍水集》卷9《北征得失纪略》,页275下。

② 《师入宁国,时徽郡来降,留都尚未克复》,《张苍水集》卷3《奇零草》(三),页224上。

③ 《张苍水集》卷9《北征得失纪略》,页276上。

人为导，乘月变服，夜行两日，至高河埠，投逆旅。有徽豪金某、徐某揣知煌言，乃匿煌言于家数日，由枞阳出江，渡黄溢，走徽、严，山行道东阳、天台以达海壖。时关津戒严，甬上忠义之士李文缵遇于途中，以死士卫煌言，煌言得以复入林门。其《间行杂感二首》道出逃亡路途之艰辛：

> 铁幢才解又芒鞋，姓氏逢人且自埋。夜踏巉岩惊伏虎，朝披雾露避群豺。乾坤苍莽投金濑，径路萧凉阻玉阶。赢得风衣兼雨帽，相看不是旧形骸！

> 一椎可奈误秦车，萧瑟秋风圮上书。伏匿那能忘铁马，潜游犹觉负银鱼。荒村云扰难敧枕，单袷霜深已敝裾。总是姓名随地变，任呼牛马亦何如！①

海滨人传张兵部得生还，相与悲喜久之，因有"落魄须眉在，招魂部曲稀。生还非众望，死战有谁归！蹈险身谋拙，包羞心事违。江东父老见，一一问重围"②。"本以扬旌去，胡为弃甲旋！名城空绣错，故老尽株连。百折终何补，千秋倘复怜！亦知收烬易，萧索愧金钱"之叹③。故其《海滨居民闻予生还，咸为手额；且以壶浆相饷。余自惭无似，何以得此于舆情也》诗云：

> 虚名浪说逐群雄，垂翅何心得楚弓。每把金鱼羞父老，岂应竹马笑儿童！衣冠不改秦时俗，鸡黍相遗晋代风。正觉渔樵多厚道，不将白眼看途穷。④

十月，张煌言聚兵复屯于天台之长亭乡，"复树纛鸣角，故部渐集，成功闻煌言还，遣兵来助"⑤。海滨父老"衣冠不改秦时俗，鸡黍

---

①　《间行杂感二首》，《张苍水集》卷3《奇零草》（三），页224。

②　《生还四首》其一，《张苍水集》卷3《奇零草》（三），页225上。

③　《生还四首》其四，《张苍水集》卷3《奇零草》（三），页225上。

④　《海滨居民闻予生还，咸为手额；且以壶浆相饷。余自惭无似，何以得此于舆情也》，《张苍水集》卷3《奇零草》（三），页225下。

⑤　清·李聿求：《鲁之春秋》（上海：上海古籍出版社，2002年3月1版，《续修四库全书》影清咸丰刻本，第444册），卷14《义旅三·张煌言传》，页574下。

相遗晋代风",居民淳朴善良,张煌言巡视天台海上,见长亭乡多田而苦潮,乃募诸义民筑塘以捍之,至今犹蒙其利。①

纵观张煌言十九年抗清史事,自甲申国变投笔从戎,护卫鲁王至舟山建立抗清基地,成为一方劲旅。永历五年舟山之陷,随鲁依郑,其间以督张名振军三入长江,后更组成郑、张联军,北征金陵;此在南明抗清史上,皆为可歌可泣之伟大诗篇。可惜永历十八年抗清势全然瓦解之后,张煌言解军,隐于南田悬岙,七月被执,九月杭州就义。审此,张煌言一生以海上长城自许,步艰难之世,从亡海岛,履危蹈险,志在中兴,鞠躬尽瘁,千古为昭。

第三节　孤海忠烈采薇吟

《采薇吟》乃张煌言在永历十八年(康熙三年,1664 年)甲辰六月,解散部众后至九月七日湖上就义之作。全祖望《张督师画像记》记其族母(张煌言独女)之言云:"壬寅(1662 年)而后,先公贻书汝诸祖,以事不可为,欲散其军;然日复一日,以王在也。直至甲辰(1664 年)王薨,而后决计入山,故《采薇》之吟自此而始。"②可知《采薇吟》乃煌言取伯夷、叔齐,义不食周粟,宁入西山采薇,以示不降之节。③故《追往八首》其六云:"几投珥笔几弭戈,屈指沧桑意若何! 金狄岂愁王气尽,铜焦谁说死声多? 五千甲盾收余烬,百二山河挽逝波。天梦到今疑未醒,沈吟转忆《采薇歌》。"④

---

① 见《山头重筑海塘碑记》,《张苍水集》卷 5《冰槎集》,页 245～246。

② 清·全祖望撰、朱铸禹校注《全祖望集汇校集注·鲒埼亭集外编》(上海:上海古籍出版社,2000 年 12 月 1 版),卷 19《张督师画像记》,页 1113。

③ 张煌言永历十六年《答伪安抚书》云:"殊不知黄绮衣冠,必不轻出商山;夷、齐薇蕨,岂可顿易周粟。",明·张煌言撰、张寿镛编《张苍水集》(台北:新文丰出版公司,1988 年 4 月 1 版,《四明丛书》,第 2 集,总第 5 册),卷 7《外编·遗文》,页 269 上。

④ 《追往八首》其六,《张苍水集》卷 1《奇零草》(一),页 203 下。

一、英雄失路

张煌言何以会在永历十八年（康熙三年，1664 年）六月，散军解兵，隐居南田之悬岙，其关键乃在永历十六年（康熙元年，1662 年）相继发生之噩耗。

其一，滇中沦陷。流离西南的桂王被吴三桂所弑，李定国随后亦殉国。煌言《惊闻行在之变，正值虏廷逮余亲属；痛念家国，心何能已》云：

> 自分孤臣九死应，国仇家难转相仍。埋名恨不同梅尉，誓旅知非拟骆丞。芳草王孙归莫望，苍梧帝子去无凭。枕戈此日将何待，仰视浮云一抚膺！①

永历十五年（1661 年）秋，滇中事急，传来警讯，此时延平有事于台湾，而煌言亦无力勤王，盖闽浙海上距离滇缅，间关万里，不但交通困难，而且路隔华夷，"乃遣职方郎中吴钿，挟帛书间道入郧阳山中，欲说十三家之军，使之挠楚以救滇，十三家已衰敝不敢出师"。② 当时张煌言《送吴佩远职方南访行在，兼会师郧阳》有"郧江称斗绝，咫尺向夔门。云栈凌霄起，霓旌插壁屯。金貂皆上将，铁马足中原。一见随何檄，还应报国恩"之期望③。永历帝在十五年十二月被执，次

---

① 《惊闻行在之变，正值虏廷逮余亲属；痛念家国，心何能已》，《张苍水集》卷 6《外编·遗诗》，页 259 下。

② 《全祖望集汇校集注·鲒埼亭集》卷 9《明故权兵部尚书兼翰林院侍讲学士鄞张公神道碑铭》，页 190。

③ 《送吴佩远职方南访行在，兼会师郧阳》四首其三，《张苍水集》卷 3《奇零草》（三），页 232 上。

年二月十三日送至滇，四月望日吴三桂以弓弦绞杀于昆明箆子坡。①消息传来煌言哭临三日，军中缟素，国仇家恨，齐涌心头；帝崩亲难，抚膺长叹。如此打击，令煌言泪尽继血，人何以堪。

其二，郑成功在五月八日亦卒于台湾。郑成功于永历十五年（1661年）欲取台湾以休士，张煌言极力反对，"辛丑（1661年），引军入闽，次于沙关，成功已抵澎湖；公遣幕客罗子木以书挽成功，谓军有进寸无退尺，今入台，则将来两岛恐并不可守，是孤天下之望也。成功不听。"②永历十六年（1662年）五月煌言惊闻延平猝卒，哭曰："已矣！吾无望矣！"③煌言有《感怀兼悼延平王》云："拟将威斗却居延，捧罢珠盘事渺然！龙斗几人开贝阙，鹤归何处问芝田！引弓候月争相贺，挂剑寒云转自怜。想到赤符重耀日，九原还起听钧天。"④而煌言《祭延平王文》又赞其取台为"乾坤独辟，夷夏咸康"，但望延平能

---

① 黄宗羲《行朝录》卷5《永历纪年》云："壬寅（永历十六年，1662年）二月十三日，至滇城。蒙尘之后，事秘，必知崩日崩所。"黄宗羲《行朝录》卷5《永历纪年》，见清·黄宗羲撰、沈善洪主编《黄宗羲全集》（杭州：浙江古籍出版社，1986年5月1版），第2册，页167。而清·邵廷采《西南纪事》云："壬寅，四月二十五日，王缢于滇都，并杀王子。晋王李定国死于猛腊。"清·邵廷采：《西南纪事》（台北：台湾银行经济研究室，1968年3月1版，《台湾文献丛刊》第267种），卷1《桂王》，页17。本文言"四月望日"取《南疆绎史》之说，其云："戊申，缅人送王与王子至军前。明年三月丙戌，至云南府。夏四月望日戊午，王终，年三十又八；妃与王子俱从死。"清·李瑶恭：《南疆绎史》（台北：台湾银行经济研究室，1962年8月1版，《台湾文献丛刊》第132种），卷5《粤中纪略·永明王下》，页72。

② 《全祖望集汇校集注·鲒埼亭集》卷9《明故权兵部尚书兼翰林院侍讲学士鄞张公神道碑铭》，页190。张煌言极力反对郑成功经略台湾之事，请参本书第六章《卢若腾岛噫之诗》，第二节《卢若腾诗歌主题》，五、台金地理书写，（一）想象台湾。兹不赘。

③ 《全祖望集汇校集注·鲒埼亭集》卷9《明故权兵部尚书兼翰林院侍讲学士鄞张公神道碑铭》，页190。

④ 《感怀兼悼延平王》，《张苍水集》卷6《外编·遗诗》，页260上。

"仁班师旅，终仗尊攘"，岂知"夫何月掩，忽焉星亡"。① 不堪平生同志零落殆尽，可不痛哉！定国与延平偕亡，仅剩煌言孤军奋斗，只木难撑天下。再者，延平卒后，郑氏内斗，郑经执政虽稍能克尽父业，继扬反清之帜，然亦无功可言，最终以铜山大撤退为结束。如《台湾通史·建国纪》云：

> 永历十八年二月，洪旭言曰："金、厦新破，铜山难守，不如退保东都，以待后图。"经从之，命永华、锡范扈董夫人先行。宗室宁静王、泸溪王、巴东王、鲁王世子暨乡绅王忠孝、辜朝荐、卢若腾、沈佺期、郭贞一、李茂春悉扁舟从。②

因知此时郑经已无心于大陆，故全力转进台湾。

其三、鲁王于十一月薨于金门。永历十五年（1661年）年底滇中失陷后，煌言"遗书劝成功尊立鲁王，以存明祀；成功有异志，托言以永历记年，不更事二君"③。后延平卒，闽南诸老，谋复奉鲁王监国，贻书来商，煌言枯木死灰之心，遂燃起一丝希望，即以书约前兵部尚书卢若腾，劝以大举，若腾亦自以"年六十三，志意未愆，台台幸勿

---

① 《祭延平王文》，《张苍水集》卷7《外编·遗文》，页272上。

② 连横：《台湾通史》（台北：台湾银行经济研究室，1962年2月1版，《台湾文献丛刊》第128种），卷2《建国纪》，页37。按：连横此则史料乃根据江日升《台湾外记》而来。《台湾外记》卷六云："二月，忽报守南澳护卫左镇杜辉勾通潮州镇海将军王国化从揭阳港投诚。洪旭见日报诸将叛去，谓经曰：'金、厦新破，人心不一，铜山必难保守。况王、院差官仆仆前来，非为招抚，实窥探以敌人心。今各镇纷纷离叛，日报无宁辅。当速过台湾！苟迁移时日，恐变起肘腋，悔无及矣'！经是之。令陈永华、冯锡范送董夫人眷口先行。然后请宗室暨乡绅商议：如欲相从过台者，速当收拾，拨船护送；若不愿相从者，听之。时有宁靖王、泸溪王、鲁王世子、巴东王诸宗室等同乡绅王忠孝、辜朝荐、沈佺期、郭贞一、卢若腾、李茂春，悉扁舟从行；惟徐孚远驾船归华亭。"清·江日升：《台湾外记》（台北：台湾银行经济研究室，1960年5月1版，《台湾文献丛刊》第60种），卷6《康熙癸卯年至康熙甲寅年共十二年》，页230～231。

③ 《西南纪事》卷1《桂王》，页17。

以老而弃之"①,冀有所作为。永历十六年(1662 年)八月十五日,煌言《上监国鲁王》云:

> 以去冬缅甸之变,君亡臣死,天下已无复有明室矣;止海上犹存一线。而主上尚在潜龙,真乃天留硕果;自当誓师讨贼,以维系人心,以嗣续正统。昔莽移汉鼎,光武兴师;丕废山阳,昭烈践祚;怀、愍北狩,晋元称制;徽、钦蒙尘,宋高继立:以视今日,谁曰不然!顾岛上勋贵,罔识《春秋》大义;而臣实兵微将寡、金乏粮穷,孤掌难鸣。既见宗国之亡而不能救,犹幸旧主之存而不能扶;所以中夜椎心,泪尽而继以血也。尚望诸搢绅或能旋乾转坤,臣已在秣历以候。但得南国首为推戴,臣敢弗协力扈从!伏惟主上潜算雄图,以凝景命。②

煌言上书鲁王,劝其在此危疑之际,宜争取闽海勋镇,以为拥护之资,然后速正大号,以存正统,则天下事尚可为。又书约郑经,劝以"亚子锦囊三矢"之业,于是厉兵束装,以待闽中之问。

岂知是年十一月,鲁王薨于金门,煌言哭曰:"孤臣之栖栖有待,徒苦部下相依不去者,以吾主上也。今更何所待乎!"③煌言《祭监国鲁王表文》更云:

> 方期再回灵武之銮,谁意遽返苍梧之驾!八音遏密,百里震惊。臣才愧邹、枚,任同种、蠡。十九年之旌节,属国不殊;廿四郡之鼓旗,平原无恙。恨哭廷而未效,嗟扫墓以何时!④

鲁王一死,明祀全亡,时不我予,煌言遂筹散军之计,其《贻赵廷臣书》自道散兵乃不得已之决定,"殊不知散兵者,悯斯民之涂炭;归

---

① 卢若腾《与张煌言书》,明·卢若腾撰、李怡来编《刘庵诗文集》(金门:金门县文献委员会,1969 年 9 月 1 版),卷下《文集·书》,页 82。

② 《上监国鲁王启》,《张苍水集》卷 5《冰槎集》,页 257 下。

③ 《全祖望集汇校集注·鲒埼亭集》卷 9《明故权兵部尚书兼翰林院侍讲学士鄞张公神道碑铭》,页 191。

④ 《祭监国鲁王表文》,《张苍水集》卷 7《外编·遗文》,页 271 下。

隐者，念先世之暴荒。……拥兵，则岁月犹存；解甲，则且夕莫保"①。永历十七年（康熙二年，1663年）十一月金厦两岛沦陷，来年郑经全员撤回台湾之后，沿海抗清局势更加险峻。基于身为鲁王之臣的立场，又肩负浙东抗清领袖之责任，张煌言既不可能降清，亦不愿避敌东行投靠台湾郑氏。② 张煌言心中相当清楚自己"末路行藏关汉鼎"③，既以英雄自许，衡以忠义气节，最好之抉择乃散军，隐于海上孤岛。

其实早在永历十五年（顺治十八年，1661年）张煌言已有英雄失路之悲，尤以暮春时节最为怅然，不断感慨"雄图谁复能窥足，雌节何如且息肩"④。诗人情以物迁，辞以情发，又道"梨花春雨半含秋，太息当年桑下谋！国事几番真似弈，人情到处尽如钩"⑤。然而春秋代序，草木零落，深秋物色更令人伤感。其《愁心》云：

> 一片秋明绕万山，愁心似水转相关。虬髯空拟浮家去，雁足虚传属国还。声入鼓鼙龙自斗，梦回砧杵鹤难攀。平原一旅真孤掌，可有天戈灵武间？⑥

---

① 《贻赵廷臣书》，《张苍水集》卷7《外编·遗文》，页273上。

② 查继佐《罪惟录·张煌言传》论曰："玄箸刻刻以扶鼎为誓，自三沙离监国，十年不通谒，欲公其身于桂，以鼓郑必达之气。所云释疑平忌是也。自缅甸报变，为上诏书草，而又恐将扶不力，遂欲移跸，通呼吸，养晦自爱。其所望于延平者，岂不孔急哉！迨上书东宁世子，颇及借枝之安，此托言同仇，非果梦寐在此。使但即休，初谏止台湾，何谆谆舌敝继之痛涕为也！事不克就，死而后已，鞠躬之义，千古为昭。"明末清初·查继佐：《罪惟录·传》（杭州：浙江古籍出版社，1986年5月1版，方福仁等校点本），卷9《抗运诸臣列传下·张煌言传》，页1565。

③ 《见友人"咏怀"诗有感，遂依韵和之二首》其二，《张苍水集》卷3《奇零草》（三），页230下。

④ 《春暮怅然有作》，《张苍水集》卷3《奇零草》（三），页231上。

⑤ 《见友人"咏怀"诗有感，遂依韵和之二首》其一，《张苍水集》卷3《奇零草》（三），页230下。

⑥ 《愁心》，《张苍水集》卷3《奇零草》（三），页233上。

全篇除首联叹时悲秋外,乃用借古慨今之笔触,描绘出英雄末路之悲。张煌言心中企盼以平原君、郭汾阳为师,志在恢复明室。周赧王五十五年(公元前260年)赵长平之败后,秦围邯郸,平原君用毛遂与楚定从约,又求救于魏信陵公子,遂复存赵。天宝十四载(755年),安禄山起兵叛变,陷潼关,玄宗幸蜀。肃宗灵武即位,得郭子仪平定安史之乱,联回纥征吐蕃,中兴唐室。可见史上不乏中兴故实,成功与否,事在人为。审此,全诗在愁心悲秋声中,透露出空怀复国之志的无奈。

永历十五年《三过沙关》诗中,更表露张煌言孤军自持于闽浙海外之悲,而遥怀楚国申包胥之忠荩:

> 五载真如梦,秦川恨旧游。地分山闽越,天阔水沈浮。鸿鹄难羁绁,蛟龙空负舟!包胥洵国士,复郢便辞侯。①

沙关是张煌言海上抗清老巢之一,诗人入闽驻军所在地,当年舟山之败奉鲁王入闽时,君臣将相堪称劲旅,气势何等雄壮。今三过沙关,义师消亡殆尽,郑成功因江宁兵败,转进台湾,抗清复国之希望至此愈加渺茫。难怪永历十七年张煌言高叹"望乡台上分羹冷,建业城边遗镞黄。闽峤衹今皆蔓草,不知三矢有谁囊!"②目睹旧时风物,遥想当年风采,满眼物是人非,三矢定天山之壮志成空。诚是"瓢泊终何济,萧然一抚襟"③,英雄失路之情,不可言喻。

综此,张煌言在永历十八年真乃英雄失路,此时如孤鸿独自漂泊闽浙沿海悬岛之间,期待再起。然而桂、鲁已薨,东南抗清势力一一挫败,加以清廷统治基础日渐稳固,一统全国形势抵定。诚是大厦已隳,只立之木难擎以既倒,南明复国之时局如江河日下,孤臣亦无力可回天,煌言最终以悬岙散军作结,划下十九年抗清之句点。

---

① 《三过沙关》,《张苍水集》卷3《奇零草》(三),页232下。
② 《有所思二首》其二,《张苍水集》卷6《外编·遗诗》,页261上。
③ 《沙关感怀》,《张苍水集》卷3《奇零草》(三),页232下。

二、夷夏之防

张煌言申夷夏之防，以民族气节自励，坚持抗清复国，故绝不接受满人入关统治中国之事实，试证如下：

> 建酋本我属夷，屡生反侧，为乘多难，窃据中原，衣冠变为犬羊，江山沦于戎狄，凡有血气，未有不拊心切齿于奴酋者也。（《海师恢复镇江一路檄》）①

> 夫昔日之北庭，非本朝之属国乎？建州之甲，已忘休屠之恩矣，辽左之烽胡为乎？（《答伪安抚书》）②

> 自辽事起，而征调日繁、催课益急；以故溃卒散而为盗贼，穷民亦聚而弄干戈，是酿成寇祸者，清人也。乃乘京华失守，属国兴师；诚能挈旧物而还之天朝，则是吐蕃、回纥不足专美于前。奈何拒虎进狼，既收渔人之利于河北；长蛇封豕，复肆蜂虿之毒于江南。（《复伪总督郎廷佐书》）③

以上三文中皆气愤填膺，严正指出：建州女真本为明朝属夷，乃夷狄之邦，却利用中土闯贼之乱，趁虚而入，占领河朔，蛊毒江南，实非王者之行径。故煌言对于清朝入侵中国以致明祚断绝，感到痛心疾首。

张煌言虽身处浙海孤岛，外援日寡，形势日下，仍希冀收复中原。故面对清人多次招降亦不为所动，如：

> 英雄之士，明华夷之辨，莫不以被发为辱，雪耻为怀，所恨力不从心，是以待时而动。（《与伪镇张维善书》）④

> 窃闻两间自有正气，万古自有纲常，忠臣义士，惟独行其是而已。不孝一介书生，遭逢国难，初学季真避世，久同去病忘家。

---

① 《海师恢复镇江一路檄》（代延平王），《张苍水集》卷 5《冰槎集》，页 244 上。
② 《答伪安抚书》，《张苍水集》卷 7《外编·遗文》，页 268 下。
③ 《复伪总督郎廷佐书》，《张苍水集》卷 5《冰槎集》，页 245 上。
④ 《与伪镇张维善书》，《张苍水集》卷 5《冰槎集》，页 248 上。

忠孝已难两全，华夷岂堪杂处？区区此志，百折弥坚。……总之，大明无不中兴之理，非晋元、宋高可比。我辈相晤，正自有期；不孝未便以文文山自况，执事正不必以留梦炎辈自居耳！（《复伪提督田雄、伪镇张杰、伪道王尔禄书》）①

读此二书不但义正词严，而且气魄豪迈。盖煌言深受传统儒家思想影响，以忠义自持，其身虽遭被发之辱、亡国之耻，但相信"天道好还"、"人心思汉"②，自然期待一雪国仇，故在张煌言心目之中，夷夏之辨的观念乃天经地义之事③。缘此，其诗作屡屡高举"华夷之辨"：

> 华夷两字书生辨，节义千秋史氏知。（《挽华吉甫明经》）④
> 乾坤分正闰，夷夏辨《春秋》。（《闰元宵排律十四韵》）⑤
> 云物机祥谁定得？且凭玉历辨华夷。（《甲辰元旦》）⑥

《春秋》之义尊王攘夷、拨乱反正，大汉子民当辨夷夏之防，反抗侵略，此无可逃于天地之间的重责大任。而《复赵都台（廷臣）二首》其二更是慷慨激烈，晓以民族大义所寄为何：

> 揶揄一旅尚图存，吞炭吞毡可共论！敢望臣靡兴夏祀，祗凭帝鉴答商孙。衣冠犹带云霞色，旌旆长悬日月痕。赢得孤军同硕果，也留正气在乾坤。⑦

---

① 《复伪提督田雄、伪镇张杰、伪道王尔禄书》，《张苍水集》卷5《冰槎集》，页242~243。

② 《海师恢复镇江一路檄》（代延平王），《张苍水集》卷5《冰槎集》，页243下。

③ 《海师恢复镇江一路檄》云："天经地义，华夷之辨甚明。"《张苍水集》卷5《冰槎集》，页244上。

④ 《挽华吉甫明经》，《张苍水集》卷1《奇零草》（一），页192上。

⑤ 《闰元宵排律十四韵》，《张苍水集》卷3《奇零草》（三），页222上。

⑥ 《甲辰元旦》，《张苍水集》卷6《外编·遗诗》，页261下。

⑦ 《复赵都台（廷臣）二首》其二，《张苍水集》卷6《外编·遗诗》，页261下。

　　只因忠心义胆，不做伪臣，张煌言坚决不屈之民族气节，诚如苏武被拘北海，以雪与毡毛并咽之处境艰难可比拟。世人或许挪揄非笑之，但张煌言坚持抗清义师即使只剩一旅孤军，对于救亡复国大业仍然奋斗不懈。此乃忠贞之士"其所持者天经地义，其所图者国恨家仇，其所期待者豪杰事功、圣贤学问；故每毡雪自甘、胆薪弥励而卒以成功者，古今以来何可胜数？"①故大丈夫当存我道统，复我江山，虽牺牲身家性命无所反顾；此诚为忠贞志士所以能长存青史汗编之故也。

　　明人称满洲为建州卫，贬称建夷，张煌言有《建夷宫词十首》写清人宫中琐事，其义在存讽喻事。② 其后郑经有读张公煌言"满洲宫词"之诗致意其间③，另煌言又有禽言诗《秦吉了》云：

　　　　秦吉了，生为汉禽死汉鸟。塞南、塞北越禽飞，怅望故山令人老。载鸣鸣华音，载飞飞华土；翮折翅垂，夷敢我侮！生当为凤友，死不作雁奴；我自名禽不可辱，莫待燕婉生胡雏！鸢犹吓，鹊徒喈，仓庚空格磔。哀哉不能飞，起视来禽尝叹息。④

　　"秦吉了"是一种能说人类语言之禽鸟，据北宋邵伯温《邵氏闻见录》载："泸南之长宁军有畜秦吉了者，亦能人言。有夷酋欲以钱伍拾万买之，其人告以：'苦贫将卖尔。'秦吉了曰：'我汉禽，不愿入夷中。'遂劲而死。呜呼，士有背主忘恩与甘心异域而不能死者，曾秦吉了之

---

　　① 《复伪总督郎廷佐书》，《张苍水集》卷5《冰槎集》，页244下。
　　② 田中玉《重刊十家宫词序》云："宫词者，风化所自开，温柔之极致也。不独《关雎》、《麟趾》诸什为然，即屈骚宋赋，以至古诗十九首，莫不寄慨美人、托词思妇，以闺帏燕婉之言，而发其悲天悯人之志。如是而后可以柔其气，而厚其情，于是言忧者不流于哀厉，言乐者不极于奢淫，此古者言诗之微意，实后世宫词所滥觞。"《十家宫词·序》(北京：中国书店，1990年7月1版)，页1～2。
　　③ 《读张公煌言"满洲宫词"，足征其杂揉之实；李御史来东都，又道数事，乃续之》，《延平二王遗集》，见《郑成功传》(台北：台湾银行经济研究室，1960年1月1版，《台湾文献丛刊》第67种)，页131。
　　④ 《秦吉了》，《张苍水集》卷1《奇零草》(一)，页196上。

不若也。"①自此以降，以"秦吉了"为主题之诗乃典型之禽言诗，如南宋遗民诗人林景熙《秦吉了》诗云："尔禽畜于人，性巧做人语。家贫售千金，宁死不离主。桓桓李将军，甘作单于鬼。"②实讽刺今人怕死，人不如禽。而煌言诗中亦以禽言乃人言之投射，故禽言即人言。诗人以秦吉了自况，"生为汉禽死汉鸟"意味着"生为汉人死汉魂"；"生当为凤友，死不作雁奴"，自是华夏龙族，不作亡国奴；"鸣华音"、"飞华土"则是一种身处异族统治下之坚持。诗中更以"秦吉了"为讽喻：禽鸟尚知服节死义，不忍事异族，而"乾坤竟如此，刺眼尽猴冠"③，衮衮诸公，媚事新朝，却不辨夷夏之防。故本诗在讽刺降清将相公卿，实禽兽不如也。

三、悬岙日暮

张煌言在永历十八年（康熙三年，1664 年）六月遭清廷严密击剿，如福建总兵官李长荣等"出洋会剿逆寇张煌言，击败贼众五千余人，又擒伪总兵张贤等，并获船只器械"④。之后张煌言散兵居于南田之悬岙（今浙江象山南田花岙岛），悬岙在海中，荒瘠无居人；山南多汉港，可通舟楫，而其北则是巉岩峭壁。煌言结茅其间，从者惟故参军罗子木，门生王居敬，侍者杨冠玉，余惟舟子、役人而已。自煌言《入山》一诗可见其归隐之志：

大隐从兹始，悠然见古心。地非关胜览，天不碍幽寻。石发

①　北宋·邵伯温：《邵氏闻见录》（北京：中华书局，1983 年 8 月 1 版，李剑雄等点校本），卷 17，页 189。

②　南宋·林景熙撰、陈增杰校注《林景熙诗集校注》（杭州：浙江古籍出版社，1995 年 12 月 1 版），卷 1《秦吉了》，页 4。

③　《武林狱中作又一首》，《张苍水集》卷 4《采薇吟》，页 239 下。

④　清·马齐、张廷玉等修《大清圣祖仁皇帝（康熙）实录》（台北：台湾华文书局，1964 年 9 月 1 版），卷 12《康熙三年闰六月一日福建总督李率泰疏》，页 198 上。

溪头长，云衣谷口深。此中有佳趣，好作采薇吟。①

　　悬岙荒瘠无人，非有幽壑胜景，却是煌言归隐之地，其所凭借只是一片悠然古心而已。既是散军归隐，且暂作神州袖手人，放怀赏此造物者之奇；眼前不是蕴藏着大自然之无限生意：长溪如发，看流水有情常转石；云深谷幽，见白云无心以出岫，此中佳趣，诚为《采薇吟》之绝好诗材。然而张煌言散军归隐，自是实践忠贞明室之坚持，企盼完发以终之归宿，此当与随波逐流者大异其趣，故《拟古三首》自道"岂识持晚节，独有凌霜枝。寄言桃李子，慎勿恃芳菲"②；"人生百岁间，炎凉倏代谢。常忧时命乖，荣名不相借。时命亦何尝，经纶贵权藉。所志岂显荣，担负容可卸"③，可以见其志。

　　悬岙荒瘠，山中屡空，饥荒如常，偶读渊明《乞食》诗，意犹未尽，遂作《反乞食》诗，以和陶诗：

　　　　悲风变陵谷，余行将安之？浩然怀黄绮，烨烨紫芝辞。清声在金石，孤情独往来；彭泽何人斯，东篱恋酒杯？微禄已不耽，沾沾乞食诗。乞固自有意，可以观其才。吾则爱吾鼎，白云尚分赒。

　　　　西山有饿夫，褰裳欲从之！或言举世腴，君瘝宁有辞？流水淡须眉，天真所縣来。况也朝市改，志士寡深杯。疗饥托薇蕨，宁识招隐诗！今古多肉食，谁为天下才？珍重墨胎氏，灵龟幸见赒！

　　　　三旬九遇食，我闻古有之。不贪以为宝，无受故无辞。奈何饕餮者，朵颐鼎鼎来。乞哀在暮夜，余羹仅一杯。斟酌既饱满，犹吟和陶诗。缅维珠树鹤，高清未易才。芝田谅足耕，嘉穀聊自

---

① 《入山》，《张苍水集》卷4《采薇吟》，页235下。
② 《拟古三首》其二，《张苍水集》卷4《采薇吟》，页237下。
③ 《拟古三首》其三，《张苍水集》卷4《采薇吟》，页237下。

赊。①

陶渊明晚年穷困饥馁，但本性真率旷达，固不讳言因饥求食，故有《乞食》之作②。煌言散军归隐之后，特喜陶渊明之清高人格，因连和三首《乞食》诗，心仪其高风亮节。

悬岙山上蓄养两只猿猴，终日高踞山顶树上，守候动静。煌言有《屯悬岙，猿啼有感》诗云：

> 黄叶秋风落木繁，云峰日落忆寒山。横流绝渡凭班马，削壁枯藤乱叫猿。桂树千秋怀故国，铜驼卧处泣中原。鳌江南望岂为远，吾欲乘槎赴楚门！③

如此时序仅是六、七月之交，并非秋风飞扫黄叶之季节，然而煌言内心却是悲秋无凭，遥忆故国铜驼荆棘，岂止黍离之悲可言喻者；此时孤岛坐愁，听猿实下三声泪，难道是英雄气短，无计可施；抑是静待世变，乘时再起？又有《小猿畜之久矣，以病抱树而死，为之恻然》云：

> 升木何须教，奔林岂为惊！胡然婴一疾，不复听三声？肠断巫山暗，魂归楚水明。争如孙供奉，能报主人情！④

小猿畜养久亦有感情，其婴疾而死，主人恻然伤感，作诗悼之。可知煌言在孤岛有畜猿猴为其示警守卫。

张煌言虽已息机远遁悬岛，清廷却仍欲除之而后快，黄宗羲《明兵部左侍郎苍水张公墓志铭》云："于时海内承平，滇南统绝，八闽澜安，独公风帆浪楫，傲岸于明、台之间，议者急公愈甚，系累其妻子族

---

① 《山中屡空，泊如也。偶读渊明"饥驱"句，犹觉其末介；遂作反乞食诗，仍用陶韵》，《张苍水集》卷4《采薇吟》，页237上。

② 东晋·陶渊明著、龚斌校笺《陶渊明集校笺》（上海：上海古籍出版社，1996年12月1版），卷2《乞食》，页93。

③ 《屯悬岙，猿啼有感》，《张苍水集》卷4《采薇吟》，页240上。

④ 《小猿畜之久矣，以病抱树而死，为之恻然》，《张苍水集》卷4《采薇吟》，页235下。

属以俟。"①全祖望《明故权兵部尚书兼翰林院侍讲学士鄞张公神道碑铭》亦云:"于是浙之提督张杰惧公终为患,期必得公而后已。公之诸将孔元章、符瑞源等皆内附,已而募得公之故校,使居翁洲之补陀为僧,以伺公。"②清廷展开缉捕煌言之周密计划,据《大清圣祖仁皇帝实录》载:

> (康熙三年八月)甲戌(十五日),浙江总督赵廷臣疏报:"逆渠张煌言盘踞浙海多年,其下伪官节次招降,独张煌言抗不就抚。臣与京口将军刘之源,先后发书遣使,谕以祸福,劝其去逆效顺。张煌言之死不悔,虽将随从兵弁船只,起发进关,犹借名归隐,徜徉海外。臣即驰赴定海,会商水陆提督哈尔库、张杰,分遣将士,配坐船只,由宁、台、温三路出洋搜剿,毁其贼巢,歼其余党。侦知张煌言披缁远遁,密令骁勇将备徐元、张公午扮成僧民,随带健丁、火器,潜伏普陀山一带,仍拨将弁,扼守要路,以防奔窜。至七月二十日,瞭望朱家尖,有赶缯船一只,急举火器前击,获有活口林生、陈满等,知张煌言见在悬山范澳。徐元等即驾所获贼艘,尾随八桨兵船,令活口林生等仍扮差回原船,使之不疑。乘夜进一小港,从山后觅路,突入账房,遂擒张煌言及其亲信余党,搜出伪'视师兵部'银方印一颗、伪关防九颗、枪炮盔甲旗伞等物。三省出没之渠逆,一旦生擒,凡经过宁、绍、杭各

---

① 黄宗羲《明兵部左侍郎苍水张公墓志铭》,清·黄宗羲撰、沈善洪主编《黄宗羲全集》(杭州:浙江古籍出版社,1993 年 10 月 1 版),第 10 册《南雷诗文集·碑志类》上,页 284~285。

② 《全祖望集汇校集注·鲒埼亭集》卷 9《明故权兵部尚书兼翰林院侍讲学士鄞张公神道碑铭》,页 192。

府,百姓聚观如堵。从此奸宄绝迹,海宇肃清,共仰天威震迭矣。"①

悬岙山上乏粮,不免常闹饥荒,便须时冒危险驾舟到外岛去采办,因此行踪暴露。清廷毒手迅雷不及掩耳伸向煌言,黄宗羲《墓志铭》中记载煌言被捕经过,云:"会公告籴之舟至,籴人谓其僧也,昵之,小校出刀以胁籴人,令言公处,击杀数人,而后肯言。曰'虽然,公不可得也,公畜双猿,以候动静,船在十里之外,则猿鸣木杪,公得为备矣'。小校乃以夜半出山之背,缘藤踰岭而入,暗中执公,并及子木、冠玉、舟子三人。七月十七日也。"②门生王居敬以计得脱,后为僧,名超逼,颇能传煌言之遗事,亦不负煌言者。③

四、慷慨就义

(一)悲愤国事

张煌言于七月十九日(或云二十三日)送至宁波,浙江提督张杰以客礼延之,以轿迎之,至公署,煌言叹曰:"此沈文恭故第也,而今为马厩乎?"此万历年间宰辅四明沈一贯故第,今为马厩,真是人事全非,八月逮解至杭州。黄宗羲《墓志铭》记其被羁押在宁波之事云:

①　《大清圣祖仁皇帝(康熙)实录》卷13《康熙三年八月》,页206。按:乾隆时蒋良麒编《东华录》据《康熙实录》作"(康熙三年)八月,浙督赵廷臣疏:'逆渠张煌言盘据浙海多年,抗不就抚,借名归隐,徜徉海外。臣密令守备徐元、张公午扮成僧民,获活口林生、陈满等,知张煌言见在悬山花澳,即驾所获贼艘,乘夜进一小港,从山后觅路,突入账房,遂擒张煌言及其亲信余党,搜出伪"视师兵部"银方印一颗、伪关防九颗。'"清·蒋良麒:《东华录》(济南:齐鲁书社,2005年5月1版,鲍思陶等点校本),卷9《康熙三年八月》,页132。

②　黄宗羲《明兵部左侍郎苍水张公墓志铭》,《黄宗羲全集》第10册《南雷诗文集·碑志类》上,页285。

③　《全祖望集汇校集注·鲒埼亭集》卷9《明故权兵部尚书兼翰林院侍讲学士鄞张公神道碑铭》,页196。

方巾葛衣，轿而入。观者如堵墙，皆叹息以为昼锦。张帅举酒属公曰："迟公久矣"！公曰："父死不能葬，国亡不能救，死有余罪。今日之事，速死而已。"后数日，送公至省，供帐如上宾。公南面坐，故时部曲，皆来庭谒。司道郡县至者，公但拱手不起，列坐于侧，皆视公为天神。省中人略守者，得睹公面为幸。翰墨流传，视为至宝；每日求书者，堆积几案，公亦称情落笔。①

张煌言被拘押在宁波，张杰待之以礼，但煌言以"父死不能葬，国亡不能救，死有余罪，今日之事，速死而已！"回应之。

煌言此时抱必死之心甚坚，当无疑虑，然惊觉乡里父老不免有各种不同之观感，煌言因作《被执归故里》以示己志：

苏卿仗汉节，十九岁华迁；管宁客辽东，亦阅十九年。还朝千古事，归国一身全。予独生不辰，家国两荒烟；飘零近廿载，仰止愧前贤！岂意避秦人，翻作楚囚怜！蒙头来故里，城郭尚依然；彷佛丁令威，魂归华表巅。有腼此面目，难为父老言；智者哀我辱，愚者笑我顽。或有贤达士，谓此胜锦旋。人生七尺躯，百岁宁复延！所贵一寸丹，可与金石坚。求仁而得仁，抑又何怨焉！②

本诗感慨我辈义不帝秦，今作楚囚，落得家国两荒烟，有愧前贤。苏武、管宁执节海上十九年，归国赢得世人之赞赏；我亦海外飘零近二十载，志挽狂涛，讵料无成，是否有贤达之士，体会我抗清之志节，谓此胜过锦衣旋归。眼前山川依旧，人事全非，而今飘海十八年后，重回故乡宁波，真如丁令威化鹤归来。煌言心中坦然无愧，心想人生有此结局，诚如先师所谓："求仁而得仁，又何怨乎"③。审此煌言金

① 黄宗羲《明兵部左侍郎苍水张公墓志铭》，《黄宗羲全集》第10册《南雷诗文集·碑志类》上，页285。
② 《被执归故里》，《张苍水集》卷4《采薇吟》，页238。
③ 《论语·述而》，见清·刘宝楠：《论语正义》（北京：中华书局，1990年3月1版，高流水点校本），页262。

石丹心,真是难为父老言。

又八月在狱中作《宿官亭》感慨云:

漫道诗书债未偿,满身枷锁梦魂香;可怜今夜官亭月,无数清光委路傍!①

立身正大光明,纵然满身枷锁,心安理得,梦魂亦香。心中惋惜光风霁月之人,未见其用,一任其凋零,造成国破家亡,犹如今夜官亭月色,清光徒委路旁,无人见赏一般。

张煌言在甲辰之前未见词作存世,于狱中有诗余六首,最为凄切感慨,其《柳梢青》词云:

无数江山,何人断送,雨暗烟蛮;故国莺花、旧家燕子,一样阑珊。此身原是天顽,梦魂到处也间关。白发镜中、青萍匣里,和泪相看。②

煌言自起义抗清以来,或提师北伐,或避虏南闽,或率旅入海,或身窜悬岛,风雨飘摇,波涛震荡,对明朝可谓一片忠心,早将生死置之度外。然而运移汉祚终难复,孤臣无力可回天,煌言自言“转眼书生成故老,惭无娲石补江山”③,狂涛毕竟难挽,大明锦绣江山已断送,如今却笼罩在一片瘴岚烟雨之中,内心异常激愤,遂斥责腐败之朝廷中究竟是何人坏了国家。“故国莺花、旧家燕子”,用南朝梁丘迟《与陈伯之书》与刘禹锡《乌衣巷》诗之典故,不管是故苑莺花,旧家燕子,都无一例外地凋零、衰落,煌言用这些春天之意象,塑造兴亡离合之悲,寄寓深沉的亡国之痛。国破诚然甚可悲,但百姓流离失所更是无辜,其《辛丑秋,虏迁闽浙沿海居民;壬寅春,余舣棹海滨,春燕来巢于舟,有感而作》云:“最怜寻常百姓家,荒烟总似乌衣巷。君不见,晋室中叶乱五胡,烟火萧条千里孤;春燕巢林木,空山啼鹧鸪。只今胡马复南牧,江村古木窜貔䝙;万户千门空四壁,燕来亦随檐上乌。海翁

---

① 《宿官亭》,《张苍水集》卷4《采薇吟》,页238下。
② 《柳梢青》,《张苍水集》卷4《采薇吟·附诗余》,页240下。
③ 《追往八首》其一,《张苍水集》卷1《奇零草》(一),页203下。

顾燕三太息，风帘雨幪胡为乎？"①如此景况令人悲痛万分。此阕词上片藉伤春来感慨亡国之痛，下片转写己身，以自伤之词明报国之志，却正话反说，表面反讽自己天赋愚钝，不能顺时应世，如今南明抗清已然瓦解，更遑论秦关、汉关，自嘲中更披露其志节之忠贞不贰。明朝运势已去，诚如煌言在永历十七年（1663年）《复赵督台二首》其一所云："难挽龙髯空问鼎，独留螳臂强当轮"②，明知不可为而为之。张煌言自二十六岁（1645年）起义抗清，迄今（永历十八年，1664年）已历十九年。而随员鲁王至舟山，离家泊海亦逾十八载之久，多少年头过去，镜中徒添白发，然海上长城空自许，平生志业又如何？心中有说不出之感慨，如其《复卢牧舟司马若腾书》中所云"国瘁人亡，何能无泪"③，念腰间青萍宝剑，黯然无功，烈士暮年，和泪看剑，真是英雄失路，日暮凄凉。

江山易主，衣冠改代，楚囚抗志，如《长相思》咏秋云：

> 秋山青、秋水明，午梦惊秋醒未醒？乾坤一草亭。故国盟、故国情，夜阑斜月透疏棂，孤鸿三两声。④

在初秋季节，秋山、秋水分明无恙，依旧山青水明，但一叶落而知秋，午梦未圆，或被落叶所惊，或被乍起之西风所惊，似醒非醒，或是梦里不知身是客，一时未能意识到现今身在何处，半晌之后，确定已是秋天来到，不意竟身为楚囚，坐困草亭之中。如此江山风物已非明朝所有，因此在秋声之中不得不惊，宇宙乾坤之大，何处可以栖身；茅屋草庐之小，暂寄余生。"午梦惊秋醒未醒"明显转化自张先"午醉醒

---

① 《辛丑秋，虏迁闽浙沿海居民；壬寅春，余舣棹海滨，春燕来巢于舟，有感而作》，《张苍水集》卷3《奇零草》（三），页234下。

② 《复赵督台二首》其一，《张苍水集》卷6《外编·遗诗》，页261下。

③ 《复卢牧舟司马若腾书》，《张苍水集》卷7《外编·遗文》，页267下。

④ 《长相思》，《张苍水集》卷4《采薇吟·附诗余》，页240下。

来愁未醒"①。张先是淡淡地伤春,别是轻愁;煌言却是悲秋无绪,充
满国仇家恨。煌言悲秋、悲国、悲身伤世,都凝聚于此中,岂是张仙伤
春可比拟。故上片写白昼之景、伤己之情;下片转写深夜之景,属故
国之思。夜深人静是亡国遗民最容易打开故国之思的时刻,一弯斜
月透过稀疏的窗棂洒在辗转未眠身上,静夜中,不知何处传来两三声
失群孤鸿之凄厉悲鸣,引动愁人十九年来海上抗清的艰苦记忆,历历
在目。张煌言在永历十六年(1662 年)《答伪安抚书》中慷慨陈词:
"十洲三岛,莫非生聚教训之区;尝胆卧薪,别有扶危定倾之计。恐臣
靡尚在,天意未忘禹功;诸葛犹存,正统终归汉胄。"②而今只有慷慨
赴义,留取青史身后名。

(二)志效武穆

张煌言师法精忠报国之岳飞,自《满江红》(步岳忠武王韵)这阕
词可见其心期与孤愤:

> 屈指兴亡,恨南北,皇图销歇! 更几个,孤忠大义,冰清玉
> 烈? 赵信城边羌笛雨,李陵台畔胡笳月;惨模糊,吹出玉关情,声
> 凄切。汉苑露,梁园雪;双龙游,一鸿灭。剩遗臣怒击,唾壶皆
> 缺。豪气欲吞白凤髓,高怀肯饮黄羊血! 试排云,待把捧日心,
> 诉金阙!③

岳飞一阕《满江红》写得慷慨激烈,颇能激发人们之爱国热情。④
煌言此词既步岳飞原韵,一本又题"怀岳忠武",足见张煌言对岳飞其

---

① 北宋·张先《天仙子》,北宋·张先撰、吴熊和等校注《张先集编年校
注》(杭州:浙江古籍出版社,1996 年 1 月 1 版),页 7～8。又见唐圭璋编《全宋
词》(北京:中华书局,1965 年 6 月 1 版,1992 年 10 月 1 版 5 刷),第 1 册,页 70。

② 《答伪安抚书》,《张苍水集》卷 7《外编·遗文》,页 270 下。

③ 《满江红》(步岳忠武王韵),《张苍水集》卷 4《采薇吟·附诗余》,页 241
上。

④ 岳飞《满江红》,宋·岳飞撰、郭光辑注《岳飞集辑注·词》(郑州:中州
古籍出版社,1997 年 5 月 1 版),页 465。另见《全宋词》,第 2 册,页 1246。

人其词至为仰慕。岳飞当年抗金，南宋半壁江山犹存；而煌言抗清，连南明数个小朝廷皆先后覆亡，知其时情势要比岳飞残酷险峻，故煌言随时有遇险身亡之可能，然其早置个人生死于度外。煌言在《忆西湖》诗中向世人宣告"高坟武穆连忠肃（即于谦），添得新坟一座无"①？清楚表示其以岳飞为师，誓死报国，此词字面虚写缅怀岳飞，其实在寄托其抗清复明之志节。煌言"屈指兴亡"从沉痛亡国之愤恨中重新奋起，把一腔悲愤、满怀豪情，诉诸辞章，向世人表达其乾坤日月之心。屈指一算，自明太祖建都南京至崇祯亡于北京，将近三百年，虽福王等又于南方建立数个政权，仍挽救不了覆灭命运，此较之北宋亡后，南宋犹能支撑百年之久，更为可悲。"恨南北，皇图销歇"，"皇图"指版图，"皇图"前又着"南北"二字，明白道出南明小朝廷之灭亡。"恨"字下得极重。岳飞之"臣子恨，何时灭！"转化成煌言心中之国仇家恨，恨明亡，恨清兵之入关，恨南明朝廷之腐败，亦恨自己未能灭清复国。纵然处于最不利之情况下，其亦始终保持孤忠大义之节、冰清玉节之质，绝不屈膝投降。"几个"、"孤忠"，言斯时抗清力量之单薄，亦唯其单薄，始更凸显其"冰清玉烈"之高贵。赵信者，故胡小王降汉，汉武帝封之为翕侯。又因击匈奴有功，益封，后以前将军击匈奴，兵败而降，匈奴于筑城居之，其城在阗颜山（今蒙古杭爱山南面支脉）即"赵信城"。② 汉武帝时李陵提步卒五千，遇匈奴主力八万军，所杀过当，救兵不至，矢尽道穷而后降。李陵台位大同府城北五

---

① 《忆西湖》，《张苍水集》卷 4《采薇吟》，页 239 上。
② 汉·司马迁撰、〔日〕泷川龟太郎考证《史记会注考证》（台北：洪氏出版社，1983 年 10 月 2 版），卷 110《匈奴列传》，页 1196。

百里，台高二丈余，盖李陵不得归，登此以望汉。① 赵信、李陵皆武帝时人，均为降将，又均因兵败而降，煌言似有所暗喻。据张煌言《李陵论》(刺叛臣洪承畴)指道："迨矢尽力折而后降，其志亦可哀矣！夫陵之罪，在不能死耳。与弃师辱国者稍有间，与事仇噬主者更有间矣。"②可见清兵长驱入关，自北而南，其势锐而难挡，明朝将领兵败而降者必不在少数，其中降将人在清营、心在汉室，与煌言暗通声气者亦复许多，如其《有所思二首》其一所云"寄语居夷诸将帅，秋风万里待归航"③，如今抗清势力已然瓦解，居夷诸将都惨模糊，声凄切，空怀故国。下片"汉苑露，梁园雪"暗指明朝宫苑蒙露覆雪，残破荒芜。"双龙"、"一鸿"即指唐王、桂王与鲁王。"剩逋臣怒击，唾壶皆缺"句，"逋臣"为煌言自指，道出忧伤国事，怒击唾壶，空叹无奈之情。末尾煌言自白：其排浮云现红日、灭清复国之豪气自当不输岳飞之壮志，但是今日被俘而囚于杭州，已无朝天之会，故决心就义，一死以尽忠。

又另一阕《满江红》(示同难宾从罗子慕于武陵狱邸)乃见煌言一腔正气，时时以民族气节自励，视死如归：

> 萧瑟风云，埋没尽，英雄本色。最发指，酡酥羊酪，故宫旧
> 阙。青山未筑祁连冢，沧海犹衔精卫石。又谁知，铁马也郎当，
> 琱弓折。谁讨贼？颜卿檄；谁抗虏？苏武节。挤三台坠紫、九京
> 藏碧。燕语呢喃新旧雨，雁声嘹呖兴亡月。怕他年，西台恸哭，

---

　　① 李陵事迹见《史记·李将军列传》、司马迁《报任少卿书》、《汉书·李广传》。分见《史记会注考证》卷109《李将军列传》，页1182～1183。司马迁《报任少卿书》，南朝梁·萧统编、唐·李善注《文选》(上海：上海古籍出版社，1986年6月1版)，卷41《书上》，页1857～1866。东汉·班固《汉书》(台北：鼎文书局，1991年9月7版，影北京中华书局点校本)，卷54《李广传》，页2450～2459。李陵墓在山西介休县，见清·王轩等纂修《山西通志》(北京：中华书局，1990年11月1版，李裕民点校本)，卷56《古迹考》，页4064。

　　② 见《李陵论》，《张苍水集》卷7《外编·遗文》，页262下。

　　③ 《有所思二首》其一，《张苍水集》卷6《外编·遗诗》，页261上。

人泪成血！①

罗子木性尚义，年少有奇气，张煌言一见器之，其父为清兵执去，誓欲为父报仇，遂投张行营，相依不去以死。② 邵廷采《东南纪事·罗子木传》云：

> 甲辰，煌言移桃花山，宾佐多散；子木朝夕敬护，不去左右，已同被执，入定关。常进功款宴，问子木曰：海上知我名否？曰：但识张司马，何知常进功？ 他有问，大笑不为语。至杭城会议府，不跪；次煌言，席地坐。煌言与总督赵廷臣语次往复，子木抗声曰：公先后死耳，何必与若辈絮语？ 煌言初欲绝食，子木笑曰：大丈夫死忠，任其处置可也。饮啖如平时。九月七日，死于弼教坊。③

罗子木与张煌言同囚一室，煌言不断以苏武、颜真卿不降气节自励，诚是古道照颜色，留取丹心传青史。词中煌言感慨在清朝血腥统治中土下，英雄义士终无法改变历史，复国重整旧山河，或报抱恨终身，或赍志以殁。反清复国的志士虽无法如霍去病马踏匈奴，但矢志如精卫衔西山之木以填东海那样，始终不移，意在效法其知其不可为而为之精神。"燕语呢喃新旧雨"比喻罗子木是持节守正、志同道合

---

① 《满江红》(示同难宾从罗子慕于武陵狱邸)，《张苍水集》卷4《采薇吟·附诗余》，页240～241。

② 全祖望《明故权兵部尚书兼翰林院侍讲学士鄞张公神道碑铭》云："罗子木者，名纶，以字行；溧阳人也。己亥，公在江上，子木挟策上谒。公以其少年而负奇气，有清河李蕚之目，欲留之幕中；以父老辞。及公之芜关，子木之族父蕴章故在成功军中，引见成功。江宁之败也，子木涕泣顿首，固请成功无遽去；而不能得。成功因强子木奉父泛海；子木至海上，不欲参成功军事。旋奉父北行，将赴公营；卒与大兵遇，格斗。子木坠水得救起，而其父被缚去。子木展转闽南，思出奇计以救父；逾时不得音问，呕血几死。复赴公营，公勉以立功即为报仇；遂相依不去以死。"清·全祖望撰、朱铸禹校注《全祖望集汇校集注·鲒埼亭集》(上海：上海古籍出版社，2000年12月1版)，卷9，页196～197。

③ 清·邵廷采：《东南纪事》(台北：台湾银行经济研究室，1961年1月1版)，《台湾文献丛刊》第35种)，卷9《叶、罗二客传》，页121。

之同难志士,绝不与变节投降者为伍。"雁声嘹呖兴亡月",则以孤雁凄厉哀鸣,自舒兴亡之慨。词末张煌言认为留得正气在乾坤,他年必有如谢翱西台恸哭者,哀悼我们这些抗清志士。全篇表明对献身反清复明志业之信念与坚持,深信历史必然会铭记此页英雄心史。

张煌言被捕将解送杭州,面对杀身,心中无畏,夙昔典型是我师法对象,能与岳飞、于谦一并埋骨西湖,实为堪慰。其《将入武陵二首》云:

> 义帜纵横二十年,岂知闰位在于阗!桐江空系严光钓,震泽难回范蠡船。生比鸿毛犹负国,死留碧血欲支天!忠贞自是孤臣事,敢望千秋青史传!

> 国亡家破欲何之?西子湖头有我师。日月双悬于氏墓,乾坤半壁岳家祠。惭将赤手分三席,敢为丹心借一枝。他日素车东浙路,怒涛岂必属鸱夷![1]

张煌言义帜纵横海上十九年,为反清复明事业努力以赴,可是最后之历史结局竟是闰位归清朝,一生心血付之东流。义山所谓"永忆江湖归白发,欲回天地入扁舟"[2],在我今生已是无法实践之愿望。煌言至此对生与死完全超然自在,自认个人性命轻如鸿毛,死不足惜,死虽有负国人所托,然而人间世道人心、公理正义乃是"天",殉道于此,碧血可支天;最后乃将其十九年抗清心境,浓缩成"忠贞"二字而已。张煌言坦然面对杀身殉国之死,故能慷慨就义、不忧不惧。前头不是有宋岳武穆与明于忠肃二公之墓,今日将再添吾一座新坟;诚是青山异代臣,英灵欣会此。审此,煌言在诗中暗示着世人,其冢将与岳墓于坟鼎立于西湖,长存在天地之间。另外,诗中更抒发人间不平之怒,相传钱塘之怒潮即为伍子胥之灵所化,特向世人发出不平之鸣;自今之后,年年浙东钱塘潮,亦为吾人十九年来反清复明未成,而

---

① 《将入武陵二首》,《张苍水集》卷4《采薇吟》,页238下。
② 李商隐:《安定城楼》诗,见唐·李商隐著、清·冯浩笺注《玉溪生诗集笺注》(上海:上海古籍出版社,1979年10月1版,顾易生等点校本),卷1,页115。

鸣不平。① 换言之，煌言自言其死后必化为钱塘潮，据清初朱溶《忠义录·张煌言传》中载："溶至钱塘，钱塘人言，张公死，天甚风尘，冥晦昼昏，江潮怒啮，石堤几坏。"②盖不虚也。

（三）节烈文山

而自张煌言七月十七日丑时被执所作《入定关》，可以见煌言已抱宁死不屈之决心：

何事孤臣竟息机，鲁戈不复挽斜晖！到来晚节惭松柏，此去清风笑蕨薇。双鬓难容五岳住，一帆仍自十洲归。迭山迟死文山早，青史他年任是非！③

"定关"，即"定海关"（今之镇海关），地处甬江口，煌言被执后由海道直接押解至定海关，此诗可以见煌言志效文山舍身成仁之志坚矣。南明抗清已日薄西山，世传鲁阳公之戈能返日，使西沉斜晖者再起④，但今日孤臣已无力擎天。此时煌言就义之心既坚，期勉晚节犹似松柏凌霜，高义要胜西山采薇，真是名山难容失路英雄。可堪孤独一身，自浙海荒岛被捕，仍逃不出清廷网罗搜捕，现只期凛然就义，殉道而死。煌言心中暗许效法前贤，岂无古道照颜色？南宋抗元就义之

---

① 鸱夷，为皮囊，吴王夫差用以装盛伍子胥之首，典出《战国策·燕二》："昔者伍子胥说听乎阖闾，故吴王远迹至于郢，夫差弗是也，赐鸱夷而浮之江。"《战国策》（上海：上海古籍出版社，1998 年 3 月 2 版），卷 30《燕二》，页 1107。鲍注：鸱夷，榼名，马革为其形，以敛骸骨。《史记·伍子胥传》："吴王闻之大怒，乃取子胥尸，盛以鸱夷革，浮之江中，吴人怜之，为立祠于江上，因命曰胥山。"《史记会注考证》卷 66，页 874 下。南朝宋·裴骃《集解》："应劭曰：取马革为鸱夷，鸱夷，榼形。"

② 清·朱溶：《忠义录》卷 5《张煌言传》，见《明清遗书五种·忠义录》（北京：北京图书馆出版社，2006 年 11 月 1 版），页 647。

③ 《入定关》，《张苍水集》卷 4《采薇吟》，页 238 上。

④ 《淮南子·览冥训》云："鲁阳公与韩构难，战酣日暮，援戈而撝，日为之反三舍。"汉·刘安编、刘文典撰《淮南鸿列集解》（合肥：安徽大学出版社，1998 年 8 月 1 版，殷光熹点校本），卷 6《览冥训》，页 193。

文山与绝食而死之迭山，不正是宿昔典型。谢枋得（1226—1289）与文天祥（1236—1283）在南宋理宗宝祐四年（1256）同科中进士，皆曾率兵抗元，迭山于信州城陷后变姓名流亡建阳，以卖卜教书度日，后元朝迫其出仕，福建行省参知魏天佑强之而北，至大都，乃绝食而死。而文山于广东五坡岭被俘，拒绝元将诱降，送至大都，囚禁三年，誓死不屈，终在柴市被害。谢枋得虽似迟死，文天祥亟早就义，但二者皆视死如归，一也；正如文山《过零丁洋》所谓"人生自古谁无死，留取丹心照汗青"[1]。审本诗之表白，足见煌言守义之坚、殉道之笃，义贯千古。

八月七日作《放歌》一章，书于杭州狱壁，凡二百六十七言，忠义千秋，风骨凛然，足与文天祥《正气歌》媲美：

> 吁嗟乎！沧海扬尘兮日月盲，神州陆沈兮陵谷崩！藐孤军之屹立兮，呼癸呼庚；予悯此子遗兮，遂息机而寝兵。方壶圆峤兮，聊税驾以埋名；岂神龙鱼服兮，罹彼豫且之罾！予生则中华兮，死则大明；寸丹为重兮，七尺为轻。维彼文山兮，亦羁绁于燕京；黄冠故乡兮，非予心之所欣。欲慷慨以自裁兮，既束缚而严更；学谢公以绝粒兮，奈群谍之相并！等鸿毛于一掷兮，何难谈笑而委形！忆唐臣之嚼齿兮，视鼎镬其犹冰！念先人之浅土兮，忠孝无成；翳嗣子于牢笼兮，痛宗祀之云倾！已矣乎！荀琼、谢玉亦有时而凋零，予之浩气兮化为风霆，余之精魂兮化为日星。尚足留纲常于万祀兮，垂节义于千龄，夫何分孰为国祚兮孰为家声！歌以言志兮，肯浮慕乎箕子之贞；若以拟夫《正气》兮，或无愧乎先生！[2]

---

① 《指南后录》卷1上《过零丁洋》，南宋·文天祥：《文山先生全集》（台北：台湾商务印书馆，1979年11月1版，《四部丛刊正编》影明万历胡应皋邵武刻本），卷14，页295。

② 《放歌》（时甲辰八月七日，书于杭之狱壁），《张苍水集》卷4《采薇吟》，页238～239。

本诗怅忆故国家园，回首峥嵘岁月，抒发壮志豪情，慷慨激昂，堪与屈原《离骚》、岳飞《满江红》同愁。从中可见，身遭家国之痛之张煌言既生为中华人，死则为大明魂，决心以文天祥舍生取义为榜样。篇中煌言更坚信浩气化为风霆而长存，精魂变为日星而不灭。又据全祖望载煌言被押解由鄞至杭时云：

> 有防守卒辛丙者，坐公船首，中夜忽唱苏子卿《牧羊曲》，以相感动。公披衣起曰："汝亦有心人哉！虽然，吾志已定，尔无虑也。"扣舷和之，声朗朗然。歌罢，酌酒慰劳之。而公之渡江也，得无名氏诗于船中，有云："此行莫作黄冠想，静听先生《正气歌》。"公笑曰："此王炎午之后身也。"①

据此知当时有无名氏投诗于船中，劝煌言不可降志辱身，应效文山成仁取义，煌言笑曰："此王炎午之后身也"。王炎午（1252—1324），初名应梅，字鼎翁，号梅边。庐陵安福人。咸淳间补太学生，临安陷，谒文天祥，劝天祥尽毁家产以助军饷，天祥留置幕府，已而以母病归，未几，天祥被执，王炎午作《生祭文丞相》文以励其死②，其忠烈之气概，可与《正气歌》同读。国史评定人物，非但以张煌言媲美文天祥成仁取义，更增王炎午后身之人，乃于此时生祭煌言。

张煌言在杭州狱中，唯求速死，其《贻赵廷臣书》云："是某之忠孝两亏，死难塞责者矣。临难苟免，非我本怀；偷存视息，更何所待！今羁留旅邸，被累宾从，并膺朝金巢炼；以日为年，生不如死。伏冀台下立赐处决，俾某乘风驭气，翱翔碧落；或为明神，或为厉鬼：是诚台下大有造于某也。"③九月初七日，张煌言乘一竹舆，赴杭州弼教坊刑市。遥望凤凰山一带曰："好山色。"口占《绝命诗》："我年适五九，复

---

① 《全祖望集汇校集注·鲒埼亭集》卷9《明故权兵部尚书兼翰林院侍讲学士鄞张公神道碑铭》，页193。

② 南宋·王炎午：《吾汶稿》（上海：上海书店，1986年1月1版，据商务印书馆1936年版《四部丛刊三编》影海盐张氏涉园藏明钞本），卷4《生祭文丞相》，页1～9。

③ 《贻赵廷臣书》，《张苍水集》卷7《外编·遗文》，页273下。

逢九月七。大厦已不支,成仁万事毕。"①遂挺立受刑,罗子木等三人不屈,亦同殉焉。武林张文嘉、甬水万斯大与僧超直葬煌言于西湖南屏山阴。② 吕留良(1629—1683)闻煌言死,设神主牌位以哭,坏墙裂竹,拟于西台之恸。③ 有《九日书感》云:"九日常年话一樽,今年覆斝卧支门。亭隅独下西台泪,岛畔谁招东郭魂。无复鹤猿依正〔统〕,犹凭蛟蜃记华元。腐儒自有伤心处,不共宾僚话旧恩。"④当时建议迁葬煌言墓于南屏山之僧问石《哭大司马》一律云:"素车白马漫相迎,岂是寻常风雨情?龙自逶迤来九曜,人从何处话三生? 苌弘血染丹

---

① 《绝命诗》,《张苍水集》卷 4《采薇吟》,页 240 上。

② 黄宗羲《明兵部左侍郎苍水张公墓志铭》,《黄宗羲全集》第 10 册《南雷诗文集·碑志类》上,页 280。张煌言死后迁葬于西湖南屏山事,据查继佐《罪惟录·诸臣传逸》载:"壬子(康熙十一年,1672 年),杭张仲嘉,名文嘉,以苍水之棺暴石塔西,乃拟改窆,向松场里人曹老买地一角,而怀怗与共事。细检其骨,骨紫绛不枯,入小棺坚致。从死五骸,瓮盛之。遂有投诚海弁,共树大碑于墓前,明书某墓。既葬讫,张、李疑浅露不如以为疑冢,更迁之;于是还券曹,不取其值。曹老焚券,请埋此大碑矿中为世守,比于古人葬衣冠之义。僧问石者,语张、李:苍水诗有'于岳三席'之句,愿承卖主之名,向南屏觅地为一席。于是又潜合石门吕用晦,名光轮、武林沈甸华,名兰先,共觅地于印文□□□□三月襄事,□□□□□□地中书'明大司马苍水张公墓'九字,碑不过尺许。左书'茂才子穆罗公'、右书'侍者贯玉、义从三人'。后书石背:'岁次癸丑(康熙十二年,1673)辰月丁酉午时迁葬于此',共二十八字,字略小。"《罪惟录·志》卷 32《诸臣传逸》,页 1085～1086。

③ 吕留良之子吕葆中所作《行略》云:"甲辰岁,有故人死于西湖,先君为位以哭,坏墙裂竹,拟于西台之恸,已而葬于南屏山石壁下。"见清·吕留良:《吕晚村先生文集·附录·行略》(上海:上海古籍出版社,2002 年 3 月 1 版,《续修四库全书》影清雍正三年天盖楼刻本,第 1411 册),页 58 下。又据郑亦邹《郑成功传》中肯定指出此故人必是张煌言,其云:"又读《吕晚村行略》云:'甲辰岁,有故人死,晚村为位以哭,坏墙裂竹,拟于西台之恸。已而葬于西湖南屏山石壁下。'必煌言矣。"清·郑亦邹:《郑成功传》(台北:台湾银行经济研究室,1960 年 1 月 1 版,《台湾文献丛刊》第 67 种),页 16。

④ 清·吕留良:《吕晚村诗·怅怅集》(上海:上海古籍出版社,2002 年 3 月 1 版,《续修四库全书》影清御儿吕氏钞本,第 1411 册),页 19 上。

枫叶，蜀帝魂归杜宇声。成败莫论今古事，波涛日夜吼长鲸。"①而与煌言有两代世交之黄宗羲《八哀诗》亦云："廿年苦节何人似？得此全归亦称情。废寺醵钱收弃骨，老生秃笔记琴声。遥空摩影狂相得，群水穿礁浩未平。两世雪交私不得，只随众口一闲评。"②三诗悼亡，皆词意凄恻，令人泪下。

综此，张煌言就义西湖乃象征浙东抗清历史之落幕，也是东南沿海抗清之结束；是时海外仅剩台湾郑氏一旅尚存。然张煌言一生大节，杀身成仁、舍生取义，堪足"与文信国并峙千古"③；埋骨西湖又与武穆"同是丹心悬日月"④。缘此之故，道光五年（1825 年）郑乔迁之评曰："从来鼎革之际，殉难者惟胜国为盛，而于四明之产为独多。苍水张公，其尤从容就义者也。……跋涉山海至十有九年，甘丧元湛族而后已，盖自古亡国大夫之所罕觏也。"⑤

总之，《采薇》之吟，乃张煌言甲辰散军之后作，其取伯夷、叔齐义不食周粟，宁入西山采薇，以示不降之节操。七月十七日悬岙被执，即效文山舍身取义。黄宗羲《明兵部左侍郎苍水张公墓志铭》曰：

> 间尝以公与文山并提而论，皆吹冷焰于灰烬之中，无尺地一民可据；止凭此一线未死之人心，以为鼓荡。然而形势昭然者也，人心莫测者也。其昭然者不足以制，其莫测则亦从而转矣。惟两公之心，匪石不可转，故百死之余，愈见光彩。文山之《指南录》、公之《北征纪》，虽与日月争光可也。文山镇江遁后，驰驱不过三载；公丙戌航海、甲辰就执，三度闽关、四入长江，两遭覆没，首尾十有九年。文山经营者，不过闽、广一隅；公提孤军，虚喝中

---

① 《罪惟录·志》卷 32《诸臣传逸》，页 1086。
② 黄宗羲：《南雷诗历》卷 2《八哀诗·张司马苍水》，《黄宗羲全集》第 11 册《南雷诗文集》下，页 261～262。
③ 清·费照《张苍水遗稿跋》，《张苍水集·序》，页 169 下。
④ 清·董懋迁《张苍水集跋》，《张苍水集·序》，页 171 上。
⑤ 清·郑乔迁《奇零草跋》，《张苍水集·序》，页 169 上。

原而下之。是公之所处为益难矣。①

黄宗羲言外之意，张煌言舍生取义，节烈于文山，洵千古完人，垂百世而不朽也。而综观张煌言一生，以反清复明为志业，文事武功，彪炳一时，义胆忠肝，照耀千古，洵为国家之英哲，人间之豪杰，后世称颂为民族英雄，不为过也。

结　语

张煌言洵为国史之完人，其贞忠谋国，取义成仁，实为南明第一人。其道德功业得文山志节与武穆精忠，诚是民族正气、大汉雄风所荟萃。

张煌言今存遗著整体风格，无一不在呈显爱国情怀，全祖望《张尚书集序》云："尚书诗古文词，皆自丁亥以后，才笔横溢，藻采缤纷，大略出华亭一派。明人自公安、竟陵狎主齐盟，王、李之坛，几于阰塞。华亭陈公人中子龙，出而振之，顾其于王、李之绪言，稍参以神韵，盖以王、李失之廓落也。人中为节推于浙东，行其教，尚书之薪传出于此。及在海上，徐都御史闇公故与人中同主社事，而尚书壬午齐年也，是以尚书之诗古文词，无不与之合。"又称"尚书之集，翁洲、鹭门之史事所征也"②，可见张煌言之诗，既是晚明江浙闽海一带抗清之实录缩影，亦是其情志之流露。

张煌言才情高逸，秉性忠义，无论是对自身所经历历史事件之描写，抑是咏怀其慷慨悲壮之人格意志，时而正义凛然，时而沉郁顿挫，皆蕴涵着强烈而悲怆之情感，此种为千古忧之情感动力，遂将忠君爱

---

① 黄宗羲《明兵部左侍郎苍水张公墓志铭》又云："今公已为千载人物，比之文山，人皆信之。余屈身养母，戋戋自附于晋之处士，未知后之人其许我否也？"黄宗羲认为将张煌言比之文天祥，可谓公论；然自比为陶渊明，不知后之人如何评之。《黄宗羲全集》第 10 册《南雷诗文集·碑志类》上，页 286。

② 《全祖望集汇校集注·鲒埼亭集外编》卷 25《张尚书集序》，页 1210。

国之愤慨和亡国离乱之哀痛,一齐反映在其诗作中,便是"其气宏伟而昌高、其词赡博而英多"①,也正因这一强烈情感之流露与抒发,使得煌言虽无意为诗而诗自工,自然无斧凿痕,故在南明诗歌史上创造出爱国诗潮最高峰。

---

① 徐孚远《奇零草序》,《张苍水集·序》,页164。

第八章

结 论

传统诗文评阐述文学风格受时代影响如《毛诗序》所云："治世之音安以乐，其政和；乱世之音怨以怒，其政乖；亡国之音哀以思，其民困。"①此即明显指出诗歌是政治教化之反映，故借由诗歌可以观风问俗，知社会政治良窳。而从文学理论立论：作者创作文学作品乃受所处时代影响，相对地文学作品亦反映其时代特色。海外幾社文学属于南明文学中之一环，更是南明海外抗清最具代表之文学群体。晚明之际已是风雨飘摇、天崩地裂；南明时代，清朝入主中原，汉民族国亡家破，四王抗清更是颠沛流离、蹈海履险。宏观分析南明诗歌之写作动机及类型，可约略归纳为：描写明朝灭亡之创痛，清朝侵逼之悲伤，抗清志节之艰辛，遗民心态之无奈。在此战争离乱社会当中，海外幾社三子诗歌想当然应是衰世之音，充满萧瑟衰敝之气；然而事实刚好与之相反，三子诗所呈显却是慷慨悲壮之气格。

如何解释这种超乎时代文学规律之现象，诚如全祖望《张尚书集序》所指出："古来亡国之大夫，其音必凄楚郁结，以肖其身之所涉历，盖亦不自知其所以然者也。独尚书之著述，噌吰博大，含钟应吕，俨然承平庙堂巨手，一洗亡国之音。故阁公之序，欲以尚书所作而卜崦

---

① 《毛诗序》，清·陈奂：《诗毛氏传疏》（台北：学生书局，1978 年 9 月 1 版 5 刷，影道光二十七年鸿章书局本），卷 1，页 12。

嶬之可返，此其故良有不可解者。"①其实海外幾社三子诗却呈现出雄浑劲健风格，而非凄清悲凉之苦吟。盖长期在东南沿海抗清海外幾社诗人，人人皆以天下为己任，关怀民生经济，积极投入抗清救国行列之中，其"沈星殒气于穷荒绝岛之间，犹能时出其光焰"②，诚"有慷慨奋起之情，而无卑靡挫折之念"③；诗诚为心声，正是他们艰苦卓绝之战斗生活写照，往往直抒胸臆，不假俪辞，少受体裁法度束缚，以故全氏又云："当是时，以蛎滩鳌背为金汤，以鲛人蜑户为丁口，风帆浪楫，穷饿零丁；而司隶威仪，一线未绝，遗臣故吏相与唱和于其间。其遇虽穷，其气自壮，斯其所以为时地之所不能囿耶。"④审此，乃见海外幾社于闽浙沿海从事抗清复国壮举之艰难，而其诗歌主旋律不离爱国与民生之唱。

海外幾社三子生于明万历后期，经历甲申之变，眼见北都、南都相继沦亡。再而飘零海上，流离各岛，坚决抗清，企图匡复明室。然南明抗清处境之难，如计六奇《明季南略自序》中所云：

> 呜呼！有明自南渡以后，小朝廷事难言之矣！当时北都倾覆，海内震惊，即薪胆弥厉，未知终始。乃马、阮之徒，犹贿赂公行，处堂自喜，不逾载而金瓯尽缺，罪胜诛哉！唐藩起闽中，势如危卵，而郑氏以骄奢贪纵辅之，日与鲁藩为难，唇亡齿寒之义谓何！桂藩立粤东，僻处海隅。一逼于成栋，再逼于三王，三逼于孙可望，遁走不常，舟居靡定。是时君不君、国不国矣；虽有瞿桂林留守四载，无济时艰。至于杜允和、李定国辈，益难支矣。若

---

① 清·全祖望撰、朱铸禹校注《全祖望集汇校集注·鲒埼亭集外编》（上海：上海古籍出版社，2000 年 12 月 1 版），卷 25《张尚书集序》，页 1210。

② 姜宸英《奇零草序》，明·张煌言撰、张寿镛编《张苍水集·序》（台北：新文丰出版公司，1988 年 4 月 1 版，《四明丛书》，总第 5 册），页 165。

③ 清·郑溙《奇零草跋》，《张苍水集·序》，页 168 上。

④ 全祖望《张尚书集序》，《全祖望集汇校集注·鲒埼亭集外编》卷 25，页 1210。

成功、煌言出没风涛,徒扰民耳;亦何益乎![1]

故全祖望《徐都御史传》云:"明季海外诸公,流离穷岛,不食周粟以死,盖又古来殉难之一变局也。"[2]此言可谓沉痛之至,亦可综括海外幾社三子之志节:徐孚远一心为国,百折不回,至死不渝,盖不负前志之约。《钓璜堂存稿》为其海外之诗,呈现诗人参赞军机与半隐自耕生命历程,颇见海外遗老之无奈心态。卢若腾退居金门,关心民瘼,老而弥坚;诗中以关怀民生经济为主,谴责不义,不愧其菩萨心肠,其诗则以社会写实诗见长。张煌言北征有王师气象,散军后成仁取义,慷慨壮烈,实国史少有之典范。其诗一派爱国主义主旋律,不断反复咏叹抗清战斗之雄深悲壮的乐章,然诗中却不失传统文人用典深刻、辞藻繁富之风格。再者,因其文学禀赋卓绝,诗才高古,又以忠义自许,在抗清复国中历尽无数生死战斗,诉不尽颠沛流离,慷慨以任气使张煌言不仅是忧时念乱、感慨兴亡之诗人,更是扶倾定危、倒转乾坤之民族英雄。

海外幾社成员其出处大节,实属奋赴国难之志士又兼为流亡海外之遗民[3],当明室既覆,民族濒危,乃能奋起抗清,万死不辞,其生命之归宿,或完志以终、或被俘不屈而死,此国史尊之为民族英雄,如张煌言堪称是此类型之典范。又从流亡海外之遗民观察,当抗清局势日蹙,由南京、浙江、福建不断撤退,最后转进舟山群岛、金厦及台湾,图谋复兴,最终客死海外,其志可嘉,其情可悯。分析海外幾社三子诗人类型,其身份堪称英雄型诗人,而其怀抱又不失为斗士型诗人

---

① 计六奇《明季南略自序》,清·计六奇:《明季南略·自序》(北京:中华书局,1984年12月1版,任道斌等点校本),页1。

② 《全祖望集汇校集注·鲒埼亭集外编》卷12《徐都御史传》,页963。

③ 周全《宋遗民志节与文学》一书中将宋遗民出处行实,分为:(一)属奋赴国难之志士、(二)讲学著述之儒士、(三)啸咏山林之隐士、(四)流亡海外之遗民。见周全:《宋遗民志节与文学》(台北:东吴大学中国学术著作奖助委员会,1991年3月1版),第一章《绪论》,三、宋遗民类述,页29~31。

之人道主义精神。[①] 总结海外幾社三子诗歌特色约略如下。

一、以诗存史,关怀社稷

杜甫诗被推尊为“诗史”,始于孟棨《本事诗》,其云:“杜逢禄山之乱,流离陇蜀,毕陈于诗,推见至隐,殆无遗事,故当时号为‘诗史’。[②]北宋欧阳修等修《新唐书·杜甫传》基本上乃继承《本事诗》之说,认为杜诗“善陈时事”[③]。然而至明末黄宗羲又开展“诗史”之新义,黄宗羲“诗史”之核心在于“以诗补史之阙”这项特质。在丧乱亡国之际,史不备载,诗人关怀社稷民生,血心洒注,苦语难销,发愤以诗,故“史亡而后诗作”,凡可补史料之不及者皆是“诗史”[④]。至于张煌言《奇零草序》所谓“思借声诗,以代年谱”[⑤],乃煌言在国破家亡之际,流离海上,仍自许为杜陵诗史,更效渊明诗题甲子,表达义不降清之心,藉诗歌心声传万古伤心之恨也。

鲁监国六年(顺治八年,1651 年)清人进攻舟山,时张煌言亲身参与这场战役,负责保卫鲁王重责,最后舟山不敌清军强攻而沦陷。张煌言翌年作《翁洲行》追记这场决定鲁政权存亡之悲壮战役,诗中云:“孤城闻警蚤登陴,万骑压城城欲夷;炮声如雷矢如雨,城头甲士

---

① 张健《中国诗人的类型》一文中将中国历来诗人分为十一型,斗士型指有理想、抱负、民胞物与的胸怀者,不肯与世浮沉,在痛苦中仍不忘恕道,在危难中仍处处为世人着想,有真正的人道主义精神。英雄型与斗士型之别,在英雄型为军人或准军人,斗士型则无论文、武,凡坚毅不拔者均属之。张健:《文学概论》(台北:五南图书出版公司,1983 年 11 月 1 版),下编,第二讲《中国诗人的类型》,页 121~130。

② 唐·孟棨:《本事诗》卷 3《高逸》,见丁福保辑《历代诗话续编》(北京:中华书局,1983 年 8 月 1 版,华文实点校本),页 15。

③ 北宋·欧阳修等撰《新唐书》(台北:鼎文书局,1992 年 1 月 7 版,影北京:中华书局校点本),卷 201《文艺上·杜甫传》,页 5738。

④ 黄宗羲《万履安先生诗序》,清·黄宗羲撰、沈善洪主编《黄宗羲全集》(杭州:浙江古籍出版社,1993 年 10 月 1 版),第 10 册《南雷诗文集》上,页 47。

⑤ 张煌言《奇零草序》,《张苍水集》卷 5《冰槎集》,页 254 下。

皆疮痍。云梯百道凌霄起，四顾援师无蝼蚁；裹疮奋呼外宅儿，誓死痛苦良家子。斯时帝子在行间，吴淞渡口凯歌还；谁知胜败无常势，明朝闻已破岩关。又闻巷战戈旋倒，阖城草草涂肝脑；忠臣尽葬伯夷山，义士悉到田横岛。"①此为舟山之陷之叙事史诗，诚为慷慨激烈。

　　徐孚远《送张宫师北伐》记录隆武二年（顺治三年，1646 年）正月，上隆武帝《水师合战之议》及从大学士张肯堂由海道募舟师北征之史事，其诗云："上宰挥金钺，还兵树赤旗。留闽纡胜略，入越会雄师。制阵龙蛇绕，应天雷雨垂。一戎扶日月，群帅奉盘匜。冒顿残方甚，淳维种欲衰。周时今大至，汉祚不中夷。赐剑深鸣跃，星精候指麾。两都须奠鼎，十乱待非黑。烟阁图形伟，殷廷作楫迟。独伤留滞客，落魄未能随。"②惜为郑芝龙所沮，不成行，此史事后世罕知③。此则"欲传万古伤心恨，遗史成时铁作函"④，以诗存史。又《钓璜堂存稿》卷二中连作《挽夏文忠宫允》、《挽宗伯金先生》、《挽文明先生》、

---

　　① 《翁洲行》，《张苍水集》卷1《奇零草》（一），页 196。
　　② 明·徐孚远《钓璜堂存稿》（民国十五年金山姚光怀旧楼刻本），卷 16《送张宫师北伐》，页 8。
　　③ 据全祖望撰《明太傅吏部尚书文渊阁大学士华亭张公神道碑铭》云："丙戌（隆武二年，顺治三年，1646 年）正月，公累疏请兵。诏加少保兼户部工部尚书，总制北征。虽奉旨赐剑，抚镇以下许便宜从事，而不过空言。时公孙茂滋家居，方遣汝应元归省之，而吴淞兵起，夏文忠公允彝、陈公子龙为之魁。汝应元者，雄俊人也，以公命奉茂滋发家财助军，闽中授应元御旗牌总兵官。已而兵败，徐公孚远浮海赴公，而茂滋亦与应元至。为公言：吴淞虽事不克，而败卒犹保聚相望，倘有招之者，可一呼而集。公乃请王自亲征由浙东，而己以舟师由海道抵吴淞，招诸军为犄角，所诏水师之议也。曹文忠公学佺力赞之，谓徼天之幸，在此一举，乃捐饷一万以速其行，且言当乘风疾发。公请以徐公孚远、朱公永佑、赵公玉成参其军，皆故吴淞诸军领袖也。周公之夔则故苏推官，旧与东林有隙者，至是家居，起兵报国甚勇，且熟于海道，故公亦用之。而以平海将军周鹤芝为前军，定洋将军辛一根为中军，楼船将军林习为后军。"《全祖望集汇校集注·鲒埼亭内集》卷10《明太傅吏部尚书文渊阁大学士华亭张公神道碑铭》，页 204～205。
　　④ 《钓璜堂存稿》卷18《题心史》，页 14。

《挽赠太仆何恳人》四公诗传，徐孚远自言"自此四首，彷佛子美《八哀诗》"①，即师法杜甫诗史之精神。②

"诗史"之"善陈时事"绝不仅局限于"陈时事之大者"，更要求诗人记录时代广大基层之生活面，并将历史之哀感顽艳寄寓于诗中。张煌言诗中不乏描写平常事、普通人，这些人或许无从考察其姓名，亦或许是历史长河中最平凡之一员，其虽无法进入正史记载中，然煌言仍用诗以反映其生命苦难，写出其悲惨遭遇与内心辛酸。如《和秦淮难女宋蕙湘"旅壁"韵》云：

> 猎火横江铁骑催，六朝锁钥一时开。玉颜空作琵琶怨，谁教明妃出塞来！③

宋蕙湘，金陵人，弘光朝宫女，年十五，南京既破，为清兵掠去，题诗古汲县前潞王城东旅壁，感慨自己命运似文姬被掳别汉一般。④煌言和诗则由小见大，可知清军破江南，多少生灵涂炭、灭身丧家，多少如宋蕙湘少女被掳出塞，多少玉颜空作琵琶怨。又徐孚远诗中反映义军内部之矛盾冲突，其《闲居》道出自从海外抗清后，亲眼所见强者称雄："势均乃相图，往往互推刃。朝华暮已落，有似缘篱蕣。英人据要津，达士安微命。荣悴各有殊，所愿寡缁磷。"⑤此明争暗斗之种

---

① 《钓璜堂存稿》卷2《挽夏文忠宫允》、《挽宗伯金先生》、《挽文明先生》、《挽赠太仆何恳人》，页4～7。

② 王嗣奭《杜臆》解《八哀诗》云："此八公传也，而以韵语纪之，乃老杜创格，盖法《诗》之《颂》，而称为诗史，不虚耳！"明·王嗣奭：《杜臆》（台北：台湾中华书局，1986年11月2版），卷7《八哀诗》，页235。

③ 《和秦淮难女宋蕙湘"旅壁"韵》，《张苍水集》卷6《外编·遗诗》，页261上。

④ 《张苍水集·附录六》，《人物考略·宋蕙湘》，页413下。宋蕙湘题旅壁诗："风动江空羯鼓催，降旗飘飏凤城开。将军战死君王系，薄命红颜马上来。""广陌黄尘暗鬓鸦，北风吹面落铅华。可怜夜月箜篌引，几度穹庐伴暮笳。""春花如绣柳如烟，良夜知心画阁眠。今日相思浑是梦，算来可恨是苍天。""盈盈十五及笄初，已作明妃别故庐。谁散千金同孟德，镶黄旗下赎文姬。"

⑤ 《钓璜堂存稿》卷3《闲居》其二，页7。

种黑暗现象,似乎是人性利欲熏心与贪婪无知之共相。

张煌言道:自甲申国变以后,清朝入主中国,沿海百姓"十余年来,义旅遍海外,戎服繁兴。海滨遗黎,朝秦暮楚,供亿竭于两国,民力用是益殚"①。永历十三年(顺治十六年,1659 年)与郑成功合攻长江失利后,张煌言自皖南间道回浙,驻节天台缑城。此地之长亭乡,枕山靠海,原为盐碱瘠土,但经当地人民辛勤改造后,已变成膏腴之地。然而,自清军将战火延烧至浙江后,此地堤塘失修,海潮侵袭,辛勤开垦出之沃土复变成沼泽盐碱地,若不及时整治,一旦洪水爆发,不惟田地房屋不保,尚且会危及百姓性命。煌言闻讯惘怅万分,曰:"国事固沧桑矣,而民事宁可缓乎?"②遂在是年冬天,出金五十为倡,鸠工整治,倡议加固旧堤、加高低处。在其带领下,富者出钱,贫者出力,历时三月,于永历十四年(1660 年)春重新筑起海塘。乡人感其恩德,树碑纪念,特地征文于张煌言,煌言乃撰《山头重筑海塘碑记》记其缘起,以解决眼前民生疾苦,当先于政治争夺,要长期抗清应以民为本,即使甲辰散兵,乃在"悯斯民之涂炭"③,可见诗人关怀民生经济之情。

卢若腾在丧乱之时,人心道德崩溃之际,仍一本初衷,以忠厚传家自励,并服膺孔孟之道,乐道人之美,并不因习俗转移而改其常度。人或笑其愚骏,然若腾"君子自信心,礼义无欠亏,虽有流俗谤,辗然付一嗤"④,自许"独有耿介士,不肯灰心血,念念与天知,谁能相毁缺"⑤,可见其自存仁厚之心,面对流俗之毁谤,若腾自问于礼义无亏,则坦然而付之一笑。对儒家之伦理思想,若腾仍视其为立学之宗旨,故对其友林子濩能做到"文章字字关伦理,寤寐时时可往还,识得

---

① 《山头重筑海塘碑记》,《张苍水集》卷 5《冰槎集》,页 245 下。
② 《山头重筑海塘碑记》,《张苍水集》卷 5《冰槎集》,页 245 下。
③ 《贻赵廷臣书》,《张苍水集》卷 7《外编·遗文》,页 273 上。
④ 《感叹》,《岛噫诗》《五言古》,页 11。
⑤ 《识务》,《岛噫诗》《五言古》,页 11。

安身立命处,何妨辛苦寄人间"①,甚为嘉许之,并期勉能共保岁寒。审此,皆源于诗人仁民爱物之胸怀,故"平生多悔事,尤多文字悔,乐道人之善,笔墨无匿彩,所期励姱修,臭味芬兰茝"②,此乃"诗史"精神所寄也。《汉书·艺文志·诗赋略》曾指出乐府诗乃"感于哀乐,缘事而发,可以观风俗、知薄厚"③;而中唐元白新乐府运动,旨在继承杜甫社会写实精神。白居易主张"文章合为时而著,歌诗合为事而作",诗文之创作,主旨乃在"救济人病,裨补时阙"。④ 海外幾社诗人所处之东南沿海政权因坚持抗清,居民长年处于战火之中,实为遭虏祸最烈之地,生民之苦,自卢若腾《老乞翁》一诗可尽知之。诗中主人翁乞喧祖孙原世居滨海之村,因义师不断索饷及胡虏接连打劫,致食衣住无着,甚至为赎回被绑架之亲人而不得不贱卖田园。无食无产之身,尚有各种繁杂赋役临身,眼见无法苟延残喘,故"举家远逃徙,秋蓬不恋根。渡海事行乞,冀可活晨昏"⑤,足见当时百姓极为困顿无依之情景。诗人记离乱南徙之事,周详恻怆;得失废兴之迹,心怀悲悯,故此类诗歌皆为时而作、缘事而发,可以观风俗、知得失也。

二、反对侵略,坚定抗清

　　海外幾社三子反对侵略,坚定抗清,以申夷夏之防为中心思想。卢若腾自谓"士生世上,其可不择所以自处也哉"⑥,于春秋大义、内

---

　　①　《林子濩别后见怀寄诗,次韵酬之,用相勉励共保岁寒》二首其二,《岛噫诗》《七言律》,页37。

　　②　《多悔》,《岛噫诗》《五言古》,页3～4。

　　③　东汉·班固:《汉书》(台北:鼎文书局,1991年9月1版7刷,影北京中华书局点校本),卷30《艺文志·诗赋略》,页1756。其云:"自孝武立乐府而采歌谣,于是有代赵之讴,秦楚之风,皆感于哀乐,缘事而发,亦可以观风俗、知薄厚云。"

　　④　唐·白居易撰、朱金城笺校《白居易集笺校》(上海:上海古籍出版社,1988年12月1版),卷45《与元九书》,页2791～2792。

　　⑤　《老乞翁》,《岛噫诗》《五言古》,页9。

　　⑥　《丘钓矶诗序》,《留庵诗文集》卷下《文集》,页83。

外之防致意最深,故于《林子濩诗序》中推许林濩"严《春秋》夷夏之辨、守《屯爻》不字之贞,富贵功名不以动其心,困穷十稔不以易其节。岂非性植于天,而识克于学者乎? 凡所为诗,皆根心为言,不待外借;行幅之间,生气勃然;盖与《铁函心史》、《晞发集》并为宇内真文字。"①此乃春秋之义不泯于人心也。卢若腾于《又答张煌言书》中期勉张煌言:"外岛兴屯,虑使不易,以弟所见,稠众中尚多有心人;今以田横之客五百,奋臂号召,可使云集响应,因而分奋为雄,未须便弭节荒裔也。"②此时虽面临对抗清局势愈益严峻,但仍坚定抗清志节,怀抱复兴之望,毫不放弃。

华夏衣冠象征汉族文化,故张煌言自道"浮槎非我好,恋恋为衣冠"③。其阐扬夷夏之别当以《秦吉了》禽言诗最具形象魅力,"秦吉了,生为汉禽死汉鸟。塞南、塞北越禽飞,怅望故山令人老。载鸣鸣华音,载飞飞华土;翮折翅垂,夷敢我侮! 生当为凤友,死不作雁奴;我自名禽不可辱,莫待燕婉生胡雏!"④诗中宣誓生为汉民族,死当为汉魂,绝对抗清到底。

年号纪岁是正统之象征,故后人歌颂陶渊明耻事二姓,一心忠晋,称其"甲子不数义熙前"⑤。监国二年(永历元年,顺治四年,1647年)十月,鲁王颁监国三年历于海上,监国三年张煌言《和肃虏侯黄虎

① 《林子濩诗序》,《留庵诗文集》卷下《文集》,页 86。
② 《又答张煌言书》,《留庵诗文集》卷下《文集》,页 82。
③ 《岛居八首》其六,《张苍水集》卷 3《奇零草》(三),页 227 上。
④ 《秦吉了》,《张苍水集》卷 1《奇零草》(一),页 196。
⑤ 北宋·黄庭坚撰、任渊等注《黄庭坚诗集注·山谷外集诗注》(北京:中华书局,2003 年 5 月 1 版,刘尚荣校点本),卷 2《次韵谢子高读渊明传》,页 796。此说法乃自《宋书·隐逸·陶潜传》:"潜弱年薄宦,不洁去就之迹。自以高祖晋世宰辅,耻复屈身后代,自高祖王业渐隆,不复肯仕。所著文章,皆题其年月。义熙以前,则书晋氏年号,自永初以来唯云甲子而已。"南朝梁·沈约:《宋书》(台北:鼎文书局,1990 年 7 月 6 版),卷 93《隐逸·陶潜传》,页 2288~2289。按唐·李延寿《南史·隐逸上·陶潜传》亦全引此说,见唐·李延寿:《南史》(台北:鼎文书局,1991 年 4 月 7 版),卷 75《隐逸上·陶潜传》,页 1858~1859。

痴承制颁历韵》云："骏驭遥巡断赭鞭，孤臣频岁纪星躔。晓筹冷落鸡人唱，寒管惊回龙子眠。旧放梅花知汉腊，新添蓂叶是尧年。义熙何用陶潜载，日月中天正朗悬。"①尧年舜日是天下太平之期盼，陶渊明以遗民身份，甲子不书义熙前，是对新朝消极抵抗，张煌言认为唯有反对侵略，坚定抗清意志，大汉民族才有出路。即使到抗清尾声，散军之年，永历十八年（康熙三年，1664 年）元旦，在江花岛树，海日晴开，万象更新之际，亦云"正朔应非尧甲子，孤军犹是汉威仪"，持节海峤悬岛，只有"且凭玉历辨华夷"。② 七月，被执押解回杭州，作《将入武陵二首》，明白指出"生比鸿毛犹负国，死留碧血欲支天！忠贞自是孤臣事，敢望千秋青史传！"③可见孤臣心中只在"忠贞"二字，个人生命轻如鸿毛，若能为世道人心之正义，尽瘁报国，虽死亦足矣。

清朝占领中国，夷狄之入华夏也，张煌言《追往八首》其三描写"长驱胡骑几曾经，草木江南半带腥"④，乃见无尽之兵燹，残酷之杀戮，连春风十里之江南，也陷入一片战火硝烟之中。永历十五年（顺治十八年，1661 年）八月十三日，清廷下迁海令，寻自辽东至广东，近海居民各移内地三十里。卢若腾《虏迁沿海居民》描写迁海令残害沿海百姓，"天寒日又西，男妇相扶携。去去将安适，掩面道傍啼。胡骑严驱遣，克日不容稽。务使滨海上，鞠为茂草萋。富者忽焉贫，贫者谁提撕。欲渔无深渊，欲耕无广畦。内地忧人满，妇姑应勃溪。聚众易生乱，矧为饥所挤"⑤清廷防海如防边，沿海百姓燔宅舍、焚积聚、伐树木、荒田地，妇泣婴啼，流民塞路，民死过半，惨不可言。卢若腾盼豪杰趁机起事，拯其于水火。而张煌言《辛丑秋，虏迁闽浙沿海居

---

① 《和肃虏侯黄虎痴承制颁历韵》，《张苍水集》卷 1《奇零草》（一），页 191。

② 《甲辰元旦》，《张苍水集》卷 6《外编·遗诗》，页 261 下。

③ 《将入武陵二首》其一，《张苍水集》卷 4《采薇吟》，页 238。

④ 《追往八首》其三，《张苍水集》卷 1《奇零草》（一），页 203。

⑤ 《虏迁沿海居民》，李怡来编《留庵诗文集》（金门：金门县文献委员会，1969 年 9 月 1 版），卷上《诗集·五言古》，页 16。

民；壬寅春，余舣棹海滨，春燕来巢于舟，有感而作》：

> 去年新燕至，新巢在大厦；今年旧燕来，旧垒多败瓦。燕语
> 问主人，呢喃语盈把。画梁不可望，画舰聊相傍；肃羽恨依栖，衔
> 泥叹飘扬。自言昨辞秋社归，比来春社添恶况；一片藤芜兵燹
> 红，朱门那得还无恙。最怜寻常百姓家，荒烟总似乌衣巷。君不
> 见晋室中叶乱五胡，烟火萧条千里孤；春燕巢林木，空山啼鹧
> 鸪。只今胡马复南牧，江村古木窜鼪鼯；万户千门空四壁，燕来亦随
> 墙上乌。海翁顾燕三太息，风帘雨幔胡为乎？①

诗中以充满文学性之感伤，带出国破家亡，任人宰割之悲痛。

鲁监国二年（顺治四年，1647 年）四月，清军攻下福建之海口镇，参谋林学舞、总兵赵牧殉难，徐孚远《海口城陷哭赵侠侯》有"意气凌云枕玉戈，银章绿鬈壮颜酡。胡尘一夜吹春草，毅魄千秋拥碧波"之句②，歌颂赵牧奋勇杀敌，无奈敌众我寡，城陷之后，投海殉国；因作诗以告慰英灵。

监国四年（1649 年）九月，定西侯张名振迎鲁王还浙，次舟山，十月，鲁王复授其为左金都御史，并特颁敕奖劳，令主事万年英赍赴军前，命其与勋臣郑鸿逵、国姓郑成功，协图匡复，迅扫胡氛。③ 徐孚远乃作《受事赠言》展现"鹰秋方展翮，骥老便长途。冯客屡迁舍，齐庭更别竽。雷同羞苟得，拂拭启良图。叱驭分夷夏，酌泉试有无。矢心终带发，此腹不藏珠"④，可见其矢志全发，并以秋鹰展翮，老骥长途自喻，足见其志恪勤王，扫除残虏之心。即使已近半百之年，"乘槎常效南冠哭，避地终怀北阙心"⑤，更见其孤忠亮节。然而对于抗清意志不坚者，则大加挞伐，谓其"如何秉麾者，各自矜胸臆。所适迷其

---

①　《辛丑秋，虏迁闽浙沿海居民；壬寅春，余舣棹海滨，春燕来巢于舟，有感而作》，《张苍水集》卷 3《奇零草》（三），页 234。

②　《钓璜堂存稿》卷 12《海口城陷哭赵侠侯》其二，页 18。

③　《徐闇公先生年谱》，页 35。

④　《钓璜堂存稿》卷 16《受事赠言》，页 13。

⑤　《钓璜堂存稿》卷 13《传安昌自瀸海北归》，页 5。

方,意南而更北",感慨"蹈海虽可奇,柱天无由力"。① 徐孚远《秋尽》又云:

> 秋尽萧骚风浪颠,眼观人事亦如然。归朝无计肠千转,耕野多闲手一编。每诵王言悲世难,暂开仕版愧官迁。此生已分烟霞老,看取松筠晚节坚。②

徐孚远书生报国,晚节弥坚,虽是半隐孤岛,却心怀抗清大业。复如其《地轴》云:

> 地轴倏已倒,淳维窃尊号。避居十四年,徒为世所笑。浪中鱼龙翻,谷里猿狄叫。相识眼前希,秉旄皆已傲。造门脑我颜,中坐仍自悼。所以流寓人,去之迹若扫。伊余尚逡巡,犹然槎上钓。悠悠日月驰,冉冉齿发耄。几时钧天游,震雷呼未觉。移山志不移,愚公乃大巧。③

徐孚远自隆武二年(顺治三年,1646年)八月入海,避居海上十四年,此时年已逾六十,在厦门依郑,鲁郑联军仍奋战不懈,诗人虽身老沧海,但恢复之心,如愚公移山之志坚不能改。再者,徐孚远自蹈海之后,已抱定为国捐躯之决心,故能做到镇静自若,如其于《粤信至感怀》诗中即表明自己心迹:

> 久住颜真脑,推车未有期。生涯随瘴疠,死路总亲知。骨朽名焉用,神伤志不移。虽然无一就,所执亦非痴。(其一)

> 余生真可厌,必死反忘危。主圣天当佑,臣孤命未知。百王区宇尽,一节日星随。沧海非全地,三闾是我师。(其二)④

云淡风轻之一句"必死反忘危",诚有万钧之力,宣誓其抗清之心志。而其《北望》则云:"献岁出传王气开,孤臣回看重徘徊。中原貔

---

① 《钓璜堂存稿》卷3《杂诗》,页18。
② 《钓璜堂存稿》卷15《秋尽》,页19。
③ 《钓璜堂存稿》卷4《地轴》,页27。
④ 《钓璜堂存稿》卷11《粤信至感怀》,页18。

虎今谁在,惟有楼船海上来。"①显现海上孤臣冀盼恢复中原之殷。
徐孚远虽漂泊海外,仍正义凛然,百折不回,其《海居》云:"三山渺渺
水溅溅,日月衣冠又一天,不是六鳌相拄得,便流西极已多年。"②即
使南明抗清运动屡屡败退,不断转进,但只要东南沿海衣冠一丝尚
存,则复国有望。

反对侵略,在国亡家破之际,只有坚定抗清一途,张煌言虽"仗剑
浮身几度秋,关河遍誓客孤舟,一尊酒尽千山晓,七字诗成华谷讴",
但更激励自己"浩气填胸星月冷,壮怀裂发鬼神愁,龙池一日风云会,
汉代衣冠旧是刘"。③ 三入长江后,定西侯张名振卒,遗言以所部付
煌言,其军始盛,永历十年(1656 年)其《舟行阻风,口号二首》其二更
云:

　　敕水鞭潮势自雄,此身原不畏蛟龙;明朝鹢首还东指,禁得
　　谁传万里风!④

所谓英雄不气短,当愈挫愈勇,张煌言在舟山再陷后,"军于天
台,是冬,军于闽之秦川"⑤;前年郑成功贻书谋大举,乃计划北伐金
陵,故有明朝鹢首东指,谁禁万里长风之气概。即使在永历十五年
(1661 年)抗清局势最严峻之际,其《辛丑长至,舟次祝圣二首》其二
亦云:

　　岁华方剥极,何意泰重来! 国脉真如线,天心亦似灰。山呼
　　愁节朒,海宴待槎回! 赖有黄钟动,梅花雪自开。⑥

冬至是一年四季中最寒冷之时节,然而阴极阳复,亦是春回大地

① 《钓璜堂存稿》卷 18《北望》,页 15。
② 《钓璜堂存稿》卷 18《海居》,页 6。
③ 《海上二首》其一,《张苍水集》卷 6《外编·遗诗》,页 258。
④ 《舟行阻风,口号二首》其二,《张苍水集》卷 2《奇零草》(二),页 213。
⑤ 《全祖望集汇校集注·鲒埼亭集》卷 9《明故权兵部尚书兼翰林院侍讲学士鄞张公神道碑铭》,页 183。
⑥ 《辛丑长至,舟次祝圣二首》其二,《张苍水集》卷 3《奇零草》(三),页234。

之起点。张煌言从此一自然现象中受到启示和鼓舞。义师们虽然清醒地意识到抗清形势已越来越艰难，但并不因此而悲观绝望，相信形势最危急的时刻，转机也即将出现。同时，他们也绝不愿因现实环境恶化而改变自己之节操，有如傲雪而开的梅花，在苦寒中更显示出其铁骨冰心。

三、海洋文学，哀悯苍生

在反清复明大业中，海外幾社成员行踪，大都以海外岛屿为抗清基地，在明朝丧乱之后，铺天盖地而来之兵燹不断，浙闽海上英豪势力群起，海洋文学与岛屿战斗文学亦因此而大规模浮现。南明之知识分子，基于民族大节，投入抗清行列，海上岛屿沦为战场，横被战祸，诗人身履灾难现场，目击刻画，议论反思，形塑其海洋悲情。故海上征战频仍、沿海遍地烽火，造成之生民极度灾祸之书写，是此期海洋文学最大特征。海外幾社成员文武相兼，兵戈之声及遗民心态双重交织，编成一页旷古绝今之惨烈史诗。在此之际，诗人忧怀天下，为民族文化存亡而奋战不息，诗格气韵随战斗人生而盘旋直上，心境与海界同开眼。

乱世烽火中是隐是战，难免令人歧路忘机，如张煌言《寒山》云：

寒山一息影，歧路总忘机。敢望充藜藿，其如断蕨薇！徘徊贪有发，惆怅赋无衣。此地兼烽火，孤踪何所依！①

一生追随鲁王，飘零海上之孤臣张煌言，转战海疆，并一度与郑成功成为闽浙劲旅，其诗篇中常见在风舟浪帆之间，战鼓频催，产生许多历史兴亡与时不待人之感。但其《岛居八首》则是煌言人在海上，志在恢复，纵使江山多娇，亦不及恢复华夏之使命重要。其一表达抗清英雄之犹豫："天地劳何甚，空山足息机；玄黄悲鼎沸，苍莽看帆飞。误世芙蓉剑，撩人薜荔衣；迷途知未远，还复卧凫矶？"②其六

---

① 《寒山》，《张苍水集》卷3《奇零草》（三），页228。
② 《岛居八首》其一，《张苍水集》卷3《奇零草》（三），页226。

则明示入世胸怀："浮槎非我好，恋恋为衣冠。豫让桥应近，田横岛正宽。芦中长磬折，坏上独盘桓。虽未成嘉遁，人呼管幼安。"①然而时势日下，战争残酷，有沧海桑田之变，如舟山是为浙东鲁王反清根据地，在反复易地攻防之争中，让一代英雄徒留"谁与海翁争地主，到来却让白鸥闲"之叹②。在桂王昆明遇难，李定国殉国之后，郑成功卒于台湾、鲁王复病逝于金门，在十九载飘零岁月之后只有散军，隐于悬岙。作为当时天下闻名之抗清领袖，张煌言作出如此抉择，自会引来误解，或猜测其"散兵在先、归隐恐后，可以觊觎赊死"。对此，煌言坦率而又挚诚剖白："殊不知散兵者，悯斯民之涂炭；归隐者，念先世之暴荒。……原非隐忍偷生，自留赊死。"③煌言为不重困一方之民，业已将个人得失毁誉，置之度外矣。

　　清朝占领中土，汉民族国亡家破，清廷为消灭反清政权，漫天烽火，处处兵燹，东南沿海地区社会失序，强盗掳掠，兵连祸结，实分不出盗贼与义师之别。张煌言《舴艋行》写实载录海盗肆虐下之百姓心声，记录烽火战乱中置身海隅之真实处境：

　　　　乘舴艋、载艅艎，桴钲挝鼓走风樯。满船儿郎抹额黄，人言若辈真鹰扬，饥则攫人饱则扬。江村鸡犬绝鸣吠，老稚吞声泣道旁：罄我瓶中粟，使我朝无粮；断我机上苎，使我暮无裳。我亦遗民事耕织，当身不幸见沧桑。入海畏蛟龙，登山多虎狼；官军信威武，何不恢城邑，愿输夏税贡秋粮！④

　　可见战乱并不仅止于改朝换代时之兵锋相对，社会秩序之崩坏亦让海盗有机可乘。而争战频仍之区，时则兵匪不分，强夺民生，生活物资往往被洗劫一空。

　　黎民百姓遭盗所贼乃司空见惯，更甚者，连落难鲁王亦不得免，

---

① 《岛居八首》其六，《张苍水集》卷3《奇零草》(三)，页227。
② 《舟山感旧四首》其二，《张苍水集》卷2《奇零草》(二)，页216。
③ 《贻赵廷臣书》，《张苍水集》卷7《外编·遗文》，页273。
④ 《舴艋行》，《张苍水集》卷1《奇零草》(一)，页206。

其《闻监国鲁王以盗警奔金门所》诗道："挥泪东南信，初闻群盗狂；扁舟哀望帝，匹马类康王。流寓终何限，依斟倘不妨！只今谋税驾，天地已沧桑。"①山河失序，兵燹与人祸交加，天地何止变色，人事如何不沧桑悲哀。如此地天崩地裂，社会必然解组，经济于是崩溃，生民焉不困顿，百姓无不遭殃。

覆巢之下岂有完卵，海外抗清更是人事沧桑，徐孚远《海上产一男，名之曰更生》云："投老婆娑得更生，传经何处未分明。他年诗稿应收取，好到江南问姓名。"②海上因有新生命诞生而带来喜悦，然此儿生不三月即殇，旋生旋死，益凸显战火下生命之无常。另《清明》诗云："清明上巳正同时，不见江南杨柳枝。长男幼女皆黄土，孤身万里泪成丝。"③显现兵燹战火下，家破人亡之惨剧。

当大多数明遗民企图恢复汉室之时，亦有部分有识之士开始深思偏安保境，寻求和平之道，卢若腾于永历十八年（1664 年）东渡澎湖，其《东都行》前半乃写台湾地理风土；后半则写郑成功驱荷入台，采取安定息兵之态度，诗末云："相期适乐土，受廛各为氓。而今战血溅，空山磷火盈。浯岛老杞人，听此忧惇惇。到处逢杀运，何时见息兵？天意虽难测，人谋自匪轻。苟能图匡复，岂必务远征。"④诗人之灵魂最为纯净，处处流露和平思想。

再者，卢若腾《岛噫诗》亦不乏对乱世中移民社会冲突情形之实录，实上继杜甫《三吏》、《三别》社会写实诗传统，如其《甘蔗谣》谴责郑彩所属部队军纪败坏，官兵强取岛民甘蔗；《抱儿行》更指陈兵卒强入民房抱走小孩，勒索赎金之恶行；《田妇泣》则描述岛民经兵丁横暴之余，复遭兵妇欺凌剥夺簪珥衣裳。另一方面，卢若腾对新来移民之

---

① 《闻监国鲁王以盗警奔金门所》，《张苍水集》卷 3《奇零草》（三），页 228。
② 《钓璜堂存稿》卷 18《海上产一男，名之曰更生》，页 14。
③ 《钓璜堂存稿》卷 18《清明》，页 13。
④ 《东都行》，《留庵诗文集》卷上《诗集·五言古》，页 12。

遭遇亦深表同情,如《将士妻妾泛海,遇风不任眩呕,自溺死者数人;作此哀之》一诗,乃伤悼将士妻妾泛海,遇风不堪眩呕而竟至自溺之时代悲剧,其《海东屯卒歌》更唱出海外移民与农民屯卒初到台湾之悲歌。

当明季流贼攻陷北都,神州陆沉,清朝再下南都,江南遍地狼烟,海外几社三子起义帜于江东、聚兵南海,抱孤贞奔走海外,无日不以戮力中原为念,以故三入长江,北伐南京,不幸未竟其功,卒不能申中兴之志,以至流离困苦,或舍身、或投老而卒于海峤。审此,海外几社属积极投入抗清战斗行列之文人团体,社人宁作海外遗民,志不降清,其躬遭国恤,漂泊海隅,冒难持危,赍志以没,可见忠义抗节之行。诚如屈大均《黎太仆集序》中云:"自申酉以来,天下贤大夫之死国者类多文士,非文士之能死国也,其所以为文者,固有以异乎人也。是故天能丧其人,而不能丧其文,其文盖无物足以尚之。"①文中"其所以为文者"乃指明清之际抗清完节者之民族气节;其人尽怀杀身成仁之志,是皆有补于人伦;其诗文充满民族气节,贯注作者之真实感情,所以具有传之久远的"诗史"价值。

总之,海外几社三子自大陆到海洋,历兵燹,睹人祸,慷慨任气,造怀指事,诗格一洗公安、竟陵卑弱习气。其诗旨在备述民生疾苦、关心社稷安危与国家存亡,堪称与杜甫"诗史"精神一脉相承,故能振民族之精神,扬芬芳于异代也。

① 清·屈大均撰、欧初等编《屈大均全集·翁山文外》(北京:人民文学出版社,1996 年 12 月 1 版,第 3 册),卷 2《黎太仆集序》,页 54。

参考文献

海外幾社三子诗文集

（按书名笔画排序）

书　名	作　者	出版社
交行摘稿	明·徐孚远	台北：艺文印书馆，1968 年 1 版，《百部丛书集成》影清吴省兰辑《艺海珠尘》本
岛噫诗	明·卢若腾	台北：台湾银行经济研究室，1968 年 5 月 1 版，《台湾文献丛刊》第 245 种
岛噫诗校释	明·卢若腾撰、吴岛校释	台北：台湾古籍出版公司，2003 年 3 月 1 版
留庵诗文集	明·卢若腾撰、李怡来编	金门：金门县文献委员会，1969 年 9 月 1 版
张忠烈公集	明·张煌言撰、清·傅以礼编	上海：上海古籍出版社，2002 年 3 月 1 版，《续修四库全书》影清傅氏长恩阁钞本
张苍水先生专集	明·张煌言撰、张行周编	台北：台北宁波同乡月刊社，1984 年 11 月 1 版
张苍水全集	明·张煌言、周冠明等编	宁波：宁波出版社，2002 年 7 月 1 版

张苍水集	明·张煌言撰、张寿镛编	台北:新文丰出版公司,1988 年 4 月 1 版,《四明丛书》本
张苍水集	明·张煌言	上海:上海古籍出版社,1985 年 10 月新 1 版
张苍水诗文集	明·张煌言	台北:台湾银行经济研究室,1962 年 6 月 1 版,《台湾文献丛刊》第 142 种
钓璜堂存稿	明·徐孚远	民国十五年金山姚光怀旧楼刻本

经籍类

(按书名笔画排序)

十三经注疏整理本	李学勤主编	台北:台湾古籍出版公司,2001 年 1 月 1 版
五灯会元	南宋·释普济编	北京:中华书局,1984 年 10 月 1 版,苏渊雷点校本
老子正诂	高亨正诂	台北:新文丰出版公司,1981 年 1 月 1 版影 1940 年 6 月重定本
孟子正义	清·焦循正义	北京:中华书局,1987 年 10 月 1 版,沈文倬点校本
春秋左传注	杨伯峻编著	北京:中华书局,1990 年 5 月 2 版,修订本
淮南鸿烈集解	汉·刘安撰、刘文典集解	合肥:安徽大学出版社,1998 年 8 月 1 版,殷光熹点校本
庄子集释	清·郭庆藩集释	北京:中华书局 1961 年 7 月 1 版,1993 年 3 月 6 刷,李孝鱼点校本
景德传灯录	北宋·释道原编	台北:台湾商务印书馆,1981 年 2 月 1 版,《四部丛刊广编》影宋刻本
诗毛氏传疏	清·陈奂疏	台北:学生书局,1978 年 9 月 1 版 5 刷,影道光二十七年鸿章书局本
论语正义	清·刘宝楠正义	北京:中华书局,1990 年 3 月 1 版,高流水点校本

历史类

二十五史之部（按时代排序）

史记会注考证	西汉·司马迁撰、日·泷川龟太郎考证	台北：洪氏出版社，1983 年 10 月 2 版
汉书	东汉·班固	台北：鼎文书局，1991 年 9 月 7 版
后汉书	刘宋·范晔	台北：鼎文书局，1991 年 9 月 6 版
三国志	西晋·陈寿	台北：鼎文书局，1991 年 4 月 7 版
晋书	唐·房玄龄等	台北：鼎文书局，1992 年 11 月 7 版
宋书	南朝梁·沈约	台北：鼎文书局，1990 年 7 月 6 版
南史	唐·李延寿	台北：鼎文书局，1991 年 4 月 7 版
隋书	唐·魏征等	台北：鼎文书局，1990 年 7 月 6 版
旧唐书	后晋·刘昫等	台北：鼎文书局，1992 年 5 月 7 版
新唐书	北宋·欧阳修等	台北：鼎文书局，1992 年 1 月 7 版
宋史	元·脱脱等	台北：鼎文书局，1991 年 2 月 7 版
明史	清·张廷玉等撰	台北：鼎文书局，1991 年 5 月 5 版
清史稿	赵尔巽等撰	北京：中华书局，1977 年 8 月 1 版

编年史、史论、其他（按书名笔画排序）

廿二史札记校证	清·赵翼撰、王树民校证	北京：中华书局，1984年1月1版，2005年1月3刷，订补本
文史通义校注	清·章学诚著、叶瑛校注	北京：中华书局，1985年5月1版
日知录集释	明·顾炎武著、黄汝成集释	上海：上海古籍出版社，2006年12月1版，奕保群等校点本
宋论	清·王夫之	北京：中华书局，1964年4月1版，舒士彦点校本
御批历代通鉴辑览	清高宗敕撰	台北：新兴书局，1959年10月1版，影同文版
战国策	西汉·刘向集录	上海：上海古籍出版社，1998年3月2版
读通鉴论	清·王夫之	北京：中华书局，1975年7月1版，2002年6月5刷，舒士彦点校本

明清史料、方志、笔记（按书名笔画排序）

人海记	清·查慎行	上海：上海古籍出版社，2002年3月1版，《续修四库全书》影清咸丰元年小娜嬛山馆刻本
大清世祖章皇帝（顺治）实录	清·巴泰等修	台北：华文书局，1964年9月1版
大清圣祖仁皇帝（康熙）实录	清·马齐、张廷玉等修	台北：华文书局，1964年9月1版
小腆纪年	清·徐鼒	台北：台湾银行经济研究室，1962年11月1版，《台湾文献丛刊》第134种

小腆纪年附考	清·徐鼐	北京：中华书局，1957 年 5 月 1 版，王崇武校点本
小腆纪传	清·徐鼐	台北：台湾银行经济研究室，1963 年 7 月 1 版，《台湾文献丛刊》第 138 种
四友斋丛说	明·何良俊	北京：中华书局，1959 年 4 月 1 版，1997 年 11 月 3 刷
永历实录	清·王夫之	长沙：岳麓书社，1996 年 2 月 1 版，1998 年 11 月 2 刷，《王船山全集》第 11 册
行在阳秋	不著撰者	台北：台湾银行经济研究室，1967 年 8 月 1 版，《台湾文献丛刊》第 234 种
幸存录	明·夏允彝	台北：台湾银行经济研究室，1970 年 9 月 1 版，《台湾文献丛刊》第 235 种
所知录	清·钱澄之	合肥：黄山书社，2006 年 12 月 1 版，诸伟奇校点本
明末江阴守城纪事	清·韩菼等撰、徐华根编	上海：上海古籍出版社，2007 年 1 月 1 版，《江阴文史丛书》本
明末张忠烈公煌言年谱	清·赵之谦编	台北：台湾商务印书馆，1978 年 3 月 1 版
明季北略	清·计六奇	北京：中华书局，1984 年 6 月 1 版，魏得良、任道斌点校本
明季南略	清·计六奇	北京：中华书局，1984 年 12 月 1 版，任道斌、魏得良点校本
明徐闇公先生孚远年谱	陈乃乾、陈洙纂辑	台北：台湾商务印书馆，1980 年 11 月 1 版
明清上海稀见文献五种	明·李绍文等撰	北京：人民文学出版社，2006 年 8 月 1 版，刘永翔等校点本

明清台湾档案汇编	台湾史料集成编辑委员会编	台北:远流出版事业公司,2004 年 3 月 1 版
明清遗书五种·忠义录	清·朱溶	北京:北京图书馆出版社,2006 年 11 月 1 版
明遗民录汇辑	谢正光、范金民编	南京:南京大学出版社,1995 年 7 月 1 版
东山国语	清·查继佐	台北:台湾银行经济研究室,1963 年 2 月 1 版,《台湾文献丛刊》第 163 种
东林本末	明·吴应箕	台北:艺文印书馆,1971 年 3 月 1 版,《百部丛书集成》影《贵池先哲遗书》本
东林列传	清·陈鼎编著	台北:新文丰出版公司,1975 年 11 月 1 版
东林始末	清·蒋平阶	扬州:江苏广陵刻古籍印社,1994 年 8 月 1 版,影清道光十一年六安晁氏《学海类编》本
东林书院志	清·高廷珍等辑	台南县:庄严文化事业公司,1996 年 8 月 1 版,《四库全书存目丛书》影清雍正十一年刻本
东林书院志	清·高廷珍等辑	台北:广文书局,1968 年 7 月 1 版,影光绪七年重刻雍正本
东林书院志	清·高廷珍等辑	北京:中华书局,2004 年 10 月 1 版,《东林书院志》整理委员会点校本
东林与复社	诸家合刊	台北:台湾银行经济研究室,1968 年 12 月 1 版,《台湾文献丛刊》第 259 种
东南纪事	清·邵廷采	台北:台湾银行经济研究室,1961 年 1 月 1 版,《台湾文献丛刊》第 35 种

东华录	清·蒋良麒	济南：齐鲁书社，2005 年 5 月 1 版，鲍思陶等点校本
松下杂录	不著撰者	台北：台湾商务印书馆，1916 年 8 月 1 版，1967 年 11 月 1 版，《涵芬楼秘笈》本
松江府志	清·孙星衍等纂	台北：成文出版社，1970 年 5 月 1 版，影嘉庆二十二年刊本
社事始末	清·杜登春	台北：艺文印书馆，1968 年 1 版，《百部丛书集成》影清吴省兰辑《艺海珠尘》本
金门志	清·林焜熿	台北：台湾银行经济研究室，1960 年 10 月 1 版，《台湾文献丛刊》第 80 种
金门·马祖地区现存碑碣图志	何培夫主编	台北："中央"图书馆台湾分馆，1999 年 6 月 1 版
金门县志	左树夔修、刘敬纂	北京：九州出版社，2004 年 12 月 1 版，《台湾文献汇刊》影 1921 年钞本，第 5 辑，第 1—2 册
金门县志	陈汉光等修	金门：金门县文献委员会，1967 年 2 月 1 版
金门县志	郭尧龄等修	金门：金门县文献委员会，1979 年 6 月 1 版
金门县志	郭尧龄等修	金门：金门县政府，1992 年 1 版
南天痕	清·凌雪	台北：台湾银行经济研究室，1960 年 6 月 1 版，《台湾文献丛刊》第 76 种
南吴旧话录	清·李延昰	台北：广文书局，1971 年 8 月 1 版
南明史料	周宪文等编	台北：台湾银行经济研究室，1963 年 5 月 1 版，《台湾文献丛刊》第 169 种

南明野史	清·三余氏	台北:台湾银行经济研究室,1960 年 11 月 1 版,《台湾文献丛刊》第 85 种
南疆绎史	清·李瑶恭	台北:台湾银行经济研究室,1962 年 8 月 1 版,《台湾文献丛刊》第 132 种
泉州府志	清·怀荫布修、郭赓武等纂	上海:上海书社,2000 年 10 月 1 版,《中国地方志集成·福建府县志辑》影清光绪八年补刻本
重修台湾省通志	刘宁颜等纂	南投市:台湾省文献委员会,1994 年 6 月 1 版
香祖笔记	清·王士禛	上海:上海古籍出版社,1982 年 12 月 1 版,湛之点校本
岛夷志略校释	元·汪大渊著、苏继庼校释	北京:中华书局,1981 年 5 月 1 版
徐闇公先生年谱	陈乃乾、陈洙纂辑	台北:台湾银行经济研究室,1961 年 10 月 1 版,《台湾文献丛刊》第 123 种
晋江县志	清·方鼎等修、朱升元等纂	台北:成文出版社,1967 年 2 月 1 版,影乾隆三十年刊本
海上见闻录	清·阮旻锡	台北:台湾银行经济研究室,1958 年 8 月 1 版,《台湾文献丛刊》第 24 种
海东札记	清·朱景英	台北:台湾银行经济研究室,1958 年 5 月 1 版,《台湾文献丛刊》第 19 种
海东逸史	清·翁洲老民	台北:台湾银行经济研究室,1961 年 4 月 1 版,《台湾文献丛刊》第 99 种
海纪辑要	清·夏琳	台北:台湾银行经济研究室,1958 年 6 月 1 版,《台湾文献丛刊》第 22 种
海滨大事记	林绳武	台北:台湾银行经济研究室,1965 年 6 月 1 版,《台湾文献丛刊》第 213 种

浙东纪略	清·徐芳烈	台北：台湾银行经济研究室，1968 年 3 月 1 版，《台湾文献丛刊》第 268 种
国榷	清·谈迁	北京：中华书局，1958 年 12 月 1 版，2005 年 8 月 3 刷，张宗祥校点本
常熟县志	清·杨振藻等修、钱陆灿等纂	南京：江苏古籍出版社，1991 年 6 月 1 版，《中国地方志集成·江苏府县志辑》影康熙二十六年刻本
张溥年谱	蒋逸雪	上海：商务印书馆，1946 年 8 月 1 版
从征实录	明·杨英	台北：台湾银行经济研究室，1958 年 11 月 1 版，《台湾文献丛刊》第 32 种
清代台湾档案史料全编	天龙长城文化艺术公司编	北京：学苑出版社，1999 年 7 月 1 版
清代台湾关系谕旨档案汇编	台湾史料集成编辑委员会编	台北：行政院文化建设委员会、远流出版事业公司，2004 年 10 月 1 版
清史列传	不著撰人	北京：中华书局，1987 年 11 月 1 版，王钟翰点校本
清朝柔远记选录	清·王之春	台北：台湾银行经济研究室，1961 年 9 月 1 版，《台湾文献丛刊》第 126 种
清稗类钞	徐珂	北京：中华书局，1984 年 12 月 1 版，2003 年 8 月 3 刷
野史无文	清·郑达	台北：台湾银行经济研究室，1965 年 4 月 1 版，《台湾文献丛刊》第 209 种
尊攘略	清·钱肃图	北京：九州出版社，2004 年 12 月 1 版，《台湾文献汇刊》本
复社姓氏传略	清·吴山嘉	台北：明文书局，1991 年 1 月 1 版，《明人传纪丛编》本

复社纪略	清·陆世仪	台北:台湾银行经济研究室,1968 年 12 月 1 版,《台湾文献丛刊》第 259 种
扬州十日记	清·王秀楚	扬州:广陵书社,2004 年 11 月 1 版
紫堤村志	清·沈葵	上海:上海古籍出版社,2008 年 3 月 1 版,王孝俭等标点本
黄道周年谱附传记	清·洪思等撰	福州:福建人民出版社,1999 年 9 月 1 版,侯真平等校点本
厦门志	清·周凯	台北:台湾银行经济研究室,1961 年 1 月 1 版,《台湾文献丛刊》第 95 种
沧海纪遗	明·洪受	金门:金门战地政务委员会,1969 年 6 月 1 版,王秉垣、李怡来点校本
沧海纪遗校释	明·洪受撰、吴岛校释	台北:台湾古籍出版公司,2002 年 9 月 1 版
罪惟录	清·查继佐	杭州:浙江古籍出版社,1986 年 5 月 1 版,方福仁等校点本
圣武记	清·魏源	上海:上海古籍出版社,2002 年 3 月 1 版,《续修四库全书》影清道光刻本,第 402 册
靖海志	清·彭孙贻	台北:台湾银行经济研究室,1959 年 1 月 1 版,《台湾文献丛刊》第 35 种
福建通志	清·陈寿祺等	台北:华文书局股份有限公司,1968 年 10 月 1 版
福建通志列传选	陈衍	台北:台湾银行经济研究室,1964 年 5 月 1 版,《台湾文献丛刊》第 195 种
台南县志	吴新荣等主修	台南县新营镇:台南县政府,1980 年 6 月 1 版

台湾外记	清·江日升	台北：台湾银行经济研究室，1960 年 5 月 1 版，《台湾文献丛刊》第 60 种
台湾府志	清·高拱乾	台北：行政院文化建设委员会，2004 年 11 月 1 版
台湾府志	清·蒋毓英纂修	南投市：台湾文献委员会，1993 年 6 月 1 版，《台湾历史文献丛刊》本
台湾府志三种	清·蒋毓英、高拱乾、范咸	北京：中华书局，1985 年 5 月 1 版
台湾省通志	陈绍馨等编	台中市：台湾省文献委员会，1972 年 6 月 1 版
台湾省通志稿	赖永祥等纂修	台北：捷幼出版社，1999 年 9 月 1 版
台湾通史	连横	台北：台湾银行经济研究室，1962 年 2 月 1 版，《台湾文献丛刊》第 128 种
台湾郑氏始末	清·沈云	台北：台湾银行经济研究室，1958 年 6 月 1 版，《台湾文献丛刊》第 15 种
台湾县志	清·陈文达	台北：台湾银行经济研究室，1961 年 6 月 1 版，《台湾文献丛刊》第 103 种
裨海纪游	清·郁永河	台北：台湾银行经济研究室，1959 年 4 月 1 版，《台湾文献丛刊》第 44 种
逊志堂杂钞	清·吴翌凤	北京：中华书局，2006 年 12 月 1 版，吴格点校本
闽海纪要	清·夏琳	台北：台湾银行经济研究室，1958 年 4 月 1 版，《台湾文献丛刊》第 11 种
闽海纪要	清·夏琳撰、林大志校注	福州：福建人民出版社，2008 年 4 月 1 版
闽海纪略	不著撰人	台北：台湾银行经济研究室，1958 年 7 月 1 版，《台湾文献丛刊》第 22 种

闽海赠言	明·沈有容	台北:台湾银行经济研究室,1961 年 9 月 1 版,《台湾文献丛刊》第 126 种
澎湖记略	清·胡建伟	台北:台湾银行经济研究室,1961 年 7 月 1 版,《台湾文献丛刊》第 109 种
澎湖续编	清·蒋镛	台北:台湾银行经济研究室,1961 年 8 月 1 版,《台湾文献丛刊》第 115 种
澎湖厅志	清·林豪	台北:台湾银行经济研究室,1963 年 6 月 1 版,《台湾文献丛刊》第 164 种
诸罗县志	清·周钟瑄	台北:台湾银行经济研究室,1962 年 12 月 1 版,《台湾文献丛刊》第 141 种
郑氏史料三编	周宪文等编	台北:台湾银行经济研究室,1963 年 5 月 1 版,《台湾文献丛刊》第 175 种
郑氏史料初编	周宪文等编	台北:台湾银行经济研究室,1962 年 9 月 1 版,《台湾文献丛刊》第 157 种
郑氏史料续编	周宪文等编	台北:台湾银行经济研究室,1963 年 9 月 1 版,《台湾文献丛刊》第 168 种
郑氏关系文书	周宪文等编	台北:台湾银行经济研究室,1960 年 2 月 1 版,《台湾文献丛刊》第 69 种
郑成功收复台湾史料选编	厦门大学郑成功历史调查研究组编	福州:福建人民出版社,1982 年 1 版
郑成功族谱四种	厦门市郑成功纪念馆编	福州:福建人民出版社,2006 年 1 月 1 版
郑成功传	清·郑亦邹等诸家	台北:台湾银行经济研究室,1960 年 1 月 1 版,《台湾文献丛刊》第 67 种

郑成功满文档案史料选译	厦门大学台湾研究所,中国第一历史档案馆满文部主编	福州:福建人民出版社,1987年9月1版
余杭县志	清·张吉安修、朱文藻纂	上海:上海书店,1993年6月1版,《中国地方志集成·浙江府县志辑》影嘉庆十三年刻本
鲁之春秋	清·李聿求	上海:上海古籍出版社,2002年3月1版,《续修四库全书》影清咸丰刻本
鲁春秋	清·查继佐	台北:台湾银行经济研究室,1961年10月1版,《台湾文献丛刊》第118种
续修台湾府志	清·余文仪	台北:台湾银行经济研究室,1961年4月1版,《台湾文献丛刊》第121种
续修台湾县志	清·谢金銮等	台北:台湾银行经济研究室,1962年6月1版,《台湾文献丛刊》第140种
蠡测汇钞	清·邓传安	台北:台湾银行经济研究室,1958年1月1版,《台湾文献丛刊》第9种
顾端文公年谱	清·顾贞观	上海:上海古籍出版社,2002年3月1版,《续修四库全书》影清刻本
爝火录	清·李天根	台北:台湾银行经济研究室,1963年10月1版,《台湾文献丛刊》第177种
读史方舆纪要	清·顾祖禹	北京:中华书局,2005年3月1版,贺次君等点校本

明清史论著、台湾史论著（按书名笔画排序）

十七世纪江南社会生活	钱杭、承载合著	台北：南天书局，1998 年 6 月 1 版
大航海时代的台湾	汤锦台	台北：猫头鹰出版社，2001 年 12 月 1 版
中国的社与会	陈宝良	台北：南天书局，1998 年 6 月 1 版
中国实学思想史	葛荣晋主编	北京：首都师范大学，1994 年 9 月 1 版
方豪教授台湾史论文集	方豪	台北：捷幼出版社，1999 年 10 月 1 版
日本学者研究中国史论文选译第六卷明清	刘俊文主编、南炳文等译	北京：中华书局，1993 年 9 月 1 版
早期台湾史	方豪	台北：台湾学生书局，1994 年 8 月 1 版
明史新探	南炳文	北京：中华书局，2007 年 4 月 1 版
明史讲义	孟森	北京：中华书局，2006 年 4 月 1 版
明末清初日本乞师之研究	〔日〕石原道博	〔日〕东京：富山房，昭和 20 年（1945）11 月 1 版
明末清初的学风	谢国桢	上海：上海书店出版社，2004 年 1 月 1 版
明季党社考	〔日〕小野合子著、李庆、张荣湄译	上海：上海古籍出版社，2006 年 1 月 1 版
明延平三世	黄玉斋	台北：海峡学术出版社，2004 年 12 月 1 版

明清之际党社运动考	谢国桢	上海：上海书店，1990 年 12 月 1 版，《民国丛书》第 2 编第 25 册影上海商务印书馆 1934 年版
明清史	陈捷先	台北：三民书局公司，1990 年 12 月 1 版
明清江苏文人年表	张慧剑	上海：上海古籍出版社，2008 年 1 月 1 版
明郑四世兴衰史	杨友庭	南昌：江西人民出版社，1991 年 5 月 1 版
明郑与南明	黄玉斋	台北：海峡学术出版社，2004 年 12 月 1 版
东林书院与东林党	朱文杰	北京：中央编译出版社，1996 年 1 月 1 版
金门先贤录	金门县文献委员会编	金门：金门县文献委员会，1972 年 6 月 1 版
长共海涛论延平——纪念郑成功驱荷复台 340 周年学术研讨会论文集	杨国桢主编	上海：上海古籍出版社，2003 年 7 月 1 版
南明史	钱海岳	北京：中华书局，2006 年 5 月 1 版
南明史	〔美〕司徒琳	上海：上海古籍出版社，1992 年 7 月 1 版
南明史	南炳文	天津：南开大学出版社，1992 年 11 月 1 版
南明史	顾诚	北京：中国青年出版社，1997 年 5 月 1 版
南明史略	谢国桢	上海：上海人民出版社，1957 年 12 月 1 版，1988 年 3 月 2 刷
南明史纲·史料	柳亚子撰、柳无忌编	上海：上海人民出版社，1994 年 6 月 1 版
南明史谈	毛一波	台北：台湾商务印书馆，1970 年 3 月 1 版

南明研究与台湾文化	杨云萍	台北:台湾风物杂志社,1993 年 10 月 1 版
洪业:清朝开国史	〔美〕魏斐德著、陈苏镇等译	南京:江苏人民出版社,2005 年 8 月 1 版 5 刷
晚明史	樊树志	上海:复旦大学出版社,2003 年 10 月 1 版
晚明思想史论	嵇文甫	北京:东方出版社,1996 年 3 月 1 版
清代通史	萧一山	台北:台湾商务印书馆,1962 年 9 月修订本台 1 版
清代台湾移民社会研究(增订本)	陈孔立	北京:九州出版社,2003 年 8 月 1 版
清史讲义	孟森	北京:中华书局,2006 年 4 月 1 版
细说明郑	陈泽	台中市:台湾省文献委员会,1978 年 6 月 1 版
当代中国史学	顾颉刚	上海:上海古籍出版社,2002 年 4 月 1 版
福建通史	徐晓望主编	福州:福建人民出版社,2006 年 3 月 1 版
台湾史事概说	郭廷以	台北:正中书局,1954 年 3 月 1 版,1996 年 12 月重排 1 版
台湾社会经济史研究	林仁川、黄福才	厦门:厦门大学出版社,2001 年 3 月 1 版
闽南史研究	徐晓望	福州:海风出版社,2004 年 9 月 1 版
闽台文化交融史	林仁川等撰	福州:福建教育出版社,1997 年 6 月 1 版

剑桥中国明代史	〔美〕牟复礼、〔英〕崔瑞德等编	北京：中国社会科学出版社，1992 年 2 月 1 版
增订晚明史籍考	谢国桢	上海：上海古籍出版社，1981 年 2 月新 1 版
郑成功史实研究	黄典权	台北：台湾商务印书馆，1974 年 6 月 1 版，1996 年 9 月 2 版
郑成功研究	许在全主编	北京：中国社会科学出版社，1999 年 5 月 1 版
郑成功研究国际学术会议论文集	厦门大学台湾研究所历史研究室编	南昌：江西人民出版社，1989 年 8 月 1 版
郑成功研究论文选续集	郑成功研究学术讨论会学术组编	福州：福建人民出版社，1984 年 10 月 1 版
郑成功与金门	郭尧龄	金门：金门县文献委员会，1969 年 9 月 1 版
郑成功与台湾	黄玉斋	台北：海峡学术出版社，2004 年 10 月 1 版
郑成功历史研究	陈碧笙	北京：九州出版社，2000 年 8 月 1 版
鲁王与金门	郭尧龄	金门：金门县文献委员会，1971 年 1 月 1 版

文学类

先秦至宋元诗文集（按书名笔画排序）

丁卯集笺注	唐·许浑著、清·许培荣笺注	上海：上海古籍出版社，2002年3月1版，《续修四库全书》影清乾隆二十一年许钟得等刻本
元好问全集	金·元好问著、姚奠中主编	太原：山西人民出版社，1990年6月1版
文山先生全集	南宋·文天祥	台北：台湾商务印书馆，1979年11月1版，《四部丛刊正编》影明万历胡应皋邵武刻本
文文山指南录	南宋·文天祥	台北：台湾中华书局，1972年2月1版
文选	南朝梁·萧统编、唐·李善注	上海：上海古籍出版社，1986年6月1版
方凤集	南宋·方凤撰、方勇辑校	杭州：浙江古籍出版社，1993年12月1版
世说新语笺疏	刘宋·刘义庆著、余嘉锡笺疏	上海：上海古籍出版社，1993年12月修订1版，周祖谟整理本
玉溪生诗集笺注	唐·李商隐著、清·冯浩笺注	上海：上海古籍出版社，1998年2月1版，蒋凡校点本
白居易集笺校	唐·白居易著、朱金城笺校	上海：上海古籍出版社，1988年12月1版
先秦汉魏晋南北朝诗	逯钦立辑校	北京：中华书局，1983年9月1版

全宋词	唐圭璋编	北京：中华书局，1965 年 6 月 1 版，1992 年 10 月 1 版 5 刷
全唐诗	清·曹溶等编	北京：中华书局，1960 年 4 月 1 版，1992 年 10 月 5 刷，王仲闻点校本
吾汶稿	南宋·王炎午	台北：台湾商务印书馆，1981 年 2 月 1 版，《四部丛刊广编》影海盐张氏涉园藏明钞本
杜诗详注	唐·杜甫著、清·仇兆鳌注	北京：中华书局，1979 年 10 月 1 版
杜诗镜铨	唐·杜甫著、清·杨伦注	台北：华正书局，1976 年 6 月 1 版，影志古堂校刊本
岳飞集辑注	宋·岳飞撰、郭光辑注	郑州：中州古籍出版社，1997 年 5 月 1 版
林景熙诗集校注	南宋·林景熙撰、陈增杰校注	杭州：浙江古籍出版社，1995 年 12 月 1 版
范仲淹全集	北宋·范仲淹	成都：四川大学出版社，2002 年 9 月 1 版，李勇先等校点本
韦庄集笺注	唐·韦庄著、聂安福笺注	上海：上海古籍出版社，2002 年 4 月 1 版
庾子山集注	北周·庾信撰、清·倪璠注	北京：中华书局，1980 年 10 月 1 版，许逸民校点本
张先集编年校注	北宋·张先撰、吴熊和、沈松勤校注	杭州：浙江古籍出版社，1996 年 1 月 1 版
御定佩文斋咏物诗选	清·张玉书等编	台北：台湾商务印书馆，1986 年 3 月 1 版，影印文渊阁《四库全书》

陶渊明集校笺	东晋·陶渊明著、龚斌校笺	上海：上海古籍出版社，1996 年 12 月 1 版
黄庭坚全集	北宋·黄庭坚	成都：四川大学出版社，2001 年 5 月 1 版，刘琳等校点本
黄庭坚诗集注	北宋·黄庭坚撰、任渊等注	北京：中华书局，2003 年 5 月 1 版，刘尚荣校点本
楚辞补注	战国·屈原撰、南宋·洪兴祖补注	北京：中华书局，1983 年 3 月 1 版，2002 年 10 月 1 版 4 刷，白化文等点校本
剑南诗稿校注	南宋·陆游著、钱仲联校注	上海：上海古籍出版社，1985 年 9 月 1 版
增订湖山类稿	南宋·汪元量	北京：中华书局，1984 年 6 月 1 版，孔凡礼辑校本
稼轩词编年笺注	南宋·辛弃疾撰、邓广铭笺注	上海：上海古籍出版社，1993 年 10 月增订 1 版
苏轼文集	北宋·苏轼	北京：中华书局，1986 年 3 月 1 版，1992 年 9 月 3 刷，孔凡礼点校本
苏轼诗集	北宋·苏轼著、清·王文诰等辑注	北京：中华书局，1982 年 2 月 1 版，1992 年 4 月 3 刷，孔凡礼点校本
迭山集	南宋·谢枋得	台北：台湾商务印书馆，1981 年 2 月 1 版，《四部丛刊广编》影明刊本

明清及近代诗文集（按书名笔画排序）

七录斋诗文合集	明·张溥	上海：上海古籍出版社，2002 年 3 月 1 版，《续修四库全书》影明崇祯九年刻本
夕阳寮存稿	清·阮旻锡	北京：九州出版社，2004 年 12 月 1 版，《台湾文献汇刊》何丙仲整理本
大哀赋注释	明·夏完淳著、王学曾注释	上海：上海古籍出版社，1997 年 5 月 1 版
王阳明全集	明·王阳明撰、吴光等编	上海：上海古籍出版社，1992 年 12 月 1 版
丘逢甲集	清·丘逢甲	长沙：岳麓书社，2001 年 12 月 1 版
田间文集	清·钱澄之	上海：上海古籍出版社，2002 年 3 月 1 版，《续修四库全书》影清康熙斠雄堂刻本
田间文集	清·钱澄之	合肥：黄山书社，1998 年 8 月 1 版，彭君华校点本
田间诗集	清·钱澄之	上海：上海古籍出版社，2002 年 3 月 1 版，《续修四库全书》影清康熙斠雄堂刻本
田间诗集	清·钱澄之	合肥：黄山书社，1998 年 8 月 1 版，诸伟奇校点本
白茅堂集	清·顾景星	台南县：庄严文化事业公司，1997 年 6 月 1 版，《四库全书存目丛书》影清康熙刻本
全祖望《鲒埼亭集》校注	清·全祖望撰、詹海云校注	台北：国立编译馆，2003 年 12 月 1 版

全祖望集汇校集注	清·全祖望撰、朱铸禹校注	上海:上海古籍出版社,2000 年 12 月 1 版
全台诗(1—5)	施懿琳主编	台南市:国家文学馆,2004 年 2 月 1 版
列朝诗集	清·钱谦益撰集	北京:中华书局,2007 年 9 月 1 版,许逸民等点校本
安雅堂全集	清·宋琬	上海:上海古籍出版社,2007 年 8 月 1 版,马祖熙标校本
安雅堂稿	明·陈子龙	上海:上海古籍出版社,2002 年 3 月 1 版,《续修四库全书》影明末原刻本,第 1387、1388 册
朱舜水集	明·朱之瑜	北京:中华书局,1981 年 8 月 1 版,朱谦之整理本
吴梅村全集	清·吴伟业	上海:上海古籍出版社,1990 年 12 月 1 版,李学颖集评标校本
吕晚村先生文集	清·吕留良	上海:上海古籍出版社,2002 年 3 月 1 版,《续修四库全书》影清雍正三年天盖楼刻本
吕晚村诗	清·吕留良	上海:上海古籍出版社,2002 年 3 月 1 版,《续修四库全书》影清御儿吕氏钞本
改亭文集	清·计东	上海:上海古籍出版社,2002 年 3 月 1 版,《续修四库全书》影清乾隆十三年刻本
沈光文全集及其研究资料汇编	龚显宗编	台南县:台南县立文化中心,1998 年 12 月 1 版
沈光文斯庵先生专集	侯中一编	台北:台北宁波同乡月刊社,1977 年 3 月 1 版

屈大均全集	清·屈大均撰、欧初等编	北京：人民文学出版社，1996 年 12 月 1 版
延平二王遗集	明·郑成功、郑经	中央图书馆藏清钞本
明经世文编	明·陈子龙等选辑	北京：中华书局，1962 年 6 月 1 版，1997 年 6 月 3 刷
明诗别裁集	清·沈德潜、周准编	上海：上海古籍出版社，1979 年 9 月 1 版
明诗纪事	清·陈田	上海：上海古籍出版社，2002 年 3 月 1 版，《续修四库全书》影清贵阳陈氏听诗斋刻本
明诗综	清·朱彝尊选编	北京：中华书局，2007 年 3 月 1 版，据白莲泾刻本点校本
东井诗文钞	清·黄定文	台北：新文丰出版公司，1988 年 4 月 1 版，《四明丛书》本
东宁百咏	苏镜潭	北京：九州出版社，2004 年 12 月 1 版，《台湾文献汇刊》影 1924 年泉州和平印刷公司刊本
东壁楼集	明·郑经	日本内阁文库本
牧斋又学集	清·钱谦益撰、钱曾笺注	上海：上海古籍出版社，1996 年 9 月 1 版，钱仲联标校本
牧斋初学集	清·钱谦益撰、钱曾笺注	上海：上海古籍出版社，1985 年 9 月 1 版，钱仲联标校本
俞正燮全集	清·俞正燮	合肥：黄山出版社，2005 年 9 月 1 版，于石等校点本
姚光全集	姚光撰、姚昆群等编	北京：社会科学文献出版社，2007 年 6 月 1 版

姚光集	姚光撰、姚昆群等编	北京：社会科学文献出版社，2000 年 6 月 1 版
思复堂文集	清·邵廷采	台北：华世出版社，1977 年 6 月 1 版，影光绪十九年会稽徐友兰铸学斋刊本
春浮园集	明·萧士玮	北京：北京出版社，2000 年 1 月 1 版，《四库禁毁书丛刊》影清光绪刻本
秋室集	清·杨凤苞	上海：上海古籍出版社，2002 年 3 月 1 版，《续修四库全书》影清光绪十一年陆心源刻本
夏完淳集笺校	明·夏完淳撰、白坚笺校	上海：上海古籍出版社，1991 年 7 月 1 版
夏节愍公全集	明·夏完淳	台北：华文书局股份有限公司，1970 年 5 月 1 版，影清光绪二十年成都重刊本
泾皋藏稿	明·顾宪成	台北：台湾商务印书馆，1986 年 3 月 1 版，影印文渊阁《四库全书》
袁宏道集笺校	明·袁宏道著、钱伯城笺校	上海：上海古籍出版社，1981 年 7 月 1 版
高子遗书	明·高攀龙	台北：台湾商务印书馆，1986 年 3 月 1 版，影印文渊阁《四库全书》
清诗纪事	钱仲联主编	南京：江苏古籍出版社，1987 年 2 月 1 版
陈子龙文集	明·陈子龙	上海：华东师范大学出版社，1988 年 11 月 1 版
陈子龙诗集	明·陈子龙	上海：上海古籍出版社，1983 年 7 月 1 版，施蛰存等点校本

陈忠裕全集	明·陈子龙撰、清·王昶辑、王鸿逢编	中央研究院傅斯年图书馆藏清嘉庆八年篛山草堂刻本
彭燕又先生文集	明·彭宾	台南县：庄严文化事业公司，1997 年 6 月 1 版，《四库全书存目丛书》影清康熙六十一年彭士超刻本
惠安王忠孝公全集	明·王忠孝	南投市：台湾省文献委员会，1993 年 12 月 1 版
湘真阁稿	明·陈子龙	上海：上海古籍出版社，2002 年 3 月 1 版，《续修四库全书》影明末原刻本，第 1388 册
雅堂文集	连横	台北：台湾银行经济研究室，1964 年 12 月 1 版，《台湾文献丛刊》第 208 种
云间三子新诗合稿	明·陈子龙、李雯、宋征舆	台北：新文丰出版公司，1997 年 3 月 1 版，《丛书集成三编》影《峭帆楼丛书》本
云间三子新诗合稿、幽兰草、倡和诗余	明·陈子龙、李雯、宋征舆等	沈阳：辽宁教育出版社，2000 年 1 月 1 版，陈立校点本
黄宗羲全集	清·黄宗羲撰、沈善洪主编	杭州：浙江古籍出版社，1986 年 5 月 1 版等
台阳百咏	清·周澍	清钞本
台湾诗乘	连横	台北：台湾银行经济研究室，1960 年 1 月 1 版，《台湾文献丛刊》第 64 种
台湾诗钞	吴幅员编	台北：台湾银行经济研究室，1970 年 3 月 1 版，《台湾文献丛刊》第 280 种

台湾诗录	陈汉光编	台中市:台湾省文献委员会,1971 年 6 月 1 版
蓉州文稿	清·季麒光	玉鉴堂藏清康熙刻本
刘宗周全集	明·刘宗周著、吴光主编	杭州:浙江古籍出版社,2007 年 4 月 1 版
蓼斋集	清·李雯	北京:北京出版社,2000 年 1 月 1 版,《四库禁毁书丛刊》影清顺治十四年石维昆刻本
瓯北集	清·赵翼	上海:上海古籍出版社,1997 年 4 月 1 版,李学颖校等校点本
钱牧斋全集	清·钱谦益	上海:上海古籍出版社,2003 年 8 月 1 版,钱仲联标校本
鲒埼亭集	清·全祖望	台北:台湾商务印书馆,1979 年 11 月 1 版,《四部丛刊正编》影姚江借树山房刊本
归庄集	清·归庄	上海:上海古籍出版社,1984 年 6 月 1 版
瞿式耜集	清·瞿式耜	上海:上海古籍出版社,1981 年 11 月 1 版,余行迈等整理本
藏山阁集	清·钱澄之	合肥:黄山书社,2004 年 12 月 1 版,汤华泉校点本
续甬上耆旧诗	清·全祖望选辑	杭州:杭州出版社,2003 年 10 月 1 版,沈善洪等点校本
顾亭林诗文集	清·顾炎武	北京:中华书局,1959 年 8 月 1 版,1983 年 5 月 2 刷,华忱之点校本
顾亭林诗集汇注	清·顾炎武著、王蘧常辑注	上海:上海古籍出版社,1983 年 11 月 1 版

| 啸云山人文钞 | 清·林树梅 | 北京：九州出版社，2004 年 12 月 1 版，《台湾文献汇刊》影钞本 |
| 啸云诗钞 | 清·林树梅 | 菲律宾宿务市：大众印书馆，1968 年 2 月重版，林策勋辑刊本 |

近人诗文集、全集（按书名笔画排序）

陈寅恪集	陈寅恪	北京：三联书店，2001 年 7 月 1 版
章太炎全集	章太炎	上海：上海人民出版社，1986 年 2 月 1 版
刘申叔遗书	刘师培	南京：江苏古籍出版社，1997 年 3 月 1 版

古典诗文评、诗话、笔记（按书名笔画排序）

文心雕龙注	南朝梁·刘勰撰、范文澜注	台北：宏业书局，1975 年 2 月 1 版
文心雕龙义证	南朝梁·刘勰撰、詹瑛义证	上海：上海古籍出版社，1989 年 8 月 1 版
宋诗话辑佚	郭绍虞辑	北京：中华书局，1980 年 9 月 1 版
邵氏闻见录	北宋·邵伯温	北京：中华书局，1983 年 8 月 1 版，李剑雄等点校本
容斋随笔	南宋·洪迈	上海：上海古籍出版社，1978 年 7 月 1 版，上海师范大学古籍整理组校点本
清诗话	丁福保编	上海：上海古籍出版社，1999 年 6 月 1 版
清诗话续编	郭绍虞编选	上海：上海古籍出版社，1983 年 12 月 1 版，富寿荪校点本
雪桥诗话	杨钟羲	沈阳：辽沈书社，1991 年 6 月 1 版
琅嬛记	元·伊世珍	扬州：江苏广陵古籍刻印社，1990 年 10 月 1 版，《学津讨原》

诗品集注	梁·钟嵘著、曹旭集注	上海:上海古籍出版社,1994 年 10 月 1版
历代诗话	清·何文焕辑	北京:中华书局,1981 年 4 月 1 版
历代诗话续编	丁福保辑	北京:中华书局,1983 年 8 月 1 版,华文实点校本
蕙风词话笺注	清·况周颐著、俞润生笺注	成都:巴蜀书社,2006 年 12 月 1 版,《蕙风词话·蕙风词笺注》合刊
静志居诗话	清·朱彝尊著、姚祖恩编	北京:人民文学出版社,1990 年 10 月 1版,黄君坦校点本

文学史、文学批评史(按书名笔画排序)

上海文学通史	邱明正主编	上海:复旦大学出版社,2005 年 5 月 1 版
中国文学批评史	郭绍虞	台北:台湾商务印书馆,1934 年 5 月 1版,1970 年 10 月 2 版
中国文学理论	〔美〕刘若愚著、杜国清译	南京:江苏教育出版社,2006 年 2 月 1版
中国文学理论史	成复旺、黄保真等	北京:北京出版社,1991 年 9 月 1 版
中国文学理论批评史	敏泽	吉林:吉林教育出版社,1993 年 3 月 1版
中国文学理论批评发展史(下)	张少康、刘三富	北京:北京大学出版社,1995 年 12 月 1版
中国文学理论批评发展史(上)	张少康、刘三富	北京:北京大学出版社,1995 年 6 月 1版

中国文学发展史	刘大杰	上海：上海古籍出版社，1982 年 5 月修订 1 版
中国古代文学史	郭预衡主编	上海：上海古籍出版社，1998 年 7 月 1 版
中国古代文学通论·明代卷	郭英德主编	沈阳：辽宁人民出版社，2005 年 5 月 1 版
中国古代文学通论·清代卷	蒋寅主编	沈阳：辽宁人民出版社，2005 年 5 月 1 版
中国诗论史	霍松林主编	合肥：黄山书社，2007 年 1 月 1 版
中华爱国文学史	徐培均主编	上海：上海社会科学院出版社，2006 年 5 月 1 版
明代文学史	徐朔方、孙秋克	杭州：浙江大学出版社，2006 年 6 月 1 版
明代文学批评史	袁震宇、刘明今	上海：上海古籍出版社，1991 年 9 月 1 版
明代诗学	陈文新	长沙：湖南人民出版社，2000 年 11 月 1 版
明清文学史	吴志达、唐富龄	武昌：武汉大学出版社，1991 年 12 月 1 版
明清文学批评	张健	台北：国家出版社，1983 年 1 月 1 版
明清诗歌史论	张松如	长春：吉林教育出版社，1995 年 12 月 1 版
明词史	张仲谋	北京：人民文学出版社，2002 年 2 月 1 版
清代文学批评史	邬国平、王镇远	上海：上海古籍出版社，1995 年 11 月 1 版
清代词学	孙克强	北京：中国社会科学出版社，2004 年 7 月 1 版
清代词学发展史论	陈水云	北京：学苑出版社，2005 年 7 月 1 版
清代诗学	李世英、陈水云	长沙：湖南人民出版社，2000 年 11 月 1 版

清词史	严迪昌	杭州:浙江古籍出版社,1990 年 1 月 1 版,1999 年 8 月 2 版
清词丛论	叶嘉莹	北京:北京大学出版社,2008 年 4 月 1 版
清诗史	严迪昌	杭州:浙江古籍出版社,2002 年 12 月 1 版
清诗流派史	刘世南	北京:人民文学出版社,2004 年 3 月 1 版
福建文学发展史	陈庆元	福州:福建教育出版社,1996 年 12 月 1 版
台南县文学史上编	龚显宗	新营市:台南县政府,2006 年 12 月 1 版
台湾文学史	叶石涛	高雄:春晖出版社,1987 年 2 月 1 版,2000 年 10 月 2 版
台湾文学史下卷	刘登翰等撰	福州:海峡文艺出版社,1993 年 11 月 1 版
台湾文学史上卷	刘登翰等撰	福州:海峡文艺出版社,1991 年 11 月 1 版
台湾诗史	廖一瑾	台北:文史哲出版社,1999 年 3 月 1 版

文学论著（按书名笔画排序）

2005 明代文学国际学术讨论会论文集	左东岭主编	北京:学苑出版社,2005 年 12 月 1 版
三台诗传	李渔叔	台北:学海出版社,1976 年 7 月 1 版
山魂水魄:明末清初节烈诗人山水诗论	时志明	南京:凤凰出版社,2006 年 7 月 1 版
中国文学流派意识的发生和发展	陈文新	武昌:武汉大学出版社,2003 年 11 月 1 版

中国文学精神：明清卷	孙之梅	济南：山东教育出版社，2003 年 12 月 1 版
中国古代文人集团与文学风貌	郭英德	北京：北京师范大学出版社，1998 年 11 月 1 版
中国的社与会	陈宝良	台北：南山书局，1998 年 10 月 1 版
中国书院史	邓洪波	上海：东方出版中心，2004 年 7 月 1 版
中国历代赋选：明清卷	毕万忱等编	南京：江苏教育出版社，1998 年 11 月 1 版
元明清词鉴赏辞典	钱仲联等撰编	上海：上海古籍出版社，2002 年 12 月 1 版
文学：地域的观照	陈庆元	上海：上海三联书店，2003 年 4 月 1 版
文学概论	张健	台北：五南图书出版公司，1983 年 11 月 1 版
生与死：明季士大夫的抉择	何冠彪	台北：联经出版事业公司，1997 年 10 月 1 版
地域文化与唐代诗歌	戴伟华	北京：中华书局，2006 年 2 月 1 版
宋元逸民诗论丛	王次澄	台北：大安出版社，2001 年 8 月 1 版
宋元诗社研究丛稿	欧阳光	广州：广东高等教育出版社，1996 年 9 月 1 版
宋遗民志节与文学	周全	台北：东吴大学中国学术著作奖助委员会，1991 年 3 月 1 版
宋遗民谢翱及其晞发集研究	周全	高雄：复文图书出版社，1987 年 6 月 1 版

杜甫传记唐宋资料考辨	陈文华	台北:文史哲出版社,1987 年 11 月 1 版
汪辟疆文集	汪辟疆	上海:上海古籍出版社,1988 年 12 月 1 版
制度、言论、心态——《明清之际士大夫研究》续编	赵园	北京:北京大学出版社,2006 年 11 月 1 版
明中后期文学思想研究	黄卓越	北京:北京大学出版社,2005 年 11 月 1 版
明代文学复古运动研究	廖可斌	上海:上海古籍出版社,1994 年 12 月 1 版(《复古派与明代文学思潮》精要本)
明代前后七子研究	陈书录	南昌:江西人民出版社,1994 年 11 月 1 版
明代后期士人心态研究	罗宗强	天津:南开大学出版社,2006 年 6 月 1 版
明代唐宋派研究	黄毅	上海:上海古籍出版社,2008 年 3 月 1 版
明代复古派唐诗论研究	陈国球	北京:北京大学出版社,2007 年 1 月 1 版
明末清初文人结社研究	何宗美	天津:南开大学出版社,2003 年 1 月 1 版
明末清初文人结社研究续编	何宗美	北京:中华书局,2006 年 12 月 1 版
明末清初诗论研究	孙立	广州:广东高等教育出版社,1999 年 3 月 1 版

明末云间三子研究	姚蓉	广州：广东高等教育出版社，2004 年 9 月 1 版
明清之际士大夫研究	赵园	北京：北京大学出版社，1999 年 1 月 1 版
明清之际江南词学思想研究	李康化	成都：巴蜀书社，2001 年 11 月 1 版
明清词派史论	姚蓉	桂林：广西师范大学出版社，2007 年 7 月 1 版
明遗民的怨与群诗学精神	谢明阳	台北：大安出版社，2004 年 2 月 1 版
金元明清词鉴赏辞典	王步高主编	南京：南京大学出版社，1998 年 4 月 1 版
南宋遗民诗人群体研究	方勇	北京：人民出版社，2002 年 6 月 1 版
后遗民写作	王德威	台北：麦田出版社，2007 年 11 月 1 版
泉州与台湾关系文物史迹	政协泉州市委员会编	厦门：厦门大学出版社，2005 年 10 月 1 版
海洋文化与社会	曲金良	青岛：中国海洋大学出版社，2003 年 3 月 1 版
婆娑之眼——国姓爷足迹文物特展	吴建仪编	台南：台南市政府，2007 年 4 月 1 版
张苍水传	李振华	台北：正中书局，1967 年 10 月 1 版
从沈光文到赖和——台湾古典文学的发展与特色	施懿琳	高雄：春晖出版社，2000 年 6 月 1 版

晚明士风与文学	夏咸淳	北京:中国社会科学出版社,1994 年 7 月 1 版
晚明社会变迁问题与研究	万明主编	北京:商务印书馆,2005 年 12 月 1 版
晚明诗歌研究	李圣华	北京:人民文学出版社,2002 年 10 月 1 版
清代文化与浙派诗	张仲谋	北京:东方出版社,1997 年 8 月 1 版
清代松江府望族与文学研究	朱丽霞	上海:上海古籍出版社,2006 年 10 月 1 版
清代前中期词学思想	陈水云	武汉:武汉大学出版社,1999 年 10 月 1 版
清代诗学研究	张健	北京:北京大学出版社,1999 年 11 月 1 版
清初杜诗学研究	简恩定	台北:文史哲出版社,1986 年 8 月 1 版
清初诗文与士人交游考	谢正光	南京:南京大学出版社,2001 年 9 月 1 版
清初诗歌	赵永纪	北京:光明日报出版社,1993 年 5 月 1 版
清初诗坛:卓尔堪与《遗民诗》研究	潘承玉	北京:中华书局,2004 年 7 月 1 版
清词探微	张宏生	上海:上海古籍出版社,2008 年 5 月 1 版

陈子龙及其时代	朱东润	上海：上海古籍出版社，1984年1月1版
陈子龙与柳如是诗词情缘	孙康宜著、李奭学译	台北：允晨文化公司，1992年2月1版
竟陵派研究	陈广宏	上海：复旦大学出版社，2006年8月2版
复古派与明代文学思潮	廖可斌	台北：文津出版社，1994年2月1版
云间文学研究	刘勇刚	北京：中华书局，2008年2月1版
照隅室古典文学论集	郭绍虞	上海：上海古籍出版社，1983年9月1版
台湾文化论—主体性之建构	庄万寿	台北：玉山社出版公司，2003年11月1版
台湾文学家列传	龚显宗	台北：五南文化事业公司，2000年3月1版
闽台文学的文化亲缘	朱双一	福州：福建人民出版社，2003年7月1版
谈艺录	钱钟书	北京：中华书局，1984年9月1版，1987年11月1版补订本
历史人物考辨	余英时	桂林：广西师范大学出版社，2006年4月1版
卢若腾故宅及墓园之研究	许维民	金门：金门文史工作室，1996年4月1版

西洋文学理论（按书名笔画排序）

二十世纪西方文论研究	郭宏安等著	北京：中国社会科学出版社，1997年6月1版
二十世纪西方美学名著选	蒋孔阳主编	上海：复旦大学出版社，1987年11月1版
文学批评理论	〔英〕拉曼·塞尔登编、刘象愚等译	北京：北京大学出版社，2003年10月2版
文学理论	〔美〕韦勒克、沃伦著、刘象愚等译	南京：江苏教育出版社，2005年8月1版
文学理论	梁伯杰译	台北：水牛出版社，1986年6月2版
文学阅读学	龙协涛	北京：北京大学出版社，2004年11月1版
比较文学方法论	刘介民	天津：天津人民出版社，1993年7月1版
比较文学原理	乐黛云	长沙：湖南文艺出版社，1989年2月1版
比较文学理论集	王润华编译	台北：成文出版社，1979年4月1版
法兰西的特性空间和历史	〔法〕费尔南·布罗代尔著、顾良等译	北京：商务印书馆，1994年10月1版
接受美学译文集	刘小枫选编	北京：三联书店，1989年1月1版

接受理论	〔美〕R·C霍拉勃撰、金元浦等译	沈阳：辽宁人民出版社，1987年9月1版
现代西方美学史	朱立元主编	上海：上海文艺出版社，1993年11月1版
最新西方文论选	王逢振、盛宁、李自修编	桂林：漓江出版社，1991年10月1版
当代西方文学理论	〔英〕特里·伊格尔顿著、王逢振译	北京：中国社会科学出版社，1988年6月1版
当代西方文艺理论	朱立元主编	上海：华东师范大学出版社，1997年6月1版
对文学的艺术作品的认识	〔波兰〕罗曼·英登加撰、陈燕谷等译	台北：商鼎文化出版社，1991年12月1版
歌德谈话录	〔德〕爱克曼辑录、朱光潜译	北京：人民文学出版社，1978年9月1版
审美经验与文学解释学	〔德〕姚斯撰、顾建光等译	上海：上海译文出版社，1997年11月1版
阅读活动	〔德〕沃尔夫冈·伊瑟尔著、金元浦等译	北京：中国社会科学出版社，1991年7月1版
读者反应批评	陆默林等主编	北京：文化艺术出版社，1989年2月1版

期　刊

（按发表年代排序）

晚明党社

朱倓《明季杭州读书社考》，北京大学《国学季刊》第 2 卷第 2 号（1929 年），页 261～285。

李元庚《望社姓名考》，《国粹学报》第六年第 71 期（1910 年 9 月 20 日），页 1～10。

朱倓《明季南应社考》，北京大学《国学季刊》第 2 卷第 3 号（1930 年），页 541～588。

胡怀琛《西湖八社与广东诗社》，《越风》第 14 期（1936 年 5 月 30 日），页 8～9。

胡怀琛《中国文社的性质》，《越风》第 22、23、24 期合刊（1936 年 12 月 25 日），页 7～9。

陈豪楚《浙中结社考》（一）（二）（三）（四），《越风》第 16 期（1936 年 6 月 30 日），页 12～13。第 17 期（1936 年 7 月 30 日），页 12～17。第 18 期（1936 年 8 月 30 日），页 25～27。第 19 期（1936 年 9 月 15 日），页 23～27。

赖子清《古今台湾诗文社》，《台湾文献》第 10 卷第 3 期，1959 年 9 月，页 79～112。

复社与几社对台湾文化的影响（盛成、毛一波、黄得时等座谈会），《台湾文献》第 13 卷第 3 期，1962 年 9 月，页 197～222。

林丽月《"道"与"势"——明末东林党的政治抗争》，《国文天地》第 4 卷第 10 期（1989 年 3 月），页 26～30。

徐孚远

黄节《徐孚远传》，《国粹学报》第三年第 8 期（1907 年 8 月 20 日），页 7～10。

叶英《徐孚远行传》，《台南文化》新 17 期，1984 年 6 月，页 1～50。

卢若腾

陈陞章、陈汉光《卢若腾之诗文》，《台湾文献》第 10 卷第 3 期，1959 年 9 月，页 65～69。

陈汉光《卢若腾诗辑注》，《台湾文献》第 11 卷第 3 期，1960 年 9 月，页 53～73。

一波《卢若腾的南澳诗》，《中央日报》，1970 年 10 月 23 日第 9 版。

吴言《卢若腾的澎湖诗》，《中央日报》，1970 年 10 月 29 日第 9 版。

邓孔昭《从卢若腾诗文看有关郑成功史事》，《台湾研究集刊》1996 年第 1 期，页 93～96。

林俊宏《南明卢若腾诗歌风格研析》，《台湾文献》第 54 卷第 3 期，2003 年 9 月，页 250～273。

张煌言

董贞柯《张苍水抗清始末》，《越风》第 13 期（1936 年 5 月 15 日），页 41～43。

李振华《明末海师三征长江事考（上）（下）》，《大陆杂志》第 6 卷第 9、10 期（1953 年 5 月 15、31 日），页 1～5、18～22。

李学智《重考李振华先生"明末海师三征长江事考"（上）（下）》，《大陆杂志》第 7 卷第 11、12 期（1953 年 12 月 15、31 日），页 7～8、21～27。

刘蔼如《民族诗人张苍水》，《人生》第 7 卷第 10 期（1954 年 4 月 11 日），页 12～13 转 22。

〔日〕石原道博《张煌言之江南江北经略》，《台湾风物》第 5 卷第 11、12 期合刊（1955 年 12 月），页 7～53。

黄玉斋《明郑成功北伐三百周年纪念》戊戌篇，《台北文物季刊》第 7 卷第 4 期，1958 年 12 月，页 123～128。

黄玉斋《明郑成功北伐三百周年纪念》己亥篇，《台湾文献》第 10 卷第 1 期，1959 年 3 月，页 1～66。

廖汉臣《鲁王抗清与二张之武功》，《台湾文献》第 11 卷第 1 期"明监国鲁王特辑"，1960 年 3 月，页 81～105。

吴蕤《张煌言之忠节及其诗文（一）（二）（三）（四）（五）》，《畅流》第 37 卷第 11、12 期，第 38 卷第 1、2、3 期（1968 年 7 月 16 日，8 月 1、16 日，9 月 1、16 日），页 6～8、11～13、12～15、19～22、14～18。

冉欲达《评爱国诗人张苍水》，《辽宁大学学报》1978 年第 5 期（1978 年），页 104～113。

金家瑞《垂节义于千龄——抗清英雄张煌言事略》，《文史知识》1982 年第 8 期（1982 年 8 月 13 日），页 94～99。

徐和雍《关于张煌言的评价》，《杭州大学学报》第 13 卷第 4 期（1983 年 12 月），页 109～116。

周冠明《张煌言传略》，《鄞县史志》1989 年第 1 期（1989 年 1 月），页 19～22。

陈永明《论近代学者对张煌言的研究》,《中国文化研究所学报》新第 1 期,1992 年,页 55～67。

陈永明《张煌言遗作的流传及其史学价值》,《中国文化研究所学报》新第 2 期(1993 年),页 29～37。

董郁奎《张煌言与浙江人文传统》,《浙江学刊》1997 年第 6 期(总第 107 期,1997 年 11 月)。

桂心仪、周冠明《张煌言蒙难事考》,《宁波大学学报》第 2 卷第 1 期(1998 年 6 月),页 30～37。

江边鸟《论张煌言蒙难南田花岙岛——兼与桂心仪、周冠明两先生商榷》,《宁波大学学报》(人文科学版)第 12 卷第 2 期(1999 年 6 月),页 106～111。

方牧《东海何处吊苍水——张煌言在舟山遗迹考》,《浙江海洋学院学报》第 16 卷第 3 期(1999 年 9 月),页 13～20。

张利民《关于张苍水蒙难地点之我见——兼对〈张煌言蒙难事迹考〉一文质疑》,《宁波教育学院学报》第 3 卷第 3 期(2001 年 9 月),页 48～51。

江边鸟《再论张苍水蒙难地》,《宁波大学学报》(人文科学版)第 15 卷第 4 期(2002 年 12 月),页 104～113。

徐定宝《张苍水被补于象山南田考论》,《宁波大学学报》(人文科学版)第 16 卷第 1 期(2003 年 3 月),页 139～141。

徐水、徐良骥《张苍水被执南田悬岙新证》,《浙江海洋学报》(人文科学版)第 21 卷第 3 期(2004 年 9 月),页 39～42。

吴盈静《南明遗民流亡情境考察——以张苍水其人其文为例》,南华大学中文系编《文学新钥》第 2 期(2004 年 7 月),页 1～19。

祝求是《张苍水海上春秋编年辑笺》(一)(二)(三),《宁波广播电视大学学报》第 3 卷 3 期(2005 年 9 月)、第 3 卷 4 期(2005 年 12 月)、第 4 卷 1 期(2006 年 3 月)。

余安元《诗史之风,忠烈之情——张煌言诗歌分析》《宁波职业技术学院学报》第 10 卷第 4 期(2006 年 8 月),页 79～82。

学位论文

（按发表年代排序）

王文颜:《台湾诗社之研究》,政治大学中国文学研究所硕士论文,1979 年 6

月，刘述先教授指导。

林丽月：《明末东林运动新探》，台湾师范大学历史研究所博士论文，1984 年 7 月，李国祁教授指导。

刘莞莞：《复社与晚明学风》，政治大学中国文学研究所硕士论文，1985 年 6 月，李威熊教授指导。

许淑玲：《幾社及其经世思想》，台湾师范大学历史研究所硕士论文，1986 年 6 月，李国祁教授指导。

白芝莲：《夏完淳诗词研究》，东海大学中国文学研究所硕士论文，1995 年 4 月，汪中教授指导。

邹秀容：《云间词派研究》，中兴大学中国文学研究所硕士论文，1998 年 6 月，徐照华教授指导。

詹千慧：《云间词人与云间词派研究》，辅仁大学中国文学研究所硕士论文，2005 年 6 月，包根弟、林玫仪教授指导。

宋孔弘：《张煌言诗"乱离书写"义蕴之研究》，台湾师范大学国文学系硕士论文，2005 年 6 月，陈文华教授指导。

后　记

　　本书乃在笔者 2007 年博士学位论文《海外幾社三子研究》基础上，加深论述，并扩充研究主题范围而成，其增幅达十余万字，并曾于 2008 年 6 月由台南之宏大出版社印行 1 版，2012 年 6 月增订版改由台北之龙文出版社股份有限公司出版，现借此出版机会复修订部分内容，使之更趋完善。

　　"海外幾社"形成内因为抗清复国，诗家地缘关系主要为上海幾社诗人与浙东鲁王海上抗清之臣。海外之社局，初聚于舟山，创立于厦门，实则金厦两地是诗群活动最频繁地区，然而随着抗清局势恶化，最后流播于台湾，故其文学被视为台湾汉人文学之前沿。本书何其有幸在其创社发源地——厦门出版，不禁令人缅怀先贤孤海忠烈之志、舍身为国之节。其高风亮节，书中所述，不啻沧海一粟，未尽其精，若有谬误之处，敬请方家不吝指教。

郭秋显

2012 年中秋记于台南府城

图书在版编目(CIP)数据

海外幾社诗史研究：以陈、夏及海外幾社三子抗清完节为主
轴/郭秋显著. —厦门：厦门大学出版社，2015.5
（厦门大学国学研究院资助出版丛书）
ISBN 978-7-5615-5010-6

Ⅰ. ①海… Ⅱ. ①郭… Ⅲ. ①古典诗歌-诗歌史-中国-清代
Ⅳ. ①I207.209

中国版本图书馆 CIP 数据核字（2014）第 052474 号

官方合作网络销售商：　当当.com　亚马逊 amazon.cn　JD.com 京东

厦门大学出版社出版发行

（地址：厦门市软件园二期望海路 39 号　邮编：361008）
总 编 办 电 话：0592-2182177　传真：0592-2181253
营销中心电话：0592-2184458　传真：0592-2181365
网址：http://www.xmupress.com
邮箱：xmup @ xmupress.com
厦门市明亮彩印有限公司印刷
2015 年 5 月第 1 版　2015 年 5 月第 1 次印刷
开本：880×1230　1/32　印张：17.5　插页：2
字数：500 千字　印数：1～2 000 册
定价：49.00 元
本书如有印装质量问题请直接寄承印厂调换